우나의 고장난 시간

OONA OUT OF ORDER

우나의 고장난 시간

마가리타 몬티모어 지음

강미경 옮김

이덴슬리벨

보람도 없고 따분하기만 한 집안일을 하기보다
열심히 꿈을 꾸며 책을 읽도록 옆에서 독려해주신 나의 어머니 올라
바이스만에게 이 책을 바친다.

열심히 글을 쓸 수 있게 용기를 북돋워주었을 뿐만 아니라
그렇게 할 수 있는 시간과 공간을 마련해준 남편
테리 몬티모어에게 이 책을 바친다(쌓여가는 책들로 본의 아니게
집 안을 엉망진창으로 만들어 미안해, 여보).

시간은 모든 걸 치유해준다.

하지만 시간 자체가 재앙이라면 어떻게 될까?

– 빔 벤더스와 페터 한트케, 〈베를린 천사의 시 Wings of Desire〉 중에서

목차

프롤로그

우나는 몇 년 전부터 더는 거울을 믿지 않았다. 어쨌든 거울은 그 이야기의 단편만을 말해줄 뿐이었다.

이건 내가 아냐. 이 여자는 내가 아냐.

거울은 세월의 흐름을 보여주었을지 몰라도 그녀의 마음이 지나온 길은 보여주지 못했다. 주름진 얼굴, 불어난 살집, 흰머리를 감추려고 염색한 머리. 몸은 그녀의 것이었지만 그녀의 마음은 거울에 비친 자신의 모습과 늘 따로 놀았다. 언제나 동동거리며 뒤죽박죽 엉긴 삶의 조각들을 다시 끼워 맞추려 애쓰기 바빴다.

그녀가 자신의 미래와 너무 빨리 맞닥뜨린 것은 그 누구의 잘못도 아니었다. 그녀가 이 장례식 예복을 입기까지 몇십 년은 족히 걸렸을 게 틀림없었다.

햇살이 펜던트의 태엽장치 속 금속 기어에 부딪쳐 반짝거리는 가운데 우나는 목걸이 줄을 손가락 사이사이마다 친친 감고 있었다.

속절없이 지나간 세월은 엄청난 고통이었고, 갑작스레 찾아온 상실은 도무지 견디기 어려웠다. 그런데 도둑맞은 시간이 그녀에게 돌아오면서 모든 게 다시 제자리를 찾았다. 늘 무언가가 그녀의 손을 떠났다. 아니면 어떤 누군가가. 하지만 삶은 견제와 균형으로 이루어져 불운 뒤에는 늘 행운이 따라왔다. 오늘같이 스산한 날에도 기쁨이 어딘가에 몸을 숨긴 채 슬픔을 상쇄하려고 기다리고 있었다. 그녀는 그저 끈기 있게 기다리기만 하면 됐다.

우나의 상황은 어느 쪽으로든 저울이 기울어질 수 있었다. 즉 내년에 거울에 비친 얼굴이 더 늙어 있을 수도, 아니면 더 젊어져 있을 수도 있었다. 그것이 그녀가 상상할 수 있는 불멸과 실존하는 룰렛 게임에 가장 가까웠다. 끝내 바퀴가 회전을 멈춘다 해도 상관없었다.

그 모든 걸 다시 볼 거야. 어쨌든. 그리고 그 모두를 잃겠지. 또 다시.

그녀는 거울이 보여주는 지금 이 순간의 자신의 모습을 받아들이려고 애썼다. 하지만 오늘, 엄청난 상실이 그녀를 집어삼킬 듯이 위협하자 이 순간에서 걸어 나와 좀더 밝은 순간으로 돌아가기로 결심했다. 그녀의 수수한 드레스는 반짝이는 스팽글이 달린 드레스로, 그녀의 침실은 사방이 거울로 덮인 지하실로 바뀌었다. 온통 음악과 색깔과 빛으로 넘쳐나는 방. 초신성 같은 사랑. 두 번 다시 없을 파티.

아직 바로잡을 수 있어.

언젠가 그녀는 실을 집어 들고 그 파티로 돌아가게 될 터였다. 반복이 아니라 중단의 연속일 뿐. 비록 그때가 언제인지는 알 수 없더라도.

언젠가.

"준비됐어?"

1장

파티가 끝나고

1982 : 18 / 18

The Party's Over - Talk Talk

1:24   3:15

파티는 영화 속 한 장면처럼 성대했다. 신나는 음악이 울려퍼지고 여기저기 나뒹구는 플라스틱 컵과 맥주병, 바닥이 거대한 트램펄린이라도 되는 듯 고개를 까닥이며 뉴웨이브 음악에 맞춰 무리지어 춤을 추는 손님들, 띠처럼 이어지며 방 안 가득 번지는 취기어린 웃음소리가 그랬다. 그곳은 사방 벽을 거울로 장식하고 바닥에는 황갈색 카펫을 깔아놓은 브루클린의 한 지하실에 지나지 않았을지도 모르지만, 오늘밤만큼은 스튜디오 54(1970년대 후반 클럽으로 퇴폐와 향락의 대명사로 알려졌음_옮긴이)이자 팔라디움(전 세계적으로 유명한 리조트 호텔 체인의 하나_옮긴이)이요 댄스테리아(1979년부터 1986년까지 문을 열었던 뉴욕의 유명한 4층짜리 나이트클럽_옮긴이)였다. 몇백 명에 버금가는 소음과 에너지를 내뿜는 손님 50명 중 대다수는 겨울방학을 맞이한 대학생이었다. 한 해의 마지막 날과 우나 록하트의 열아홉 번째 생일을 축하하러 온 것이었다. 하나같이 차분한 색감의 옷차림은 피하고 가죽에 주름 장식으로 치장하거나 스팽글에 망사차림으로 저마다 잔뜩 멋을 부리고 나타났다. 글램 룩, 고스 룩, 뉴웨이브 룩, 펑크 룩 등 각양각색 스타일에선 어느 하나로 통일하기싫어하는 개성이 고스란히 드러났다.

우나는 구석진 곳에 있는 스테레오 옆에 무릎을 꿇고 앉아 레코드 상자를 이잡듯이 뒤졌다. 그러다 잠시 동작을 멈추고 남자친구 데일에게 기념일 선물로 받은 손목시계를 들여다보았다. 초침이 없어서 그런지 시간이 느리게 흐르는 것처럼 보였다. 때로는 아예 멈춰버린 것 같은 착각도 들게 했다. 검은 대각선 하나가 조그만 별들이 점점이 박힌 은빛 다이얼을 반으로 가르며 오후 9시 15분을 가리켰다. 이제 3시간도 채 지나지 않아 1983년으로 바뀌면 그녀는 나이를 한 살 더 먹게 될 터였다.

우나는 한 손에 레코드를 한 장씩 들고 일어났다. 큰 키와 졸린 눈을 가지고, 브라질인 어머니를 쏙 빼닮은 황금빛 안색에 곱슬거리는 머리에는 젤을 발라 한껏 뒤로 넘긴 데일이 어슬렁거리며 다가왔기 때문이다. 그를 보자 그녀의 호흡이 가빠졌다.

"안녕, 자기야. 거기서 뭐하고 있어?"

그가 레코드를 가리키며 말했다.

"다음에 어떤 걸 틀지 결정할 수가 없지 뭐야. 야즈Yaz가 좋을까, 아님 톡톡Talk Talk이 좋을까?" 어깨에 잔뜩 힘을 주고 무게를 재기라도 하듯 레코드를 들어올렸다 내리며 그녀가 말했다.

"딸랑 레코드 한 장 고르는 데 너처럼 심각한 표정을 짓는 사람은 본 적이 없어. 귀엽기도 하지." 그가 그녀의 뺨에 살짝 입을 맞추며 말했다. "나한테 맡기고 넌 가서 DJ랑 춤이나 추지 그래? 내가 두 장 다 틀 테니까."

그녀는 곧장 레코드 두 장을 그에게 넘겼지만 양쪽 어깨는 여전히 뻣뻣하게 굳어 있었다.

"알았어. 그럼 난 가서 냅킨이랑 얼음이나 더 가져올게."

"그것도 내가 할게. 넌 그냥 파티나 즐기라니까."

단호한 말투와 달리 그가 한쪽 눈을 찡긋대며 말했다.

갑자기 위층에서 무언가가 부서지고 깨지는 소리가 나자, 손님들은 춤을 추다 말고 천장을 올려다보았다. 침입자가 소란을 피워대며 창문으로 뭔가를 내던지기라도 하나? 우나와 데일은 층계참으로 재빨리 달려갔다.

"넌 여기 있어. 내가 가서 무슨 일인지 알아보고 올게." 데일이 우나에게 말했다.

"나도 갈래." 감정이 차갑게 가라앉으면서 그녀는 저도 모르게 생각에 사로잡혔다. *또 그런 일이 있으면 안 돼, 제발.*

데일은 계단 위에서 걸음을 멈추고 뒤돌아보았다.

"별일 아닌 것 같아. 하지만 네 기분이 좀 나아지면 코리랑 같이 확인해볼게."

"찾았다." 우나가 데일의 어깨 너머를 가리켰다.

계단 맨 꼭대기에는 허우대가 멀쑥한 코리가 무척이나 불안한 듯 등을 잔뜩 구부리고 있었다. 자유의 여신상 왕관처럼 삐죽삐죽 세운 그의 시커먼 머리가 얼굴에 기하학 문양의 그림자를 드리우고 있었다.

"미안. 여자애들한테 몇 가지 댄스 동작을 보여주고 있었는데 깔개에 발이 걸렸지 뭐야. 커피 테이블 위로 넘어지면서 그만. 다친 사람은 아무도 없지만 내가 너무 바보 같아. 내가 책임지고 깨끗이 치워놓고, 부서진 테이블도 변상할게. 약속해."

코리의 뒤로 원피스 차림에 마스카라를 덕지덕지 칠한 조그만 여자애 두 명이 마치 액체 금속처럼 동그마니 웅크리고 있었다.

데일은 순식간에 남은 계단을 올라갔다. 그가 가슴을 부풀리며 천천히 호흡을 고르는 사이 우나도 그를 뒤따라 살금살금 올라가 그의 등을 슬쩍 건드렸다. 마침내 그가 한숨을 내쉬며 말했다. "즐기는 건 좋지만 이건 진정한 파티가 아니지 않나, 안 그래?" 그러고서 데일은 옆으로 비켜서더니 코리와 여자애들 사이로 마저 올라오라고 손짓했다. "여긴 내가 치울게. 더는 이런 일을 만들지 않았으면 좋겠어."

문제의 3인조는 진심으로 사과를 하며 아래층으로 내려갔고, 우나는 데일을 따라 부엌으로 향했다.

그는 빗자루와 쓰레받기를 집어 들며 투덜거렸다. "아무리 그래도 손님한테 청소를 시킬 수야 없지. 이 정도 난장판쯤은 내가 처리할 수 있어."

"나도 거들게. 그런데 파티가 시작된 뒤로 널 거의 못 본 것 같아." 우나가 싱크대 밑에서 쓰레기 봉지를 한 장 잡아 뜯으며 말했다.

"그랬을 거야." 우나의 친절함에 한결 누그러진 데일이 목소리를 섹시하게 내리깔며 말했다. "전에 우리가 서로의 많은 부분을 본건 다행스러운 일이야."

둘은 킬킬거리며 의미심장한 미소를 주고받았다. "한번은 우체부도 우리의 많은 걸 봤을 거야." 우나는 몸을 앞으로 숙이더니 데일의 목에 코를 갖다 대고는 그가 사용하는 향수와 헤어젤의 톡 쏘는 듯한 냄새를 들이마셨다.

"그야 우리가 커튼을 열어놨으니까."

"그래도 지난주에 너희 엄마가 불쑥 들어오신 것에 비하면 훨씬 덜 당황스럽지." 데일이 말했다.

"말도 마, 네가 가고 나서 내 입장이 얼마나 더 난처해졌는데? 내가 여전히 피임약을 먹고 있다고 확신한 엄마가《섹스의 기쁨The Joy of Sex》이란 책을 빌려주겠다고 하시지 뭐야." 그날의 기억을 떠올린 우나가 몸을 움찔거리며 말했다.

"나는 좋기만 하던데." 이렇게 말한 뒤 데일은 고개가 뒤로 젖혀질 정도로 크게 웃어댔다. 우나도 동참하고 싶은 생각이 굴뚝같았지만 희미한 미소만 겨우 지을 뿐이었다.

자유분방한 어머니는 그 나름대로 이점도 많았지만, 우나는 어머니가 조금은 엄격하기를 바랐을 것이다. 은행원인 우나의 아버지는 딸이 열한 살이 될 때까지 (주간 단위의 집안일 배정, 공부 계획표 짜기, TV 시청 시간 제한 등) 어느 정도 울타리를 쳐주는 역할을 했지만 아버지가 세상을 뜬 뒤로는 스스로 규칙을 정해야 했다. 승무원으로 일하다 여행사 직원으로 전직한 우나의 어머니는 부모보다는 친구에 가까웠다. 우나의 어머니는 대학 생활이든, 밴드 연습이든, 심지어는 데일과의 관계 그 무슨 일이든 너무 심각하게 받아들이는 경향이 있는 딸을 종종 놀려대며 가끔은 젊은이답게 까불거리기도 하라고 들쑤시곤 했다. 어떤 일에 대해서는 심각해질 수도, 그렇다고 즐길 수도 없다는 듯. 마치 젊음이 어리석음을 뜻하기라도 하듯 조소하는 것 같았다.

"좋은 생각이 떠올랐어."

데일이 빗자루와 쓰레받기를 툭 떨어뜨리며 말했다. 그러고는 그녀의 드레스를 뒤덮고 있는 스팽글 장식을 위아래로 재빨리 훑더니 지퍼를 살짝 내리며 중얼거렸다.

"우리, 위층으로 올라가는 게 어때?"

그리고 말이 끝나기가 무섭게 그녀의 드러난 어깨에 입을 맞추며 허벅지 위, 드레스 단 바로 밑을 더듬었다.

"별들 아래 누워서……."

그가 말한 '별들'은 실내, 그러니까 그가 자기 아버지의 전파상을 뒤져 가져온 전선들의 뭉치로, 3차원 우주 효과를 낸답시고 발광 페인트를 흩뿌려 얼기설기 엮어 달아맨 그의 침실 천장이었다. 처음에 우나는 그 천장을 보고 너무도 신기한 나머지 숨이 턱 막히는 줄 알았다. 그 뒤로 2년이 지난 지금도 여전히 신기했다. 그녀의 목 아래로 키스 세례를 퍼붓고 있는 남자는 더 말할 것도 없었다.

"솔깃하긴 한데 그러면 다른 사람들한테 실례잖아." 우나가 자꾸만 자신의 다리 위쪽으로 올라오는 그의 손을 마지못해 제지하며 말했다. "학교와 밴드, 너, 코리, 그리고 웨인 말고 딴 사람을 본 지가 몇십 년은 된 것 같아."

"겨우 2, 3주 전에 CBGB에서 많은 사람들을 봤잖아."

"그랬지, 하지만 홀리데이 쇼케이스를 선보이고 팩토리 트웰브 매니저랑 만나느라 눈코 뜰 새 없이 바빠서 우리 친구들한테 제대로 말도 못 건넸잖아."

"결과를 놓고 보면 다들 마음에 담아두지 않았을 거야. 우리 밴드 입장에선 이런 투어가 얼마나 굉장한 일인지 너도 잘 알잖아?

팩토리 트웰브가 프리텐더스 오프닝 무대가 끝나고 크리설리스와 계약하고 나서 낸 첫 번째 싱글이 탑 40에 들었잖아."

"하지만 걔들은 아직 프리텐더스가 아니잖아. 그러니까 내 말은 앞으로 우리가 경기장에서 연주하는 건 별개란 거지."

"그래……." 데일이 눈썹을 치켜들고 한 걸음 뒤로 물러나며 끄집어내듯 내뱉었다. "하지만 우린 2백 명이 넘는 사람들 앞에서 공연해본 적이 한 번도 없잖아. 게다가 우리는 인근 3개 주가 만나는 경계선 밖으로 나가본 적도 없어. 팩토리 트웰브는 아직도 얼마든지 클 수 있어. 그들의 스프링 투어 오프닝 무대는 대부분의 밴드에게 들도 보도 못한 엄청난 기회가 될 거야. 난 네가 그래서 무지 흥분한 줄 알았는데."

"그래. 난 그저……." 그녀는 말을 더듬지 않으려고 무진 애를 썼다. "그래, 흥미로워. 하지만 겁나기도 해. 새로운 도시들을 방문하고, 큰 무대에서 연주하고……."

"그 이상이지." 데일이 다 안다는 듯 고개를 끄덕이며 말했다. "굳이 나한테 비밀로 하지 않아도 돼."

순간 우나는 가슴이 철렁 내려앉는 듯했다. *알고 있었단 말야?* "내가 뭘 비밀로 하는데?"

"웨인네 파티 이후로 내 손이 닿을 때마다 바르르 떨잖아. 아까 와장창 하는 소리에 네가 얼마나 많이 놀라는지 다 봤어. 넌 빈집털이범이라고 생각했겠지. 그리고 투어를 걱정하면서 나쁜 일이 또 일어날까 봐 두려워하고 있잖아."

"아." 안도의 한숨 소리가 콸콸 쏟아지는 수도꼭지처럼 그녀의 입에서 흘러나왔다. "음, 정말 무서웠어." 그 일은 지난달 벤슨허스트로 돌아가는 지하철에서 일어났다. 처음에 우나는 물안경을 끼고 두 사람 곁으로 다가오는 남자를 보고 웃었었다. 하지만 곧이어 우나의 얼굴에선 웃음기가 싹 사라지고 말았다. 남자가 스위치나이프를 꺼내들었기 때문이다.

"잘 들어." 남자가 우나를 가까이 끌어당기자 데일이 평소보다 몇 배는 낮은 목소리로 말했다. "아무 일도 일어나지 않을 거야. 무슨 일이 있어도 내가 널 꼭 지켜줄게. 나이프든, 총알이든, 그 뭐가 됐든 절대 물러서지 않아."

"돈을 건네주는 걸로 일이 해결됐으니 천만다행이었지 뭐." 우나는 데일이 자신의 외투 주머니에 손을 넣고 지갑을 꺼내 물안경을 끼고 있는 가해자에게 건네는 모습을 지켜보며 온몸이 얼어붙었던 기억이 떠올라 새삼 진저리를 쳤다. "게다가 그날따라 시계를 차고 있지 않았던 것도 다행이고."

"이번 투어에서는 나쁜 일 같은 거 절대 일어나지 않을 거야. 나와 같이 있는 한 넌 안전해." 그의 한결같은 눈빛과 결연하게 꾹 다문 입이 짐짓 믿음직스러웠다.

"나도 알아." 데일의 결기에 감동했는지 우나의 목소리가 꽉 잠겨 있었다. "하지만 그걸 증명해 보이려고 굳이 총알까지 감수할 필요는 없어." 그러면서 우나는 한 손가락으로 그의 우툴두툴한 콧등을 쓰다듬었다.

"네가 그 점을 분명히 해두고 싶다면 난 망치도 감수할 수 있어." 겉으로는 센 척해도 코는 데일이 쑥쓰러워하는 부위였다.

"쉬. 난 네 코가 정말 맘에 들어. 사람들이 너의 큰 코에 대해 말해서가 아니야." 우나의 손이 거기서 훨씬 더 남쪽을 탐하고 싶은 듯 데일의 허리띠 버클 주변에서 맴돌았지만 선을 넘지는 않았다. 까딱하다가는 시간 개념을 잃어버리기 십상이었다. "가서 이 난장판을 얼른 치워버리자. 하지만 그 전에 좀 도와줄래?" 우나는 기다란 적갈색 머리칼을 한쪽 어깨 위로 내려뜨리며 그가 지퍼를 올릴 수 있게 드러난 어깨를 내밀었다. "우리가 좀더 일찍 리허설을 해야 했다고 생각해? 오늘밤은 친구들 앞에서 연주만 하면 되지만 깊은 인상을 남기고 싶어." 한번은 공연이 끝나고 그녀는 관객이 자신에게 "꽤 괜찮긴 하지만 차세대 조 앤 제트(1970년대 후반 펑크록을 구사하며 인기몰이를 했던 미국의 여성 뮤지션_옮긴이)라고 하기엔 역부족"이라고 얘기하는 걸 우연히 들은 적이 있었다. 우나는 자기가 그 말에 얼마나 동의하는지 확실히 알 수 없었다. 다만 분명한 것은 기회가 주어진다면 키보드 연주보다 기타 연주를 더 잘할 수 있고, 보컬에서도 데일 못지않게 기량이 탄탄하다는 점이었다. 하지만 관객의 말은 그녀에게 들러붙어 좀처럼 떨어지질 않았다.

그녀가 돌아서서 드레스 매무새 손질을 끝내자 데일이 나지막하게 휘파람을 불며 말했다.

"히야, 진짜 끝내준다. 넌 짐작도 못할 거야."

그가 감탄에 겨워 고개를 저을 때마다 그의 피부는 부엌의 사실적인 형광빛 아래서도 눈부시게 빛났다.

그의 검은 눈이 뿜어내는 강렬한 기운에 그녀는 할 말을 잃은 채 붙박이가 된 것처럼 꼼짝달싹도 할 수 없었고, 마치 마약을 흡입한 듯 짜릿짜릿한 흥분감이 정맥 가득 흘러넘쳤다. 그녀는 대답 대신 그저 그의 손을 꽉 잡는 것밖에 할 수 없었다.

데일이 다가와 그녀의 귀에 대고 속삭였다. "분명히 말하는데, 넌 언제나 인상적이야. 널 처음 본 뒤로 늘 깊은 인상을 받아왔어. 그리고 너와 함께 보내는 매 순간은, 망할 내 인생의 하이라이트야."

거실에 가보니 뒤틀린 철재와 유리 조각 더미 사이에 커피 테이블이 널브러져 있었다.

"빌어먹을 코리 자식." 데일이 투덜거렸다. "넌 내가 왜 새 드러머를 알아보자고 얘기하는지 궁금할 거야."

우나와 함께 형편없이 찌그러진 금속과 깨진 유리 조각을 조심스럽게 주워 모으던 데일이 전과 같이 불평불만을 늘어놓았다. "자식이 점점 맛이 가고 있다니까. 코카인을 더 빨고 있는지 어떤지는 모르겠지만 술 마시는 것만으로도 문제야. 아직 레코드 계약을 한 것도 아닌데 벌써 자기가 무슨 키스 문(자기 파괴적인 행동과 약물 중독으로 회자됐던 영국의 록 가수 겸 드러머_옮긴이)이라도 되는 것마냥 행동하고 있잖아. 이 자식이 투어를 망치기 전에 교체해야 하는 거 아닌지 몰라."

"넌 걔 못 내쳐. 말썽을 많이 일으키긴 해도 보기 드물게 뛰어난 드러머고, 게다가 밴드를 사랑하잖아." 이렇게 말하면서 우나는 잔뜩 찌푸린 그의 이마를 어루만졌다. "좀더 믿어봐."

다시 지하실로 돌아온 그들은 턴테이블 쪽으로 향했고, 한 잔 하기로 했다. 그녀는 플라스틱 컵에 따라놓은 싸구려 샴페인을 홀짝이며 눈앞에서 일렁이는 형형색색의 군중을 지켜보았다.

잠시 뒤 누가 그녀의 어깨를 툭툭 쳤다.

"왜 이렇게 기운이 없어?" 웨인이었다. 머리부터 발끝까지 빨간색 가죽으로 치장한 그는 아프로 스타일 머리에 얼마나 광택제를 뿌렸는지 불빛을 받을 때마다 반짝거렸다.

"기운 없지 않은데?" 그녀는 방어적인 태도로 대답했다.

"에이, 기운 내. 춤추면서 미치광이처럼 웃고 있잖아. 무슨 일인데 그래? 데일이랑 싸운 거야?"

"그럴 리가. 난 그냥 내가 사람들을 얼마나 그리워하게 될지 생각하고 있었어." 그러고 나서 그녀는 서둘러 이렇게 덧붙였다. "우리 모두 투어에 나서게 되면 말야."

"그 말을 곧이곧대로 믿는 건 아니지만 그 정도로 넘어가줄게."

우나는 자신의 빈 컵을 가리켰다. "리필이 필요해. 곧 돌아올게." 아무렇지 않은 척 웨인에게서 돌아섰지만, 입이 바싹 마르고 속도 약간 메스꺼웠다. 조용히 생각을 정리할 수 있는 장소가 필요해진 그녀는 축제 한복판에서 길을 잃기로 작정했다.

지하실 계단 맞은편은 화장실이었다. 노크를 해도 아무 대답이 없자 우나는 손잡이를 돌리고 안으로 들어갔다. 그런데 웬걸, 코리가 세면대 위에 몸을 숙이고 있었다.

"뭐야?" 그가 두 눈을 휘둥그렇게 뜨고 허리를 곧추세우며 소리쳤다.

"앗. 미-" 그 순간 그녀의 눈에 하얀 가루로 범벅이 된 손거울이 들어왔다. 그녀는 등 뒤로 문을 닫아 잠갔다. "지금 장난쳐?"

"늘 이런 거 아냐, 맹세해." 코리가 겁에 질린 채 허연 두 손으로 오렌지색 점프 수트를 흔들어댔다.

"호보컨 공연을 망치고 나서도 넌 그렇게 말했어. 밴드에서 나가고 싶어?"

"그럴 리가. 넌 내가 식당에서 평생 테이블이나 치우며 살기를 원한다고 생각해?"

"그건 나야 모르지. 다만 데일이 밴드에만 집중하려고 대학도 때려치우고 웨인까지 그렇게 하도록 설득한 건 알아. 그리고 내가 한 학기 쉬고 이번 투어를 계속하길 바란다는 것도 알아. 네가 정말 밴드의 일원이 되고 싶다면 좀더 진지하게 생각해봐야 할 거야." *가만, 그 충고는 나 자신에게 해야 할 것 같은데.* 그녀는 스스로의 위선에 움찔 놀랐다. "데일이나 웨인이 이걸 봤다면 어떻게 했을 것 같아?"

코리는 번민으로 얼굴을 일그러뜨리며 뚜껑이 덮여 있는 변기에 털썩 주저앉았다. "말하면 안 돼. 밴드는 내게 전부야."

"알아." 우나는 선 자세로 엉덩이에 손을 올려놓은 채 그를 내려다보며 말했다. "하지만 밴드 정책상 중독성 약물은 금지야. 거기에 우리 모두 동의했고. 그걸 지킬 수 없다면 지금 나가는 게 좋을 거야. 그래야 걔들이, 아니 우리가 투어 전에 새 드러머를 알아볼 시간을 벌 수 있을 테니까." 죄책감에 떠밀린 그녀는 화장지를 한 칸 뜯어 그의 코밑에 묻은 가루를 닦아주었다. "입 닫고 있을 테니까 어서 빨리 정신 차려."

"이번이 마지막이었어. 정말이야." 그는 세면대로 가서 남아 있는 코카인을 씻어낸 뒤 말끔해진 손거울을 위로 들어올리며 말했다. "봤지?"

손거울 속에선 검은색 라이너로 눈두덩을 너구리처럼 칠한 것처럼 근심걱정으로 무거워진 녹갈색 두 눈이 그녀를 바라보고 있었다. "날 실망시키지 마." 그 말은 그녀의 친구 못지않게 거울 속 그녀를 겨냥하고 있기도 했다.

코리는 더 많은 약속을 쏟아놓으며 그녀에게 감사의 미소를 지어 보이고는 자리를 떴다.

화장실에 혼자 남은 그녀는 한정된 공간이 덥고 답답하게 느껴졌다. 홀로 위층에서 잠시 쉬고 나면 괜찮아질 것 같았다.

아무도 몰래 지하실을 나가고 싶은 마음이 굴뚝같은 나머지 우나는 계단 맨 아래 있던 사람을 알아보지 못하고 그냥 지나칠 뻔했다. 그녀는 간발의 차이로 오랜 벗을 바닥에 내동댕이치기 직전에 멈춰 섰다. 그러고는 가속도를 이용해 얼떨떨해하는 친구를 와락 끌어안았다.

"팸! 어떻게 네가 여기 있어? 그렇지 않아도 너도 여기 나타났음하고 바랐는데."

"와." 그녀는 입을 딱 벌린 채 우나에 이어 방을 재빨리 쓰윽 훑어보았다. "다들 이렇게…… 굉장해 보일 거라고는 생각 못했어." 어떻게든 조금이라도 더 노숙하고 진보적으로 보이려고 애쓰는 다른 손님들에 비해 팸은 유행에서나 성숙도 면에서나 몇 년 뒤처져 있었다. 도로시 해밀(미국의 피겨 스케이팅 선수로 1976년 동계 올림픽 여자 싱글 부분에서 금메달을 땄다_옮긴이)이 1976년 금메달을 딴 뒤로 한결같이 고수해온 짤막한 단발, 좁은 어깨에 하얀 피터 팬 칼라가 압권인 갈색 벨베틴 드레스, 입술에 덕지덕지 바른 바셀린을 제외하고 민낯의 주근깨투성이 얼굴이 그랬다. "오지 말 걸 그랬나 봐."

"무슨 소리야? 너 정말 예뻐." 그러면서 우나는 친구의 손을 잡고 살며시 끌어당겼다. "사람들한테 소개시켜줄게."

하지만 팸은 꼼짝하지 않았다. "아까 너희 집에 들러 너희 엄마랑 얘길 나눴어. 네가 자랑스럽겠다고 하면서 무척 보고 싶으실 거라고 말씀드리니까 얘가 지금 무슨 얘길 하나 싶은 눈치셨어. 런던 일은 아무 말씀도 안 드린 거야?"

런던.

그 말은 우나의 심장을 찌르는 아드레날린 주사기와도 같았다. 그녀는 발길을 되돌려 파티장에서 팸을 잡아끌고 계단을 올라 위층의 텅 빈 부엌으로 데리고 갔다.

"맙소사, 우나, 너 땜에 어깨 빠질 뻔했잖아?"

"런던 얘기는 아무도 몰라. 엄마는 물론이고, 데일도."

"왜 그래야 하는데?" 그러면서 팸은 자기 귓불을 잡아당겼다. 어렸을 때부터 초조하면 나오는 습관이었다.

"설명하기가 곤란해." 우나는 목구멍이 너무 말라서 거의 말을 할 수가 없었다. "잠깐만." 그녀는 냉장고에서 콜라 캔을 하나 꺼냈다. 딸칵 하는 소리와 함께 펑하고 마개를 따자 한쪽 옆으로 거품이 솟구쳤다. 콜라가 흘러내릴까 봐 우나는 얼른 몇 모금 들이켰다. "어느 누구의 압력이나 조언 없이 나 혼자 결정을 내리고 싶어서 아무한테도 얘기하지 않았어. 엄마나 데일한테는 더더욱 알리고 싶지 않았어."

"결정하고 말고 할 게 뭐 있어? 3학년 때 〈메리 포핀스^{Mary Poppins}〉를 본 뒤로 우린 죽 런던에 가는 꿈을 꿔왔잖아. 그리고 이제 거기서 살게 됐고."

"이번 여름에도 런던을 가게 될 거 같아. 데일과 유럽으로 배낭여행을 떠나자고 얘기했거든. 파리, 베를린, 브뤼셀, 런던 등 주요 도시는 모두 돌아보려구." 둘은 상대적으로 덜 알려진 유럽의 명소들을 뽑아 표로 만들었다. 이탈리아 친퀘테레의 고대 해변 마을, 그리스의 카스텔로리조 섬, 체코슬로바키아 쿠트나 호라의 인간의 뼈로 장식한 성당 등. "물론 이때는 우리가 팩토리 트웰브의 제안을 받아들이기 직전이었고, 또 투어에서 어떤 일이 일어날지는 아무도 몰라. 데일이 신뢰하는 A&R 대표가 우리한테 푹 빠져서 여름 내내 대형 음반사의 앨범을 녹음하고 있을지 누가 알겠어?"

"진담이야?" 너무 뜻밖이라 팸의 얼굴이 일그러졌다. "물론 음악이라는 게 사람을 흥분하게 만들기는 하지만 현실은 아니잖아. 땀내 풀풀 나는 투어 버스에서 몇 달을 지내고 빈털터리로 집으로 돌아오든가, 아니면 런던에서 일 년 지내며 모든 가능성을 열어놓든가 선택은 네 몫이야." 팸은 신고 있는 메리제인 신발을 내려다보며 무겁게 한숨을 내쉬었다. "난 네가 두 번 다시 없을 기회를 저버리는 꼴은 보고 싶지 않아. 시간이 얼마 없어. 2주 안에 서류를 제출해야 해."

"나도 알아." 우나가 콜라 캔을 뜨겁게 달아오른 이마에 갖다 대며 말했다. "하지만…… 아직 잘 모르겠어. 단 하룻밤이라도 그 문제로 걱정하지 않고 지내고 싶어. 상황이 더 복잡해지기 전에 하룻밤쯤은 파티를 즐겨도 되잖아? 다시 내려가서 오늘밤은 그냥 좀 즐기자, 응?"

팸은 한참을 망설인 끝에 비로소 입을 열었다. "좋아. 먼저 화장실부터 다녀오고."

"여기 위에 하나 있어. 복도를 내려가서 왼쪽으로."

"넌 가, 내가 알아서 찾아갈게."

"도망가기만 해?"

아래층으로 내려가면서 우나는 손목시계를 흘낏 쳐다보았다. 오후 11시 40분이었다.

음료 테이블 쪽으로 다가갔더니 마침 데일이 스파클링 와인 병을 따고 있었다.

"질 좋고 값싼 샴페인을 얼마든지 살 수 있는데 탄산음료나 홀짝여서 되겠어?" 그는 펑하고 코르크 마개를 뽑은 뒤 플라스틱 컵 두 개에 샴페인을 가득 따라 하나를 우나에게 내밀었다. "자, 우리 축하하자. 넌 로큰롤 역사에서 가장 핫한 키보드 주자가 될 거야."

"누가 키보드 주자한테 관심을 갖는다고?" 샴페인을 삼키기 전 그녀의 두 눈이 방금 버린 콜라 캔을 스치듯 훑고 지나갔다. "리드싱어나 기타리스트면 몰라도. 너는 해당되겠지." *난 아냐. 난 아마 거기 없을 거야.*

"아니, 우리 모두 주목받을 거야." 그러면서 데일은 한쪽 팔로 그녀의 허리를 감싸 안았다. 다음에 무엇이 와도 언제나 그 자리에 있겠다는 굳은 약속. 우나는 그 약속을 믿기에 그에게 기대 미소를 지으며 화답했다.

그녀의 발 밑 바닥이 우르르 흔들렸다. 집 밑으로 지하철이 지나다니나? 어쩌면 파티 손님들의 넘치는 에너지가 원인일 수도 있었다. 다들 너무 열심히 춤을 추느라 흔들리는 건지도. 아니면 아까 마신 샴페인과 남자친구의 과도한 애정 공세 때문일지도. 서로에게 시선이 머문 순간 우나와 데일의 눈이 빛났다. 마치 뭔가 비밀을 공유하고 있다는 듯, 살인 공모자들처럼 강렬한 유대감으로 연결돼 있다는 듯. 두 얼굴이 맞붙으면서 플라스틱 컵 밖으로 액체가 철벅철벅 솟구쳐 나오나 싶더니 방에 있던 사람들을 어둠 속에 던져둔 채 격렬한 키스에 돌입했다. 마치 전쟁이 끝나고 재회한 연인처럼 무아지경이었다. 그 둘은 겨울 휴가 이틀을 제외하고는 늘 같이 지냈고, 둘 다 브루클린에 살면서 하루도 안 보는 날이 없었다. 어쩌면 그 둘은 전쟁이 끝나고 재회하지 못한 연인이었을지도 모른다.

데일이 그녀의 귀에 대고 속삭였다. "널 위해 깜짝 생일 선물을 준비했어."

그는 그녀를 칸막이를 쳐서 창고로 사용하는 지하실 한쪽 구석으로 데리고 갔다. 야외용 플라스틱 의자를 쌓아놓은 더미 맨 위에 은박지로 포장한 직사각형 상자가 하나 놓여 있었다.

"내 생일이 되려면 아직 30분 더 있어야 해." 말과 다르게 그녀의 얼굴은 웃고 있었다.

"더는 못 기다리겠어. 어서 열어봐." 데일은 그녀가 포장지를 벗겨내기 쉽도록 상자를 꽉 붙잡았다.

포장지를 벗겨 내자 번쩍이는 은색 버클이 달린 검은색 바이크 재킷이 모습을 드러냈다.

"너무 과한걸. 투어 경비를 대려면 저축해야 하잖아." 그녀가 입고 있는 드레스 위로 소매에 손을 집어넣고 재킷을 입어보며 말했다.

"아빠 가게에서 일하면서 손님들한테 크리스마스 선물용으로 코모도어 64(코모도어 인터내셔널이 1982년 8월에 출시한 8비트짜리 가정용 컴퓨터_옮긴이)를 팔아서 수수료를 꽤 쏠쏠하게 챙겼으니까 걱정하지 않아도 돼. 잘 맞아?"

"딱 맞아. 가만, 내가 만날 가죽 재킷을 빌려달라고 하니까 지겨워서 이러는 거 아냐?" 짐짓 의심스럽다는 듯 고개를 갸우뚱거리며 그녀가 물었다. 실은 그 재킷은 자신의 뉴욕 시 갑옷이라고, 그걸 입고 있으면 안전한 느낌이 든다고 말하고 싶었다.

"그럴 리가. 난 그저 너한테도 너만의 갑옷이 있었음 좋겠다고 생각했을 뿐이야." 그가 말했다.

그녀의 심장이 미친 듯이 원을 그리며 날아다니는 벌새처럼 팔딱거렸다. 그녀는 두 팔로 데일을 감싸 안으며 속삭였다. "난 정말 행운아야."

"내가 널 완전히 망쳐놓아서?"

그의 따스한 숨결에 그녀의 무릎이 스르르 풀리면서 온몸의 피가 웅웅거리기 시작했다. "아니, 남은 내 인생을 지구상에서 제일 멋진 남자와 함께 지낼 수 있으니까."

"바로 그거야." 말이 끝나기가 무섭게 그는 주변을 쥐 죽은 듯 조용하게 만들 만큼 격렬한 키스를 퍼부었다. "널 위해 깜짝 이벤트를 또 하나 준비해뒀는데 카운트다운이 끝날 때까지 기다려야 할 거야."

"말하지 마, 말하지 마!" 그렇게 말하며 그녀는 한 손을 들어 올린 채 돌아섰다.

보통은 깜짝 이벤트를 좋아했지만 팩토리 트웰브, 데일과 웨인의 자퇴, 런던행 사이에서 우나는 감정의 포화점에 다다르고 있었다.

"가자, 가서 다른 사람들과 또 어울리자." 데일이 말했다.

일 년 내내 보관하고 있던 투명한 크리스마스 전구가 지하실을 환하게 밝히고 있었다. 거울을 빼곡히 붙인 벽들 사이에서 튀어 오르는 하얀 점 모양의 불빛이 우나를 거대한 미러볼처럼 보이는 폭발 직전의 별 한가운데에 가둬놓았다. 그녀가 생각지도 못했던 광경에 자꾸만 차오르는 눈물을 참느라 눈을 깜빡거리는 사이 시야가 흐릿해졌다. 이 순간이야말로 완벽한 한 해의 절정이었다. 하지만 영원히 지속될 리는 없었다. 파티가 끝나고 나면 저울은 곧 기울어질 터였다. 만약 런던행을 포기하고 한 학기 쉰다면 우나는 학업에 의욕을 잃게 될 터였다. 하지만 밴드 활동을 접는다면 훨씬 더 많은 걸 잃게 될 터였다. 만약 얼리 도닝Early Dawning이 그녀 없이 투어에 나선다면 그녀는 그해 봄을 데일 없이 지내야 할 것이다. 그것만으로도 충분히 고통스러울 텐데 그가 실망하는 모습까지 참아낼 자신은 없었다. 그리고 그것은 그녀의 영국행이 가져올 수많은 난관 중 시작에 지나지 않았다. 두 사람은 과연 어려움을 뚫고 무사히 살아남을 수 있을까?

우나는 한 시간씩 지날 때마다 점점 더 큰 소리로 점점 더 빠르게 째깍거리는 벽시계 앞에 속수무책으로 서 있었다. 곧 그녀를 배반하고 말 시계였다.

그녀는 시간을 확인했다. 11시 55분.

방 한 구석 조그만 컬러 TV에서는 타임스스퀘어에서 열리는 새해맞이 행사가 중계되고 있었다. 코리가 화면을 가리키며 말했다. "저 전구는 체리 같지 않아?"

"그래서 사람들이 드러머를 바보라고 생각하는 거야. 이 멍청아, 그게 어떻게 체리냐? 사과지." 데일이 말했다. "뉴욕을 빅체리라고 부르지 않고 빅애플이라고 부르는 거 몰라?"

그닥 웃기지는 않았지만 우나는 기분 전환이 간절했던 터라 고개를 뒤로 젖히고 신나게 웃어댔다. 데일은 하얗게 드러난 그녀의 목덜미를 놓칠세라 별안간 이를 들이대더니 호색한 흡혈귀 흉내를 냈다. 그가 바닥까지 질질 끌리는 그녀의 머리채를 내려뜨리는 사이 방이 살짝 기울어진다 싶더니 시간이 지날수록 축에서 점점 벗어났다. 그 사이 그녀의 웃음소리는 항변의 비명으로 바뀌었다가 이내 잠잠해지면서 쾌락의 속삭임으로 이어졌다. 두 사람은 서로에게 푹 빠져 정신없이 서로를 탐했고, 이것이야말로 사랑이라고 할 수 있었다. 그녀는 사랑 말고 다른 것이라고는 상상도 할 수 없었다. 사랑을 알게 된 이상 그를 남겨두고 떠난다는 건 있을 수 없는 일이었다.

그녀의 발밑에서 또다시 진동이 일기 시작하더니 방 네 귀퉁이가 움직이면서 시야가 흐릿해졌다. 샴페인을 너무 많이 마셨나? 바라건대 얼리 도닝이 1983년 새해를 맞이해 연주를 할 때 키보드와 마이크 뒤에서 지금처럼 엉성하지 않기를.

이 파티를 기억해. 한 순간도 빠뜨리지 말고. 여기 있는 한 사람 한 사람 모두.

우나는 주변을 둘러보면서 머릿속으로 저마다 괴짜이면서 남다른 재능이 있는 친구들의 사진을 찍었다. 그녀는 친구들이 언젠가 굉장한 일을 하게 되리라고 믿어 의심치 않았다. 그녀도 그렇게 될까?

선택할 필요가 없으면 얼마나 좋을까?

소원을 이루려면 예외 없이 대가가 따르기 마련이요, 모든 축복에는 저주가 그림자처럼 따라다닌다는 것을 미처 알지 못한 그녀는 시간이 날 때마다 빌고 또 빌었다.

1983년을 여는 카운트다운이 시작됐다.

"10!"

그녀는 이보다 더 행복할 순 없다고 느끼며 데일의 허리를 꽉 감싸 안았다. 그때 불안에 떠는 목소리가 그녀의 마음 한 구석에 대고 속삭였다.

더 이상 높이 올라갈 데가 없어.

"9!"

가죽 재킷 때문에 너무 더웠지만 그녀는 벗지 않을 생각이었다. 데일에게 속한 무언가를 입고 있을 때 안전하다고 느끼게 하는 것은 재킷의 무게 때문만은 아니었다. 그리고 지금 이 느낌을 그에게 말하지 않는 게 좋겠다고 생각했다. 그의 것이라면 졸업 반지든, 낡은 티셔츠든, 지저분한 구두끈이든 그 어떤 부적보다 소중했고, 그녀를 지켜주기에 충분했다.

"8!"

불행히도 그녀의 가죽 갑옷이 막아주지 못하는 게 몇 가지 있었다.

"7!"

진동은 우나의 두 다리를 척추 밑까지 밀어 올릴 만큼 거세졌다. 어떤 보이지 않는 힘이 그녀의 삶의 리듬을 새롭게 설정하며 그녀의 몸을 메트로놈으로 바꿔놓겠다고 위협하고 있었다.

"6!"

그녀는 위협을 애써 무시했다.

"5!"

1982년과 자신의 열여덟 번째 해의 마지막 몇 초를 남겨두고 땀방울이 우나의 관자놀이를 타고 또르르 흘러내렸다.

"4!"

그녀는 TV 화면에서 카운트다운을 알리고 있는 공의 빨간 불빛을 눈으로 좇으며 사람들과 함께 소리쳤다. 하지만 그녀의 외침은 고통의 외침일 뿐이었다.

"3!"

우나의 머리 꼭대기에서 날카로운 감정이 폭발하면서 그녀의 몸 한가운데로 퍼져나가는가 싶더니 보이지 않는 넓적한 칼이 그녀를 둘로 쪼개놓았다.

"2!"

점점 뜨거워지는 열기가 그녀의 내부를 휘저어놓는 가운데 미세한 입자들이 서로 밀치며 뿔뿔이 흩어졌다 다시 모였지만 그 어느 곳도 아니었다.

"1!"

2장
얼음 아래서
2015 : 51 / 19

Under Ice - Kate Bush

1:51 2:21

우나는 익사 직전까지 갔다가 수면을 뚫고 나오기라도 하듯 헉하고 숨을 내쉬며 의식을 되찾았다.

일 초 전만 해도 그녀는 사람들, 빛과 소음, 온기에 둘러싸여 있었다. 지금 그녀는 벽난로를 켜놓은 어두운 방 안의 고급스런 카펫 위에 누워 있었다. 외풍으로 서늘한 공기를 덥히는 불꽃이 타닥거리며 타는 소리를 제외하면 쥐 죽은 듯 조용했다.

샴페인을 대체 얼마나 많이 마신 거야?

"괜찮으세요?" 낯선 남자의 목소리가 들려왔다.

약한 불빛이 그녀의 눈을 따갑게 찔러댔다. 방이 눈앞에서 흔들거렸다. 그녀는 카메라 플래시에 노출된 것처럼 눈을 깜박였다. *집중해.*

호리호리한 체격의 웬 남자가 핑크 플로이드의 앨범《다크 사이드 오브 더 문Dark Side of the Moon》커버에 나오는 프리즘과 무지개를 자잘한 라인석을 사용해 눈부시게 재현한 티셔츠를 입고 그녀 옆에 무릎을 꿇고 있었다.

우나는 그의 팔 한쪽을 붙잡고 가까스로 일어나 앉았다. "데일은요?"

그 순간 문득 이런 생각이 그녀의 뇌리를 스쳐 지나갔다. 데일의 지하실에, 아니 애초부터 그의 집에 있지 않았다고.

대신 그녀는 보드게임 클루에 나오는 서재를 연상케 하는 공간에 있었다. 높다란 천장, 칙칙한 나무 벽, 등받이가 있는 가죽 의자, 고풍스런 전구, 큼직한 보석 같은 느낌의 크리스털 병들로 즐비한 이동식 바가 그랬다. 책꽂이가 한쪽 벽을 차지하고 있었고, 팔이 닿지 않는 선반에는 이동식 사다리가 놓여 있었다. 위스키를 홀짝이며 우아하게 학문을 논하고, 조용조용한 대화를 즐길 수 있는 공간이었다.

불안의 실이 그녀의 어두운 마음을 이리저리 누비고 다녔다. "여기가 어디에요?" 우나는 벽난로 위의 그림을 응시했다. 홀리 고라이틀리(영화 〈티파니에서 아침을〉에서 오드리 햅번이 연기한 여주인공 이름_옮긴이)를 닮은 멋쟁이 여성이 목줄을 찬 커다란 늑대 세 마리와 나란히 서 있었다. 여성의 한쪽 입가에선 피가 방울방울 떨어져 내리고 있었다. "으스스하지만 예쁘네요."

"이 그림을 살 때도 똑같은 말씀을 하셨지요."

그녀의 머릿속 안개가 조금씩 걷히기 시작했다. "누구세요?" 그녀는 자신의 목을 어루만졌다. 목소리가 평소와 다르게 들렸기 때문이다. 아예 바뀐 건 아니었지만 한층 깊어진 건 분명했다.

검은 눈동자를 가진 30대 초반의 남자는 친절한 인상을 풍겼다. 광대뼈가 많이 튀어나온 편이었고, 파도처럼 구불거리는 머리는 살구색으로 물들어 있었다.

"켄집니다. 당신의 개인 비서이자 친구이기도 하죠. 이곳은 당신 집이에요. 아마 목소리가 달라졌을 겁니다. 설명할 게 많아요. 섬뜩하고 충격적일 겁니다. 내가 있으니 걱정 말아요."

우나는 진저리를 치며 두 눈을 감았다. 너무 생생해서 꿈일 리가 없었지만 이토록 괴이한 신기루도 있다니. 분명 그녀는 사방에 거울이 있는 지하실에서 데일과 친구들과 함께 파티를 즐기고 있었다. 눈앞의 현실은 잘못된 게 분명했다. 환영에 넘어가지 않게 정신을 바짝 차려야 했다.

그러나……

몸속이 요동치자 우나는 그만 허리를 꺾고 말았다. 마치 장기들이 제자리를 찾고 있는 것 같았다. 그녀는 마른침을 꿀꺽꿀꺽 삼키며 가까스로 욕지기를 달랬다. 숨을 깊이 들이마셨다.

마치 자신의 입에서 튀어나온 비명이라고는 믿기지 않는 듯 깜짝 놀랐다. 같은 데시벨로 비명을 질렀던 때가 있었다. 남자 둘이 그녀의 아버지를 웬 배로 끌고 가서는 옷섶을 풀어헤치고 물이 가득 차서 제 기능을 못하는 폐에 공기를 불어넣었던 일은 그녀가 열한 살 때 일어났다. 그때 들여다봤던 찰스 록하트의 보랏빛 얼굴은 그저 무표정하기만 했다. 그 비명은 익숙한 것이 낯선 것으로 바뀌는 모습을 봤을 때 나오는 공포의 비명이었다. 십수 년이 지났는데도 소녀가 째지듯 애처롭게 울부짖을 때의 음색을 그대로 간직하고 있었다.

"쉬. 진정해요. 이젠 위험하지 않아요."

우나는 자리에서 일어나 종종걸음을 치며 그에게서 멀찍이 도망쳤다. 그녀의 행동은 스스로에게 끔찍하고도 낯선 충격이었고, 너무 놀란 나머지 그녀에게 이방인은 안중에도 없었다. 몸이 찌뿌드

드한 게 마치 녹슨 갑옷을 입고 있는 것처럼 묵직했다. 그녀는 자신의 모습을 바로 확인할 수 없어서 더 공포스러웠다. 서서히 드러나는 자신을 들여다본 그녀는 눈으로 보고도 믿을 수 없었다. 마디마다 푸르스름한 정맥이 울뚝불뚝 튀어나온 데다 온통 갈색 검버섯으로 뒤덮여 있는 손은 그녀의 손일 리 없었다. 그녀는 두 손으로 우중충한 색깔의 치마와 스웨터를 걸치고 있는 자신의 몸 구석구석을, 얼굴과 목의 늘어진 피부를, 몰라보게 두꺼워진 중앙부를 만져보았다. 두 손도, 옷도, 몸도 분명히 그녀의 것이 아니었다.

"우나, 정신 차리고 내 말 잘 들어요." 켄지가 일어서며 말했다.

그녀에게는 귀를 기울일 시간이 없었고 오로지 자신이 해야 할 일만 되뇔 따름이었다. *여기서 나가야 해.* 문에 이르는 길이 막혀 있었기 때문에 그녀는 창문으로 냅다 돌진했다.

그녀의 한쪽 어깨를 붙잡는 손 때문에 홱 돌아서고 말았다.

"진정해요. 내가 누군지 알잖아요." 그가 말했다.

커튼에 기대 몸을 잔뜩 웅크린 채 팔짱을 낀 그녀가 중얼거렸다. "아니. 아니. 말도 안 돼. 일 분 전만 해도 난……." 흔들리는 눈빛으로 책상 위 사진을 응시하더니 이내 고개를 끄덕이며 이렇게 말했다. "저기 있었는데."

사진 속의 우나는 금사 드레스와 가죽 재킷 차림으로 데일과 코리, 웨인과 팸과 함께 두 눈을 반짝이며 활짝 웃고 있었다. 카메라 플래시가 그들 뒤쪽의 거울을 붙인 벽에 반사되고 있었다.

켄지가 그녀에게 사진을 건넸다. "그렇지 않아도 보여드릴 생각이었어요."

"난⋯⋯." 그녀는 사진과 자기 앞의 남자를 번갈아 쳐다보았다. "이런 포즈를 취한 기억이 없는데."

"내가 설명할게요."

"그쪽이 저 사람들을 해쳤나요? 나도 해칠 건가요?" 우나는 사진을 가슴께로 당겨 꼭 끌어안았다. 임시변통으로 만든 쓸모없는 방패에 불과했지만.

그가 눈썹을 치켜올리며 뒤로 물러났다. "그럴 리가요. 내가 여기 있는 이유는 당신이 날 믿기 때문입니다. 그 점은 얼마든지 증명해 드릴 수 있어요. 당신은 사진 속 신년 파티에 대해 수없이 얘기했어요. 나는 암만 해도 모를 그 소리를 말이죠." 켄지는 이렇게 말하며 사진을 향해 손을 뻗었다. "안심하세요, 곧 돌려드릴 테니. 좋아요, 그러니까 이쪽이 밴드 베이스 기타 주자 웨인. 그리고 이쪽은 드러머 코리. 화장실에서 코카인을 흡입하는 걸 당신한테 들키고는 온갖 주접을 떨어대다가 두 번 다시는 손대지 않겠다고 단단히 맹세했죠. 당신은 밴드 일원에게 입을 닫기로 약속했고요. 이쪽은 프런트맨 데일, 자기 것과 똑같은 가죽 재킷을 선물한 당신 남자친구. 당신은 그 재킷을 뉴욕 시 갑옷이라고 불렀다죠?" 그러고 나서 그가 팸을 가리키자 우나는 입이 떡 벌어졌다. "이상한 단발머리를 한 사람은 당신의 어릴 적 친군데 이름은 기억이 안 나요. 하지만 이 머리 모양은 평생 잊을 수 없을 거예요. 당신이 런던행을 쉬쉬하는 것을 탐탁지 않아 하면서 따분하기 그지없는 길을 같이 가자고 설득한 친구잖아요. 또 뭐가 더 필요한가요? 맞다, 카운트다운 직전에 코리가 사과를 체리로 착각했지, 내 참 기가 차서."

그가 사용하는 표현 중 몇 가지는 알아듣기 힘들었지만 차분한 말투는 그녀의 넋을 쏙 빼놓았다. 그가 살면서 겪은 사건들을 VCR을 재생하듯 다시 들춰내 보여주는 사이 우나는 온몸이 바들바들 떨리면서 무릎이 탁 풀렸다. 그녀는 비틀거리며 책상으로 다가가 모서리를 버팀목 삼아 꽉 움켜잡았다. "좀 앉아야겠어요."

"저런. 한꺼번에 너무 과했나 보군요?" 그가 서둘러 사진을 내려놓으며 한쪽 팔을 내밀었다.

우나는 그 팔을 잡지는 않았지만 그가 자신을 부축해 등받이 있는 의자로 데려가는 건 내버려두었다.

"저기⋯⋯." 그가 자리에 앉는 순간 무도회 드레스에나 어울릴 법한 하늘하늘한 천으로 만든 바지에서 사각거리는 소리가 났다. "당신의 과거가 드러난 이상 지금 바로 상황을 설명해드릴까요?"

그의 옆으로 다가가다가 무릎을 파고드는 통증에 반사적으로 얼굴을 찡그린 그녀가 말했다. "혹시 내가 납치된 적 있나요? 내 꼴이 왜 이 모양이에요?" 그녀의 표정은 살벌했지만 목소리는 떨리고 있었다.

"다 괜찮아질 거예요. 내가 있잖아요. 우리 둘이 혼란스런 상황을 잘 헤쳐 나갈 수 있을 거예요."

"그럼 내가 포로가 아니란 거죠?"

"물론 아니죠. 난 당신에게 고용된 직원이에요. 그리고 우린 절친이기도 하고요."

"절친?"

"친구요."

"내겐 그쪽처럼 나이 많은 친구가 없는데."

켄지는 뜻밖이라는 듯 웃음을 터뜨렸다. "이봐요, 난 이제 겨우 서른이에요. 긴장 풀어요."

"대체 무슨 일이 일어나고 있는 거죠?" 우나는 눈을 감았다. 이 새로운 세계에 그녀는 이미 지칠 대로 지쳐 있었다. 만약 그녀가 죽지 않았다면 악몽을 꾸고 있는 게 틀림없었다. 그렇다면 잠에서 깰 때까지 잠자코 기다리면 될 터였다. 그녀는 비장하게 한숨을 내쉬며 눈을 뜨고는 낯선 남자를 마주보았다. "이름이 뭐라고 했죠?"

"켄지요."

"그쪽은 왜 여기 있고, 나는 또 왜 여기 있는 거죠?" 이것이 아무리 으스스한 판타지라 해도 뭔가 그럴 듯한 줄거리가 있어야 옳았다.

발 한쪽을 불규칙하게 까딱거리는 거 말고는 그는 차분하기 그지없었다. "여기가…… 당신 집이에요. 그리고 당신이 나더러 여기 있어달라고 부탁했고."

소리 없는 웃음이 그녀의 가슴을 흔들었다. 이곳, 이 남자, 이 모든 게 마치 새로 언어를 배우는 것만 같았다. "여긴 내 집이 아니에요. 그리고 난 그쪽이 누군지도 몰라요."

"제대로 이해하려면 시간이 좀 걸릴 거예요. 하지만 내가 옆에서 도와줄게요." 이렇게 말하며 켄지는 그녀의 한쪽 팔에 손을 얹더니 안심하라는 듯 꽉 움켜잡았다.

아프지는 않았지만 강도가 너무 셌다. 그녀는 움찔 놀라며 그의 손을 홱 뿌리쳤다. "만지는 건 사양할게요." 우나가 자리에서 일어나 문 쪽으로 뒷걸음질 치자 그의 얼굴에는 기분이 상한 듯한 기색이 드리워졌다. "난 이만 가봐야겠어요. 기다리는 사람들이 있어서. 다들 내가 어디 있는지 궁금해할 거예요." 그녀는 그가 달려들지 않길 바라며 한 발 한 발 출입구로 향했다.

"잠깐만요." 켄지가 책상으로 달려가더니 봉투를 한 장 들고는 안전거리를 유지하며 그녀에게 내밀었다. "내 설명을 듣고 싶지 않다면 당신 스스로 알아보는 게 더 나을지도 모르겠군요. 하지만 여긴 *겁나* 기이한 일들이 많아요."

"*겁나?*"

"앗, 죄송해요. '정말'이라는 뜻이에요. *지송*요."

"*지송?*"

"이런, 또 그랬네요. 그건 나의 실수란 뜻이에요. 긴장하면 바보같이 옛날 속어를 쓰는 버릇이 있거든요."

호기심이 그녀의 경계심을 누그러트렸다. "옛날이라면 얼마나 옛날인데요? 난 그런 말은 금시초문인데."

"글쎄요, 2000년대 초반쯤?" 켄지는 휘둥그레진 그녀의 두 눈을 애써 외면한 채 심호흡을 하며 정신을 가다듬었다. "그러니까 그게…… 1982년의 당신은 더는 존재하지 않아요."

"나도 알아요. 지금은 1983년이잖아요."

"그렇지 않아요. 새해 첫날이 맞긴 하지만 지금은 2015년이에요. 당신은 이제 막 열아홉 살이 됐지만, 생일 축하해요, 어쨌든 당신의 물리적인 몸은 2015년에 해당하죠. 그래서 나이로 치면 당신은……." 그는 말하다 말고 숫자를 계산하기 시작했지만 우나가 더 빨랐다.

"쉰하나?" *안 돼. 안 돼 안 돼 안 돼. 정말 안 돼.*

"맞아요. 당신은 겉모습은 쉰한 살이지만 내면에는 여전히 열아홉 살 때의 마음과 기억을 가지고 있어요. 그래서 누가 당신 몸을 바꿔치기한 것 같은 거구요. 하지만 지금 모습도 당신이에요. 다만 나이대가 다를 뿐이지." 말을 마친 그는 미안하다는 듯 그녀를 쳐다보았다. "언젠가 당신은 나더러 이 모든 것을 설명해줄 말을 기억하고 있으라고 당부했지만 나는 즉석에서도 얼마든지 설명할 수 있다고 생각했어요. 미안해요."

우나는 벽난로를 뚫어지게 응시했다. 그녀의 얼굴은 마치 대리석으로 만들어지기라도 한 듯 아무런 움직임 없이 창백하기만 했다. 10초. 20초. 속으로 기도를 암송하기라도 하듯 입술이 움직였지만 정작 그녀의 입에선 아무 말도 나오지 않았다.

점차 켄지에게로 시선을 옮긴 그녀는 그의 검은 두 눈을 바라보았다. 극심한 공포와 평온 사이에서 줄다리기를 벌이는 그의 마음 상태를 보여주는 것만 같았다.

그녀의 양쪽 입가가 실룩거렸다. "그러니까 지금 댁 얘기는 내가…… 타임머신 같은 걸 타고 왔다는 거잖아요?"

"그 비슷한 거요."

"뭐라고요?"

"아니. 그게 아니면 어떻게 이런 일이 일어나는지 설명할 수가 없잖아요."

"내가 무슨 생각을 하는지 아세요?" 그녀의 목소리가 떨리면서 작아졌다. "난 우리 중 하나는 미친 게 틀림없다고 생각해요. 그리고 그게 그쪽인지 확인하려고 여기서 알짱거리고 있지도 않을 거구요." 그녀는 돌아서서 방을 빠져나갔다.

복도를 따라 냅다 달리며 선물 포장지를 떠올리게 하는 은색과 푸른색 줄무늬 벽지를 손가락으로 쓸어내렸다.

파티장으로 돌아가서 사람들에게 받은 선물들을 풀어봐야지.

굽이진 계단을 서둘러 내려가자 원색으로 그린 현대화 몇 점과 자전거 부품으로 만든 샹들리에가 내뿜는 빛이 우나를 맞이했다. 이윽고 그녀는 8피트짜리 거울과 마주보고 있는 대리석 바닥의 현관에 이르렀다.

이건 뭐지?

뚱뚱한 중년 여성이 입을 떡 벌린 채 그녀를 쳐다보고 있었다. 우나가 한 손을 자기 얼굴 쪽으로 들어올리자 그 여자도 똑같이 따라했다. 우나가 몸을 이쪽저쪽으로 돌리자 여자도 동작을 똑같이 흉내 냈다. 마치 가학적인 도깨비 집으로 끌려온 기분이었다.

이게 나일 리가 없어.

나이가 더 들긴 했지만 틀림없는 우나의 얼굴이었다. 턱 밑 피부는 축 처졌고, 양쪽 입가엔 팔자 모양의 주름이 자리잡았고, 한때 빵빵했던 아랫입술은 쭈글쭈글 오므라들어 있었다. 그런가 하면 코는 더 커 보였고 녹갈색 눈가엔 잔주름이 자글자글했다. 흰머리는 없었지만 윤기가 예전만 못했고 금발로 염색이 돼 있었다.

"맙소사, 내가 늙다니."

"당신은 그렇게 늙지 않았어요. 다만 당신은…… 젊지 않을 뿐이에요." 켄지는 그녀의 등 뒤에서 말을 건네며 겁에 질린 그녀의 눈을 피했다.

"더는 여기 못 있겠어요. 어디…… 딴 데로 가야겠어요. 데일을 찾아야 해요."

"이봐요, 이 모든 게 거지같다는 건 알지만─"

"*거지같다?*"

"말도 안 된다구요…… 제길, 오늘밤 당신한테 현대 문화의 최악만 보여주고 있군요." 그러고 나서 그는 자포자기한 듯 으르렁거리며 말했다. "내가 이 모든 걸 망쳐놓고 있어요. 당신이 내게 분명 힘들 거라고 경고했는데도 난 '그래 봤자 뭐'라고만 생각했어요. 안일하게 여기는 게 아니었는데. 어쨌든 지금 우린 같이 있으니까 어디 딴 데 갈 생각은 마세요, 제발. 일 분만 여유를 갖자구요. 그러고 나서 내가 뭘 할 수 있는지 알려줄 테니."

"아니. 난 갈래요." 아무리 악몽을 꾸고 있다 해도 어느 정도 통제력을 발휘할 순 있을 터였다. 아직은 깨어날 수 없다 해도 최소한 딴 곳으로는 갈 수 있었다. 그녀는 문으로 다가가 손잡이를 붙잡고 밀었지만 꼼짝도 하지 않았다. 당연했다.

"내가 갇힌 건가요?" 레이저 빔처럼 번득이는 눈초리가 켄지를 향했다.

그는 완벽한 웨이브를 헝클어뜨리며 한 손으로 머리를 쓸어 넘겼다. "2014년만 해도 당신은 이 집에서 얼마간 지내는 게 더 낫다고 생각했어요. 그러니까 내 말은 밖에 나가 또 뭐가 달라졌는지 확인하기 전에 적응할 시간을 좀 가지라는 겁니다."

그녀는 역겹다는 듯 쓴웃음을 지었다. "난 그쪽이 무슨 말을 하는지 모르겠어요. 어서 내보내주기나 해요." 그녀의 두 눈이 재빨리 움직이더니 커다란 유리 꽃병에 머물렀다. 자칫하면 무기로 쓸 참이었다.

"한 번 더 생각해봐요. 하지만 당신을 당신 집 포로로 붙잡아둘 생각은 눈곱만큼도 없어요."

"내 집이라고요?" 그녀는 고개를 갸우뚱거리며 새삼스런 눈으로 주변을 둘러보았다. "그럴 리가. 난 여기 와본 적이 없어요." 그녀는 문손잡이를 다시 잡아 당겼다. "어쨌든 난 지금 여기 있고 싶지 않아요. 제발 문 좀 열어줘요." 단호하게 말하려던 의도와 달리 그녀의 입은 애원하고 있었다.

"내가 같이 가도 될까요? 잘못하다 길을 잃을 수도 있잖아요."

"안 돼요."

켄지는 옆방으로 쏜살같이 달려가더니 기다란 검은 외투와 빨간색 가죽 핸드백을 들고 돌아왔다. "그럼 이거라도 가져가세요. 안에 지갑과 주소가 들어 있으니까 돌아오는 길을 찾을 수 있을 거예요. 전화기도 거기 안에 있어요. 크기가 당신 손만 한 은색의 물건이죠. 사용법을 알기나 할지 모르겠지만." 그는 중얼거리며 종이쪽지를 하나 건넸다. "내 전화번호와 현관문 비밀번호예요. 여기서 기다리고 있을게요."

종이에 적힌 두 번째 숫자가 그녀의 시선을 사로잡았다. 0628. 데일의 생일이었다. 그나저나 데일은 어디 있을까?

문턱을 넘어서는 순간 차가운 돌풍이 그녀의 뺨을 후려치듯 강

타했다.

"너무 멀리까지 헤매고 다니지 말아요." 켄지가 말했다. "혹시 길을 잃거든 나한테 전화하구요."

"그럴게요." 우나는 두 번 다시 그를 볼 일은 없을 거라고 생각하며 한쪽 어깨 너머로 소리쳤다.

3

밖으로 나온 우나는 욱신거리는 무릎을 의식하며 몇 개 되지 않는 계단을 서둘러 내려갔다. 그러고는 자신의 집이라는 그 집을 흘끗 돌아보았다. *여기서 살았다고? 조그만 성처럼 보이는 이 갈색 벽돌집에서? 아냐, 아냐.* 그녀와 데일은 소호 지역의 넓게 탁 트인 고미다락을 주거 공간 겸 창작 공간으로 개조해 입주할 예정이었다. 그렇게 거창한 주거지는 생각해본 적도 없었다. 물론 거짓말일지도 몰랐다. 이 집도 그렇고 그 밖에 켄지의 말은 모두 사실이 아닐 가능성이 컸다. 그녀는 여전히 자초지종을 모르고 있었다.

1층 커튼이 펄럭펄럭 흔들리더니 걱정스런 표정의 켄지가 창문 틈새로 밖을 엿보고 있었다. 우나는 그에게 들어가라고 손짓한 뒤 인정사정없이 몰아치는 강풍을 맞으며 걷기 시작했다. 걸으면서 그녀는 손끝으로 호주머니 속 봉투 모서리를 만지작거렸다. 나쁜 소식이 들어 있는 편지가 틀림없었다.

편지는 잊자. 우선 데일부터 찾아야 해.

그 동네는 온통 갈색 벽돌집밖에 없었다. 몇몇 집은 앞쪽에 가스등이 있어 초현대적이기보다 고풍스런 느낌을 주었다.

2015년이라구? 그럴 리가 없어.

거리의 차들은 그녀의 눈에 익은 차들보다 현대적이고 날렵했다. 쉽게 말해 유선형이었다. 개중에는 몸체가 더 작아진 게 있는가 하면 몰라보게 커진 것도 있었고, 밴과 스테이션왜건은 훨씬 더 정교한 외관을 갖추고 있었다.

차들이 달라졌군. 그게 뭐?

무엇보다도 볼드체의 간판과 건너가세요 또는 건너가지 마세요 대신 사람 또는 주황색 손 모양을 하얗게 비춰 보여주는 횡단보도 같은 사소한 차이가 그녀를 거슬리게 했다.

점점 코끝과 귓불에 감각이 없어지다못해 얼얼했지만, 양모 외투가 매서운 날씨를 이겨낼 힘을 주었다. 바라건대 어디든 따스한 곳을 찾을 수 있기를.

잠시 뒤 그녀는 상점과 술집, 식당들이 즐비한 대로변에 들어섰다. 출입문 위로 까마귀가 대롱대롱 매달려 있는 어느 모퉁이 카페 앞에서 남녀 한 쌍이 외투 섶을 바람에 펄럭이며 담배를 피우고 있었다. 그 둘은 술에 취했는지 불안정한 자세에 초점이라곤 없어 보이는 눈을 하고, 숨을 내쉴 때마다 담배 연기와 구분이 되지 않는 허연 입김을 만들어냈다. 남녀의 외모도 초현대적인 것과는 거리가 멀었다. 남자의 동그만 콧수염과 멜빵바지, 똬리를 틀어 말아 올린 여자의 머리와 학교 선생님 같은 옷차림은 오히려 이전 시대와 더 잘 어울려 보였다.

우나는 그들에게 다가갔다. "죄송하지만 가장 가까운 지하철역이 어디에요?"

남자가 거리 아래쪽을 가리켰다. "저쪽으로 다섯 블록이요."

"새해 복 많이 받으세요." 여자가 혀 꼬부라진 소리로 말했다.

"정말 2015년인가요?" 우나는 묻지 않을 수 없었다.

"그러게요…… 작년이 쏜살같이 지나갔네요, 그죠?" 여자는 눈알을 굴리며 짧게 한숨을 내쉬더니 담배를 배수구에 휙 집어 던졌다.

아무런 의미가 없는 말이었다. 술 취한 여자가 우나의 말을 잘못 알아들은 모양이었다.

데일과 함께 강도를 당한 뒤로 우나는 혼자 지하철을 타기가 무서웠다. 특히 밤늦게 혼자 타는 건 더욱이. 7번가로 가는 내내 무서웠는데, 목적지에 이르자 두려움은 더욱 커졌다. 32년을 통째로 건너뛴 게 사실이라면 그녀는 스스로의 가능성과 마땅히 누려야 할 자리를 도둑맞았다는 얘기가 아닌가?

역 안에 선 그녀는 아무 생각 없이 지하철 노선도를 보다가 문득 깨달았다. 더 이상 이치어스케치(1960년대에 출시된 그림 그리기용 장난감_옮긴이)로 디자인한 것처럼 보이지 않는다는 것을. 현대적인 곡선은 정확성을 높이는 데 거의 도움이 되지 않았다. "4번가까지는 F선으로, 거기서 N선으로 갈아탄다." 그녀는 이렇게 중얼거리며 벤슨허스트로 가는 노선을 머릿속에 입력했다.

다행히 지하철역 부스 안에는 직원이 한 명 있었다. 우나는 그중년 남자에게 안도의 미소를 지어 보이며 5달러짜리 지폐를 건넸다. "토큰 하나요."

"토큰은 몇 년 전부터 판매하지 않고 있습니다. 갈아타려면 메트로카드가 이익일 겁니다."

우나는 당황한 나머지 자기도 모르게 눈살을 찌푸리고 말았다. "네…… 그걸로 한 장 주세요."

"여기 있습니다, 부인." 잠시 뒤 승무원이 그녀에게 플라스틱 카드를 한 장 건넸다.

부인?

하나도 이상할 게 없는 그 단어가 우나는 거슬렸다. 이 세계에서 더는 열아홉 살이 아니라는 걸 상기시킬 뿐이었다.

발밑에서 느껴지는 진동이 열차가 다가오고 있음을 알려주었다.

카드 판독기를 몇 차례 통과해야 했지만 개찰구를 무사히 빠져나와 제시간에 F선 열차에 올라탔다. 그녀의 뇌는 깔끔한 선반에 차곡차곡 정리되길 거부하는 갖가지 정보들로 과부하가 되었다. 그 편지를 읽어야 할까 고민했지만 아직은 아니었다. 편지가 무엇을 설명하든 간에 계산은 불가능했다. 그녀는 지금 당장 이 상황을 붙잡고 씨름할 여력이 없었다. 모르는 것을 더하기보다 최신식의 지하철처럼 눈앞에 닥친 현실부터 곰곰이 따져보는 게 나을 듯했다. 열차는 아주 밝고 깨끗했을 뿐만 아니라 낙서도 보이지 않았고 깨진 창문이나 깜빡거리는 전등도 없었다. 게다가 이렇게 늦은 시간에도 대중교통을 이용하는 사람들이 놀라울 만큼 많았다. N선으로 갈아타자 열차는 훨씬 더 북적였다. 이게 정말로 미래라면 적어도 더 안전하고 덜 각박했다. 그리고 아주 낯설지만도 않았다. 옷차림에는 큰 변화가 없었다. 봉긋하게 치켜 올라간 소매나 어깨 패드, 산란한 주름장식 치마는 보이지 않았지만 그녀가 어렴풋이 미래를 상상한 〈젯슨 가족Jetsons〉(미국 공중파에서 인기리에 방영됐던 애니메이션 시트콤 시리즈_옮긴이)의 복장과는 영 거리가 멀었다. 몸에 꽉 끼어 거북하고 불편해 보이는 옷들이 즐비했고, 실루엣이 좀더 매끈했다. 그런가 하면 몇십 년 전에 유행했던 스타일들을 한데 모아 한 벌 안에 담아놓은 옷들도 보였다.

이 정도면 충분해. 더는 미루지 말고 편지를 읽어보자.

그녀는 봉투를 꺼냈다. 봉투에는 정자체로 *우나 록하트 : 2015*라고 쓰여 있었다. 줄이 없는 편지지에는 갈수록 위쪽으로 쏠렸어도 또박또박 써내려간 글씨로 빼곡했다. 무려 두 장이었다. 언뜻 숫자 8처럼 보이는 g나 l과 h의 지나치게 둥글린 고리 등을 봤을 때 그녀의 서체가 분명했다.

언젠가 고등학교 국어 선생님이 글씨가 자꾸만 위로 올라가는 건 그녀가 낙관주의자라서 그렇다고 한 말이 떠올랐다. 그녀는 편지를 펼치며 그 말이 이 편지를 쓸 때의 자기 자신에게 여전히 해당하는지 궁금해졌다.

우나에게,

너의 미래에 온 걸 환영해. 일단 알고 나면 그렇게 나쁘진 않을 거야. 겁내지 마. 넌 미치지도 죽지도 꿈꾸고 있지도 않으니까. 이건 너의 진짜 현실이야. 지금은 정말 2015년이고 넌 쉰한 살이야(겉으로는 말이지). 네가 그 사실을 빨리 받아들일수록 적응도 빨라질 거야. 하지만 더 많은 일들이 있어. '그게' 정확히 뭐냐구? 켄지가 널 붙잡아 앉히는 데 성공했다면 네가 궁금해하는 점들을 빠짐없이 설명해줬을 테지만 아마 넌 지금 지하철을 타고 이 편지를 읽고 있을 거야. 그래서 내가 말해주려고 해.

무엇보다도 이 모든 건 네 잘못이 아니라는 걸 알아야 해. 어느 누구의 잘못도 아냐. 잘못된 과학 실험도 없었고, 달리 설명할 말도 없어. 그리고 그걸 미리 막거나 고칠 방법도 없어. 자초지종은 이래.

해마다 네 생일이 돌아오면, 그러니까 정확히 자정에 넌 시간 여행을 하며 네 삶의 각기 다른 시점으로 가서 그때의 네 몸에 살게 돼. 정확히 일 년 동안. 그러고 나면 네가 전에 살아보지 못한(더 늙거나 더 어린) 또 다른 나이대로 '리프'하게 돼. 물론 넌 육체적으로나 정신적으로나 건강하지만 단지 뒤죽박죽인 성인기를 경험한다고 생각하렴.

우나는 편지를 내려뜨리고 눈에 보이는 보관 회사 광고를 뚫어지게 올려다보았다. 열차가 요동치면서 마치 유리로 만들어져 어느 때고 산산조각나도 이상할 게 없다는 듯 그녀의 뼈까지 흔드는 것 같았다.

이제 눈 좀 떠, 제발.

여전히 열차는 덜컹거리며 선로 위를 내달렸고, 그녀는 열차가 급회전하거나 멈춰 설 때마다 양옆에 앉아 있는 사람들에게 떠밀렸다. 열차가 지상으로 나오자 승객들이 하나둘 생전 처음 보는 종류의 조그맣고 평평한 장치를 꺼내 들고 톡톡 두드리거나 귀에다 대고 말하기 시작했다.

80년대가 아닌 게 맞아.

추위도, 지하철의 소음도 그녀를 깨우지 못한 가운데 그러지 않기를 바랐건만 주변 환경은 고통스럽도록 생생했다.

더 이상의 부정은 없었다.

이건 꿈이 아니야.

깊이 들이쉬고, 깊이 내쉬고. 우나는 시간을 확인하려다가 시계를 차고 있지 않음을 깨달았다. 그 순간 손목 안쪽에 뭔가 번쩍이는 게 보여 소매를 걷어 올리자 놀랍게도 문신이 모습을 드러냈다. 모래 대신 소용돌이치는 은하수로 채워진 모래시계와 *M.D.C.R.* 이라고 적힌 시계 밑바닥을 가로지르는 리본 문양이었다.

그녀는 좀더 자세히 보려고 손목을 바짝 들이댔다.

내가 언제 이걸 했지? 이 글자들은 뭘 나타내는 걸까?

M은 그녀의 어머니 매들린을, D는 데일을, C는 그녀의 아버지 찰스를…… 그렇다면 R은?

어쩌면 편지에 더 많은 단서가 있을지도 몰랐다. 그녀는 다시 읽기 시작했다.

보나마나 지금쯤 넌 이런저런 질문들로 터지기 일보 직전일 테니 내가 몇 가지 설명해줄게. 하지만 나머지는 너 스스로 찾아내야 할 거야. 내가 널 뜻밖의 나쁜 일로부터 전부 지켜주진 못하겠지만 뜻밖의 좋은 일을 미리 말해 김새게 만들고 싶은 생각 또한 없거든. 요즘 유행하는 표현이 있어. 스포금지, 라는. 영화나 TV 드라마, 책 등에서 중요한 줄거리나 결말을 누설하지 말라는 일종의 경고인 셈이지. 우리의 뒤죽박죽인 삶과 관련해서도 그래. 난 미리 너무 많은 걸 누설하고 싶지 않아. 그랬다간 그 시간대를 살아가는 재미를 앗아갈지도 모르니까. 내가 일기를 쓰지 않는 이유도 그 때문이야. 대신 난 한 해가 지날 때마다 편지를 쓰려고 노력해. 그 편지를 통해 네가 다음을 준비할 수 있게 말야.

앞으로 놀라운 일들이 많이 있겠지만 첫 번째 높이뛰기는 꽤 힘들 거야. 좀더 수월해지라고 기준을 정해봤어(규칙이라고 부르진 않을게, 넌 규칙을 좋아하는 만큼 무지 싫어하기도 하니까). 이 가운데 몇 가지는 이상하거나 귀찮아 보일 수도 있지만 넌 날 믿어야 해. 어쨌든 난 미래의 너니까.

좋은 소식이 있어, 넌 부자야. 그것도 네가 원하는 건 뭐든지 살 수 있고 네가 원하는 건 뭐든지 할 수 있을 만큼. 이게 다 요령 있는 투자와 몇몇 수준 높은 스포츠 도박 덕분이지 뭐야(특히 1983년 플로리다 더비에서 크뢰소가 85 : 1의 승률로 우승을 거머쥐면서 첫 출발부터 정말 굉장했지). 물론 네가 원한다면 소호 지역 고미다락에서 계속 살아도 상관없지만 어쨌든 네가 방금 나온 파크 슬로프 저택도 네 거야. 은행 잔고와 주식 보유액이 아홉 자리 숫자에 이르니까 신경 써서 관리해야 할 거야.

재산을 계속 유지하려면 많은 정보를 외워야 할 거야. 네가 미래에 뭘 배우든 과거로 여행할 때 그대로 가지고 가게 될 테니까. 복잡할 수는 있어. 그래서 바인더가 있는 거고(네가 준비되면 켄지가 보여줄 거야. 더 자세한 건 나중에 켄지한테 물어봐).

그럼 우리 함께 지침들을 살펴볼까?

1. 시간 여행에 대해 아무한테도 말하면 안 돼. 물론 엄마와 켄지는 알고 있어. 그게 다야. 지금 당장 다른 사람을 설득하는 건 어렵거나 불가능한 일일 테고, 의사라면 그 말을 믿기보다 널 당장 난폭한 정신병자 수용 병동에 처넣을지도 몰라. 너 스스로도 그걸 믿기까지 시간이 꽤 걸릴 테니까 당장은 잠자코 지켜보는 게 좋을 거야. 이 규칙은 2015년에만 적용돼. 다른 시간대에서는 자유 재량권이 좀더 많아질 거야.

2. 지나치게 부자가 되지는 마. 돈을 너무 많이 벌게 되면 국세청이나 증권거래위원회, 또는 어떻게든 널 이용해 먹으려는 사람들에게 원치 않는 관심을 받을 수도 있으니까. 특히 포브스의 부자 순위에 오르내리면 그럴 가능성이 더욱 높아질 거야. 그러니까 요즈음 기준으로 치면 재산을 10억(그래, 요즘은 억만장자가 대세야) 아래로 유지하란 소리야. 몇십 년 전 같으면 그보다 더 적어야겠지. 그러니까 내 말은 자선 단체

에 기부하고 가끔은 일부러 손해 보는 데 투자하란 소리야.

3. 유명해지지 마. 이건 모든 경우에 적용돼. 넌 독지가이지만 사람들이 돈 냄새를 맡고 네 주변을 맴도는 일이 있으면 절대 안 되니까 너무 많은 관심이 쏠리게 하지 마. 켄지가 좋은 명분을 찾아내 사람들 눈에 띄지 않고 기부할 수 있는 방법을 알려줄 거야.

4. 사진은 웬만하면 찍지 마. 그래야 해마다 네가 어떤 모습일지 알지 못할 테니까(이번에도 스포금지). 요즈음은 행동보다말이 더 앞서긴 하지만 최선을 다하길 바라. 피할 수 없다면 1982년 이후에 찍은 사진은 무조건 버려. 단 파티한 날 네 서재에서 찍은 사진은 예외야.

　　나머지 내용을 미처 다 읽기도 전에 목적지를 알리는 안내 방송이 나왔다. 그녀는 편지를 주머니에 도로 쑤셔 넣고 서둘러 역을 빠져나왔다. 잔인한 바람에도 그녀는 외투 단추를 채우길 한사코 거부하며, 이것이 자기 외투라는 사실을, 지금이 자신의 삶이라는 사실을 인정하길 끝내 거부하며 걸음을 옮겨놓았다. 한 걸음씩 내디딜 때마다 그녀는 혼란의 실을 한 가닥 두 가닥씩 엮여 결국은 결의의 두꺼운 타래로 완성했다.

그래, 데일을 찾는 대로 함께 이 상황을 알아보는 거야.

벤슨허스트는 그녀가 기억하는 그때와 그렇게 많이 다르지 않았다. 베이글 가게, 빨래방, 네일 숍 등 처음 보는 가게도 더러 있었지만, 베이 파크웨이를 벗어나자 모래와 흙색 벽돌로 지은 아파트 건물과 다세대 주택들은 예전과 똑같았다. 그녀는 기를 쓰고 낙관적으로 생각하려 애쓰며 서둘러 데일이 사는 동네로 올라갔다.

대부분은 똑같은 집이었다. 똑같은 집, 똑같이 손질된 나무들. 한때 장미 넝쿨이 있던 조그만 앞마당은 하나로 연결된 땅딸막한 산울타리로 바뀌어 있었다. 검은색 연철 난간은 은 파이프로 만든 것처럼 보였고, 진홍빛이던 현관문은 이제 갈색으로 칠해져 있었다.

집 안은 불이 모두 꺼져 있어 깜깜했지만 우나는 초인종을 눌렀다. 처음에는 약하게, 그러다 점점 세게.

문이 벌컥 열렸다.

제멋대로 헝클어진 백발의 웬 동양 남자가 실눈을 뜨고 그녀를 쳐다보며 말했다. "누구요? 여기서 뭐하는 거요?"

두 다리에 힘이 풀린 우나는 한 손으로 얼른 현관문을 짚었다. "데일 다미코를 찾아왔는데요."

"여긴 그런 사람 없소. 집을 잘못 찾아왔구려."

그녀는 벽돌의 꺼끌꺼끌한 결이 박이도록 손바닥에 힘을 주며 가쁜 숨을 몰아쉬었다. "다미코네가 어디로 이사 갔는지 혹시 아시나요? 어디 가면 그 가족을 만날 수 있을까요?"

"그런 이름은 금시초문이오. 나는 십 년째 여기서 살고 있소. 이제 가주시오." 그는 면전에서 문을 닫아버렸다.

멀리서 구급차 한 대가 앵앵 울어대는 가운데 우나는 계단 꼭대기에서 할근거리다 결국 무너지고 말았다. 밭은 호흡으로는 그녀의 굶주린 허파를 달래지 못할 터였다. 바람이 불어와 나무의 앙상한 가지들 사이를 스쳤지만 그녀는 여전히 충분한 공기를 들이마실 수 없었다.

편지를 마저 읽자.

5. 켄지를 믿어. 지금 너에게는 낯선 사람일지 모르지만 난 그를 오래 알고 지내왔어. 그는 너의 개인 비서 그 이상이야. 어떤 비밀을 털어놔도 될 만큼 믿을 만한 사람이거든. 나이는 너보다 어리지만 많은 점에서 너보다 지혜롭고, 곁에 있는 것만으로도 재밌어. 네가 상상할 수 있는 것보다 훨씬 더 많은 도움이 될 거야.

6. 과학기술을 믿지 마. 과학기술은 좋을 때만 네 친구라고 생각해. 컴퓨터, 스마트폰, 태블릿 사용법을 배워(켄지가 가르쳐줄 거야). 뭐가 됐든, 누가 됐든 인터넷으로 어마어마한 양의 정보를 찾을 수 있을 거야. 물론 굉장하긴 하지만 너무 빠져들지는 마. 그리고 소셜미디어는 되도록 피해. 이런 최신식 편의 시설에 너무 집착하지 마. 내년엔 그런 것들 없이 생활해야 할지도 모르니까.

우선은 네가 제일 없이도 알아둬야 할 것들이야. 이게 제일 어려운 부분이야. 세월이 흘렀는데도 생각하면 아직도 마음이 아파. 데일은 젊은 나이에 뇌졸중이 찾아왔어. 이런 말을 전하기 어렵지만, 세상을 떠났어. 부탁인데, 그의 부고 기사를 찾아볼 생각은 마. 사실 그게 누구든 네가 아는 사람에 대한 정보는 찾지 않는 게 더 나으니까.

엄마는 아직 살아계셔. 내일 만나게 될 거야. 엄마는 잘 지내셔, 건강하게. 남자친구도 많고, 휴가도 자주 가셔. 때론 엄마한테 맞추기가 버거울 정도라니까. 엄마한테는 지금이 인생의 황금기야. 엄마는 너도 그러길 바라고 계셔.

이만 줄여야겠다. 슬퍼하며 추스릴 시간을 어느 정도 갖는건 좋지만 절망에 빠져 허우적대지는 마. 넌 잘 이겨낼 거야. 날 믿어, 내가 곧 너잖아. 한 번에 일 년씩만 생각해.

사랑해, 내가

P.S. 아마 넌 문신에 대해 궁금해하고 있을 거야. 그게 다 좋을 때······.

우나는 손가락에 쥐가 날 만큼 편지를 있는 대로 꽉 움켜쥐었다. 마음 같았으면 편지를 박박 찢어 바람에 날려버리고 싶었다. 그러면 덜 현실처럼 받아들여질 것도 같았다. 그녀는 편지를 접어

다시 봉투에 집어넣었다.

이 중 어떤 것도 일어나고 있지 않아.

새파랗게 젊은 커플 한 쌍이 발랄하게 웃으며 옆집 계단을 올라 갔다. "새해 복 많이 받으세요." 그 둘은 안으로 들어가기 전 그녀에 게 소리쳤다.

빌어먹을, 새해는 무슨.

죄다 엿이나 먹어라.

검은색 세단 한 대가 멈춰 서더니 경적을 짧게 두 번 울렸다. 켄 지였다.

우나는 우중충한 잿빛 계단을 내려와 차로 향했다. 온몸의 뼈가 마치 소리굽쇠에 부딪친 것 같았다. 이렇게나 무지근하면서 속이 텅텅 빈 것 같은 느낌이 들다니, 어떻게 그게 가능할까 싶었다.

"하느님 감사합니다." 우나가 뒷좌석에 앉는 걸 보고 켄지가 말 했다. "보나마나 몸이 꽝꽝 얼었을 거예요. 모자도 장갑도 없이, 외 투는 또 모조리 풀어헤치고." 이렇게 말하며 그는 난방기 온도를 올렸다.

"하나도 안 추워요." 우나가 말했다.

"무슨 소리예요? 이가 딱딱 맞부딪쳐 말소리가 들리지 않을 정 돈데."

켄지는 운전하면서 계속 눈치를 살폈지만 주차할 때까지 아무 말도 하지 않았다. "괜찮으세요? 바보 같은 질문이네요. 당연히 괜 찮을 리가 없는데. 제가 뭘 해드리면 될까요?"

"인터넷을 가르쳐줘요. 그리고 소셜미디어도요." *2014년의 우나*

도 엿 먹어라.

"지금요?" 켄지의 두 손이 겁에 질린 작은 새처럼 파닥였다.

"지금은 너무 늦었고 또 – "

"*지금 당장요. 부탁해요.*"

"설마 아침에 이걸 시작하려는 건 아니죠?" 켄지가 번호판을 주먹으로 때려 보안 경보를 해제하며 말했다.

"맞아요. 밤늦게까지 일 시키는 것도 미안한데, 휴일까지 정말 미안해요." 문턱을 넘어서자 백합 향의 따스한 공기가 우나를 반겼다.

"미안하다는 말은 됐고요. 하긴 이건 아홉 시에 시작해서 다섯 시에 끝나는 직장이 아니지. 당신은 필요할 때마다 날 불러대잖아요. 문제는 그게 아니라 이보다 심할 때가 많다……."

"그럼 이 넓디넓은 집에서 나 혼자 살란 말이에요?" 그녀는 아직도 멍한 상태로 검은과 하얀 격자무늬 대리석 바닥에 부츠를 저벅저벅 부딪치며 현관을 뱅글뱅글 돌았다.

"음…… 지금 당장은요, 네. 그러니까 내 말은 난 여기 많이 있고…… 이곳 홈 오피스 환경은 나무랄 데가 없는 데다…… 또 손님 방을 하나 개조해서 당신이…… 멋진 상사 노릇을 할 때마다 내가 자고 갈 방도 마련해줬지만 난 코블 힐에 내 집이 있다 이거예요." 그는 부엌을 향해 복도를 따라 어슬렁어슬렁 걸어가는 그녀 뒤를 졸졸 따라가며 계속 말을 이었다. "기껏해야 2마일 거리밖에 안 되니 만약 당신이 밤새 이것저것 모조리 흡수하고 싶다면 내가 꼭두새벽부터 돌아와서 콩 라테를 배달해줄 수도……."

"고맙지만 사양할게요. 그게 뭔지 몰라도 역겹게 들리거든요. 하지만 커피는 괜찮지 않을까요? 사람들이 아직도 커피를 마신다면요…… 와." 그녀는 호화로우면서 아늑한 부엌으로 들어갔다. 민트 그린색 수납장이 금속 재질 주방용기와 단색 계열의 화강암 테이블과 잘 어울렸다. 아일랜드 식탁이 부엌과 식당 공간을 가르는 칸막이 역할을 하고 있었다.

"그죠? 이 정도로 훌륭한 부엌이면 마사 스튜어트(가정살림에 관한 지혜와 노하우를 담은 가정생활잡지 〈마사 스튜어트 리빙〉으로 성공을 거둔 사업가)도 샘나서 울고 가겠죠? 어디, 커피를 만들어볼까요?"

"80년대에는 커피 메이커가 있었는데, 이게 그거 맞나요?"

"맞아요, 하지만……."

"켄지, 난 중세 시대에 자라지 않았어요. 커피와 필터가 어디 있는지만 알려주면……." 매끈한 주방용기의 낯선 버튼을 살피는 사이 그녀의 목소리에 잔뜩 묻어 있던 짜증은 온데간데없이 사라지고 없었다. "그리고 어디로 가면 되는지……."

"그건 필터 말고 조그만 컵을 써야 해요. 한 사람당 하나씩요." 그녀가 당혹스런 눈길로 쳐다보자 그가 조용히 미소 지었다. "쉬워요. 하지만 오늘밤은 인터넷에 집중해야 하니까 내가 할게요. 조금만 기다리세요."

"그래요 뭐." 그녀는 어깨를 으쓱이더니 테이블에 가방을 내려놓고는 화강암의 얼룩덜룩한 무늬에 집중하며 흐릿하게 떠오르는 이런저런 생각들을 애써 외면했다.

커피가 완성되자 켄지가 그녀 앞에 날씬한 직사각형 장치 세 개를 나란히 늘어놓았다. "전화기. 태블릿. 노트북."

전화기를 가리키며 그녀가 말했다. "음, 적어도 이게 뭔지는 알아요. 내가 쓰던 것들하고는 천양지차로 다르지만."

"컴퓨터 기능도 있어요. 셋 다 컴퓨터예요. 저 중 하나는 써봤죠?"

그녀는 고개를 가로저었다.

"당분간은 노트북에 집중하기로 해요." 그는 맥북 뚜껑을 열고 자판을 두드리기 시작했다.

"선이 연결돼 있지 않은데도 작동이 되네요?"

"무선 과학기술 덕분이죠 뭐. 정말 편하고 좋아요." 그는 과장된 동작으로 노트북을 우나 쪽으로 돌려놓았다. 화면에선 파란색 새틴 셔츠 차림의 고양이가 자판을 가지고 놀고 있었다. "잘 봐요, 인터넷은……."

그는 월드와이드웹에 대해 간략히 설명한 뒤 그녀에게 어디 한번 인터넷을 마음껏 써보라며 노트북을 맡겼지만 그녀는 자꾸만 창을 닫으며 엉뚱한 하이퍼링크만 연신 클릭했다. 절망이 두 사람의 어깨를 짓눌렀다.

"당분간은 찾고 싶은 걸 말해주면 내가 대신 검색하는 게 나을 것 같아요." 켄지가 말했다.

"먼저 데일부터 같이 찾아봐요. 그가 언제 죽었는지 알고 싶어요. 그리고 어떻게 죽었는지도." 짧고 날카롭게 타닥거리는 자판 소리에 맞춰 그녀는 화강암 테이블에 손톱을 두드려댔다.

"편지에서 그 얘기 하지 않았나요?"

"네, 하지만 난 못 믿겠어요. 젊은 사람들은 뇌졸중으로 죽지 않아요."

"2014년의 당신이 거짓말을 했을 리는 없을 텐데요." 그의 손가락이 자신의 손가락에 가 닿기 전에 그녀가 얼른 손을 뒤로 뺐다.

"난 확실히 알고 싶어요. 그리고 그가 죽은 날짜도 정확히요." 말투는 짐짓 단호했지만 그녀의 목소리는 눈물로 얼룩져 잔뜩 갈라져 있었다.

"알았어요. 찾아볼게요. 하지만 어찌어찌 부고 기사는 찾는다 해도 사망 원인은 안 나올 가능성이 높아요."

실제로 사망 원인은 나와 있지 않았지만 사망 날짜는 알 수 있었다. 1984년 2월 27일이었다.

"그는 겨우 스무 살이었어요." 우나가 낮게 속삭였다. 슬픔에 목이 잠기는 모양이었다. "대단한 사람이 될 줄 알았는데…… 아무것도 못 되고……." 그녀는 축축하게 젖은 얼굴을 훔쳤다.

켄지는 크게 한숨을 내쉬더니 크리넥스 상자 위로 몸을 숙였다. "정말 안됐네요. 그래서 당신이……."

"내가 뭘 해야 하는지 말아야 하는지 그런 건 상관없어요. 2014년의 우나는 내 삶을 지배하지 못했지만 지금의 나는 그 반대예요. 그리고 난 모두에게 무슨 일이 일어났는지 알고 싶어요. 내 친구들이 어떻게 됐는지."

"그럼 난 커피를 더 만들어올게요."

커핀 잔을 다시 채운 켄지는 체념한 듯 컴퓨터 앞에 얌전히 자리를 잡고 앉았다. "다음은 누구죠?"

"파멜라 립스콤."

어렸을 때 그녀와 제일 친했던 친구는 하버드 법학대학원에 진학해 뉴욕 주 검사 대리로 일하다가 연방 판사까지 지냈다.

"처음부터 팸이 크게 될 줄 알았어요. 이것 좀 봐요, 2010년 대법원 판사 후보에도 올랐었어요. 그 딸도 크게 성공해서 전 세계 최고 체스 선수 20위 안에 들어갔네요." 친구의 성공에 기운이 났는지 우나가 모니터를 보며 고개를 끄덕였다. "다음엔 웨인 섬터를 찾아보죠."

얼리 도닝의 베이스 주자였던 그는 볼티모어에 살면서 보안 업체를 운영하고 있었다. 빨간 머리의 작달막한 여자와 결혼해 다 큰 아들 둘도 있었다.

"전부 다 사생활인데 어쩌면 이렇게 쉽게 찾을 수 있죠?" 그녀가 물었다.

"믿거나 말거나 사람들이 사사건건 엄청 많이 올리거든요. 소셜 미디어는 복잡해요. 요즘은 사람들이 공적인 삶 속에서 사적인 삶을 사는 것 같아요."

우나는 고개를 갸우뚱거리며 바닷가에서 가족과 함께 찍은 웨인의 페이스북 사진을 쳐다보았다. "그럼 보통 사람들이 유명인처럼 행동한단 말인가요?"

"그리고 그중 많은 사람들이 실제로 유명해지기도 해요. 유명인 얘기는 여기서 그만하고. 다음은 누구죠?"

"코리 브레이스락."

얼리 도닝의 드러머였던 그는 (아이 없이) 두 번 이혼했고 부동산

사업을 하다가 횡령죄로 연방 교도소에서 복역하고 있었다.

"맙소사." 그녀는 깜짝 놀란 표정으로 상체를 기울여 모니터를 가까이 들여다보았다. "저게 그일 리가 없어요." 하지만 뉴스 사진 속에서 그가 입고 있는 주황색 죄수복은 파티에서 그녀가 봤던 옷과 이상하게 비슷했다. 가지런히 뒤로 넘긴 머리와 철테 안경, 가운데가 움푹 들어간 이마도 젊었을 때 그의 모습과 너무나 똑같았다. "착한 애였는데. 약간 바보 같긴 했어도 정도 많고. 범죄자가 돼 있을 줄은 상상도 못했어요."

"잡힌 걸 보면 아주 똑똑하지는 않은 게 분명해요."

"저 친구가 사무실에서 일하는 모습은 상상할 수도 없어요. 삐죽삐죽하게 머리를 세우고 드럼만 쳐댔는데." 그녀는 리허설이 끝난 뒤 땀에 흠뻑 젖은 얼굴로 별나게 웃던 그의 모습을 떠올렸다. "그럼 밴드는 어떻게 됐지? 얼리 도닝의 팩토리 트웰브 오프닝 무대를 찾아주세요."

후자는 계속해서 승승장구한 데 비해 그녀가 몸담은 밴드와 관련된 1983년 투어 정보는 아무것도 나오지 않았다. 여러 경로로 검색해봐도 마찬가지였다.

그럼 내가 런던행을 선택했다는 건가? 나 때문에 밴드가 해체됐단 말야?

우나는 흐릿한 두 눈을 비볐다.

"오늘밤은 이쯤에서 끝내는 게 좋겠어요." 켄지가 말했다.

"아뇨. 다른 사람들도 모두 알아봐야겠어요."

다들 별 볼 일 없이 지내다 결혼하고 이혼하고 아이를 낳고 손자가 생기고 병에 걸리고 대부분 일찍 죽은 것으로 나타났다. 엄청난 성공을 거둔 인생은 고사하고 따분하거나, 그럭저럭 성공하거나, 완전히 비극적인 삶으로 끝나고 말았다. 팸을 제외하면 뭘 제대로 이룬 사람이 아무도 없었다.

"난 어때요?"

결과를 알려주는 페이지들이 모니터를 가득 채웠다. 전 세계의 웹사이트, 블로그, 소셜미디어 프로필들. 멜버른의 우나 록하트는 아이 셋을 두고 문신을 한 채식주의자였다. 클리블랜드의 우나 록하트는 대학에 다니고 있으며 옛날 보드게임을 수집하고 있었다. 오슬로의 우나는 혼혈인으로 순록 사진을 찍고 있었다.

"이 중에 나는 없네요. 내 이름이 그렇게 흔하지는 않을 텐데." 그녀가 말했다.

"흔하지 않죠. 전 특별 서비스 요금을 지불하면서까지 가짜 우나 페이지를 만들어 인터넷에 뿌리고 있어요. 진짜 당신을 찾는 건 점점 더 어려워지고 우리가 지울 수 없는 정보는 차라리 묻어버리는 게 더 쉬워요. 우린 당신이 사람들 눈에 띄지 않도록 신경 쓰고 있어요. 그래서 말인데 가끔은 가명을 사용하세요."

"거기다 내 친구들과 더는 연락이 닿지 않는다구요?" 그녀가 노트북 자판을 내려다보며 말했다. 글자들이 그녀 앞에서 출렁이고 있었다. "무지 외롭겠군요."

잠시 무거운 침묵이 흐르고 켄지가 대답했다. "오래 전부터 당신은 새로운 친구들을 사귀어왔어요. 엄마하고도 훨씬 더 가깝게 지내고 있고요. 얼마나 도움이 될진 모르겠지만 저도 여기 있잖아요."

당장은 많은 도움이 되진 않았지만 아예 없는 것보다는 나았다. "고마워요, 이렇게……." 그녀는 적당한 말을 이어가지 못한 채 손을 공중에서 허우적댔다. "고마워요. 이 정도면 오늘밤은 충분한 것 같아요. 주무시고 가도 되니까 편한 대로 하세요." 그녀의 목소리가 떨렸다.

"물론이죠. 당신이 사용할 방을 보여드릴게요. 우린 좀 쉬어야 해요."

"그래요." 하지만 어떻게 잠을 잘 수 있단 말인가? 새로운 정보들이 번잡한 고속도로를 달리는 차들처럼 그녀의 머릿속을 이리저리 누비고 다녔다.

하지만 켄지가 베개를 높이 쌓아놓은 기둥 네 개짜리 금속 침대가 떡하니 버티고 있는 침실로 안내하자, 그녀는 이불 밑으로 미끄러지듯 들어가 몸을 공처럼 웅크리고 금세 곯아떨어졌다. 결말을 알기 전에 잠깐이라도 1982년으로 돌아가 데일과 친구들과 사방에 거울이 있는 지하실 꿈을 꾼다면 조금이나마 위안이 되련만. 그녀는 칠흑처럼 깊은 어둠의 잠 속으로 빠져들었다.

몇 시간 뒤 우나는 잠에서 깼다. 이상하게도 피로가 싹 가시고 없었다. 이른 아침의 희끄무레한 빛이 방을 밝히고 있었다. 우나는 눈을 깜빡이며 천장을 쳐다보았다.

런던에 갈 거면 NYU에 말해야 해.

투어를 할 거면 밴드에 말해야 해.

어쨌든 결정해야 해.

방이 잘못됐다는 것만 빼면. 십대 시절에 쓰던 방의 팝콘 천장도, 얼기설기 전선이 매달려 있던 데일의 방 천장도 아니었다. 어젯밤 그대로 화려하게 장식된 주석 천장이었다.

젠장.

결정할 게 아무것도 없었다. 그녀는 2015년에 있었다.

우나는 어젯밤의 치마와 스웨터 차림 그대로 침대에서 빠져나왔다. 새 옷으로 갈아입고 싶은 생각이 굴뚝같았다.

이게 정말 내 방이란 말야?

그녀는 타인의 집을 염탐하는 손님처럼 방 안을 조심스럽게 돌아다녔다. 너무 긴장한 나머지 아무것도 만질 수 없었다. 알루미늄 큐브를 닮은 스탠드, 보랏빛 칼라릴리가 한 송이씩 꽂혀 있는 은제 꽃병으로 즐비한 유리 선반, 보는 각도에 따라 색깔이 달라지는 라벤더색 벽지. 방 한구석의 조그만 진열장은 오로지 개인적 흔적으로 가득 들어차 있었다. 형형색색의 조그만 장신구들, 피라미드를 품은 스노우볼, 옥 코끼리, 베니스제 자기 가면, 진홍빛 크리스털로 만든 모형 자동차, 파베르제의 달걀, 그 외 갖가지 물건. *선물들인가? 아니면 기념품?* 진열장 위에는 기념일에 데일에게 받은 손목시계가 액자에 보관되어 놓여 있었다.

이게 왜 액자 안에 있지? 차고 있어야 하는데.

그녀 안에서 유리를 깨고 싶다는 충동이 일었지만 이내 사라졌다.

그러기엔 너무 소중해.

그녀는 돌아서서 갈아입을 만한 옷이 없나 찾아보았지만 미니멀리즘을 지향하는 방에는 서랍장과 옷장을 보기 어려웠다. 대신 문이 세 개 있었다. 그중 하나는 복도와 집의 다른 공간으로 연결됐다. 두 번째 문을 열자 크림색 대리석과 자개로 마감한 욕실이 나왔다. 세 번째 문은 선 채로 드나들 수 있는 거대한 벽장으로 이어졌다. 벽장 안에는 고전적 스타일의 옷장이 있었는데, 체형별로 공간을 구획하고 있어 사이즈에 맞는 옷을 찾기가 수월했다. 맨 끝에는 비닐 캣슈트, 크리놀린 스커트, 금속성 섬유 재질의 뷔스티에, (크리스마스 전구, 덕트 테이프, 플라스틱 널빤지처럼) 희한한 소재로 만든 드레스를 모아놓은 선반도 있었다.

이 옷들은 할로윈 의상인가?

검은색 진과 회색 터틀넥으로 갈아입고 있는데 누가 그녀의 침실 문을 똑똑 두드렸다.

"잠깐만요." 그녀가 소리쳤다.

문을 여는 순간 그녀의 입이 떡 벌어졌다. 그녀의 어머니가 얼굴을 찡그린 채 기대에 찬 미소를 지으며 서 있었다. 우나는 어머니를 떠올렸을 때 주름살, 노쇠, 흰머리, 구부정한 자세를 기대했지만, 대신 가죽 바지와 가슴이 깊게 파인 스웨터 차림에 야하다 싶을 만큼 활력 넘치는 여자가 그녀를 반겼다.

"내 꼬마 시간 여행자, 어떻게 지냈니?" 매들린은 검은 곱슬머리에 청자색 모헤어를 입고, 딸이 평생 사용하는 향수와 똑같은 샤넬 No. 5가 뿜어대는 향으로 친친 휘감으며 딸을 껴안았다.

너무 놀란 우나는 한동안 아무 말도 하지 못한 채 호박에 갇혀 있었던 게 분명하리만큼 똑같은 여자를 멍하니 바라보기만 했다.

물론 몇십 년이라는 세월은 매들린에게도 흔적을 남겨놓았다. 작 달막한 체구는 살이 붙어 통통해졌고, 입가와 눈가는 주름이 자글 자글했으며, 목의 핏줄은 더욱 도드라져 보였다. 하지만 그녀의 얼 굴은 팽팽했고, 녹청색 눈은 여전히 반짝거렸으며, 고양이처럼 약 간 기울어진 눈썹도 살짝 올라가 있었고, 입술은 더 도톰해져 있었 다. 그리고 우나는 나이 들어가는 몸을 완전히 가려 꼭꼭 숨긴 데 비해 매들린은 풍만한 가슴골을 보란듯이 드러내고 있었다. 그래 서인지 가슴 부위의 늘어진 피부는 거의 눈에 띄지 않았다.

"어떻게 이런 일이 가능해요? 어떻게 나보다 더 젊어 보이세요?" 우나는 세월의 흔적을 점자처럼 읽을 수 있기라도 하듯 한 손으로 매들린의 얼굴을 더듬었다.

"너는 바늘을 무서워하잖니. 칼은 말할 것도 없고." 그녀는 당황 해하는 딸의 표정을 보고 빙그레 웃었다. "성형수술. 너는 질색팔색 하지만 나는 아주 좋아한단다. 사실 넌 이런 나를 나무랐지만 지금 의 날 보렴. 내가 예순여덟 살처럼 보이니?" 그러면서 매들린은 한 바퀴 빙그르르 돌았다.

"무슨 대답을 해야 할지 모르겠어요. 어젯밤엔 왜 안 오셨어요?"

"미안하구나, 내 아가. 하지만 넌, 그러니까 2014년의 너는 그게 최선이라고 생각했단다. 이 정도면 난 스스로를 잘 가꾼 편에 속하 지만 너가 그 편지를 읽고 모든 걸 차차 이해하기도 전에 빨리 늙 어버린 내 모습을 지켜보는 게 끔찍할지도 모른다고 생각했지 뭐 니. 맙소사, 첫 번째 리프가 네게 얼마나 힘이 들지 엄마는 상상 이 안 되는구나. 가서 뭐 좀 먹은 다음에 함께 작은 모험에 나서자

꾸나."

매들린이 한쪽으로 비켜서자 켄지가 감청색 스카프를 둘둘 감싼 채 복도에 모습을 드러냈다. "좋은 아침이에요." 그는 뚜껑이 있는 플라스틱 컵을 하나 내밀었다. "아무 말 말고 일단 이것부터 드셔 보세요."

늘 이런 기분이었을까, 주변 사람들은 모두 차분히 걷고 있는데 그녀 혼자 러닝머신 위에서 밀린 만큼 따라잡으려고 마지못해 뛰고 있는 것 같은? 우나는 컵을 받아들고 한 모금 홀짝였다. 크림이 많이 들어있고 견과류 풍미가 느껴지는 커피였다. "좋은데요."

"콩 라테예요. 전혀 역겹지 않죠?" 그가 배시시 웃으며 덧붙였다.

"당신은 내가 로봇 커피 머신을 고장 낼까 봐 걱정할 필요가 없겠군요." 우나 역시 웃으며 대답했다. 커피와 다정한 얼굴들이 아침 공기에 평범한 기운을 불어넣으며 쓸모없는 물건으로 넘쳐나는 벽장을 닫을 때처럼 어두운 감정들을 감추었다. 결국엔 모조리 밖으로 굴러 나오겠지만 당분간은 버텨줄 터였다. "엄마가 방금 우리가 작은 모험에 나서게 될 거랬어요." 그러면서 그녀는 빠르게 눈알을 굴려 매들린을 치켜세웠다. "오늘 아침 눈을 떠보니 32년을 훌쩍 뛰어넘었지 뭐예요. 그래서 내가 제일 먼저 뭐부터 하기로 결심했는지 아세요? 모험."

매들린이 딸의 어깨를 찰싹 때렸다. "넌 그게 뭔지도 모르면서." 그녀는 고개를 가로저으며 마치 사람들로 북적이는 방에서 딸을 찾으려고 애쓰는 엄마의 표정을 지었다. "변덕이 죽 끓듯 하는 십 대를 또 상대하게 생겼네."

"난 십대예요. 그것도 방금 내 삶의 몇십 년을 잃어버린. 그러니까 제가 좀 변덕을 부려도 이해하세요." 우나가 목 뒷덜미를 문지르며 말했다. 최고급 매트리스에서 잤는데도 돌덩이 위에서 잠을 잔 것처럼 온몸이 욱신욱신 쑤셨다.

"넌 몇십 년을 잃어버린 게 아니야, 아가. 삶의 순서와 위치가 좀 바뀌었을 뿐이란다."

"그 말을 들으니 내가 마치 거실 가구 같은 기분이 드네요."

두 손으로 T자를 만들며 켄지가 모녀 사이에 끼어들었다. "좋은 생각이 있어요. 말다툼은 그만 접고 생일맞이 브런치 어떠세요? 두 분 이름으로 애플우드에 이미 예약해뒀거든요. 그렇게까지 고급스럽진 않지만 꽤 괜찮을 거예요."

"그쪽은 안 오게요?" 그녀는 애써 실망감을 감추며 얼른 덧붙였다. "그쪽도 왔으면 한다는 소리가 아니에요. 오늘은 쉬어야죠."

"아." 따스한 놀라움이 그의 두 뺨을 물들였다. "난 그저 엄마와 딸이 둘만의 시간을 갖고 싶을 거라고 생각해서……."

"지난 30년을 따라잡게요?" 그녀는 다시 침대에 눕고 싶어졌다. "지금 당장은 근사한 브런치가 썩 당기지 않네요. 대신 근사한 내 부엌에서 토스트를 좀 먹는다면 몰라도?"

"근사한 부엌 토스트, 곧 나갑니다." 그가 말했다.

"어젯밤 늦게 재운 것만으로도 미안해 죽겠는데. 그 정돈 나도 만들 수 있어요. 아니면 엄마한테 요즈음 최첨단 토스터는 어떻게 작동하는지 사용법을 물어보면 되죠 뭐."

세 사람은 아래층으로 내려갔다. 우나에게 다른 것은 더 필요하지 않다는 걸 확인한 켄지가 나가자 두 여자는 부엌으로 향했다.

매들린이 빵 한 덩이와 접시를 몇 개 꺼냈다. "네 기분이 좀 나아질지 모르겠는데 사실 토스터는 거의 바뀌지 않았단다."

"그 말 들으니까 기분이 훨씬 나아지는데요. 모든 걸 보상받고도 남아요." 처음부터 작정하고 빈정대려던 생각은 없었다. 우나는 어머니가 어떻게 하면 그처럼 대수롭지 않은 태도를 보이는지 도무지 이해할 수 없었다.

"그럼 지금까지…… 어떻게 지냈니? 편지는 읽어봤니?"

"네, 하지만 별 내용 없던데요. 내가 미쳤거나 아니면 치매에 걸렸거나……." 그녀는 얼빠진 표정으로 아일랜드 식탁의 차가운 화강암 상판에 두 손을 올려놓았다. *눈 떠, 눈 떠, 눈 뜨라고.*

하지만 돌은 완강했고 뒤통수를 쓰다듬는 어머니의 손길에 그녀는 작은 위안을 얻었다.

"들어보렴, 아가. 네게는 힘든 한 해가 될 거라는 거 이 엄마도 모르지 않아. 지난주에 네 입으로 직접 그렇게 말했으니까. 하지만 이런 식으로 계속 부정하면 안 되지 않겠니."

"이게 부정이라고요? 엄마가 켄지와 짜고 나의 진짜 현실을 부정하게 만들고 있는지 알 게 뭐예요?"

"우리가 뭣 때문에 그러겠니?"

"왜냐하면……." 목구멍이 꽉 막혀오면서 우나는 자기도 모르는 사이에 이렇게 내뱉고 말았다. "어쨌든 난 곧 이 모두를 까맣게 잊어버릴지도 모르니까요. 엄마가 내게 무슨 말을 하든 그건 중요하지 않을지도 몰라요. 그래서 엄만 안전한 경로를 택해 내가 완전히 무너지지 않도록 애쓰고 계신 거구요."

매들린이 (기가 찬 듯) 갑자기 고개를 뒤로 휙 젖히며 말했다. "그 말은 내가 뭔가 대단한 일을 할 것처럼 들리는구나. 너와 함께 안전한 경로를 택한다? 기억이 날지 모르겠다만 지금껏 나는 네가 더 많은 위험을 감수하도록 용기를 북돋워줄 수 있다면 뭐든 해왔다. 네가 야심만만한 뮤지션과 사귀는 것을 불안해 했을 때도 데일에게 기회를 한 번 줘보라고 말한 사람도 나였다. 같이 쇼핑 가자며 가끔 수업을 빼먹게 부추긴 사람도 나였고. 네가 너무 야하다며 손사래 치던 옷을 사준 사람도 나였다."

토스터가 딸깍거리면서 빵이 튀어나왔다.

"맞아요." 우나는 잠시 생각에 잠겼다. "아주 꼴불견이었죠. 그런데 왜 그러셨어요?"

"넌 처음부터 조심스러운 아이였어. 하지만 네 아빠가 돌아가시고 더욱 소심해져선 세상이 마치 달걀 껍질로 만들어지기라도 한 듯 조심조심 발을 내디뎠지. 행여 잘못 내딛기라도 할까봐 벌벌 떨면서."

"전 배 타는 게 아직도 무서워요. 아빠한테 일어난 일을 생각하면 당연한 거 아니에요?"

"그 이상이지. 난 네가 가끔은 기꺼이 위험도 감수했으면 하고 바랐단다."

"아, 가짜 출생증명서로 꿈의 직장 팬암에 들어갔다가 열일곱 살에 임신하는 바람에 쫓겨나는 그런 위험 말인가요?" 그녀의 손이 재빠르게 입을 막았다. "제가 너무 야비했어요. 죄송해요."

매들린이 한쪽 눈썹을 실룩이며 씁쓸하게 웃었다. "그 사과 받아들이마. 그래, 나의 십대 딸이 다시 돌아왔구나."

"그런 뜻이 아니었어요. 전 다만 이 모든 걸 제대로 이해하고 싶을 뿐이에요." 우나는 두 눈을 감고는 사라지고 없는 세월의 텅 빈 공간에서 기억 하나를 끄집어내도록 자신의 뇌를 다그쳤다. 하지만 마음의 구석진 곳들을 비추려고 아무리 애를 써도 그녀가 떠올릴 수 있는 가장 최근의 기억은 데일네서 벌인 파티였다. 그 기억은 너무도 생생했다. 크리스마스 전구들, 드레스를 장식하고 있는 비늘들, 데일이 뒤로 빗어 넘긴 머리에 바른 수렴성 젤, 드림 머신과 신디사이저가 〈헤이 헤이 헤이즈^{hey-hey-heys}〉를 폭포수처럼 콸콸 쏟아내기 전 속삭이듯 귓가를 파고드는 톡톡의 레코드 스크래치가 그랬다. 하지만 눈을 뜨자 그녀 앞의 광경은 생생함을 잃었다. 연녹색 부엌, 차가운 식탁, 토스트에 바른 버터 냄새, 어머니가 그녀 이름을 부르는 소리로 채워졌다.

"우나, 내 말 잘 들으렴. 믿기 어렵겠지만 네 앞에는 여전히 온전한 삶이 놓여 있단다."

토스트가 파삭파삭해서 씹을 때마다 입천장이 까졌다.

"그걸 엄마가 어떻게 아세요?"

"그야 네가 뭔가를 암시한 적이 한두 번이 아니었으니까. 그것도 엄청난 일들을." 매들린이 도톰하게 부풀린 입술을 활처럼 구부리며 뜻 모를 미소를 지었다.

"어떤 일들요?"

"왜 놀라움을 망치려 들지? 네 앞에는 더러 역경도 있지만 놀라운 경험도 펼쳐져 있단다. 그런데 내가 미리 말해버리면 김새지 않겠니?"

우나의 손길에 밀려난 접시가 화강암 식탁에 부딪쳐 끼익하고 비명을 질러댔다. "그럼 나쁜 일만 알려주세요, 그래야 똑같은 실수를 피할 수 있을 것 아녜요. 제가 결국 런던에 가나요? 그게 실수였나요? 말씀해주세요, 네? 이 말도 안 되는 상황이 진짜고 다시 80년대로 돌아간다면 다음 번엔 밴드를 선택할 수 있게요."

매들린은 고개를 가로저었다. "그게…… 그럴 수 있는 문제가 아니란다. 어느 누구도 운명을 가지고 장난치면 못 쓰는 거야. 주식 시장과 별개로 부자로 사는 게 네 운명일지도 모르지. 미안해, 딸. 하지만 난 네 과거나 미래에 대해 누설하지 않는 게 좋겠다는 네 바람을 존중해주고 싶구나."

"그럼 문신만이라도 말씀해주시면 안 돼요?"

"미안하구나."

보이지 않는 손이 우나의 목을 조여왔다. "지금 엄마 앞에 있는 나보다 그 전의 내 바람이 더 중요한 이유가 뭔데요?"

"그야 그 전의 네가 더 지혜롭기 때문이지. 너는 어떻게 하면 의미 있는 삶을 살 수 있을지를 놓고 더 많이 고민했거든. 그리고 언젠가 네가 나의 미래에 대해 얘기를 해줬는데, 그 얘길 듣고 내가 얼마나 상처받은 줄 아니? 그때 난 너한테는 절대 그러지 말자고 맹세했지." 우나의 어머니는 얼른 시선을 다른 데로 돌렸다. 접시가 그녀의 손에서 바르르 떨리고 있었다.

"맹세코 그럴 생각은 없었어요." 기억나지도 않는 일로 회한을 느끼다니 참으로 이상했다.

매들린이 접시를 씻으며 말했다. "지금은 괜찮다." 그리고 뒤돌아보며 다시 덧붙였다. "이제 질서를 찾는 일은 잠시 접어두고 뭔가 좀 신나는 일을 하자꾸나."

"우린 둘 다 늙어서 머리가 딸릴 것 같은데요." 토라지기 잘하는 십대는 팔짱을 끼고 짝다리를 하며 중년의 몸과 어울리지 않는 자세를 취했다.

"둘 다 틀렸어. 이제 입은 그만 내밀고 네 생일 선물이나 풀어보렴." 어머니는 우나에게 고풍스런 벽시계 무늬의 포장지로 싼 평평한 꾸러미를 하나 건넸다.

"포장지 선택이 좋은데요. 만약 내가 상어의 공격을 받았다면 〈죠스Jaws〉를 고르셨을 건가요?" 그녀가 얇은 판지 상자를 뜯으며 말했다. 안에는 50년대 스타일의 검은색 홀터넥 수영복이 들어 있었다. 그 밑에는 접힌 종이가 한 장 있었다. 카우아이의 세인트레지스프링스빌 리조트에서 2주간 묵을 수 있다는 초대권이었다.

"토요일에 떠나면 돼. 낙원에서 한 해를 시작하는 것도 나쁘지 않을 것 같은데, 안 그러니?" 매들린이 한쪽 눈을 찡긋하며 말했다.

"오늘이 무슨 요일인데요?"

"목요일. 가서 수영복 좀 입어보지 그러니. 오늘 겨울 모험에 필요할 테니까."

우나는 뒤숭숭한 마음을 가까스로 추스르며 어머니와 소통하려고 무진 애를 썼지만 겉으로는 거의 내색하지 않았다. "그게 아직도 끝나지 않았단 말예요, 네?"

차분하지만 장난기 가득한 미소가 매들린의 얼굴에 가득 피어올랐다. "그야 물론이지. 그렇고말고."

"어떤 종류의 모험인데요? 엄마의 성화에 못 이겨 억지로 사이클론을 탔다가 결국 토하고 만 코니아일랜드에서의 모험 같은 거요? 아니면 엄마가 가자고 해서 핑크 플로이드 공연을 보러 갔다가 갑자기 발을 삐긋한 엄마를 내내 돌봐야 했을 때처럼요? 열여섯 번째 생일날 엄마가 펀치에 알코올을 섞는 바람에 나와 내 친구들을 거의 죽일 뻔한 그 모험은 또 어떻구요? 그런 종류의 모험을 말씀하시는 건가요?"

똑같은 불만을 반복해 듣던 매들린의 얼굴에 지루한 기색이 잔뜩 묻어났다. "가서 수영복으로 갈아입기나 해. 그 위에 다른 옷들 걸치고."

우나는 들릴 듯 말 듯 투덜거리며 어머니가 시키는 대로 했다.

눈 깜짝할 사이에 흘러버린 32년은 얼굴의 변화는 말할 것도 없고, 커진 옷 치수와 스스로 느끼는 둔탁함으로 미루어 체중이 불어난 게 확실했다. 그녀가 자신의 몸을 제대로 본 것은 사실 이때가 처음이었다. 도저히 오래 쳐다볼 수 없었다. 젊었을 때 그녀는 마른 편은 아니었지만 들어가야 할 곳과 나와야 할 곳의 비율이 나무랄 데 없이 좋았다. 그런 만큼 자신의 탄탄한 몸매에 상당히 만족했다. 그런 딸을 보면서 그녀의 어머니는 인간의 몸은 모양이나 크기가 어떻든, 영화나 잡지에서 뭐라고 떠들어대든 모두 아름답다는 말을 입버릇처럼 했었다. 그런 분위기 속에서 성장한 그녀는 자신의 미적 경계선을 확장하며 외모보다 기지를 더 가치 있게 여길 줄 알왔다. 그리고 다른 사람의 육중한 거죽을 뒤집어쓰고 있는 것만 같은 지금과 같은 현실에도 도움이 됐다. 한때 그녀의 몸이 첼로처럼 생겼다면 지금은 콘트라베이스였다.

하룻밤 새에 쉰한 살이 돼버린 지금 그녀는 어떻게든 그 사실을 받아들이고 오늘 자신의 모습에서 아름다움을 찾아야 했다.

"어서, 우나." 그녀의 어머니가 소리쳤다. "모험이 기다리고 있잖니!"

5

매들린은 산책로에서 몇 블록 떨어진 곳에 차를 세우고 트렁크에서 토트백을 꺼내 스틸웰 애비뉴로 향했다.

"보통 때 같으면 이런 날씨에 바닷가를 찾을 만큼 제정신이 아닌 사람은 아무도 없겠지만 상대가 엄마니까 그러려니 해야지 뭐."

딱히 반박하지 않은 매들린의 얼굴에는 알 수 없는 미소가 번져 나갔다.

"바닷가를 산책하고 싶다면 좋아요 뭐." 우나는 계속 말을 이었다. "사람들에게 벗어나 한적한 장소에서 지내는 것도 괜찮을 것 같아요. 하지만 엄마 딸이 1월에 옷을 다 벗고 수영하길 바란다면, 음, 엄마를 실망시키고 싶진 않지만."

"그렇게 한적하지 않을걸." 매들린이 끼어들었다.

"네?"

마치 응답이라도 하듯 모퉁이에서 빵빵거리는 불협화음이 모녀를 맞이했다. 바닷가는 사람들로 바글거렸다.

우나가 마지막으로 바닷가에 갔을 때는 데일과 함께였다. 겨우 몇 달 전 일인데 지금은 몇십 년 전의 과거였다. 그때 데일은 칼 세이건의 〈코스모스Cosmos〉 재방송을 보고 나서 천문학과 우주에서의 자신의 자리에 푹 빠졌었다.

"전 세계의 바닷가를 전부 가져오는 거야." 그는 모래를 한 움큼 집더니 손가락 사이로 조금씩 흘려보냈다. "그런 다음 모래 알갱이가 모두 몇 갠지 세보는 거야."

"됐네요. 우주의 별들이 모래 알갱이 수보다 여전히 더 많을걸." 우나가 대수롭지 않게 말했다.

"다섯 배에서 열 배쯤." 그가 말하며 모래로 범벅이 된 손톱을 내밀자 우나는 입으로 후후 불어 작은 알갱이들을 털어냈다.

"좋아요, 세이건, 당신 말대로 내가 아주 작고 보잘것없는 존재라고 쳐요. 그렇다면 밴드의 일원이 된다거나, 대학에 간다거나, 뭘 한다는 게 대체 무슨 의미가 있죠?"

"그럴수록 세상에 우리 흔적을, 유산을 남겨야지."

한쪽 팔이 들썩이면서 우나는 다시 2015년으로 돌아왔다.

"자자, 우리 짐을 놔둘 곳을 찾아보자." 매들린이 말했다.

수많은 인파가 환호성을 지르고, 춤을 추고, 웃고, 펄쩍펄쩍 뛰어오르며 두 사람 주변을 에워싸고 있었다. 대부분은 무난한 겨울 옷차림이었지만 슈퍼히어로로부터 바다 생물에 이르기까지 별난 의상으로 차려입은 사람들도 보였다. 평범한 수영복 차림인 사람들도 눈에 띄었다.

"엄마, 이건 예상에 없던 일이잖아요. 왜 절 여기로 데려오신 거예요?"

몇 발걸음 앞서 걷던 매들린이 뒤돌아보며 말했다. "난 코니아일랜드 폴라베어 클럽 회원이란다. 우린 11월부터 이듬해 4월까지 일요일마다 이곳에 모인단다. 새해 첫날의 폴라베어 플런지는 전통 있는 연례행사로 비회원에게도 열려 있지. 참가하면 너도 기분이 좋아질 거야. 너한테는 널 깨울 뭔가가 필요해."

그게 뭐가 됐든 매들린이 일단 무언가를 하기로 작정하면 반항해봐야 아무 소용이 없었다.

멀찍이 떨어진 채 둥둥 떠 있는 듯한 기분이 우나를 휘감았다. 우나는 쭈뼛쭈뼛 옷과 신발을 벗고는 매들린이 건넨 네오프렌 장화를 신고서 어머니에게 얌전히 몸을 맡기고 자외선 차단 크림을 듬뿍 바르고 있는 자신의 모습을 지켜보았다("이런 날씨에도 햇볕에 탈 수 있거든").

참가자들은 색깔을 기준으로 여러 조로 나뉜 뒤 손목 밴드를 하나씩 받았다. 우나와 매들린은 파란색 조 소속으로 제일 먼저 수영을 앞두고 있었다.

파도가 날 멀리 휩쓸어가게 내버려둘까 봐. 아빠랑 다시 만날 수 있게. 그리고 데일도.

차가운 냉기가 뾰족한 바늘처럼 우나의 팔다리를 콕콕 찔러댔다. 수건을 둘렀지만 몸은 따뜻해지지도 그렇다고 제대로 가려주지도 못했다. 하지만 상관없었다. 비키니 차림의 젊은 여자들과 달리 사람들이 자신에게 관심을 갖지 않았기 때문이다.

어제만 해도 이렇지 않았는데 이제는 아예 투명인간 취급을 받는군. 그래 안 보일지도. 어쩌면 난 여기 없는 건지도 몰라.

"물이 얼음장 같다고 생각하겠지만 오히려 약간 따뜻하게 느껴질지도 몰라. 공기가 워낙 차가워서." 우나는 어머니가 바다 수영이 얼마나 정신이 번쩍 들고 기운이 펄펄 나게 해주는지 속사포처럼 내뱉을 동안 대서양의 넘실대는 회색 선에 하얗게 부서져 내리는 수평선을 응시했다.

"시간이 거의 다 됐네. 물에 들어갈 때 긴장하지 말고 몸도 마음도 편하게, 알았니?" 그녀의 어머니가 말했다. "무더운 8월의 어느 날 열을 식히려고 잠깐 수영하고 있다고 생각하렴. 마음을 편하게 먹을수록 더 많이 즐기게 될 테니까."

그래, 그런 셈 칠 수 있다면, 데일과 함께했던 그 여름날들로 돌아갈 수 있다면 얼마나 좋을까. 공상은 비닐 레코드와 다름없었다. 다 돌아가서 뒤집어주기도 전에 끝나버리는. 전에는 향수에 전혀 관심 없었다. 그녀는 과거보다는 그래도 미래가 더 낫다고 믿는 편이었다. *제일 좋은 시간들은 다 지나갔으니 행복했던 기억을 떠올리며 늙는다는 건 이런 걸 두고 하는 말인가?*

곧이어 파란색 조가 앞으로 불려 나왔다. 조원들은 함성을 내지르며 첨벙첨벙 물로 달려들었다.

"손목과 목에 물을 좀 끼얹으렴." 매들린이 충고했다. "맥박이 빨리 적응할수록 몸도 빨리 적응하게 될 테니까."

적응하는 게 그렇게 쉽다면야.

우나는 한참을 걷고 나서 물속으로 뛰어들었다. 저 멀리까지 헤엄쳐 간다면 물에 빠져 죽거나, 시간이 그녀의 삶에 큰 영향을 미친 적 없는 어느 바닷가로 씻겨갈지도 몰랐다. 하지만 파도가 완강히 저항하며 발이 땅에 닿을 수 있는 곳으로 다시 밀어 보냈다.

물속에 있을 때는 추위를 실감하지 못하다가 물 밖으로 나오는 순간 얼음같이 차가운 칼바람에 뼛속까지 얼어붙는 듯했다.

"차에 시트워머가 있으니까 곧 따뜻해질 거야." 매들린이 와자지 껄한 군중 너머로 소리쳤다. 그러고는 해변을 벗어나 앞장서서 몇 걸음 떼어놓나 싶더니 뒤돌아 고개를 푹 숙인 채 꼼짝도 않는 딸에게 돌아왔다. "왜 그러는데?"

우나는 행성이나 별에 대한 생각, 젊음이나 늙음, 평범이나 비범에 대한 생각은 접고 발치의 모래를 물끄러미 바라보았다. 몸이 떨릴 때마다 자꾸만 어떤 생각이 떠올라 어떻게든 겨울 수영의 마비 효과에 기대보려고 애썼다.

"무슨 일인데 그래, 어?"

다시 바다로 뛰어들어 그대로 영영 가라앉을 수만 있다면. 마침내 그녀는 그 말을 입 밖으로 꺼낼 수밖에 없었다. 우나는 숨을 헐떡이며 불쑥 내뱉었다.

"데일이 죽었어요."

우나는 슬픔에 잠겨 집으로 돌아와서는 감정을 가눌 새도 없이 곧장 자기 방으로 올라갔다.

"정말 미안하구나. 난 수영이 널 기운 나게 해줄 줄 알았지 뭐니. 억지로 밀어붙이는 게 아니었는데." 우나가 옷을 갈아입는 사이 매들린이 벽장 문틈으로 말했다.

그게 아직도 나한테 있을까?

우나는 기다란 선반에 주렁주렁 걸려 있는 옷들을 한 손으로 더듬으며 벽장 안을 이리저리 걸어 다녔다. 그렇게 얼마가 지났을까, 데일이 준 재킷이 손가락에 와 닿았다. 하도 오래돼서 그런지 가죽은 낡아 더 말랑말해졌고, 검은색은 잿빛으로 바래 있었다. 다채롭고 풍부했던 냄새도 많이 가셨지만 삼나무와 계피 냄새는 여전했다. 그렇게 오랜 세월을 거쳐 왔는데도 가죽 재킷은 오히려 아름다웠다. 하지만 그녀는 팔을 소매 끝까지 끼울 수가 없었다. 그녀의 갑옷은 더 이상 몸에 맞지 않았다.

우나는 재킷을 끌어안고 벽장에서 나와 어머니 주변을 서성이다 곧바로 잠자리에 들었다. 그리고 한 마디 말도 없이 미끄러지듯 이불 밑으로 파고들었다.

"가서 차 좀 만들어오마."

우나는 베개에 머리를 파묻고 가죽 재킷을 꼭 끌어안은 채 두 눈을 감았다.

그 뒤 며칠 동안 그녀의 방 앞에 놓인 여러 개의 찻잔과 수프 사발을 못 본 척하는 건 쉬웠다. 켄지와 매들린의 걱정 어린 속삭임을 바다의 포효 소리로 바꿔놓으며 깊은 어둠 속으로 떠내려가게 하는 것도 쉬웠다. 잠에서 깼을 때 무지갯빛 벽을 무시해버리는 것 또한 쉬웠다. 그녀는 그저 눈을 감기만 하면 됐다.

이러다 일 년 내내 잠만 자다 끝나겠다.

칠흑 같은 어둠 속에서 달콤한 목소리가 들려오며 잠을 부추겼다. 조그만 배를 폭풍우 치는 바다로 내보내는 달콤한 자장가. 배는 이미 뒤집혔고, 물이 바로 밑에 있던 그녀와 함께 꽁꽁 얼었다는 것은 중요하지 않았다. 그녀는 가라앉는 게 더 좋았다.

"정신 차려!"

싫어.

"정신 차려야지!"

그래야 하나?

그녀의 눈꺼풀이 파르르 떨렸다. 우나는 마지못해 눈을 떴다. 방은 텅 비어 있었다. 이 음악은 뭐지? 지리멸렬하면서 우수에 찬. 하늘을 찌를 듯 절규하는 목소리는 열망과 회한으로 가득 차 있었다. 어디서 들려오는 거지?

우나는 머리가 깨질 듯 마치 쇠공처럼 묵직하게 느껴졌다. 베개는 자석처럼 느껴졌고, 잠은 그녀를 유혹해 밑으로 끌어당길 기회만 노리는 소용돌이, 그녀의 소중한 가죽 재킷은 구명조끼보다는 닻에 가까웠다.

하지만 아까부터 들리던 음악이 그녀를 해안으로 끌고 와 그만 일어나라고 애원했다. 무기력이 멜로디와 줄다리기를 벌였고 후자가 이겼다. 멜로디는 그녀를 살살 구슬려 앉게 한 뒤 재킷을 내려놓고 담요를 걷어내더니 그녀를 일으켜 세웠다. 그리고 빠져 죽을 생각을 그만하라고 신신당부했다.

방을 한 바퀴 둘러보자 음악의 출처가 드러났다. 유리 선반 위였다. 두께가 카드 갑보다 더 얇은 흰색 장치는 전선줄을 달고 구석 이곳저곳에 감춰진 조그만 스피커에서 흘러나오는 소리였다. 그 옆에 쪽지가 한 장 있었다.

샤워하고, 옷 갖춰 입고, 아래층으로 내려올 것.-K.

그녀는 침대의 난파 현장을 마지막으로 한번 흘낏 쳐다보았다.

이제 땅을 디딜 두 다리를 찾아야 할 시간이었다. 샤워하고, 옷을 갖춰 입고, 아래층으로 내려갔다.

부엌 곳곳에 배어 있는 냄새는 커피도 차도 아니었다. 그보다 복잡했다. 숲속에 감춰놓은 매콤한 겨울 간식 같달까.

"차예요. 가지고 다닐 수도 있어요." 켄지가 그녀에게 뚜껑을 돌려서 여는 알루미늄 머그잔을 건네며 말했다.

"우린 아직도 모험 중인가요? 오늘도 비행기에서 떠밀려야 하는 신세라면 다시 잠이나 자려구요."

숨죽여 웃는 소리가 들렸다. "산책만 좀 할 거예요. 아무래도 매들린이 모험에 대한 당신의 내성을 너무 높게 잡았나 봐요. 앞으론 조심하게요."

우나는 따듯한 액체를 한 모금 홀짝였다. 생각지도 못했던 즐거움이 그녀의 의심을 가라앉혔다. "맛있는데요."

"그렇죠?" 그가 비닐봉지를 들어올리며 무슨 꿍꿍이속이라도 있는 듯 헤벌쭉 웃었다. "에클레어(크림을 넣고 위에는 보통 초콜릿을 씌운 길쭉한 케이크_옮긴이)도 있어요. 좋은 에클레어를 맛보고 나면 도저히 삶이 싫어질 수가 없는데, 이건 그중에서도 최고예요. 외투 챙기세요."

혀끝의 달콤함이 떨떠름한 맛으로 바뀌었다. "하와이. 엄마가 가면 뭘 할지 여행 계획을 전부 다 짜놨는데."

"연기됐어요. 그 문젠 걱정하지 말아요. 그때 가서도 당신이 정 내키지 않으면 내가 대신 갈 테니까." 그가 눈을 찡긋거리며 말했다.

"엄마 화났나요?"

"아뇨, 전혀. 줌바 끝나고 우리랑 점심 같이하실 거예요." 어리둥절해하는 그녀를 보고 그가 덧붙였다. "댄스 에어로빅 같은 거예요. 나는 당신이 요란한 라틴 음악에 맞춰 땀을 뻘뻘 흘리는 중년 여성들로 꽉 찬 방보다 조용한 공원을 더 좋아할 줄 알았죠. 물론 내가 틀렸을 수도 있지만." 그의 두 눈이 짓궂은 장난기로 번득였다.

어쩌면 그것은 쉬이 가시지 않는 음악의 효과 때문이었거나 그녀를 대할 때마다 '당신은 할 수 있어요', 라고 말하는 듯한 그의 침착한 태도 때문이었는지도 모른다. 아니면 청록색 솜사탕이 떠올려지는 그의 스웨터가 만져달라고 애원했기 때문일지도. 어쨌거나 우나는 머그잔을 내려놓고 그를 한참 껴안았다. 얼마나 위안이 되던지. 스웨터는 밝은 만큼 보드랍기도 했다. 그도 그녀를 껴안았다. 이번에는 훨씬 더 위로가 됐다.

두 사람은 프로스펙트 공원의 산책로를 따라 호숫가까지 걸어 내려갔다. 쓰러져 있는 기다란 통나무를 피크닉 벤치 삼아 앉은 둘은 가져온 에클레어를 먹으며 오리와 거위들이 먹을 감거나 뒤뚱뒤뚱 걸어 다니는 모습을 지켜보았다.

"그럼 이제 삶이 조금은 덜 싫어진 건가요?"

"그러려면 프랑스 빵과자가 더 있어야 할 것 같지만 어쨌든 애써 줘서 고마워요. 그건 그렇고 내 방에서 나오던 그 음악은 뭐죠?" 우나가 말했다.

"아, '나인스 웨이브The Ninth Wave'요. 케이트 부시(1958~, 영국의 여성 싱어송라이터이자 음악 프로듀서로 프로그레시브팝을 대표하는 뮤지션으로 꼽힘_

옮긴이)의 《하운스 오브 러브 Hounds of Love》라는 앨범 뒷면에 있어요. 바다에서 꼼짝없이 발이 묶인 한 소녀에 관한 이야기예요."

"그런 건 들어본 적이 없는데요."

"실은 들어봤을 거예요, 하지만……." 그의 한쪽 입가가 실룩였다. "이게 말이죠, 보통 걸작이 아니거든요. 1985년에 나왔는데, 당신이 들어둬야 할 굉장한 음악이 아주 많이 수록돼 있답니다."

요 며칠 침대에서 누워만 지낸 터라 속이 요동치면서 허기가 밀려왔지만 그 대상이 음식은 아니었다. 간절함이었는데, 뭐라고 딱 꼬집어 말할 수 없었다. 잠시나마 음악이 만족스레 채워줬던 그 무언가에 가까웠다. "그럼 할 일이 정해진 셈이네요. 일 년 내내 잠만 자며 보내는 대신 음악을 들으며 지내죠 뭐."

"알다시피 꼭 한 가지일 필요는 없습니다."

"병원에 가봐야겠어요." 그녀가 휴대용 머그잔에 대고 중얼거렸다. "아픈 것 같아요."

"당신은 아프지 않아요. 원한다면 검진 받아보세요. 어려운 일 아니니까. 하지만 의사들은 아무것도 발견하지 못할 겁니다."

"난 아직도 믿지 못하겠어요."

"세상은 당신이 뭘 믿든 말든 관심이 없어요. 물론 나나 당신 엄마는 그 반대지만 세상은 당신이 일 년을 침대에서 뭉그적대며 지내든 이곳저곳 탐험하며 지내든 여전히 아무 관심이 없을 겁니다."

"내가 기운 날 어떤 일이 있었나요? 폭삭 늙은 데다 아무 짝에도 쓸모가 없는 나는 대체 누구냐구요?"

"당신은 늙지도 않았고 쓸모없지도 않아요. 당신은 부자에다 마음 씀씀이도 아주 후해요. 그리고 당신은 어머니의 반골 기질을 생각보다 더 많이 가지고 있고요, 나이와 상관없이."

우나는 자신의 허벅지를 철썩 때리며 일어나더니 힘찬 걸음걸이로 산책로를 향해 걸었다. "생전 처음 보는 사람한테 당신은 이러저러한 사람이라는 말을 듣는 게 얼마나 기가 찬지 아세요?" 그녀는 무릎의 통증을 무시한 채 속도를 높였다. "그런데 일어나고 있는 일이 진짜로 일어나고 있는 일이 맞는지 궁금해하는 건 더 기가 차요. 잠자리에 들 때마다 난 이 악몽에서 깨어나게 해달라고, 데일이 곁에 있는 열아홉 살로 다시 돌아가게 해달라고 기도해요."

"그게 당신이 원하는 거라면 그렇게 되기를 바랄게요."

"우, 잘난 척 좀 그만하세요. 지난 30년 동안 내가 얼마나 많이 변했는지와 상관없이 헛소리를 들으면 여전히 잘 참지 못할 것 같거든요."

그의 멋쩍은 웃음소리가 리본처럼 두 사람을 휘감았다.

"뭐가 그렇게 우스우세요?" 그녀가 물었다.

"내 오랜 벗의 모습을 보는 게 좋아서요. 완전히 당신은 아니지만 그래도 여전하네요."

갑갑하게 옥죄여 있던 그녀의 심장이 온몸에 찌르르한 자극을 보내며 공간을 넓히라고 말하는 것 같았다. 그는 그녀가 지치지도 않고 쏟아내는 가시 돋친 말들을 너무도 우아하게 받아넘겼다. "그건 그렇고 우린 어떻게 만났나요?"

"얘기하자면 길어요. 우리 둘 다 음악을 좋아했어요. 그 이상은 얘기하지 않기로 약속했어요."

"스포금지?" 그녀는 허공에 대고 따옴표를 그려 보이며 히죽 웃었다. "맞나요?"

"네, 맞아요."

"바다에서 길을 잃은 그 소녀는요?"

"어떤 소녀?"

"케이트 부시의 앨범에 나오는." 그녀는 종이처럼 새하얀 하늘을 쏘아보았다. "구조되긴 하나요?"

"그럼요." 정직하고, 확고한 대답이 왔다. "구조되고말고요."

6

힘든 한 해가 될 터였지만 우나는 상황을 나아지게 할 수 있다면 뭐든 할 셈이었다. 종종 그렇듯이 돈이 도움이 됐다. 재정적 완충재는 언제든 환영이었지만, 잃어버린 세월을 초래한 사고 또는 조물주의 행동을 배상해주는 소송 합의금 내지 보험 지불금 같다는 느낌도 들었다. 어떤 형태가 됐든 적어도 그녀를 기다리고 있는 싸움이라면 돈과는 상관이 없을 터였다. 하지만 뭐든 살 수 있는 능력은 (잃어버린 우정, 잃어버린 사랑, 잃어버린 시간처럼) 돈으로 살 수 없는 것들에 관심을 보였다. 인간은 원래 부족한 것에 집착하는 경향이 있으므로.

의학이 잃어버린 세월의 원인을 찾아줄지도 모른다는 희망에 우나는 종합 건강 검진을 받았다. 과체중만 빼면 그녀는 건강 상태가 아주 양호했고, 뇌스캔에서도 이상 소견이 전혀 나오지 않았다. 그녀는 정신과 의사를 만나볼까 생각했지만 자신의 진짜 상태를 다른 사람들에게 드러내지 말라는 편지의 경고를 떠올렸다. 미쳐도 정신병원보다 안락한 자기 집에서 미치는 게 더 나을 터였다.

게다가 그 집은 지나치게 넓긴 해도 안락하게 설계돼 있었다. 일단 옛날 아케이드 비디오 게임기와 핀볼 기계를 갖춘 오락실이 있었다. 빨간색 벨벳 소파와 한쪽 벽면 전체를 뒤덮는 프로젝션 스크린을 갖춘 홈시어터도 있었다. 하지만 그녀가 가장 좋아하는 곳은 푹신푹신한 카펫과 콩 꼬투리처럼 생긴 빈백체어, 그리고 무엇보다도 거대한 스테레오를 갖춘 음악실이었다. 특별히 주문 제작해 설치한 선반에는 LP판이 말도 못하게 많았고, 그 반대쪽 벽에는 루리드, 데이비드 길모어, 데이비드 보위 같은 음악계의 전설들이 연주했던 기타들이 전시돼 있었다. 처음에 그녀는 황송한 나머지 감히 만질 엄두가 나지 않았지만 며칠 지나자 대담하게 기타마다 돌아가며 만져보았다. 그리고 데일이 한 줄씩 퉁겨 멜로디를 뽑아내는 모습과 환호하는 팬, 친한 레코딩 세션들로 꽉 들어찬 경기장을 상상했다. 그런 상상은 그녀를 끝도 없이 들어올렸다. 그러다 어느 순간 죄의식이 그녀를 바닥에 내리꽂았다. 그녀는 기타를 원래 있던 자리에 도로 갖다놓았다.

기타는 데일의 악기야. 내 악기는 키보드고.

하지만 그 집에는 피아노와 키보드도 없었고, 그녀의 손가락은 어쨌든 기타 줄을 퉁기고 뜯고 싶어 안달했다.

하지만 만약…….

안 돼. 그건 데일을 배신하는 것과 다름없어.

그녀는 기타를 눈요기로만, 닿을 수 없는 꿈으로만 생각하기로 다짐했다.

그러고 나서 며칠 동안 우나는 빈 상자 주변을 굴러다니는 구슬처럼 자신의 집을 이리저리 헤매다가 결국 음악실로 향했다. 수집해놓은 레코드가 엄청나게 많았지만 그녀는 케이트 부시의 앨범 뒷면에 꽂혀 틀고 또 틀었다. 그때마다 바닥에 드러누워 카펫을 바다라고 생각하며 두 눈을 꼭 감고 사납게 일렁이는 파도에 저 멀리 휩쓸려가는 자신의 모습을 상상했다.

어느 날 음악이 중간에 뚝 멈출 때까지. 그녀는 일어나 앉았다. 켄지가 한쪽 팔에 노트북을 끼고 먹통이 된 전축 옆에 서 있었다.

"좀 앉아도 될까요?" 그는 대답을 기다리지도 않고 그녀 옆 카펫에 털썩 주저앉더니 노트북을 열었다. "보여줄 게 있어요."

"이번엔 피아노를 가지고 노는 고양인가요?"

"아뇨, 당신의 뮤직 컬렉션이에요."

"그건 여기서도 보여요." 그녀는 몸짓으로 레코드 선반을 가리켰다.

"그건 일부일 뿐이에요. 여기 더 있어요." 그는 타닥거리며 자판을 몇 번 두드린 뒤 노트북 화면을 그녀 쪽으로 돌려놓았다. "이건 당신의 아이튠즈 라이브러리예요. 여긴 당신이 보유하고 있는 총 노래 수고요."

"4만2천 곡? 이걸 다 들으려면 얼마나 걸릴까요? 124일?" 땀방울이 그녀의 이마에 송글송글 맺혔다.

"아마도. 자 봐봐요, 여길 클릭하기만 하면 어떤 노래든 들을 수 있어요." 버튼을 누르자 신경을 곤두서게 하는 기타 소리가 방 안을 가득 채우더니 웬 남자의 끈적끈적한 노래가 이어졌다.

우나의 두 눈이 구석의 스피커들에 가 꽂혔다. "이건 마치 마술 같잖아. 저기요, 이거 록시 뮤직 맞죠?"

"브라이언 페리. 그 시대 이후로 페리는 종종 굉장한 솔로 앨범을 발표해왔어요. 물론 그만 그런 건 아니지만." 그러고 나서 그는 몇 분의 시간을 할애해 그녀에게 디지털 음악의 기초를 알려주었다.

"아직도 어디서부터 어떻게 시작해야 할지 모르겠어요." 그녀의 목소리가 불안하게 떨렸다.

"괜찮아요, 우선 두려움의 공격에서 멀찍이 물러나세요. 그리고 나와 함께 심호흡을 하는 거예요." 일단 그녀의 과호흡 증세가 가라앉자 그는 계속 말을 이어나갔다. "당신이 뭐든 다 알 거라고 기대하는 사람은 아무도 없어요. 이건 무슨 큰 시험 같은 게 아니에요. 당신이 이미 알고 있는 밴드나 내가 추려낸 여기 이 곡들로 시작해봐요. 나머지는……." 신중한 낙관주의가 그의 이마에 주름을 만들어놓았다. "위키피디아는 시작하기에 좋은 곳이에요." 그는 웹사이트를 띄우고 어떻게 작동하는지 설명하기 시작했다. "우선 십 년 단위로 간략하게 살펴볼까요?"

그녀는 여기저기 클릭해보더니 고개를 천천히 끄덕이며 말했다. "조금은 쉬워진 것 같아요."

"그럼 됐어요. 매일 새로운 걸 조금씩 배워나가세요. 나도 가끔 현대의 이기들을 소개해줄게요. 물론 그 이기들이라는 게 때로 불편할 수도 있지만. 요전날에는 새 베개를 고르느라 두 시간을 허비했지 뭐예요."

"두 시간이나요? 대체 베개가 얼마나 많기에?"

"많아도 너무 많아요. 풍요의 저주인 거죠. 하지만 온라인 쇼핑은 나중을 위해 아껴두기로 해요. 그리고 조만간 당신 돈에 대해 얘길 좀 해야 할 것 같긴 하지만 난 당신 머리가 폭발하는 건 원치 않아요. 그래서 말인데 당장은 아이튠즈에 기회를 주는 게 어때요?" 그러면서 그는 그녀가 맥북을 받아갈 때까지 내밀었다. "뭐든 필요한 게 있으면 얘기해요. 당신 어머니가 저녁 식사하러 오기까지 몇 시간 여유가 있으니까. 식사하고 나면 다 같이 〈퍼플 레인Purple Rain〉을 볼 거예요."

"네?"

"영화예요. 아마 좋아하게 될 거예요."

그녀는 〈백 투 더 퓨처Back to the Future〉뿐만 아니라 〈퍼플 레인〉도 정말 좋아했고, 켄지가 고른 존 휴즈의 80년대 영화는 모두 좋아했다("다음 주에는 90년대를 시작할 거예요. 두 단어, 〈펄프 픽션 Pulp Fiction〉으로 말이죠"). 그녀는 케이블과 DVR, 넷플릭스에 익숙해졌지만, 음악을 탐구하는 데 집중할 수 있게 무슨 영화를 볼지 결정하는 일은 계속 그에게 맡겼다. 처음에는 아이튠즈 컬렉션이 다소 위협적으로 느껴졌지만 곧이어 그녀는 자신이 좋아하는 뮤지션들의 음악을 몇십 년씩 따라잡으며 즐거워했다. 하지만 비닐 레코드판의 지글거리는 소리가 그리울 때도 많았다. 그래도 그녀는 켄지가 작성해놓은 플레이리스트에도 기회를 주었다. 표는 최근 몇십 년 동안 등장한 새로운 장르를 이해하는 데 큰 도움을 주었다. 우나는 힙합의 리듬과 카덴스에, 그런지의 으르렁대는 포효에, 일렉트로니카의 유혹적인 기계음에 빠져들었다.

켄지의 충고를 받아들여 그녀는 특별히 호기심을 자극하는 인물이나 사건과 마주칠 때면 위키피디아를 활용해 수많은 관련 기사를 좇아가며 지난 몇십 년 동안의 주요 사건들을 따라잡았다. 얼마 지나지 않아 그녀는 온라인 검색에 능숙해졌고, 옛날 친구들을 찾아보고 싶은 욕구를 억눌렀다. 대신 과학과 기술 분야의 발전, 역사적 갈등, 대중문화를 파고들며 궁금한 마음을 딴 데로 돌렸다. 시간의 상실로 말미암아 그녀와 거리가 먼 소식을 접했을 때는 덜 고통스러웠지만 그녀가 흠모하던 뮤지션들의 죽음은 그녀를 슬픔에 빠뜨렸다. 프레디 머큐리, 조 스트러머, 라몬즈의 원년 멤버들과 루리드의 부고는 특히 가슴 아팠다.

그녀는 이틀에 한 번씩 켄지와 공원을 산책했고, 나머지 시간은 노트북이나 태블릿 앞에 딱 붙어 지냈다. 응대할 전화나 처리할 용무가 없을 땐 켄지도 합류해 현시대를 탐색하는 데 손을 보탰다. 우나는 호기심이 왕성한 아이처럼 끝도 없이 질문을 쏟아냈다. 다만 하늘은 왜 파란지, 아기는 어디서 나오는지 같은 걸 묻는 대신 9/11은 왜 일어났으며 흑인이 대통령이고 동성결혼이 합법이라는 사실을 믿지 못하겠다는 듯 진보적인 사회 분위기는 언제부터 시작되었는지 물었다.

"급변화된 사회지만 우리가 진보적인 원더랜드 같은 곳에 있다고 생각하면 오산이에요. 미국에는 나의 특성을 드러내기 두려운 곳이 아직도 많으니까요." 그가 말했다.

그날 둘은 그녀의 서재에 있었다. 켄지는 책상 앞에, 우나는 길 건너 공원의 눈 덮인 나무들 꼭대기가 눈에 들어올 만큼 높은 3층 창가 안쪽에 자리 잡고 있었다.

"무례하거나 이상한가요, 이런 걸 물어보면……." 그녀가 어색한 손짓을 하며 물었다.

"스스로 동성애자라는 걸 안 지 얼마나 됐냐고요? 언제 커밍아웃했냐고요?" 그가 이미 예상하고 있었다는 듯 고개를 끄덕이며 말했다.

"네."

"내가 기억하는 한 아주 오래 됐어요. 실은 열 살 때 레즈비언 엄마들에게 넘어가 엉겁결에 털어놓기는 했어도 다른 사람들 앞에서 고백한 적은 없었어요. 그런데 당시 〈블라섬Blossom〉이라는 인기 프로그램에 출연한 배우 조이 로런스 포스터로 내 방을 도배하다시피 했어요. 그때 여실히 드러난 거죠."

우나는 마치 그의 기억에 다가가기라도 하듯 그가 말하는 내내 미소 지었다.

"학교에서 놀림당하진 않았나요?"

"놀랍게도 많이 당하진 않았어요. 때로는 내가 누군지 확실히 알면, 어떤 식으로든 자신을 보호할 수 있어요. 그리고 난 좀 특이한 애들과 어울려 다녔는데, 그게 도움이 됐어요. 거기다 엄마들 때문에 아무도 날 건드리지 않았죠. 사나운 여자들이었거든요."

"었거든요?"

"네." 그가 스웨터에서 보풀을 뜯어 손가락으로 뭉치며 말을 이었다. "얼마 전 두 분 다 돌아가셨어요. 음주 운전 차량에요. 두 분 말고는 달리 가족이 없어서 그 뒤로 죽 혼자 지내고 있어요."

"오, 켄지."

그가 그녀와 그녀의 어머니를 그토록 살뜰히 챙겼던 이유는 당연했다. 그녀의 외로움에 그토록 잘 공감해준 것도 당연한 일이었다. 몇 시간째 가만히 앉아 어떤 음악을 틀지 이야기 나누며 각자의 노트북으로 선곡을 할 때도 그의 존재는 깊은 위안이 되었다.

"나도 뭐 하나 물어볼게요." 켄지가 고개를 치켜들며 말했다. "왜 내게 당신 돈에 대해 묻지 않는 거죠? 이 많은 돈을 어떻게 벌게 됐는지 어떻게 쓰고 있는지 궁금하지 않나요? 장을 보러 가거나 앱과 팟캐스트 같은 걸 설명할 때를 제외하고 매일 내가 뭘 하는지 알고 싶지 않나요? 물론 어제 당신은 화성 탐사 로봇과 리얼리티 TV, 《다빈치 코드The Da Vinci Code》에 대해 수많은 질문을 했지만요. 어쨌든 당신이 2000년대를 무사히 헤쳐 나가는 모습을 보니 좋네요. 참, 에이즈와 기후 변화 같은 심각한 주제도 이야기를 나눴죠. 하지만 당신은 87년에 일어난 시장 붕괴나 서브프라임 모기지 사태처럼 경제나 투자와 관련된 질문은 아무것도 하지 않았어요. 왜 그런 거죠?"

"나도 몰라요." 그녀는 애매하게 어깨만 으쓱였다.

"에이, 그래서 학교 다닌 거잖아요. 꼬마였을 때부터 아빠가 가르쳐주지 않았나요, 당신과 당신의 그 도로시 해밀 머리 모양……."

"팸요." 그녀가 화가 난 듯 쏘아붙였다. "개 이름은 팸이고 그 머리 모양은 꽤나 귀엽게 잘 어울렸어요."

"미안해요. 그래요, 팸." 그의 말투가 부드러워졌다. "보드 게임을 하면서 아빠가 당신과 팸한테 이자율을 가르쳐주지 않던가요?"

"열한 살 여름이었어요. 팸과 몇 시간째 보드 게임을 하다가 지겨워져서 우리가 직접 은행 놀이를 만들었어요." 그녀의 입가가 살짝 일그러지면서 씁쓸한 미소가 피어올랐다. "아빠가 돌아가시기 두 달 전이었어요. 그 상자가 어떻게 생겼었는지 아직도 기억이 생생해요. 뚜껑에는 이렇게 적혀 있었어요, '그 돈이 다 어디로 갈까요?'" 그녀는 지친 눈으로 켄지를 쳐다보았다. "예전엔 돈이 어디로 가는지 관심이 많았죠. 하지만 지금은 그게 다 무슨 소용이겠어요? 게임 끝인데."

"당연히 신경 써야죠. 그렇지 않으면 이 모든 걸 잃게 될 테니까." 그는 한쪽 팔을 들어 허공에 대고 방을 쓰윽 훑었다. "편지에 바인더 얘기는 없던가요?"

"있었어요, 하지만 다른 건 다 그렇다 쳐도 숙제를 한다는 생각을 감당할 수가 없었어요."

"당신의 괴짜 근성을 갑자기 숨기려 들지 말고 숙제하기 싫은 것처럼 행동해요." 그러고 나서 그는 목소리를 한참 낮췄다. "이제 준비됐죠? 자, 따라와요." 켄지는 그녀를 서가 한쪽으로 안내하더니 두꺼운 표지의 책들을 한아름 들어냈다. 그러자 벽에 붙박아놓은 조그만 금고가 모습을 드러냈다. "번호는 왼쪽으로 6, 오른쪽으로 28, 왼쪽으로 63이에요. 비밀번호가 필요한 곳마다 데일의 생일을 사용하는 건 썩 좋은 생각이 아니라고 누차 말했지만 어쨌든." 금속이 부딪히는 소리와 함께 금고가 열렸다. 켄지가 검은색 링 세 개가 달린 바인더를 하나 꺼냈다.

"그 안에 또 뭐가 있나요?" 우나가 물었다.

"아무것도. 솔직히 이런 건 타임머신이 없으면 어떤 도둑한테든 무용지물일 테지만 당신의 기벽을 누가 말리겠어요?"

켄지는 다시 책상으로 돌아와 바인더를 펼쳤다. 바인더 안은 문서 보호용 비닐로 가득했는데, 비닐마다 종이가 한 장씩 들어 있고 그 위에는 연도를 적은 색인이 붙어 있었다. "당신이 왜 일기를 쓰지 않는지 알죠? 음, 이건 일종의 금전 출납부예요. 해마다 당신이 사고 판 주식, 주요 스포츠 행사 승자들, 경제에 영향을 미치는 주요 사회정치 행사들이 빠짐없이 기록돼 있죠. 이게 당신의 숙제예요. 다음번엔 당신이 시간을 얼마나 뛰어넘을지 알 수 없기 때문에 처음부터 끝까지 대비해야 해요."

"시간을 넘나드는 일이 진짜라는 가정 아래 말이죠?"

"진짜 맞아요. 날 믿어요. 당신을 믿고."

날 믿어, 나야 나.

"다른 건 몰라도 애플과 마이크로소프트, M&T 은행에 관한 건 뭐든 다 외워둬요."

그녀는 애플의 기록을 좇으며 첫 번째 페이지를 훑어보았다.

1983-10월 : 애플 주, 21달러에 매수 주문, 1987년 액면 분할 대기

1987-7월 : 애플 주, (1991년 효력 발생을 가정하고) 60달러에 손절매 주문

1991-4월 : 애플 주, 17달러에 매수 주문, 2000년 액면 분할 대기

2000-7월 : 애플 주, (8월 효력 발생을 가정하고) 60달러에 손절매 주문

2000-8월 : 애플 주, (12월 효력 발생을 가정하고) 15달러에 매수 주문, 2005년 액면 분할 대기

"맙소사, 이 주식은 액면 분할을 대체 몇 번이나 한 거예요?" 그녀가 물었다.

"네 번. 그리고 작년엔 분할 비율이 7 : 1이었어요."

"빌어먹을." 그녀의 눈썹이 치켜 올라갔다.

"빌어먹을이 맞아요. 1995년에 애플에 1천 달러를 투자했으면 지금 9만5천 정도는 챙겼을 거예요. 당신은 그 전에 투자했고, 그래도 천은 넘게 만졌죠."

"이해할 수 없는 게 있어요. 지정가와 손절매를 사용하면 주식이 자동으로 매매되는데, 그쪽은 무슨 일을 하죠?"

"나야 뭐 시장 동향 조사나 장부 정리, 세금같이 별로 매력 없는 일을 합니다. 내 사업도 좀 하고 있고요. 당신 재무제표에 손실이 나와 있지 않으면 수상해 보일 수 있으니 그럴 듯하게 손보는 것도 내가 하는 일이죠. 그리고 당신의 재산 소득과 기부액의 균형을 유지하는 일도 하고요. 어때요, 섹시하게 들리지 않나요? 거기에 내 시간의 대부분을 쓰고 있죠. 훌륭한 명분은 수도 없이 많지만, 당신 돈이 많다고는 해도 사람들을 전부 도와줄 수는 없으니까요."

"하지만 내가 조금은 돕고 있지 않나요?"

"많이죠." 그녀가 기대에 찬 미소를 짓자 그가 목록을 내밀었다. "퇴역군인, 노숙자, 동물구조, 장애아동, 전쟁난민. 그 밖에 의학연구에도 기금을 대고 있어요. 암, 에이즈, 파킨슨병 등등."

"와." 그녀의 키가 약간 더 커진 듯했다.

"그게 다가 아니에요. 웹사이트를 만들어 인터넷으로 기부금을 모으는 크라우드 펀딩도 있죠. 병원비가 없거나 코앞에 압류당할 처지에 놓여 재정적으로 어려움을 겪는 사람들도 있고, 또 만화책과 영화 같은 창의적 사업에 자금을 대려는 사람들도 있어요. 당신이 니콜라 테슬라를 기리는 박물관 건립 사업에 돈을 댄 것처럼요. 그때 나도 댔어요, 테슬라는 폭탄이었거든요. 어쨌든 합법적으로 진행될 수 있도록 도와주는 게 내 일이에요. 물론 당신은 개의치 않겠지만. 하긴 당신은 킥스타터와 고펀드미의 그 망할 오프라 같으니까요."

"오프라 윈프리, 나 그 사람 알아요." 그녀는 아는 사람이라 반갑다는 듯 두 눈을 반짝이더니 손가락으로 이곳저곳을 가리키며 오프라 윈프리의 유행어 "*댁한테 차가 생겼어요, 차가 생겼어, 댁한테 차가 생겼다구요!*"를 소리쳤다.

"똑같네요. 당신이 얼마나 많은 돈을 내버리는지 알면 다들 미쳤다고 할걸요." 그가 웃으며 말했다.

"재밌게 들리는데요. 여기 웹사이트들 좀 보고 싶은데."

"그럽시다." 켄지가 바인더를 덮으며 말했다.

"먼저 내 숙제부터 도와주지 않을래요?"

"아뇨, 이것부터 치우고요. 당신은 저걸 치워요." 그가 턱으로 그녀의 노트북을 가리키며 말했다.

그녀는 알았다는 듯 어깨를 으쓱였다. "공원에 가나요?"

"안 가요. 2월이 다 됐고 몇 주째 우린 반경 다섯 블록 이상을 벗어나본 적이 없어요. 굳이 멀리 가지 않아도 도시 탐험 정도는 할 수 있잖아요." 그녀의 어머니가 할 법한 말이었지만 켄지의 모험심은 덜 위압적이었다.

"하지만……." 그녀는 반박할 말을 찾고 싶었지만 나약한 변명만 떠오를 뿐이었다. "그건 그래요. 가서 신발 챙겨올게요."

"알았어요. 그 전에 날 위해 오프라 흉내 한 번만 더 내주면 안 될까요?"

둘은 우선 너무 뻔한 것들을 추려냈다. 브루클린 다리, 메트로폴리탄 미술관, 뉴욕현대 미술관, 미국자연사 박물관, 센트럴 파크, 록펠러 센터, 타임스 스퀘어("SF 영화 같아요!" 우나가 소리쳤다), 멀리서 보는 자유의 여신상(그녀가 페리 승선을 거부해서 후세를 위해 진열장에 전시해놓을 자그마한 여신상 기념품을 샀다).

우나는 엠파이어스테이트 빌딩 꼭대기에서 남쪽을 바라보았다. 트윈 타워가 있던 자리에 홀로 서 있는 빌딩을 보자 가슴이 먹먹해졌다.

"트윈 타워 중 한 곳에는 지상에서 가장 큰 바라고 불리던 곳이 있었다는 거 아세요?" 그녀가 켄지에게 말했다. "스물한 번째 생일 날 데일과 함께 가기로 했었거든요. '너의 생애 처음으로 합법적으로 마시는 술은 지상에서 가장 큰 바에서 마셔야지.' 그는 이렇게 말하곤 했죠." 그녀는 눈을 감고 고개를 뒤로 젖힌 채 세차게 불어오는 바람을 맞았다. 그녀의 머리칼이 바람에 깃발처럼 휘날렸다.

"거기서 일하던 사람을 알아요. 윈도스 온 더 월드의 웨이터였어요."

"그 사람이 친구였나요?"

"그 이상이었죠. 빌딩이 무너지기 몇 달 전, 그러니까 고등학교

2학년 여름에 난 뉴욕에 있었어요." 켄지가 말했다. "우린 워싱턴 스퀘어 파크에서 만나 금세 친해졌어요. 그는 열아홉 살이었죠. 배우가 되고 싶어했어요. 우린 일주일 내내 같이 지냈고 내가 보스턴으로 돌아간 뒤로는 일종의 장거리 연애를 시작했어요. 이메일에, SNS에, 전화도 엄청 많이 했죠." 그는 뭉친 근육을 마사지하듯 한 손으로 팔을 이리저리 주물렀다. "그는 오디션을 보러 갈 수 있게 아침 식사 시간에 일했어요."

우나가 그를 향해 고개를 휙 돌렸다. "그럼 그날 아침에도?"

날카로운 뭔가가 깜빡거리며 켄지의 두 눈을 스쳐지나갔다. "네, 아마도. 그 뒤로 전혀 소식을 못 들었으니까요. 한동안 내가 열여덟이 아니라 열일곱이라고 나이를 속인 걸 알고 열받아서 연락을 끊은 줄 알았어요. 온라인에도 도무지 뜨질 않아서 날 차단했다고 생각했어요. 명단을 찾아볼까도 생각했지만……." 켄지는 말끝을 흐리며 아랫입술을 깨물었다. "찾아보지 않았어요, 왜냐하면……."

"왜냐하면 그가 살아 있을지도 모른다는 여지를 남겨두고 싶어서겠죠."

"맞아요. 그는 내게 많은 의미였어요. 끔찍한 사건의 희생자라는 생각은 하고 싶지 않아요."

"이런, 켄지." 그녀는 그를 한참 끌어안았다. "전에 내가 9/11에 대해 물었을 때 왜 말하지 않았어요?"

"글쎄요, 당신은 슬픔에 너무 사로잡혀 있어서 이런 얘길 듣고 싶어할 것 같지 않았거든요."

그녀의 눈에 부끄러움의 눈물이 핑 돌았다. "난 아직도 내 슬픔에 사로잡혀 있어요. 그렇다고 형편없는 친구가 되고 싶진 않아요."

몇 달 사이에 그녀와 켄지의 우정은 깊어졌다. 바깥나들이를 하고, 몇십 년을 따라잡으려고 애쓰고, 바인더를 공부하면서 그녀는 젊은 시절로 돌아가길 간절히 바라는 마음에 휩쓸리지 않고 그럭저럭 잘 지냈다. 하지만 향수는 불시에 날아드는 주먹처럼 그녀를 들쑤셨다. 4월의 어느 오후도 그랬다. 그녀는 켄지와 리틀 이탈리아 주변을 걷고 있었다. 그녀의 기억보다 기념품 가게는 더 많고 식당은 더 적었지만 멀베리와 헤스터가 만나는 교차로에 이르자 숨을 헐떡이며 맞은편을 가리켰다.

"세상에, 카페 나폴리가 아직도 여기 있다니! 데일과 두 번째 데이트 때 온 곳이거든요."

"그럼…… 안에 들어가볼까요? 아니면 빨리 벗어날까요?" 걱정 때문에 켄지의 이마에 주름이 잡혔다.

"괜찮아요. 지금은 더 근사해 보이는데요." 그녀는 황금색과 검은색이 어우러진 간판을 올려다보며 눈물이 가실 때까지 눈을 깜박였다. "데일과 내가 어떻게 만났는지 얘기했던가요?"

"다시 얘기해줘요."

"고등학교 2학년 진학을 한 달 앞두고 서점에서 《롤링 스톤Rolling Stone》(주로 대중문화를 다루는 미국의 월간지_옮긴이) 최신호를 읽고 있었어요. 그런데 졸린 눈에 로커들이 하는 헤어스타일을 하고 가죽 재킷으로 한껏 멋을 낸 귀여운 남자가 다가와 다짜고짜 음악 이야기를 하기 시작하는 거예요. 어떤 밴드를 좋아하냐고 물어서 핑크 플로이드라고 했더니 놀리더군요. 벨벳 언더그라운드 얘기가 나왔을 땐 둘 다 의견이 같았어요. 그가 자신을 소개하며 악수를 하는데……." 그녀의 표정이 아련해지면서 얼굴 가득 꿈을 꾸는 듯한 미소가 피어올랐다. "그때 알았죠. 바로 이 남자구나. 그가 묻더군요. 자기 주소를 알려주면 편지를 보내줄 수 있는지. 그는 브루클린에 살았지만 내가 알겠다고 했더니 데일이 어느새 자기 이름과 주소를 적어놓은 종이를 한 장 건넸어요. 맨 위에는 '서점의 남자'라고 적혀 있더군요. 우린 편지를 꽤 많이 주고받았고, 학기가 시작된 후에 복도에서 그를 봤어요. 알고 보니 그는 나보다 한 학년 위였어요. 어떻게 전에 한 번도 본 적이 없었는지 신기했죠. 마침내 그가 데이트 신청을 했고, 첫 데이트 때 우린 로코스에서 오징어 튀김을 시켜 저녁을 먹고 영화 〈벤저민 일등병Private Benjamin〉을 봤어요." 하지만 당연하게도 둘은 영화를 거의 보지 못했다. 조명이 어두워지자마자 서로의 입술을 찾기 바빴기 때문이다. 어색함도 몇 달의 기다림 앞에서 빛을 잃었다. 키스하는 두 입술에선 마리나 소스 맛이 났다. 우나의 감은 눈 뒤에서 밝은 빛이 터진다 싶더니 두 팔의 털이 온통 곤두서면서 주변의 모든 게 까맣게 사라졌다.

"그리고 두 번째 데이트 때는 차이나타운에 가서 저녁과 디저트를 먹었어요. 바로 여기요." 우나는 절대 울지 않겠다는 듯 켄지에게 굳은 표정을 지어 보였다. "그가 밴드를 하기 시작했다며 나도 원하면 들어오라고 말했을 때가 바로 그날이었어요. 그때 난 사랑에 단단히 빠져 있어서 그가 서커스를 한대도 같이 하겠다고 했을 거예요."

"확신하건대 당신은 공중 곡예나 사자 조련을 했으면 아주 잘했을 거예요."

바로 그런 점이 그녀가 아끼는 켄지의 진면목이었다. 그는 감정의 무게를 경시하지 않고도 상황을 늘 밝게 바꿔놓는 재주가 있었다.

카페를 바라보던 그녀의 눈길이 그에게로 향하며 이렇게 말했다. "차이나타운 구경하지 않을래요? 난 만둣국이 당기거든요."

켄지는 주로 개인 시간에 음악 블로그에 기사를 올리고 그 대가로 종종 공짜 콘서트 티켓을 손에 넣곤 했다. 구슬리느라 고생은 좀 했지만 지난봄 그는 우나를 설득해 윌리엄스버그의 한 작은 클럽에서 열린 어느 포크 록 밴드의 공연을 보러 갔었다. 음악은 꽤 괜찮았고, 그녀는 만약에라는 생각들과 싸우며, 자신의 짧은 음악 경력을 궁금해했다. 이제는 관중으로 밀려난 현실에 억울함을 애써 누르며 공연을 즐겼다.

집으로 돌아오는 택시에서 우나는 이 시대에 도무지 적응할 수 없는 자신에 대한 피로감을 이 시대에 존재하는 것들을 향한 짜증으로 쏟아놓았다. "핸드폰들이 왜 다 그 난리예요?" 그녀가 켄지에게 물었다. "이 작은 화면들이 무대 위 공연을 그대로 비추는데 엄청 짜증났어요. 당신은 당신 기사에 쓸 사진 촬영을 일분 만에 끝냈잖아요? 그런데 어떤 사람들은 그걸 다 녹화하고 있더라구요, 글쎄! 다들 음악 블로그를 운영하나?"

"아마 아닐 거예요. 요즘 페이스북, 인스타그램, 트위터 계정이 있어서."

"맞아요, 사람들은 자기가 하는 일을 뭐든 공유해야 하니까, 그래야 중요한 느낌이 드니까."

"아니면 공동체 의식을 느끼려고 하는 것일 수도 있고요. 전에도 말했듯이 소셜미디어는 복잡해요."

"그리고 어수선해요. 백색 소음과 집중을 방해하는 게 너무 많아요. 내 옆에 있던 여자애는 공연은 아예 보지도 않고 내내 문자만 주고받더라고요. 사람들이 왜 그렇게 핸드폰에 집착하는지 알 것 같긴 해요……." 그녀는 들고 있던 핸드폰을 화면이 앞으로 향하게 돌려놓았지만 그녀의 머리로 문명의 이기를 모두 이해하기란 여전히 무리였다. 상상도 할 수 없는 아주 작은 뭔가가 끝없는 정보와 편의를 제공하는 것 같았다. "내 생각엔 우리를 약간 게으르고 무례하게 만들고 있는 게 아닌가 싶어요. 사람들이 화면에 집중하느라 놓치는 현실이 얼마나 많을까요? 나는 지금까지 얼마나 많이 놓쳤을까요?" 그러면서 그녀는 자신의 핸드폰을 멀리 치워버렸다.

"일종의 유행병이죠 뭐. 하지만 당신은 특별한 경우예요. 그리고 당신은 현재를 살아가는 기술을 익히고 있는 중이고요. 해시태그 진실."

어쩌면 다 익히지 못했을지도 모르지만 우나는 몇 달 동안 최선을 다했다. 그녀는 켄지와 함께 콘서트와 그 외 지역 행사에 참석하는 시간은 늘리는 대신 화면 안에서 보내는 시간은 줄였다.

9월의 어느 날 둘은 윌리엄스버그에 있는 '향수병'이라는 주제를 가진 설치 미술 전시회를 찾았다. 각기 다른 시대의 가족 초상화들이 여러 방에 나눠 전시돼 있었는데, 머리 부분을 거울로 대체해

관람객이 그림의 일부가 되도록 해놓은 점이 특이했다. 시간의 강을 건너 우나도 이들 가족에 합류했다. 침울한 표정이 그녀 주변의 다른 얼굴들과 잘 어울렸다. 마지막 전시실에선 디지털 화면이 한쪽 벽면 전체를 차지하고 있었다. 그 위로 네온핑크색의 글씨들이 보였는데, 그 내용은 이랬다. "향수병 : 처음부터 존재한 적이 없거나 존재할 수 없는 무언가를 향한 그리움." 화면 앞에 서면 누구나 그 안에 들어갈 수 있었고, 옆사람의 얼굴이나 피부색, 머리색으로 바뀌기도 해서 왜곡된 자신의 모습을 볼 수 있었다. 우나도 그 앞에 섰다가 시시각각 달라지는 자신의 모습에 깜짝 놀랐다. 어느 순간 열여덟 살 때의 그녀와 기이할 만큼 똑같은 모습으로 바뀌자 그녀는 두 눈을 질끈 감더니 손으로 눈을 가리기까지 했다.

더는 못 참겠어.

켄지가 한 팔로 그녀를 부축하며 밖으로 데리고 나왔다. 그러고 나서 일주일 동안 그녀는 아무 말 없이 꼼짝도 않고 침대에서만 지냈다.

매일 밤 잠자리에 들기 전 그녀는 이렇게 중얼거렸다. "내일은 집에 있을 거야." 아침마다 그녀의 희망은 조금씩 줄어들었다. 만약 그녀가 원래 있던 시간대로 돌아가지 못한다면 그녀의 진짜 자아는? 이렇게 자신의 미래에 갇힌 채로 계속 지내야 한다면?

좋은 날이면 그녀는 스스로를 여자 립 밴 윙클(미국 작가 W. 어빙의 단편집 《스케치북》에 나오는 단편소설 주인공. 산으로 사냥을 간 뒤 우연히 술을 훔쳐 마시고 잠들었다가 깨어나 마을로 돌아와보니 아는 사람이 아무도 없어 무척 당황한다_옮긴이)이라 생각하며 몇십 년의 세월 따라잡기를 도전으로 받아들였다. 나쁜 날이면 자신을 낯선 나라에 뚝 떨어진 침입자요 낯선 몸에 갇힌 포로라고 여겼다.

기온이 떨어지고 해가 짧아지자 그녀는 우울증이라는 안개와 맞서 싸우며 내년이면 더 좋은 장소, 더 좋은 시간대로 갈 수 있을 거라는 희망으로 버텼다.

매들린은 12월의 절반을 자바의 한 요가원에서 지내기로 마음먹고 딸에게 같이 가자고 졸랐지만 거절당했다. 우나는 도시 경계를 벗어나 여행하는 일이 여전히 싫었고, 한밤중에 무슨 일이 일어날지 모르는 먼 곳에서 새해를 맞이하는 것도 불안했다.

섣달 그믐날 그녀는 켄지와 뱅쇼(와인에 계피, 과일 등을 첨가해 따뜻하게 끓인 음료_옮긴이)를 만들었다. 오렌지에 정향을 꼽고 적포도주와 브랜디, 계피와 육두구의 바다에 띄워서("이건 술꾼들이 마시는 차야." 둘은 이런 결론을 내렸다). 혼합물이 제대로 모양을 갖출 때까지 호박색 꿀을 조금씩 추가하며 번갈아 휘저었다. 그리고 우나의 서재 벽난로 옆에 앉아 완성된 뱅쇼를 마셨다.

"다음 번 리프가 흥분되나요?" 켄지가 물었다.

"이곳에서 깨어나는 걸 의미한다면 네, 흥분돼요. 친구들과 남자친구와 밴드와 함께 했던 예전으로 돌아갈 수 있다면요. 그럼 한 학기 쉬고 투어에 나설 거예요. 내가 놓친 것들 중에 학교는 없었거든요."

그는 대꾸할 말을 찾느라 잔을 입에 갖다 대더니 한참을 홀짝이다 마침내 입을 열었다. "당신이 깨어나지 못하면요? 시간 여행이 진짜고 다음에 리프하는 시간대가 80년대가 아니라면요? 그래도 감당할 수 있겠어요?"

"또다시 미래로 도약한다면 감당 못하죠. 난 노인의 몸을 하고 스무 살을 맞이할 준비가 안 돼 있거든요." 우나는 뱅쇼의 향긋함을 들이마시며 혀끝으로 느껴지는 묵직한 맛을 음미했다. "하지만 내 삶에서 더 어린 시절로 돌아가 일 년을 살게 된다면 그렇게 나쁠 것 같지 않아요. 다른 건 몰라도 최소한 내가 미치지 않았다는 걸 확인할 수 있게 해줄 테니까요."

"지금도 당신은 안 미쳤어요. 곧 알게 되겠지만."

우나는 켄지를 한참 바라보았다. 그를 다시 보기까지 몇 년이 걸릴까, 아니면 금세 또 만나게 될까? 그를 남겨두고 떠나야 한다고 생각하자 안에서 뭔가가 울컥 치밀었다. 되돌아보면 그녀는 그에게 좋은 친구였을까? 물론 그러려고 노력은 했지만 더 잘할 수도 있지 않았을까?

둘은 2015년의 마지막 순간을 그녀의 서재에서 뱅쇼를 홀짝이며 보냈다. 술기운 탓인지 우나는 혀가 까끌까끌하고 몸이 후끈거리면서 머리도 어찔어찔했다. 그녀의 허벅지 위에는 1985년 새해맞이 파티 때 찍은 사진을 넣은 액자가 놓여 있었다. 그때로 다시 돌아갈 수만 있다면.

다음은 뭐지? 여행객 신세로 계속 내 삶을 떠돌아다녀야 하나? 말이 되는 게 하나라도 있을까?

그녀는 벽시계를 쳐다보며 시간 여행에 대한 진실을 알 수 있게 해달라고, 맹목적 낙관주의가 물거품으로 끝나지 않게 해달라고 기도했다. 그녀는 해가 바뀌면 향수병과 슬픔 따위에 좌우되지 않겠노라고 다짐했다. 그곳이 어디든 어떤 시간대이든 이번에는 장소와 시간을 최대한 활용할 작정이었다.

오후 11시 59분, 그녀는 의자 깊숙이 기대 앉아 악천후 속의 비행을 준비하기라도 하듯 팔걸이를 꽉 움켜잡았다. 그리고 두 눈을 꼭 감고 온몸에 퍼지는 긴장감을 느끼며 심호흡을 했다.

3장
미쳐보자
1991 : 27 / 20

Let's Go Crazy – Prince

2:30   3:51

7

바위를 때려대는 파도를 산산이 부서뜨릴 수도 있을 것 같은 백색 소음, 소리의 바다. 보라색과 흰색 섬광등이 점점이 박혀 있는 시커먼 어둠 속에서 사람들이 우나를 둘러싼 채 점점 압박했다. 아지랑이처럼 뿌옇게 피어오르는 연기. 눈보라처럼 흩날리는 색종이 조각. 군중은 마치 사나운 눈빛, 시커먼 입술, 하얀 치아의 흐릿한 집합체 같았다. 그들은 인간 쇠사슬처럼 사방에서 그녀를 에워쌌다.

뻣뻣한 천을 뚫고 나오는 뭉툭한 바늘처럼 그녀는 사람들을 헤치며 앞으로 나아갔다. 삐삐거리는 전자음에 베이스와 드럼까지 가세해 쟁그랑대며 울려 퍼지는 금속음이 뒤엉켜 낯선 소음이 공간을 가득 채웠다. 그녀가 탈출로를 만드는 사이 주변의 광란은 도를 넘었다. 춤을 추며 부대끼는 몸들이 그녀 주변에 장애물처럼 놓여 있었다. "좀 지나갑시다!" 그녀가 엉겁결에 사람들을 밀치자 누군가가 소리쳤다.

그 안에서 벗어나자 군중이 그녀를 떠받치고 있었다는 게 분명해졌다. 팔다리가 후들거려 그녀는 넘어지지 않으려고 벽을 꽉 붙잡았다. 눈은 곧 어둠에 적응했지만 여전히 얼룩덜룩 지저분한 수족관을 들여다보는 것 같았다. 눈앞에서 헤엄치는 흐릿한 흔적과 영상을 잘 알아볼 수 없었다.

내가 취했나?

십대 시절 그녀는 술고래와 거리가 멀었다. 데일과 여기저기서 보드카 크랜베리를 맛보고, 파티에서 맥주를 마시거나 새해맞이 행사에서 샴페인 정도를 즐겼다. 2015년에도 와인을 두 잔 이상 마셔본 적이 없었다. 특별히 외롭고 쓸쓸하게 느껴지는 밤에도 그 점은 달라지지 않았다. 하지만 이건 가벼운 취기가 아니었다. 그녀는 알코올 기운에 나른함을 느꼈지만 움직임을 제어하는 능력이 떨어지면서 시야마저 가물거렸다. 그녀는 느꼈다. 자신이 달라졌다는 것을⋯⋯.

망했다.

그녀의 몸안에서 대체 무슨 일이 일어나고 있는지 아무도 알 수 없었다.

"죄송한데요." 그녀는 믿기지 않을 만큼 무거운 손으로 투명한 비옷 차림에 단발머리 가발을 뒤집어쓴 웬 아가씨의 한쪽 팔을 붙잡고 늘어졌다. "지금이 몇 년 도죠?" 그녀는 거의 말을 할 수가 없었다. 말소리가 너무 낮고 웅얼거려서 상대방이 알아들을 수 있도록 똑같은 질문을 여러 번 되풀이해야 했다.

"나보다 더 얼떨떨하신가 봐요. 1991년요. 새해 복 많이 받으세요." 아가씨가 활짝 웃으며 대답했다.

잘 가, 2015년. 안녕, 1991년.

노오란 빛 같은 짜릿한 흥분이 우나를 가득 감싸 안았다. 그녀는 자기도 모르게 입을 떡 벌렸다. 놀랍기도 하고 자꾸만 웃음이 나오기도 하고 얼떨떨하면서 기쁘기도 했다.

지금이 언제인지 알아. 어디로 가야 하는지도.

그녀는 빨간 불이 켜진 복도를 따라 한쪽 벽면을 붙잡고 한 걸음 한 걸음 착실히 나아갔다. 그렇게 얼마쯤 갔을 때였다. 자기 발에 걸려 고꾸라지기 직전 넘어지지 않으려고 눈에 들어오는 아무거나 와락 움켜잡았다. 누군가의 어깨였다.

"앗, 죄송해요." 그녀의 시력과 청력은 이제 웬만큼 초점을 찾았지만 균형 감각은 여전히 돌아오지 않았다. *대체 내가 왜 이런 바보 같은 신발을 신고 있는 거지?*

그녀가 움켜잡은 어깨는 20대 남자의 것이었다. 그녀보다 큰 키와 건장한 체격에 사각 턱과 눈을 찌를 듯 말 듯한 갈색 곱슬머리. 그는 그녀의 팔을 잡아 그녀를 받쳐주었다. "괜찮습니다. 발가락이 열 개 다 필요하진 않으니까요."

우나는 아래를 내려다보고는 뾰족한 힐이 더는 남자의 신발을 파고들지 않도록 자세를 바로잡았다. "아, 정말 죄송해요." 그녀의 혀는 입속에서 너무 크게 느껴졌고, 말을 내뱉기가 불편했다. "출구가 어디죠?"

"알려드릴 수 없습니다."

"왜요?"

"그쪽이 가버리면 제가 한 잔 사드릴 수 없을 테니까요. 5분이면 됩니다, 제 발가락을 보상해줄 의향이 있으시다면." 그가 얼굴을 일그러뜨리며 미소를 짓자 뺨에 보조개가 드러났다.

우나는 여전히 방향 감각이 신통치 않았지만 그를 쳐다보는 순간 그녀 안의 빛이 더 밝게 타올랐다. 정신 차리고 집으로 가는 게 현명한 처사일 듯싶었다. 집이 아니면 적어도 안전하고 조용한 어딘가로. 정신 차리자. 앞으로 뭘 어떻게 해야 할지 생각해보자.

하지만 유혹적이다 못해 위험하기까지 한 이 남자의 눈빛 앞에서 그녀는 현명한 처사 같은 건 까맣게 잊고 말았다. 지난 일 년 동안 아무도 그녀를 그런 식으로 쳐다본 사람이 없었다. 일 년은 홀로 외롭게 투명인간처럼 지내기에는 긴 시간이었다.

"좋아요, 그러죠 뭐. 그 전에 화장실부터 찾구요."

그가 복도 아래쪽을 가리켰다. "왼쪽 두 번째 문이요. 난 여기 있을게요. 설마 날 버려두고 갈 생각을 하는 건 아니죠? 안 그러겠다고 약속해요."

그의 곱슬머리가 눈앞에서 물결치자, 그녀는 눈을 천천히 감았다 떴다. "약속해요."

그녀가 불안하게 뒤뚱거리며 화장실 쪽으로 걸어가고 있는데, 위장용으로 입은 듯한 조끼 차림의 웬 젊은 남자가 그녀 옆을 스치고 지나갔다. "미안해요, 예쁜 아가씨." 그가 말했다.

예쁘다고? 그녀의 눈으로 직접 확인해야 하는 사안이었다.

화장실에는 '괴짜들이 높이 날아오르는' 판도라의 상자라는 첼시의 한 클럽에서 열릴 예정인 파티 '블러디 발렌타인'을 광고하는 포스터가 붙어 있었다. 그 옆에는 매부리코에 아쿠아 깃털로 만든 미니드레스 차림의 여자가 거꾸로 빗질을 하며 머리칼을 커다란 검은색 구름처럼 부풀리고 있었다.

"여기가 판도라의 상잔가요?" 우나가 물었다.

"맞아요. 자기가 어디 있는지도 잊어버릴 정도면 파티가 그만큼 재밌다는 얘기죠." 여자가 빗으로 우나의 입을 가리키며 말했다. "립스틱 진짜 끝내주는데요. 패티필스에서 샀나요?"

"아마도?" 그녀는 자신의 모습을 보려고 거울 쪽으로 비스듬히 몸을 틀었다가 숨이 막히는 줄 알았다. "이런, 정말 예쁘네요."

여자가 쉰 목소리로 킬킬거리며 말했다. "거울을 보면서 나도 당신처럼 반응할 수 있으면 얼마나 좋을까." 그러고는 머리를 한 번 더 손질하더니 깃털 두 개를 남긴 채 휙 돌아서서 가버렸다.

남자들이 그녀에게 추파를 던지는 것은 당연한 일이었다. 놀랍게도 그녀 스스로도 끊임없이 추파를 던지고 있었다. 그녀의 얼굴은 주름 하나 없이 팽팽했고 화장법도 눈길을 끌기에 충분했다. 일렉트릭 블루 계열의 아이라이너와 두꺼운 속눈썹, 글리터를 발라 앵두처럼 반짝이는 입술은 양 갈래로 묶어 길게 늘어뜨린 머리 모양과 잘 어울렸다. 거기다 (날씬하면서 섹시한!) 몸매는 검은색 망사 스타킹 위로 걸친 보라색 벨벳 턱시도 재킷을 금세라도 뚫을 기세였다.

한 마디로 너무 야했다. 그녀는 거울에 비친 얼굴을 어렴풋이 알아볼 뿐이었지만 지금껏 살면서 이토록 황홀한 모습은 본 적이 없었다. 얼른 손목을 확인해보니 *M.D.C.R.* 모래시계 문신이 그 자리에 있었다. 이제 문신 같은 건 상관없었다. 그녀는 다시 거울로 눈을 돌렸다. 보는 사람의 넋을 빼놓는, 믿을 수 없는 그 모습으로. 쉰한 살의 자신이 거울 뒤에서 다시 나타날지도 모르니 눈은 깜박이지 않는 게 좋겠다고 생각하며.

"난 젊어." 그녀가 자신의 뺨을 만지며 중얼거렸다.

"그렇게 젊진 않은데, 자기야." 스팽글 장식의 분홍색 터번을 두른 드래그 퀸(여장을 한 남성 동성애자_옮긴이)이 그녀의 등 뒤에서 말했다. "자긴 좀 들어 보이는데 뭐, 젊어봐야 이십대 중반? 클럽 나이로 치면 백 살이라는 소리지. 난 스무 살이야. 말 그대로 젊은 거지."

"나도 그래!" 우나의 두 눈이 반짝였다. "오늘이 내 스무 번째 생일이거든." *적어도 속으로는.*

퀸이 눈을 가늘게 뜨고 그녀를 보며 말했다. "그래, 계속 그렇게 생각해." 그러고는 립스틱을 고쳐 바르더니 우나가 미처 뭐라고 쏘아붙이기도 전에 자리를 떴다.

그러거나 말거나 상관없었다. 심술궂은 퀸은 그녀의 기분을 망치지 못했다. 아무것도 그녀의 기분을 망치지 못했다. 그녀의 피는 찬란하게 밀려드는 파도를 타고 돌아다녔고, 그녀의 뱃속에선 뜨거운 욕망이 빨갛게 타올랐다. 더 이상 숫자와 달력의 노예가 되지 않을 참이었다. 적어도 오늘밤은. 그녀는 다시 젊어져 있었다. 한때 그녀의 진짜 나이에 가까운 모습이었다. 그 순간만은 다른 건 하나도 중요하지 않았다.

아니, 하나는 중요했다. 복도 저쪽에서 그녀를 기다리고 있는 섹시한 이방인. 그녀는 비틀거리며 하이힐이 허락하는 한 제일 빠른 걸음으로 화장실을 나왔다.

"아직도 여기 계시네요." 그녀가 지나치게 반색하며 말했다.

"그쪽도 이렇게 다시 왔잖아요. 화장실이 도망가기 위한 핑계라고는 생각지 않았어요."

"세수를 좀 했어요. 사람들, 열기, 소음, 점점 참기 힘들었거든요. 숨을 고를 시간이 좀 필요했어요." 그녀는 둘러대며 방금 몽롱한 상태에서 본 매력적인 남자가 그 모습 그대로인지 다시 한 번 재빨리 확인했다. 이제 그녀는 자신의 두 눈이 초점을 맞추게끔 조절할 수 있었고, 훨씬 더 매력적인 그를 똑똑히 볼 수 있었다. 어쩜, 벨벳 언더그라운드 노래 같아.

"지금은 좀 괜찮아졌나요?" 그가 물었다.

"새 사람이 된 것 같은걸요."

그가 입술을 안으로 느긋하게 말아 넣는 모습에 그녀의 욕망이 더욱 열정적으로 타올랐다.

"그럼 한 잔 하러 갈까요?" 그가 긴장한 듯 한쪽 눈썹을 치켜뜨며 손을 내밀었다,

그녀는 망설임 없이 그의 손을 꼭 잡았다. 진심을 뜻하는 스킨십 이랄까.

"VIP 룸으로 모실게요, 사람들로 북적이는 메인 바를 지나지 않아도 되거든요."

"와, 내가 VIP랑 있는 줄은 몰랐네요. 알았으면 절이라도 할걸." 그녀의 미소에선 빈정거림과 욕망이 묻어났다.

"그쪽은 그런 거에 굴할 사람이 아니잖아요." 그의 두 눈이 굶주린 늑대처럼 번득였다. "갑시다, 이쪽으로. 올라갈 때 조심해요."

비좁은 철재 계단을 올라가자 댄스 플로어가 내려다보이는 좁다란 통로가 나왔다.

"여기서 잠깐 구경하다 가면 안 될까요?" 점점 커지고 있는 테크

노 음악 너머로 그녀가 소리쳤다.

"원한다면."

여긴 뭐고 나는 또 왜 여기 있는 거지?

거기서 보니 그 공간은 개조한 창고인 듯했다. 저 아래, 댄스 플로어를 비추는 색색의 휘황찬란한 불빛을 받으며 춤추는 사람들의 모습은 마치 빛을 따라다니며 형형색색으로 일렁이는 만화경을 연상케 했다. 맞은편 무대에서는 덕트 테이프로 은밀한 부위를 가린 공연자들이 저글링을 하거나 불붙인 횃불을 집어삼켰다. 더러 불을 토해내는 사람도 있었다. 우나의 시선 앞에서 불꽃은 주황과 빨강과 노랑의 줄세공 무늬에 이어 천천히 움직이는 폭죽과 서로에게 달려드는 뜨거운 혀들을 만들어냈다.

"신사숙녀 여러분, 괴짜 여러분, 여러분은 원래 뜨거운 군중이지만 지나치게 과열되고 있습니다." 정체불명의 목소리가 메가폰을 통해 쩌렁쩌렁 울려 퍼졌다. "이제 식힐 시간입니다. 다시 말해 피오나가 날아다닐 시간이라는 거죠."

폭소와 고함이 난무하는 가운데 창백한 얼굴과 조그만 체구에 머리가 벗어진 여자가 무대로 나왔다. 흰색 끈 팬티 말고는 알몸 상태인 그 여자는 돌아서서 상처투성이의 등을 보여주었다. 그 사이 조수 둘이 고리에 매달 전선을 가지고 나왔다.

"사람들이 저 여자한테 대체 뭘 하려는 거죠?" 우나의 무릎이 휘청거렸다. 단단한 손이 그녀의 등을 잡았다.

"그쪽이 생각하는 그대로. 비위가 약하면 보지 말아요. 하지만 마지막 장면을 놓치면 안 되겠죠? 다시 봐도 괜찮을 때가 되면 알려줄게요." 곱슬머리가 그녀의 얼굴을 간질인다 싶더니 그가 상체를 숙이며 이렇게 물었다. "이름이 뭐예요? 알려주기 싫으면 그냥 레드라고 부를까요?"

그녀는 자신의 뺨을 따끔따끔 찔러대는 그의 까끌까끌한 턱 쪽으로 얼굴을 젖히고는 그 느낌을 즐겼다. 더 많은 감촉을 느끼고 싶어 그녀는 그의 소매를 만지작거리며 그 느낌을 손끝에 담으려 애썼다. 실크 촉감은 시원하고 매끈했다. 그녀는 그 안에 팔이 있다는 것도 거의 잊은 채 쓰다듬다가 입을 그의 귀로 가져갔다.

"레드, 괜찮네요." 레드가 더 나았다. 오늘밤은 우나일 필요가 없었다.

그가 다가와 잡아끌자 또다시 열기가 밀려들었다. 그의 부드러운 귓불을 맛보고 싶은 충동에 끌려 그녀는 혀를 날름거리며 그의 귓불을 빨기 시작했다. 과감한 행동이 긍정적인 속삭임을 끌어내자 그녀는 계속해서 그의 목 아래로 내려갔다. 그녀의 두 손은 그의 어깨를 지나 등을 가로지르며 그의 셔츠 표면을 정처 없이 떠돌아다니는 방랑자였다. 그녀는 더 많은 느낌이, 더 많은 촉감이, 더 많은 맛이 필요했다. *더 많은.*

그의 손이 목 뒷덜미를 훑고 지나가자 동물적 욕구가 그녀의 온몸을 회오리처럼 휘감았다.

"지금 당장 키스하게 해주지 않으면 여기서 뛰어내릴래."

그 말이 나오기가 무섭게 우나는 자신의 입을 그의 벌린 입에 대고 누르며 그의 혀에 남아 있는 진과 담배 냄새를 맛보았다. 그의 손이 그녀의 벨벳 재킷 안으로 살그머니 들어와 그녀의 속살을 어루만졌다. 그녀는 이 모든 걸 보고 싶어서 계속 눈을 뜨고 있었다.

내가 꼭 영화나 뮤직 비디오 안에 있는 것 같아.

무대 위에선 조수들이 대머리 여자의 상처투성이 등에 전선을 걸고는 일으켜 세웠다. 등을 밀자 여자는 바구니를 하나 들고 군중 위로 날아올랐다. 여자가 날아오를 때마다 저 아래 사람들에게 바구니의 내용물을 내던졌다. 여자는 비단 꽃, 반짝이, 색종이 조각, 물로 사람들을 흠뻑 적셨다. 조수들이 여자를 붙잡아 내려놓자 등에 핏자국이 길게 나 있었다.

비좁은 통로 위에선 우나와 낯선 남자가 질펀한 키스와 더듬거리는 손길을 정신없이 교환하며 서로를 탐했다. 남자와 키스한 지 딱 일 년 만이었다. 애정에 굶주려 있던 터라 그녀는 이 남자에게 거칠게 달려들었다. 그때 그녀의 어깨를 툭툭 치는 손 하나가 느껴졌다.

"미안하지만 얘들아, 좀 지나갔으면 하는데." 종이나비로 빈틈없이 치장한 전신 수영복 차림의 웬 남자가 한 손으로 뱅뱅 원을 그리며 말했다.

우나와 그는 서로 떨어져 남자를 지나가게 해주었다. 무대는 이제 텅 비어 있었다.

"쇼가 뭐 더 남았어?"

"이제부터 시작인걸. 자, 어서, 레드." 그는 그녀를 잡아끌고 통로를 벗어나 복도로 내려갔다. 복도는 아무 표시도 없는 문으로 이어졌고, 몇 계단을 오르자 로프를 친 곳이 나왔다. 그곳에는 열두엇 명 정도가 뒤엉켜 노닥거리고 있었는데, 대부분 둘씩 쌍을 이룬 채 각양각색의 전희를 즐기고 있었다. 댄스 플로어를 굽어볼 수 있는 그 공간은 위로는 선반을 덧붙인 것처럼 툭 튀어나와 있었고, 바닥에는 나지막한 테이블과 가죽 소파가 여기저기 흩어져 있었다.

입구를 지키고 서있던 가드가 지루해 죽겠다는 표정으로 고개를 끄덕이며 로프를 끌렀다.

그는 애정 행각을 벌이느라 여념이 없는 남녀 쌍들을 지나 우나를 바로 안내했다. 샴페인 두 잔이 그 둘을 기다리고 있었다.

이미 취했는데 또 술을? 현명한 처사가 아닐 듯했다. 분별 있기로 치면 분명 생수가 더 나을 테지만 흐름을 굳이 방해할 필요가 있을까? 다시 젊은 몸으로 돌아와 기고만장하며 멀쩡하다는 확신이 그녀를 지배했다. 이건 반드시 축하해줘야 옳았다. 그녀는 잘생긴 이방인과 희희낙락 놀아나는 영화 속의 여자, 샴페인을 두고 물을 선택하는 짓은 하지 않는 여자였다. 둘은 쩽그랑거리며 유리잔을 부딪친 뒤 마치 테킬라를 털어 넣듯 샴페인을 들이켰다.

남자가 우나의 손을 잡더니 VIP 구역 중에서 L자형으로 구부러진 곳으로 안내했다. 얼핏 보니 텅 빈 소파 하나와 키 낮은 선반이 20피트 전방의 거대한 투명 비누방울 안에 매달려 있는 DJ 부스를 마주보고 있었다.

"여기선 아무도 우릴 귀찮게 하지 못할 거야." 남자가 소파 중앙에 자리 잡고 앉아 다리를 뻗으며 말했다.

우나는 자신을 감탄하듯 쳐다보는 그의 시선과 다리 양옆을 위아래로 쓰다듬는 그의 손길을 느끼며 계속 서 있었다. 그 사이 음악이 바뀌었다. 로봇들이 어린이용 악기로 장난치고 있는 듯한 소리였다. 빠르고 묵직한 드럼 소리가 그녀의 가슴 안에서 쿵쿵대는 심장의 리듬과 공명했다. 그가 그녀에게 푸른빛이 감도는 창백한 눈으로 가까이 오라는 눈빛을 보냈다. 그녀는 얌전히 다가가 그의 무릎에 걸터앉았다.

그녀의 목마른 손가락은 실크와 가죽으로 만든 옷감을 스쳐 까칠한 수염이 느껴지는 피부를 종횡으로 누비며 계속 탐험에 나섰다. 그는 그대로 몸이 달아올라 입으로 그녀의 입술부터 턱과 목이 만나는 지점을 훑고 쇄골 안쪽을 파고들었다. 온몸의 신경세포가 시냅스로 쏠리는 것을 느끼며 그녀는 등을 활처럼 동그랗게 말았다. 번쩍이는 섬광등 불빛이 두 사람이 마치 슬로모션으로 움직이는 듯한 착시 효과를 만들어냈다.

우나가 재킷의 맨 위 단추를 풀자 검은색 레이스 브라가 드러났다. 그러자 그가 그녀의 가슴골에 얼굴을 파묻고 혀로 핥아 내렸다.

프랭키 고즈 투 할리우드의 〈릴랙스Relax〉 리믹스가 들려오기 시작하자 몸을 비틀어대던 두 사람은 웃지 않을 수 없었다.

"DJ가 우릴 볼 수 있을까?" 우나가 물었다.

"당연하지, 이건 보나마나 우리 들으라고 튼 노래야."

"그럼 좋은 쇼를 보여줘야겠네." 이렇게 말하면서 우나는 나머지 단추를 모두 풀어헤치고는 재킷을 벗어 한쪽으로 내던졌다. 남자의 큼직한 두 손이 다소 거칠게 그녀의 몸을 쓰다듬으며 구석구석에 불을 지폈다. 그녀는 성급하게 그의 셔츠 단추를 풀다가 하나를 잡아 뜯고 말았다. 그는 그녀의 입속에 계속 혀를 집어넣은 채 소매에서 팔을 잡아당겨 뺐다. 빨간색과 노란색 레이저 불빛이 몸 이곳저곳에 줄을 그리는 바람에 두 사람은 마치 테크니컬러 얼룩말처럼 보였다.

"나랑 약하자, 그럼 훨씬 더 짜릿할 거야." 그가 호주머니에서 조그만 갈색 유리병을 꺼내 마개를 돌려 열더니 엄지와 검지 사이의 공간에 흰색 가루를 한 무더기나 쏟아부으며 말했다. 그러고는 킁킁거리며 재빨리 코로 들이마시다가 또 쏟아붓고는 우나에게 턱짓했다.

코카인? 확인해보는 게 현명할 듯했다(정중하게 거절하는 건 그보다 더 현명할 듯했다). 하지만 술 한잔도 거절하지 못했던 그녀는 그 가루의 정체가 뭔지 묻지 못했다. 우나는 잠자코 가루를 들이마셨다. 강렬하면서 깔끔한 에스프레소를 단번에 털어 넣을 때와 비슷한 충격이었다. 그녀는 입을 악물고 침을 꿀꺽 삼켰다. 모든 게 황홀하게 느껴졌다.

남자가 양 갈래로 묶은 그녀의 말총머리를 양손에 하나씩 잡고 밑으로 끌어당기더니 그녀의 혀를 너무나 기다렸다는 듯 혀를 내밀었다. 그는 우나를 점점 더 거칠게 다뤘고, 우나는 누가 보든 말든 그의 바지 지퍼를 내리고 그를 해방시켰다. 더 많은 것을 갈망하는 그녀는 자기 안에서 부글부글 끓어오르는 불길에 휘발유를 끼얹었다.

낯선 남자의 손이 그녀의 다리 사이로 들어오더니 망사 스타킹의 구멍을 찢어발기며 그녀의 속옷을 한쪽으로 밀어제쳤다. 그녀의 안으로 들어온 손가락 하나…… 그랬다. 금욕적인 일 년을 보내는 동안 그녀가 원하던 꽉 찬 느낌이었다. 다만 손가락 하나로는 부족하다는 건 빼고.

뇌의 쾌락 중추가 과부하 상태라 이름도 모르는 낯선 남자와 갖는 무방비 상태의 성관계가 무모함의 경계를 너무 멀리까지 밀쳐 놓는 건 아닌지 현실적인 판단을 내릴 여력이 없었다. 경고의 빛은 곧 꺼졌다. 질질 끌던 불안은 그가 안으로 들어오는 순간 씻은 듯이 사라졌고, 그가 엉덩이를 들어올릴 때마다 더 멀리 쓸려갔다.

"갈 것 같아." 겨우 일 분 뒤 그녀가 신음을 내지르며 말했다. 머릿속에서 불빛 쇼가 시작되나 싶더니 그녀의 감은 두 눈 뒤에서 온갖 색깔이 명멸했다.

"착하기도 하지. 세게. 어서." 그가 엉덩이를 들어올려 그녀의 엉덩이에 비벼대며 브라를 끌어내리고는 젖꼭지 한쪽을 깨물었다.

그녀의 신음 소리는 공장의 소음을 누르고 노래하는 성가대의 부산한 불협화음에 묻혀 들리지 않았다. 그녀는 약한 전류가 흐르는 따뜻한 물속에 몸을 담그고 있는 듯한 느낌이었다. 몸이 벅찬 기대감에 매듭처럼 팽팽하게 꼬이더니 별안간 자유로워지면서 오르가슴을 느꼈다.

쾌락보다 더했고, 불면증으로 한바탕 고생한 뒤 하루 종일 잠을 자는 것 같은 안도감이 그녀를 휘감았다. 오르가슴은 흐릿하기만 하던 그녀의 정신을 번쩍 들게 했다.

내가 대체 뭘 하고 있는 거지?

제멋대로 날뛰던 충동이 잦아들고, 그가 끝내기를 기다렸다가 그를 밀어내고 다시 옷을 입었다.

"재미있었어." 그가 바지 지퍼를 올리며 말했다.

"잠깐만 실례해도 되지?"

그녀는 돌아오겠다고 약속하지 않았고 그는 돌아오라고 요구하지 않았다.

데일을 두고 바람핀 게 아니야. 데일은 죽었어. 그것도 오래 전에.

그녀는 욕지기를 가까스로 삼켜 눌렀다.

VIP 구역을 벗어나는데, 누군가가 그녀와 부딪치며 그녀의 가슴에 음료를 엎질렀다. 우나는 계속 걸었다. 계단 맨 꼭대기에서 휴지를 찾으려고 주머니를 뒤지다가 자신의 글씨가 적혀 있는 포스트잇을 한 장 발견했다.

> 오늘밤 넌 곱슬머리에 창백한 푸른 눈의 남자를 만나게 될 거야. **그 남자랑 섹스하지 마.**

우나는 포스트잇을 뒤집었다.

> 지금의 네 남자친구는 크로스비야. 큰 키에 파란 머리, 빨간
> 색 턱시도 재킷을 입었어. 아주 멋진 남자야. 그를 찾아. 자
> 세한 편지는 집에 있어.

직전의 리프도 그렇고, 지금까지 현실처럼 느껴진 리프는 단 한
번도 없었다. 이 모든 일은 마치 누군가가 우나를 끈으로 매달고
꼭두각시 인형처럼 조종하는 듯했다. 당연히 미심쩍은 결정을 내
릴 수밖에 없었다. 호텔 방을 엉망으로 해놓고 다른 사람이 들어와
깨끗이 치워줄 것만 같은 느낌과 비슷했다. 단 그녀가 방을 쓰레기
장으로 만들어놓는 부주의한 록스타이자 하녀라는 점은 빼고. 꼭
두각시와 끈을 당기는 사람. 책임은 피할 수 없었다.

그녀는 자신의 손목 안쪽을 흘끗 보았다.

M.D.C.R. 매들린, 데일…… 크로스비?

이 엉망인 상황을 파악하는 첫 번째 단계. 일단 화장실을 찾는다.
우나는 계단을 급히 내려가다 힐이 걸려 하마터면 엎어질 뻔했다.

발목을 삐끗했지만 더 크게 다치기 전에 난간을 붙잡았다.

그녀는 화장실에서 피해 규모를 살폈다. 그러고 있으니 다른 사람이 저지른 범죄를 덮어주고 있는 듯한 느낌이었다. 누군가의 시신을 억지로 떠맡아 파묻는 것 말고는 달리 선택의 여지가 없는 것처럼 말이다.

얼굴 아래 반쪽은 마치 어릿광대와 키스하기라도 한 듯 빨간 얼룩이 여기저기 지저분하게 묻어 있었고, 코 밑에는 흰 가루 흔적이 남아 있었다. 또 재킷의 단추를 엉터리로 채워 가슴 한쪽이 다 드러날 지경이었다. 그녀는 가슴을 매만지고 옷매무새를 가다듬었다. 다른 쪽 재킷 주머니에는 콤팩트와 립스틱이 들어 있었다. 그녀는 번져서 엉망인 아이라이너를 손보며 화장을 고쳤다. 눈은 붉게 충혈된 데다 광기로 번득였고, 턱은 굳어 있었다. 그녀의 두뇌는 제멋대로 날뛰는 말과 같아서 도저히 고삐를 쥐고 있을 수가 없었다. 지금 할 수 있는 일이라고는 크로스비를 찾는 것뿐이었다.

둘은 얼마나 떨어져 있었을까? 시계를 찾았지만 어디에도 없었다.

그를 찾기가 쉽지 않을 듯했다. 3층 클럽에는 몇 백 명이 득시글댔고, 특히 어두컴컴한 복도, 계단, 벽감이 도처에 자리하고 있었다. 그녀가 남자친구를 찾기까지 아무래도 시간이 꽤 걸릴 것 같았다.

어쩌면 그녀는 숲에서 길을 잃은 여행객들처럼 한곳에 머물러야 할지도 몰랐다. 보나마나 크로스비도 그녀를 찾고 있을 터였다. 그래, 그게 제일 나아. 그녀는 파란 머리가 눈에 띄길 바라며 앉을 곳을 찾아 군중 사이를 느릿느릿 헤쳐나갔다.

휴대폰만 가지고 있었어도. 1991년에는 누군가의 흔적을 놓치기가 훨씬 더 쉬웠다. 그녀는 이번 리프를 왜 좀더 잘 설정하지 못했는지 이전의 자신을 나무랐다. 사람들로 발 디딜 틈 없는 클럽에서 파김치가 된 채 남자친구와 헤어지고 너무 늦게 보게 된 포스트잇의 내용도 영 믿기 어려웠다.

대체 무슨 생각을 하고 있었던 거야, 우나?

집에 가야 하나? 그녀는 그럴 수 없었다. 크로스비가 포스트잇의 주장대로 아주 멋진 남자라면, 그녀의 문신에 있는 *C*가 그라면 그는 계속 그녀를 찾아다니며 걱정하고 있을 게 뻔했다. 파크 슬로프의 갈색 벽돌집을 아직 구입하지 않았다면? 그녀의 어머니가 요즘 살 만한 곳을 알고 있는 사람은 누가 있을까?

약기운이 떨어지면서 행복감은 불안으로 바뀌었다. 그녀가 알고 있는 것이라고는 이름과 머리 색깔, 윗도리밖에 없었다. 아, 그리고 그 남자가 '아주 멋진 남자'이자 방금 그녀가 배신한 남자라는 점도.

사람들로 둘러싸인 댄스 플로어가 내려다보이는 라운지에서 우나는 파란 머리를 찾아 헤맸다. 사정없이 번쩍이는 하얀 불빛과 굽이치는 녹색 레이저 때문에 누군가를 알아본다는 것은 도저히 불가능한 일이었다. 그녀는 오토만을 하나 찾아 앉은 다음 초콜릿을 너무 많이 먹은 아이처럼 잠시도 가만히 있지 못하고 꼼지락거리며 지나가는 사람들을 한 명 한 명 유심히 살폈다. 다른 때 같았으면 사람 구경을 즐겼을 터였다. 웃통을 벗어부친 채 목과 가슴에 가죽으로 만든 마구를 찬 남자들, 조각상처럼 위풍당당한 드래 그 퀸들, 빅토리아 시대의 초상화에서 방금 빠져나온 듯한 코르셋 과 조끼 차림의 커플들이 보였다. 하지만 눈요기를 즐기기는커녕 그녀는 초조한 눈빛으로 지나가는 이들을 흘끔흘끔 살피다가 이내 실망했다. 포스트잇의 내용과 부합하는 사람은 아무도 없었다.

얼마 지나지 않아 빨간 턱시도 재킷 차림의 키 큰 남자가 헐레벌 떡 달려와 그녀 옆에 무릎을 꿇었다. "맙소사, 우나, 대체 어디 갔었 어?" 분노와 걱정 사이에서 갈피를 잡지 못하는 목소리였다.

"계단에서 넘어져서 발목을 다쳤어." 갓 쌓인 눈더미를 신나게 활주하는 스키선수처럼 눈물이 그녀의 두 뺨을 타고 흘러내렸다.

크로스비는 그녀의 발목 상태를 살피는 일 말고는 딱히 할 수 있 는 일이 없었다. "미친 듯이 널 찾아다녔어. 네가 E 부작용 때문에 어딘가에서 기절한 줄 알았거든." 그러면서 그는 한 손으로 파란 머리칼을 쓸어 넘겼다. 진지한 갈색 눈, 날카로우면서 중성적 느낌 을 주는 이목구비. 그녀에게 낯선 얼굴이었지만 싫지는 않았다. *적 어도 이전의 우나는 안목이 꽤 훌륭한 편이었군.*

"난 괜찮아. 이제 집에 가고 싶어." 그녀가 말했다.

"가서 외투 갖고 올게."

"아니, 다시는 떨어져 있기 싫어." 그녀는 그를 알지 못했지만 금 세 스며들었다.

그가 그녀를 부축했다.

"천천히 가야 해." 그녀가 말했다.

"너도 네 그 망할 구두도." 크로스비가 고개를 절레절레 흔들었다.

둘은 외투를 챙겨 창고가 즐비한 골목으로 나왔다. "여기 가만히 있어, 가서 택시 불러올 테니까." 크로스비가 말했다.

"왜, 우버 안 부르고? 요금이 장난이 아닐 테지만 훨씬 빠르잖아."

"난 네 말을 하나도 못 알아듣겠어."

그녀는 한 손을 입에 갖다 댔다. 지금은 1991년이었다. "그건 나도 그래. 클럽에서 뭔가를 마셨는데, 누가 거기에 뭘 탔나 봐. 속이 메스꺼운 거 같아."

크로스비가 얼른 그녀를 껴안고는 이마에 입을 맞췄다. "미안해. 다 내 잘못이야. 여기 오는 건 좋은 생각이 아니라는 네 말을 들을 걸, 내가 괜히 우겨가지고는. 가만있어, 가서 택시 불러올게."

그의 다정한 태도에 또다시 눈물이 솟구쳤지만 그녀는 이를 앙다물고 참았다. 어찌나 힘을 주었는지 관자놀이가 욱신욱신 쑤시면서 발목 통증과 짝을 이뤘다. 그녀는 오늘밤 신은 하이힐이 몇십 년 뒤 자신의 삐걱대는 무릎에 얼마나 많은 기여를 하게 될지 궁금해하며 자기 발을 노려보았다.

마침내 크로스비가 택시를 잡는 데 성공했다. 그는 우나를 뒷좌석에 앉히고 운전사에게 주소를 건넸다.

"집으로 가는 거야? 난 정말 집에 가고 싶어." 우나가 말했다. 그녀가 알지 못하는 곳이었다.

"오늘밤은 내 집으로 가는 줄 알았는데." 실망을 몰아내기라도 하듯 그는 얼른 손을 저었다. "생각이 짧았어. 다쳤으니 오늘은 집으로 돌아가는 게 좋겠다." 그가 운전사에게 다른 주소를 불러줬지만 지나가는 경찰차 소리 때문에 알아들을 수가 없었다.

조용한 분위기가 감돌자 우나는 아랫입술을 잘근잘근 씹으며 불안을 떨쳐냈다. 그녀는 자기 몸이지만 결과적으로는 몸을 가로챈 날치기꾼이자 사기꾼이었다. 이제부터 더 이상의 말실수를 하지 않으려고 애썼다. 1991년 이후의 과학기술이나 작년에 그녀가 축적한 지식들을 입도 뻥끗하지 말아야 했다.

문제는 약 기운에 자꾸만 말하고 싶다는 점이었다. 그녀의 입술은 댐을 방류하는 것처럼 콸콸 쏟아져 나오는 말을 도저히 막을 수 없었다.

"아까는 내가 미쳤었나봐." 그녀가 크로스비를 제대로 보려고 문에 바짝 기대앉으며 불쑥 내뱉었다. "아니면 치매에 걸렸거나. 그 이유를 확실히 알기까지 일 년을 기다려야 했지만 오늘밤 난, 그거 알아? 난 미치지 않았어. 계산해보니 오늘이 내 스물일곱 번째 생일이야. 그리고 내년에도 스물일곱일 거고." 그녀는 두 손을 마구 휘저으며 말했다. "그래서 내가 얼마나 행복한지 알아? 난 *젊어.*" 의기양양한 그녀의 모습에 크로스비는 얼떨떨한 표정으로 그녀를 쳐다봤다. "그리고 이렇게 너와 함께 있고, 넌 정말 멋져. 그러니까, 넌 정말, 잘생겼고 풍기는 기운이 근사해. 뭐랄까, 젊은 잭 화이트 같아."

불안한 웃음을 지으며 그가 물었다. "어, 이거 고마워해야 하는 거야? 잭 화이트가 누군데?"

"화이트 스트라입스(21세기가 가장 주목하는 기타리스트 중 한 명으로 꼽

허는 잭 화이트가 1997년에 결성한 미국의 혼성 듀오_옮긴이) 출신." *아뿔싸.*
"내가 고등학교 때 몸담았던 로컬 밴드야. 하지만 네가 잭보다 훨씬 더 귀여워."

"음, 나쁘진 않군. 난 네가 어린놈한테 빠져 정신 못 차리는 꼴은 보기 싫거든." 그가 슬며시 다가와 둘 사이의 공간을 좁혔다.

데일의 모습이 우나의 머릿속을 스치듯 지나갔다. 밴드 연습을 하던 날 코리와 웨인이 곡의 템포를 놓고 아웅다웅 다투기 시작했을 때 눈을 찡긋거리며 그녀를 불러세우고는 귀에 대고 실없는 소리를 속삭이던 모습이. 그녀에게 키스하기 전 그의 두 눈에서 번쩍이던 빛이.

크로스비의 눈도 똑같이 번쩍였다. 크로스비는 지금 그녀의 남자친구였고, 그녀에게 키스할 참이었다.

우나는 한쪽 팔을 내밀어 그를 제지했다.

말이 되지 않았다. 한 시간 전 그녀는 약에 취해 경솔하게도 생전 처음 보는 남자와 관계를 가졌다. 이제 눈앞에는 낯선 남자가 아닌 남자친구라는 남자가 있었다. 더구나 그녀를 걱정하는 매력적인 남자였다. 하지만 그녀는 그가 가까이 다가오지 못하게 할 참이었다.

"미안. 발목을 다쳐서 기분이 별로야. 게다가 너는 사라지고 없지, 불빛에, 사람들…… 다 너무 힘들었어. 처음에는 현실이 아닌 것 같다가 너가 안 보이니까 섬뜩하고 무서웠어. 널 알아볼 수나 있을지 자신이 없었고." 그녀는 뭔가 다른 말이 튀어나올세라 입을 굳게 다물었다.

그녀의 속마음을 알아챈 그가 뒤로 물러났다. "나를 왜 못 알아봐?"

"음, 그게…… 어두웠고, 뭔가 보고 있긴 했는데. 사람들이 괴상한 인스타그램 필터를 뒤집어쓴 것 같았어."

"인스타 뭐? 대체 무슨 말을 하고 있는 거야, 지금?"

여기서 나가야 해.

집까지 얼마나 더 가야 할까? 말도 안 되는 소리를 얼마나 더 지껄여야 하는 걸까?

"내가 마신 그 음료, 아무래도 뭔가 섞여 있었나봐." 그녀가 말했다.

"미안해, 내가 너무 이상해 보이지? 나도…… 나 같지가 않아."

적어도 거짓말이 아니었다.

크로스비는 손을 뻗어 그녀의 목 아래를 쓰다듬었다. 그녀는 온몸이 뻣뻣하게 굳었지만 그의 손길을 묵묵히 받아들였다. 속으로는 벗어나고 싶은 생각뿐이었다. *넌 그의 위로를 받을 자격이 없어.* 그녀는 여전히 방금 전 자기 몸 안팎을 더듬던 다른 남자의 손길을 느낄 수 있었다. 그토록 많은 쾌락을 안겨줬지만 지금은 그녀를 메스껍게 만들었다.

택시가 눈에 익은 모퉁이에서 멈춰 섰다. "아, 다행이다. 같은 집이네." 그녀가 말했다.

"같은 집이지 그럼. 괜찮아. 그대로 가만히 있어, 내가 부축해줄 테니까."

"난 괜찮아. 정말이야. 자고 나면 괜찮아질 거야." 그녀가 차 문을 열자, 차가운 공기가 그들을 감쌌다.

"나랑 같이 있기 싫구나? 원래는 우리 둘이 밤을 같이 보내고 내일 근사한 생일 아침 식사를 할 계획이었는데. 내 말은…… 네가 약을 먹고 어떻게 될지 모르니까…… 그러니까 나쁜 여행을 하게 될지도 모르니까 내가 옆에 있어야 한다는 거야."

"넌 정말 착한 사람이구나, 안 그래?" 그녀가 한 손으로 깔끔하게 면도된 그의 뺨을 어루만지며 말했다. "미안하지만 지금은 혼자 있고 싶어. 그 아침 미룰 수 있지?"

"물론." 그의 목소리는 단호했다. "내일 전화할게."

그녀는 그의 기분을 상하게 했다는 죄책감에 휩싸였다.

"내일." 그녀는 앞으로 달려가 그의 입술에 가볍게 입을 맞췄다. 마법이라도 일어나 곧 익숙해지기를, 한밤중이 되기 전 동화의 저주가 깨지고 그를 향한 사랑이 모습을 드러내길 간절히 바랐다. 하지만 그의 입술은 클럽에서 만난 남자만큼이나 낯설었다. 오히려 실망감으로 투박하게 느껴질 뿐이었다.

집에 들어선 우나는 신발을 벗어 현관 저 너머로 집어던졌다.

멍청한 신발.

멍청한 여자.

우나는 잠시 숨을 고르며 정적이 감도는 집 안을 둘러보았다. 달라진 건 없었다. 격자무늬 대리석 타일도 똑같았고, 바퀴살과 톱니바퀴, 크리스털과 등으로 만든 샹들리에, 흰색 백합을 가득 꽂은 입구 탁자 위의 파란색 유리 꽃병도 똑같았다. 꽃들이 내뿜는 향기가 어찌나 달콤하던지. 한결같음이 주는 안도감은 또 얼마나 크던지.

"누구 없어요?" 그녀가 소리쳤다. "엄마? 켄지?"

침묵.

얼음 팩을 가지러 부엌으로 가는 대신 절뚝거리며 위층으로 올라갔다.

서재도 똑같았지만 2015년에는 빨간 가죽을 씌어놓았던 안락의자들이 갈색 스웨이드로 바뀌어 있었다. 우나는 온몸이 으슬으슬 떨렸다. 그녀는 자그맣게 불을 피우고 난로 근처 의자에 앉았다.

벽난로 위 선반에 그녀의 이름과 현재의 연도와 함께 말짱한 정신이 아니라면 읽지 말 것이라고 적힌 봉투가 밀봉된 채로 놓여 있었다.

진지하게 받아들여야 하나?

그녀는 눈알을 굴리며 목조 천장으로 관심을 돌렸다. 화려하게 장식된 홈들이 누군가가 던진 조약돌에 흩어지는 물처럼 잔물결을 이루고 있었다. 그녀는 고개를 홱 돌려 봉투에 적힌 눈앞에서 아른거리는 정자체의 글씨들에 주목했다. 그래, 1990년의 우나라면 어느 정도 분별력이 있었을지도 모른다고 생각하며. 기다렸다가 말짱한 정신으로 읽기로 했다.

하지만.

경고가 자꾸만 거슬렸다. 그녀는 그 자리에서 바로 편지를 읽고 싶었다.

"미래의 나는 호락호락한 여자가 아니야." 그녀는 봉투를 찢어 한쪽으로 내던지고는 편지를 펼쳐들었다. 그리고 하품을 하며 의자 팔걸이에 다리를 걸친 채 드러누워 읽기 시작했다.

우나에게,

첫 번째 리프를 무사히 통과한 것 축하해. 힘들었지? 올해는 훨씬 더 재미있을 거야. 물론 더러 극적인 사건이 있기는 하지만.

네가 나의 이전 메모를 제때 봤기를 봐라. 그랬으면 상황도 달라지고 넌 크로스비를 배신하지 않았을지도 모르니까. 만약 그랬다면 또 그 나름대로 일이 진행될 테지.

그런데 있지…… 난 그런 식으로 일이 진행되는 건 원치 않아. 한 번 더 시도하고 싶어. 클럽에서 그 낯선 남자와 관계를 가졌다면 크로스비한테 말하지 마.

우리의 망할 시간병에 휘둘리지 않고 한 해 두 해 관계를 이어나간다는 건 쉽지 않은 일이야. 네 입장에선 이제 막 만난 것 같겠지만 크로스비는 정말이지…….

우나의 눈꺼풀이 아래로 처지면서 얼굴이 가슴께로 툭 떨어지더니 완전히 잠이 들었는지 편지가 그녀의 손에서 스르르 미끄러져 졌다.

9

우나는 누가 자기 이름을 속삭이기라도 하듯 기분 좋게 중얼거리며 잠에서 깼다. 혼자라는 것만 빼면. 혼자라는 사실은 그녀를 괜히 경직되게 만들었다. 뻣뻣하게 굳은 목 뒷덜미를 문지르는 순간 여기는 어디이고 지금은 언제인지 기억이 났다. 매캐한 연기와 나무 탄내가 그녀의 콧구멍을 간질였다. *이런. 편지.*

편지는 벽난로 옆 마룻바닥에 그대로 있었다. 우나는 잔뜩 긴장한 채 천천히 숨을 고르며 어젯밤 읽다 만 곳을 훑어보았다.

……크로스비는 정말이지 믿을 수가 없을 정도야. 사려 깊고 낭만적이고. 물론 예민한 구석도 있지만. 지나치게 야심만만하진 않지. 그보다 중요한 건 마음이 넓다는 거야. 그리고 우리는 케미가 아주 잘 맞아. 넌 그가 얼마나 뜨거운지 벌써 확인했을 거야.

처음 보는 사람이 남자친구라니 마음이 불편할 수도 있겠지만 만약 그가 키퍼라고 생각하지 않았다면 그를 붙잡으라고 널 떠밀지도 않았을 거야. 적어도 시도는 해봐. 올해를 좀더 쉽게 보내라고 커닝페이퍼도 한 장 넣어뒀어. 봉투에 보면 접어서 넣어둔 작은 종이가 있을 거야. 거기에 크로스비와 현재의 네 친구들에 대한 중요한 정보가 들어 있어. 1990년을 너무 많이 내다버리지 않고도 알아야 할 내용들의 균형을 맞추려고 나름대로 애썼으니까 그쪽으로 리프할 때마다 즐길 수 있을 거야.

"현재의 친구들"이라니 이게 무슨 말이지? 아마 지금쯤 넌 이런 궁금증이 일지도 몰라. 신과 데지, 그리고 나머지 애들을 만날 때까지 기다려. 정말 멋진 애들이거든. 걔들은 시간여행을 몰라(그건 크로스비도 마찬가지고). 넌 그 애들과 아주 신나는 외출을 하게 될 거야. 뉴욕의 밤은 갈수록 별스런 방향으로 가고 있으니 각오해.

애들 말로는 너한테 약을 하지 말라고 경고해야 한대.

우나는 씩씩대며 중얼거렸다. "그러기엔 좀 늦었네요."

엄마처럼 굴면서 약을 멀리하라는 말 같은 거 난 안해. 우리 솔직해지자. 만약 내가 엄마라면 신중하고 도를 넘지 않는 선에서 먹으면 갑자기 거칠어지는 팻 브라우니(마리화나 등을 섞어 환각작용을 일으키는 브라우니_옮긴이)를 권할 거야. 하지만 오락과 재미 삼아 하는 일도 음침한 습관이 될 수 있어. 늙은 몸에 갇혀 일 년을 지낸 뒤 다시 젊어졌다면 마구 날뛰고 싶기도 할 거야. 다만…… 넌 문제를 정면으로 해결하기보다 숨기려 들 때가 더 많다는 것만 기억해. 상황을 회피하려고 약을 사용하는 건 신중했으면 좋겠어. 지금을 즐기되 너무 과하게는 말고.

섹스에 대해서도 경고해야겠다. 몇 년 전 넌 IUD(피임을 목적으로 자궁강 내에 장착하는 피임 기구_옮긴이) 시술을 받아서 임신을 걱정할 필요는 없지만 에이즈와 그 외 성병은 장담 못 해. 너와 크로스비는 검사 결과 둘 다 깨끗하게 나왔지만 다른 남자와 섹스를 할 경우 콘돔은 필수야.

올해의 또 다른 결점 하나 더. 로파이(lo-fi, 저음질을 뜻하는 음악 용어이자 1980년대 후반부터 1990년대 초반까지 대중적인 인기를 얻었던 음악 장르. 저가의 녹음 장비를 이용하며 거칠고 정제되지 않은 사운드가 특징이다_옮긴이) 테크. 장비에 너무 꽂히지 않기를 빌게…….

이미 알아챘을 테지만 켄지가 없어. 요즘 초등학교에 다니느라 바빠. 그가 그립겠지만 그의 부재가 오히려 엄마와 가까워지는 기회가 될 수도 있어. 당분간 그는 금융 쪽 일을 도맡아 처리할 상황이 못 될 테니 체스트넛투자회사의 루빈 형제가 그 일을 하게 될 거야(네 책상 위에 그 사람들 명함이 있어). 바인더는 여전히 네 책임이니까 업데이트하는 거 잊지 마. 올해를 포함해 매년 기억나는 것은 모조리 적어 둬(힌트 : 거품이 터지기 전에 남아 있는 일본 휴일은 버려).

어떤 리프든 장점도 있고 단점도 있는 만큼 얻는 게 있으면 잃는 것도 있을 거야. 관계, 젊음, 현대의 편리함 등등. 어떤 해도 완벽하진 않을 거야. 하지만 내 생각에 네가 네 삶을 조금만 더 사랑한다면 올해는 한결 좋아지지 않을까 싶어. 참, 크로스비는 정말 널 사랑해(그건 너도 마찬가지고). 그와 함께 잘 헤쳐 나가길 빌게. 잘해봐.

사랑해, 내가

P.S. 오늘밤 크로스비가 널 데리고 생일맞이 저녁 식사를 하러 나갈 거니까 그를 만나기 전에 메모를 기억해.

편지를 내려놓는데, 누가 멀리서 드럼을 치기라도 하듯 이마 뒤쪽이 지끈지끈 울렸다. 그녀는 커닝페이퍼를 읽어보려고 자리에서 일어나 벽난로 위 선반을 살피며 봉투를 찾았다. 봉투는 거기 없었다. 그녀는 무릎을 꿇고 허둥지둥 의자 밑을 살폈다. 봉투는 없었다.

아, 안 돼. 제발, 안 돼.

드럼 소리가 점점 가까워지면서 끈질긴 리듬이 그녀의 두개골 곳곳에 울려 퍼졌다.

벽난로를 흘낏 봤더니 재 한가운데 삼각형의 흰색 물체가 있었다.

제기랄.

우나는 가까스로 봉투 귀퉁이는 꺼냈지만 나머지는 재가 되고 말았다. 마음 같아선 머리를 벽난로에 쾅 부딪치고 싶었다. 그렇게 라도 해서 부주의했던 자신을 벌주고 싶었다. 또 실수하다니.

대신 그녀에게선 어둡고, 쓸쓸한 웃음이 졸졸 새어나왔다. "이 바보 멍청이." 그녀는 카펫에 무릎을 꿇은 채 두 팔로 배를 감싸 안고 무기력하게 중얼거렸다.

숨을 고르며 일어서는 찰나, 다친 발목에 체중이 실리자 그녀는 자기도 모르게 움찔거렸다.

이제 뭘 하지?

그 방에서는 더는 대답을 찾을 수 없었다.

해결책이 하나 떠올랐다. 바로 엄마였다. 매들린은 아주 세세한 것까지는 채워주지 못할지 몰라도 크로스비에 대한 기본 정보 정도는 알려줄 수 있을 터였다. 바라건대 우나가 생일맞이 저녁 식사를 무사히 해치우기를.

거실에는 자동 응답기 기능을 갖춘 무선 전화기가 있었다. 빨간 불이 깜박이면서 새로운 메시지를 알렸고, 그녀는 플레이 버튼을 눌렀다.

"해피 버스데이!" 노래 뒤에 이어지는 음성이 들렸다. "우나, 내 딸, 엄마야. 리프가 힘들지 않았기를 빌게. 난 며칠 전에 레너드와 버몬트에 왔단다. 그는 정말 멋진 남자야. 나중에 그에 대해 다 이야기해줄게. 원래는 오늘 돌아갈 예정이었지만 눈이 보통 왔어야 말이지. 그 덕분에 꽤 모험 같은 시간을 보내고 있지 뭐니! 어젯밤엔 전기가 나갔고 전화는 아직도 먹통이란다. 작동이 되는 공중전화를 찾으려고 5마일을 운전했지 뭐니. 도로 사정이 엉망이긴 하지만 내일은 돌아갈 수 있을 거야. 생일 못 챙겨줘서 미안해. 하지만 보나마나 크로스비가 굉장한 계획을 세웠을 거야. 집에 도착하는 대로 다시 전화할게. 참, 회색 소파 쿠션 뒤에 네 생일 선물 숨겨뒀어. 사랑해!"

그래요, 그래.

우나는 크로스비와 새 친구들에 대한 단서를 찾을까 싶어 집 안을 샅샅이 뒤졌다. 사진도, 쪽지도, 전화번호도, 아무것도 없었다. 그 모든 게 전부 커닝페이퍼에 있었단 말인가?

고작 그녀가 찾아낸 것이라고는 시간을 거슬러 여행했다는 사실을 상기시켜주는 물건들뿐이었다. 투박한 전자 장비들은 더 많은 전선을 달고 있었다. 음악실은 여전히 레코드판이 주를 이뤘지만 CD와 카세트도 보였다. 영화 관람실 대신 네모난 텔레비전과 VHS 테이프용 선반을 갖춘 동굴 같은 방이 있었다. 컴퓨터는 아예 있지도 않았다.

"로파이가 더 나을 수도 있어." 레이저디스크로 나온 〈죠스〉를 살피며 그녀가 중얼거렸다.

숙제를 해치운 우나는 바인더에 코를 박고 몇 시간을 보냈다. 그녀는 이 해 저 해 넘기면서 기억나는 내용이 있으면 채워 넣었다. 얼추 마무리한 그녀는 1991년의 금융 정보를 살피다가 그해 12월

IPO를 통해 예측대로 상한가를 기록한 퀄컴 사 사례에 주목했다 *(16달러에 매수해서 1999년 12월 3차 분할이 끝날 때까지 기다렸다가 2000년 3월에 70달러에 매도하고, 2002년 8월에 13달러에 다시 매수해 2004년 4차 분할 때까지 기다렸다가 2014년 78달러에 매도할 것)*.

밖이 어두워지자 우나는 어머니가 준 생일 선물을 목에 채웠다. 서로 맞물려 돌아가는 톱니바퀴와 시계 부품으로 만든 펜던트와 금목걸이였다. 그녀의 쇄골 밑에서 찰랑이는 목걸이는 에메랄드 그린색 벨벳 드레스와 잘 어울렸다. 말끔하게 빗어 넘긴 빨간 머리와 그녀의 등 뒤에서 희미하게 빛나는 진홍색 커튼과도 근사하게 어울렸다. 데일이 준 시계는 보석 상자 안에 그대로 있었는데, 일 년 동안 지켜본 결과 차고 다니지 않는 게 더 안전할 것 같았다. 그녀는 데일이 준 재킷도 찾았다. 소매는 약간 더 뻑뻑했고, 가죽은 지난번 봤을 때보다 덜 낡은 편이었다. 이번에도 재킷이 몸에 잘 맞아 기뻤지만 그날 밤 그녀는 좀더 격식을 갖춘 양모 외투를 선택했다.

"우리가 가는 곳이 어딘지 말 안 해줄 거야, 특별한 데라는 것 말고는." 크로스비가 전화로 알려준 이야기는 이게 다였다.

이번에도 깜짝 파티인가? 좋지 뭐.

작년의 외로움이 새록새록 사무쳐서 우나는 크로스비와 잘 해보기로 다짐했다. 그가 그녀 문신 속의 C라면 특히 더. 그녀에게는 이번이 모든 걸 다 가질 수 있는 기회였다. 젊음도, 돈도, 그리고 그녀를 사랑하는 남자까지도. 이전의 우나가 사랑했던 남자. 하지만 우나가 부지런히 따라잡아야 하는 남자. 그녀는 커닝페이퍼를 제대로 간수하지 못하는 바람에 오늘밤 블라인드 데이트나 다름없는 데이트를 해야 할 판이었다. 생판 모르는 남자를 아주 잘 아는 남자처럼 대하려면 얼마나 힘이 들까? 그것도 그 남자와 사랑하는 사이인 척하려면? 어쩌면 그녀는 오랫동안 척할 필요가 없을지도 몰랐다. 어쩌면 밤이 끝날 때쯤 홀딱 빠져들지도 몰랐다.

하지만 아니면 어떡하지?

켄지와 얘기할 수만 있었어도(켄지가 지금 초등학생만 아니었어도). 아니면 웨인이든 팸이든 그녀의 과거 친구 아무든. *언제쯤이면 그중 아무하고나 다시 만날 수 있을까? 현재의 친구들을 아무도 못 알아보면 어쩌지?* 마지막으로 마스카라를 덧바르는데 초인종이 울렸다.

밖으로 나갔더니 크로스비가 차가운 공기와 민트 껌과 시트러스 향의 콜로뉴 냄새를 풍기며 그녀를 와락 껴안았다.

"종일 너 때문에 걱정했어. 저녁 약속도 취소하면 어떡하나 해서." 그녀의 머릿결에 대고 그가 속삭였다.

"어젯밤 일은 미안." 그녀가 눈물을 글썽이며 사뭇 진지하게 말했다.

"괜찮아. 몸도 안 좋았고 혼자 있고 싶어 그런 거잖아. 생일을 맞은 아가씨 소원을 들어줘야지. 이제부터 잘하면 되지 뭐. 제일 중요한 행사가 남았잖아? 서프라이즈 1번." 그가 옆으로 비켜서며 한쪽 팔을 쓱 내밀었다.

흑표범처럼 날렵하고 매끈한 검은색 리무진 한 대가 그녀의 집 앞에 서 있었다.

"와, 네가 *특별하다고* 말할 땐 뻥이 아니구나." 우나가 입을 떡 벌리고 쳐다보는 사이 제복 차림의 운전사가 문을 열어주었다. 그들이 가죽 시트에 자리를 잡고 앉자 차가 출발했다.

"여기, 이것 좀 잡고 있어." 크로스비가 샴페인 잔 두 개를 건넨 뒤 얼음통과 샴페인 병 쪽으로 손을 뻗었다.

"이렇게까지 신경 썼어? 중요한 생일도 아닌데. 난 이제 스물일곱이야, 서른이나 마흔이 아니라." 사실 그녀는 스무 살이라 기뻤다. "그런데 왜 이렇게 특별 대접이야?"

"생일은 매년 특별해야 하니까. 그리고 너의 멋진 남자친구가 널 위해 평생 잊지 못할 밤을 계획했다는 걸 네가 알아줬으면 해서." 코르크가 펑 소리를 냈다.

남은 내 인생을 지구상에서 제일 멋진 남자와 함께 지낼 수 있다면. 순간 그녀는 데일이 선물한 가죽 갑옷의 무게가, 그의 포옹의 무게가 기억났다.

우나는 애써 그 기억을 떨쳤다. "평생 잊지 못할 밤을 위해."

"준비한 게 또 있어. 작은 건데, 이걸 보니까 네 생각이 나서." 그는 그녀의 손바닥 안에 딱 들어오는 하얀 상자를 하나 건넸다.

안에는 크리스털로 만든 빨간색 모형 스포츠카가 들어 있었다.

"프린스 노래에 나오는 빨간색 콜벳이야." 그가 설명했다. "네가 좋아할 것 같았어."

"귀여워라. 고마워. 나한테도 이걸 두면 좋을 만한 완벽한 장소가 있지요."

그녀는 그의 뺨에 살짝 입을 맞춘 뒤 샴페인 잔을 비웠다. 입이 바짝 말라왔지만 샴페인은 그녀의 갈증을 달래는 데 거의 도움이 되지 않았다. 일련의 행동을 당연히 낭만적이라고 생각해야 마땅했지만, 리무진 안의 거대한 관 안에 갇힌 것처럼 느껴졌다. 이 밤이 완벽해야 한다는 무언의 엄청난 압박. 어떻게 가능했을까? 크로스비를 만나기 전까지 그녀는 얼마나 많은 리프를 경험했고, 또 그때까지 뭘 하고 보고 배웠을까? 그 전의 그녀는 더 재밌고, 더 다정하고, 더 지혜로웠을까? 크로스비는 어떤 사람이었을까? 안전하게 그를 알 수 있는 방법은 없을까?

맨해튼으로 가는 동안 대화는 거의 없었다. 대신 두 사람은 도시의 스카이라인을 구경했다. 냉기로 건물들이 보석처럼 반짝였고, 우뚝 선 트윈 타워를 보며 우나는 슬프면서도 대단하다는 생각이 들었다.

웨스트사이드를 지나 센트럴 파크 맨 끝까지. 차는 흰색 크리스마스 전구가 눈처럼 내려앉은 나무들로 빽빽이 둘러싸인 빨간색 차양 앞에서 멈춰 섰다.

"태번온더그린(뉴욕 센트럴 파크 안에 있는 레스토랑_옮긴이)? 말도 안 돼." 그녀가 속삭였다.

우나는 황송한 나머지 어쩔 줄 몰라하며 나무 판벽을 두른 현관을 지나 사방에 거울을 붙여놓은 복도로 천천히 걸음을 옮겼다. 분주하게 움직이는 그녀의 눈에 수많은 자신의 모습이 들어왔다. 거울에 비친 모습이 실은 각각 서로 다른 시간대에 갇힌 자신의 모습이라면? 겉으로는 빨간 머리에 초록색 드레스를 차려입은, 누가 봐도 스물일곱 살이지만 이쪽 거울에 비친 우나는 스무 살, 저쪽 거

울에 비친 우나는 마흔두 살, 또 그 옆 거울에 비친 우나는 서른일
곱 살, 그 옆옆 거울에 비친 우나는 일흔세 살일 수도 있었다. 나이
를 제멋대로 옮겨다니는 삶을 살 수도 있었다. 나아가 그중 하나는
제대로 된 삶을 살고 있을지도 몰랐다. 현재의 우나가 또 다른 시
간대의 우나를 찾아 처지를 서로 바꿀 수만 있다면?

복도는 어여쁜 집시 아가씨의 귀걸이처럼 대롱거리는 거대한 샹
들리에가 있는 식당으로 이어졌다. 두 사람이 자리에 앉자 처다보
는 시선이 느껴졌다. 우나와 크로스비는 목 아래쪽은 보수적으로
차려입은 만찬객들과 달라 보이지 않았지만 빨갛고 파란 머리는
그 둘을 영락없는 별종으로 만들었다. 손님들은 딴 데 보는 척하면
서 힐끔힐끔 그들을 처다보았다. 다만 라벤더색 공주 드레스 차림
의 꼬마 아가씨는 놀랐는지 입을 떡 벌린 채 대놓고 처다보았다.
아이가 반창고를 붙인 손가락을 들어 두 사람을 가리키자 어른 손
하나가 나무라듯 그 손가락을 탁 내리쳤다.

지나친 관심을 받는다는 게 바로 이런 느낌인가 싶었다. 그 전해
에 그녀는 켄지와 매들린에게 시내의 고급 레스토랑에서 가끔 식
사를 대접했었다. 그때만 해도 관심의 대상은 늘 켄지였다. 그의 젊
음과 눈에 띄는 골격, 강렬한 옷차림이 그렇게 만들었다. 그때마다
우나는 들러리로 전락한 자신의 처지를 새삼 실감하며 살짝 질투
를 느꼈었다. 스포트라이트의 이면은 사람들의 시선과 판단을 동
반한다는 것을 까맣게 잊은 채. 감탄하는 시선이 있으면 반대로 평
가하고, 비난하고, 지레 단정짓는 시선도 있기 마련이었다.

그녀는 자세를 고쳐 앉으며 조그만 바나 작은 식당 같은 아늑하

고 편안한 곳에 있고 싶었다. 유서 깊고 으리으리한 레스토랑도, 데일과의 추억이 깃든 식당도 아니었다.

"안 그래도 십대 때" 말을 하다 만 그녀는 메뉴판을 보는 척했다. "여기 오는 게 꿈이었는데."

크로스비의 당혹스런 미소가 스쳤다. "내가 왜 이곳을 골랐을 것 같아? 음반 계약을 축하하려는 게 아니야."

"내가 그 얘기 했어?" 그녀는 과녁에서 한참 빗나간 화살처럼 망설일 겨를도 없이 질문부터 내던졌다.

"당연히 했지."

"내가 또 밴드에 대해 뭐라고 얘기했어?" *내가 데일 이야기를 했을까? 첫사랑에 대한 감정의 깊이를 너무 하찮게 생각했었나? 그를 지나가는 십대의 열병쯤으로 치부해버려?* 그녀가 1990년으로 리프하기 전에 많은 세월이 흘렀을 수도 있었기 때문에 굳이 그럴 필요까지 없었다. 크로스비를 만날 즈음엔 데일을 거의 잊었을 수도 있었다.

"밴드에 대해 네가 뭐라고 얘기했냐고?" 크로스비가 되물었다. "갑자기 기억상실증이라도 걸린 거야 뭐야?" 그의 미소가 불안하게 흔들렸다.

그녀가 뭐라고 미처 대답하기 전에 웨이터가 다가왔다. 둘은 새우 칵테일과 스테이크, 레드와인을 한 병 주문했다.

"오늘밤은 좀 어때?" 크로스비가 식탁 맞은편에서 그녀의 손을 잡고는 엄지손가락으로 모래시계 문신이 새겨진 그녀의 손목 안쪽을 쓰다듬으며 말했다. "어느 정도는 숙취 때문이기도 하지만 또 뭔가 이상한 느낌이 들어. 마치…….” 그가 식탁보로 시선을 떨어뜨렸다. “더는 나를 그다지 좋아하지 않는 것 같아.”

그녀는 입가에 억지 미소를 띤 채 자기 안의 못생기고 비비 꼬인 감정들을 드러내지 않으려고 애쓰며 관계에 불을 지필 뭔가를 찾으려고 그의 얼굴을 유심히 살폈다. 그는 적어도 멋졌다. 반투명해 보일 만큼 깨끗하고 하얀 피부와 60년대의 엘비스를 생각나게 하는 쪽빛 올백 머리가 그랬다. 거기도 각진 턱, 커다란 검은 눈, 매부리코가 더해져 기하학적으로 매력 있는 얼굴을 빚어냈다. 왼쪽 눈썹 위쪽의 상처와 턱을 가로지르는 상처조차 매력을 더했다. 피상적인 차원에서 그를 평가하기는 쉽지만 진실한 감정을 드러낸다면? 지금은 그러지 않는 게 좋을 듯했다.

“무슨 소리야? 당연히 좋아하지.” 그녀는 손을 뻗어 그의 손을 들어 깍지를 끼고는 힘을 주었다. “좋아하는 것 그 이상이지…….” 그녀는 거기서 더는 맘에 없는 말을 할 수가 없었다. “어젯밤엔 머리가 어지러웠어, 그것도 많이. 그리고 지금도 좀 어지러워. 또 오늘은 새해 첫날이기도 하잖아. 뭔가…… 아주 잘해야 한다는, 작년보다 더 좋은 성과를 내야 한다는 이 압박감은 정말이지 감당이 안 돼. 게다가 난 생일 때마다 늘 힘들어. 나이를 먹는 것 때문이 아니라…… 뭐라고 설명해야 할지 모르겠어.” 물론 그녀는 설명할 수 있었지만 굳이 저녁 식사를 망치고 싶지 않았다.

“하긴 해가 바뀔 때마다 감정 기복이 심하고 생각이 딴 데 가 있는 사람 같을 거라며 경고하긴 했지. 그래서 이런 게 네 기분을 풀어줄지도 모른다고 생각했던 건데.” 크로스비가 주변의 웅장하고 화려한 분위기를 몸짓으로 가리켰다.

작년의 우나라면 크로스비의 사랑을 받을 자격이 있었을까? 어쨌든 올해의 우나는 그렇지 않은 게 분명했다.

주문한 와인이 나오자 우나는 시음해보지도 않고 꿀꺽꿀꺽 들이켰다.

불편한 침묵이 눈처럼 두 사람 위로 떨어져 내렸다. 둘은 화려하게 장식한 레스토랑을 둘러보며 이야깃거리를 찾았다. 샹들리에에서 나오는 불빛이 은은함을 만들어내어 은식기와 접시들이 마치 물속에 있는 것처럼 반짝였다.

말 좀 해.

하지만 둘 다 말이 없었다.

목 뒷덜미가 당기는 느낌이었다. 그녀의 가짜 미소가 진짜로 통할 리 없었지만 크로스비는 재촉하지 않았다. 대신 그는 신중한 눈길로 듣고 이해하겠다는 의사를 전하며 그녀를 안심시켰다.

우나는 그런 시선을 믿지 않았다. 만약 그녀가 침묵을 깨고 입을 연다면 그는 죽었다 깨도 이해하지 못할 터였다.

웨이터가 애피타이저를 가져왔고, 둘은 큼지막한 새우를 덥석 깨물었다. 어쩌면 좋은 음식이 두 사람의 어색함을 무디게 해줄지도 몰랐다.

이 분위기를 바꿔야 해. 저녁 식사자리가 조금만 더 불편해지면 죽을 것 같아.

"그럼 넌 새해가 왜 새로운 시작이라고 생각해?" 그녀가 물었다.

크로스비의 양쪽 입꼬리가 보일 듯 말 듯 실룩였다.

"음, 난 말야, 내 생일을 포함해 새로운 시작이라고 일컫는 범위가 넓어. 우리 뭐 하나 시도해볼래?"

포크를 든 손이 그의 입으로 가다 말고 중간에서 멈췄다. 진홍빛 칵테일 소스가 하얀 식탁보에 흘러내렸다. "그 뭐가 뭔지에 달려있지."

"우리 오늘이 첫 데이트인 척해보는 건 어때?"

"뭐?" 그가 포크를 내려놓았다.

센터피스를 응시하던 그녀는 자신의 목소리를 구슬려 경쾌한 억양으로 바꿨다. "물론 바보 같은 짓이라는 거 알지만 우리가 방금 만나 첫 데이트를 한다고 치면 재밌을 것 같지 않아? 말하자면 서로를 처음부터 다시 알아가는 거지." 그녀는 포크 가지를 손가락 안쪽에 대고 꾹 눌렀다.

"어." 어깨를 으쓱이며 그가 긴장을 풀었다. "그래, 뭐. 난 네가 다른 사람들이나 뭔가를 보고 싶다고 말할 줄 알았지."

"아니! 절대 아냐. 난 다른 사람들 만나는 데 관심 없어." 그녀는 그에 대한 관심을 가려내는 것에 관심이 있을 뿐이었다. "방금 생각한 건데 오늘밤만은 우린 뭐든 할 수 있어. 너무 기묘하지 않아?"

그가 고개를 갸우뚱거리며 일부러 더 눈을 가늘게 뜨고 무척이나 집중하는 척했다. "너무 기묘하다…… 음…… 헤아릴 수 없는 기묘함에 비하면 이건 등급이 아주 낮은 편이지. 까짓, 해보자."

"좋아." 그녀가 한숨을 내쉬며 말했다.

"그럼 어디서부터 어떻게 시작할까?"

"그냥 생각나는 대로 해보는 거야. 예를 들면…… 얼굴의 상처들

어쩌다 생긴 거야?"

그는 눈썹 위 상처를 문지르며 히죽 웃었다. "유리문으로 걸어 들어갔지 뭐."

"술 취했었어?"

그는 깜짝 놀라는 눈치였지만 곧이어 자신의 본분을 되찾았다. "아니, 여섯 살 때. 옆집 꼬마와 거실과 뒷마당을 오가며 놀다가 누군가가 내가 안 보는 사이에 문을 닫아버렸지 뭐야. 거기에 그대로 쾅 부딪힌 거지."

"이크."

"그래, 그땐 되게 무서웠는데 결과적으로 부모님이 날 위해 들어둔 보험 덕을 보게 됐지. 안 그랬으면 판매직 월급으로 어떻게 맨해튼의 꽤 괜찮은 아파트에서 살 수 있겠어, 어림도 없지. 넌? 네 그 문신에 얽힌 이야기 좀 해봐."

"뭐?" 무슨 단서를 얻을 수 있기라도 하듯 그녀는 자신의 손목을 들여다보았다. *아무래도 이건 그렇게 좋은 생각이 아니었나 봐.* "그게 있지⋯⋯." 그녀는 입술을 유혹적으로 오므렸다. "첫 데이트 때는 절대 밝히고 싶지 않은 부분이라서 말야."

마침 스테이크가 나왔고 크로스비가 와인을 한 병 더 주문했다.

"어디 보자⋯⋯." 우나는 계속했다. 알고 싶은 것도 더 깊이 묻고 싶은 것도 많았지만 그녀는 첫 번째 데이트 역할극을 계속 이어나가야 했다. "네가 제일 좋아하는 밴드나 가수 1위에서 5위까지는 누구야?" 조바심을 억누르느라 얼굴은 굳어 있었지만 그의 두 눈은 아까부터 이렇게 말하고 있었다. *우리 이 짓을 언제까지 해야*

하는 거야? "보위, 뉴욕 돌스, 시스터스 오브 머시, 디페시 모드, 밥 딜런."

"밥 딜런? 그 사람 노래 못하잖아."

"루 리드(미국의 싱어송라이터. 벨벳 언더그라운드 리더로도 유명함_옮긴이)를 사랑하는 아가씨는 그렇게 말하지." 그의 눈에서 번득이는 빛은 장난스러우면서도 어딘가 모르게 가시도 돋쳐 있었다.

"그래서 판매업 쪽 일을 하고 있고…… 언젠가 자기 가게를 갖고 싶다고?" 그녀가 물었다.

그는 역할극을 계속해야 한다고 스스로를 다그치기라도 하듯 잠시 망설였다. "아니. 물론 뱀프스에서 일하는 것도 재미있고 세인트 마크스 플레이스도 굉장히 근사한 곳이긴 하지만 판매업이 내 열정을 쏟을 만큼 막 좋고 그런 건 아니야."

우나는 그의 이야기를 들으면서 사랑에 빠지는 가장 빠른 길을 알려주는 공식을 끌어내려고 애썼다. 하지만 도저히 먹히지 않을 것 같은 상대에게 무슨 수로 수학적 논리를 적용할 수 있단 말인가? 잘생긴 남자와 최고급 레스토랑과 다정한 농담이 한꺼번에 공략해온다 해도 쿵쾅대는 심장과 영원한 헌신에는 견줄 게 못 될지도 몰랐다. (데일과는 그게 가능했다 해도) 첫눈에 반하는 사랑은 야무진 꿈에 불과했다.

우나와 크로스비는 당혹스런 표정으로 의례적인 미소를 주고받았다. 우나의 비밀이 둘 사이에서 장벽처럼 버티고 있는 한 어쩔 수 없는 일이었다. 그녀와 크로스비의 첫 키스는 어땠을까? 물론 데일과의 키스처럼 자유낙하를 하고 있다는 느낌은 들지 않았다.

하지만 크로스비와 함께할 새로운 시작이 기다리고 있었다. 첫 데이트(진행 중이었다), 첫 키스, 첫 싸움. 그 밖에 어떤 때는 좋기도 하고 어떤 때는 나쁘기도 한 처음이 많겠지만 관계의 초창기가 제일 좋을 때가 아닐까?

물론 엄밀히 따지면 이것도 관계의 연속이긴 했다. 그녀는 둘의 관계를 일방적으로 그친다 해도 또 다른 새로움을 경험하게 될 터였다.

어쩌면 내가 이 모든 걸 잘못 생각하고 있는지도 몰라.

"이제 내가 물어볼 차례 같은데." 크로스비가 말했다. "너는 네 일이 좋아? 네가 다시 하는 그게 뭐지?" 말을 끝마친 그가 딱딱하게 굳은 표정을 하고 있었다.

"음⋯⋯." 그녀는 스테이크를 크게 한 입 넣으며 시간을 벌었다. "나는, 어⋯⋯ 신탁기금이 있어서 걱정 안 해도 돼⋯⋯ 정규 직업을 가질 필요가 없어⋯⋯." 어쩌면 그 대답이 먹힐지도 몰랐다.

아니었다.

"신탁기금? 너 개인 재무 상담사 아니었어?" 그가 실눈을 뜨며 말했다.

불타버린 저 망할 놈의 커닝페이퍼. "그래, 그것도 하지." 순전히 거짓말은 아니었다. 그녀는 자기 자신에게 자문을 해주기도 하니 말이다. "부업으로. 워낙 숫자도 좋아하고 그런 데 재주가 있는 것 같기도 하고⋯⋯."

"내가 널 이용해먹기라도 할까봐 신탁기금을 내내 비밀로 했던 거야?"

"천만에."

"그래, 난 절대 그럴 사람이 아니니까. 잊었을지도 모르겠지만 네가 내 생일 선물로 준 베스파(이탈리아에서 생산하는 스쿠터 브랜드_옮긴이)를 제발 좀 받아달라며 설득했던 거 기억나?"

"기억나." 그녀가 마른 입술 사이로 말했다.

"난 돈 많은 거 관심 없어. 지금 이대로 충분히 편한데 뭐. 그리고 난 취향도 퍽 고급스럽지 않아. 오늘밤은 널 위해 예외인 거고. 내가 지금 가지고 있는 것보다 더 많은 걸 바라면 불행할 것 같아."

마음이 흔들리면서 그녀도 모르게 다정한 속삭임이 새어나왔다. "그건 뭐랄까…… 불교식 사고방식과 비슷한데." 그녀는 심장을 콕콕 찔러대는 수치심을 무디게 하려고 와인을 들이켰다. "돈을 많이 버는 것도 관심 없고 판매업도 관심 없다면 대체 관심 있는 건 뭐야?"

그의 눈에 어려 있던 상처와 의심이 누그러졌다. 그는 얼굴을 붉히면서 한쪽 눈썹을 꿈틀거렸다. 자신의 열정을 바칠 대상이 바로 앞에 있어 굳이 말할 필요가 없다는 듯.

거기에는 의심의 여지가 없었다. 하지만 그녀는 크로스비 같은 남자 옆에 있을 자격이 없었다. 그리고 어떻게 하면 그를 잡을 수 있을지도 알지 못했다.

"정말 근사한 저녁이었어. 고마워." 레스토랑을 나오면서 그녀가 말했다.

"뭘." 그가 그녀의 허리에 팔을 두르며 말했다. "나는 네가 말로 표현할 수 없을 만큼 좋아, 몰랐어?"

"조금은 눈치채고 있었어." 크로스비가 입을 맞추는 바람에 그녀는 말을 이을 수 없었다. 파란 눈의 낯선 남자와 키스할 때처럼 강렬하진 않았다. 그도 그럴 것이 약에 취해 낯선 남자들과 하는 키스는 본질적으로 강렬하기 마련이다. 크로스비의 키스는 그들과는 차원이 다른 농도를 가지고 있었다. 깊숙한 감정, 헌신의 약속 같은 것들이었다.

"택시 타고 네 집에 가자." 우나가 속삭였다.

"우리에겐 한밤중까지 리무진이 있네요."

다시 차로 돌아온 그가 운전사에게 말했다. "칸막이 올리고 잠시 공원 한 바퀴 돌아주시겠어요?"

"네, 알겠습니다." 엷게 색을 입힌 칸막이가 올라갔다.

"저 사람이 우리 못 보는 거 맞아?"

"그게 중요해?" 크로스비가 그녀를 끌어안았다. 그는 그녀의 턱 밑에 키스한 뒤 그녀의 목덜미를 자근자근 깨물었다. 갑작스런 열기가 그녀의 몸 구석구석으로 퍼졌다. 그녀는 그와의 경험이 처음이었지만, 그는 그녀의 몸을 아주 잘 알고 있는 것 같아 우나는 무척 당황스러웠다. 차가 센트럴 파크 이곳저곳을 누비는 사이 크로스비의 손길은 점점 대담해졌다. 그는 시커먼 가죽 시트 위에 그녀를 눕히고 그 위에 올라타 갈비뼈와 골반을 밀착했다. 그러자 그녀는 입을 더 벌리고 그의 혀를 받아들였다. 그는 그녀의 열정에 부응하며 드레스 단 바로 밑에 이르렀다. 그의 손끝이 그녀의 허벅지를 간질였다. 처음엔 차가웠던 감촉이 위로 올라오면서 점점 따뜻해졌다. 그의 손가락이 그녀의 속옷에서 잠시 멈췄다.

그녀는 갑자기 전날 밤 경솔하게 행동한 일이 떠올라 에이즈와 성병의 위험으로부터 자유로울 수 없었다. 만약 그녀가 어젯밤의 무분별한 행동으로 무언가 끔찍한 걸 집어 들었다면? 크로스비를 위험에 빠뜨리는 건 공평한 처사가 아닐 듯했다. "콘돔 있어?" 그녀가 물었다.

그는 깜짝 놀라 일어나 앉았다. "그새 겉모습만 너고 속은 영 딴판인 사람하고 바꿔치기 한 거야? 우리가 언제 콘돔을 사용했다고 그래?"

제기랄. 우나는 팔꿈치를 짚고 몸을 일으켜 세웠다. "……난 다만…… 조심해서 나쁠 거 없다고 생각했지."

그는 이마를 문지르며 난감한 순간을 이해하려고 애썼다. "우린 겨우 지난 달에 검사 받았잖아……."

"그랬구나." 음울한 진실이 드러나자 그가 고개를 천천히 끄덕였다. "딴 남자랑 잤네."

그런 적 없다고 부인하면 더 낯뜨거울 것 같아 그녀는 수긍의 표시로 고개를 푹 수그렸다.

"내가 지겨워졌어?" 그가 물었다.

"아니, 당연히 아니지."

"아니면 내가 너무 착한 남자라서?" 그는 긴 다리를 곤충의 다리처럼 비스듬히 기울이며 그 자리에 털썩 주저앉았다. "난 네가 거짓말이나 해대고 널 이용해먹은 쓰레기 같은 놈들보다 괜찮은 사람을 만나면 행복해할 줄 알았어." 공원의 가로등이 그의 창백한 얼굴과 어둠의 조각들을 번갈아 비췄다. 우나가 빛에 감싸인 그를 볼 때마다 그의 두 눈은 점점 더 회한으로 가득 차올랐다.

"넌 착하기만 한 남자도 아니고, 난 네가 있어서 행복해." 누가 목을 조르기라도 하듯 그녀의 목소리는 절박했다. 마치 손끝으로 낭떠러지를 붙잡고 있는 듯했다.

"그럼 날 두고 바람피운 이유를 설명할 수 있어?" 눈물이 그의 얼굴을 타고 흘러내렸다.

크로스비는 버튼을 눌러 칸막이를 내리고 운전사에게 말했다. "이제 공원을 나가주세요. 세울 곳이 두 군데예요. 먼저 제일 가까운 지하철역에 내려주신 다음 브루클린으로 돌아가시면 됩니다."

"네, 알겠습니다." 운전사가 고개를 끄덕였다.

"크로스비, 제발." 둘을 이어놓은 줄이 낭떠러지로 곤두박질치더니 결국 끊어지고 말았다. "설명할 기회는 줘야지."

"상관없어." 그는 축축하게 젖은 얼굴을 닦을 생각도 없이 앞만 노려보았다.

"5분 전까지만 해도 상관있었잖아. 신경이 그렇게 갑자기 꺼져?"

"5분 전까지만 해도 네가 날 두고 바람피운 걸 몰랐으니까."

그녀는 입을 벌렸다가 도로 닫았다. 이제 한 가지 선택만 남아 있었다. "잘 들어, 내가 한 말 중에서 제일 정신 나간 소리처럼 들리겠지만……." 그녀가 그에게 시간 여행에 대해 이야기하기 시작하면서 말들이 두서없이 쏟아져 나왔다. 그 사이 리무진은 공원을 빠져나와 5번가로 접어들었다. "……그러니까 처음부터 다시 새로 시작하자. 어젯밤 일은 제발 용서해줘." 그녀가 그의 옆얼굴을 흘끔흘끔 훔쳐보며 눈치를 보는 사이 차가 57번가 역에 멈춰 섰다. *날 봐,*

제발.

크로스비가 차 문을 열자 차가운 공기가 두 사람을 휘감았다. 그는 그녀 쪽으로 고개를 돌렸지만 눈은 계속 아래를 향하고 있었다. "이용료는 이미 다 냈어. 팁은 이걸로 드리면 될 거야." 20달러짜리 지폐 한 장이 그녀의 무릎에 올려졌다.

"기다려." 그녀가 간청했다. 하지만 그는 다리 한쪽을 차 밖으로 뺐다. "내가 뭐라도 하게 해줘."

그는 마지막으로 한 번 더 그녀를 쳐다봤지만 두 눈에는 아무것도 남아 있지 않았다. "부탁인데 더는 가게에 오지 말아줘." 그가 갈라진 목소리로 마지막 말을 남기며 뒤돌아섰다. 리무진을 나서는 그의 어깨가 흔들렸다.

10

하룻밤의 섹스는 우나에게 아무런 성병도 남기지 않은 것으로 밝혀졌다. 하지만 다음 날 아침 그녀는 감기 증세를 느끼며 잠에서 깼다.

"수프라도 갖다 주게 해주렴." 매들린은 그날 늦게 전화해서 성화를 부려댔다. "이번이 너한테는 겨우 두 번째 리프야, 난 네가 혼자 덩그렇게 있는 게 싫다."

"익숙해져야죠, 안 그래요? 죄송해요, 지금은 혼자 있고 싶어요."

한 시간 뒤 초인종이 울리며 어김없이 그녀의 어머니가 꽃과 타이레놀과 주스와 수프를 들고 나타났다. 그녀는 라임그린색 드레스 위에 일렉트릭 블루 계열의 외투를 입고 있었는데, 둘 다 어깨에 패드를 넣어 상체가 상자처럼 보였다. 거기다 곱슬머리는 그 어느 때보다 크게 부풀려 스프레이로 고정돼 있었다.

"난 옮아도 상관없단다, 안아주려고 온 거니까."

우나는 저항하지 않고 매들린의 중무장한 어깨에 머리를 기댔다. "내 말 무시하고 어쨌든 이렇게 와주셔서 고마워요." 이번만은 비꼬는 게 아니었다. 그녀는 뒤로 물러나 어머니를 찬찬히 살폈다. "지난번에 봤을 때보다 훨씬 더 젊어지셨네요." 하지만 그녀는 60대일 때보다 40대 중반인 지금이 이상하게 더 늙어 보이기도 했다. 아직 보톡스 시술을 받기 전이라서 그런지 이마는 무슨 걱정이라도 할라치면 골이 깊게 팼고, 눈썹은 들어올린 시술의 효과가 남아 있었지만 미간은 움푹 더 들어가 있었다.

"여전히 여우같은 엄마였지, 그렇지?" 매들린이 한쪽 엉덩이를 실룩이며 말했다.

"늘."

"난 차를 좀 내올 테니 넌 볼 만한 TV 프로그램 있나 찾아봐." 그녀는 눈을 찡긋거리며 부엌으로 향했다.

모녀는 거실에 자리를 잡고 앉아 〈샐리 제시 라파엘 쇼〉를 시청했다. 우나는 유리 테이블 위의 찻잔은 건드리지도 않고, 연한 회색 소파에서 담요를 뒤집어쓴 채 어머니에게 머리를 맡기고 있었다. 머리를 빗겨주는 어머니의 손길에 우나의 마음이 조금씩 누그러졌다.

"그새 많이도 길었네. 자를 생각 없니?"

우나는 어깨를 으쓱였다. "안 그래도 머리를 어째야 하나 생각하고 있었는데."

매들린이 물었다. "크로스비는 잘 있니?"

"우리 헤어졌어요."

"저런. 네가 끝냈니?"

우나의 어깨가 축 처졌다. "엄마, 엄마가 나를 사랑하는 건 맞지만 다그치지 좀 마세요, 제발. 말해봐야 아무 도움도 안 될 거예요." 그녀는 거짓말을 하거나 크로스비가 떠난 진짜 이유를 고백하며 당혹감과 수치심을 또 느끼고 싶지 않았다. 문제는 말하지 않아도 기분이 더러웠고, 누가 자꾸만 눌러대는 것 같은 중압감이 참을 수 없을 지경이라는 점이었다. "누가 끝냈는지는 중요하지 않아요. 바보같이 시도는 해봤지만 먹히지 않았어요. 그가 알고 있던 나는 지금의 내가 아니에요."

매들린은 우나의 머리를 빗기던 빗을 내려놓았다. "그럼 우리 뭐라도 할까?"

"좀더 이렇게 맥 놓고 지낼래요. 그러고 나면 기운이 나겠죠 뭐. 이상해요. 이건 마치 알지도 못하는 사람 때문에 슬퍼하고 있는 것 같다니까요. 적어도 데일하고는 내가 뭘 잃었는지 알았단 말예요. 그런데 크로스비하고는…… 내가 개 때문에 슬퍼한다는 게 말이 안 돼요."

"사랑을 설명할 수 있다면, 차라리 하늘을 나는 돼지를 믿으렴." 매들린은 자신의 진부한 농담에 희미하게 웃었다.

"작년에는 시간 여행을 믿지 않았지만 지금은 믿어요. 다루는 법을 알아내야겠어요. 시간 여행을 생각하면 할수록 내 삶에서 영원히 지속되는 건 아무것도 없을 것 같은 느낌이 들어요. 남자친구도, 밴드도, 친구도…… 모두 유통기한이 있는 것 같아요. 그렇다면 사람이 됐든 사물이 됐든 애착을 가져봐야 무슨 소용이 있죠? 아니, 아침에 일어나는 것조차 아무 의미가 없는 것 같아요." 우나가 새 턴으로 마감한 담요 단을 배배 꼬며 말했다.

"옛날부터 그게 너의 가장 큰 고민거리였지."

우나는 담요를 걷어내고 똑바로 앉았다. "그래요. 내가 왜 엄마한테 바로 물어보지 않았을까요? 엄마는 지금보다 더 나이 많은 나 말고도 더 젊은 나와도 지내왔잖아요. 내가 알아내기는 했나요?"

"리프가 일어나는 이유가 아니라 그걸 다루는 법 말이니? 우리 인간이 삶을 깨우치는 만큼은 알아내더구나."

"안정을 찾기는 하나요? 아니면 실존의 문제에 매달린 채 평생을 방랑자처럼 살아가나요?"

이가 다 드러날 만큼 얼굴을 찡그리며 매들린이 말했다. "내가 말해줄 수 없다는 거 잘 알잖니. 살다 보면 더 불안할 때도 있고 덜 불안할 때도 있겠지. 하지만 네겐 네가 그토록 바라는 안정 대신 내가 있잖니." 그러면서 그녀는 이제 더는 묻지 말라고 애원하듯 우나의 손을 꼭 잡았다.

TV에서는 꼴사납게 파마한 머리에 앞니가 빠진 웬 여자가 흐느끼고 있었다. 안경이 나무랄 데 없이 잘 어울리는 빨간색 립스틱을 바른 샐리 제시가 여자 옆에 쭈그리고 앉아 위로의 말을 건넸다.

우나는 리모컨을 집어 소리를 죽였다. "엄마도 알다시피 나는 엄마를 사랑해요. 하지만 그걸로는 부족해요. 뭔가가 더 필요하단 말예요."

매들린의 내면에서 줄다리기가 벌어지면서 가슴이 깊은 들숨으로 부풀어 올랐다. "좋아, 이건 말해줄 수 있어. 넌 몇 년 단위로 주제를 정하는 걸 좋아해."

"주제요? 졸업 무도회 같은 거요? 별들 아래서 보내는 1991년 같은 거요?"

"꼭 그렇진 않아. 음, 예를 들어 어느 해의 주제는 여행이었단다. 넌 외국을 여행하면서 아주 평화로워했지."

"상상이 안 돼요. 지금도 모든 게 낯설게 느껴지는데."

"당연히 그렇겠지. 하지만 넌 결국 알아낼 거야."

"그럴까요?"

감기는 다 나았지만 혼란스런 감정은 여전히 떨칠 수가 없었다. 크로스비를 안 지 24시간도 채 되지 않아 그녀는 둘의 관계를 파국으로 치닫게 했다. 사심 없는 친밀감을 다시 쌓기엔 부족한 시간이었지만 그녀는 그게 어떤 건지 조금은 맛봤었다. 그녀를 사랑하던 착한 남자가 하룻밤 새에 그녀를 경멸하며 떠났다. 소중한 뭔가가 망가지는 바람에 이제 더는 알 수 없게 되고 말았다. 크로스비와 1990년의 그녀 자신을 실망시켰다는 죄책감과 낭패감이 그녀를 붙잡고 놓아주지 않았다.

그건 그렇고 1990년의 우나가 커닝페이퍼가 불에 탈 줄 알고 있었다면 어째서 자신의 편지를 벽난로에 그렇게나 가까이 놔두었을까? 봉투에 적힌 얄팍한 경고만으로 막을 수 있다고 생각했을까? 그리고 자기가 다른 남자와 성관계를 갖게 될 걸 알고 있었다면 12월 31일에 어째서 크로스비와 클럽에 갔을까? 그녀는 정말 포스트잇 메모가 자신의 운명을 바꿀 수 있다고 믿었을까? 만약 우나가 작년의 자신을 실망시켰다면 이전의 우나가 스스로를 실패로 이끌었기 때문이었다.

멋진 친구들과 신나는 외출로 가득한 일 년을 보장한다는 약속에도 불구하고 우나는 지금 당장은 옆에 아무도 없이 혼자였다. 친구들을 다시 만날 수 있을지 긴가민가하며 그들을 찾아 뉴욕의 밤

거리로 나서야 할지를 망설였다.

결국 그녀는 익숙한 반경 너머로는 외출하지 않는 쪽을 택했다. 쉰한 살로 일 년을 보내고 나서 그런지 지금은 소생한 듯한 느낌이 들었다. 그녀의 뼈와 근육은 더 단단해졌고, 피부도 티 하나 없이 매끈했다. 팔다리에 작은 동력기라도 달렸는지 작년의 피로감은 자꾸만 움직이고 싶은 충동으로 바뀌었다. 그녀는 프로스펙트 파크를 산책하며 남아도는 에너지를 배출했다. 보통 공원 산책은 위안이 됐지만 지금은 그마저도 아무 소용이 없었다. 사람들이 얼빠진 듯 그녀를 쳐다봤기 때문이다. 하긴 캔디 색깔 머리는 90년대 초만 해도 굉장히 드문 편이라 브루클린에서는 거의 볼 수 없었다. 1990년의 우나라면 보나마나 그런 종류의 관심을 즐겼을 테지만 1991년의 우나는 도저히 감당할 수가 없었다. 그래서 그녀는 이스트 빌리지의 한 미용실로 갔다.

"완전히 다른 사람으로 보이게 해주세요." 그녀가 스타일리스트에게 말했다. 그러고 나서 옛날 할리우드 신인 여배우들의 흑백사진으로 뒤덮인 한쪽 벽을 가리키며 덧붙였다. "저렇게 앞머리를 자른 까만색 단발로요."

"루이즈 브룩스가 또 한 명 나오겠네요."

머리를 자르고 염색을 마친 뒤 새로운 스타일로 변신했지만 우나는 딴 사람처럼 보이지 않았다. 오히려 평소의 그녀가 20년대에 유행하던 단발머리 가발을 착용한 것처럼 보일 뿐이었다.

"잘 어울리네요." 스타일리스트가 우나에게 말했다.

그런가? 우나는 정말로 자신에게 잘 어울리는 게 뭔지 알지 못했다.

막 미용실을 나가려는데 스타일리스트가 "잠깐만요."라고 소리치며 우나에게 광택을 입힌 일렉트릭 그린 색의 우편엽서를 한 장 건넸다. 엽서에는 속눈썹 대신 꽃잎을 붙이고 입에 검은색 마스킹 테이프로 X자를 만들어 붙인 대머리 남자의 사진이 있었다. 남자의 머리 위에는 반짝이는 파란색 글씨로 *SOMA 3000*이라고 찍혀 있었다. "남동생 클럽 홍보물이에요. 안테나에서 열릴 새 주간 파티는 정말 끝내줄 거예요. 장담컨대 아주 재밌는 밤을 선사해줄 거예요."

밖으로 나온 우나는 전단지를 자세히 들여다보았다. *아주 재밌는 밤이 될 거라고?* 드레스 코드는 '아주 멋지거나, 파격적이거나, 색다른' 복장이었다. 그녀가 가진 옷들 중에 그 기준에 부합할 만한 게 있는지 알지 못했으므로 곧장 쇼핑을 하러 갔다. 크로스비의 말대로 그녀는 나그날의 상심과 슬픔을 삼키며 그가 일하는 가게가 있는 세인트 마크스 플레이스를 빙 돌아 8번가로 향했다. 그녀는 끝도 없이 늘어선 신발 가게와 물담뱃대, 지포 라이터, 그 외 담배와 대마초 용품을 파는 가게를 지나 강렬하면서 노출이 심한 의상을 입은 마네킹들이 서 있는 어느 가게 진열창에 이르렀다. 패트리셔 필드였다.

그녀는 화려한 가게 지하층으로 들어갔다. 라인석 벨트를 진열해놓은 선반을 살피며 10피트쯤 가자 막대기 같은 팔에 파스텔 핑크 색 아프로 가발을 착용한 키 큰 흑인 여자가 활짝 웃으며 그녀를 반겼다. "안녕하세요, 머리 모양이 바뀌었네요."

"어떻게 아세요?" 우나가 한 손으로 방금 자른 머리를 만지며 물었다.

"우리가 2층에서 파는 가발 말고는 좋은 퀄리티의 가발은 없고, 또 손님은 우리 가발을 사간 적이 없으니까요. 이리로 오실래요, 아니면 제가 그리로 갈까요?"

우나는 조심스럽게 다가갔다. 그러자 그 여자는 숨이 막히도록 그녀를 꽉 끌어안았다.

"그동안 무슨 일 있었어? 이게 얼마만이야? 너랑 크로스비가 드디어 네가 늘 얘기하던 일본으로 여행을 갔다고 생각하고 있었어."

방금 내가 내 친구들 중 한 명을 찾은 건가?

"실은 크로스비와 헤어졌어. 그러고 나서 몸이 좀 안 좋아서 시간을 가졌지."

"오, 저런. 안됐어라." 여자는 또다시 우나를 덥석 안고는 라일락과 베이비파우더 냄새가 나는 향수 구름으로 그녀를 에워쌌다. "난 너희 둘이 천생연분이라고 생각했는데. 설마 그 자식이 널 가지고 논 건 아니지, 그렇지? 재키 해머 삼촌이 한주먹하거든. 따끔한 맛을 보게 하고 싶으면 그 자식 무릎을 박살내줄 수도 있으니까 말만 해."

"아니, 아니, 크로스비는 나무랄 데 없이 훌륭했어. 그냥 잘 되지 않은 것뿐이야. 헤어지고 나서 한동안 아무도 만나고 싶지 않았어. 그리고 지금은 궁상을 그만 떨 필요가 생겼고." 그러면서 그녀는 SOMA 3000 전단지를 꺼냈다. "내일 여기 가보려고."

"안테나에서의 새로운 밤이라? 생각하고 말고 할 게 없네." 여자가 훈계하듯 검지를 흔들어대며 말했다. "무조건 가는 거야. 우린 제니네 집에서 준비하고 있을게. 그럼 이제 네가 입을 옷 좀 골라 보자."

계산대 뒤에 있던 남자가 소리쳤다. "신, 가게에 뱀가죽 바지 8사 이즈 있어?"

"8사이즈는 다 나갔어요. 다음 주에 좀더 갖다놔야 해요."

"신?" 편지에 있던 이름 중 하나였다.

"이게 다 뭐야?" 신의 눈이 우나의 몸을 위아래로 훑었다. "살 빠졌잖아. 이별이 최고의 다이어트네, 안 그래?"

그녀가 활짝 웃으며 대답했다. "맞아. 감기도 그렇고." 친구 중 한 명을 우연히 만나다니 정말 생각지도 못한 선물이었다.

"이거 너한테 아주 잘 어울릴 거야." 신이 자홍색 미러 타일로 만든 미니드레스를 받쳐들고 말했다.

우나는 신을 따라 가게를 돌아다니며 화사하고 노출이 심한 옷들을 골라 입어보았다. 결국 그녀는 자홍색 드레스로 정했지만 신한테 커미션이라도 붙을까 싶어 다른 옷들도 샀다.

신이 나랑 친구로 지내는 이유가 내가 옷을 많이 사기 때문인가? 그래서 나는 신과 계속 친구로 지내고 싶어서 옷을 사들이는 거고?

어찌 됐든 중요하지 않았다. 나와 친한 사람을 찾았으면 그걸로 된 거였다. 예전과 달라졌다고 우나를 비난하지 않는 누군가. 어쩌면 그녀는 작년의 우정을 유지할 수 있을지도 몰랐다.

"그럼 아홉 시에서 열 시 사이에 제니네 집에서 만나 열한 시쯤에 안테나로 출발하는 거다. 거기서 밤샐 거니까 미리 좀 자둬. 참, 제니가 얼마 전 이사했거든. 새 주소 알려줄게." 이렇게 말하며 신은 우나의 영수증 뒷면에 주소를 휘갈겨 썼다.

"난 아직 준비가 안 됐는데 거기서 다 만나겠네." 그녀는 재회가 기뻤지만 모두에게 1990년의 자신으로 보여야 한다고 생각하니 가시방석이 따로 없었다.

"이런 이런. 우리 너무 오래 떨어져 지냈나 보다. 이제 널 보러 브루클린에 가지 않아도 제니네서 볼 수 있게 됐네. 제니가 특별히 대접할 계획을 세워놨다니까 너도 꼭 와."

우나가 집에 돌아와 보니 자동 응답기에 어머니 메시지가 녹음돼 있었다. "그냥 네 기분이 어떤지 궁금해서. 전화해, 딸. 보고 싶다."

우나는 전화하지 않았다. 대신 위층으로 올라가 새로 산 옷들을 다시 입어보았다.

11

　제니의 1층 스튜디오는 애비뉴 B의 그을음이 앉다못해 다 쓰러져 가는 어느 잿빛 건물 안에 있었다. 그 옆으로 빨간 벽돌로 지은 다세대 주택이 한 채 있었는데, 유리창이 다 깨져 성한 곳이 한 군데도 없었다. 이때는 이스트 빌리지의 고급 주택 사업이 완전히 효과를 거두기 몇 년 전이었다. 알파벳 시티에는 식품 잡화점 밖 모퉁이마다 약장수들이 드글댔다. 등이 구부정하게 휜 약쟁이들이 거리를 헤맸고, 깨진 보도블록 사이로 빈 담뱃갑, 스티로폼 컵, 쓰고 버린 콘돔, 깨진 병 등 쓰레기가 넘쳐났다.

　다른 사람들 같으면 겁이 나 얼른 벗어났을 테지만 우나는 여기저기 기웃거리며 도시를 감상했다. 청결화, 돈의 유입, 범죄 감소 등 앞으로 몇십 년 뒤 뉴욕이 어떻게 변모할지 알고 있었기에 지금의 뉴욕 거리는 초현실적이고 영화 속 장면 같은 느낌이 들었다. 만화에 나오는 노상강도처럼 얼굴에 스카프를 둘러 묶은 채 야구방망이를 들고 어슬렁어슬렁 동네를 걷는 남자만이 현실적으로 느껴졌다. 그 순간 우나는 지금 자신은 스크린으로 배우를 보고 있는 게 아니라 투명하고 깨지기 쉬운 택시 창문을 통해 진짜 사람들을 보고 있다고 깨달았다.

　그 생각에 방점을 찍기라도 하듯 멀리서 와장창 유리가 깨지는 소리가 들렸다. 음악에 가까운, 곡조가 맞지 않는 풍경 소리에 이어 스페인어로 고함치는 소리가 빗발치듯 들려왔다.

그녀는 요금을 지불하고 택시에서 내렸다.

어쩌면 제니네 집에 가는 게 썩 좋은 생각이 아닐 수도 있었다. 자신이 사기꾼 같다는 느낌을 떨치지 못하는 우나의 무능함 때문이었다. 물론 그녀는 사기꾼이라기보다 단기 기억 상실증 환자였다. 그렇더라도 지금의 그녀는 완전히 낯선 사람들을 잘 아는 누군가가 되어 인정받아야 한다는 압박에 관자놀이가 조여왔다. 크로스비와도 실패했는데 친구들하고 더 잘 해낼 수 있다고 생각할 만한 근거가 있을까?

비관적인 생각이 엄습했지만 그녀는 현관으로 다가가 초인종을 눌렀다. 잔뜩 부풀린 금발에 입 한쪽 끄트머리에 담배를 대롱대롱 매단 드래그 퀸이 문을 열어주었다. 퀸의 등 뒤에서 음악이 요란하게 울렸다.

"이런, 이런, 이런, 드디어 나타나셨군. 무성영화 시대 스타가 스페이스 룩을 만났네. 좋은데. 내 건 빨간색이야." 퀸이 종아리 중간까지 올라오는 우나의 흰색 부츠를 턱짓으로 가리키며 말했다. "어서 들어와, 데지가 마르가리타를 말고 있어. 외투는 날 주고."

가보자…… 뭐가 됐든.

"내가 누굴 주워왔는지 봐봐." 퀸이 우나의 도착을 알렸다.

"옷을 잘 입었네 뭐. 애걸복걸했는데도 차였다고 해서 놀랐잖아. 농담이야, 농담." 올리브색 피부에 흑갈색 머리를 매끈하게 뒤로 빗어 넘긴 호리호리한 남자가 그녀에게 거품이 보글대는 파란색 액체로 찰랑이는 칵테일 잔을 건네며 말했다. 남자는 발끝으로 서서 뺨에 입을 맞췄다.

"넌 죽었다 깨도 날 감당 못할 테니까 질투하는 거 누가 모를까 봐." 우나는 어떤 태도가 필요한지를 본능적으로 이해했다. 그녀는 칵테일을 한참 들여다봤다. 알코올은 저들이 알고 있는 우나처럼 행동하게 해줄까, 아니면 그 반대일까? 어느 쪽이든 알게 되겠지. 그녀는 칵테일을 길게 한 모금 홀짝였다. 오렌지와 액체 연료 같은 맛이 났다.

"외투도 벗었고 날도 서 있네. 돌아온 걸 환영해, 친구." 신이 우나를 덥석 껴안고는 양쪽 볼에 입을 맞추는 시늉을 했다. 핑크색 아프로 가발은 그새 번쩍이는 보라색 단발로 바뀌어 있었다.

흑갈색 머리 여기저기에 커다란 롤러를 감은 풍만한 몸집의 백인 여자가 화장실에서 걸어 나왔다. "크로스비와의 일은 유감이야." 아주 강한 롱아일랜드 억양이었다.

"예의 좀 지키셔, 아줌마!" 부풀린 금발머리의 여자가 나무랐다.

우나는 그 둘을 번갈아가며 흘끔거렸다. 누가 제니지? "야, 제니." 그녀가 소리쳤다.

"나 바로 여기 있잖아, 근데 왜 고래고래 소리를 지르나 몰라." 그래, 부풀린 금발이 제니다 이거지. 그럼 흑갈색 머리는 누구지?

"저기, 어…… 네가 집을 꾸며놓은 게 맘에 들어서." 우나가 뼈대를 그대로 드러낸 인테리어와 갈라진 달걀껍질 같은 벽이 액자틀처럼 네모반듯하게 둘러싸고 있는 회색 상자 모양의 가구들을 훑어보며 말했다. 제정신인 사람이라면 절대 칭찬하지 않을 인테리

어였기에 그녀는 칵테일을 길게 몇 모금 홀짝이며 바보 같은 자신의 말을 삼켰다.

데지와 신, 흑갈색 머리가 킬킬거렸다.

"그렇게까지 빈정댈 것 없잖아." 담뱃재가 가슴에 떨어지자 손가락으로 얼른 털어내면서 제니가 말했다.

"얘들아, 우리 아가씨가 실연의 상처를 달래고 있는 중이니까 시간을 좀 주자. 마음이 풀릴 때까지 실컷 엇나가라 그래." 신이 커피 테이블 위로 무릎을 꿇고 디라이트 CD 케이스 위의 연노란색 분말을 잘게 부수며 말했다.

"그래? 넌 무슨 핑계를 댈 건데, 신시아?" 데지가 한쪽 엉덩이에 손을 갖다 댄 채 피처를 들고 돌아다니며 빈 잔을 채워주었다. 그러다 일부러 신과 부딪쳐 가루 일부를 흩어지게 만들었다.

"조심해, 신. 다음 주까지 그걸로 버텨야 한단 말야." 그러면서 제니는 우나 쪽으로 돌아섰다. "조금만 기다려. 이거 들이마시면 마음이 뻥 뚫릴 테니까."

흑갈색 머리가 우나의 한쪽 어깨를 움켜잡고 눈알을 굴리며 말했다. "쳇, 일주일 내내 우리가 들은 건 엑스터시 이후로 케타민이 최고라는 말뿐이라니까." 그녀는 그 말을 *체에에에에에엣*이라고 길게 내뺄었다.

데지가 소파 위 자기 옆 자리를 토닥이며 말했다. "우나, 이리 와서 아빠 옆에 앉아 새로운 소식 좀 꺼내 봐."

그녀는 쿠션 끄트머리에 걸터앉았다. "새로운 소식이 뭐가 있을까?" 혀는 감각이 없고, 머리는 띵한 가운데 그녀는 파란색 음료를 연신 홀짝여댔다. "가만…… 크로스비가 내가 다른 남자랑 잔 걸 알고 나를 뻥 찼어. 그게 새로운 소식이야." 치과 갈 일이 생겼다고 말하기라도 하듯 너무도 차분했다.

"무슨 말도 안 되는 소리야? 자기가 망쳤으면서." 신이 한소리 했다.

흑갈색 머리가 화장품과 못 쓰게 된 휴지들로 가득한 카드 테이블에 앉아 크기가 늑대거미만 한 인조 속눈썹에 접착제를 바르다 말고 한마디 거들었다. "난 네가 크로스비한테 진심인 줄 알았는데."

"그랬지. 딱 한 번이었어. 그 남자 이름이 뭔지도 몰랐어. 아, 난 정말 쉽다니까." 우나는 서리가 맺힌 칵테일 잔을 잡고 있느라 차가워진 손으로 뜨겁게 달아오른 뺨을 만졌다. 그녀가 앵앵대는 소리에 방의 모서리를 비롯해 모든 게 둥글둥글해졌다.

"쉬운 게 아니야, 다만 넌 옮겨갈 때가 됐던 것뿐이야." 신이 그녀의 한쪽 어깨를 문지르며 말했다. "넌 크로스비한테 안주해도 될지 어떨지 확신이 서지 않는다는 말을 늘 했어."

"좋아, 애들아, 다 모여봐." 제니가 빨대 하나를 3인치쯤 잘라내더니 턱짓으로 연노란색 가루를 줄지어 뿌려놓은 CD 케이스를 가리켰다. "네가 제일 먼저야, 우나."

내가 정말 이걸 해도 될까?

우나는 빨대를 받아들고 잠시 망설였다. 지금과 같은 장면이 그녀를 소름끼치게 했을 때가 있었다. 그녀는 매들린의 옷에서 마리화나 냄새가 날 때마다 대놓고 역겹다는 표정을 지었었다. 또 코카인을 흡입하던 코리를 보고는 얼마나 닦달을 해댔던가? 그 둘이 지금의 그녀를 본다면 뭐라고 말할까? 데일은 더 말할 것도 없었다.

그게 무슨 상관이람? 이젠 그녀를 판단하거나 훈계할 사람이 아무도 없었다.

그래서 그녀는 몸을 숙이고 가루 한 줄을 들이마셨다. 케타민은 비누 맛이 났고 뒷맛이 씁쓸했다. 숨을 들이쉬자 귓속에서 비행기가 이륙할 때와 같은 굉음이 울렸다. 그녀는 빨대를 제니에게 돌려주고는 다시 소파에 기대앉아 눈을 감았다. 그녀의 몸이 천장으로 붕 떠오르더니 낡은 건물의 각 층을 지나 희뿌연 도시의 별들이 있는 곳까지 둥실 떠올랐다. 그녀는 손을 뻗으면 만져질 것만 같은 어둠과 바늘구멍처럼 자잘한 빛들이 여기저기 박혀 있는 벨벳 속에서 끝없이 맴돌았다. 모든 소리가 마치 물속 깊은 곳에서 들려오는 목소리처럼 흐릿해지면서 왜곡됐다.

삐. 삐. 삐.

"누가 내 삐삐 좀 줄래?" 제니가 부탁했다. "우리 가야 해. 내 고객들이 기다리고 있어."

얼마나 많은 시간이 지났을까? 우나는 눈을 떴지만 진정제를 맞고 깼을 때처럼 눈꺼풀이 무거웠다. 녹슨 줄에 매달린 백열등이 눈부시게 내쏘는 빛이 그녀의 망막을 찔러댔다.

"움직이지 마, 거의 다 됐어." 데지가 말했다.

깃털 같은 게 우나의 입을 살살 문지르더니 손가락 하나가 양쪽 눈두덩이를 차례로 꾹꾹 눌렀다.

"이별이 네 몸에는 엄청 좋은 일을 했지만 화장 솜씨는 그새 엉망이 됐네. 윤곽이 뚜렷해 보이게 하는 법을 알려주면 뭐 해. 벌써 다 잊은 거야? 좋아, 이제 눈 떠."

그녀는 데지가 브러시로 자신의 콧등에 파우더를 골고루 펴 바르는 모습을 눈을 가늘게 뜨고 지켜보았다.

"그래, 이게 우나지." 데지가 손거울을 들어올리며 말했다.

"맙소사, 내가 얼마나 오래 정신을 잃었던 거야?" 우나는 한쪽 눈을 천천히 찡긋거리며 방금 데지가 창조해낸 공작 같아 보이는 자신의 모습을 음미했다. 스티커로 원래의 속눈썹 자리를 따라 빈틈 없이 붙인 파란색과 금색 라인석과 조그만 초록색 깃털들. 광대뼈는 더 높아 보였고, 코는 더 가늘어 보였다. 그녀는 어질어질하고 배가 고파 죽을 지경이었지만 겉모습은 매력 넘치는 만화 주인공처럼 보였다.

"마음에 든다고 말하고 외투 입어."

"놀라워." 눈을 휘둥그렇게 뜬 채 얼빠진 표정으로 그녀를 되쏘아보고 있는 이 여자는 누구일까?

제니의 삐삐가 또 울렸다. "서둘러, 우나. 물론 우리 고양이들과 어울리기 싫으면 천천히 와도 돼."

우나는 외투를 집어 들고 일행을 따라 밖으로 나왔다.

일행은 미트패킹 디스트릭트에 도착했다. 이들의 목적지는 온통 낙서로 뒤덮인 채 입구 양옆으로 2층 높이 기둥과 벽돌 장식 아치형 창문을 거느린 베이지색의 불법 점유 건물이었다. 근처의 다른 클럽들은 더러 도살장으로 개조돼 BDSM 장면을 조성했지만 안테나는 은행으로 개조됐다가 좀더 다양한 형태로 방탕했다.

그들이 입장했을 때 클럽은 거의 만원 상태였다. 동굴 같은 메인룸 여기저기에 놓여 있는 대리석 주추, 외투 보관실로 용도가 바뀐 금전 출납 창구, 거대한 은색 금고문을 비롯해 인테리어 중 일부는 그대로 보존돼 있었다. 마돈나의 노래를 테크노풍으로 리믹스한 음악에 맞춰 이리저리 현란하게 움직여대는 형형색색의 육체들. 베이스는 어찌나 묵직한지 우나의 손끝까지 쾅쾅 울릴 지경이었다. 조그만 비누방울들이 길게 띠를 이루며 인파 위로 무지갯빛 눈송이처럼 흩날렸다.

반짝이는 빨간색 조끼 차림의 거대한 판다가 우나를 향해 손을 흔들었다.

"진짜예요?" 그녀가 물었다.

"나는 조니 판다예요. 당연히 진짜죠 그럼." 그가 대답했다. "나는 사람들에게 즐거움과 기쁨을 주죠. 안아드릴까요?"

활짝 벌린 두 팔이 다가왔고, 그녀는 판다의 품에 안겼다. 애정과 안도가 가득 밀려왔다.

"모든 게 잘될 거예요, 그렇죠?" 그녀가 물었다.

"물론이죠, 예쁜 아가씨." 거대한 앞발이 그녀의 머리를 쓰다듬었다. "여기선 나쁜 일 같은 거 절대 안 일어난답니다."

그리고 올해는 아무것도 하지 않고 가만히 있는 게 중요해, 결과가 어떻게 될지 다 알고 있으니까.

"고마워요." 우나는 뒤로 물러나 친구들 쪽으로 서둘러 걸음을 옮겨놓았다.

그녀는 고스풍으로 차려입은 사람, 본디지 기어를 착용한 사람,

아디다스 삼선 재킷에 운동화를 받쳐 신은 사람, 옛날 왕들이 입던 치렁치렁한 예복을 두른 사람, 보디 페인팅용 물감 말고는 아무 것도 걸치지 않은 사람 등등 차림새가 각양각색인 군중 사이를 헤치며 나아갔다.

제니는 가톨릭 학교 여학생처럼 차려입고 조그만 백팩을 멘 십 대 둘과 수다를 떨고 있었다. 고개를 끄덕이더니 그녀는 꼬깃꼬깃 접은 지폐를 받고 '내 사랑 제니(I Dream of Jeannie, 미국에서 방영된 드라마)' 런치 박스에서 하트처럼 생긴 롤리팝을 꺼내 그들에게 하나씩 건네고는 지폐를 브라 안으로 밀어넣었다.

"먼저 기분 전환부터 하고 춤은 나중에." 제니가 일행에게 소리쳤다.

금고문은 VIP 룸과 미니 댄스 플로어, 어두컴컴한 구석들이 미로처럼 얽혀 있는 지하층으로 이어졌다. 제니가 아무나 들어오지 못하게 문 앞에 벨벳 로프를 치고, 우나의 허벅지만 한 팔뚝에 염소수염을 기른 웬 남자가 지키고 서 있는 방으로 일행을 안내했다. 남자는 제니를 보더니 로프 죔쇠를 끄르고는 그녀가 자기 뺨에 키스할 수 있게 상체를 숙였다. 제니는 남자의 손에 비닐봉지를 하나 떨궈 주고 일행을 안으로 들였다.

방은 블랙라이트 조명에 바닥부터 천장까지 키스 해링의 벽화들로 도배돼 있었다. 번쩍거리는 흰색을 배경으로 구불구불한 선에 둘러싸여 성별 구분도 없이 네온빛 윤곽으로만 존재하는 사람들. 들치근하고 퀴퀴한 마리화나 냄새가 방 전체에 배어 있었다.

일행은 텅 빈 소파로 향했다. 다들 자리에 앉자 제니가 나지막한 유리 탁자에 가루를 더 빻기 시작했다. 맞은편에선 빨간색 가죽 마구를 착용한 웬 여자가 손거울에 나란히 세워놓은 줄들을 흡입했고, 구석에선 황금색 핫팬츠 차림의 깡마른 남자들이 유리관을 돌렸다.

정신 차려. 더는 멍청하게 쳐다보지 말고. 불안한 나머지 그녀는 온몸이 떨려왔다.

1.5리터짜리 샴페인 병이 나오자 데지가 코르크를 뽑아 내용물을 잔에 가득 채운 다음 한 잔씩 돌렸다.

"언제부터 VIP였어? 너 정말 대단하다." 우나가 제니에게 말했다.

"어, 좀 그런 편이지." 그녀가 대답했다. "VIP 룸이 내 별명을 따서 지은 거잖아, 몰랐어? 특별히 주목해야 할 쌍년(Very Important Pussy)."

우나만 빼고 다들 배꼽을 잡고 웃었다. 하얗게 반짝이는 치아들, 싱글벙글 신이 난 얼굴들, 반짝반짝 빛나는 눈들, 잔뜩 치장한 몸들. 생일 파티 때와 똑같았다.

올해는 외롭지 않아도 돼. 친구들이 있잖아. 나를 좋아하는 사람들이 있어.

우나는 바보처럼 혼자 키들대다가 알코올과 약, 시끌벅적하고 아주 멋진 시간을 즐기고 싶은 욕구로 가득 차 일행의 웃음에 합류했다. 혹여 진짜 재미가 그들을 피해간다 해도 그들에게는 인위적인 재미를 만들 온갖 재료가 있었다.

제니가 한쪽 손바닥을 과장되게 흔들며 일정한 간격으로 반듯하게 늘어서 있는 다섯 줄을 내보였다. 그러고는 우나에게 돌돌 만 20달러짜리 지폐 한 장을 건네며 이렇게 말했다. "낭비벽이 심한 네가 이번에도 제일 먼저야. 또 우릴 오래 내버려두면 안 돼, 아가 씨. 네가 빠지면 파티가 재미없단 말야."

이 가루는 케타민일까, 아니면 다른 걸까? 아무렇든 상관없었다. 그녀는 지금 이곳에서 그들 안에 속해 있었고, 다른 사람들처럼 사기꾼에 불과했다.

우나는 자기 몫의 줄을 들이마셨다. 그녀의 입술, 손가락, 발가락이 차례로 무감각해졌다. 방이 기다랗고 시커먼 굴속으로 물러나면서 이번에는 몸이 거꾸로 떠올랐다.

눈앞의 이미지들이 뒤틀린다 싶더니 음악도 그랬다. 곡이 느려지면서 목소리가 흐려지기 시작하더니 아예 안 들렸고, 베이스는 점점 크게 쿵쾅거리며 그녀의 심장 박동 소리와 합쳐졌다. 마치 물속에 있는 듯 휙휙거리는 소리 말고는 아무 소리도 들리지 않았다. 그녀는 자신의 혈류에 몸을 맡기고 즐겼다. 프리스비 원반 크기만한 그녀의 혈액세포가 헤엄치며 단단한 젤리 같은 그녀의 맨팔을 뜯어먹었다. 그녀 주변의 모든 게 온통 빨간색 아니면 새빨간색이었다. 시커먼 굴을 또 하나 헤엄쳐 통과하자 신경세포 중에서도 푸르스름한 세포질 안에 사는 보라색 핵이 나타났고, 세포질은 배배 꼬인 나무줄기처럼 생긴 수상돌기망으로 이어졌다. 주변에서 조그만 폭발이 끊이지 않는 가운데 그녀는 신경 가지에 얽혀 옴짝달싹도 못했다.

"더는 여기 있고 싶지 않아." 그녀가 중얼거렸다.

엄청난 흰색 섬광이 스쳤고, 그녀는 알록달록한 형광색 별들이 그려진 전선 둥지 한가운데 있었다. 잠시 뒤 또 한 차례 번쩍 섬광이 일었고, 그녀는 성운을 미끄러지듯 지나 깊은 우주 속 진짜 별들 사이에 있었다. 파스텔색의 먼지와 가스 구름은 변신을 거듭하며 여러 가지 형상으로 바뀌었다. 눈으로, 모래시계로, 시계의 톱니장치로. 지금까지 우나가 본 것 중 가장 아름다운 광경이었다.

데일, 이거 보여? 너도 여기 있어야 하는데.

그녀가 계속해서 떠다니는 사이 별들이 점과 점을 연결하며 사람들의 윤곽을 형성했다. 사람들은 성별 구분 없이 그저 윤곽으로만 존재할 뿐이었지만 우나는 데일의 윤곽과 아버지의 윤곽을 알아볼 수 있었다.

그녀의 머릿속에서 낯선 목소리가 속삭였다. "우리 모두 여기서 출발해서 여기로 다시 돌아와. 넌 그저 별일 뿐이야."

멀리서 다른 목소리들이 점점 또렷해졌다.

"숨은 쉬고 있는 거야?"

"어, 하지만 밖으로 데리고 나가야 할까 봐."

"잠깐만, 움직인다."

눈꺼풀이 부르르 떨리면서 우나가 눈을 떴다. "나는 죽었고 너무 아름다웠어." 그녀가 중얼거렸다. 얼굴 네 개가 그녀의 얼굴 위를 맴돌았다. "아직도 1991년이야?"

넷 다 고개를 끄덕였다.

"너희, 아직도 내 친구들 맞아?"

"물론이지, 아가야, 하지만 문 닫을 때가 돼서 나가야 해." 신이 허리를 굽히고 우나를 살살 일으켜 세웠다. "걷는 거 괜찮겠어?"

"안 괜찮아. 엄청 좋네." 클럽을 나가는데 그녀는 팔다리가 헬륨처럼 가벼운 것을 느꼈다.

밖으로 나오자 데지, 제니, 휘트니가 택시를 찾아 앞장서서 걸었다.

"우나, 넌 좀더 걷고 싶겠지만 새벽 네 시의 미트패킹 디스트릭트는 최적의 장소가 아냐." 신이 말했다.

낡은 금속 차양들이 그렇지 않아도 어둑어둑한 거리를 더 어둡게 만들었고, 드문드문 지나가는 차들도 나쁜 의도가 있는 듯 속도를 늦추며 한몫 거들었다. 몇 겹인지도 모를 낙서들이 상업 건물들의 외벽을 가득 뒤덮고 있었는데, 그중에는 육류 도매상 광고도 더러 눈에 띄었다.

"십 년 안에 이곳은 명품 옷가게들로 즐비할 거야." 그녀는 마치 암갈색 톤의 사진을 단체로 지나온 듯한 동네의 누추함에 깜짝 놀랐다.

"글쎄, 캘빈 클라인이 저기 구석에서 병나발을 불고 있진 않겠지." 앞에는 항공 재킷 차림의 건장한 남자가 구부정하게 앉아 종이 봉지째 들고 무언가를 꿀꺽꿀꺽 마셔대고 있었다. 남자에게 엉큼한 눈길을 던지며 신이 덧붙였다. "외투 단추 채워."

"하지만 안 추운걸. 기분이…… 엄청 좋아." 외투를 풀어헤친 채 빙글빙글 돌면서 우나가 웃었다.

"아무래도 네가 꼭 사고를 칠 거 같단 말이지."

아니나 다를까, 일행이 지나가자 남자가 비웃으며 소리쳤다. "동성애자 놈들."

신이 우나의 팔을 붙잡고 걸음을 재촉하려고 했지만 우나는 친구의 팔을 뿌리치고 남자와 정면으로 마주쳤다.

"뭐가 더 나쁜지 모르겠네. 무례한 거야, 아님 무식한 거야?" 그녀가 말했다.

그 말에 남자가 비틀거리며 일어서는데, 몸집이 딱 냉장고만 했다. 남자는 우나의 목을 움켜잡더니 어느 가게 셔터에 대고 거칠게 밀어붙였다. "너 같은 암캐 새끼가 나한테 그 따위로 말하게 놔둘 줄 알아?"

"미안하대요. 우나, 미안하다고 말해." 신이 남자를 우나에게서 떼어놓으려고 했지만 남자는 여전히 우나의 목을 움켜쥔 채 그녀를 쉽게 뿌리쳤다.

"누가 미안하대?" 우나가 씩씩댔다. 숨을 쉬기 어렵자 우나의 행복감은 어두운 당혹감으로 바뀌었다. 그녀는 숨이 차서 아무 말도 할 수가 없었다. 그녀의 두 눈이 냉동 소꼬리를 광고하는 거리 맞은편 간판과 공격자를, 으스스하고 위협적인 그림자를 빠르게 오갔다. 그가 손을 더 거세게 조이자 그녀의 시야 가장자리가 검게 변했다. 두 가지 모순된 생각이 충돌했다.

안 돼! 날 다치게 하지 마!

돼! 그렇게 해!

고성이 오갔고 사람들이 우르르 내달렸지만 그녀가 본 것이라고는 자신의 얼굴로 향하는 거대한 주먹 뿐이었다.

12

"그래서 병원에 안 가겠다고?" 신이 물었다.

그녀와 우나는 누군가의 체취와 소나무 향 방향제 냄새가 뒤섞인 택시 뒷좌석에 있었다.

우나는 한쪽 손으로 코를 부여잡고는 쉭쉭대며 찌릿찌릿한 고통을 애써 참았다. 왼쪽 눈과 턱도 욱신거렸다. 피 맛이 났지만 혀로 이를 훑으니 깨진 데 없이 말짱했다. "어디 부러진 데는 없는 것 같아." 그녀는 목이 잔뜩 쉬어 삼키기도 힘들었다. 그녀는 움찔 놀라며 팔짱을 끼고 있는 신을 돌아보았다.

"우리 집에 가서 씻겨줄 테니까 내 소파에서 자."

"고마워."

차가 로어이스트사이드로 접어들 때까지 둘 다 더는 말이 없었다.

"진짜 폐 끼치고 싶지 않은데." 짐 보관소가 있는 건물의 2층 아파트로 통하는 계단을 오르며 우나가 말했다.

"괜찮아." 말을 덧붙이려는 찰나 신이 현관문을 열자 더는 할 수 없었다.

우나가 욕조 가장자리에 걸터앉아 과산화수소에 적신 면봉으로 얼굴을 살살 토닥이기 시작하고 나서야 신이 말문을 열었다.

"거기서 대체 무슨 일이 있었는지 설명해줄래? 약 때문이라는 핑계는 대지 마, 난 네가 더 미쳐 날뛰는 건 많이 봤어도 그렇게 바보같이 구는 건 한 번도 본 적이 없으니까. 죽고 싶었어? 내 깡마른 엉덩이로는 그 자식이 널 때리는 걸 말릴 수 없었으니까, 만약 애들이 제 시간에 오지 않았다면 그 자식이 네 목을 똑 부러뜨리고, 나한테까지 달려들었으면 어쩔 뻔했냐고. 젠장." 신이 거즈 포장지를 찢어 열었다.

소독제가 닿자 맨 상처가 화끈거리면서 우나는 이를 악물었다. "왜 그랬는지 나도 몰라. 그 남자 말이 너무 어이가 없어서. 그리고 너무 바보 같아서 그만. 그러니까 내 말은 우린 둘 다 여자잖아."

"나도 알아, 내가 얼마나 멋진 여잔지. 하지만 내가 남자로 태어났다는 걸 잊었단 말은 하지 마."

이런 게 우나가 제일 두려워하는 실수였다. 그녀는 사회적 지뢰를 어떻게든 피해보려고 애썼다. "그게 저……." 그럴 듯하게 들리는 말을 찾으려고 애썼다. "난 널 여자로만 생각해." 궁금한 게 정말 많았지만 1990년 우나의 이해 범위 안에 그대로 남겨두는 편이 좋을 듯했다.

신이 마지못해 웃었다. "예쁘기도 하지, 하지만 그 남자한테 말대꾸한 건 어리석고 위험한 짓이었어. 어디 내가 그런 소리 한두 번 듣는 줄 알아?" 그녀의 얼굴이 다시 굳어졌다. "난 네가 제대로 말도 못하고 당할까 봐 정말 걱정스럽다."

"미안해." 우나가 갈라진 입술을 바들바들 떨며 꺽꺽댔다.

"그렇다고 징징댈 필요는 없잖아. 그 자식이 네 머리통을 박살내지 않은 걸 다행으로 알고 다음 번엔 조용히 있어." 그녀가 우나의 콧등에 밴드를 붙여주며 말했다. "어지럽거나 메스껍지 않아?"

"아니. 춥기만 해."

"다행히 뇌진탕은 아닌가 보네. 이제 눈에 얼음 찜질 좀 하자."

"고마워."

우나는 신을 따라 거실로 갔다. 거실에는 주황색과 초록색 삼각형 무늬의 퀼트를 뒤집어씌운 속이 빵빵한 소파가 차지하고 있었다.

"거기 누워." 신이 단호하지만 불친절하지는 않게 말했다.

신은 퀼트로는 부족하다고 생각했는지 양모 양말과 담요에 이어 얼린 콩 한 자루와 핫초코 한 잔을 가져다주었다. 그러고는 소파 옆 안락의자에 앉아 비닐봉지를 하나 내밀었다. "제니가 너한테 주래. 바이코딘(마약성 진통제의 일종_옮긴이)이야. 어디 아픈 데 없어?"

"엄청 많아." 그러면서 우나는 알약 하나를 빼냈다. 핫초코가 그녀의 쉰 목을 달래주었다.

"좀 쉬어······."

조용히 쉬기만 했다면 더 안전했을 테고, 실수할 위험도 줄어들었을 터였다. 하지만 우나는 사람과 진짜 관계를 맺고 싶은 마음이 간절했다. "가지 말고 좀더 얘기해줄래?"

신이 다리를 꼬더니 한쪽 무릎 위로 깍지 낀 두 손을 올려놓았다. "뭐야, 잠이 올 때까지 널 지루하게 해달라고?"

"대충 비슷해." 그녀는 희미하게 미소 지었다. "친구랑 같이 있는 것만으로도 좋아." 이 말은 신에게서 뭔가를 곱씹는 듯한 시선을 자아냈다.

"우리가 처음 만났을 때 내가 생각했던 너랑 정말 다르다, 너."

어라? "어떻게 다른데?"

그녀는 상체를 앞으로 내밀며 목소리를 낮췄다. "솔직하게 말할게. 사실 데지에게 널 소개받을 때만 해도 널 이렇게까지 많이 좋아하게 될 줄 몰랐어. 그리고 몇 주 뒤…… 네가 분명히 뭔가 숨기고 있다는 의심이 들고 나서도 마찬가지였어."

약 기운이 눈에 띄는 것마다 연초점 붓으로 덧칠하고 있었지만 신의 말에 우나는 더 꼿꼿이 일어나 앉았다. "정말? 예를 들면 어떤 거?"

"음, 네 옷차림. 너무 세련돼 보였거든. 너만의 스타일이 아니라 딴 사람이 입혀주는 것 같았어. 하지만 지금은 이해가 돼. 넌 어느게 괜찮은지 이것저것 다 입어보고 있으니까, 괜찮아. 판단한 내가 잘못이었지."

"그게 그거였어? 네 옷차림?"

"음……." 신이 자기 뒤통수를 긁적였다. "좋아, 네 말도 그랬어. 네가 하는 말 중에 어떤 말들은 꾸며낸 것처럼 들렸어. 예를 들면 넌 돈도 이렇게 많고 재무 상담 쪽 일을 하고 있다고 우기지만 지금껏 내가 월 스트리트에서 본 사람 누구와도 닮지 않았고 거기에 대해 물어볼 때마다 넌 슬쩍 화제를 바꾸기 일쑤였어. 그래도 난 생각했지, *이봐, 쟨 자기 돈의 출처에 대해 말하고 싶지 않나봐, 어쨌든 그건 걔 일이니까 걔가 알아서 하게 놔둬.* 하지만 그건 그렇다 쳐도 네가 한 말 중에 또 궁금한 게 있었어. 예를 들어 네 엄마가

60년대 초에 팬암에서 근무한 거 진짜 맞아?"

"맞아."

"아." 방금 전보다 차분해진 어조로 그녀가 물었다. "그리고 아빠는 배 사고로 익사했고?"

"그래." 한순간에 우나는 그날로 돌아갔다. 배에선 생선 비린내와 예인선을 기다리면서 남자들이 피워대는 담배 냄새가 강하게 났다. 두 가지가 섞인 냄새는 고약했지만 그녀는 낸시 드루 책을 들고 벤치에 걸터앉아 숨을 길게 들이쉬었다. 배가 갑자기 덜컥 움직였을 때 그녀의 아버지는 몇 피트 떨어진 난간에 기대고 있었다. 그러다 만화 캐릭터처럼 고꾸라졌고, 그녀는 처음에는 깔깔 웃었다. 아버지의 당황한 얼굴이 너무 얼빠져 보였기 때문이다. 하지만 그녀의 웃음소리는 뒤이은 고함에 묻히고 말았다.

"아빠 얘기는 진짜야. 그리고 나 재무 상담사 맞아, 물론 물려받은 돈도 있긴 하지만. 어쨌든 그 얘긴 안 하고 싶어. 무례해서가 아니라 사적인 거라서 그래."

"나한테 그렇게까지 설명할 필요 없어, 아가씨. 우린 이제 친구잖아, 안 그래? 내가 어렸을 때 우리 엄만 다른 사람들의 어떤 점이 싫으면 네 안에도 네가 싫어하는 부분이 있다는 말을 입버릇처럼 하곤 했어. 그래서 난 혹시 내가 가짜가 싶었어. 그러니까 내 말은 나의 일부 말야." 여기서 그녀는 자기 가슴을 가리켰다. "우리 모두 클럽 페르소나를 채택하고 있지. 하지만 우린 또 그게 뭔지 알아내려고 애쓰고 있기도 해. 너랑 얘길 좀 해보고 나서 난 네가 착한 애라는 걸 알았어. 그 이후로 우린 죽 함께 즐거운 시간을 보내고 있고. 물론 오늘밤의 불상사는 빼고 말이지."

우나는 머리에 압력을 느꼈다. 보이지 않는 모자가 묵직하게 누르고 있는 듯했다. "앞으로도 우린 아주 재밌게 지낼 거야."

"너 거기 있었잖아…… 아니면 보기보다 정신이 더 어떻게 된 거 아냐?" 장난스러운 윙크를 던지며 신이 말했다.

그녀는 좀더 조심했어야 했다. "그러니까 내 말은 우리 모두 더 즐겁게 지내길 바란다는 거지." 그녀는 한 손을 자기 얼굴 위로 흔들었다. "다시 정상으로 돌아오면 말이야. 오늘밤 아무 생각도 안 드니까 너무 좋은 거 있지. 파티를 좀더 즐길 걸 그랬나봐." 눈이 반쯤 감겨 계속 뜨고 있기가 너무 힘들었다.

"우리 앞에 파티가 산더미처럼 쌓여 있네요." 그러고 나서 신의 웃음기는 곧 사라지고 말았다. "하지만 그렇게 오래도록 생각에서 떠나 있을 수 없다는 거 알지?"

그 말은 멀리서 우나에게 꽂혔다. 그녀의 턱이 가슴께로 툭 떨어져 내렸다. 그녀는 깨어 있으려고 안간힘을 쓰며 간신히 대답했다. "알아."

신이 아득해진 그녀의 시선을 떨치며 말했다. "너 좀 쉬어야겠다."

우나의 등뼈가 말랑말랑해졌다. "아니, 괜찮아. 난 너랑 얘기하는 게 좋아." 말을 잇기가 점점 더 어려워졌다. 정처 없는 생각들이 그녀의 머릿속을 헤엄쳐 다니며 파닥거리는 물고기처럼 튀어 올랐다. "엄마한테 전화해야 하는데."

"무선 전화기 갖다 줄게. 그런데 이 시간에 주무시지 않을까?"

"괜찮아, 엄마는" 우나는 거대한 하품을 진공청소기처럼 빨아들였다. "뉴 팔츠에서 열리는 공예 축제에 가 계셔. 대신 자동 응답기가 받을 거야. 그냥 엄마 목소리가 듣고 싶어."

"당연히 그렇겠지. 여기 있어. 저기 탁자에 물하고 주스 있으니 마음껏 마시고. 뭐 더 필요한 거 있으면 나 불러."

"고마워."

신이 고개를 끄덕이며 방을 나갔다.

매들린에게 전화하려고 전화기를 집어 드는데 어찌나 무겁게 느껴지는지 천근만근은 될 듯했다.

"안녕, 엄마. 우린 계속 서로 보고 싶어하는 것 같네요." 그녀는 자꾸만 흐릿해지는 목소리와 꽉 잠긴 목소리 사이를 위태롭게 오가며 침착한 목소리를 유지하려고 무던히도 애썼다. "또 전화 드릴게요. 사랑해요." 어머니가 돌아오려면 며칠 더 있어야 했다. 그때에도 우나는 오늘 사건에 대해 말하지 않을 작정이었고, 얼굴이 다 나을 때까지 어머니를 보지 않을 심산이었다. 그녀는 수치심에 사로잡혀 스스로를 벌주면서 어머니의 위로마저 거부하고 있던 것일까? 아니면 회피하며 반항을 하는 것일까? 아마도 둘 다일 듯싶었다.

그녀는 풀썩 쓰러진 채 한숨을 내쉬며 이불을 꼭 끌어당겼다. 불현듯 감자 냉동 소꼬리를 광고하는 지저분한 창고가 보이면서 성난 주먹 때문에 주변의 공기가 밀려나는 게 느껴졌다. 대체 무엇이 그녀를 위험한 상황으로 몰아넣었을까? 어쩌면 그녀는 자기 자신을 위험에 빠뜨림으로써 빤한 자신의 미래가 갖는 한계를 시험하고 있었는지도 모른다. 그 일은 일종의 경고인 셈이었다. 그녀의 삶은 휴지 조각과 같아서 쉽게 구겨지고 내던져질 수 있다는. 그녀는 사려 깊게 판단해 그 경고를 심연으로 서둘러 보냈어야 했다. 그럼에도 불구하고 그녀는 살아남았고, 그로써 정반대의 효과를 가져왔다. 그녀는 자신이 천하무적처럼 느껴졌다.

어둠 속에서 그녀는 한 손으로 자신의 부드러운 얼굴을 어루만졌다.

나는 아직 여기 있어.

나에게는 시간이 있어.

파티가 산더미처럼 쌓여 있다는 신의 말은 틀리지 않았다. 그 뒤 몇 달은 지나침과 재미, 천박함으로 넘쳐났다.

공격 사건 이후 우나는 판도라의 상자와 안테나에 갔을 때 느꼈던 짜릿하면서 위태로운 행복감만 좇았다. 그런 느낌을 맛보려면 알코올과 약과 약간의 위험을 섞어 만든 묘약이 필요할 테지만, 시간 여행이 안전망이 돼줄 터였다.

어제부터 그녀는 클럽 죽순이가 따로 없었다. 신과 제니, 데지와 휘트니는 바이러스가 새 숙주를 찾는 속도보다 더 빨리 친해졌고, 그 결과 우나는 인맥을 넓힐 수 있었다. 비록 거미집처럼 언제든 찢어지고 부서질 수 있는 관계였지만 그녀는 장소와 의상과 약을 통해 사람들과 이어졌다. 그리고 그 중심에는 늘 네 친구가 있었다.

그들은 모임의 규칙을 정했다. 화요일은 라임라이트, 목요일은 안테나, 주말에는 가끔 록시와 터널. 그들이 제일 좋아하는 장소는 월드였다. 비록 금박은 벗겨지기 시작했어도 과거의 화려했던 분위기가 물씬 풍겨나는 결혼식장을 닮은 곳이었다. 원한다고 아무 때나 갈 수 있는 곳이 아니었다. 산발적으로 문을 여는 데다 주류 판매 허가증 없이 운영하기 때문이었다. 그곳은 하우스 뮤직, 힙합, 록, 펑크를 틀어 성별, 인종, 하위문화, 성적 취향 사이의 경계를 중요하게 여기지 않는 군중이 차고 넘쳤다.

"한 번은 프린스한테 음료를 엎질렀지 뭐야." 동굴 같은 댄스 플로어가 내려다보이는 발코니에서 데지가 월드에서의 어느 늦은 밤 사건을 자랑했다. "지금 우리가 서 있는 바로 이곳이었어. 누가 나를 밀치는 바람에 나도 모르게 그 남자 흰색 주름 장식 셔츠에 보드카 잔을 쏟았지 뭐."

다른 사람들은 그 얘기를 하도 많이 들은 터라 짜증 섞인 미소를 지었지만 우나는 눈썹을 치켜뜨며 물었다. "그래서 프린스가 화냈어?"

"오, 아니. 아무 말 없이 셔츠를 벗더니 난간 위로 집어던지는 거야. 그러고는 웃통을 벗은 채로 그 밤 내내 돌아다닌 거 있지."

우나도 현재와 미래의 유명인들과 맞닥뜨릴 때가 더러 있었는데, 상대방이 누구인지 또는 누가 나중에 유명해지는지 늘 알아보는 것은 아니었다. 일행과 애비뉴 A에 있는 클럽 피라미드에 춤추러 갔을 때였다. 우나는 레이디 버니와 루폴의 큼직한 금발 가발을 알아보고는 쭈뼛쭈뼛 그 옆으로 다가가 (스스로 이미 알고 있었을지 모르지만) 당신들은 세계적으로 유명한 드래그 퀸이 될 거라는 말을 해주고 싶어 입이 간질거렸던 적이 있다. 또 한번은 고딕식 교회였다가 디스코테크로 변신한 라임라이트에 갔을 때였다. 광대 화장에 코르셋 앙상블 차림의 웬 남자가 그녀에게 샴페인을 내미는 모습을 본 휘트니가 거절하라고 귀띔을 해주어서 나중에 알고 보니 샴페인은 오줌이었고, 그 남자는 클럽 프로모터이자 클럽 키즈의 우두머리로 몇 년 뒤 살인죄로 기소돼된 악명 높은 마이클 앨리그였다.

"저 사람은 누구야?" 록시에서의 어느 날 밤 그녀가 화장실 앞에서 자기 차례를 기다리고 있는 웬 소년 같은 남자를 가리키며 데지에게 물었다. "아까부터 계속 보고 있는데 굉장히 낯이 익어서."

"아, 모비야. 아마 DJ라지? 머리를 싹 밀면 더 귀여울 텐데."

가끔 세이브더로보츠에서 애프터파티가, 7A나 사이드워크스에서는 새벽 아침 식사 모임이 있기도 했는데, 그럴 때면 달걀보다 블러드 메리가 더 잘 팔렸다. 엑스터시, 콜라, 케타민 등이 식욕을 잠재웠기 때문이다. 버거킹, 홈데포, 전동차 같은 의외의 장소에서도 언더그라운드 파티가 열렸다. 사람들은 조니 판다의 진두지휘 아래 무지갯빛 벌떼처럼 몰려들었다. 개중에는 붐박스를 가져오는 사람이 있어, 깡통 찌그러지는 소리가 나는 테크노 음악이 기이한 환호성에 힘입어 구두점을 찍곤 했다. 파티가 시작되고 30분 동안은 열기가 뜨거웠고, 그 어느 곳보다 클럽 키즈는 눈부셨다. 그러다 경찰이 들이닥치면 사람들은 뿔뿔이 흩어졌고, 몇몇은 소란 행위, 질서 방해, 과다 노출 등의 혐의로 체포됐다. 2015년의 세상에서는 과학기술의 발달로 적응하기 바빴다면, 올해의 우나는 (자신이 선택하지도 않은) 각종 스크린과 떨어져 지내도 돼서 행복했다. 작년과 달리 지금은 익숙한 아날로그로 대체됐다. 온라인으로 쇼핑하는 대신 가게에 갔고, 우버를 부르는 대신 손을 흔들어 택시를 잡았으며, 휴대폰 대신 집 전화와 공중전화를 사용했다. 인터넷을 통해 사람들을 만나거나 장치 뒤에 숨지 않고, 밖에서 사람들을 만나 살아가는 모습을 눈으로 직접 볼 수 있어 좋았다. 어머니와 떨어져 지낸다는 것도, 통화를 자주 하지 않아도 된다는 것 또한 우나를 편하게 했다.

그랬다, 우나는 관계를 끊고 살아서 좋았다. 그녀의 낮과 밤은 이미지 변화가 거의 없는 플립북을 반복해서 넘기는 듯했다. 하룻밤은 반짝이로 뒤덮여 집에 돌아왔고, 다음 날 밤은 가짜 피를 뒤집어쓰고 돌아왔다. 하룻밤은 구두굽이 부러진 채 돌아왔고, 그 다음 날 밤은 원더우먼 런치박스 손잡이를 부러뜨린 채 돌아왔다. 그녀는 하우스 뮤직, 테크노, 프리스타일, 브레이크비트의 감각을 키우며 리듬의 매력에 빠져들기도 했다. 그녀는 벽시계들이 움직이기도 하면서 가만히 서 있다고 말하는 예측 불허의 메트로놈처럼 맥박 소리를 흉내내며 초 단위로 똑딱이는 모습을 상상했다.

그녀의 밤이 수많은 소리로 넘쳐났다면 그녀의 낮은 침묵이 지배해 균형을 이뤘다. 외출하고 돌아오면 음악실에 처박혀 레코드판이 어찌되든 상관없이 푹신푹신한 카펫에 큰 대자로 드러누워 기력을 회복했다. 그러다 아쉬운 표정으로 기타를 훔쳐보곤 했지만 만지지는 않았다.

"우리에겐 무엇보다도 음악이 최우선이어야 해." 데일은 종종 아주 열렬히, 공상에 빠져, 순진하게 이렇게 말했었다.

미안, 자기야, 난 좀더 강한 뭔가가 필요해.

달력상으로 그녀는 스물일곱 살일 수도 있었지만 속으로는 십대나 다름없었다. 책임은 없고 가처분 소득은 엄청나게 많아서 별의별 사건과 약물 남용, 무모함으로 얼룩진 한 해이기도 했다.

우나는 무성영화 시대 배우의 헤어스타일에서 한 걸음 더 나아가 플래퍼 룩(1920년대에 자유를 찾아 복장, 행동 등에서 관습을 깬 젊은 여성들의 옷차림을 가리킴_옮긴이)을 클럽 분위기에 맞게 재해석해 체인, 지폐, 뼈다귀, 베이컨, 주사기 같은 색다른 소재로 장식한 로웨이스트 드레스를 입고 다녔다. 거기다 알약 캡슐과 사탕으로 만든 기다란 목걸이, 보석을 박은 두개골과 호박에 갇힌 곤충으로 만든 큼직한 반지를 여러 개 착용했다. 과거 클래식한 스타일은 현대식으로 바뀌고 변형됐다. 그녀의 룩은 특별히 과하지는 않았지만 토크 쇼 〈제랄도Geraldo〉 피디의 관심을 끌기에 충분했다. 그 피디는 어느 날 밤 라임라이트를 찾은 그녀를 보고 클럽 키즈를 다루는 방송분에 출연할 의사가 없는지 물었다. 우나는 정중하게 거절했다. 그녀는 또 마이클 무스토가 밤거리 문화를 주제로《빌리지 보이스The Village Voice》에 기고하는 칼럼에 등장할 뻔하기도 했다.

때로 그녀는 시간을 내실 있게 써야 하지 않을까 고민하기도 했지만, 그럴수록 일부러 더 외출해서 파티와 화학물질의 눈보라로 한동안 정신을 못 차리게 묻어버릴 약과 알코올이 일으키는 환각 작용에 집중했다.

일시적인 해결책에 지나지 않았지만 그 속에서 우나는 편안함을 느꼈다. 적어도 1991년에는 충분할 터였다. 다음에는 또 어느 시대로 갈지 누가 알겠는가? 그녀는 스물한 살이거나 다시 중년일 수도, 심지어는 아예 노인이 돼 있을 수도 있었다. 그녀가 언제 또 자신의 젊음을 되찾을 수 있을지 아무도 모르는 일이었기에 올해를 하나의 긴 파티로 삼았다.

파티는 세 번 중단됐다. 첫 번째는 3월의 어느 금요일 아침이었다. 8시가 조금 지나 우나는 지난 밤의 요란한 옷차림 그대로 막 택시에서 내리고 있었다.

바로 그때 매들린이 양손에 식료품 봉지를 들고 나타났다. "이제야 드디어 둘이 같이 아침을 먹을 수 있겠구나. 네가 나를 피하지 않는다면 말이지."

"난 벌써 먹었는걸요." 블러드 메리 두 잔이었지만 토마토 주스는 누가 뭐래도 음식이었다.

"몰골이 꼭 몇 달 동안 아무것도 안 먹은 사람 같구나. 칵테일은 빼고 말이다."

엄마는 이제 사람 마음도 읽나? 그녀 어머니의 빈정거림은 우나에게 맨 살갗을 박박 문질러대는 수세미와도 같았다. "싸울 거면 안에 들어가서 하면 안 될까요?" 우나는 터덜터덜 집으로 들어가는 계단을 올랐다.

"베이글 좀 사왔다. 싸움터에 베이글 들고 오는 사람 봤니? 난 아침상을 차릴 테니까 넌 그 옷이나 좀 갈아입지 그래. 어쨌든 멋지긴 하다. 덕트 테이프로 만든 드레스는 처음 본다만."

몇 분 뒤 우나는 깨끗이 씻고 말끔한 옷으로 갈아입고는 부엌으로 향했다. 그녀의 어머니는 베이글이 거의 보이지 않을 만큼 훈제 연어를 높다랗게 쌓아올린 접시를 놓으며 미끄러지듯 움직였다.

"새로 바꾼 머리 마음에 드는구나. 또 뭐 새로운 거 없니?" 매들린이 물었다. 대답 삼아 어깨만 으쓱여 보인 뒤 그녀가 말했다. "저번 주에 번개 파티가 있어서 홈데포에 갔다가 엄마를 봤어요." 딸깍 소리가 나면서 반으로 자른 베이글 두 개가 토스트기에서 튀어나왔다. 우나는 눈도 맞추지 않고 베이글에 크림치즈를 펴 바르는 데 집중했다.

"아는 척하지 그랬어?"

"완전히 취해서 집채만 한 판다랑 춤추느라 바쁘던데요 뭐. 난 또 엄마가 날 보는 걸 싫어할까 봐 그랬지." 그녀는 보이지 않는 오케스트라를 지휘하기라도 하듯 크림치즈가 잔뜩 묻은 나이프를 흔들어대며 입을 벌리고 억지웃음을 지었다.

"나도 잘 모르겠어요. 아무 생각 없이 내가 아닌 것처럼 즐기고 싶을 뿐이에요."

"네 표정을 보니 임무는 완수한 것 같은데."

"난 이런 걸 원했던 게 아니에요." 우나는 자기 접시를 한쪽으로 밀쳤다. "판단력과 지혜를 갖춰야 하는 지난 리프는 모든 게 쉽지 않았어요. 난 기회가 될 때 좀 즐기고 싶은 것뿐이라구요."

"정말 그게 다니?" 매들린이 종잇장처럼 얇은 연어 조각을 입에 쏙 집어넣었다. "이 훈제 연어 정말 훌륭하다 얘, 입에서 살살 녹는다 녹아. 술이 깨면 너도 좋아할 것 같은데? 알다시피 네 친할머니가 알코올 중독이었잖니. 네 아빠도 술고래였고. 그런 건 유전인가 봐."

"난 알코올 중독이 아니에요." 그녀가 손등으로 눈을 비비자 먼지처럼 달라붙어 있던 반짝이가 떨어져 나갔다.

"내 말은 네가 그렇다는 게 아니야. 네가 어떻게 즐기든 상관없지만 네 핏속에는 중독의 위험이 도사리고 있다는 걸 명심해야 한다는 거지." 그렇게까지 말했는데도 딸이 아무 반응이 없자 한숨이 새어나왔다. "너도 알다시피 난 술, 약물, 섹스에 대해 요만치도 내숭 떠는 사람은 아니다. 여태껏 널 지켜보면서 걱정할 필요가 없다는 걸 알았다. 하지만 네가 나를 피하면 나로선 네가 뭘 숨기고 있다고 의심할 밖에."

더 이상 아무렇지 않다고 부인하는 건 어머니에 대한 모욕이었다. 그녀는 약간의 진심을 내보일 수 있었다. "어쩌면 당분간은 숨겨야 할지도 몰라요, 엄마. 올해는 그래야 할지도 몰라요."

"어쩌면." 매들린이 동의한다는 듯 가까스로 말했다. 자식 때문에 고통을 겪는다는 건 정말 끔찍한 일이 아닐 수 없다.

"뭘 걱정하시는지는 몰라도 그러지 마세요. 그동안 상황이 어떻게 돌아가는지 봐왔으니 우리 둘 다 괜찮을 거예요."

"지금의 네가 방패막은 안 된다는 뜻이잖니. 네가 오늘 하는 일이 어떤 식으로든 미래에 영향을 미치게 된다는 거잖아."

"그런 얘긴 안 하셨음 좋겠어요." 그녀는 크로스비와 함께했던 생일맞이 저녁 식사와 고통스러웠던 리무진 안에서의 일을 떠올렸다. 그와 함께 있었다면 올해가 좀더 행복해질까? "엄마한테는 못 당하겠다니까. 언제는 너무 진지하다며 긴장 풀고 모험 좀 하라더니. 이제 그러고 다니니까 그런다고 또 뭐라고 하잖아요."

"아무도 너한테 뭐라는 사람 없어." 그녀의 입꼬리가 축 처졌다.

"네가 나한테 모든 걸 터놓던 때가 그립구나. 우린 참 가까웠는데. 매번 달라지는 네 여러 모습에 적응하기가 힘들구나."

"적응이라면 제가 좀 많이 알죠." 우나는 먹을 생각이 전혀 없다는 듯 베이글을 쿡쿡 찔러대고 있었다. "힘들게 해드려 죄송해요." 싸늘한 그녀의 말투에 둘 다 깜짝 놀랐다. "정말 죄송해요. 피곤해서 그래요." 그녀가 곧 잘못을 깨닫고 말했다.

"그럼 가서 좀 자렴. 다음에 같이 먹어도 되니까. 음식 좀 치우고 내가 알아서 가마."

파티가 두 번째로 중단된 건 6월 말이었다. 그들이 제일 좋아하는 클럽 월드 주인이 금박을 입힌 발코니에서 총에 맞아 죽은 채로 발견됐기 때문이다. 그 사건으로 클럽은 다시는 문을 열지 못했다.

세 번째는 9월의 어느 날 라임라이트에서였다. 우나는 바로 향하다가 낯익은 파란색 올백머리를 발견했다.

크로스비였다. 찌르르한 후회 이상의 감정이 일면 안 됐지만 그의 창백한 옆얼굴을 보는 순간 그녀는 전보다 강하고 복잡한 무언가에 휩싸였다. 중요한 뭔가를 잃어버렸다는 상실감에 가까웠다. *한때 그에게 사랑받았지만 지금은 아냐.* 친구들과 알코올이나 약 같은 데 의지해 그 기운으로 해롱대는 게 아니라 크로스비와 함께하며 그 자체만으로 행복을 느낄 수 있었는데. 너무 늦었을까? 어쩌면 그가 그녀를 용서하기에 충분한 시간이 지났을지도 모른다.

술에 취해서 그런지 그녀는 크로스비의 마음을 확인하고 싶었다. 그런데 그녀가 크로스비에게 가까이 다가가자 검은색 라텍스 드레스 차림에 베티 페이지(미국의 영화배우 겸 모델_옮긴이)처럼 앞머리를 가지런히 자른 웬 빨강머리 여자가 내 남자라는 듯 그를 팔로 감쌌다.

그녀를 알아본 듯 그의 입술이 잠시 실룩였지만 곧이어 침울한 표정이 요란한 소리를 내며 닫히는 철문처럼 그의 얼굴을 내리덮었다. 우나는 자기 자리로 돌아가고 싶었지만 빨강머리가 의기양양하게 웃으며 쳐다보는 바람에 그 자리에 붙박이고 말았다. "뭐 도와드릴 일이라도?"

"난 그냥…… 신경 쓰지 마세요." 우나는 뒤돌아서서 제니에게로 후닥닥 뛰어갔다. 제니가 건넨 조그만 유리병을 들이키자 기분이 한결 나아졌다.

약은 모든 걸 훨씬 좋게 바꿔놓았다. 적어도 약기운이 맹위를 떨치기 전까지는.

크로스비를 본 뒤로 우나는 정상이라는 기분을 느끼기 위해 때때로 무감각해지려고 점점 더 자주, 점점 더 이른 시간에 알코올과 약에 의지하는 악순환에 빠졌다. 위험한 바퀴 위를 내달리는 햄스터와 같았다.

내년엔 좀 진지하게 지내자. 뭔가 돼보려고 노력도 하고 의미 있는 일을 찾아보자.

그녀는 여전히 어린이 병원, 동물 보호 단체, 에이즈 연구, 그 외 단체를 비롯해 자선사업에 익명으로 막대한 금액을 기부하고 있었다.

"당신이 세금으로 얼마나 많은 돈을 내버리고 있는지 아십니까?" 체스트넛투자회사의 고문 중 한 명인 해럴드 루빈은 이렇게 불평했다. "중요한 자본 수익은 상쇄해야지요. 재단을 세우면 수백만 달러의 공제 효과를 볼 수 있단 말입니다."

"재단은 나중에 세울게요." *켄지가 나 대신 그 일을 맡아 할 수 있을 때요. 긴 나눗셈을 배우고 학위도 한두 개 따고 나면요.* "하지만 지금은 아녜요." 전에도 분명히 이런 대화를 나눈 것 같다고 생각하며 그녀가 전화기 너머로 말했다. "그리고 난 평생 쓰고도 다 못 쓸 만큼 많은 돈을 벌거든요."

"그렇게 너무 확신하지 말아요, 우나. 나는 사람들이 돈을 얼마나 빨리 벌고 잃을 수 있는지, 얼마나 경솔해질 수 있는지 숱하게 봐 왔어요. 지금까지는 운이 좋았지만 시장이 어떻게 돌아갈지 당신도 예측 못하는 것 같아요. 아무래도 내 생각엔 당신이 바이오테크에서 너무 빨리 손을 뗀 것 같단 말이지요."

"그렇긴 하지만 뭐 괜찮아요. 이번 퀄컴 IPO는 아주 감이 좋거든요." 그녀는 해당 주식이 앞으로 몇 년 안에 12,000퍼센트 가까이 오를 것을 알기에 빙그레 웃었다.

그녀는 클럽에서는 될 수 있는 한 자신의 부를 잘 드러내지 않으려고 애썼지만 어느 새 수백만 달러를 물려받은 상속녀라는 소문이 나돌았다.

"어머니가 애스터 가와 관계가 있대."

"내가 듣기론 구린 돈이라던데."

"80년대에 유럽에서 팝스타로 활동했나 보던데."

"내가 듣기론 할아버지가 잔디 깎는 기계를 발명했다나 봐."

어느 게 맞냐고 물어볼 때마다 우나는 이해하기 힘든 미소를 지으며 어깨만 으쓱일 뿐이었다. 그런데 예외가 한 번 있었다. 엄청난 양의 코카인과 함께 엑스터시 두 알을 털어 넣고 나서였다. 그녀는 새벽 다섯 시에 사이드워크스에서 평소와 같이 일행과 블러드 메리를 마시고 있었다.

"이제 말해봐, 돈이 정확히 어디서 나오는 거야?" 데지가 재촉했다.

우나는 뼈가 고무로 돼 있기라도 하듯 부스 안에서 구부정하게 앉아 있었다. "실은 시간을 통과해 여행하면서 돈이 될 만한 것들을 외워. 주로 주식 아니면 스포츠와 관련된 것들이지."

"〈백 투 더 퓨처 2〉처럼?" 제니가 물었다.

"비슷해."

침묵이 그들을 에워쌌다.

정말 이렇게 쉬울 수 있나?

그들은 그녀의 말을 믿었고, 우나는 이어질 질문 공세에 대비했지만 더 이상의 질문은 없었다. 대신 한바탕 웃음이 터져 나왔다. 맨 처음 휘트니가 시작해 점차 퍼졌다. 하물며 신도 웃었지만 호기심에 표정을 흐리며 곧바로 웃음을 그쳤다.

우나는 음료를 한 잔씩 더 주문한 뒤 웨이터에게 계산서를 갖다 달라고 했다. 보통 그녀가 계산했는데, 이에 불만은 없었다. 말짱한 정신으로 더 많은 시간을 보내는 게 오히려 더 성가실 수도 있었다. 그녀는 테이블 주위를 쓱 둘러보았다. 몇 달 뒤면 이들 모두 그녀에게 낯선 사람이 될 터였다. 어쩌면 그녀가 그들을 친구로 삼은 이유는 어느 누구보다 낯설었기 때문이었는지도 모른다. 그리고 그들 틈에는 마치 길 잃은 꼬마 아가씨가 돈 통을 들고 있는 모습처럼 그녀가 있었다.

한 해를 마무리하는 날 그들은 카운트다운이 시작되기 전 원기 회복을 하려고 일찌감치 안테나에 도착해 VIP 룸을 잡았다. 우나는 스팽글로 장식한 검은 실크해트, 브라가 보이도록 단추를 풀어 헤친 민소매 셔츠, 반짝이는 망사 스타킹 차림으로 더 빛나고 노출이 심한 현대의 마를레네 디트리히를 선보였다. 그녀는 오래 나가 있을 생각이 없었다. 다만 마지막 순간을 색다르게 즐기고 싶었다. 그녀는 제니가 건네준 엑스터시를 손에 쥔 채 샴페인을 홀짝였다.

열한 시가 조금 지나 다들 제니의 이야기에 정신이 팔려 있는 사이 그녀는 살그머니 밖으로 나왔다.

복도를 지나 계단을 몇 걸음 앞에 두고 있는데, 어깨 너머로 목소리가 들려왔다.

"그렇게 살금살금 어딜 가는 건데?" 신이 물었다.

"화장실."

"위층으로? 다섯 배는 더 붐비는데?"

"좀 걷고 싶어서." 일부러 더 경쾌하게 어깨를 으쓱이며 그녀가 말했다.

"맨정신이라 재미가 없구나, 맞지?" 우나가 부정하려고 입을 벌렸지만 신이 혀를 쯧쯧 차며 덧붙였다. "입도 뻥긋 마, 이 아가씨야. 아까 네가 엑스터시를 손 안에 감추는 거 다 봤어. 그리고 내내 마이클 앨리그가 갈겨놓은 오줌 같은 샴페인을 홀짝이더라. 무슨 일인데 그래?"

"그냥 좀 피곤할 뿐이야." 하지만 그녀는 신에게 그 이상을 빚졌다. "맨정신이 아닐 때도 점점 재미가 없어져."

"수확 체감의 법칙."

"그래. 바로 그거야. 요전에 엄마랑 나눴던 대화가 자꾸만 생각나는 거 있지. 알고 보니 아빠가 술고래였나 봐. 그런데 난 전혀 몰랐어. 어렸을 때 아빠가 화내거나 폭력적으로 변하는 모습을 한 번도 본 적이 없고, 또 엄마랑도 싸우는 모습을 거의 본 적이 없거든. 아빠는 맥주를 좋아했는데, 여섯 캔을 줄지어 다 마시고 나면 좀 시끄러워지긴 했어. 그러다 잠들었지. 그건 아무 문제도 안 됐어, 또다시 한꺼번에 맥주를 마시고 낚싯배에서 추락하기 전까지는."

우울한 분위기가 신의 목소리에 어둠을 드리웠다. "우리도 그 정도 마셔대면 조금 시끄러워지는데 뭐. 하지만 배에서 떨어지기 전에 나가야지. 알아. 나도 내가 이 생활에 얼마나 깊이 물들어 있는지 모르기는 마찬가지니까." 누가 들어도 이해하기 어려운 말이었고 둘 다 그걸 모르지 않았다. "살면서 나한테 그보다 더 좋은 일은 없었어. 잘 알고 지내던 한 노신사에게 5천 달러를 물려받게 됐거든. 그래서 당분간은 가발과 속눈썹 걱정은 안 해도 돼."

우나가 고마움을 표현할 방법은 또 있었다. "시스코 시스템스. 가발과 속눈썹을 살 돈으로 일부를 투자해. 시스코의 1차 분할은 놓쳤지만 아무래도 또 분할할 것 같은 느낌이 들거든." 단순한 느낌 이상이었다. 그 회사 주식은 8년 안에 8차례 넘게 분할될 터였다. 그녀는 다급한 마음에 친구의 손목을 꽉 움켜잡았다. "지금 2천 투자하면 8년 뒤에는 5십만 가까이 손에 쥐게 될 거야. 제발 나를 믿어.”

신은 입을 비죽거리며 불신을 내비쳤지만 눈에선 뭔가가 번쩍 스치고 지나갔다. “어떻게 아냐고 물어보지 않고 대신 널 믿을게.” 그녀는 급히 립스틱을 꺼내 한쪽 팔에 빨간색으로 *CISCO*라고 휘 갈겨 썼다. “또 알려줄 건 없어?”

“델, 하지만 2000년 3월에 팔아야 해. 오라클, GE, 애플은 당분간 가지고 있어.” 신이 다 받아 적고 나자 그녀가 말했다. “신, 내가 너 한테 보답을 해야 하는데.”

“아니. 넌 이미 충분히 보답했어. 방금 내게 부자 마나님으로 살아갈 미래를 췄잖아. 무슨 말이든 네가 한 마디만 더하면 내 화장이 엉망이 되고 말 거야.” 신은 축축해진 눈가를 말리려고 열심히 손부채질을 해댔다. “그래도 한번 안아보자.”

둘은 서로 껴안았다. “새해 복 많이 받아.” 신이 한쪽 눈을 찡긋거리며 어서 가라고 손짓했다. “이제 이 배에서 내려야지.”

그리고 우나의 경박한 한 해도 막을 내렸다.

자그마치 15분이 걸려 택시를 잡아 탄 그녀는 길게 한숨을 내쉬었다. 다시 또 이렇게 재밌는 시간을 보낼 수 있을까? 아마도 그러지 못할 것 같았다. 그리고 그래서도 안 될 것 같았다.

“교통 사정이 안 좋네요. 제 시간에 브루클린에 못 갈 수도 있겠는데요.” 운전사가 경고했다.

“상관없어요. 내년에는 여기 없을 거거든요.” 그녀가 말했다.

백미러에 비친 운전사는 한쪽 눈썹을 치켜 올렸지만 아무 말도 하지 않았다.

그의 말은 옳았다. 그녀는 1992년의 자신에게 편지를 써야 할 시간에 맞춰 집에 돌아오지 못했지만 상관없었다. 그 시간의 우나는 지금의 우나보다 훨씬 더 쪼글쪼글할 테니까.

라디오에서 새해 카운트다운이 시작될 무렵, 택시는 브루클린과 퀸스를 잇는 고속도로에 있었다. 이번에 그녀는 눈을 감지 않았다. 맨해튼의 스카이라인이 획획 스쳐지나가는 모습을 지켜보며 다음 번에도 지금과 똑같은 모습일지 궁금했다.

"3! 2! 1?"

4장

낯선 사람

2004 : 40 / 21

13

덜컹거리는 소리와 함께 발밑의 땅이 요동치면서 우나가 굴러 떨어졌다. 손과 무릎에 전해오는 진동이 점점 커지면서 누가 속을 휘저어놓기라도 한 듯 메스꺼웠다. 깜빡 깜빡 깜빡. 이제 눈이 익숙해졌다. 가장자리에 목재를 둘러 마감 처리한 노랑과 주황색 좌석들. 천장을 따라 띠처럼 길게 늘어선 형광등들. 중앙 통로를 따라 내달리는 날씬한 스테인리스 기둥들. F자와 주황색 원이 그려진 차창.

내가 왜 지하철을 타고 있는 거지?

그녀는 무릎을 꿇었다.

열차에 승객이 몇몇 있었지만 사람들 외모만 보고는 몇 년도인지 도무지 짐작할 수 없었다.

여전히 나는 젊은…… 편인가?

새발 격자무늬 외투 차림의 웬 20대 여자가 급히 다가와 물었다. "괜찮으세요, 아주머니?"

아무래도 아닌가 보다.

"그런 것 같아요." 우나가 근처의 기둥을 붙잡고 몸을 일으켜 세웠다. "잠시 아득했을 뿐이에요." 스피커를 통해 깊고 낭랑한 남자 목소리가 울려 퍼졌다. "다음 역은 15번가 프로스펙트 파큽니다."

"펜 찾았어요." 여자가 볼펜을 내밀며 말했다. 우나가 받지 않자 여자는 이렇게 덧붙였다. "좀 전에 저한테 부탁하셨잖아요. 그때 표정이 너무 당황스러워 보이셨어요."

열차가 속도를 늦추자 역이 시야에 들어왔다.

"내가 왜 당황했죠?" 우나가 물었다. *내가 뭘 적어야 했을까?*

"15번가 프로스펙트 파크입니다. 다음 역은 포트 해밀턴 파크웨입니다." 문이 열리면서 차장이 또 안내 방송을 했다.

"그야 저도 모르죠. 다 듣진 못했거든요."

"이런, 이번에 내려야 하는데." 우나는 반은 열차 안에, 반은 열차 밖에 있었다. "뭘 들었는데요?"

"문이 닫히니 멀리 떨어져 서주십시오." 차장이 말했다.

우나가 뒤로 물러나 플랫폼을 밟고 서는데, 여자의 멍한 눈빛이 반짝였다. "에드워드! 에드워드라는 이름을 언급했어요. 그리고 피터두요."

우나가 미처 뭔가 다른 걸 묻기도 전에 문이 닫히면서 열차는 출발하고 말았다.

역을 빠져나오면서 그녀는 자신의 주머니를 살펴보았다. 하나는 텅 비어 있었다. 다른 쪽은 교통카드와 집 열쇠, 20달러짜리 지폐 몇 장, 그리고 데일에게서 받은 은시계가 들어 있었다. *내가 언제부터 이걸 다시 차기 시작했지?* 시계는 3시에서 멈춰 있었다. 그게 전부였다. 편지와 포스트잇은 고사하고 그녀가 왜 지하철을 타고 있었고, 에드워드와 피터는 누구이며, 올해가 몇 년인지 알 수 있는 단서가 하나도 없었다. 그녀는 검은색 레이스 드레스와 하이힐 차림이었다. 어쩌면 파티에서 돌아오는 중이었는지도?

아무것도 안 남겨줘서 고마워, 이전의 우나야!

집이 가까워지자 어두운 색 정장과 회색 외투 차림의 남자가 현관 계단에 앉아 있는 모습이 그녀의 눈에 들어왔다. 가로등 불빛에 남자가 신고 있는 가죽 로퍼가 번쩍번쩍 빛나고 있었다.

남자는 그녀를 보자마자 튕기듯 벌떡 일어났다. 얼굴은 여전히 그림자 속에 둔 채로. "정말 미안해, 우나. 괜찮은 거요?" 무척이나 걱정스러워하는 말투에 영국식 억양을 가진 그는 왕족보다는 마이클 케인(기사 작위까지 받은 영국 출신의 유명한 배우_옮긴이)에 가까웠다.

"누구세요?" 그녀는 남자에게서 물러서다가 가로등 기둥에 부딪쳤다.

"우나, 나요, 에드워드. 내가 누군지 모르겠어? 그게 또 일어난 거요?"

지하철에서 만난 여자가 언급한 이름 중 하나였다. 그녀는 한 발 앞으로 다가갔다. "뭐가…… 또 일어났다는 거죠?"

"깜빡깜빡하는 건망증 말이야. 당신이 얘기해줘서 알게 됐지. 내가 누군지 잊었소?" 남자의 목소리는 두려움으로 떨리고 있었다. 그건 우나도 마찬가지였다.

"나는…… 네."

"걱정 말아요, 우나. 이럴 게 아니라 안으로 들어가지, 내 자세히 얘기해줄 테니."

약간 안심이 되긴 했지만 우나는 눈을 가늘게 뜨며 말을 이었다. "잠깐. 잠깐만요. 무턱대고 댁을 내 집에 들일 순 없어요. 거기 그러고 있으면 그쪽 얼굴을 볼 수 없단 말예요."

남자가 빛이 든 쪽으로 조금 움직이자 잘생긴 얼굴이 드러났다. 반쯤 감은 듯한 푸른 눈, 수염이 까칠하게 자란 사각 턱, 턱을 이등분하는 얕은 홈, 포호크 스타일로 공들여 다듬은 갈색 머리를 가지고 있었다. 남자는 앞니 사이의 빈 공간을 드러낸 채 겸연쩍은 듯 손을 흔들며 미소를 지어 보였다. "안녕."

이 사람이 내 남자친구? 그녀의 호흡이 빨라졌다. 에드워드는 전형적인 미남이었지만 그녀를 사로잡은 것은 잇새가 벌어진 채 미소짓고 있는 그의 모습이었다. 적어도 그녀가 생각하기에는 그랬다. 그가 정말 그녀의 남자친구인지 확실히 알게 될 때까지 정신을 차리자고 다짐했다.

우나는 두 팔을 뒤로 쭉 내뻗으며 낯선 남자의 인사에 호응했다. "안녕."

"괜찮소?"

"빌어먹을 단서가 하나도 없어요. 아무것도 없다니까요, 진짜. 지금이 몇 년이죠?"

"2004년. 새해 복 많이 받아요."

"댁도……." 그렇다면 어디 보자…… 스물한 살인 내가 스물일곱에서 마흔이 돼 있었다. 웩!

"냉장고에 차갑게 냉각해둔 샴페인이 한 병 있는데, 당신만 괜찮다면 들어가서 축하도 할 겸 한잔해요, 우나." 겉으로는 번드르르한 남자의 목소리 이면에는 무엇이 있을까?

"내 이름을 자꾸 안 불러도 돼요. 최면을 걸려고 그러는 것 같단 말이에요."

"미안하오, 당신이 얼마나 기억하고 있을지 잘 몰라서. 특히 작년에 대해서는."

아는 척이라도 해야 하나? 만약 그렇다면 상황이 너무 안 좋았다. 그녀는 단도직입적으로 풀어갈 작정이었기 때문이다. "작년은 완전한 공백 상태라 하나도 기억이 안 나고 댁은 지금 처음 보는 걸요." 그가 놀란 나머지 입을 떡 벌리자 그녀는 또 이렇게 덧붙였다. "기분 상하게 했다면 미안해요. 하지만 이젠 그런 척하는 데 진절머리가 나서요." 그녀는 자신과 남자를 번갈아 가리켰다. "댁하고 난 친구 사이인가요?" 그게 뭐든 거창한 추측은 안 하는 게 좋았다.

한 줄기 세찬 바람에 헐벗은 나뭇가지들이 바스락거렸다. 마치 자연이 내는 드럼 소리 같았다.

"어떡하나, 그 이상인걸. 우린 결혼한 사이요." 그가 말했다.

그녀는 큰 소리로 웃었다. "네?" 왼손을 들어 올리며 그녀가 물었다. "그럼 반지는 어디 있죠?"

"반지들." 그는 '들'을 강조하며 주머니를 뒤졌다. "여기 있소만. 보겠소?"

그녀는 마지못해 실웃음을 지었다. "그러죠."

그가 다가와 손바닥을 펼쳐 보이자 반지 두 개가 모습을 드러냈다. 둘 다 금반지였고, 하나에는 에메랄드 컷 다이아몬드가 박혀 있었다.

우와.

"당신이 그 소식에 어느 정도 적응하고 난 후에 반지를 돌려주는 게 좋을 것 같다고 해서."

"우리의 행복한 결혼 소식 말인가요? 어쨌든 적응할 시간을 10초나 주다니 고맙네요." 우나는 멍한 표정으로 그의 손에서 반지들을 꺼내 껴보았다. 둘 다 완벽하게 맞았다. "그래서 행복한가요? 결혼 생활 말이에요."

"그런 편이오."

"내가 정말 결혼한 거 맞아요?"

"맞소. 그것도 나하고."

그 소식은 물을 빨아들이는 스펀지처럼 스며들었다. *내겐 에드워드라는 남편이 있어.*

"우나? 이제 안으로 들어가도 되겠소?" 그의 목소리는 나이 지긋한 교수 같았지만 묘한 매력이 있었다. 깊은 울림이 있어 절로 귀를 기울이게 하는 목소리였다. 더구나 목소리의 주인이 자신의 남편으로 밝혀진 이상 그녀는 그 목소리를 좋아하기로 마음먹었다. 그것도 많이.

하지만 그를 받아들이기에는 아직 너무 일렀다. 다만…….

"당신도 여기 사나요?" 그녀가 고갯짓으로 갈색 벽돌집을 가리키며 물었다.

"물론이오. 결혼한 사람들이 일반적으로 하는 행동이니까, 같이 사는 거 말이오."

"그리고 우린 결혼한 사람들이구요. 그것도 서로." 그녀는 손가락의 반지들을 빙빙 돌렸다. 모두 다 말이 됐지만 여전히 낯설었다. 마치 아귀가 맞지 않는 모서리에 들어맞는 퍼즐 조각처럼 느껴졌다.

그가 고개를 갸우뚱거리며 그녀의 표정을 살폈다. "한탄하는 건 아니지만 당신은, 실은……."

"당신을 기억 못하겠어요. 하나도. 솔직히 당신이 아무리 귀엽고 매력적인 영국인이라 해도 내 집에 발을 들여놓는다고 생각하면 가슴이 벌렁거려요. 그래서 말인데, 잠시 여기서 얘기하면 안 될까요?"

"그럽시다, 그럼. 그래야 당신 맘이 편하다면 난 여기 쭈그려 앉아도 상관없으니까." 근엄한 말투와 달리 그의 입에선 쓴소리가 나왔다.

"굳이 그렇게 잘난 척할 필요까진 없잖아요." 그녀가 그의 팔을 찰싹 때리며 말했다.

"나도 어쩔 수가 없소, 귀엽고 매력적인 영국인들은 원래 이러니까."

두 사람은 적절한 거리를 두고 계단 위에 나란히 앉았다.

"에드워드, 어디서부터 시작할까요? 성이 뭐죠?"

"클레어리."

M.D.C.R. 매들린, 데일…… 클레어리?

"중간 이름은 없나요?"

"없소, 중간 이름은."

그의 대답이 어떤 생각에 불을 당겼다. "내 이름은 뭐죠?"

"스테파니 린." 한 치의 망설임도 없이 그가 대답했다. "스티비 닉스(미국의 유명한 여성 팝 가수_옮긴이)의 본명이기도 하지. 당신 엄마가 그 가수를 너무나 좋아해서 당신이 어렸을 때 핼러윈 복장으로 3년을 내리 스티비처럼 입혔댔소. 그런데 당신은 쑥스러운 나머지 사람들에게 자신을 점쟁이라고 소개했다지."

두 팔 가득 소름이 돋았다. 그녀와 가까운 누군가에게 듣지 않고서는 절대 알 수 없는 내용이었다. 아니면 그녀에게 직접 들었거나.

그녀는 그를 믿고 싶었지만 여전히 너무도 많은 물음표와 어두움이 남아 있었다.

"그거 말고 나에 대해 알고 있는 게 또 뭐가 있나요?" 그녀가 물었다.

"당신이 제일 좋아하는 영화는 〈더 월The wall〉, 〈펄프 픽션〉, 〈퍼플 레인〉이오. 당신은 작은 장식품을 이것저것 모으고 있는데, 그중에는 어디서 왔는지 출처가 없는 것들도 있소. 그리고 당신은 노란색을 싫어하오. 뭐 더 필요하오?"

더 필요하냐고? 그녀가 그의 말을 믿으려면, 얼마나 많은 시간이 필요할까? 작년에 크로스비와 있을 때처럼 그녀는 육체적인 끌림을 느끼면서도 오랫동안 친밀감을 쌓은 사람이 나누는 관능적인 느낌을 갈망했다. 하지만 크로스비와 있을 때 느꼈던 감정은 좀처럼 생길 것 같지 않았다. "그런 거 말고 뭐 다른 건 없나요?"

"아." 그가 목청을 가다듬었다. "당신이 쓴 편지를 꼭 주라고 했소."

"내 편지를 가지고 있나요?" 우나는 벌떡 일어났다. "왜 나한테 바로 주지 않았죠?"

"솔직히 당신이 뭔가 기억할지도 모른다고 생각했으니까. 우선은 당신에게 말을 좀 걸고 싶었소. 미안해요. 내가 어리석었소." 그가 외투 주머니 안에 손을 넣어 밀봉된 흰색 봉투를 꺼냈다.

우나는 자신을 다시 안전지대로 끌어당겨줄 밧줄이라도 되는 듯 얼른 봉투를 낚아챘다. "잠깐 실례할게요."

"얼마든지."

밀봉된 봉투에는 그녀의 이름과 연도가 정자체로 또박또박 적혀 있었다. 그녀는 봉투를 서둘러 열었다.

우나에게,

난 지금 이 리프를 헤쳐 나가는 가장 좋은 방법은 뭔지, 너한테 얼마큼 얘기해야 하는지, 또 너한테 해줄 가장 좋은 충고는 뭔지에 대해 아직도 생각하고 있는 중이야. 이 시간의 미로에서는 행복을 찾는 게 너무 복잡하면 안 되거든. 어쩌면 굳이 그럴 필요가 없을 수도 있고.

작년에 난 사랑스러운 남자를 만나 결혼했어. 그 사람은 나를 행복하게 해줘. 그 사람은 너도 행복하게 해줄 수 있을 거야.

크로스비와 잘 안 된 뒤로 넌 실제 결혼 생활은 도무지 유지할 자신이 없다고 생각하고 있을지도 몰라. 이건 다른 문제야. 에드워드는 네가 시간/기억 실수를 겪고 있고, 그래서 자기를 몰라보게 될 거라는 걸 알고 있어. 그 사람은 기꺼이 그 문제를 해결해줄 거야.

난 시간 여행을 좀 다른 쪽으로 해석해봤어(진실을 곧이곧대로 다 말하면 어떻게 되는지 너도 알잖아). 나는 에드워드에게 열여덟 살 때 발코니에서 떨어진 후로 뇌가 매년 다시 새롭게 작동하는 바람에 기억 격차가 크게 난다고 말했어. 그리고 그 사고가 일어난 시점이 섣달 그믐날이라 기억 상실이 나타나는 시기도 바로 그때라고. 말도 안 되는 이야기지만 시간 여행이 말이 안 되는 건 아니잖아. 에드워드는 내 말을 믿었고 있는 그대로의 나를, 고장난 뇌는 물론이고 내 모든 걸 받아들이기로 맹세했어. 그런 남자를 어떻게 사랑하지 않을 수 있겠니?

그렇다면 넌 에드워드에 대해 뭘 알아둬야 할까? 이번에는 커닝페이퍼 같은 건 건너뛰기로 했어. 너 혼자 힘으로 그 남자를 알아가(고 사랑하)는 재미가 쏠쏠할 거야. 에드워드는 너한테 전부 얘기해줄 거야. 다만 널 어떻게 만나 약혼하게 됐는지, 또 결혼은 언제 했는지 등등 작년에 있었던 일 중 몇 가지는 빼고(이제 나랑 같이 말해보자, 스포금지, 라고). 그 사람은 너 스스로 시간을 인식하고, 적응할 때까지 기다려주겠다고 약속했어. 그것만 봐도 에드워드가 널 얼마나 사랑하는지 알겠지?

그녀가 편지 너머로 그를 훔쳐보니 에드워드가 저 아래 계단에서 어깨를 구부정하게 앞으로 내밀고 미간을 찌푸린 채 그녀를 지켜보고 있었다.

"좋은 편지요?" 그가 물었다.

"아직 덜 읽었어요. 지금까지 집중력을 끌어올리느라."

"음, 뭐든 있으면……."

"실은……." 의심의 씨앗이 그녀의 머릿속에서 불쑥 모습을 드러냈다. "당신은 영국인이죠, 그렇죠?"

"맞소. 할머니가 미국인이라서 난 이중 국적자요. 내가 영주권 때문에 당신과 결혼했다고 생각할까 봐 말해두는 거요."

"아." 그녀는 벌겋게 달아오른 뺨을 편지 뒤에 숨겼다.

"그렇게 난처해할 것까지는 없소. 나라도 당신 입장이었다면 똑같은 걸 의심했을 테니까." 그의 목소리에서 장난기가 묻어났다.

그녀는 편지로 다시 고개를 돌렸다.

너의 극심한 환경과 2015년의 넌 결혼하지 않았기 때문에 이 결혼은 실패할 수밖에 없다고 생각할지도 몰라. 여기 중요한 게 있어. 난 우리의 운명이 이미 정해져 있는 건지 아니면 언제든 달라질 수 있는 건지 아직도 모르겠어. 사실 우리의 미래가 우리의 행동 때문에 아니면 우리의 행동에도 불구하고 어떤 특정한 길을 걷게 될지 어떨지는 아무도 모르는 거잖아. 그래서 난 네가 2015년이나 그 이후에 에드워드와 결혼할 수 있는 방법이 여전히 있긴 한 건지 무척 궁금해. 물론 1991년에 넌 클럽 죽순이로 매일 약에 취해 지내며 아주 신나는 한때를 보냈지 - 그래 뭐, 그런 재미도 누려봐야지 - 하지만 이젠 뭔가 내실을 기하고 싶지 않니? 이번이 너에게는 의미 있는 일을 할 수 있는 아주 좋은 기회야. 하지만 이번에는 아무런 사전 지식 없이 맨 처음부터 시작해야해.

어떻게 해나갈 셈이야? 난 결혼 전문가는 아니지만 노력이 필요하다는 말을 하고 싶어. 무엇보다도 관계를 최우선으로 놓고 결혼 생활을 위해서라면 너의 욕구는 한쪽으로 치워둘 줄도 알아야 해. 무슨 일이든 융통성 있게 대처하면서 함께 즐겁게 지낼 수 있는 방법을 찾아야 해, 특히 함께하는 시간이 적을수록 더더욱. 그 사람한테 마음을 열고 계속 말을 걸어. 그 사람을 사랑하도록 스스로 노력해봐.

경고의 말 : 에드워드가 엄마를 한 번이라도 이긴 적이 있는지 잘 모르겠어. 엄마는 내 딸을 행복하게 해줄 수만 있다면 뭐든 상관없다는 태도로 이 결혼을 찬성했지만 늘 못마땅해 보였어. 엄마 때문에 불안하게 시작될지도 모르겠지만 연민을 가져. 넌 이제 더는 십대가 아냐, 속으로나 겉으로나.

켄지 얘기를 하자면 아직도 십대고, 그래서 넌 금융 업무를 계속 체스트넛에 의뢰하게 될 거야. 그리고 바인더에서 보게 되겠지만 투자 전략은 구글의 IPO만 빼고 종전대로 유지하는 게 좋을 거야. 9/11 이후 시장이 바닥을 치며 계속 요동치고 있거든. 하지만 그렇다고 기부를 중단하면 안 돼. 열정이 돋보이는 신규 사업 투자도 마찬가지고, 회수를 못하는 한이 있더라도 말이지. 재정적 보장은 네가 의지할 수 있는 몇 안 되는 것들 중 하나인 만큼 가능한 한 다른 사람들한테 많이 베풀고 살아. 위험한 모험을 피하지 말고. 미지의 것(힌트 : 에드워드)을 믿어봐.

P.S. 에드워드한테 토드 인 더 홀(소시지에 튀김옷을 입혀 튀긴 영국 음식_옮긴이) 만들어달라고 해. 네가 제일 좋아하는 음식이니까!

우나는 편지를 접고 에드워드를 바라보았다. 예상했던 침묵이 두 사람 사이에 내려앉았다. 잠시 뒤 우나가 집 열쇠를 꺼내면서 쨍그랑 소리를 내자 침묵이 깨졌다.

"그런데 내가 왜 지하철을 타고 있었죠?" 그녀가 물었다. "그것도 한밤중에."

"거기 있었다고, 당신이 말이오?" 에드워드가 콧마루를 문지르며 되물었다. "이상도 하지. 우린 어느 파티에 참석하고 있었고, 내가 당신이 없어진 걸 알았을 때가 11시 30분경이었는데. 누구든 당신이 나가는 걸 본 사람이 있는지 알아봤지만 아무도 없었소. 그가 무기력하게 어깨를 으쓱이고는 말을 이었다. "뭘 어떻게 해야 좋을 지 몰랐는데. 당신이 이렇게 집으로 돌아와 얼마나 기쁜지, 그것도 무사히 말이오."

"상대적으로 보면 그렇죠." *나도 뭘 어떻게 해야 좋을지 모르겠 다구요.*

"당신은 내가 다른 데서 밤을 보내는 게 더 편할 것 같소?"

알지도 못하는 남자와 결혼하지 않았다면 더 편할 테죠.

남편이 마술을 부리기라도 하듯 그녀의 삶에 실체를 부여할 수 있을까? 시간이 그녀를 비켜가는 한 그녀에게 실존은 덧없고 무의 미한 것에 불과할 뿐이었다.

그렇더라도 한편으로는 2003년의 우나가 뭔가를 알아낼지도 몰 랐다. 어쩌면 결혼이 그녀에게 어울릴 수도 있었다.

"그건 공평치 않아요." 그녀가 말했다. "당신은 여기 살잖아요. 그 러니까 여기서 지내야죠. 하지만…… 음……."

"난 손님방에서 자리다." 에드워드가 자리에서 일어나며 말했다.

"알았어요." 자신이 원하는 것을 미리 알아채고 배려해주는 그의 태도에 그녀는 조금 마음이 놓였다.

문을 여는데 뭔가가 계속 그녀를 성가시게 볶아댔다. 지하철의 그 여자가. 펜과 두 개의 이름을 둘러싼 그 무언가가.

"혹시 피터라는 이름을 가진 사람 아세요?" 우나가 물었다.

에드워드는 잠시 생각하더니 고개를 가로저었다. "아니. 그건 왜 묻는 거요?"

"아무것도 아니에요."

하지만 아무것도 아닌 게 아니라면?

14

우나는 현관 거울로 다가가 외투를 벗고 마흔한 살의 자신을 구석구석 살폈다.

"생각했던 것만큼 나쁘진 않군." 그녀는 혼자 중얼거렸다. 쉰한 살 때만큼 육중하진 않았지만 허벅지, 팔뚝, 허리가 작년보다 두꺼워져 있었다. 그녀의 얼굴은 더 좋은 소식을 전해주었다. 팔자주름이 패고 눈 주위에 희미하게 잔주름이 생기긴 했지만 1991년에 비해 많이 늙어 보이지는 않았다. 캐러멜 색으로 밝게 염색해 금빛으로 하이라이트를 넣은 머리는 좀더 젊어 보이게 해주는 효과가 있었다.

귀엽네.

"무슨 소리? 당신 같은 미인이 또 어디 있다고." 에드워드가 거울에 모습을 드러내며 말했다.

그녀는 빨개진 얼굴을 숨길 수가 없었다. 거울을 통해 서로 빤히 보고 있었기 때문이다. 그녀는 뒤로 돌아섰다.

"배고프지 않소?" 그가 물었다.

"고파요." 그 말을 입증하듯 그녀의 배가 금세 홀쭉해졌다. "뭐더라…… 그거 해달라고 하랬는데…… 프로그 인 어 홀이었나?"

"토드 인 더 홀." 그가 활짝 웃으며 강도라도 만난 듯 손바닥이 보이게 두 손을 들어올렸다. "스스로에게 좋은 충고를 하는 편이군. 내 당장 만들어주리다."

저 남자, 적어도 좋아지기 어려울 것 같지는 않네. "설마 진짜 두 꺼비가 들어가는 건 아니겠죠, 그렇죠?"

그가 고개를 뒤로 젖힌 채 한바탕 신나게 웃어댔다. "그럴 리가. 내 약속하건대 이 음식을 만들면서 양서류를 해치는 일은 절대 없을 거요. 먼저 외투부터 걸고 오리다."

"잠깐만요." 그녀가 주머니에서 은시계를 꺼냈다. "배터리가 다 돼서 새 걸로 갈아끼워야 해서요." 그보다 시계를 액자에 넣어야겠다고 둘러대는 편이 차라리 더 나았을 듯했다.

"그럼, 부엌으로 가실까요?" 그가 한쪽 팔을 내밀었다.

그녀는 침실로 달려가 문을 잠그고 머리가 더는 생각으로 넘실대지 않을 때까지 침대에 누워 있고 싶었지만, 너무 배가 고팠다. 그녀는 둥그렇게 구부린 그의 팔 안쪽에 손가락을 머뭇대며 끼워 넣고 그를 따라 부엌으로 향했다.

그녀는 아일랜드 식탁에 자리를 잡고 앉아 그가 음식을 준비하는 모습을 지켜봤다. 그의 동작은 신속하면서 능률이 높았다. 그가 자신의 부엌을 누비고 다니는 동안 그녀의 눈에는 군살 하나 없이 늘씬하면서도 탄탄한 그의 근육질 몸매가 자꾸 들어왔고, 그녀로서도 어쩔 수 없는 일이었다. 그가 높은 선반에 있는 캐서롤을 꺼내느라 스웨터가 들리면서 사각 팬티의 빨간색 밴드가 드러나자 그녀는 문득 이런 생각이 들었다. *저 남자와의 섹스는 어떨지 궁금하네.*

하지만 1991년의 우나가 할 법한 형편없는 결정과 나쁜 상황을 잊으려고 흥청망청 아무 데나 쉽게 빠져들었던 철없던 시절의 사고방식이었다. 2004년의 우나는 좀더 성숙하게 행동해야 했다.

마흔한 살 된 여자는 어떻게 행동해야 하는 걸까?

에드워드가 밀가루와 양념을 믹싱 볼에 넣고 휘젓기 시작하자 거품기가 볼에 부딪치는 소리가 메아리쳤다. "뭐 하나 물어봐도 되겠소?" 그가 눈을 내리깔고 별것 아니라는 듯 툭 내뱉었다.

"그럼요."

"작년 일은 아무것도 기억 못하는 거요?" 이렇게 묻고 나서 그는 입을 꼭 다물었다. 더 말하고 싶지만 애써 참는 눈치였다.

에드워드가 볼에 달걀을 하나 깨서 넣고 우유를 추가해 계속 젓는 동안 침묵이 이어졌다.

"나도 기억났으면 좋겠어요." 그녀가 마침내 입을 열었다. "하지만 하나도 안 나요. 아무것도."

"그럼 당신이 마지막으로 기억하는 건 뭐요?"

"음…… 90년대. 이번에는 시간이 뭉텅이로 사라졌어요." 그녀는 자신의 거짓말에 움찔했다. "미안해요. 일을 어렵게 만들어서."

"당신이 왜 사과를 해?" 그가 냉장고에서 소시지 봉지를 꺼내며 말했다. "당신이 어떻게 할 수 있는 게 아니잖소."

"내 상황 때문에 다른 사람들까지 영향을 받으면 기분이 안 좋아요." *내가 결혼한 사람들처럼.*

"자책하지 말아요. 당신 옆에는 내가 있잖소. 우리의 결혼 서약을 내 꼭 지키리다, 특히 '좋을 때나 나쁠 때나'라는 대목은 더욱더."

소시지가 팬에서 지글거리며 노릇하게 익어갔다. "우리 '나쁠 때'라고 하지 말고 '다를 때'라고 합시다. 아마도 당신은 깨어보니 나도 모르는 사이에 낯선 사람과 결혼했다는 느낌이 들겠지만 난 그렇게 나쁜 놈 아니오. 두고 보면 알겠지만."

"어떤 면에서 지금은 당신도 낯선 사람과 결혼한 거네요." 그의 입술을 쳐다보지 않으려고 애쓰며 우나가 말했다. 저기에 그녀의 입술이 닿으면 어떤 느낌일까? 작년의 화학 반응이 계속 이어진다면? "지금의 난 한 시간 전에 당신이 알던 사람과 달라요. 적어도 정신적으로는 말이죠. 이러고 있으니 우리가 마치 중매결혼한 사람들 같네요."

"참나, 중매결혼 우습게 보지 말아요." 그가 어깨 너머로 말했다. "중매결혼한 부부의 이혼율은 10퍼센트가 채 안 돼요. 지금 같으면 우리도 그럴 확률이 높고."

그녀가 양쪽 입꼬리를 올리더니 미소지었다. "그건 중매결혼을 낙관적으로 보는 사람들 얘기구요."

에드워드는 잘 구워진 소시지에 튀김옷을 입혀 캐서롤을 오븐에 살짝 밀어넣었다. "이제 끝. 30분 뒤면 영국 최고의 소울푸드를 맛보게 될 거요."

그녀의 미소가 불안정하게 흔들렸다. 그의 관심을 오롯이 받고 있자니 텅 빈 무대 위에서 혼자 스포트라이트를 받으며 돌아다니는 것 같았다.

"참, 내가 냉장고에 샴페인이 있다고 하지 않았던가?" 그녀가 미처 대답하기도 전에 그가 샴페인 병을 꺼내왔다. "우리의 '새로운'

중매결혼을 위해 건배합시다."

한 해를 술과 약에 찌들어 보내놓고도 모자랐는지 여전히 그녀는 인사불성 상태를 원했다. 그녀는 자신의 본질에 아직 적응하기 어려워했다.

"그래요." 그녀가 말했다.

그가 크리스털 잔을 찾아놓고 나서 병을 따는 동안 그녀는 그가 자기 부엌에서 너무나 익숙하게 행동하는 모습을 보며 가시방석에 앉은 느낌이었다. 그녀가 인정하기 싫어도 결국 그는 그녀의 집에 무단으로 들어온 침입자가 아니라 거주자였던 것이다.

혼전 계약서를 작성해뒀길 기도해야지. 매정한 생각에 그녀는 목이 후끈 달아올랐다. 하지만 2015년이면 그가 그녀의 인생에서 사라질 테니 타당한 생각이기도 했다. *내가 내 미래를 바꿀 수 없다면.* 어쨌든 그녀는 머릿속으로 혼전 계약서를 찾으려고 자신의 사무실을 샅샅이 뒤졌다.

코르크가 뻥하고 뽑히는 소리에 그녀는 다시 현실로 돌아왔다. 언제 들어도 즐겁다기보다 무서운 생각이 드는 소리였다. 거품이 보글보글 이는 호박색 액체로 가득한 유리잔이 그녀 앞에 모습을 드러냈다.

"중매결혼을 위해." 에드워드가 말했다.

두 사람은 잔을 쩽그랑 부딪쳤고 우나는 갈피를 못 잡는 생각을 조금이라도 달랠 수 있을까 싶어 샴페인을 단숨에 들이켰다.

"벌써 다 마셨소?" 그가 활짝 웃으며 그녀의 잔을 다시 가득 채워주었다.

몰씬하고 옹골차고 다정한 냄새가 부엌 가득 스며들었다. "향이 정말 좋은데요." 우나가 말했다. "어떻게 요리를 하게 됐어요?"

"돌아가신 엄마가 부엌 일에는 형편없으셨죠. 가스레인지를 사용할 만큼 컸을 때부터 스스로 저녁을 만들어 먹기 시작했소." 그가 아일랜드 식탁에 팔꿈치를 괴고 말했다. "그렇다고 엄마를 탓할 수는 없소. 미용사로 하루 종일 서서 일하시느라 파김치가 돼서 집으로 돌아오셨죠. 그러다 보니 전기 찜솥엔 실패할 운명의 밍밍한 수프와 스튜가 많았소."

"아버지는요? 무슨 일을 하셨어요?"

"자동차 일을 하셨소. 지금은 은퇴하셨고."

"아버지가 요리를 하셨나요?"

"아뇨, 아버진 당최 맛이라는 걸 모르는 분이오. 채소에 그레이비소스 대신 엔진 오일을 끼얹어도 아마 눈치채지 못하셨을 거요. 그 말 하니까 생각나네." 그러면서 에드워드는 냉장고에서 그레이비소스를 보관해둔 용기를 꺼내고 일부를 덜어 데웠다.

그녀는 두 번째 샴페인 잔도 빨리 비웠지만 세 번째는 거절했다. 어느새 취기가 살짝 오르면서 머리가 아팠기 때문이다.

"어쨌든 생일 축하하오." 그가 은식기 서랍을 구석구석 살피며 말했다. "좀더 일찍 말했어야 했지만 일이 많다 보니 이제야 생각났지 뭐요. 지난 주에 당신이 조촐하게 보내고 싶다고 해서 화려한 레스토랑 그 어느 곳도 예약하지 않았소. 괜찮겠소?"

"그럼요. 조촐하다는 말 듣기 좋은데요." 우나는 무척 흥분했다.

식사가 준비되자 에드워드가 유리 접시를 하나만 꺼내 그녀 앞에 내려놓았다.

"당신은 안 먹어요?"

"난 먹는 것보다 음식을 준비하는 게 더 좋소." 그가 그녀의 접시에 황갈색 덩어리를 한 국자 퍼 담은 뒤 그 위로 그레이비를 끼얹으며 말했다. "내 장담하건대 보기보다 맛있을 거요."

우나는 한 움큼 집어 입으로 가져갔다. "와. 왜 내가 제일 좋아하는 음식인지 알겠네요." 달콤한 튀김옷이 톡 쏘는 소시지와 흘러넘치는 그레이비와 잘 어울렸다. 천천히 음미하고 싶으면서도 단박에 꿀꺽 삼키고 싶은 마음이 들게 하는 맛이었다. "영국 음식이 그렇게나 평판이 안 좋다니 말도 안 돼요."

"그래서 내가 그걸 바로잡으려는 거요." 그가 그녀에게 냅킨을 건네며 말했다.

"직업이 요리사예요? 당신 이름으로 된 식당도 있나요?"

"맞아요. 지금은 캐럴 가든스의 한 작은 식당에서 일하고 있지만 다음 달이면 고와너스에 내 식당이 생길 거요."

"멋지네요." 그녀가 그레이비를 더 끼얹으며 말했다.

"우리를 위해."

그녀가 포크를 든 손을 멈췄다. "그게 무슨 말이에요?"

"우린 공동 경영자요." 그가 쇄골을 긁어대며 말했다. "물론 돈은 대부분 당신이 댔지만."

그녀는 포크를 내려놓았다. "지금 내가 식당을 샀다고 말하는 건가요?"

"간단히 말하자면 그렇소."

우나의 눈썹이 치켜올라갔다. 그녀는 새로운 시선으로 자기 앞에 놓인 음식을 평가했다.

"내가 식당 경영에 대해 뭘 알고 있죠?" 우나가 물었다.

그녀와 에드워드는 2월 말에 문을 열 예정인 클레어리의 펍으로 가는 중이었다. 택시가 키 작은 나무들이 즐비한 파크 슬로프의 거리를 뒤로하고 고와너스 운하의 거무튀튀한 푸른 물결 위를 지나는 짧은 다리를 건너자, 모양새가 제각각인 건물과 다 쓰러져가는 창고와 자동차 수리점으로 가득 들어찬 동네가 나왔다.

"당신은 후원자에 가깝소. 난 이 업종을 잘 알고 있고, 또 우린 설계, 건축, 회계, PR 등을 맡아 처리할 사람들을 고용해놓았으니 뭐든 말만 해요. 나, 아니 우리한테는 노련한 사람들로 꾸린 소규모 군대가 있으니."

미지의 것을 믿어봐, 그녀의 편지에는 이렇게 쓰여 있었다. 식당이 망한다 해도 둘의 결혼은 무사할까?

두 사람은 마차 보관소를 개조한 빨간 벽돌집으로 다가갔다. 널찍한 검은색 현관문에는 필기체로 *클레어리의 펍*이라고 새긴 조그만 간판이 걸려 있었다. 문 옆에는 근일 개업이라고 적힌 간판이 서 있었다.

"이 정도면 아주 근사하지 않소?" 택시에서 내리며 그가 물었다. "거기다 거래 조건도 상당히 좋았다오."

"그 이유를 알겠네요." 그녀가 말했다. 황량한 거리에는 창고들과 간판 가게 한 곳, 그리고 한참 아래로 내려가면 자동차 수리점이 하나 있을 뿐이었다. 산들바람에 지저분한 비닐봉지 하나가 회전초처럼 흩날렸다. "이 주변은 별 볼 일 있을 것 같지 않은데요."

"그럴지도 모르지만 이 지역은 지금 한창 개발 중이오. 머잖아 고와너스는 유행의 첨단을 걷는 동네가 될 거요." 그가 현관문을 열며 말했다.

"그렇게 안 되면요?" 적어도 2015년 전까지는 그 정도로 발전하지 않을 터였다.

에드워드가 입을 삐죽거리며 돌아섰다. "지금 이 대화 언젠가 해본 것 같지 않소? 난 그런데." 그는 그녀의 멍한 표정을 무시한 채 계속 말을 이어나갔다. "나는 꼭 잘 될 거라고 믿지만 그렇지 않다면 이곳을 일부러 찾아오는 식당으로 만들면 되오. 피터 루거를 봐요. 사람들이 그 스테이크 집 때문에 백 년 넘게 이스트 윌리엄스버그를 찾고 있잖소."

"사실 윌리엄스버그가 더 나은 선택이었을 거란 보장도 없어요." 그 동네의 고급 주택화는 이미 진행되고 있었고, 지금까지 값싼 집세 덕을 톡톡히 본 화가와 음악가들은 십 년 뒤면 그곳에서 살 엄두도 내지 못할 터였다.

"음, 윌리엄스버그에는 마땅한 곳도 없었잖소, 안 그래요?" 그의 목소리는 밝았지만 표정은 실룩실룩 경련을 일으켰다.

"우리가 본 곳 중에 바로 여기다 싶었던 데가 한 군데도 없었잖소. 게다가 고와너스는 파크 슬로프와 캐롤 가든스 딱 중간에 있고. 두 곳 다 돈 많은 동네잖소. 우리가 손님들한테 스태튼 아일랜드까지 와달라고 부탁할 일은 거의 없을 거요. 그럼 이제 내가 식당 안

내를 해도 되겠소, 아님 추운데 밖에 서서 잔소리를 좀더 하겠소?"

그는 초등학생을 나무라는 선생님 같았다. 식당의 후원자로서 자신의 의견을 말할 권리가 있었지만 우나는 쓸데없는 싸움으로 결혼 생활을 시작하고 싶지 않았다. 그래서 그녀는 남편의 팔을 잡고 회유책을 채택했다. "싸우려는 게 아니에요. 처음부터 다시 배워야 할 게 너무 많다 보니 때로 사소한 것에 집착하게 돼요."

"글쎄, 그러지 말아요." 그의 말에 그녀의 손가락에 힘이 들어갔다. "그게 내 일인걸요."

그는 문을 열고 그녀를 안으로 들였다.

아직 꾸미지 않은 공간 한쪽에는 바가, 반대쪽에는 튀어나온 벽돌 벽이 차지하고 있었다. 전선에 전구들이 대롱대롱 매달려 있었고, 노출된 기둥들은 알루미늄 뱀 같은 배관이 얼기설기 지나다니는 높다란 천장으로 이어졌다. 바닥은 전동 공구와 드롭 클로스로 뒤덮여 있었다.

"가구는요?" 우나가 제 위치를 벗어난 장비들을 피해 옆으로 움직이며 물었다.

"몇 주 뒤면 올 거요. 전기 작업도 아직 좀 남아 있고 천장도 덜 끝나서 먼저 공사부터 끝내야 하오. 와서 부엌 좀 보지 그래."

그녀는 그를 따라 부엌으로 들어갔다. 천장 선반을 따라 스테인리스 주방용품과 냄비, 팬들이 주렁주렁 매달려 있었고, 한쪽 벽에는 프라이어, 그릴, 레인지가 가지런히 늘어서 있었다. 그 밖에도 각종 주방 장비가 눈을 찌를 듯한 백색 불빛 아래서 번쩍이고 있었다. 에드워드는 자신이 받은 크리스마스 선물을 자랑하는 꼬마처럼 잔뜩 신이 나서 이것저것 가리키며 설명하기 시작했다. "살짝 기울어진 프라이팬은 최고 중의 최고……."

그가 얘기하는 동안 그녀의 마음은 이리저리 떠다녔다. 1991년의 친구들은 지금쯤 뭘 하고 있을까? 끝내주게 근사한 파티에서 돌아오는 중일까? 누구든 안정되게 자리 잡은 친구가 있을까? 신은 그녀의 충고를 따라 부자가 됐을까? 또 켄지는 어떻게 됐을까? 지금쯤 대학에 다니고 있을 텐데. 얼마나 더 있어야 그를 다시 볼 수 있을까? 그녀는 매끄럽고 시원한 감촉의 금속 조리대를 한 손으로 쓸어내리며 부엌 이곳저곳을 돌아다녔다.

에드워드가 다가와 그녀의 어깨에 한쪽 팔을 척 걸쳤다. 그 무게가 당황스러울 만도 했지만 자연스럽게 느껴질 만큼 좋았다. "당신 덕분에 내 어린 시절 꿈을 이루고 있소." 그러면서 그는 그녀의 뺨에 가볍게 키스했다. "지금까지 수도 없이 말했고, 앞으로도 그럴 거지만 고맙소."

"천만에요." 에드워드의 키스가 남긴 온기에 그녀의 뺨이 빨갛게 달아올랐다. 한껏 들떠 고마워하는 모습에 누군들 감동받지 않을 수 있단 말인가? "메뉴 이야기도 해줘요."

"아, 그러리다." 그는 두 눈을 반짝이더니 그녀에게 이미지를 만들어 보여주기라도 할 듯 열 손가락을 있는 대로 벌리며 설명하기 시작했다. "컨셉은 '영국 요리가 프랑스 정통 요리를 만나다'라고 합시다. 베어네이즈 소스를 곁들인 샤토브리앙과 요크셔 푸딩. 매시 대신 도피누아즈 포테이토를 곁들인 셰퍼드 파이. 감자와 양배추 볶음을 곁들인 부야베스. 뭐 그런 거요."

우나는 그가 주워섬긴 음식 중 절반이 생소했고, 손님들도 그렇지 않을까 싶었지만, 그의 안내를 따라 들어선 식사하는 공간에서 클레어리의 펍의 향후 계획에 대해 열변을 토하는 모습을 보는 동안은 자신을 그의 열정에 휩쓸려 들어가게 내버려두었다.

"커튼을 쳐서 바와 식사 공간을 구분하면 어떨까 생각하는 중이오. 배치를 어떻게 하느냐에 따라 백 명 정도는 받을 수 있지 싶은데." 그는 말하면서도 그녀를 데리고 방을 한 바퀴 돌았다. "당신한테 또 보여줄 게 있소." 식당 뒤편 짧은 복도를 지나자 운하가 보이는 야외 테라스로 이어지는 문이 나왔다. "날이 따뜻해지면 손님들이 경치를 감상할 수 있게 여기에서도 주문을 받을 계획이오."

앞으로 날이 따뜻해지면 얼마나 더 악화될까? 강한 악취에 그녀의 눈에 눈물이 고였다. 오랫동안 방치된 하수, 썩은 달걀, 쓰레기가 뒤섞여 참을 수 없는 냄새였다. 경치도 썩 좋지도 않았다. 오염된 운하는 기름얼룩과 쓰레기 더미가 여기저기 흩어진 채 거무튀튀하고 더러웠다. 운하 너머에는 고가 철도와 지붕에 을씨년스런 대형 물탱크가 있는 빌딩이 있었고 그 양옆으로는 노란색 기중기들이 즐비하게 늘어선 건설 폐자재 산이 있었다. 전체적으로 포스트 아포칼립스 시대에서 밥을 먹는 것 같은 효과가 날 듯했다.

"지금은 대단해 보이지 않을지도 모르지만 기억해요, 우린 시작 단계에 있다는 걸." 에드워드가 말했다. "운하를 대대적으로 청소할 거란 얘기도 있고, 이 일대에 콘도가 들어설 거란 소문도 있소. 환경 개선 사업이 마무리될 때쯤엔 클레어리의 펍은 이미 동네의 명물이 돼 있을 거요."

그렇게 오래 버텨주기만 한다면요.

하지만 우나는 생각을 떨쳐내고 에드워드의 돈키호테 식 렌즈로 수평선을 보려고 애썼다. 그에게는 꿈이 있었고, 그녀에게는 그의 꿈을 실현할 수 있게 도와줄 수단이 있었다. 동업자로서 그녀가 할 일은 그를 믿는 것이었다.

"뉴욕 요식업계에 곧 특별한 바람이 불겠군요." 그녀가 말했다.

두 사람 등 뒤로 테라스 문이 삐걱거리며 열렸다. "어머! 여기 누가 있을 줄 몰랐는데." 여우 같은 얼굴과 올리브빛 피부, 구불거리는 흑갈색 머리에 몸집이 자그마한 여자가 테라스로 걸어 나왔다. 여자는 이 세상이 자기가 요구하는 것을 정확하게 들어줄 것이라고 확신하는 사람처럼 교양 있고 침착해보였다. 여자의 생김새만으로는 혈통을 짐작하기 어려웠다. 남아메리카나 지중해, 아니면 중동 사람이나 스페인, 심지어 동남아 사람일 수도 있을 것 같았다.

"프란체스카, 여기서 대체 뭐 하는 거예요?" 에드워드의 이맛살이 더 깊어졌다.

"그게 저, 아시잖아요, 일을 손에서 못 놓는 거." 그녀는 문틀에 기댄 채 스트리퍼처럼 감질나게 가죽 장갑을 벗었다. 여자의 희미한 억양 또한 추적하기가 어려웠다. 이탈리아? 이스라엘? "월요일에 인테리어 디자이너와 만나기로 해서 하청업자들이 쉬는 날 한 번 더 둘러보려고 했죠. 그런데 셰프님은 웬일로?"

"나도 같은 이유로." 그는 우나를 향해 돌아서더니 그녀를 보호하듯 한 팔로 감싸며 말했다. "당신은 우리 컨설턴트가 하루 쉬는 줄 알았겠지만 이 분 역시 나만큼 일중독이구려."

내가 이 여자를 얼마나 잘 안다고?

프란체스카는 우나에게 가소롭다는 듯한 미소를 지어 보였다. "사모님은 남편이 레스토랑을 오픈한다는 게 얼마나 복잡한 일인지 잘 아시겠죠. 개업 첫날 밤 파티만 해도 일이 얼마나 많게요."

"네, 그럼요." 우나가 어디 멀리 떨어져 있다 온 듯한 목소리로 대답했다. "뭐든 제가 도울 일이 있으면……."

프란체스카가 무시하듯 손사래를 치며 대답했다. "잘 준비되고 있어요. 사모님이 개업식에 참석할 수 있는 유명인 친구들을 숨겨놓지만 않는다면요."

"내 생각엔 당신이 이미 거물급 유명인 친구들을 벌써 다 섭외해뒀을 것 같은데. 안 그래요?" 에드워드가 말했다.

"네, 몇 명은." 그녀의 목소리가 어딘지 방어적으로 들렸다. "〈프렌즈Friends〉나 〈섹스 앤 더 시티Sex And The City〉는 별로지만 데이비드 블레인, 하이디 클룸, 켈리 오스본하고는 친한 편이죠. 잘하면 패리스와 니키도 참석하게 손쓸 수 있을 것 같지만 지금까지는 측근하고만 끈이 닿는 정도예요. 어쨌든 말이 필요 없는 개업식이 될 거예요."

"우선 우리가 정말 제시간에 오픈할 수 있는지부터 확인해봐야 해요." 에드워드가 투덜거렸다. "아직도 다음 번 MEP 점검이 걱정이라니까. 기계설비 쪽은 괜찮다 쳐도 전기와 배관이 문제가 될 수도 있거든."

"우리도 그 자리에 있을 거니까 너무 걱정 마세요. 이제 두 분한테 자리를 양보해드릴게요. 하지만 또 올 수도 있어요." 이 말을 끝으로 프란체스카는 자리를 떴다.

그녀가 떠난 후 에드워드가 문을 걸어 잠글 때 우나가 물었다. "저 여자도 아나요…… 내 상태를?"

"아니, 그 여자가 왜요? 개인적인 일이고 사업상의 관계일 뿐인데."

아주 예쁘던데. 내가 신경 써야 하나?

에드워드가 맨손을 부비며 호호 입김을 불어넣었다. "장갑을 잊다니 운이 나쁘군. 스미스 가에 작은 식당이 하나 있는데 당신이 괜찮다면 거기 들러서 아침도 먹고 수다도 떨면서 서로 좀더 익숙해지는 게 어떻겠소?"

우나의 머리는 너무도 많은 새 정보로 가득 차 있어 지금 당장 남편과 서로를 알아가는 식사를 하기에는 과해도 너무 과했다. "그냥 집에 가면 안 될까요? 사실 배도 안 고프고 좀 쉬었으면 해서요. 그리고 엄마한테 전화도 해야 하고요."

"장모님은 휴가 중이오."

그녀의 얼굴에 날카로운 불신의 표정이 스쳤다. "뭐라고요?"

"남자친구 네이선과 크루즈 여행을 하고 2주 뒤에 돌아오실 거요."

"아." 실망감이 수은처럼 그녀를 내리누르며 몸 구석구석으로 퍼져나갔다. *나 혼자 낯선 남자를 감당하라고? 또? 엄마가 돼서 지금 그러고 있다고?*

우나의 나쁜 기분을 눈치챈 에드워드가 물었다. "내가 어떻게 하면 당신 기분이 좀 좋아지겠소? 영화 보러 갈까? 꽃을 사줄까? 아니면 웃기는 춤이라도 출까?" 그는 그녀가 배시시 미소 지을 때까지 그 자리에서 즉석으로 춤을 추었다. "아니면 혼자 좀 있게 해주면 되겠소?"

이번에도 그의 타고난 공감 능력이 그녀 안의 압력 밸브를 열어놓았다.

평소에 갈색 벽돌집은 그녀의 안식처였지만 지금은 낯선 거주자가 있어서 그런지 집에 가려니 이상한 느낌이 들었다. 이제 그녀는 남편이라는 물리적 실체에 익숙해져야 했다. 함께 나눠 쓰는 공간, 줄어든 프라이버시, 매일 밤 그녀의 침대 옆을 차지하는 또 다른 누군가에게(그녀는 에드워드를 언제까지고 손님방에 재울 수는 없었다).

결혼 사실을 인지한 지 하루도 채 지나지 않아 그녀가 정상으로 돌아오길, 아니면 새로운 모스에 적응하길 바라는 분위기가 그녀를 짓눌렀다.

집으로 돌아와 에드워드는 부엌에서 나름대로 분주했고, 우나는 서재로 들어가 문을 잠갔다. 그녀는 바인더를 찾아 금고를 살폈다. 바인더는 제자리에 그대로 있었고, 페이지마다 그녀가 적어놓은 숫자와 글자들로 빼곡했다. 2004년 칸 맨 위에다 그녀는 이렇게 써두었다. *에드워드는 바인더에 대해 알지 못함. 굳이 말할 필요 없음.*

당연했다. 하지만 8월에 구글 주식이 상장하면 그녀는 에드워드에게 그 회사 주식을 매입하라고 독려할지도 몰랐다. 구글 주식은 식당에서 돈을 잃더라도 훌륭한 완충재가 돼줄 터였다.

이혼으로 잃게 될지도 모르는 돈은 어떡하고?

우나는 바인더를 한쪽으로 밀쳐놓고 파일 캐비닛으로 다가갔다. 혼전 계약서를 찾을 때까지 불안감 때문에 속이 졸아들 지경이었다. 그녀는 명확하게 이해할 때까지 어려운 법률 용어들을 붙잡고 씨름했다. 결론은 이혼할 경우 어느 쪽도 결혼 유지에 책임이 없으며, 각자의 소득과 재산은 그대로 유지한다는 내용이었다. 집, 은행 계좌, 투자 포트폴리오는 여전히 우나 단독 명의였다. 그녀와 에드워드의 공동 명의인 지주회사가 클레어리의 펍과 식당이 들어선 고와너스의 부동산을 소유하고 있었다. 따라서 그녀의 주된 자산은 안전했고, 둘이 갈라설 경우 에드워드에게 위자료를 주지 않아도 된다는 의미였다.

다음으로 그녀는 클레어리의 펍의 서류들을 검토했다. 공사 계약서, 보험 증서, 각종 면허증 사본, 허가증, 청구서 등이 있었다. 청구서에 적힌 금액은 네 자리에서 다섯 자리 숫자가 주를 이루었지만 여섯 자리 초반대의 숫자도 더러 눈에 띄었다. 주문 제작한 가구, 식기류, 주방 및 바 장비가 그랬다. 대충 계산해도 총 비용이 백만 달러가 넘었다.

비싼 꿈이군.

그녀가 검토한 은행 기록으로 판단하건대 그녀가 쓴 돈은 그보다 더 많았다. 브룩스 브라더스, 랄프 로렌, 살바토레 페라가모에서 상당히 큰 지출이 있었다. 아마도 에드워드의 옷을 샀던 모양이다. 거기다 그녀는 그에게 몇 주에 한 번꼴로 5천 달러짜리 수표를 써주고 있는 데다(*내가 그 남자한테 용돈을 주고 있단 말인가?*) 매달 몇 천 달러에 이르는 신용 카드 청구서도 내주고 있었다.

물론 에드워드나 식당에 얼마를 쓰든 그녀의 재정에 적신호가 켜질 일은 없었다. 하지만 그녀가 이 정도로 그를 지원해준다면 관계의 본질은 거래가 아닐까? 좀더 간단히 말하면 이거였다.

내가 그의 사랑을 사고 있단 말인가?

그녀의 상황을 고려하면 합리적인 의심이었지만 숫자만으로 모든 걸 판단할 수는 없었다. 에드워드와의 결혼이 효력을 나타내려면 그녀는 자신의 과거 자아를 좀더 믿어야 할 듯했다.

우나는 서류 뭉치를 한쪽으로 치우고 아래층 음악실로 향했다. 그리고 벨벳 언더그라운드의 레코드를 걸어놓고 벽에 나란히 세워놓은 기타들을 바라보았다.

그녀는 커갈수록 팝보다 록 음악을 좋아했다. 다른 여자애들은 솔빗을 마이크 삼아 올리비어 뉴튼 존의 노래를 흥얼거렸지만 우나는 빗자루를 움켜쥐고 브라이언 에노의 〈히어 컴 더 웜 제츠Here Come the Warm Jets〉를 소리 높여 부르며 즉석 기타 연주에 돌입했다. 그녀는 록 가수가 되는 상상은 한 번도 해본 적이 없었지만 음악을 연주한다고 생각하면 몹시 흥분했다.

데일을 만나 그의 밴드에 들어가 활동하기 시작하면서 둘은 그녀가 사용할 악기를 고르러 킹스 하이웨이의 한 가게에 들렀다. 반짝반짝 빛나는 기타의 굴곡진 몸체는 신화 속 사이렌처럼 단박에 그녀를 사로잡았다.

그녀의 마음을 읽기라도 한 듯 데일이 빨갛고 하얀 스트라토캐스터를 집어 들며 말했다. "난 처음부터 이게 마음에 들었어. 이걸 사려고 몇 달째 돈을 모으는 중이야."

우나도 여름마다 제노비스에서 캐셔로 일하며 기타를 사기에 충분한 액수의 돈을 모았지만, 데일이 그 생각에 찬물을 끼얹었었다. "난 얼리 도닝이 기타 두 개로 이루어진 밴드가 되는 걸 원치 않아." 그러고는 생각에 잠긴 듯 한 손가락으로 턱을 톡톡 치며 말했다. "색다른 악기를 사용해 우리만의 소리를 만들어내는 거야."

아직 밴드를 결성하는 중이었으므로 당연히 '소리'가 없을 수밖에 없었지만 우나는 군이 그 점을 지적하지 않았다. 대신 그녀는 통기타를 하나 집어 들고 한 손으로 반질거리는 나무통을 부여잡고 줄을 퉁기며 자신의 비밀을 속삭이고 싶은 유혹을 억누르며 가게를 둘러보았다.

데일이 한 손으로 그녀의 허리를 감싸 안고 다른 곳으로 이끌었는데, 그때 그의 단호한 손은 이렇게 말하는 듯했다. *이건 네 꿈이 아니라 내 꿈이야.* 그녀는 새로운 꿈에는 너무 무관심했기에 등 뒤에서 들려오는 〈호텔 캘리포니아Hotel California〉의 불규칙한 도입부를 떨쳐내려 애쓰며 마지못해 느릿느릿 따라 걸었다.

데일이 갑자기 멈춰 서서 말했다. "봐봐, 이건 어때?" 그는 게임 쇼 모델처럼 한 손으로 은색 야마하 키보드 위를 종횡으로 휩쓸고 다녔다. 그녀가 미처 대답도 하기 전에 그는 그 악기를 뒤로한 채 그녀의 어깨를 붙잡고 살살 구슬렸다. "우리 밴드에 필요한 게 바로 이거야. 네가 키보드를 연주하면서 보컬을 백업하는 거야, 어때?"

"나는…… 난 키보드 연주는 생각해본 적이 없는걸." 데일이 계속해서 애원하는 동안 그녀는 동경 어린 눈으로 마지막으로 한 번 더 기타를 훔쳐보았다.

"얼리 도닝은 네가 필요해, 우나. 우리 키보드 주자가 돼줘, 제발."

그의 강렬한 갈색 눈을 들여다보고 있으면 뭐든 쉽게 동의할 수밖에 없었다. 결국 그녀는 야마하를 구입해 레슨을 받고 실력이 월등히 좋아졌다. 그녀는 데일이 (포스트 펑크 소울을 지닌 통렬한 록이라고 묘사한) 밴드에서 활동하는 게 갈수록 좋아졌지만 키보드 연주는 편의상의 명목일 뿐 절대 좋아지지 않았다.

하지만 이 미인들은 맘에 들어.

그녀가 기타들 중 하나에 손을 뻗는 찰나 문을 두드리는 소리가 들렸다.

"거기 있소, 우나?" 에드워드가 소리쳤다.

"나 여기 있어요." 우나가 문을 열며 말했다.

"다 괜찮은 거요? 당신이 배고플 것 같아서 점심을 좀 만들어왔는데." 그가 둥그런 뚜껑을 덮은 커다란 접시를 트레이에 받쳐 든 채 말했다.

"다 괜찮아요." 즐거운 듯 지어보인 감사의 표정은 가면이었고, 사실 그녀는 긴장하고 있었다. "그냥 생각에 잠겨 있었어요. 들어오세요."

"빵가루를 입혀 튀긴 치킨과 트러플 맥, 치즈 소프레사타를 만들어보았소." 그가 작은 테이블에 트레이를 내려놓고 뚜껑을 들어 올리자 풍성한 음식 냄새가 방 안을 가득 채웠다.

처리할 일이 산더미라 허기가 들어설 자리가 없다고 생각했지만, 식욕이 그녀를 배신하면서 입에 침이 고였다. "아주 근사해 보이는데요."

"솔직히 그렇지는 않아요." 베이지색, 노란색, 갈색 음식을 향해 히죽히죽 미소를 날리며 그가 말했다. "나는 맛은 있지만 개밥처럼 보이는 음식을 만드는 경향이 있어서."

"맛있겠는데요. 고마워요."

〈선데이 모닝Sunday Morning〉의 도입부가 시작되자 에드워드가 고갯짓으로 전축을 가리키며 말했다. "내가 제일 좋아하는 곡이오."

"평소에 비하면 사운딩이 좀더 달콤하고 단조롭긴 하지만 나도 이 노래 좋아해요."

"세상이 등 뒤에 있으니 조심하라고 경고하는, 기본적으로 편집증을 이야기하는 노래인데, 웃기는 건 이 노랠 들을 때마다 이상하게도 마음이 편해진단 말이지."

이제는 진심인 그녀가 그에게 푸근한 미소를 보냈다. "나도 그래요."

에드워드가 마치 허물어지기 쉬운 다리 위를 성큼성큼 앞으로 걸어 나가 보이지 않는 경계선을 밀어내고 그녀를 껴안기에 무리가 없는 듯이 믿고 서있는 것 같았다. 포옹은 겉치레가 아니라 공감으로 꽉 찼다. "나 여기 당신 곁에 있어요"와 "다 잘될 거요" 같은 진부한 표현을 대체하면서도 그 비슷한 의미를 전달하는 포옹이었다. 그녀가 잊고 있던 나머지를 기억해내기라도 하듯 그녀의 두 팔이 위로 들리면서 그를 단단히 감싸 안았다. 그녀는 그의 목덜미에 머리를 괬다. 갓 구운 빵과 모닥불 냄새가 났다.

그녀의 몸은 잠시 그녀를 배신했다. 지속에 대한 갈망으로 온몸의 근육이 똘똘 말리고 식욕이 수면으로 떠오르면서 그녀는 저도 모르게 남편에게 찰싹 달라붙었다.

변화를 알아챈 에드워드가 입을 그녀의 귓불로 가져가 따스한 숨결을 불어넣었다. 그는 한 손으로 그녀의 등을 천천히 쓰다듬으며 그녀의 몸짓 언어에 적신호는 없는지 살폈다. 그녀가 토해내는 작은 한숨들이 그에게 *가, 가, 가,* 라고 말했다.

그녀가 고개를 들자 두 사람의 얼굴이 밀착되면서 그녀의 보드라운 뺨이 수염이 까칠하게 자란 그의 턱에 가 닿았다. 모든 숫자가 열어놓은 창문으로 빠져 나가는 연기처럼 그녀의 뇌에서 스르르 빠져 나갔다. 이제 그녀의 입과 그의 입의 형상만 있을 뿐이었다. 둘의 입이 점점 가까워졌다. 몇 인치에 이어 몇 센티미터, 그리고 또⋯⋯.

입맞춤은 부드러웠지만 물음표를 잔뜩 남겼다. *괜찮은 건가?* 둘다 물었다. 그리고 둘 다 응이라고 대답했다.

우나는 에드워드의 스웨터를 움켜잡고 입을 벌려 그의 키스에 응답했다. 두 사람의 혀끝이 맞닿으면서 더 많은 질문이 쏟아졌지만 울려 퍼지는 대답은 늘 긍정적이었다. *가, 가, 가.*

클럽에서 만난 낯선 남자 이후로 정신을 쏙 빼놓는 끌림은 여태껏 느껴보지 못했다. 자연스러운 화학 반응이었을까, 아니면 그저 외로움을 달래려는 욕구에 지나지 않았을까? 이유야 어떻든 그녀는 그를 원했다. 그녀는 파티와 마약과 밀회로 점철된 지난 리프에서 이제 막 벗어나고 있었다. 더러 재밌을 때도 있었지만 모두 무의미했다. 섹스는 흥분을 고조하거나 감각을 마비시키는 화학물질의 안개 속에서 길을 잃었다. 데일 이후로 그녀는 진지한 섹스, 그러니까 더 깊은 관계를 뜻하는 섹스를 한 적이 없었다.

에드워드는 그녀가 스웨터를 벗게, 어느새 흐릿해진 지난 일 년의 모든 근심걱정을 벗어 던지게 도와주었다. 그녀는 자신의 살갗을 비벼대는 그의 살갗이 필요했다. 그는 또 한 번의 깊은 키스로 그녀를 허물어뜨렸다. 두 사람은 이제 푹신한 카펫 위에 무릎을 꿇고 있었다. 그녀의 무릎이 삐걱거리며 미래의 고통을 예고했다.

입과 입, 두 사람의 혀가 탐험에 나서면 두 사람의 손이 넘겨받았다. 둘은 처음 키스할 때처럼 정중하게 옷을 한 겹씩 벗었다. 두 사람의 손은 마치 실크해트를 쓴 신사들처럼 이렇게 묻는 듯했다. "실례지만 이 브래지어 좀 벗겨도 되겠소?" "이 사각 팬티 벗겨도 될까요?" 대답은 늘 *그래요* 아니면 *가요*였다.

그녀 위로 무릎을 꿇은 채 에드워드가 묻는 듯한 미소를 지어 보였다. 그녀의 몸은 그를 갈구하며 즉각 반응을 보였지만 그녀의 안으로 들어가기 전 그가 물었다. "괜찮겠소?"

그녀는 고개를 끄덕였고, 그는 천천히 움직이기 시작했다. 하지만 그녀는 더 큰 자극을 갈망했다. 매운 음식이 속은 쓰리지만 중독성이 강하듯, 고통은 그녀 몸의 쾌락 수용체를 한껏 달아오르게 만들었다. 그래서 그녀는 한 번의 갑작스런 움직임으로 꽉 채울 수 있도록 엉덩이를 밀었다.

"당신이 여전히 거친 걸 원할 줄은 미처 몰랐소." 그가 나지막하면서 약간 쉰 듯한 목소리로 빙그레 웃으며 말했다.

"나두요."

그녀는 1991년에 비해 덜 유연하긴 했지만 똑같이 잘 받아들였다. 에드워드가 속도를 줄여야 할 때와 그녀의 약한 곳을 간질나게 해야 할 때를 알 수 있게 도와주었다. 갈비뼈를 따라 살살 긁어준다거나, 쇄골 밑을 깨문다거나, 귓불 바로 뒤를 핥으면서. 그는 마치 그녀의 숨겨진 본능을 알려주는 청사진이라도 손에 넣은 것만 같았다.

그녀가 다가가면 그는 뒤로 물러나 그걸 세우며 놀려댔다. 그녀의 안으로 들어가자 참을 수 없을 만큼 격렬한 몸짓이 이어졌고, 곧이어 멀티 오르가슴이 밀려왔다. 뒤이어 그도 절정에 다다랐다.

에드워드가 그녀에게서 또르르 굴러 떨어졌다. 두 사람은 살짝 떨어진 채 숨을 거칠게 몰아쉬며 등을 대고 나란히 누웠다.

우나의 맨몸에 닿은 카펫이 모피처럼 느껴졌다. "와, 부부의 섹스가 이런 거군요."

"우리의 섹스가 이런 거요." 그의 집게손가락이 그녀의 집게손가락을 찾아 나섰다. 곧이어 둘의 손가락이 하나로 이어졌다.

하지만 둘은 일부일처제를 지향할까? 또다시 피터라는 이름이 그녀의 머릿속을 침범했다. "우리의 결혼에서 내가 알아야 할 특별한 합의 같은 건 없나요?" 그녀는 여전히 침착했다. 그가 그녀의 음침한 생각을 읽을 수 있을까? 두근거리는 그녀의 심장 소리를 모스 부호처럼 판독할 수 있을까?

"특별한 합의? 그럼 우리가 개방혼이라도 하고 있단 거요? 그런 거 없소. 왜 그게 궁금하지?"

"내 말은……." 그녀는 이유를 생각해내려고 애썼다. "우리가 나이 차이가 있으니까."

"다섯 살, 그건 아무것도 아니오. 그리고 난 늘 연상의 여잘 꿈꿔왔소." 그는 옆으로 돌아누워 한쪽 팔꿈치에 몸을 기댔다.

"살아오면서 진심을 느끼게 해준 여자와 함께 있을 수 있어서 내가 얼마나 감사하고 신이 나는지 당신은 모를 거요."

2003년의 우나가 편지에서 한 얘기가 맞다고 확인해주는 말이었다. 그와 동시에 그 말은 그녀가 삼켜버려 되찾을 수 없는 낚시바늘처럼 그녀를 끌어당기기도 했다. 지금의 그녀는 허울에 불과했기 때문이다. 그녀의 얼굴과 몸은 지나간 세월을 담을 수 있을지 몰라도 진정한 자아는 스물한 살이었으니 노련함과는 거리가 멀었다. 아무래도 에드워드가 그 사실을 눈치채고 사기꾼과 결혼했다고 깨닫기까지 얼마 안 남은 듯했다.

15

그 뒤로 며칠 동안 우나는 에드워드를 잘 보지 못했다. 그는 새벽같이 일어나 나가서는 에너지가 방전된 채 밤늦게 집에 돌아왔다. 그녀에게 식당에서 벌어진 참사를 낱낱이 고하고는 손님방에서 기절하기 일쑤였다. 그가 말한 일들은 셀 수 없었다. 화장실 배관이 터졌다. 규정상의 높이보다 2피트 낮은 전기 소켓이 MEP 점검을 망쳐놓았다. 주류 판매 허가증을 받는 데에도 예상보다 시일이 더 걸렸다. 유리 맥주잔 한 상자는 박살이 난 상태로 배달됐다. 뭔가가 늘 잘못되고 있었다.

하루는 우나가 자명종을 맞춰놓고 그보다 먼저 일어났다.

"함께 아침을 먹을까 해서요." 겨드랑이에 신문을 끼고 부엌으로 들어오는 그를 보고 그녀가 말했다. "커피를 좀 만들어놨어요. 어떻게 마셔요?"

"아." 그 순간 찡그린 표정이 그의 얼굴을 스치고 지나갔다. "사실 나는 커피 말고 차를 마시는데. 미안하오."

"괜찮아요, 알려줘서 고마워요. 차 한 잔요? 곧 가져다 드릴게요, 손님."

그녀가 주전자에 손을 뻗기도 전에 에드워드가 말했다. "아니, 됐소. 난 내 취향에 관해서는 까다로운 사람이라, 정확히 5분 우려내고, 설탕은 깎아서 티스푼으로 하나, 우유 한 방울이 필요하오. 내 손으로 만드는 게 더 쉬울 것 같소만."

"알았어요." 그녀는 냉장고로 다가갔다. "스크램블드 에그를 좀 만들려고 했는데, 설마 달걀 취향까지 까다로운 건 아니겠죠?" *가볍게 가자, 가볍게. 저 남자한테는 이마저도 쉽지 않아.*

"솔직해야 한다면 그렇소." 그가 주전자에 물을 받는지 콸콸거리는 물소리가 나더니 딸깍 하고 가스 불을 켜는 소리가 났다. "난 대개 훈제 청어를 올린 토스트로 하루를 시작하오. 그래도 스크램블드 에그를 만들어줄 수는 있소."

"나 때문에 그럴 것까진 없어요. 나도 훈제 청어를 올린 토스트 먹으면 돼요. 훈제 청어가 뭐든 간에." 그녀의 손이 냉장고 손잡이 위에서 맴돌았다.

에드워드가 한바탕 신나게 웃고 나서 말했다. "말 그대로 훈제 청언데, 당신은 싫어할 거요."

"아." 농담에 맞장구를 치고 싶은 마음이 굴뚝같았지만 우나는 희미한 미소만 겨우 지을 수 있을 뿐이었다.

"어쨌든 당신은 아침 잘 안 먹잖소." 그가 밤새 수염이 까칠하게 올라온 턱을 벅벅 긁으며 그녀의 얼굴을 살폈다. "우나, 뭐 하러 이렇게까지? 내게 아침을 만들어주기로 작정이라도 한 거요? 좋은 아내는 남편에게 그 정도는 해줘야 할 것 같아서?"

당혹스러운 눈물이 시야를 가리자 그녀는 얼른 돌아서서 냉장고에서 우유를 꺼내는 시늉을 했다. "나도 몰라요. 어쩌면?"

"당신이 틀에 박힌 성역할을 군말 없이 받아들이는 것을 보고 장모님이 뭐라고 할지 난 생각하기도 싫소." 그가 놀려댔다.

"보나마나 가부장제를 저주한 다음 브라 같은 건 태워버리라고 종용할 테죠."

에드워드가 그녀에게서 우유를 받아 내려놓고 그녀의 어깨에 손을 얹으며 말했다. "내가 요리사가 아니었대도 당신이 날 위해 요리해주길 기대하진 않았을 거요. 우리 관계는 그렇지 않잖소."

"그럼 어떤 관곈데요?" 너무 거창한 질문이라 기가 눌렸는지 그녀의 목소리는 어느새 속삭임으로 바뀌어 있었다.

"서로 이해하고, 다가가거나 물러날 때를 알며 참고 기다려줄 줄 아는 것들이지. 다 당신이 잘해왔던 거잖소."

"내가 참고 기다려줄 줄 안다고요? 나 말고 누구 딴사람 얘기처럼 들리는데요."

"내가 아는 당신은 그렇소. 요즘은 늦게까지 일하느라 보고 싶은 만큼 당신을 보지도 못하고." 미안한 듯 그의 눈썹이 일그러졌다. "하지만 우리 같이 의미 있는 시간을 보내도록 노력합시다."

우나는 편지의 충고를 떠올렸다. "내가 식당 일에 좀더 관여하면 어떨까요? 당신 오늘 일정이 어떻게 돼요?"

"오늘?" 그가 당황한 기색이 역력한 얼굴로 아직 처리되지 않은 일들을 주워섬겼다. "음료업체 사람과 정육업자를 만나야 하고, 가장 최근의 인테리어 디자인을 확인해야 하고, 새로운 레시피를 테스트해야 하고, 직원용 안내 책자 작성을 마무리해야 하오." 그러고 나서 그는 한숨을 깊이 내쉬었다. "작년에는 당신이 회계와 재고 조사 업무를 꽤 많이 도와주긴 했지만 워낙 재미없어해서 억지로 떠맡기고 싶지 않소. 사실 걱정할 만한 상황도 아니고. 그렇지 않다 한들 이 일이 누구한테나 맞는 것도 아니고. 어쨌든 당신은 음악과 자선사업에 집중하는 게 훨씬 행복하잖소. 게다가 당신 기억 상태도 그렇고 오픈까지 6주나 남은 마당에 굳이 이 난장판 속에 뛰어들게 해서 당신 머리를 쓰레기로 꽉 채우게 하는 거 난 싫소."

명확한 목적지도 없이 무작정 상류로 떠밀려가는 것 같았다. 편지는 우나에게 노력하라고 말했지만 그녀의 노력은 도움보다 방해가 되는 듯했다. 그래서 그녀는 한쪽으로 물러나 에드워드가 아침 식사와 식당을 알아서 잘 책임지도록 내버려두었다.

그 뒤로 며칠 동안 그는 페인트 견본과 벽 장식, 메뉴에 대한 의견을 물어보며 우나의 역할을 좀더 늘리려고 애쓰는 눈치였지만 겉치레로 느껴졌다. 그녀가 사업가로서 에드워드의 음식에 대한 열정을 조금이라도 나눠 가졌더라면 좋았으련만. 안타깝게도 그녀는 소시지가 어떻게 만들어지는지, 어떤 접시에 내가야 하는지에 대해 알고 싶지 않았다. 계속 돈은 댔지만 식당 일에는 거의 관여하지 않았다.

우나는 바빠지고자 청록색 알처럼 생긴 아이맥을 조몰락거리기도 하고, 기쁜 마음으로 다시 인터넷에 접속하기도 했지만, 친구들 소식을 알아보는 일만은 여전히 삼갔다. 뭣 모르고 검색해서 친구들 운명을 알게 됐을 때 동떨어진 것 같고 더욱 외롭기만 했다. 그때 그녀가 배운 교훈이었다.

게다가 그녀는 과학기술을 핑계로 내세워 계속 갇혀 지낼 생각도 없었다. 1990년대의 곱창머리끈과 삐삐, 2010년대의 레깅스와

스마트폰에 이어 2000년대부터는 어떤 품목이 자신의 관심을 끌게 될지 궁금했다. 그래서 그녀는 조심스럽게 도시 안으로 들어갔다. 트윈 타워스는 사라졌고 프리덤 타워는 아직 짓는 중이라 맨해튼의 스카이라인은 이가 하나 빠진 아름다운 미소 같았다. 그녀는 오늘의 사회를 머릿속 카메라로 찰칵찰칵 찍으며 사방팔방으로 돌아다녔다. 그녀의 눈에 비친 패션은 페도라와 메시 해트가 당황스러울 정도로 많아졌다는 것 말고는 벨루어 트랙수트를 일상복으로 입고 다니는 모습을 보면 굉장히 편하겠다 싶었고, 전 세계 여성의 발가락을 쥐어짜는 뾰족한 하이힐을 신고 다니는 모습을 보면 굉장히 불편하겠다 싶었다. 다만 로 라이더 청바지를 봤을 때는 그두 가지 느낌이 다 들었다. 우나는 옷차림의 유행에 휩쓸리는 대신 레코드 가게에서 돈을 쓰기로 마음먹었지만, 상당수는 몇 년 안에 자취를 감추게 될 터였다. 휴대폰이 어디서나 눈에 띄었지만 아직은 초기 단계였고, 소셜미디어와 기타 앱이 나오려면 아직 몇 년 더 있어야 했기 때문에 사람들은 (그해 말의 콘서트에서 더 킬러스, 카네이 웨스트, 시버리 코퍼레이션 등 뮤지션들의 연주를 훨씬 더 재밌게 보게 해줄) 그 디지털 장치에 속수무책으로 빠져들진 않았다.

그녀는 집에 돌아와 음악실에서 많은 시간을 보냈다. 1991년의 그녀는 레코드판은 거들떠도 보지 않고 지냈었다. 그녀가 즐겨듣는 사운드트랙은 한 마디로 말초적이었고, 나이트클럽과 번개 모임의 파티 걸 댄스 음악은 그녀에게 이명을 남겼다. 하지만 이제 그녀는 다시 음악을 즐길 수 있을 만큼 머리가 맑아졌다. 세월이 지나면 친구들의 관계는 사라질 수도 있었지만 그녀는 자신의 삶에 늘 있을 함께 노래를 부른 사람들과의 끈만은 여전히 놓지 않고 있었다. 루 리드, 데이비드 보위, 브라이언 페리, 케이트 부시, 믹 재거, 프린스, 데보라 해리, 이기 팝이 그들이었다.

그리고 다른 사람들도 뜻밖의 방식으로 다시 나타날 터였다. 새해가 시작된 지 일주일 뒤 그녀는 타이 소인이 찍힌 우편엽서를 한 장 받았다. 엽서 한쪽 면에는 빨대와 종이우산을 기다리는 미도리와 블루 큐라소를 한데 섞어 휘저어놓은 듯한 물 주변에서 드문드문 환초를 이루고 있는 까끄라기처럼 관목숲이 군데군데 산재해 있는 석회석 절벽 사진이 있었다. 엽서 뒷면에는 다음과 같이 적혀 있었다.

> 여전히 지옥에 있다면 어디든 천국처럼 보이는 곳으로 가세요. 오늘도 슬프지만 어제보다는 조금 덜 슬퍼요. 외롭지만 지금 당장 내게 필요한 건 이거랍니다.
>
> — 켄지

엽서를 처음 받아들었을 때는 숨도 제대로 못 쉴 만큼 기뻤지만 다시 읽고 나자 우나는 저도 모르게 얼굴을 찡그렸다.

수수께끼 같은 메모에는 그녀의 주소만 달랑 있었고 타이 소인 말고는 아무 단서가 없었다. 이게 무엇을 의미할까? 켄지는 어째서 슬프고 외로운 거며, 대체 뭣 때문에 몇 천 마일이나 떨어져 있어야 하는 걸까? 바라건대, 서로 곧 다시 만나기를.

한편 그녀에게는 여전히 매들린이 있었다. 1월 중순에 크루즈 여행에서 돌아온 그녀가 전화를 걸었다.

"방 몇 곳을 다시 칠했으면 하는데 와서 좀 도와주련?"

따스한 인사도, 자상함도 없었다. 사실 우나는 좀더 다정한 말투를 기대했었다. 잔뜩 볼멘소리로 그녀가 말했다. "맨 처음 묻는 말이 고작 그거예요? 낯선 사람이랑 결혼해 사는 사람한테 엄마까지 신경 쓰라고요?"

"우리가 페인트칠을 하는 동안은 그 사실을 덮을 수 있지 않을까 생각했다."

말이야 좋지. 더불어 내가 엄마를 제일 필요로 할 때 내 곁에 없는 이유도 덮을 수 있구요. "왜 전문가를 부르지 않구요?"

"그야 자기 손으로 직접 해야 더 보람을 느끼니까. 내 노동의 산물이 됐든, 우리 노동의 산물이 됐든 새로 칠한 벽을 둘러볼 때마다 내 집에 훨씬 더 정이 가지 않겠니. 그런데 칠장이를 부르면 벽을 당연하게 생각할 테지."

"엄마 남자친구도 오나요?"

"네이선과 난 헤어졌다."

"여행 중에요?"

"그 얘긴 하고 싶지 않구나. 도와주지 않을 거면."

"아뇨, 도와드릴게요. 시간과 장소나 말해주세요. 아직도 벤슨허스트에 사시나요?"

"베이 리지. 주소는 문자로 찍어주마. 버려도 상관없는 옷을 입고 오렴."

"알았어요. 참, 켄지한테 엽서가 왔어요. 그 사람 기억하세요?"

잠시 침묵이 있었다. "누군지 난 모르겠구나."

"정말요? 그 사람을 만난 적이 없다구요? 내가 그 사람 얘기 한 번도 안했나요?"

"우나, 난 지금 네가 누구 얘기를 하는지 모르겠구나. 미안하다만 난 지금 당장 시작했으면 좋겠구나."

매들린의 목소리가 단단히 상처받은 것처럼 들리는 건 최근의 이별 때문일까? 아니면 뭔가가 더 있나? 아무래도 그녀가 직접 알아봐야 할 듯싶었다.

한 시간 뒤 우나는 어머니의 펜트하우스 아파트에 도착했다. 안에 들어서자 움푹 들어간 거실, 베라자노 다리가 내려다보이는 널찍한 발코니, 언뜻 끝없어 보이는 흰색 벽이 눈길을 끌었다.

매들린이 그녀를 껴안는데, 뭔가 어색했다. 마지못해 안는 느낌이 들었다. 그녀의 표정엔 그 어떤 단서도 없었다. 보톡스 시술이 얼굴을 팽팽하고 헤아리기 어렵게 만들어놓았기 때문이다.

"생각해봤는데 침실부터 시작하는 게 좋을 것 같구나." 그녀의 어머니가 등 아래쪽으로 Juicy라는 글자를 눈부시게 번쩍번쩍 박아 넣은 핑크색 트랙수트 차림으로 앞장섰다. "세인트 키츠에 갔을 때 더없이 성스런 색으로 장식한 매력적인 골동품 가게를 발견하지 않았겠니. 색칠 하나로 공간 전체가 생기를 띠는 걸 보고 집에도 생동감 있는 색을 추가해보기로 했단다."

가구는 전부 침실 중앙에 드롭 클로스로 덮인 채 모여 있었다. 매들린이 페인트 견본 두 개를 들어 보였다. "우선 청록색으로 바탕을 칠한 다음 마르면 마젠타로 스펀지 효과를 낼 거야."

엄청나게 넓은 침실을 둘러보며 우나가 말했다. "엄마, 천장 높이가 12피트는 될 것 같아요. 며칠 걸리겠는데요."

"꼭 하지 않으면 안 될 무슨 중요한 일이라도 있니?" 쾌활한 억양에 가시가 박혀 있었다.

"있었으면 여기 오지 않았죠." *엄마는 왜 좀더 다정하게 굴지 못하는 걸까?* 모녀는 얼음으로 뒤덮인 호수를 걷는 사람들처럼 아슬아슬해보였다. 한 걸음만 잘못 디뎌도 금이 갈 수 있었고, 자칫 금 간 데가 쩍 갈라지면서 누구라도 차디찬 물속으로 가라앉을 수 있는 듯이.

매들린이 페인트 통을 열고 나무 숟갈로 내용물을 휘휘 저은 다음 롤러 팬에 청록색 바다로 보이는 내용물을 부었다.

"생동감 있다고 했던 말 농담이 아니었네요." 우나가 말했다. "이건…… 칼라 샘플로 볼 때보다 훨씬 더 밝은데요. 너무 과하지 않을까요?"

바보 같은 질문이었다. 매들린은 대담하고, 화사하고, 이국적인 것을 좋아했다. 그녀의 아파트는 인도, 티베트, 아프리카, 일본에서 온 싸구려 장신구와 공예품으로 구석구석 장식돼 있었다. 그녀의 옷장도 형형색색이기는 마찬가지였다. 눈부신 사리, 일일이 손으로 엮어 만든 허리띠, 기모노가 한가득이었다(한번은 터번을 소화하려고 시도한 적이 있었다). 어렸을 때 우나는 매들린이 기이한 옷차림으로 학교로 데리러 와도 개의치 않았다. 어느 날부터 친구들이 키득거리며 그녀의 어머니를 유엔이라고 놀려대도 꿋꿋했다. 아무리 울며 불며 애원해도 전 세계를 아우르는 복장을 고쳐 입을 의사가 없는 어머니었으므로.

"너무 과하지 않냐고?" 매들린이 딸에게 롤러를 건네며 되물었다.

그들이 딛고 선 얼음이 점점 녹아내리고 있었다. 에두르지 않고, 방치된 듯한 느낌이라고 어머니에게 솔직하게 말하는 편이 성숙한 행동이었을 테지만 연약한 감정에 쾅쾅 대못을 박으며 엉뚱한 배출구를 찾는 게 우나는 더 쉬웠다. "엄마가 밝은 색을 좋아한다는 건 알지만 이 조합은 끔찍해요. 매일 이 벽을 쳐다보고 있으면……."

"가만, 생각 좀 하자. *너무 과하다?*" 말에서 야유가 뚝뚝 묻어났다. "나는 우연한 기회에 내 취향을 너무 잘 알게 돼서 아주 신중하게 이 색들을 골랐거든. 내가 볼 땐 다 예뻐. 하지만 네 눈엔 끔찍해 보인다니까 날 도와줄 생각이 안 들겠구나."

기가 차다는 듯 끙끙 앓는 소리가 들렸다. 그녀는 손가락 관절이 하얘지도록 롤러를 세게 움켜잡았다. "엄마, 무슨 말을 그렇게 해요? 아까부터 계속 내가 여기 있기 싫어하는 것처럼 말하는데, 내가 여기 없었으면 좋겠다는 듯이 행동하는 사람은 엄마예요. 남자친구랑 헤어진 것 때문에 그래요? 남자한테 차여본 적이 한 번도 없어서?"

"그래, 난 침착한 사람이다. 넌 네 삶에서 남자랑 잘 안 될 때마다 망가지는 사람이고."

찌이익 갈라지는 소리가 나며 결국 얼음이 무너져 내리면서 둘은 가라앉았다.

우나가 롤러를 떨어뜨렸다. "엄마가 어떻게 알아요? 만날 내 사생활이나 염탐하면서 세상에 둘도 없는 친구인 척하지만 정작 필요할 땐 그 잘난 여행 중이면서. 그리고 지금만 해도 그래요, 알기는커녕 보지도 못한 낯선 이방인과 다름없는 남편과 살아야 하는 내 처지를 딱해하는 척도 않고 날 이 모양으로 대하고 있잖아요."

허리춤에 주먹을 갖다 대고 매들린이 씩씩거렸다. "다 자란 내 딸이 부르면 언제든 달려가야 하는 줄 미처 몰랐구나. 난 내 충고 없이도 유능한 어른처럼 잘 해낼 줄 알았지. 하지만 결국 난 딸이 어떻게 사는지 알지도 못하면서 *이 모양으로* 대하는 무관심한 엄마지 뭐니. 상기시켜줘서 정말 고맙구나."

"왜 그렇게 못되게 구는 건데요?" 말하고 보니 듣기 안 좋았다. 그녀는 지금까지 어머니한테 막말을 한 적이 한 번도 없었다.

모욕을 예상하기라도 했다는 듯 매들린이 날카로운 눈빛으로 말했다. "내가 못되게 군다고? 네가 한 말을 생각해보지 그러니? 못된 건 너야."

우나는 험악한 반격에 움츠러들었다. "내가 뭐라고 했는데요? 지금 말인가요? 난 그저……." 뭔가 짚이는 게 있는 듯 그녀의 이마 주름살이 팽팽하게 펴졌다. "아니면 전에?"

대답은 없었지만 꾹 다문 그녀의 입이 그렇다고 말하고 있었다.

"엄마, 무슨 일인데 그래요?"

매들린은 롤러에 페인트를 묻혀 가장 가까운 벽 쪽으로 다가서는가 싶더니 그 자리에 멈춰 섰다. 그녀의 어깨가 축 처졌다. "우린 싸웠다. 끔찍했지. 그렇게 심하게 싸운 적은 처음이었다. 네가 기억할지 모르겠다만 난 크리스마스와 연말을 너와 함께 해외에서 보냈으면 해서 장기 크루즈 여행을 예약했었다. 너한테 편지 남기지 않았니?"

"우리한테 불안한 한 해가 될 거라는 말밖에 없던데요. 다툰 얘기는 전혀 없었어요. 난 1991년에서 이제 막 돌아왔어요." 방금 식료품점에서 돌아왔다고 말하기라도 하듯 심드렁한 말투였다. "내 나이는 스물하나구요. 지금 세상에서는 살아본 적이 없어요. 우리가 왜 다퉜어요?"

시술로 마비가 돼버린 매들린의 이마는 그 어떤 고통도 드러낼 수 없었지만 그녀의 눈은 당황한 기색을 또렷하게 드러내고 있었다. "몇 년이 지났는데도 난 아직도 적응이 안 되는구나. 어떤 때는 늙은 몸을 한 아이로 나타나고……."

"스물한 살은 아이가 아니죠."

"또 어떤 때는 겉은 젊은데 속은 나보다도 훨씬 더 늙어 지금처럼 쪼글쪼글한 영혼으로 나타나니."

"엄마, 바닥에 페인트 떨어져요."

"이게 너한테 얼마나 힘들지 상상도 안 된다면 나도 힘들어. 더러 너한테 어떤 식으로 엄마 노릇을 해야 할지 모를 때도 있어. 십대 때도 넌 말썽을 부린 적이 거의 없지. 그런데 다 자란 여자 몸으로 이렇게 행동하면……." 그녀는 고개를 가로저었다. "난 어떻게 받아들여야 할지 모르겠구나. 난……." 그녀의 목소리가 목구멍에 걸렸다. "네 상황 때문에 내가 너그럽게 이해해야 할 것들이 있다는 건 알지만 어떤 땐……."

"알고 싶지 않다구요?" 우나가 어머니 손에서 페인트 롤러를 거두고 팬에 올려놓았다.

"당연히 알고 싶지. 하지만 어떤 땐 그럴 수 있을 것 같지가 않단 말이지." 매들린이 침대 가장자리에 걸터앉자 비닐 방수포가 바스락거렸다. 그녀는 눈을 감고 코로 숨을 쉬었다. 딸과 달리 그녀는 잘 울지 않았다.

우나는 어머니 집이 낯선 사람처럼 여전히 불안하게 서 있었다. "우리가 왜 싸웠는지 얘기해주세요."

"난 못한다."

"왜 못해요? 엄마가 얘기해주면 2003년에는 그런 일이 일어나지 않게 예방할 수도 있는데."

"너의 미래가 나의 과거라니. 난 암만해도 이런 게 이해가 안 되는구나." 서글픈 웃음을 지은 그녀가 계속 말했다. "안 돼, 그럼. 실수를 안 하려고 사는 삶은 안 돼. 살다 보면 실수를 하기 마련이지만 실수로부터 배우고 실수와 더불어 살아가는 게 인생이란다."

우나의 머릿속에서 음침한 목소리가 들렸다. *그래서 엄마는 얼마나 많은 실수를 하며 살아가는데요?* 후회의 안개가 그녀 안으로 스멀스멀 기어 들어갔다. 그녀는 훌쩍거리다 결국 눈물을 흘리고 말았다.

"이리 와서 앉으렴." 우나가 앉자 침대가 더 바스락거렸다. "왜 그러는데? 왜 우는데?"

"나는. 궁금해요." 우나는 훌쩍이느라 제대로 말을 잇지 못했다.

"나는. 궁금해요. 내가 과연." 꿀꺽 하고 침을 삼키는 소리가 나면서 흐느낌이 가라앉았다. "내가 과연 제대로 하고 있는지 궁금해요."

"누가 제대로 안 해? 너나 나나 최선을 다하고 있어. 그리고 넌 시간 여행을 하면서도 여전히 매 해를 한 번만 살고 있고. 너한테 또다시란 없잖니."

"하지만 더 잘할 수 있었다면요? 작년의 싸움을 피해서 올해가 더 나아질 수 있었다면요?"

매들린은 잠시 생각하다가 입을 열었다. "그래서 상황이 많이 달라졌을지 어쩔지는 아무도 모르는 일이야. 어쩌면 그 싸움은 불가피했을지도 몰라." 그녀의 입가가 축 처졌고, 우나는 고개를 끄덕였다. "생각해봐야 할 게 또 하나 생겼네. 미리 방지할 수 있어서 미래가 바뀐다고 해도 이미 그해를 살았기 때문에 어떻게 될지 알 수 없다는 거잖니. 이쯤에서 머리 아프니까 딴 얘기 하자. 나쁜 일을 막기보다 좋은 일을 받아들이며 살거라. 네가 전쟁을 멈추거나 큰 비극을 막는 일은 없을 게다. 넌 사라 코너가 아니고 터미네이터는 이제 캘리포니아 주지사가 됐어. 넌 좋은 사람이 돼서 사람들을 행복하게 해주고 덕을 쌓으면서 살아."

"내가 에드워드를 행복하게 하나요?"

"그럼."

어떻게? "그리고 그 사람은 날 행복하게 해주나요?"

"그럼, 난 그렇게 생각한다." 매들린이 증인석에 선 목격자 말투를 쓰며 자신의 대답을 곱씹었다.

2003년 우나의 경고를 떠올리며 그녀가 다그쳐 물었다. "확신해요?" 두려움이 담쟁이덩굴처럼 그녀의 등줄기를 타고 올라갔다.

매들린이 딸을 똑바로 쳐다보며 말했다. "난 너희가 서로 행복하게 해준다고 생각한다만. 나머지는 내 알 바 아니고."

모녀는 다시 단단한 발판 위로 올라섰지만 주변은 여전히 빙판이었다. 또다시 균열을 부르는 위험은 무릅쓰지 않는 게 좋았다. 우나는 페인트 팬으로 다가가 롤러를 집어 들고는 가장 가까운 벽부터 청록색으로 칠하기 시작했다.

"에드워드하고는 잘 지내지?" 그녀의 어머니가 물었다. 이제 자신의 결혼 생활을 둘러싼 걱정거리를 이야기할 기회가 생기자 오히려 그녀는 꺼려졌다. "그러니까, 집에 누가 있는 게 이상해요. 켄지랑 있을 때는 안 그랬는데……." 어쩌면 그 둘은 우정을 쌓을 시간이 더 많았기 때문일 수도 있었다. 정신없이 바쁜 에드워드 탓에 우나는 남편을 하루에 한두 시간 보면 운이 좋은 거였다. "그러니까 내 말은, 지금처럼 법적으로 이어지는 그이가 없을 때와는 다르다는 거죠. 하지만 조금씩 적응하고 있긴 해요." 과연 그럴까? "처음에는 크로스비 때와 똑같은 상황이 될까 봐 겁이 났어요. 그때는 다른 사람인 척 연기하는 느낌이었거든요. 하지만 에드워드하고는 그럴 필요가 없어요." 거짓말이었지만 때로는 그런 척 연기하는 게 혼자 있는 것보다는 그래도 나았다. "그래서 얼마나 안심이 되나 몰라요." 하지만 적어도 섹스는 좋았다.

"조심해 우나, 페인트 떨어지잖니. 내 보기엔 두께가 좀 과한 것 같은데."

우나는 어머니를 쏘아보았다. *정말요?*

"페인트. 맹세코 난 페인트 얘기만 하고 있다. 롤러에 조금씩만 묻혀, 그래야 골고루 잘 발리지." 그녀는 일어나서 다른 롤러로 직접 시범을 보였다. "에드워드를 잘 보지 못한다며?"

"아, 식당 개업을 앞두고 그 사람이 너무 바쁘다 보니 그런 것뿐이에요. 일단 식당이 제대로 굴러가기 시작하면 다 괜찮아질 거예요." 물론 우나는 그럴 수 있을지 확신이 털끝만큼도 없었지만 그렇게 믿고 싶었고 또 에드워드의 꿈이 결실을 맺는 모습을 보고 싶었다. 차라리 데일과 함께 밴드를 꾸리고 같은 꿈을 공유했을 때는 모든 게 더 쉬웠다. 데일과는 무엇이든 더 쉬웠다.

그 뒤로 몇 분 동안 모녀는 침묵 속에서 일했다. 새집을 거부하기라도 하듯 페인트 롤러가 벽 위를 지나갈 때 나는 철퍼덕 소리만 들릴 뿐이었다.

우나가 먼저 입을 열었다. "내가 아직도 데일에 견줄 만한 사람이 있을지 궁금해한다는 게 끔찍하지 않아요?"

"뭐가 끔찍해? 물론…… 현실적이지는 않지. 건강하지도 않고. 데일은 네 첫사랑이었고, 첫사랑은 아름다운 법이지만 때로 넌 그 애를 무슨 우상처럼 대하는 것 같더라. 그 애도 결점이 있는 사람이야."

"나도 알아요, 그렇다는 거." 과연 그녀가? "그의 결점이 뭐였다고 생각하세요?"

"우선 한 가지만 들면 식탁 예절이지. 입에 음식을 잔뜩 문 채로 얘기하질 않나, 또 팔꿈치는 늘 식탁 위에 올려놓질 않나. 그것 때문에 미치는 줄 알았다니까."

우나가 눈알을 굴리며 말했다. "그런데 어떻게 딸이 그런 괴물과 사귀게 놔뒀어요?" 그녀는 어머니가 말한 부분들을 한 번도 눈치챈 적이 없었다. 그리고 어머니의 머뭇거리는 표정으로 판단하건대 뭔가가 더 있었다. 그녀는 더 알고 싶다는 듯 다그쳤다. "또 뭐요?"

아까부터 계속 벽에 집중하면서 매들린이 말했다. "그 애는 재능 있는 뮤지션에다 용모도 훌륭하고 분명히 야망도 있었지만 자기만 생각하는 경향이 있었어. 거기다 사람을 쥐고 흔들려는 경향도 있었고. 그 앤 네가 자기 없이는 혼자 결정도 못할 것처럼 널 쥐락펴락했잖니."

"뭐라고요?" 우나는 하마터면 롤러를 떨어뜨릴 뻔했다. "지금 무슨 얘길 하시는 거예요?"

"넌 짧은 머리를 더 좋아했는데도 데일이 긴 걸 좋아한다는 이유로 기르고 다녔잖니."

"난 새로운 걸 시도하고 있었어요. 십대 때는 누구나 다 그렇지 않나요?"

그녀의 어머니가 들릴 듯 말 듯 중얼거렸다.

"지금 데일이 조종하고 있었다고 말씀하시는 거예요?" 우나가 물었다.

"물론 그 정도까지는 아니었지만 영향을 강하게 미치긴 했잖니."

"예를 들자면요?"

"넌 키보드 연주자가 되고 싶은 마음이 요만큼도 없었잖니."

부인할 수 없었다. "그건 그래요." 그 말은 속삭임과 탄식 중간쯤에서 나왔다. "음악을 만들기만 한다면 내가 뭘 연주하든 행복할 것 같았고, 그리고 정말 행복했어요. 난 우리 밴드를 사랑했어요."

"기타를 연주했다면 더 행복하지 않았을까?"

"그런 생각 안 해봤어요. 난 기타는 데일의 악기라고 생각했거든요. 그래서 그렇게 되도록 뒀어요." 그녀는 별안간 롤러를 쥔 손에 힘을 주어 벽을 공략했다.

"지난 번 리프에서 데일이 죽었다는 걸 알게 된 뒤로 기타에 손대면 그의 기억을 배신하는 것만 같았어요. 마치 *그래, 좋아, 이제 네가 죽었으니 내가 늘 원했던 이 일을 할 수 있겠다*, 라고 말하는 것과 다를 게 없었어요."

"하지만 그 애 때문에 네가 그토록 하고 싶었던 뭔가를 포기해야 했다면 널 배신한 사람은 그 애 아니었을까?"

매들린의 말은 깃털처럼 가벼웠지만 우나의 안에서 폭발해 그녀를 앞으로 휘청이게 만들었다. 깨달음이 번개처럼 스치고 지나가는 사이 그녀는 손바닥으로 벽을 짚어 스스로를 지탱했다. 그녀의 마음속에 두 사람의 러브 스토리가 서사문학으로 자리하고 있는 한 그녀의 일부가 데일과 함께 있는 척해왔던 것이다.

몇십 년 늦었을지도 모르지만 그녀가 풀 수 있는 흉내 맞추기 문제가 적어도 하나는 있었다.

어머니를 도와드리고 집으로 돌아오는 길에 그녀는《빌리지 보이스》를 한 부 집어 들었다. 우나는 뒤쪽 페이지를 들추며 광고를 살피다 한 곳에 시선을 고정했다.

기타 레슨

초보자도 환영

합리적 가격

피터에게 문의 바람

16

이게 그 피터인지 어떻게 알지?

그 질문은 7번가로 내려와 플랫부시를 지나 프로스펙트 하이츠까지 오는 내내 우나의 머릿속을 맴돌았다.

리프를 시작했을 때부터 그녀는 지하철의 그 여자가 언급한 두 번째 이름에 대해 궁금증을 가지고 있었다. 어쩌면 2003년의 우나는 기타를 잡는 놀라움을 망치고 싶지 않았겠지만 그녀와 음악 선생님의 재회를 주선하기 위해 마지막 순간에 마음을 바꿨을 수도 있었다. 다만 피터는 그녀가 전화를 걸어 약속을 잡았을 때 그녀의 이름을 알아채지 못했다. 직접 대면하면 그녀를 알아볼까? 어쨌든 《빌리지 보이스》에서 본 광고가 어떤 신호인 것만은 틀림없었다.

베이지색의 나지막한 집이 가까워지면서 두 손이 땀에 젖어 미끌거리는 바람에 하마터면 그녀는 기타 케이스를 손에서 놓칠 뻔했다. 마당으로 몇 걸음 내려서자 아파트 현관문이 나왔다.

"우난가요?" 그녀의 등 뒤에서 남자 목소리가 크게 들렸다.

그녀가 돌아보니 검은색 진과 가죽 재킷 차림의 웬 동양 남자가 다가왔다. 남자는 20대 중반으로 보였고, 이발할 때가 지나 텁수룩해진 머리가 이마를 거의 덮고 있었다.

"미안해요, 지하철이 말썽을 부리는 바람에 늦었네요. 오래 안 기다리셨길 바랍니다. 제가 피터예요."

악수를 할 때도 그는 알아보는 낌새를 전혀 보이지 않았고, 그녀는 첫눈에 그에게 끌렸다. 그랬다, 그는 매력적이었다. 길고 호리호리한 체격에 표정이 풍부한 입가엔 희미하게 미소가 걸려 있었고 두 눈은 친절해 보였다. 그리고 *(데일의 것과 똑같은. 내 것과 똑같은)* 가죽 재킷이 있었다. 그것말고도 더 있었다.

그의 집 거실로 들어갔을 때 그녀가 처음으로 마주한 것은 하얀색 배경 위에 노란색 바나나가 있는 거대한 포스터였다. 앤디 워홀의 벨벳 언더그라운드 앨범 표지였다. 피터가 재킷을 벗고 스웨터 소매를 돌돌 말아 올리자 그의 팔뚝을 따라 문신이 한 줄로 새겨져 있었다. 그녀가 알아볼 수 없는 상형문자였다.

"한글이에요." 그가 그녀의 호기심 어린 시선을 의식하며 말했다. "'무슨 일이든 다 때가 있다'는 뜻이에요."

그녀의 팔에 난 털들이 곤두서면서 그녀는 이제야 알았다. 그녀의 삶에서 풀리지 않던 수수께끼가 드디어 풀리는 순간이었다.

이 피터는 그 피터가 틀림없었다.

첫 레슨이 시작되고 그가 점점 섬세해지는 우아한 손가락을 그녀의 손가락 위에 얹고 정확한 손동작 시범을 보이는 순간 그녀 안의 무언가가 빛나기 시작했다. 그리고 코드를 하나씩 짚어 나가며 톰 페티의 〈프리 폴링Free Fallin〉을 완성하는 순간 그녀의 정맥은 완전히 새로운 종류의 흥분으로 넘쳐났다. 영감과 창의적 만족감이 불쏘시개가 되어 잠들어 있던 욕구에 불을 지폈다.

그때부터 그녀의 나날은 새록새록 밝아지고 편해졌다.

"스트러밍이 점점 좋아지고 있어요."

"모든 여자들한테 그렇게 말하죠?"

우나는 피터와 시시덕거릴 생각이 전혀 없었지만 기타를 배우는 게 그러하듯 저절로 그렇게 됐다. 쉬워서 그랬던 건 아니었다. 처음에 그녀는 겨우 음 하나를 정확히 뜯기 위해 씨름했고, 그 뒤에는 음계를, 그 다음에는 오픈 코드를 정확히 뜯기 위해 씨름했다. 처음 몇 주 동안은 15분 이상 연주하면 손이 얼얼했다. 더러 고통을 참고 연주하기도 했지만 기타를 한쪽으로 치워야 할 때도 있었다. 그녀는 좀 나아졌다 싶으면 더 많이 연주하길 원했고, 일주일에 두 번 있는 레슨을 갈수록 더 기대했다. 2월 초에 이르자 기타에 대한 그녀의 열정은 집착에 가까워졌다.

"연습을 많이 하나 봐요." 레슨 중간에 그가 말했다.

"매일 몇 시간씩요. 선생님 제안대로 어디든 들고 다니면서 꺼내 놓거든요."

"다른 학생들도 이렇게 열심히 하면 얼마나 좋을까요."

"그럼 내가 선생님 애제자가 못 되는 거죠."

"얘기가 그렇게 되네요. 손은 좀 어때요?"

"괜찮아요. 손목이 좀 시큰거리는 것만 빼면요."

"너무 많이 구부려서 그래요." 그가 엄지손가락으로 그녀의 손목을 마사지하며 모래시계 문신 윗부분을 꾹 눌렀다.

이러는 건 에드워드한테 공평치 않아. 끈질기면서도 현실적인 주문이 그녀 안에서 메아리치고 있었다. 그녀는 크로스비와 완전히 틀어진 뒤로 성적 충동은 자제하기로 단단히 마음먹었다. 그녀

는 스스로에게 생명을 구해준 의사에게 빠져드는 환자처럼 번지수를 잘못 찾은 애정이라고 말했다. 기타는 그녀에게 나침반이자 빛이었다. 연습하며 보내는 일상, 목적의식, 그대로의 모든 것들이 삶의 윤활유였다. 자신의 나이나 지금이 몇 년인지와 상관없이 그녀는 남은 평생을 연주만 하며 살아도 될 것 같았다. 그녀의 삶에 선물같은 시간을 선사한 남자에게 당연히 친밀감을 느끼게 될 터였다.

아니야, 이건 내가 나 자신에게 준 선물이야.

피터는 그녀가 결혼했다는 걸 알고 있었지만 그녀는 첫 레슨 때만 결혼반지를 꼈을 뿐 그 뒤로는 불편하다는 이유로 끼지 않았다.

"5분 쉽시다."

"좋아요." 그녀는 기타를 내려놓고 라임색 레트로 스페이스 에이지 소파에서 시선을 돌려 그를 마주보았다. 그의 집 거실은 60년대의 미래상을 생각나게 했다. 모서리를 둥글린 부드러운 파란색과 초록색 계열의 네모난 가구들이 그랬다.

우나는 늘 이런 휴식 시간을 고대했다. "내 실력으로는 역부족일 테지만 오늘 선생님이 연주할 노래는 뭐예요?"

"혹시 이 노래 아나 모르겠네요." 그는 자신의 기타를 집어 들고 겉으로는 짤랑짤랑 신나지만 저변에는 구슬픈 감정이 느껴지는 멜로디를 연주하기 시작했다.

"더 스미스의 〈걸 어프레이드Girl Afraid〉잖아요." 그가 연주를 끝내자 그녀가 말했다. "어휴, 난 언제쯤이면 저렇게 어려운 곡을 칠 수 있으려나."

"지금처럼 계속 연습하면 언젠가 칠 수 있을 거예요."

장난기 어린 미소를 지으며 그녀가 말했다. "재밌네요, 선생님이 스미스 팬이라니."

그가 빙그레 웃으며 말했다. "왜죠?"

"스미스 팬치고 선생님은 너무 많이 웃거든요."

"더 스미스는 나를 포함해 힘든 시기를 겪고 있던 지구상의 수많은 십대를 사로잡았죠. 그리고 조니 마는 개인적으로 나의 음악 영웅이기도 하고요. 그쪽한테 루 리드가 그런 것처럼." 그가 윙크하며 덧붙였다.

"왜 나 같은 초보자를 가르치며 시간을 허비하세요? 어째서 선생님 밴드와 함께 무대에서 연주하지 않는 거예요?" 그녀가 너무 많이 다가간 걸까.

"시도는 해봤지만 무대 공포증을 도저히 극복할 수가 없었어요. 관객이 열 명만 넘어가면 온몸이 얼어붙어서 연주를 할 수가 없어요." 그의 눈에서 절망, 실망, 포기 같은 만감이 교차했다. "하지만 세션 일도 꾸준히 있고 이렇게 생계를 유지할 수 있어 운이 좋은 편이죠." 그가 몸짓으로 둘 사이의 공간을 가리키며 힘주어 말했다. "분명히 말하는데, 이건 시간 낭비가 아니에요. 특권이지. 그쪽은요? 하필 왜 기타예요?"

피터가 질문을 던지는 방식은 정말이지 사랑스러웠다. 그는 고개를 끄덕이거나 이쪽저쪽으로 기울이며 한마디도 놓치지 않고 빨아들였고, 말을 자르지 않고도 적당히 추임새를 넣으며 온몸으로 귀 기울였다. 그는 우나가 기타를 칠 때도 그런 식으로 귀 기울였다.

"오래 전부터 기타를 연주하는 게 꿈이었지만 삶이…… 어수선했어요." 그녀는 있는 그대로 털어놓았다. "그렇더라도 음악은 줄곧 내 삶을 관통하는 실이었어요."

"삶이 우리 꿈에 방해가 될 수 있죠. 중요한 건 자신의 악기에 이르는 길을 찾았다는 거예요. 그리고 기타보다 더 좋은 악기가 있을까요?" 그는 아름다운 여인을 찬미하기라도 하듯 그녀의 칼 톰슨 6 스트링을 바라보았다. 한때 루 리드의 소유였다는 걸 그가 안다면 얼마나 좋을까.

지난 한 달 동안 에드워드는 식당 개업을 앞두고 정신없이 일하느라 우나의 새로운 취미를 적극 지지했다("우리가 만났을 때 당신 실력은 이미 수준급이었던 터라 당신이 다시 기타를 잡을 줄은 몰랐소." 그는 이렇게 말했다). 기타를 치는 시간과 실력이 늘수록 그녀는 남편의 부재를 덜 느꼈다.

오히려 남편을 가끔 보는 편이 결혼 생활에 적응하는 데 더 도움이 됐다. 식당 메뉴를 개발하느라 만든 음식을 싸다준다든지, 침실에서 그녀의 욕구를 꽉 채워주는 방법으로 늘 그녀를 만족시켜주려는 에드워드의 열의도 한몫했다. 심지어 그는 일주일에 적어도 한 번은 그녀와 함께 영화를 보거나, 한잔하거나, 브런치를 먹으면서 제대로 된 데이트를 즐겼다. 그녀는 차츰차츰 남편을 알아갔다. 그는 테리 길리엄(미국의 영화감독_옮긴이)은 좋아했지만 몬티 파이선 (주로 1970년대에 활동했던 영국을 대표하는 전설적인 코미디 그룹_옮긴이)은 싫어했다. 그의 친구들은 모두 레스토랑에서 일했고, 격주 월요일마다 모여서 포커를 쳤다. 그는 내장육이든 썩은 생선이든 좌우간 뭐든 잘 먹었다. 단 건포도는 빼고. 그는 또 기개나 투지가 느껴지는 음악을 좋아했다. 픽시스, 너바나, 소닉 유스, 그리고 감사하게도 벨벳 언더그라운드를 좋아했다. 그는 타란티노 영화라면 종류 불문하고 어떤 대사든 다 외울 정도로 열성팬이었다.

외출할 때면 에드워드는 그녀에게 식당 일이 진척돼가는 상황을 알려줬지만 교묘하게도 비용 얘기는 쏙 뺐다. 대신 청구서가 나올 때마가 클럽으로 냉장고에 붙여두면 우나가 수표와 맞바꿔주었다.

2월 중순의 어느 날 그녀는 밤 핑크 플로이드의 〈위시 유 워 히어Wish You Were Here〉를 막 익히고는 흥분한 나머지 에드워드가 귀가할 때까지 기다릴 수가 없어 직접 식당으로 가서 그를 놀래주기로 했다.

열 시를 갓 넘겨 도착하자 프란체스카가 문을 열어주었다. "웬일이에요?" 둘은 동시에 서로에게 묻고는 픽 웃었다.

프란체스카의 옷이나 머리에 난잡한 흔적이라도 있나 살폈지만 우나가 보기엔 없었다.

"개업식 세부 사항을 마지막으로 점검하고 있었어요. 손님 명단, 자리 배치, 뭐 그런 거요." 그녀는 그 자리에 버티고 선 채로 우나를 안으로 들이지 않았다.

"그게 굳이 여기까지 와서 처리해야 하는 일인가요?"

"어떻게 하면 그 공간을 십분 활용할 수 있을지 직접 봐야 아이디어가 잘 떠올라서요."

"내 남편 얼굴이라도 보고 가게 좀 비켜줄래요?"

"셰프님은 지금 한창 바쁘세요. 지금은 때가 좋지 않아요." 그러면서 그녀는 딱하다는 듯한 미소를 지었다. "오픈까지 일주일밖에 안 남았잖아요. 에드워드는 집중해야 해요."

우나는 이에 금이 가지 않은 게 다행일 정도로 입을 세게 앙다물었다. "댁이 날 세워놓고 에드워드한테 뭐가 필요한지 얘기할 입장은 아닌 듯한데요. 좀 들어갈게요."

프란체스카가 한숨을 과장되게 내쉬며 옆으로 비켜섰다.

우나는 부츠를 저벅거리며 쌓여있는 나무와 타일을 순식간에 지나 부엌을 급습했다. 부엌엔 아무도 없었다. 그녀는 곧장 위층 에드워드의 사무실로 향했다. 노크도 하지 않고 문을 열었더니 그가 엉망으로 널린 서류 더미에 코를 박고 있었다.

그가 놀란 표정으로 올려다보았다. "무슨 일이오?"

어쩌면 이게 나쁜 생각이 아니었을지도 몰라. "일은 무슨 일요? 그냥 당신이 보고 싶어서요." 활기차기보다 궁색하게 들렸다.

이해하지 못하겠다는 표정으로 에드워드가 말했다. "그러니까…… 별일 없다?"

"네. 이번 주는 당신 얼굴을 많이 못 봐서 한번 들러본 거예요."

"아." 긴 한숨이 그를 에워쌌다. "처리해야 할 잡무가 너무 많아요. 제시간에 오픈하려면 정말 집중해야 하오. 미안하오, 여보. 집에 갈 때 비프 웰링턴 좀 챙겨가리다."

"신경 쓰지 마세요." 그녀는 남편보다 스스로에게 말했다.

"요 몇 주만 좀 봐줘요. 일단 식당이 정상 궤도에 올라서면 당신 곁에 많이 있을 테니."

"당연하죠." 그녀는 그에게 작별 키스를 하고 방을 나왔다.

계단 꼭대기에서 프란체스카와 마주쳤다.

"알다시피 셰프님은 못 그러실 거예요." 그녀를 따라 내려온 프란체스카가가 말했다.

계속 걸어. 저 여잔 무시해.

하지만 우나는 참을 수가 없었다. "뭘 못 그런다는 거예요?"

"곁에 있어주지 못할 거라구요. 앞으로 최소한 6개월 동안은 레스토랑 미망인으로 지낼 각오 하세요. 어쩌면 9개월이 될 수도 있어요. 이런 사업을 꾸려간다는 게 얼마나 힘들고, 책임질 게 많은지 아마 모르시겠죠."

"음, 너무 힘들면 도와줄 사람을 더 고용하면 되죠."

딱하다는 듯 찡그린 표정으로 프란체스카가 말했다. "중요한 건 그게 아니잖아요. 셰프님은 압박감도 잘 견디고 세부 사항도 하나하나 꼼꼼하게 처리하세요. 셰프님한테 이 레스토랑은 전부인 만큼 다른 사람한테 맡기려고 하지 않을 거예요."

이를 부인할 수는 없었다. 그녀는 쓰라린 가슴을 안고 그곳을 나섰다. 프란체스카는 결정적인 말을 했을 뿐 아니라 외로운 그림까지 그려 보였다. 우나는 계산해보았다. 지금부터 6개월 뒤면 8월이었고, 9개월 뒤면 11월이었다. 그러고 나면 곧 다음 번 리프에 나서야 할 터였다. 그녀가 에드워드에게로, 두 사람의 결혼 생활로 다시 돌아오려면 몇 년이 걸릴까? 레스토랑 미망인으로 지내야 하는 이 몇 달은 또 어떡하고?

"아빠랑 살면서 다른 남자들과 바람피운 적 있으세요?"

레스토랑 오픈을 며칠 앞둔 어느 토요일 아침 우나와 매들린은 그랜드 아미 플라자 농산물 시장을 둘러보고 있었다.

"여행사에서 일할 땐 내내 그랬지 아마. 그래서 때로 호텔 방이나 관광 상품을 할인받거나 고객들이 더 비싼 상품으로 갈아타게 해서 돈을 좀더 쓰게 만들기도 했지. 하지만 그 때문에 피해 본 사람은 아무도 없었다." 이렇게 말하면서 그녀의 어머니는 비트 더미 위로 손을 뻗었다. "보르시치를 먹기엔 날이 너무 춥지?"

"2월에 바다에서 수영을 하면서 차가운 수프를 먹는 건 안 내키세요? 암만해도 난 엄마가 이해가 안 돼요." 우나가 옆 좌판의 유기농 꿀단지를 살피며 말했다.

"에드워드가 네가 다른 남자들이랑 놀아난다고 널 몰아세우니? 질투해?"

"전혀요." *차라리 그랬으면 좋겠네요.* 엄밀히 따지면 아니었지만 군이 꼬투리를 잡자면 기타 선생님에 대해 음란한 생각을 품은 것을 두고 바람피웠다고 말할 수도 있었다. "하지만 피터와 난 그저 잘 통할 뿐이에요. 그게 잘못은 아니잖아요. 아마 그도 엄마가 업무상 그랬던 것처럼 학생들과 노닥거렸겠죠. 그래도 그 생각을 하면 가끔 죄의식이 들긴 해요."

"피터, 네 기타 선생님 말이니? 재미있구나." 그녀는 그 말을 필요 이상으로 길게 끌었다. "귀엽게 생겼니?"

"네, 뭐 그런 편이긴 하지만 그게 아니라 난……." 차가운 바람이 그녀의 얼굴로 솟구쳐 오르는 열을 식혀주었다. "우린 그저 음악을 통해 교감하고 있을 뿐인걸요. 첫 번째 리프 이후로 엄마가 모르는 친구와 이런 시간을 갖기는 처음이에요." 어제 타이에서 또 한 장의 우편엽서가 도착했지만 켄지는 언제 뉴욕으로 돌아올지 여전히 아무 말이 없었다. *지금쯤이면 그곳의 사찰과 종려나무를 빠짐없이 보고도 남지 않나?*

허브 화분들을 지나치자 공기에서 신선한 바질의 맵싸한 냄새가 났다. 매들린이 손가락으로 로즈메리 잔가지를 쓰다듬었다. "음악을 통한 교감 그 이상일지도 모르지. 어쨌든 넌 에드워드와는 다른 방식으로 피터를 알아가고 있잖니."

"어떻게 다른데요?"

"좀더 공평하다고 할까. 에드워드하고는 네가 그 사람에 대해 아는 것보다 그 사람이 너에 대해 아는 게 더 많아서 그 차이를 메우려고 아등바등하고 있잖니. 그에 비해 피터하고는 좀더 유기적으로 서로를 알아가고 있고. 결혼 생활의 중압감과 기대치라는 짐을 지지 않고서 말이지."

"그건 짐이 아니에요." 우나는 서둘러 자신의 처지를 변호했다. "결혼에는 물론 책임이 따르지만 엄마 말은 내가 그 무게에 짓눌려 꼼짝달싹 못하고 있는 것처럼 들리네요."

"난 지금 그런 말을 하는 게 아냐, 딸." 그녀의 어조는 따스했지만 침착했다. "내 말은 네가 처음 보는 남자가 어느 날 네 앞에 나타나 '내가 당신 남편이니 나를 사랑하시오'라고 말했을 때 그 말에 순순히 따르고 싶은 마음이 안 생겨도 당연하다는 거야. 대신 스트레스를 덜 받는 상대에게, 좀더 자연스런 관계에 감정이 쏠린다 해도 하나도 이상할 게 없다는 거지."

모녀는 맞은편에서 아장아장 걸어오는 아기들에게 자리를 내주려고 방울양배추 더미 옆으로 비켜섰다.

"또다시 사랑에 빠질 일은 없을 것 같아요." 그녀의 두 눈에 눈물이 고였다.

"열병 같은 사랑이라 해도 상관없지 뭐. 네 아버지가 은행에서 함께 일하던 여직원 한 명에게 푹 빠진 적이 있었다. 네 아버지가 그 직원을 얘기할 때마다 쓰는 말투로 눈치챘지. 네 아버지가 그런 식으로 말하는 걸 한 번도 들어본 적이 없었거든. 함께 일하면서 줄곧 마주치다 보면 그런 일들이 일어나기 마련이란다. 스톡홀름 신드롬처럼, 물론 그보다는 덜 해롭지만."

에드워드가 프란체스카한테 푹 빠졌을까? 그럴지도 모른다는 가능성은 피터 때문에 드는 죄의식을 덜어주었지만 잠시뿐이었다. 그녀가 차마 생각하기 싫은 더 큰 질문을 어머니가 제기했기 때문이다.

"피터가 널 좋아하는 것 같니?" 매들린이 물었다.

"잘 모르겠어요. 일단 그는 나보다 한참 어려요. 농담 따먹기나 하려고 내가 그와 얘길 나눈다고 생각한다면 너무 순진한 거죠. 어쩌면 그의 나이가 실제 내 나이와 비슷해서 말이 더 잘 통하는지도 몰라요. 난 속으로는 여전히 스물한 살이잖아요. 어쨌든 간에 어리석은 열병 때문에 내 결혼 생활을 위험에 빠뜨리는 일은 없을 거예요." 그녀는 그저 열병으로 그치지 않더라도 마음을 고쳐먹으려고 했다. "이것 좀 보세요, 이렇게 큰 방울양배추는 처음 봐요." 우나가 아기 양배추 더미를 찬찬히 살피며 말했다.

"넌 방울양배추 싫어하잖니." 매들린은 딸이 고개를 들어 자신을 쳐다볼 때까지 기다렸다. "어쩌면 네 열병은 그렇게 어리석지 않을지도 몰라. 지금 네게 필요한 건 2003년의 우나가 필요로 했던 게 아닐 수도 있어. 작년의 네가 뭘 준비해놓았든 지금의 네가 꼭 그걸 따를 필요는 없잖니."

둘 중 누구든 뭐라고 채 말하기 전에 스쿠터를 탄 웬 남자아이가 방향 전환을 잘못해 모녀 옆 탁자에 가 부딪쳤다. 그 바람에 탁자가 앞으로 쏠리면서 방울양배추가 녹색 골프공처럼 무더기로 쏟아져 내렸다.

그날 밤 에드워드가 집에 돌아왔을 때 우나는 잠들어 있었다. 그는 그녀의 벗은 다리에 키스를 퍼부어 그녀를 깨웠다.

"음, 좋은 느낌이에요." 그녀가 여전히 잠에 취한 채 중얼거렸다. 그녀는 그가 잠옷을 벗기고 자신의 드러난 맨살에 다가오도록 가만히 내버려두었다.

"하루 종일 이것만 생각하고 있었소."

그의 손길이 닿는 순간 우나는 오랜 세월 음식을 만드느라 여기저기 베이고 덴 남편의 거친 손은 잊었다. 대신 따스하고 보드라운 피터의 손을, 그녀의 위로, 그녀의 안으로 미끄러져 들어오는 그의 기다란 손가락을 상상했다.

그리고 그때 더 큰 질문이 다시 나타나 그녀에게 생각해보라고 요구했다.

내가 결혼을 원하기는 하나?

17

클레어리의 펍의 야간 개업식은 그럭저럭 성공적이었다. 프란체스카가 약속했던 화려한 행사는 아니었지만 그녀의 인맥은 언론인, 그 지역 사업가, 맛 평가사, 유명인 등 꽤 많은 사람들을 불러모았다. 시작은 좋은 듯했지만 매출은 그 뒤로 곧 줄어들었다. 2주 뒤에 나온 잡지 《뉴욕New York》의 미온적인 기사에 그녀의 남편은 한껏 의기소침해졌다. 점심시간에 프란체스카가 문제의 논평 기사를 가지고 들어왔을 때 우나도 식당에 있었다.

"……아무리 주름장식이 많은 프랑스 옷을 차려입었어도 결국은 펍 음식일 뿐인데 비싼 가격을 정당화할 만큼 훌륭하지 않다. 셰프이자 주인인 에드워드 클레어리는 트러플 오일에 대한 의존도를 줄이고 새롭고 소박한 눈으로 메뉴를 다시 검토해야 할 듯하다. 클레어리의 펍은 비싼 가격치고 음식의 양이 적고 더부룩한 느낌을 주는 데다 위치까지 외져서……." 에드워드는 기사를 읽다 말고 기네스를 한 모금 길게 들이켰다. "개업식을 요란하게 하는 게 아니었어. 그랬으면 말이 퍼져나가기 전에 문제를 해결할 기회가 있었을 텐데. 처음부터 밑천 다 드러내며 호들갑 떨지 말고 조용히 시작했어야 하는 건데."

우나는 손가락 관절이 하얘지도록 생맥주 잔을 힘껏 움켜쥔 남

편의 모습을 보고 곧 잔을 집어 던지면 어쩌나 싶었지만 이내 그는
어깨를 축 내려뜨린 채 풀죽은 얼굴로 잔을 내려놓았다.

"한 기사일 뿐이에요. 좋은 기사도 꽤 있어요." 프란체스카가 말
했다.

"나도 알아요, 《브루클린 페이퍼Brooklyn Paper》에서 내가 만든 매시
를 우리 구 최고라고 말했다는 거. 하지만 제기랄 누가 《브루클린
페이퍼》를 읽어야 말이지."

그는 잡지를 들고 쿵쾅거리며 자기 사무실로 올라갔다. 곧이어
프란체스카도 뒤따라 나서자 우나가 그녀를 막아섰다.

"내가 올라갈게요." 우나가 말했다.

"내가 가야 해요. 셰프님은 전략 논의를 하고 싶어하실 거예요,
장사가 너무 지지부진하거든요." 그녀는 다른 길로 가려고 테이블
을 빙 돌아 나왔지만 우나가 한 발 빠르게 또 막아섰다.

"그쪽 일은 나중에 실컷 하세요. 저 사람은 지금 아내가 필요해
요." 못마땅하다는 듯 치켜뜬 프란체스카의 눈썹을 무시하고 우나
는 성큼성큼 에드워드의 사무실로 향했다.

문턱을 채 넘어서기도 전에 에드워드가 말했다.

"무슨 일인지 몰라도 나중에, 우나." 그는 또 잡지에 코를 박고 있
었다.

"한 기사일 뿐이에요." 그녀는 프란체스카의 말을 그대로 되풀이
하는 자신이 싫었다.

"하지만 중요한 기사요. 나 말고 이 상황을 이해하는 사람이 왜
아무도 없는 건지. 우린 3주 전에 문을 열었는데 운이 좋아야 점심

에 열 테이블 받고, 저녁에는 그보다 훨씬 더 운이 좋아야 스무 테이블 받고 있소." 그는 잡지를 와락 움켜쥐고 번들거리는 페이지들을 뒤흔들었다. "그리고 이건 도움이 안 될 거요. 내가 왜 하필 이런 데다 식당을 차렸을까? 생맥주 한 잔에 '지나치게 비싼' 셰퍼드 파이를 먹으려고 불쑥 들르는 사람은 아무도 없을 거요. 밖에 나가보면 개미 새끼 한 마리 얼씬거리지 않으니 원."

그러게 내가 뭐라 그랬느냐고 따질 때가 아니었기에 우나는 응원하는 아내 역할을 떠맡기로 마음먹고 남편 곁으로 다가가 어깨를 주물렀다.

"다 잘될 거예요. 조금만 있으면 예약이 꽉 찰 거예요."

"두고 보면 알겠지." 그는 머리를 숙여 그녀의 손가락 마디마디에 키스한 뒤 자신의 어깨에서 그녀의 손을 치웠다. "브런치 메뉴가 도움이 될지도 모르겠군. 프란체스카와 상의해봐야겠어요. 가서 위층으로 좀 올려 보내주겠소? 고마워요, 내 사랑." 대답을 기다리지도 않고 그는 다시 잡지로 눈을 돌렸다.

우나는 누가 영화를 보다 정지 버튼을 누른 것처럼 그녀의 일상을 멈추기라도 한 듯 두 손을 허공에 두고 서 있었다. 달리 할 말이 없었기에 그녀는 히죽거리는 프란체스카의 표정을 피해 그녀의 뾰족한 빨간색 스틸레토 힐에 집중하며 에드워드의 말을 전했다.

몇 주가 지났다. 식당은 계속 돈을 잃었고, 우나는 여전히 기타를 연주하며 수표를 써댔으며 에드워드는 만날 밤늦게 집에 왔다. 너무 늦은 날에는 더러 거실 소파에서 자기도 했다.

클레어리의 펍은 월요일마다 문을 닫았는데, 에드워드는 웬만하면 그날 만큼은 우나를 위해 시간을 비워두었다. 3월 말의 월요일에 두 사람은 점심을 먹으러 동네의 한 이탈리아 식당에 들렀다.

자리에 앉아 웨이터와의 거리가 멀어지자 에드워드가 역겹다는 듯 고개를 절레절레 흔들며 말했다. "저 여자 주인 웃고 있는 거 보이오? 우릴 맞이하면서도 휴대폰에서 거의 눈을 떼지 않던데. 웨이터를 부르며 마치 우리에게 무슨 호의라도 베푸는 듯한 얼굴을 하고 있지 않소. 그리고 종업원 꼬락서니 봤소? 방금 침대에서 빠져나온 사람처럼 체취를 풍기며 온통 산발을 하고서는. 우리 직원이었으면 손님 근처에 얼씬거리기 전에 집에 보내 씻고 오라고 했을 거요." 그가 툴툴거리며 메뉴판을 펴더니 기대 어린 눈으로 우나를 바라보았다.

그의 독설에 그녀는 너무 놀라 할 말을 잃고 말았다. 물론 그는 자주 가는 식당을 두고 이렇다 저렇다 흠을 잡을 수는 있었지만 이 정도의 적의는 처음이었다. "여기 주인은 당신한테 종업원 관리를 처음부터 다시 배워야겠네요." 그녀는 메뉴판을 피난처 삼아 중얼거렸다. "이 식당을 극찬하는 기사를 읽었는데, 음식이 서비스를 보상해주면 좋겠네요."

하지만 음식도 에드워드의 까다로운 기준에 못 미치기는 매한가지였다. 그에 따르면 파스타는 너무 오래 익혔고, 브로콜리 라베는 덜 익혔으며, 소스는 너무 짰다. "여길 극찬하는 기사는 대체 어디서 읽은 거요?"

"아, 음, 음식 블로그에서요." 실은 《뉴욕》에서였지만 그에게 출처를 곧이곧대로 말하거나 그녀가 시킨 음식이 맛있다고 고백하면 그를 더 화나게 할 것만 같았다.

"그럴 줄 알았소." 그의 표정이 안 좋아졌다. "요즘은 컴퓨터만 있으면 어떤 멍청이도 음식 전문가가 될 수 있는 세상이니까. 미뢰와 똥구멍을 구별 못해도 말이오."

"실은 블로거들한테 저녁을 대접해 입소문을 타게 하면 어떨까 생각하고 있었어요. 그것 말고도 우리 식당을 널리 알릴 몇 가지 방법을 생각해둔 게 있어요." 그녀는 만족스럽다는 듯이 맛있게 먹는 것처럼 보이지 않도록 조심하며 오징어 먹물 파스타를 한입 먹었다. "당신이 세운 마케팅 계획을 살펴봤는데, 인쇄물과 디엠 말고는 이렇다 할 광고 계획이 별로 없는 것 같아요. 버스나 지하철 F선 입구 같은 데다 광고하는 건 어때요?" 그의 반응을 읽을 수 없어 우나는 계속 말을 이어갔다. "온라인을 이용하는 것도 효과적일 것 같아요. 웹사이트가 좋겠죠. 음악도 깔고, 검색 엔진 최적화를 관리할 사람도 두고……."

폭소가 그녀의 말을 가로막았지만 이를 드러내며 웃는 에드워드의 표정은 전혀 즐거워 보이지 않았다. "맙소사, 우나, 대체 언제 그렇게 식당 마케팅 전문가가 된 거요?"

"조사를 좀 해봤……."

"당신 조사에 따르면 내가 지금까지 해온 판촉 활동은 다 헛짓이었던 것처럼 들리오만. 또 뭐 내게 나눠줄 통찰력 없소? 메뉴, 인테리어, 전반적인 운영이 어떻게 잘못됐는지 말해줘요." 그는 한 손으로 턱을 괴고 놀리듯 빤히 쳐다보았다.

에드워드가 빈정대는 통에 우나는 김이 팍 샜다. 그를 설득하려고 애쓸 필요가 있을까? 그녀는 뒤로 물러나려고 했지만 부당하다는 생각이 들면서 반격에 나섰다. "그럼 난 입 닥치고 돈이나 대면 되나요? 꽤 괜찮은 아이디어가 떠올라서 제시했을 뿐이에요. 필요하면 비용도 대겠다고 하는데도 당신은 날 자기가 무슨 말을 하는지도 모르면서 주절거리는 바보 취급을 하고 있잖아요." 그녀는 핸드백을 움켜쥐고 지갑을 찾아 이리저리 더듬거렸다. 그러고는 곧 자리에서 일어나 테이블에 20달러 지폐 몇 장을 던져 넣고 재킷을 낚아챘다. "여기, 점심도 내가 내죠. 그리고 분명히 말하는데, 점심 맛있었어요."

서둘러 식당을 나오면서 그녀의 머릿속은 이 생각 저 생각으로 복잡하기 그지없었다. 하지만 뒤얽힌 타래를 채 풀기도 전에 에드워드가 그녀의 옆에 모습을 드러냈다.

"우나, 용서해줘요." 그는 주머니에 손을 찔러 넣은 채 고개를 푹 숙였다.

"하나에서부터 열까지 당신 투자를 받고 밤낮 없이 일하는데도 식당이 잘되지 않아 죽을 맛이다 보니 나도 모르게. 나 같은 놈은 골칫거리요."

"당신이 왜 골칫거리예요?" 우나는 천천히 한숨을 내쉬었다. "하지만 아까는 당신을 도우려고 애쓰는 사람한테 바보처럼 굴었어요."

"엄청 재수 없게 굴었지. 백 번 천 번 맞는 말이오. 그리고 당신 제안은 다 옳았고. 하지만 당신 돈을 또 여기다 쏟아 붓는다고 생각하면……"

"괜찮아요. 돈은 중요하지 않아요."

자신의 자존심과 좀더 맞붙어 싸우고 나서 에드워드는 우나의 아이디어를 현실화하는 데 필요한 자금 지원을 고맙게 받아들였다. 그 뒤로 손님이 조금 늘긴 했지만 그 수가 너무 적었다. 부부는 날이 따뜻해져 파티오를 개방하는 5월이면 장사가 잘되리라 기대했지만 아니었다. 고와너스 운하의 악취는 줄어드는 손님들을 계속 실내에 붙잡아두었다.

한편 우나는 꾸준히 레슨을 받으면서 피터에 대한 감정을 키웠다. 그녀는 정기적으로 어머니 앞에서 기타를 연주했고, 그때마다 매들린은 다 안다는 듯 사려 깊으면서도 어딘지 우울해 보이는 미소를 띤 채 열심히 귀 기울이며 고개를 끄덕였다. 어쩌면 그녀는 상심에 빠진 마음을 달래고 있는지도 몰랐다. 모녀는 에드워드나 피터나 식당 얘기는 거의 하지 않았다. 아예 대화 자체를 거의 하지 않았기 때문에 음악이 모녀의 침묵을 가득 채웠다. 우나는 더없이 혼란스러운 시기를 보내며 자신의 감정을 일일이 분석하기보다 에너지를 음악에 쏟아 붓는 방법으로 나날이 커져만 가는 결혼 생활에 대한 불만을 조금이나마 해소했다.

6월로 접어들면서 우나와 에드워드의 대화는 점점 더 신랄해졌다.

"아, 지난 주에 나랑 〈애비뉴 Q^Avenue Q〉 보면서 곯아떨어진 건 그렇다 쳐도 친구들과 밤새 포커 치는 날을 그리워하진 않기를 바랄게요."

"보조 요리사가 손가락을 다치는 바람에 혼자 1백 시간을 일하느라 '곯아떨어졌소.' 당신 없이 나 혼자 즐기는 여가 시간을 조금이라도 원하는 나를 용서해주시오."

6월 들어 피터는 자기가 살아온 삶의 세세한 부분까지 우나와 나누기 시작했다.

"내가 의대에 다녔다는 얘기 했던가요? 일 년도 넘기지 못했지만."

"내가 런던정경대에서 공부할 뻔했다는 얘기 했던가요? 결국 히스로 공항까지 가지 못했지만. 그래도 우리 둘 다 기댈 음악이 있어서 다행이에요."

7월이 되면서 그녀와 에드워드는 잠자리를 같이하는 횟수가 뜸해졌다.

"엄마 생일이 다가오고 있어요. 내가 굳이 세 명을 예약해야 하나요?"

"장모님은 날 싫어하시잖소. 그 자리에 내가 빠지면 서운한 척하는 거 하지 맙시다."

그쯤 우나는 바레 코드를 완전히 익혔다.

"그래도 형은 의사가 돼서 부모님 기대에 부응하는 자식이 적어도 한 명은 있어 다행이에요. 그토록 바라셨죠. 나도 노력은 해봤지만 안 되더라구요."

"아빠가 돌아가시고 난 후부터 살아 계셨다면 나한테 뭘 기대했을지 늘 궁금했어요. 내가 경영 대학원에 입학한 이유도 그래서였던 것 같아요. 사실 난 사업체 운영에는 별로 흥미가 없지만요. 조금이라도 흥미가 있었으면 식당이 저 지경까지는 되지 않았을지도 모르죠."

8월이 되면서 그녀와 에드워드는 각기 딴 방에서 자기 시작했다.

"당신 음식이 안 좋다고 말하는 건 아니지만 장식이 과하고 가격도 너무 비싸요. 내 말이 당신의 귀중한 에고를 아프게 한다면 미안하지만 악평을 얼마나 더 받아야 바꿀래요?"

"내 귀중한 에고를 아프게 하는 건 나를 털끝만큼도 믿지 않는 빌어먹을 내 마누라요. 날 건드리지 말고 내버려둬요. 난 좀 걷다 오겠소."

8월 들어 그녀는 〈스페이스 오디티Space Oddity〉를 흠 하나 없이 연주할 수 있었다.

"매번 수업을 듣고 나면 그쪽이 얼마나 많이 달라지는지 알아요? 대개는 화나 있거나 뭔가에 정신이 팔린 듯 들어오지만 한 시간쯤 지나면 훨씬 차분해지고 행복해요. 음악이 최고의 치료라니까요."

"맞아요. 다음 번엔 〈컴포터블리 넘Comfortably Numb〉에 도전해보면 어때요? 이제 그 아르페지오와 씨름할 준비가 된 것 같거든요."

식당은 계속해서 나아지지 않았다. 에드워드는 메뉴와 가격대를 다양화해보기도 하고, 직원들도 바꿔봤지만(프란체스카는 계속 남았다) 아무것도 먹히지 않았다. 음식은 좋았지만 요리의 사각 지대에 있는 손님들을 끌어들일 만큼 훌륭하지는 않았다. 돈을 잃는 것은 우나에게 중요하지 않았다. 구글의 IPO에 투자한 10만 달러가 십 년쯤 뒤면 1천5백만 달러 가치로 뛸 터였기 때문이다. 하지만 이런 선견지명도 당장의 결혼 생활에는 도움이 되지 않았다. 돈으로 해결할 수 없는 문제들도 있었기 때문이다. 9월 초 피터는 우나에게 소아암 환자들을 위한 자선 행사에서 연주할 생각이 없는지 물었다.

"내가 행사를 기획하고 있어요." 그가 운을 뗐다. "친구의 열네 살 된 딸이 몇 달 전 수술이 불가능한 뇌종양 진단을 받았어요. 그 애 병원비를 모으는 목적의 행사인데, 돈이 남으면 수모 세포종 연구에 기부할 예정이에요. 음악은 모두 라디오헤드로 구성할 거예요. 그 애가 제일 좋아하는 밴드거든요."

"할게요."

피터는 그녀가 너무 선뜻 동의해 놀라며 미소지었다. "〈페이크 플라스틱 트리즈Fake Plastic Trees〉의 스트러밍 패턴은 아주 쉬워요. 그 곡으로 할래요? 가수는……."

"노래도 내가 할게요. 그 노래 좋아하거든요."

"작년 BAM 공연 때도 불렀는데 정말 끝내줬어요. 혹시 그 공연에 갔었나요?"

갔었나? "아뇨, 안 갔던 거 같아요." 그녀는 기침을 했다. "저기요, 〈심퍼시 포 더 데빌Sympathy for the Devil〉 한 번 더 해요. 아직 손에 완전히 익은 것 같지가 않아서요."

그날 밤 집에 돌아와 보니 켄지가 보낸 우편엽서가 또 그녀를 기다리고 있었다. 이번에는 베트남 소인과 함께 에메랄드빛 계단식 논 사진이 엽서 앞면을 차지하고 있었다. 뒷면에는 이렇게 적혀 있었다.

이곳은 덥고 비가 많이 와요. 드라마 속 비련의 여주인공처럼 주룩주룩 비를 맞으며 돌아다녔어요. 지금은 화가 좀 덜 나요. 하지만 아직은 여기 있어야겠어요.

— 켄지

올해는 그를 볼 수 없다는 뜻인가? 그렇다면 굳이 엽서들을 보내 그녀를 감질나게 하면서 재회의 기대를 품게 만드는 이유가 뭘까? 거기다 손이 닿지도 않는 곳에 있다니 미칠 노릇이었다. 그녀가 그를 열받게 하는 행동이라도 했단 말인가? 어쨌든 그녀는 그의 까닭 모를 부재를 받아들이는 수밖에 없었다.

다행히도 몇 주 뒤로 다가온 자선 연주회가 그나마 긍정적인 생각을 갖게 해주었다. 공연은 디트머스 파크 안에 있는 한 유대인 커뮤니티 센터 강당에서 열릴 예정이었다. 어느 날 밤 리허설이 끝나고 피터가 우나를 집까지 태워다주겠다고 나섰다.

"그쪽이 노래를 할 줄은 미처 몰랐어요." 차가 오션 파크웨이의 널찍한 도로를 지날 때 그가 말했다. "다시 밴드와 같이 연주하는 느낌이 어때요? 얼리 도닝 시절이 생각나지 않나요?"

"나요. 무척 흥분돼요. 다 같이 연주할 때는 뭐랄까, 마법이 일어나는 것 같아요. 마치 약에 취한 것처럼 그야말로 기분 최고죠."

"무슨 말인지 알겠어요. 음악만큼 좋은 약도 없으니까요." 그러면서 그는 그녀를 흘끔 쳐다보았다. "남편도 공연에 오나요?"

둘의 대화에 에드워드를 언급하는 일은 아주 드물었다. "아쉽게도 못 와요. 그날 밤 사업상 중요한 사람들과 저녁 식사가 예정돼 있어서요."

"남편이 그쪽이 연주하는 걸 못 보다니 안타깝네요."

"괜찮아요." 어쨌든 음악은 그녀가 에드워드와 공유하고 싶지 않은 무언가였다. 둘이 지금처럼 한창 싸우기 전에는 그가 가끔 그녀에게 연주해달라고 부탁하기도 했지만 그의 관심은 열정적이라기보다 겉치레에 가까웠다. 그나마 예의를 차려 말한다면 그녀는 그를 위해선 절대 연주하고 싶지 않았다. "결혼 생활은 복잡해요. 선생님도 언젠가 알게 될 날이 오겠죠."

"나도 결혼한걸요." 뜻밖의 고백에 목소리가 높아지자 그는 목청을 가다듬었다.

"그래요? 언제요, 대학 때? 지금 스물다섯 아니에요?"

"서른 살이에요."

"잠깐만요, 네?"

그녀는 그의 옆얼굴을 찬찬히 뜯어보았다.

"동안이라 그래요. 지금도 바에 가면 신분증을 보여줘야 할 때도 있어요."

"정말 결혼했다구요?"

"대학을 졸업하자 바로요. 하지만 일 년밖에 못 갔어요."

"왜요?"

"둘 다 한국인이라 집안끼리 잘 알고 지내서 엮인 거죠. 우린 서로 많이 좋아하긴 했지만 그 안엔 일종의 의무감 같은 것도 섞여 있었어요." 진로를 가로막는 운전자를 피하려고 급히 브레이크를 밟느라 차가 갑자기 덜컹거리며 요동치자 그가 팔을 뻗어 우나가 계기반에 부딪치지 못하게 막았다.

"괜찮아요?"

"괜찮아요."

하지만 그녀의 마음은 새롭게 드러난 사실들 때문에 여전히 어지러웠다. *십 년이면 나이 차이가 너무 많이 나는 건가?*

피터는 무례한 운전자에게 그 어떤 반응도 보이지 않았다. "어쨌든 난 결혼하고 나서 바로 의대에 들어갔어요. 내가 워낙 바빠서 우린 서로 거의 보지 못했어요. 난 늘 스트레스에 치여 지냈고, 그러다 보니 상황은 나빠지기만 했죠. 그쪽은 남편과 잘 지내죠?"

"그럼요." 하지만 그녀가 하고 싶은 말은 그보다 훨씬 더 많았다. 남편보다 룸메이트랑 사는 것 같은 기분이 어떤지. 부부만큼 친한 사이도 없다지만 그런 인식에 맞춰 살 수도 없고, 그렇다고 상대방이나 자기 자신이, 또는 둘 다 실망할 테니 도망칠 수도 없는 상황은 어떻게 받아들여야 하는지를.

"덫에 갇힌 느낌이었겠네요." 우나는 피터 앞에서 울지 않으려고 안간힘을 쓰며 손톱으로 손바닥을 쿡쿡 찔러댔다. 그녀는 그에게 의무라는 가시덩굴에 얽혀든 것들을 얘기하고 싶었다. 더불어 관계 초반에 일어나는 놀라운 일들, 하늘을 날아오르는 듯한 느낌, 사랑에 빠졌을 때 찾아오는 둥둥 떠다니는 듯한 느낌을 도둑맞고 있는 것에 대해서도.

"덫에 갇힌 느낌이었어요." 그가 말했다. "그리고 그렇게 느끼고 있다는 게 우울하고 창피하기도 했어요. 감정적 문제를 겉으로 드러내면 안 된다고 배웠거든요. 한국어로 'depression'에 해당하는 말은 아예 있지도 않다는 거 아세요? '낙담한 마음 상태'로 번역하는 게 그나마 가장 가까운 표현이에요."

"그럼 의대를 그만둔 게 낙담한 마음에 도움이 되던가요?"

"네. 하지만 알고 보니 아내는 뮤지션이 아니라 의사와 결혼하길 원했던 거더라구요." 그는 아이러니하다는 듯 쿡쿡 웃었다.

"음악을 추구하느라 결혼 생활을 희생한 거군요…… 그럴 만한 가치가 있던가요?"

차가 정지 신호에 멈춰 섰다. 피터가 고개를 돌려 그녀와 마주보았다. 턱을 내민 채 두 눈은 자부심으로 빛나고 있었다. "내게 음악은 마치 공기처럼 없으면 안 되는 존재예요. 아내가 그립냐구요? 부부 사이의 친밀한 관계는 그립지만 낯선 사람 같은 누군가와 있으면서 느껴야 하는 외로움은 그립지 않아요."

신호등이 녹색으로 바뀌자 뒤에 있던 차가 경적을 빵빵 울려댔다. 피터는 여전히 브레이크에 발을 올려놓은 채 우나를 응시했다. "음악을 선택했다는 건 곧 숨 쉬는 걸 선택했다는 뜻이었어요. 내 것이 아닌 삶을 살면서 아무리 오래 산들 무슨 의미가 있겠어요?"

다른 차들도 가세해 경적을 울려대자 피터는 그제야 운전에 집중했다. 우나는 그의 옆얼굴을 눈여겨보았다. 한두 마디만 더 했어도 그는 자신의 속내를 드러냈을 텐데. 그 뒤로 그는 집으로 가는 내내 침착함을 유지했다.

우나는 자선 공연에서 온 마음을 쏟아 연주했다. 자포자기의 감정이 깔려 있는 멜랑콜리한 기타 반주에 맞춰 가짜 플라스틱 사랑과 그 외 인위적인 것들을 노래했다. 그녀는 음률과 한몸을 이루며 청중 위로 날아올랐다. 노래가 끝나고 우렁찬 박수갈채에 뺨이 얼얼해오면서 치아가 마치 다이아몬드로 만든 것처럼 인위적으로 느껴질 때까지 미소 지었다. 그날 저녁 행사는 대성공을 거뒀고, 돈도 1백만 달러가 넘게 걷혔다. 물론 대부분은 우나가 익명으로 기부한 돈이었지만.

무대 뒤에서 피터가 그녀를 포옹하며 귀에 대고 나지막이 속삭였다. "정말 눈부셨어요." 그 말은 하마터면 그녀의 몸 구석구석을 빠르게 돌아다니는 피 소리에 눌려 죽을 뻔했다.

집으로 돌아가는 택시 안에서 그녀는 그가 외투 주머니에 뭔가를 슬쩍 집어넣었다는 걸 알았다. 은색 기타 피크가 달린 열쇠고리였다. 한쪽 면에 글씨가 새겨 있었다. '나이스 드림,' 그가 그녀에게 처음으로 연주법을 가르쳐준 라디오헤드의 노래 제목이었다.

그날 밤 우나는 남편을 기다렸다. 그는 새벽 3시 직전에야 들어왔고, 그녀가 현관으로 다가가 말을 걸자 움찔 놀랐다.

"심장이 멎는 줄 알았네. 행사는 어땠소?" 그가 말했다.

"난 낙담하고 있어요."

몹시 당황한 눈초리로 그가 말했다. "그게 무슨 말이오?"

"이혼을 원한다는 뜻이에요."

에드워드는 그녀를 따라 거실로 들어섰다. "잠깐, 여보, 제발 앉읍시다. 당신한테 할 말이 있소. 내 얘기를 듣고 나면 아마 모든 게 달라질 거요."

그녀는 소파에 앉았고, 그제야 그의 쇄골이 예전보다 더 튀어나왔다는 것에 눈길이 미쳤다. *언제 저렇게 말랐지?* 둘 다 알아채지 못한 게 너무 많았다.

"우나, 식당이 스트레스라는 거 나도 알고 있소. 그래서 미안하게 생각하고 있고. 돌릴 수 있을 거란 자신이 있었지만 식당이 잘 안 되는 가장 큰 이유는 아무래도 위치인 것 같소. 당신이 말리려고 했을 때 들었어야 하는 건데. 그래도 아직은 이 상황을 타개할 방법이 있어요. 오늘밤 내 친구 하나가 고와너스 일대의 땅 매입에 관심이 있는 콘도 개발업자를 소개해줬소. 우리 건물을 팔면 꽤 많은 이익을 챙길 수 있을 테니 어디 딴 데로 가서 새로 식당을 차릴 수 있어요. 아니면 겸손하게 푸드 트럭으로 시작해도 되고." 그는 두 손으로 그녀의 손을 꽉 잡았다.

"타개할 상황이라는 게 정확히 어떤 거죠?" 그녀의 어조는 무거웠다.

"우리가 본 손해 일부를 복구하고 우리, 아니 내 실수를 통해 배우는 거요. 당신을 실망시켜 내가 얼마나 속상한지 당신은 모를 거요." 그의 목소리가 갈라졌다. "이번에는 제대로 할 거요. 당신과 많이 떨어져 지내지 않아을 수 있도록 직원도 더 뽑을 거요. 지금까지 줄곧 힘든 길이었지만 아직은 제발 포기하지 말아줘요."

우나는 그가 사정할 줄은, 그래서 일을 훨씬 더 어렵게 만들 줄은 미처 예상하지 못했다. 그녀는 그에게 잡혀 있던 손을 살며시 뺐다. "그래요, 지금까지 줄곧 힘든 길이었어요. 우리 둘 다 버티기 위해 내가 할 수 있는 일은 다 했지만 지금 우린 서로를 향해 담력 겨루기를 하고 있는 것과 다름없어요. 우리 중 하나는 방향을 틀어야 해요."

"꼭 그렇게까지……."

"꼭 그렇게 해야 해요. 우리의 결혼 생활이 사느냐 죽느냐는 당신의 직업적 성공과 아무 상관이 없어요. 그게 제대로 돌아가지 않는 데에는 다른 이유들이 있어요." 시커멓고 미끄덩거리는 감정들이 물이 쏟아져 들어오듯 그녀의 내부를 가득 채우면서 목소리가 흔들렸다. 수치심과 죄의식이 뒤엉켰다. "당신이 전에 알던 사람이 지금의 내가 아닌데도 당신이 여전히 날 사랑해주길 바라는 건 공평치 않아요." 아무리 진실을 낱낱이 말할 수 없다 해도 진짜 이유를 피해 가는 건 비겁한 처사가 될 터였다. "그리고 달라진 내가 당신의 아내 역할을 자처하고 처음부터 다시 당신과 사랑에 빠지길 기대하는 것도 공평치 않아요. 시도해봤지만 안 됐어요."

그가 잇새로 공기를 빨아들이며 나지막이 쉿 소리를 냈다. "이런, 우나, 그렇게까지 생각하게 해서 정말 미안하오." 그의 얼굴이 실의와 자포자기 사이에서 실룩였다. 그는 연달아 펀치를 얻어맞으면서도 포기를 모르고 끝까지 버티는 권투 선수 같았다. "내가 식당 일을 접고 잠시라도 음식 사업에서 완전히 손 떼면 어떻겠소? 같이 좀더 많은 시간을 보내면서 정말 노력하면……."

"좀더 많은 시간은 없어요." 그녀는 기어이 마지막 일격을 가해야 했다. "더는 노력하고 싶지 않아요. 더는 억지로 그렇게 못하겠어요. 당황스럽고 외로운 느낌은 이제 지긋지긋해요. 난 정말 지쳤어요."

그 말은 그를 침묵하게 만들었다. 눈물이 그렁그렁 맺혀 반짝반짝 빛나는 그의 두 눈은 안타깝기 그지없었다.

결국 에드워드는 그 다음 주에 거처를 옮겼다.

둘의 이별은 서로에게 우호적이었다. 누구도 상대방을 탓하지 않았다. 두 사람 모두 빨리 피해를 복구하고 다음 단계로 넘어가고 싶은 마음에 지체 없이 서류 작업을 끝냈다. 고와너스 부지는 팔아서 나눠 가졌다.

10월은 가을이 공기를 파삭파삭하게 하고 나뭇가지의 나뭇잎의 바싹 말려 헐벗기는 탓에 을씨년스러웠다. 그녀는 다시 혼자가 된 집에서 안도감을 느껴야 당연했지만 외로움의 안개가 밀려 들어왔다. 동반자 관계는 아무리 간헐적이고 왜곡된 성격을 띤다 해도 사람을 어느 정도 안심하게 했다. 결혼의 속박에서 벗어나고부터는 불길한 주문이 그녀의 머릿속을 뱅뱅 맴돌았다. *난 평생 혼자 지내게 될 거야.*

이혼에서 회복하려면 얼마나 걸릴까? 처음에 그녀는 그다지 기쁜 마음으로 시작한 게 아니었다. 그렇다면 끝났다고 해서 굳이 슬퍼할 이유가 없지 않을까? 아니었다. 레스토랑 미망인으로 사는 것도 괴로웠지만 이혼녀의 삶은 나름의 회한과 실패의 쓴잔이 따라다녔다. 자책감이 계속 그녀를 괴롭혔다. 좀더 참을걸, 결혼 생활을 좀더 노력해볼걸, 위험한 욕망과 싸울걸, 피터에게 빠져들기 시작했을 때 바로 다른 기타 선생을 찾을걸과 같은 것들이었다. 어쩌면 2003년의 우나가 지하철에서 그녀에게 경고하려고 했던 것일지도 모른다.

그녀는 피터에게 계속 레슨을 받았지만 일주일에 한 번으로 횟수를 줄였다. 그의 아파트 거실에 놓인 벨벳 언더그라운드 포스터 맞은편에 앉아 있으면 그녀의 마음은 갈팡질팡 갈피를 못 잡고 그에게로 끌어당기는가 하면 멀리 밀어내기도 했다.

어쩌면 상황이 더 좋아질지도 몰라.

이만하면 생각할 만큼 충분히 생각한 것 같은데.

어쩌면…….

11월 중순으로 접어들자 우나는 불확실한 상황을 더는 참을 수 없었다.

"나 에드워드와 이혼했어요."

그녀가 레슨 도중 쉬는 시간에 불현듯 선언했다. 피터는 자기 기타를 퉁기고 있었다.

방이 조용해졌다. "아." 그의 손이 기타 줄 위에서 맴돌았다. "그래서 어떻게 지내고 있어요?"

"두 달 전 일이었어요. 난 괜찮아요. 우린 그렇게 오래 결혼 생활을 한 것도 아니었고, 미래를 같이할 수 없겠단 생각이 들었어요. 사실……." 그녀는 그에게 데이트 신청을 하기로 마음먹었지만 다음 리프까지 6주밖에 안 남은 상황에서 피터와 얼마나 많은 미래를 공유할 수 있을지 망설여졌다. *하지만 그 몇 주가 특별한 시간이 될 수도 있어. 순전히 일방적인 감정이 아니라면 말이지. 확실히 알아봐야겠어.* "저기…… 언제 커피 한잔 할래요?" 가슴이 쿵쾅쿵쾅 두방망이질하는 그녀에게 그의 대답이 제대로 들릴지 알 수 없었다.

"그래요, 하지만 최근에 누굴 좀 만나기 시작했어요. 그래서 말인데 딴 뜻……." 그는 하고 싶은 말이 더 있다는 듯 미간을 찡그렸다.

"아뇨, 친구로 말고요. 난 데이트 신청을 했던 거예요." 만약 그녀가 화를 내려고 했다면 그럴 수도 있었을 것이다. "혼자 생각이었나 봐요. 열쇠고리 의미를 잘못 읽고 있었네요. 그리고 나이 차이도 도움이 되지 않고."

"나이 차이라뇨? 기껏해야 서른둘, 서른셋?"

"마흔, 하지만 고마워요."

"아. 그러면 열 살." 그는 놀란 기색을 내보이지 않으려고 눈을 깜빡이며 어깨를 으쓱였다. "그건 나한테 전혀 중요하지 않아요. 그리고 그쪽은 잘못 읽지 않았어요. 다만 안 좋을 때 나를 붙잡은 것뿐이에요." 머리카락이 그의 눈을 찌르자 그는 아파하며 털어냈다. "그렇지 않았다면……."

"물론 그렇겠죠. 나쁜 타이밍. 내 인생이 워낙 그래요." *적어도 내 머릿속에선 이게 다가 아니었는데.* 그녀는 자리에서 일어나 기타를 케이스에 집어넣었다.

"오늘은 좀 일찍 끝내도 되죠?"

사람들이 결국 그리워하는 것은 사소한 것들이다. 그가 눈에서 머리카락을 털어내는 모습도 언젠가 그리워질 것이다.

"그럼요. 다음 주 목요일 레슨 때 뵐게요."

그 후 그는 그녀를 보지 못했다.

"무슨 일이든 다 때가 있는 법." 그의 문신은 이렇게 말하고 있었다.

무슨 일이든 다는 아닐지도.

일주일 뒤 켄지에게서 마지막 엽서가 도착했다. 한쪽 면에는 벚꽃나무가 다른 한쪽 면에는 다음과 같은 내용이 있었다.

> 이제 다음달이면 집에 갈 준비가 됐어요. 올해는 당신을 못 봐서 유감이에요. 하지만 이렇게 생각해요, 2005년의 우나에게는 기대해도 좋을 일이 생길 거라고.
>
> — 켄지

쓸쓸한 웃음이 그녀의 몸 구석구석에서 터져 나왔다. 이 얼마나 완벽한가. 뭔지는 모르지만 이전의 우나가 한 행동 때문에 받는 벌로는 완벽했다. "그래, 그래. 이렇게 올해가 끝나고 있어." 하지만 적어도 그녀가 2005년의 우나에게 쓴 편지대로라면 그녀에게는 뭔가 긍정적인 일이 생길 터였다.

새해를 앞둔 마지막 날 그녀는 어머니를 집으로 불렀다. 모녀는 에드워드의 레시피대로 비프 웰링턴을 만들었다. 처음 완성했을 때는 약간 딱딱했지만 그레이비가 살려줬다. 매들린이 샴페인 몇 병과 자정이 지나면 먹으려고 이탈리아 빵집에서 생일 케이크를 사왔다.

두 병째로 접어들자 모녀는 우나의 어린 시절 공적과 팬암 시절 매들린이 저지른 자잘한 사고를 주제로 얘기하며 웃기 시작했다. 당시 그녀는 파란색 제복에 하얀 장갑을 끼고 패션쇼장 무대를 누비듯 비행기 통로를 걸어 다녔다. 우나는 이제 여기로 돌아오기만

하면 자신의 마흔한 번째 해를 어머니와 맞이하게 돼서 기뻤다. 그
와 동시에 2004년을 뒤로할 수 있어서 안심했다.

*내년에는 더 젊은 모습이 되게 해주세요. 이번 리프 때는 제발
과거로 가게 해주세요.*

안타깝게도 그녀는 그 이상 구체적이지는 못했다.

5장

그대의 남자가
오고 있네요

2003 : 39/22

Here Comes Your Man - Pixies

잠결에 부르르 떨다 허우적대며 눈을 떴을 때 우나는 부엌에 있었다.

"새해 복 많이 받으렴, 내 딸." 매들린이 고개를 숙이고 그녀의 뺨에 입을 맞추며 말했다. "괜찮니?"

괜찮은가? 우나는 주변을 흘끗 둘러보았다. 조리대 위에는 마개를 딴 샴페인 한 병이 아직 자르지 않은 생일 케이크와 함께 놓여 있었다.

"좀 전에도 여기 있었는데. 끝났어요, 리프?" 그녀가 희망 반 두려움 반으로 물었다. 시간 순서대로 살게 된다면 얼마나 지겨울까. 반대로 해마다 바뀌는 장소와 시간대에서 살 수 있다면? 하지만 40대에도 이 모습 그대로라면 희생을 뜻했다. 그럴 가치가 있을까? 확실한 건 아니었지만 그녀는 그렇다는 쪽으로 기울어졌다.

불필요한 내부 논쟁이었다. 우나는 머릿속의 찬반양론을 멈추고 새해 풍경에서 약간 다른 점들에 주목했다. 그녀 앞에 놓인 케이크는 파란색 아이싱으로 장식돼 있었는데, 조금 전에는 보라색이었다. 어머니와 비우고 있던 샴페인 잔도 길쭉한 잔이 아니라 양옆이 비스듬하고 테두리에 금을 두른 잔이었다.

"2005년 아니죠, 그렇죠?" 보일 듯 말 듯 아쉬움이 묻어나는 질문이었다.

"비슷해. 2003년이니까."

"젠장."

2003년이어야 했다. 그해에 그녀는 에드워드를 만나 결혼했고, 그의 식당에 돈을 대기 시작했다. 그 식당은 결국 두 사람의 결혼처럼 볼 만하게 실패하고 말았지만.

그럼 이제 난 끽해야 삼십대겠네. 아싸?

"계속 바라는 거지만 난 네가 조금이라도 수월해지면 좋겠구나."

우나가 눈을 뜨자 바로 앞에 어머니의 근심에 가득 찬 얼굴이 보였다. 그녀는 뒤로 물러나다 중심을 잃고 조리대를 붙잡았다. 그 바람에 샴페인 잔 하나가 다른 잔 위로 넘어지면서 둘 다 바닥으로 와장창 떨어졌다.

"음, 잔들이 왜 달라졌는지 설명이 되네요." 우나가 말했다.

"괜찮은 거니?"

"괜찮아요. 그냥 시간이 좀 필요할 뿐⋯⋯."

"⋯⋯이거 읽게? 이게 있더구나." 이제는 눈에 익은 밀봉한 흰색 봉투가 그녀의 눈에 들어왔다.

"아마도요." 그녀는 편지를 받아들었다.

"네 서재에 가서 읽지 그러니? 난 여길 좀 치우고 케이크 좀하고 샴페인 더 갖다 줄게." 매들린이 빗자루와 쓰레받기를 찾아 자리를 떴다.

우나는 위층으로 올라가는 길에 복도 거울에 비친 자신의 모습을 힐끗 쳐다보았다. 약간 더 마르고 금발 색깔이 좀더 진해졌을 뿐 그것만 빼면 내년이나 작년의 모습과 똑같았다. 그녀는 아직 뜯지 않은 편지를 책상 앞에 놓고 부질없는 한숨을 쉬었다. 이걸 읽는 게 무슨 의미가 있을까? 그녀는 이미 올해에 어떤 일들이 일어날지 알고 있었다.

우나에게,

난 가끔 이런 편지들이 너한테 얼마나 도움이 될까 싶은 생각이 들어. 물론 난 널 준비시키려고, 넌 안심시키려고 편지를 쓰지만 네가 실수하지 못하게 막으려는 게 나의 실수라면 어떡하지? 난 앞으로 어떤 황당한 일이 일어날지 알고 있으면서도 널 그런 일로부터 보호해준 적이 한 번도 없어. 그래서 말인데, 더는 우리의 미래를 다시 쓰려고 하지 말아야 할 것 같아. 어쨌든 넌 오르막뿐만 아니라 내리막도 경험해봐야 하니까. 그렇지 않으면 넌 안전하고 고생하지 않아도 되지만 밍밍하기만 한 삶을 살게 될 거야. 그런데 어느 누가 그걸 원하겠어?

"난 그걸 원해." 우나가 큰 소리로 말했다.

그런 삶을 바라며 쓸데없이 시간을 허비하지 마. 고통과 절망으로부터 너 자신을 보호하려고 아무리 발버둥쳐봐도 모퉁이만 돌면 튀어나올 테니까.

에드워드만 해도 그렇잖아. 너도 알다시피 넌 그 사람을 만나 결혼하고, 이혼하게 되잖아. 그래서 뭐?

소설 아닌 삶은 거의 없지만 네 삶은 특히 단편소설의 연속이야. 에드워드 편을 즐겨. 어쨌든 넌 결말을 경험했으니 이제 도입부에 빠져보는 게 어때?

아무리 좋은 일도 결국 끝나기 마련이야. 그러니까 그 안에 있는 동안 충분히 즐겨.

스포일러 조심 : 어쨌든 네 삶은 씁쓸달콤할 거야. 하지만 매년 마지막 날 바보 같은 시계가 자정을 알리면 넌 또다시 처음부터 새롭게 시작할 수 있는 기회를 얻게 될 거야. 약속하는데, 굳이 젊지 않아도 눈부시게 아름다운 시간들을 보내게 될 거야. 젊음과 미모가 다는 아니거든.

네 삶을 세세한 것까지 챙기려 들지 말고 그냥 살아봐. 그러면 기쁨과 의미가 절로 따라올 테니까. 대담한 것도 좋지만 책임을 피하려 들지 말고 그중간에서 행복을 찾아. 그런 균형 감각을 길러. 최선을 다하고. 그리고 너한테 잘해줘, 특히 삶이 호락호락하지 않을 때는 더더욱.

사랑해, 내가

P.S. 도시 전체의 정전 사태를 꼭 기억해둬. 초를 사재기해두든가, 아님 8월 중순 전에 NYC를 떠나든가 해.

이전 우나는 기고만장하기도 하지. 저렇게 깨우친 척, 저렇게 잘난 척하고 싶을까. 지금의 우나는 성인군자가 될 수는 없었다. 이제 곧 마흔이 된다는 건 슬픈 일이었다. 그것도 스물두 번째 생일을 코앞에 두고 시간 여행이 만들어낸 집에 틀어박혀 지내며 실패할 운명의 결혼이나 기다려야 하는 처지라면 더더욱.

내가 다른 길로 간다면 어떻게 될까? 결혼하지 않는다면?

질문이 꼬리에 꼬리를 물며 우나의 마음속을 이리저리 헤엄쳐 다녔다. 운명을 시험해볼 때가 왔다.

꼭 에드워드를 선택해야 한단 법은 없잖아. 난 누구든 선택할 수 있어. 아무도 선택하지 않을 수도 있고. 빌어먹을 깨우침과 빌어먹을 결혼 같으니라구. 난 여기서 나갈 거야.

켄지의 우편엽서들이 여행에 대한 호기심을 일깨우기도 했지만 그녀가 이 나라를 떠나야 하는 가장 현실적인 이유는 따로 있었다. 그것은 이십대에 그녀가 꼭 해야 할 중요한 일이었다. 데일과 함께.

어쩌면 우리가 목록에 적어둔 장소들 가운데 몇몇 곳을 보게 될 지도 몰라. 그녀는 여행 웹사이트들을 둘러보며 이렇게 생각했다. *그게 언제가 될지는 몰라도 적어도 우리는 한 해 여름 정도는 같이 지내게 될 거야.*

그녀가 데일과 함께 갈 경우 유럽은 제외됐다. 그렇다면 그녀는 어디로 가야 할까? 켄지의 발자취를 따라 아시아로 가야 할까? 아니, 이 선택은 오로지 그녀만의 몫이어야 했다. 최초의 해외여행인 만큼 아주 특별하고 경이감과 놀라움으로 꽉꽉 채울 광경들로 넘쳐나야 했다.

방에 들어서자 진열장이 그녀의 눈을 사로잡았다. 빨간색 크리스털 콜벳이 파베르제의 달걀과 베니스산 가면과 같이 들어 있었다. 하지만 유리 이글루는 사라지고 없었다.

알래스카?

아냐. 좀더 따뜻한 곳.

그러고 보니 피라미드 스노볼도 사라지고 없었다.

이집트.

그녀는 기자 피라미드, 왕들의 계곡에 있는 무덤들, 룩소르 신전과 아부심벨 신전을 탐험하기로 마음을 정했다. 잘하면 배 공포증을 극복하기 위해 나일 크루즈에 도전하게 될지도 몰랐다. 데일이 준 가죽 재킷을 가져가기에는 날이 무척 무더울 테지만 기념일 시계는 차고 갈 생각이었다. 그 작은 물건을 통해 그녀는 그와 함께 있게 될 터였다.

여권의 빈 페이지들(*스포일러를 피하기 위해 정기적으로 여권을 갱신했었나?*)을 획획 넘기며 우나는 스탬프로 가득 채운 모습을 상상했다. 그러고는 집 반경 15마일 안에 자신을 줄곧 묶어뒀던 밧줄을 풀고 닻을 올리기로 다짐했다.

"정말 같이 안 가실래요?" 그녀가 매들린에게 물었다.

"고맙지만 난 안 가련다, 딸. 이건 너 혼자 해야 하는 모험이거든.”

그래서 우나는 카이로행 편도 티켓을 한 장 샀다. 만약 여행의 결과가 좋으면 계속해서 요르단이나 모로코로 넘어갈 예정이었다. 그녀는 일 년 내내 여행하며 에드워드를 만나 결혼하는 운명을 뒤엎을 수도 있었다.

속으로는 스물두 살에게 기대했던 것보다 더 지치고 풀죽어 있었지만 겉으로는 아직 젊은 서른아홉이었다. 공항에 도착한 그녀는 여기저기서 감탄해 마지않는 시선을 받았다. 마음만 먹으면 여행지에서 얼마든지 즐길 수 있을 것 같았다.

카이로행 비행기에 탑승하는 순간 새로운 결심과 낙관주의가 우나를 가득 채웠다. 흠투성이 시간표나 정해진 운명에 갇혀 지낼 필요가 없었다. 그녀는 까치발을 하고 삶을 살아가지 않겠노라, 안정을 좇다 지레 절망에 빠져 허우적거리지 않겠노라 다짐했다. 그리고 또 자신의 정해진 미래에 지지 않겠노라고 다짐했다.

이제 새롭게 다시 시작하는 거야.

그녀는 좌석에 앉아 두꺼운 유리창으로 밖을 내다봤다. 곧 비를 뿌릴 것 같은 납작한 잿빛 하늘 아래서 천천히 이동 중인 비행기와 화물 카트들이 보였다. 이집트의 날씨를 확인하자 해가 쨍쨍 내리비치고 건조했다. 그녀는 더 이상 볼 게 없다는 듯 안대를 꼈다.

부스럭거리는 소리와 함께 누가 그녀 옆에 앉았다.

저 콧노래는 뭐지!? 귀에 익은 곡조가 우나의 심금을 휘저었다.

“〈선데이 모닝〉. 벨벳 언더그라운드.” 자세를 고쳐 앉으며 그녀가 중얼거렸다.

"내가 제일 좋아하는 노래 중 하나죠. 방해가 된다면 미안하지만 비행기 타는 걸 죽도록 무서워해서 신경을 가라앉히려면 알코올이나 약에 취하지 않는 한, 콧노래라도 부르는 겁니다." 상류층보다 근로 계층에 가까운, 왕족보다 마이클 케인에 가까운 영국식 억양이었다.

"물론 그 통계는 알고 있습니다." 그가 계속해서 말을 이어나갔다. "비행기 사고로 죽을 확률보다 차 사고로 죽을 확률이 훨씬 더 높다지만 중력에 저항하는 거대한 금속 물체 안에 있다는 게 도무지 이해가 안 됩니다. 높이에 대한 두려움은 어쩔 수가 없는 것 같아요. 음, 정확히 말하면 높이가 아니라 엄청난 높이에서 떨어질지도 모른다는 게 두려운 거죠. 곤두박질칠지도 모른다는 두려움도 잘 알려진 공포증인가요? 물론 사람들을 죽이는 건 추락 자체가 아니라 떨어질지도 모른다는 두려움 때문에 생기는 심장 마비라는 얘긴 들어봤습니다. 오, 이런. 생각하지 않는 게 상책일 것 같군요. 이번 여행을 몇 년째 미뤄왔지만 당신 재를 기자 피라미드들 사이에 뿌려달라는 어머니의 마지막 소원을 안 들어드릴 수가 없었습니다. 어머닌 평생 이집트학에 빠져 지내시느라 고고학자나 역사 교수가 됐어야 했지만 미용사가 되셨습니다. 이런, 나 혼자 떠들고 있군요. 불편하시면 언제든 닥치라고 말씀하세요. 더 이상 귀찮게 하지 않겠습니다."

그녀는 굳이 안대를 벗지 않아도 옆에 앉은 사람이 누군지 알 수 있었다.

19

우나는 안대를 들어올리고 에드워드와 눈을 마주쳤다. 피가 그녀의 정맥을 빠르게 돌아다니며 두 뺨을 붉게 물들였다.

"실례해요." 그녀는 좌석 벨트를 끄른 뒤 그를 지나 서둘러 통로로 나왔다.

그녀가 화장실에 채 이르기 전 지난 30년 동안 올림머리와 파란색 아이섀도를 고수해온 것처럼 보이는 승무원 하나가 그녀를 막아섰다.

"죄송해요, 손님, 이륙을 앞두고 기장님께서 '안전벨트 착용' 스위치를 켜셨거든요. 자리로 돌아가주세요."

"저기, 딴 데 앉으면 안 될까요?" 우나는 계속 목소리를 낮췄다. "어디든 상관없어요." *뒤쪽이면 더 좋겠지만.*

비행기 승무원이 그녀의 숨죽인 목소리를 흉내 냈다. "아, 비행기가 만석이라서요. 이제 그만 자리로……."

"그럼 다른 분과 바꿀게요. 아무나 상관없어요. 일반 칸에 퍼스트 클래스 좌석을 좋아할 사람이 분명히 있을 거예요."

"나도 그럴 거라고 생각해요." 공감 어린 그녀의 목소리가 딱딱해졌다. "하지만 이륙이 끝날 때까지 기다렸다가 돌아다니는 게 안전해요. 이제 정말 자리로 돌아가셨으면 합니다."

에드워드를 피할 수만 있다면 우나는 더 싸울 수 있었고, 그러다 비행기에서 쫓겨나도 상관없었다. 하지만 그러지 않았다. 아니면 그의 옆자리에 앉아 벨트를 채우고 나서 헤드폰을 끼고 자는 척할 수도 있었다. 하지만 그러지 않았다. 운명은 어쩔 수 없었다.

에드워드는 계속 콧노래를 흥얼거렸다. "선데이 모닝."

"폐가 되고 있다면 죄송합니다." 그가 말했다. "그게 저, 이 노래가……."

"아니에요, 괜찮아요, 굉장한 곡이잖아요. 그런데 좀 웃겨요. 기본적으로 편집증에 관한 노랜데도 이상하리만치 위로가 되거든요."

그의 얼굴에 단단히 홀린 듯한 표정이 떠올랐다. "마치 내 마음을 읽기라도 하는 것 같군요."

"꼭 마법 같죠. 그렇다고 벨벳의 다른 음악은 안 좋아한다는 얘긴 아니에요. 사운드에서 뭔가 근성이 느껴지는 밴드들은 어디가 특별해도 특별하거든요."

"내가 바로 그 얘길 하려던 참입니다." 그가 열을 내며 말했다.

장난기가 그녀의 입가에서 얼쩡거렸다. "난 어떤 일들에 대해선 직관적인 편이에요. 그쪽이 제일 좋아하는 밴드 몇 개만 알아맞혀볼까요? 어디 보자, 소닉 유스를 좋아할 것 같아요. 그리고 픽시스도요. 또……." 그녀는 생각하는 척했다. "너바나?"

그의 입이 떡 벌어졌다. "심령술사인가요? 방금 내가 제일 좋아하는 밴드 셋을 댄 거 압니까?" 홀딱 반했는지 에드워드가 그녀 쪽으로 몸을 기울이며 말했다. "어디서 왔어요?"

처음에 그녀는 그의 매력에 넘어가지 않으려고 애썼지만 그는 기분 좋은 수다와 호기심, 벌어진 잇새가 드러나는 미소로 그녀를 낚아챘다. 비행기가 이륙하자 그는 그녀를 웃게 만들며 자연스레 대화로 끌어들였다. 그렇게 시작된 대화는 한두 번 선잠을 주고받았을 때를 빼고 열한 시간이나 되는 비행시간 내내 지속됐다.

몇 시간 뒤 비행기가 심한 난기류를 만나자 에드워드의 입술이 하얘졌다. 우나는 '직관'으로 그를 또 한 번 홀릴 기회로 보고 그의 팔을 쓰다듬으며 이렇게 말했다. "자, 에드워드, 우리 폰지(1974년부터 1984년까지 미국에서 인기리에 방영됐던 ABC 시트콤 〈해피 데이즈 Happy Days〉의 등장인물 중 하나_옮긴이)처럼 굴자구요. 폰지가 어떤지 굳이 물어보지 않아도 되겠죠?"(〈펄프 픽션〉의 주인공 중 한 축인 줄스의 대사 가운데 하나_옮긴이)

〈펄프 픽션〉을 언급하고 있다는 걸 곧 알아차린 그가 자동적으로 대답했다. "그야 침착하죠." 그의 공포는 이제 겁먹은 재미로 누그러졌다. "난 그 영화 대사 한 줄도 빠짐없이 다 외울 수 있습니다."

"어머, 나도 그 영화 좋아하는데 그럼 어디 한번 외워보세요."

그래서 그는 비행기가 안정될 때까지 영화 속 대사를 줄줄이 외워 보였다. 그는 굉장히 고마워했고, 그러다 두 손으로 그녀의 얼굴을 감싼 뒤에 입에다 진하게 키스했다. 그 순간 둘 다 깜짝 놀랐지만 곧 연이은 키스가 뒤따랐고, 강도를 더해가다 우나가 불가항력이었다고 말한 긴 키스에서 절정을 이루었다.

어쨌든 우린 내년에야 이혼할 테니까. 보장된 행복을 왜 마다해?

직접 경험했듯이 2004년의 우나는 이미 신용카드 청구서를 지불했다. 그렇다면 2003년의 우나는 돈을 흥청망청 쓰면 안 된다는 법도 없지 않은가? 사실 그녀는 돈이 아니라 그보다 더 위험한 감정을 거래하고 있었다. 하지만 이번만은 선견지명이 그녀의 편인 듯했다. 그녀는 적어도 올해에는 그 누구도 자기 마음을 꺾지 못할 것이라고 자신만만해했지만 마음이 어디 그런가.

그래서 그녀는 에드워드와 카이로를 탐험했다. 두 사람은 낙타를 타고 기자 피라미드들 옆에서 지는 해를 바라보며 그의 어머니의 재를 흩뿌렸다. 또 물담뱃대 가게에 들러 살구 향이 나는 담배를 피우며 밤늦도록 얘기하기도 했다. 하루는 시장에서 길을 잃었는데, 그 김에 우나는 매들린에게 줄 형형색색의 기념품 사냥에 나서기도 했다. 그런가 하면 어떤 날은 이집트 박물관에서 기절할 만큼 정교한 가구, 보석, 궤, 항아리와 화려하게 장식된 데스마스크 등 투트 왕의 무덤에서 나온 유물들을 흘끔거리며 보내기도 했다. 또 어느 날 밤은 미국식 위안거리가 너무도 그리워 하드록 카페(여러 나라에 체인점을 두고 있는 미국의 레스토랑 브랜드_옮긴이)를 찾아 버거를 먹었다.

"당신 주려고 샀소." 에드워드가 테이블 위에 조그만 상자를 슬며시 올려놓으며 말했다.

"설마 〈워크 라이크 언 이집션Walk Like an Egyptian〉 뮤비에 나오는 커피 잔은 아니겠죠, 그래요? 그 머그잔 없이는 내 인생이 불완전할 거란 말은 농담이었어요." 하지만 상자를 여는 순간 그녀는 숨이 목구멍에 걸리는 줄 알았다. "어머." 그녀는 피라미드를 품고 있는 스노볼을 꺼냈다. "이게 훨씬 더 좋아요."

"당신이 눈 내리는 사막이라는 아이러니를 좋아할 줄 알았소."

"아뇨, 당신은 몰라요." 그를 바라보고 있자니 그녀의 안에서 얼떨떨한 기쁨이 솟아났다. 그녀는 졸려 보이는 그의 푸른 눈 속에 금빛 점이 있다는 것도, 뜻밖에 재미있는 일과 맞닥뜨리면 킥킥거리며 웃는다는 것도 미처 몰랐었다. 고목나무에 꽃이 피지 말라는 법도 없지 않은가? 하지만 어림도 없는 일이었다.

에드워드는 원래 5일을 머물 계획이었지만 우나와 더 있으려고 체류 기간을 늘렸다. 그에 따른 비용은 그녀가 부담하겠다고 나섰지만 그는 극구 사양했다. 하지만 그녀의 호텔 방을 같이 쓰는 데에는 흔쾌히 동의했다. 처음 한 주 동안 그녀는 비록 한 침대에서 잠을 자더라도 키스 이상은 허용하지 않았다. 말이 안 되면서도 피할 수 없는 둘의 관계에 그녀는 압도됐고, 그나마 정신을 차리려면 육체관계는 막아야 했다.

하지만 그녀가 본능의 화학 반응에 저항할 수 있는 기간은 딱 거기까지였다. 여행 8일째 되는 날 두 사람은 아스완으로 가는 침대차에서 사랑을 나눴다.

이집트에서의 첫 며칠은 꿈만 같았고, 그것만으로도 충분히 가치가 있었다. 대체 그녀는 무슨 이유로 에드워드에게 그토록 끌렸던 걸까? 일단 육체적으로 맞았고, 음악과 영화 말고도 공통점이 많았던 데다, 빈정대는 듯한 유머 감각과 진보적 정치 성향이 비슷했다. 하지만 그게 다가 아니었다. 그가 옆에 있으면 그녀는 만취한 사람처럼 분별력을 잃었다. 머릿속에 떠오르는 생각마다 그에게 얘기하고 싶었고, 하루 온종일 그를 만지고 싶었다. 그건 그도 마찬가지였다. 목마른 두 사람이 바닷물을 통째로 들이킨다 해도 절대 채워질 수 없는 갈증이었다.

우나는 아스완에서 양고기 케밥을 먹었다가 식중독으로 한바탕 고생했다. 이틀을 아파서 누워 있는 동안에도 에드워드가 곁을 지켜주느라 아픈 가운데에도 낭만적인 분위기를 느낄 수 있었다. 그는 소다와 짭짤한 크래커를 먹여줬고, 미국 신문과 잡지를 읽어주는가 하면, 이마에 차가운 수건을 올려주기도 했다("이건 머리 아프고 열나는 데 더 좋지만 내가 아플 때마다 어머니가 늘 해주셨어요. 내겐 늘 위로가 됐죠").

그녀가 회복하고 나자 남은 여행은 유쾌한 영화 장면만을 모아놓은 몽타주처럼 펼쳐졌다. 에드워드가 고소공포증을 이겨낸 덕분에 두 사람은 열기구를 타고 룩소르의 신전들과 농지 위로 날아오를 수 있었다. 그런가 하면 왕들의 계곡에서는 인디애나 존스 주제곡을 흥얼대며 무덤 안으로 기어 들어갔다가 놀랄 만큼 잘 보존된 형형색색의 상형문자에 할 말을 잃은 채 한동안 침묵에 휩싸이기도 했다. 또 북쪽의 해안 도시 알렉산드리아에 갔을 때는 종려나무가 즐비하게 늘어선 바닷가 산책로를 따라 걸으며 소금기를 머금은 도시의 상쾌한 산들바람과 느긋한 지중해 분위기를 즐기기도 했다.

2주 동안 온 나라를 한 바퀴 돌고 난 뒤 두 사람은 하루 종일 관광하고 밤새 격하게 사랑을 나누느라 지친 몸을 이끌고 다시 카이로로 돌아왔다. 우나는 여행을 더 늘려 언제 끝날지 모르는 축복의 상태를 연장하고 싶었다. 그녀는 뉴욕으로 돌아가는 순간 마법이 풀리기 시작할지도 모른다는 생각에 걱정이 앞섰다. 하지만 이제 집으로 돌아가야 할 때였다.

카이로에서의 마지막 날 밤 둘은 천장에 매달아놓은 목각 등, 선세공한 황동 촛대에 꽂아놓은 봉납용 양초, 하늘거리는 자줏빛 천에 황금빛 별을 짜넣은 커튼이 눈길을 끄는 어느 레스토랑에서 저녁을 먹었다. 에드워드는 우나의 손을 감싸 쥐고 손가락 마디마디마다 입을 맞췄다. "이상하게 들릴지도 모르겠지만 어느 누구와도 지금처럼 가깝게 느꼈던 적이 없어요. 어떻게 설명해야 할지 모르겠소만. 마치 전부터 알던 사이 같다는 느낌이랄까."

"바로 그거예요." 소리치지 않아야 함은 물론, 예견된 미래를 현재로부터 치워두지 않기란 쉬운 일이 아니었다.

"그러니까 난 전생이니 운명이니 하는 허튼소리 따윈 전혀 안 믿었소. 하지만 당신에게 만큼은 뭔가가 느껴지거든……."

"인연인 거죠." 두 사람 사이의 촛대 양옆으로 밀랍이 흘러내려 나무 테이블 위에 조그만 웅덩이를 만들어놓았다. 우나가 손가락 끝에 밀랍을 묻히더니 골고루 펴 발라 지문을 가리며 말했다. "우리가 뉴욕에 돌아가더라도 지금 같았으면 좋겠어요."

"현실의 삶이 어느 정도 방해가 되겠지만 우리 사이가 달라지는 일은 없을 거요. 나는 사라지지 않아요. 당신한테 단단히 미쳐 있으니까."

두 사람은 얼굴이 아프도록 미소 지었다.

뉴욕으로 돌아오자 현실의 삶이 어느 정도 방해가 됐다. 캐롤 가든스의 한 작은 식당에서 일하는 에드워드의 일정이 어찌나 빡빡한지 둘이 함께 있는 시간은 늘 부족하기만 했다. 하지만 그가 클레어리의 펍을 운영할 때처럼 심하지는 않았다. 그렇더라도 우나는 남아도는 시간이 너무 많았다. 그녀는 푸드 뱅크와 지역 도서관에서 자원 봉사자로 일하며 그 시간들을 채웠다. 기타 레슨도 재개했다. 이번에는 나이 지긋한 여자 강사였는데, 놀랍게도 시간상 그녀가 아직 습득하지 못한 기술을 보유하고 있었다. 늘 그렇듯이 이번에도 그녀는 바인더를 공부했다. (보잉은 그해의 주 종목이었다. 1982년 주당 16달러에 매입하고 나서 네 차례에 걸쳐 분할이 이루어지면서 처음 600주가 4,050주로 불어났다. 1997년 57달러에 그중 절반을 매도했고 곧이어 26달러에 더 많이 매입할 계획인데, 앞으로 몇 년 안에 400달러가 넘을 것으로 예상됐다.) 그리고 올해는 켄지를 다시 만날 수 있지 않을까 하는 희망을 품고 틈틈이 프로스펙트 파크로 산책을 나가기도 했는데, 사실 첫 리프 때 그가 그곳에 데려간 이후로 죽 유지해온 그녀의 습관이었다.

다음 번에 에드워드를 만날 때까지 나름대로 시간을 때우고 하염없이 제자리걸음을 하면서 그녀는 점점 더 그에게 매달렸다. 음악실도 평소의 변치 않는 위안을 주지 못했지만 2004년에는 없던 귀한 기타 두 대가 그녀를 깜짝 놀라게 만들었다. 하나는 롤링 스톤스 원년 멤버 브라이언 존스가 가지고 있던 거였고, 또 하나는 보위가 연주했던 열두 줄짜리 기타였다.

내가 왜 얘들을 없애게 되지? 우나는 혼자 생각에 잠겼다. *자선 행사에 기증하나?*

밤마다 그녀는 방금 일을 끝내고 켄싱턴 아파트로 달려가고 있다는 에드워드의 문자 메시지를 기다렸다. 그에게선 연기와 튀긴 감자와 위스키 냄새가 났는데, 샤워한 뒤에도 쉽게 가시지 않았다. 하지만 그녀는 톡 쏘는 듯한 그 조합이 싫지 않았다. 그의 세속적인 체취와 섞이면서 오히려 그녀를 흥분시켰기 때문이다. 일하느라 아무리 피곤해도 그는 늘 그녀의 육체를 탐했다. 섹스를 끝내고 바로 잠들어 젖은 머리가 베개를 적실지언정 눈 뜨자마자 다시 그녀를 찾기 바빴다.

만약 운명을 바꾸려고 했다면 이걸 놓쳤겠지. 마침내 행복에 이르는 일 년.

2월 초의 어느 늦은 밤 우나는 에드워드로부터 방금 친구들과의 포커 게임을 끝내고 집으로 가고 있다는 문자를 받았다. 한 시간을 그의 집 앞에서 기다리던 그녀는 점점 공황 상태에 빠져들었다. 그러다 2시 30분 옷매무새도 헝클어지고 눈도 퀭한 게 평소보다 더 취한 모습의 그가 마침내 나타났다.

"에드워드, 뭐예요, 대체?"

"에이 씨." 그가 코를 훌쩍이다 손등으로 훔치며 말했다. "카드 치고 있다고 당신한테 얘기한 것 같은데." 훌쩍임이 더 심해졌다.

그녀는 그를 따라 그의 아파트 안으로 들어갔다. "보아하니 카드만 친 게 아닌 것 같은데요. 왜 내 문자에 답하지 않았어요? 무슨 일이 생긴 건 아닌가 싶어 미치는 줄 알았잖아요."

"우라질, 그렇게 꼬치꼬치 따져야겠소?"

"당신은 꼭 그렇게 무신경한 놈처럼 굴어야겠어요?"

언쟁에 불이 붙자 두 사람의 목소리도 덩달아 커졌다. 그러다 급기야 아래층 주민이 천장을 쾅쾅 치는 일까지 벌어진 후에야 두 사람은 정신을 차렸다.

"미안해요, 내 사랑." 에드워드가 그녀에게 질펀하고 거칠게키스했다.

"나 아직 화 안 풀렸어요." 하지만 그녀는 또 다른 키스에 열중했다. *우리의 첫 싸움. 그런데 왜 이렇게 낭만적이지?*

"얼마나 화났는지 보여줘봐요." 그가 중얼거렸다.

아직 화가 다 가신 것은 아니었지만 둘의 화해 섹스는 줄기차고 격렬했다.

우나에게 섹스는 약물이자 그녀의 혈액 속으로 쉬지 않고 주입되는 페로몬 주사나 마찬가지였다. 그녀의 감정적 집착은 화학 반응에 뿌리를 두고 있었지만 사랑이 다 그런 건 아니지 않은가? 그것은 과학이었다. 피할 수 없는 내년의 이혼을 생각하면 그녀는 조심해야 마땅했지만 또 일 년이라는 유효 기간을 생각하면 지금 경험할 수 있는 사랑을 빠짐없이 모두 경험해보고 싶었다. 할 수만 있다면 뒤에 올지도 모르는 외로운 시간들에 대비해 경험을 차곡차곡 쌓아두고 싶었다.

그녀가 에드워드에게 말하지 않은 두 가지가 있었다. 시간 여행과 그녀의 재산이었다. 물론 그도 (이렇다 할 직업도 없는데도 팁을 줄 때면 터무니없이 후하게 주는 걸로 미루어) 그녀가 웬만큼 돈이 있다는 건 알고 있을 테지만 그녀가 어느 정도까지 부자인지는 모르고 있을 가능성이 높았다. 그녀는 물론 잘 만든 고가의 옷을 입긴 했지만 유행과 상관없이 수수하게 입었고, 보석류도 데일이 준 시계만 착용했을 뿐 돈과 얽힌 기묘하거나 피상적으로 보이는 소지품을 내보이며 으스대지 않았다. 다만 집은 예외였다. 그는 아직 그녀의 저택을 보지 못했고, 그가 보고 나면 태도가 달라질지도 모른다는 불안에 휩싸였다. 그녀는 집수리를 핑계로(거짓말한 꼴이 되지 않으려고 그녀는 거실 카펫을 교체하기까지 했다) 그를 들이는 일을 미루고 있었다.

3월에 에드워드가 아파트 임대 기간이 만료돼 재계약을 하려는데 임대료를 올렸다며 볼멘소리를 해댔다. 두 사람의 열정이 시들해질 기미(그것은 2004년 우나의 문제였다)가 전혀 보이지 않는 가운데 그녀가 그에게 자기 집에 들어와 함께 살자고 제안했다.

"난 당신 집에 가본 적이 없는데. 우리 둘이 살아도 될 만큼 넓은 거요?" 그녀는 그저 웃기만 했다.

"뭐가 그렇게 우습지?" 그가 물었다.

"두고 보면 알 거예요."

문지방을 넘어 자기 집 거실만 한 그녀의 집 현관으로 들어서자 그 역시 웃었다. 저택이 그에게 아무리 강한 인상을 남겼다 해도 이튿날 아침 그녀가 훈제 청어를 올린 토스트와 그의 취향대로 우린 차를 내왔을 때 그가 깜짝 놀라며 짓던 흠모의 표정에 미치지는 못했다.

"아니, 어떻게 알았지? 당신은 정말이지 놀라움 그 자체라니까, 우나."

그 다음 달 에드워드가 그녀에게 특별한 계획이 있다고 말했다. 그날 밤 루 리드 콘서트가 잡혀 있어 이미 기억할 만한 저녁이 되기엔 충분했다.

프로포즈는 아니었으면 좋겠는데. 아직은 안 돼. 오늘밤은 안 돼.

그는 그녀를 커리 로에 있는 어느 비좁은 인도 식당으로 데려갔다. 낮은 천장 아래로 고추 모양의 전구와 반짝이는 장식용 별들이 주렁주렁 매달린 곳에서 둘은 빈달루(고기나 생선을 넣어 아주 매콤하게 만든 인도 요리_옮긴이)를 먹으며 요리 제국 건설이라는 에드워드의 꿈에 대해 대화를 나눴다. 그의 열정은 전염성이 강했지만 그녀는 투자를 제안하지 않았다. 둘의 관계에서 사업을 배제한다면 내년을 무사히 넘길 수 있을지도 몰랐기 때문이다.

저녁을 먹고 나서 둘은 바우어리 볼룸으로 향했다. 우나가 벌써 몇 달 전부터 표를 사두었는데도 에드워드는 그녀 모르게 발코니의 VIP 좌석 두 개를 예약해 두었다. 그게 그가 말한 '특별한 계획'이었다. 그녀는 마음이 놓이면서 그의 사려 깊은 행동에 감동받았지만 실은 몇 시간 일찍 도착해서 무대 가까이 서서 보는 게 더 좋았다.

루 리드를 보는 것은 우나에게 일종의 종교적인 경험과 마찬가지였다. 그가 벨벳 언더그라운드의 노래를 다섯 곡 부를 동안 그녀는 한 곡 한 곡 설교 듣듯 음미했다. 그녀는 난간에 기댄 채 이대로 훌쩍 뛰어넘어 시커먼 선글라스를 끼고 기타를 퉁기며 지나가는 투로 얘기하듯 노래하는 무대 위 남자 옆에 무릎을 꿇는 상상을 했다. 에드워드는 그녀 뒤에 서서 두 팔로 그녀의 허리를 감싸 안았다. 그를 사랑하는 만큼 그녀는 그에게서 벗어나고 싶었고, 군중 속에서 홀로 있고 싶었으며, 음악에 파묻히고 싶었다. 〈캔디 세즈 Candy Says〉가 나오는 동안 그녀는 데일과 그의 집 지하실의 러그 위에 불가사리처럼 널브러진 채 손끝만 만지작대거나 옆으로 누워 마주보면서 서로의 다리를 휘감은 채 깊게 키스하며 벨벳의 레코드를 듣던 시절을 떠올리며 흐느껴 울었다. 첫사랑의 맹목적인 낙관주의가 그득그득 넘쳐나던 키스였다.

콘서트가 끝나고 집으로 돌아가는 택시 안에서 에드워드는 공연이 어땠는지 얘기하고 싶어했지만 우나는 아무 말도 할 수가 없었다. 그저 차창에 이마를 기댄 채 눈물을 글썽이며 가만히 앉아 있기만 했다.

매들린이 에드워드의 존재를 눈치채고 있었지만 우나는 둘을 소개시켜주는 일을 미루었다. 보나마나 그녀의 어머니는 말은 하지 않아도 반대할 게 뻔했으므로 일단은 피하고 보는 게 속 편했다. 하지만 5월로 접어들면서 둘이 같이 산 지 2개월이 돼가자 왜 집으로 부르지 않는지 불평하는 매들린을 더는 참기 힘들 지경이었다.

"알았어요, 알았어! 다음 주에 저녁 드시러 오세요. 에드워드가 슈림프 프라 디아볼로를 만들어드릴 거예요." 자기가 제일 좋아하는 음식을 만들어주면 매들린이 그를 예쁘게 볼지도 몰랐다. 그렇지 않을 경우에 대비해 우나는 어머니가 제일 좋아하는 이탈리아산 화이트 와인도 쟁여뒀다.

하지만 좋은 음식과 와인은 한계가 있었다.

매들린이 현관으로 들어서는 순간 우나는 숨을 죽인 채 뭔가 잘못되기를 기다렸다.

"엄마, 이쪽은 에드워드예요."

그가 앞으로 걸어 나와 두 팔을 뻗었다. 우나에게 미리 어머니가 포옹을 좋아한다는 말을 들었기 때문이다. 하지만 매들린은 손을 내밀어 악수를 청했고, 미소를 짓긴 했지만 평소에 비해 인색했다.

그날 저녁의 분위기는 쭉 그렇게 흘러갔다. 와인을 아무리 많이 따랐어도 예의 바른 장벽은 걷힐 줄 몰랐고 우나가 자주 끼어들어 수다를 이어갔지만 대화는 좀처럼 자연스런 흐름을 타지 못했다.

에드워드가 화장실에 가려고 자리를 비우자 우나가 어머니를 보며 작은 소리로 말했다. "왜 그래요? 어째서 로봇처럼 행동하는 거냐구요?"

매들린은 무슨 소리냐는 듯 일부러 눈을 크게 떴다. "이보다 어떻게 더 잘하니?"

"그게 이상하다는 거예요. 잘하긴 하는데 인간미가 없잖아요, 인간미가. 자기 얘기도 하고 난처한 질문도 던지고 주책도 좀 떨고…… 그게 엄마 아니에요?"

매들린이 두 손을 들어올리며 몰랐다고 변명했다. "난 나답게 처신한다고 생각했는데."

"왜……." *에드워드처럼이라고 하지 그래요?* 질문하는 중간에 그가 돌아오자 그녀는 말투를 부드럽게 누그러뜨리고 궤도를 수정했다. "……와인 한 병 더 가져올까요?"

"그거 좋지."

그녀는 어머니의 역겨운 가짜 미소를 두 번 다시는 보고 싶지 않았다.

매들린이 집으로 돌아가고 식탁을 정리할 때 에드워드가 물었다. "내가 뭐 말실수한 거 있소? 아니면 음식에 무슨 문제라도?"

"음식은 아주 훌륭했어요. 당신도 아주 훌륭했구요." 그녀는 벌컥 벌컥 들이켜고 싶은 유혹을 참아내며 와인 병의 코르크를 막았다.

"정말이오? 당신 어머니가 날 좋아하지 않는 것 같은 느낌을 받아서 말이오. 하긴 내가 당신한테 부족하다고 생각할지도 모르지. 나도 가끔 그런 생각을 하니까."

그가 불안한 듯 미간을 찡그리는 모습에 그녀는 숨이 턱 막혔다. 어떻게 감히 매들린이 그가 스스로를 하찮게 여기도록 할 수 있단 말인가. "그런 말 말아요. 당신이 있어 내가 얼마나 행복한데요. 당신은 아주 멋진 남자예요. 그리고 최고의 셰프이기도 하고."

"자신의 식당은 시작해보지도 못하는 남자. 돈은 모두 여자친구가 내게 하는 남자." 그는 지저분한 접시들을 식탁 위에 도로 쌓아놓고 고개를 숙였다.

"언젠가 당신 소유의 식당을 갖게 될 날이 올 거예요. 그러니까 거기에 집중할 수 있게 지금 식당에서 일하는 시간을 줄이라고 계속 말했던 거고요. 난 당신을 믿어요. 그리고 난 당신이 돈을 내게 뇌두지 않아요, 알았어요?"

"나도 조금은 기여해야지, 우나. 내 부모님은 공짜나 좋아하도록 날 키우지 않았고, 나 역시 돈 많은 여자한테 손 벌리고 싶은 마음 없소."

두 사람은 생활비조로 에드워드가 먹을 걸 사서 준비하기로 합의했다. 그는 또한 일하는 시간을 서서히 줄여나가면서 비는 시간엔 사업 계획서도 작성하고, 미래의 식당 자리도 알아보고, 잠재적 투자자들도 만났다. 그는 과연 우나에게 식당 사업에 투자하라고 청할까? 그녀는 자기가 손을 내밀 때까지 그가 기다려주길 바랐다. 안 그러면 둘의 관계는 변질될 게 뻔했다. 더구나 그녀로 하여금 돈이 에드워드가 보여주는 애정의 근원이 아닌가 하는 의심을 품게 할 수도 있었다.

6월 들어 매들린에게도 남자친구가 생겼다. 이름은 네이선이고 그녀가 관절염 약을 처방받는 조그만 약국의 약사였다. 우나가 서로 얼굴도 익힐 겸 쌍쌍으로 보자고 제안했지만 그녀의 어머니는 셋이 보는 게 더 좋다고 말했다("네이선이 처음 보는 사람들 앞에서는 낯을 가릴 수 있거든"). 그녀가 에드워드를 배제한 게 처음이 아니었지만 우나는 그 문제로 따지지 않는 대신 점심 식사를 할 리버 카페에 세 사람 분을 예약했다. 운이 좋으면 허드슨 강 맞은편으로 펼쳐지는 기절할 만큼 아름다운 맨해튼의 경치가 혹시라도 있을 어색한 분위기를 상쇄해줄 터였다.

하지만 그러지 못했다.

매들린과 네이선은 30분이나 늦었고, 그 바람에 우나는 테이블을 유지하기 위해 모델 지망생 겸 여주인에게 굴욕스럽게도 뇌물을 줘야 했다. 굼뜬 커플이 마침내 도착했을 때 우나는 격분하다가 네이선을 보고는 곧 수상쩍은 생각이 들었다. 뒤로 말끔하게 빗어 넘긴 은발에서 가짜 태닝까지 *지나치게 꾸몄다*가 처음 떠오른 낱말이었다. 이는 너무하다시피 하얗고 눈썹은 조각처럼 깎아지른 듯했고, 코밑수염과 염소수염은 양옆을 지나치게 다듬었다 싶었다. 실크 소재의 보라색 셔츠와 분홍색 타이부터 떠나갈 듯한 웃음소리와 병째로 쏟아부었는지 여주인까지 연신 코를 킁킁거리게 하는 향수 냄새에 이르기까지 *야단스럽다*가 두 번째로 떠오른 낱말이었다. 불길함이 진정되나 싶더니 또다시 불편한 순간이 찾아왔다. 식당의 복장 규정에 어긋나 그가 입을 정장 상의를 고르러 나갔을 때였다. 매들린은 입구를 온통 가득 뒤덮은 꽃다발에 넋을 빼앗긴 나머지 네이선이 다리가 늘씬한 여주인을 흘끔거리는 걸 눈치채지 못했지만 우나가 그 모습을 보고 말았다.

그가 앞서서 걸어가자 우나가 어머니 쪽으로 고개를 돌렸다. "남자들은 상의가 있어야 한다고 분명히 말했잖아요." 그녀가 목소리를 낮게 깔고 이를 갈며 말했다.

"난 그런 말 들은 적 없는데." 매들린이 대답했다.

"분명히 했어요."

셋 다 자리에 앉자 분위기는 더 가라앉았다.

주문이 끝나자 버스보이가 와서 물잔을 가득 채웠다. 네이선 차례가 됐을 때 버스보이가 유리 주전자를 너무 많이 기울이는 바람에 방향을 벗어난 각얼음 하나가 그의 은식기 옆에 떨어졌다.

"*페르도네메, 페르로네메.*" 버스보이는 한 손으로 얼른 얼음을 집어 총총히 사라졌다.

"내가 이민국에 전화할까 봐 도망치는 건가?" 네이선이 빵을 한 움큼 뜯어 입속으로 밀어넣었다.

매들린이 테이블 밑에서 딸에게 선제공격을 날렸지만 우나를 말리진 못했다. "방금 그 말 진심이세요?"

"이 나라는 외국인들로 넘쳐나고 있어요. 누가 이곳에 머물 좀더 엄격한 법이 있어야 한다는 뜻에서 말한 것뿐이라오."

툭하고 우나의 막대 빵이 부러졌고, 그 뒤로 우나는 동강난 빵을 계속 더 작게 부러뜨렸다. "선생님 가족 분들도 메이플라워를 타고 건너 오셨죠? 가만, 그분들도 외국인들이셨네요."

"아까는 농담이었어요." 네이선이 뒤로 물러나 앉으며 빙그레 웃었다. "난 이런 게 좋아요." 그가 매들린에게 말했다. "당신 딸은 성미가 좀 급하군, 안 그래요?"

두 여자 모두 불안한 미소를 억지로 지어 보였고, 그 표정은 식사하는 내내 이어졌다.

"당신 딸한테 우리 여행 얘기 해줬어요?" 네이선이 디저트를 먹으며 물었다.

"아뇨." 매들린이 자세를 고쳐 앉더니 커피를 한 모금 길게 홀짝인 뒤 대답했다. "우린 아말피 해변에서 3주 있었단다."

"정말 좋았겠어요." 우나의 억양에는 아무 감정이 없었다. "엄마라면 외국인 문제를 모두 해결할 수 있을 거라고 생각하세요?"

억지 미소와 함께 매들린이 도끼눈을 하고 딸을 사납게 쏘아보았다.

이번에 네이선의 웃음은 억지였다. "음, 그분들은 내 가족이고, 이건 좀 다른 문제예요."

"선생님 가족이라, 알겠어요." 우나가 고개를 끄덕였다. "약사들은 휴가를 길게 써도 되나 보죠? 아님 직접 약국을 경영하고 계신가요?"

"아뇨. 나 대신 일할 사람들을 구하느라 애 좀 먹긴 했지만 호화스런 여행을 공짜로 시켜주겠다는 어머니의 후한 제안을 거절할 수가 있어야 말이지요."

"거절 못하죠. 그럼요, 그리고 엄마는 정말이지 인심이 후한 분이세요. 너무 후해서 탈일 정도죠."

"그건 너도 그렇잖니, 우나." 목소리에선 버터가 녹아났지만 눈초리에서 독이 뿜어 나왔다.

우나는 크렘 브륄레를 한입 가득 문 채 미소 지으며 캐러멜 토핑을 으드득으드득 씹어 먹었다.

계산서가 나오자 네이선이 마지못해 집어 들었다. 예의상 한참을 옥신각신한 끝에 우나가 손을 흔들며 가죽 판에 자신의 신용 카드를 슬쩍 끼워 넣었다.

"그럼 나는 이만 실례할게요, 여성분들. 닥터 존(미국의 가수 겸 송라이터_옮긴이)과 약속이 있어서." 네이선이 손가락 총을 쏘아대며 어슬렁어슬렁 걸어갔다.

우나가 눈썹을 치켜뜨며 어머니를 돌아보았다. "닥터 존?"

"저 사람 좀 별난 데가 있거든." 그녀가 연기를 흩뜨리기라도 하듯 한 손을 흔들며 말했다.

"별난 걸로 치면 부자들이 별나죠. 엄마도 별나잖아. 네이선도 부자예요?"

"신경 꺼."

"엄마가 이탈리아 여행 경비 댄 거 보니 부자 아니네 뭐. 그래서 별나지가 않은 거야. 다른 거지." 네이선이 다시 모습을 드러내는 바람에 우나는 생각을 마무리하지 못했다.

그날의 점심 식사 이후로 어머니와 딸 사이는 껄끄러워졌지만 둘 다 열애에 단단히 빠져 있어 둘 사이가 멀어지든 말든 개의치 않았다.

7월 들어 에드워드가 식당에 투자할 사람을 찾았다는 소식을 전했다. 축하도 할 겸 케이프 코드의 오붓한 바닷가 오두막을 예약해 뒀으니 거기서 긴 주말을 보내자는 이야기도 함께. 그들은 낮에는 카약을 타고, 신선한 조개와 굴을 먹고, 모래밭에서 느긋하게 휴식을 취했다. 그리고 밤이면 알몸으로 수영한 뒤 바닷가에서 사랑을 나눴다.

여행은 목가적이었고, 이번에 우나는 에드워드가 프로포즈를 하지 않을까 기대했다. 그녀의 높아지는 기대에도 불구하고 그는 하지 않았다.

8월 초의 어느 목요일 아침 그녀가 일어나보니 에드워드가 그녀의 침대 옆에 쭈그려 앉아 있었다.

"오리들한테 먹이 주러 갑시다." 그가 둥근 빵이 가득 들어 있는 종이 봉지를 들어올리며 말했다. "날이 뜨거워지기 전에 바깥바람도 좀 쐴 겸."

두 사람은 공원의 조깅로를 따라 호숫가로 내려가 쓰러진 통나무 위에 걸터앉았다.

아, 켄지, 어디 있는 거예요? 올해는 꼭 좀 봤으면 좋겠는데.

우나는 억지로 현실로 돌아와 에드워드와 함께 빵을 찢어 호숫가의 굶주린 새들에게 던져주었다.

그녀가 마지막 빵을 찾아 봉지에 손을 넣었을 때였다. 손가락에 벨벳 상자가 스쳤다.

앗!

에드워드가 한쪽 무릎을 꿇고 상자를 열었다. "이집트행 비행기 안에서 난 이미 내 인생을 함께 보내고 싶은 여자가 당신이라는 걸 알고 있었소. 당신은 똑똑하고, 너무 멋지고, 다정하고, 음악 취향도 보통 고급스럽지가 않아요. 당신이 나 같은 놈에게서 뭘 보는지는 모르겠지만." 그는 한쪽 눈을 찡긋거리며 자조 섞인 웃음을 웃었다. "이건 내 진심인데, 당신을 행복하게 해줄 수만 있다면 난 뭐든 다 하고 싶소. 어머니가 돌아가시기 전 나에게 꿈을 좇는 걸 미루지 말라고 말씀하셨소. 난 내 레스토랑을 갖는 게 가장 원하는 꿈이라고 생각했소. 그러고 나서 당신을 만났소. 빠르다는 거 알아요." 그는 이제 결론에 들어갔다. "하지만 인생은 더럽게 짧고 우리가 서로에게 천생연분이라는 걸 잘 알고 있어요. 나와 결혼해주겠소?"

하늘은 호수에 비친 솜털구름과 대비돼 쨍하도록 푸르렀고, 꽥꽥대는 오리 떼 소리가 아늑한 공기를 간간이 가르고 있었다. 에드워드가 부드러우면서 기대에 찬 눈으로 그녀를 올려다보았다.

우나는 마음이 누그러지면서 결정했다. 그녀는 그를 마주보며 무릎을 꿇었다. "물론이죠, 당신과 결혼하겠어요. 하지만 먼저 당신한테 할 말이 있어요."

20

프로포즈가 있고 나서 일주일 뒤 에드워드와 우나는 시청에서 결혼했다. 그러고 나서 며칠 뒤 에드워드의 투자자가 손을 뗐다.

"실망스럽긴 하지만 물러서는 일은 없을 거요. 다른 길을 찾아봐야지." 그는 우나에게 단단하고 용감한 미소를 지어 보였지만 눈에는 적막감이 슬금슬금 밀려들었다.

나는 자금을 아주 많이 가지고 있어. 그걸 어떻게 나 혼자만 써? 저 사람과 나눠 써야 하지 않겠어? 어쨌든 클레어리의 펍 때문에 내가 파산하는 일은 없을 거잖아.

"나한테 다른 길이 있어요." 그녀가 말했다. "내가 투자할게요."

"절대 안 돼요. 우리의 결혼에 그런 부담을 줄 수는 없소. 어림없는 소리."

격렬한 논쟁이 뒤따랐고, 엄청난 노력 끝에 그녀는 마침내 남편을 설득할 수 있었다.

적어도 저 사람이 돈 때문에 나와 결혼한 건 아니라는 점만은 확실해.

"하지만 한 가지 조건이 있어요." 우나가 말했다. "우리 신혼여행 가요. 내일. 식당 일로 정신없어지기 전에 바닷가에서 일주일을 보내요." 시간상 두 사람은 도시 전체가 정전이 되는 날 시내를 벗어나게 될 터였다. 전기 없이 스물아홉 시간을 지낸다고 생각하면 언뜻 낭만적으로 느껴질 수도 있었지만 그 대상이 푹푹 찌는 대도시일 때는 이야기가 달랐다. 게다가 그녀와 에드워드는 여행할 때 사이가 제일 좋았다.

그가 여행에 동의하자 그녀는 바베이도스행 마지막 비행기를 예약했다. 이튿날 아침 부엌에서 공항으로 가는 택시가 오길 기다리는 동안 우나가 자신의 손목시계를 들여다보았다. 시계 바늘이 정확히 3시를 가리키는 각도에서 멈춰 서 있었다.

"이런, 시계가 멈췄나 봐요." 그녀가 말하는 찰나 자동차 경적이 빵빵 울렸다.

"시계야 돌아와서 고치면 되지. 어쨌든 당신은 섬에서 시간을 보낼 거잖소. 자, 갑시다, 여보, 비행기 놓치면 안 되잖소."

우나는 시계를 끌러 조리대 위에 놔두었다.

두 사람의 신혼여행은 감사하게도 특별한 일 없이 무사히 지나갔다. 집에 돌아와 현관의 뒤집힌 꽃병을 보니 여행이 끝났음을 실감하게 했다.

"도둑이 들었었나 봐요!" 우나가 종종걸음으로 집 안 구석구석을 다니며 없어진 건 없는지, 또 어질러진 데는 없는지 살폈다. 말짱했다. 그런데 문제는 음악실이었다. 그녀의 기타 두 대가 사라지고 없었다. 이전 리프 때는 그녀가 가지고 있지 않았던 브라이언 존스와 보위의 기타였다.

부엌은 더 상황이 안 좋았다. 조리대 위에 두고 갔던 그녀의 기념일 시계가 더는 보이지 않았던 것이다.

"여기다 두고 간 거 확실하오?" 그녀가 엉뚱한 데 뒀을 수도 있어 에드워드도 손을 보태 다른 방들을 샅샅이 뒤져봤지만 시계는 끝내 나타나지 않았다.

우나는 맥이 탁 풀린 채 다시 부엌으로 돌아왔다. 속도 메스꺼운 듯했다. "하필 가져가면 안 될 것들만 사라지다니. 시계를 돌려주기만 한다면 이 집하고도 바꿀 텐데." 그녀가 울음을 터뜨렸다.

에드워드가 두 팔로 그녀를 감싸 안았다. "세상에, 정말 미안하오."

"정전 때문에 경보가 작동하지 않았었나 봐요."

"시계와 기타 말고 뭐 또 없어진 건 없소?"

우나가 종이 타월을 움켜쥐고 코를 풀며 말했다. "아직까지는 없어요. 하지만 기타 두 대 값이 20만 달러는 나갈 테니까 어떤 쓰레기 같은 놈들이 이런 짓을 했는지는 몰라도 횡재한 거죠. 그 시계는 필요하지도 않을 텐데."

에드워드가 한 번 더 꼭 안아주고 나서 뒷걸음질 치며 말했다. "가서 경찰에 전화하고 오리다."

"그 기타들은 못 찾을 거예요." 그녀가 눈가를 토닥이며 말했다. *하지만 시계는 찾게 될 거예요.* 왜냐하면 2004년의 그녀는 그 시계를 외투 주머니에 넣은 채로 새해를 시작하게 될 테니까.

아니면.

내년에도 시계가 없으면 어떡하지?

그녀가 자신의 운명을 바꿀 어떤 일을 한다는 게 가능할까? 어쩌면 새로운 미래에서는 에드워드와의 결혼 생활이 계속 이어질지도 몰랐다. 기타 두 대와 데일이 준 시계를 잃는 것이 그녀가 치러야 할 대가라면 국면 전환을 암시하는 상징으로밖에는 달리 해석할 수가 없었다.

며칠이 지나자 두 사람은 절도 사건을 잊었고, 몇 주 뒤 에드워드의 식당 사업 계획이 본격적으로 진행되면서 둘은 브루클린 주변의 부동산을 알아보러 다녔다. 우나는 상황이 어떻게 전개될지 알고 있었으니 이스트 윌리엄스버그의 목 좋은 자리를 강력히 추천했다. 하지만 에드워드는 고와너스를 더 마음에 들어했다.

식당을 구해야 하나, 결혼을 구해야 하나? 시도해볼 만한 가치는 있었다.

"고와너스에다 내면 클레어리의 펍은 망할 거예요." 그녀가 경고했다.

그는 뺨이라도 맞은 듯 움찔했다. "나는 당신이 나를 믿는 줄 알았소만."

"물론 믿죠." 그녀가 팔을 만지자 그는 움츠러들었다. "하지만 이 위치는 믿지 않아요."

"그 말은 이스트 윌리엄스버그가 아니면 지원을 거둬들이겠다는 뜻이오?"

"아뇨! 맙소사. 물론 아니에요. 난 다만⋯⋯."

"미안해요, 여보, 하지만 이 문제는 확실히 짚고 넘어가야 해서. 고와너스가 클레어리의 펍 자리가 될 거요."

그는 공사를 발주하고 프란체스카를 컨설턴트로 기용했다. 전과 달리 그녀에 대한 우나의 반감은 더욱 강하고 더욱 즉각적이었다.

그중에는 질투심도 더러 섞여 있었다. 무엇보다 에드워드의 훌륭한 요리 솜씨가 우나의 발목을 잡고 말았다. 체중이 15파운드나 늘어 도무지 빠질 줄을 몰랐던 것이다. 에드워드는 자연스럽게 나이들게 가만히 놔두라고 신신당부했지만 그녀는 바늘 공포증을 극복하고 보톡스나 필러를 맞을까 고민했다. 그런 일이 가능하다면 열일곱 살의 몸을 하고 있는 스물두 살이 될 터였다. 그녀는 보이는 그대로의 자기 모습을 받아들이기로 약속했던 것을 상기했다. 그런데 에드워드 앞에서는 비교적 쉽던 수용이 프란체스카 앞에서는 쉽지가 않았다. 그녀의 젊음과 기고만장한 자신감을 무시하기가 힘들었다. 그녀는 온갖 잘난 체를 하며 뭐든 설명하려 들었다. 마치 듀스가 2인용 테이블을 뜻하며 테이블에 왁스를 입힌다는 건 VIP 대접을 의미한다는 것을 아직 모른다는 듯. 그리고 에드워드가 옆에 있으면 우나는 감히 접근할 수도 없는 둘만의 비밀스런 역사라도 있는 듯 행동했다. 그것은 단순히 요식업 전문 지식만이 아니라 둘 사이에서 자연스레 오가는 정겨운 농담도 포함되었다. 에드워드는 프란체스카와 사업상 아는 사이일 뿐이라고 맹세했지만 둘은 오랜 친구처럼 서로 허물없이 대했다.

"프란체스카는 자기 할 일을 똑 부러지게 해서 곁에 두고 있을 뿐이오. 내가 행복한 유부남이란 걸 늘 일깨워주고 있으니 걱정 말아요." 그가 그녀를 안심시켰다.

우나는 질투심을 잠재우고 더는 두 사람에게 신경 쓰지 않았다. 프란체스카가 운영 시스템을 만들고 서비스 기준을 개발하느라 분주한 사이 에드워드는 청구서를 차곡차곡 쌓아올렸고, 그러면 우나가 지불했다. 매일 밤 그는 피곤하지만 의욕 넘치는 모습으로 집에 돌아와 그녀를 꼭 껴안으며 고마운 마음을 전했다. 식당이 결국 망한다 해도 그의 가장 큰 꿈을 실현하게 돼서 우나는 기분이 좋았다.

가을로 넘어가면서 새로운 골칫거리가 등장했다. 2004년은 우나와 어머니의 싸움이 불러온 여파 속에서 시작하게 돼 있었다. 대사건이 벌어지는 건 시간문제일 뿐이었다. 그녀는 결혼식 이후로 매들린과의 접촉을 최소함으로써 충돌을 피하려고 애썼다. 그러기는 쉬웠다. 매들린이 네이선에게 단단히 빠져 있어 아무 눈치도 채지 못했기 때문이다. 그 둘은 골프에 취미를 붙여 미국의 동부 해안을 오르락내리락하며 긴 주말을 보냈다. 매들린은 가끔 얄궂은 선물을 가지고 여행에서 돌아왔다. 단풍 시럽이 들어 있는 유리 단지, 잼으로 그득한 돌 단지, 수제 양초 등이 그랬다.

11월의 어느 일요일 매들린이 딸에게 단 둘이 아침 식사를 하자고 제안했다. "얼굴 보면서 의논할 게 있어."

모녀는 형편없는 벽화와 훌륭한 에그 베네딕트로 꽤 유명한 알록달록하고 조그만 식당 디지즈에서 만났다.

매들린이 손톱으로 테이블을 두드리며 메뉴판을 살피다가 딸이 자기 쪽으로 뭔가를 슬쩍 밀어넣는 모습을 보고 고개를 들었다.

"다음 달에 조의 펍에서 수잔 베가 공연이 있어요." 우나가 턱짓으로 티켓을 가리켰다. "엄마랑 같이 가면 좋을 것 같아서요. 우리 둘이 함께 공연 본 지도 한참 됐잖아요."

"아. 고맙구나." 그녀는 놀란 표정을 짓더니 티켓을 핸드백에

집어넣고 다시 메뉴판을 살폈다. "이 집에서 프렌치 토스트 먹어
봤니?"

"아뇨. 난 늘 달걀만 먹는걸요." 우나는 플라스틱 텀블러를 기울
여 미지근한 물을 한 모금 길게 홀짝였다.

"난 프렌치 토스트로 할래."

"엄마도 늘 달걀만 먹잖아요."

"프렌치 토스트도 달걀로 만들잖니. 어쨌든 뭔가 다른 걸 시도해
보는 게 잘못된 건 아니잖니."

음식일 뿐인데, 그냥 좀 넘어가.

우나는 뻣뻣한 손가락으로 무릎 위의 냅킨을 찢어발겼다. "우습
네요. 언제는 아침 식사로 단 게 너무 많고 달걀하고 고기 운이 좋
으면 훈제 연어 말고는 먹을 만한 게 없다고 늘 불평해댔으면서.
지금은 갑자기 단 게 당기세요?"

"넌 마치 내가 무슨 백인 지상주의자나 사이언톨로지스트가 된
것처럼 얘기하는구나."

"네이선이 아침에 단 음식 먹는 거 좋아해요?"

"그래."

"그럴 줄 알았어요." 우나가 투덜거렸다.

"많은 사람들이 좋아하지."

"네이선을 포함해서요."

양갈비 모양의 구레나룻을 기르고 한쪽 팔뚝에 주판 문신을 한
웨이터가 다가왔다.

우나가 에그 베네딕트를 주문했다.

"난 프렌치 토스트로 할게요." 매들린이 말했다.

"커피는요?" 웨이터가 물었다.

"네, 주세요." 모녀는 한목소리로 대답했다.

웨이터가 가자 매들린이 테이블 너머로 손을 뻗어 우나의 손목을 잡았다. "아무래도 네이선이 조만간 결혼하자고 할 거 같아." 목소리가 어찌나 방정맞은지 그녀는 한껏 들떠 있었다.

우나는 테이블 맞은편의 형광색으로 그린 재키 케네디의 끔찍한 초상을 응시했다. "그래요? 하긴 결혼상대로 엄마만 한 여자도 드무니까요."

"그건 그 사람도 그래. 지적이고, 카리스마 있고, 너도 봤다시피 얼굴도 잘생겼고." 마치 그가 앞에 서 있기라도 한 듯 황홀한 미소를 지으며 그녀가 말을 이었다. "게다가 섹시하기까지."

"아, 네. 어련하려구요."

"네가 그 사람 싫어하는 거 나도 안다."

"엄마도 에드워드 안 좋아하잖아요. 대체 그 이유를 모르겠지만. 그래도 난 결국 그 사람과 결혼했잖아요."

웨이터가 커피를 가져왔다. 매들린이 자기 잔에 설탕을 들이붓고는 스푼을 쨍그랑거리며 젓고 또 저어댔다. "난 에드워드를 안 좋아한다고 말한 적 없다. 그뿐만이 아니지 네 남편을 두고 이렇다 저렇다 얘기한 적은 없다."

"그래서 엄마가 그 사람을 안 좋아한다는 거예요."

"난 그저 네게 맞는 짝인지 궁금했을 뿐이다. 둘이 어떤 공통점이 있는지 말이야."

"네, 나도 알아요, 그 기분." *침착해. 다정하게.* "네이선이 프로포즈할 거란 건 어떻게 아는데요?"

"설거지하느라 반지를 빼놓았는데, 그가 유심히 살피는 걸 봤거든." 그녀의 목소리에서 여학생 같은 흥분이 묻어났다. "내 반지 사이즈를 확인하는 것처럼 보였어. 내 생각엔 다음 달에 함께 가기로 한 크루즈 여행에서 할 것 같아."

"아말피도 모자라 주말 내내 골프 치러 다니고, 이젠 크루즈 여행까지 그 아저씨 도대체 일을 하긴 하는 거예요?"

매들린이 자세를 고쳐 앉았다. "네가 굳이 알아야겠다면 지금은 실직 상태란다. 하지만 그게 뭐 중요하니? 우리 둘이서 잘 지내면 됐지."

"그럼 그동안 모아둔 돈으로 생활하고 있겠네요? 아님…… 설마 엄마 돈으로?" 비뚤어지고 씁쓸한 미소가 그녀의 얼굴을 스쳤다.

"네 처지에 그런 말을 하다니 정말 어이가 없구나. 그래, 클레어리의 펍에는 얼마나 퍼붓고 있니? 얼마나 많은 식당이 첫해에 망하는지 알기나 하니?"

"에드워드는 보란듯이 경영하려고 죽을둥살둥 일하고 있어요." 그녀 무릎의 냅킨이 이제는 걸레짝이 됐다.

"오, 그래? 열심히 일하느라 집에도 거의 못 들어오겠네. 그 와중에 넌 일하고 있다는 남편 말만 믿고 실제로 남편이 뭘 하는지는 모르겠구나. 계속 수표에 서명이나 하고 틈틈이 선행을 베풀며 기타나 치면서 그저 건강한 결혼 생활을 꾸려나가는 척이나 하지."

"엄마는 얼마나 더 건강한 결혼 생활을 하실 것 같으세요?" 어머니와의 싸움은 피하고 싶었지만, 자신의 결혼 생활을 놓고 지나치게 억측하는 어머니의 말은 되갚아주고 싶다는 충동에 불을 지폈다. 홍수가 금간 댐을 밀고 들어오듯 말이 그녀의 다문 입을 밀고 들어왔다. 더 이상의 견제는 무의미했다. "네이선이 다른 여자들을 훑어보는 눈길 본 적 있으세요? 바람둥이가 따로 없고 치한이 따로 없던데요. 병째 쏟아부은 듯한 향수와 손가락 총은 어찌어찌 넘어갈 수 있다 쳐도 노골적인 인종주의는 참을 수 없다고요. 하물며 엄마는 농담으로 치부하다니 보고도 믿을 수가 없어요. 어디 가서 골라도 꼭 그런 너저분한 놈팡이를 골라서는. 하필 왜요? 그리고 엄마 침실 사정은 아예 얘기도 꺼내지 마세요, 이미 역겨우니까. 보세요, 엄마, 그 남자는 엄마를 이용하고 있다구요. 그런데 엄만 그 남자 외모에 완전히 눈이 멀었어요. 하얗다 못해 형광칠이라도 한 듯한 이 때문이라면 다행이겠네요. 적어도 에드워드는 야망도 있는 데다 열심히 일하고, 함께 있을 때 다른 여자를 흘끔거리지 않을 만큼의 양식은 가지고 있다구요. 그나마 네이선에게 해줄 수 있는 가장 좋은 말은 위생 하나만큼은 흠 잡을 데가 없단 거예요. 공정한 기회를 주려고 내 나름대로 노력해봤지만 그 남잔 안 되겠어요. 그 남자와 결혼하겠다니 말도 안 돼요."

옆 테이블에 앉아 있던 비싼 운동복 차림의 젊은 남녀가 안 듣는 척하면서 아까부터 계속 우나와 매들린을 흘깃거렸다.

"해마다 어디로 튈지도 모르면서 결혼하는 건 말이 되고? 그런 처지에 어떻게 결혼 생활을 유지하려고 그래? 적어도 난 네이선 한 사람한테만 집중할 수 있기라도 하지. 넌 매년 기억 상실증 환자처럼 시작하잖니. 그런데도 에드워드는 그런 널 여전히 기꺼이 받아주고. 좀 이상하다고 생각지 않니? 그게 다 네 돈하고 상관있을 거란 생각은 안 해봤니?"

"이런 말까진 않겠다고 다짐했는데……." 우나는 결국 시작했다. *후회하지 않겠어? 빌어먹을, 후회 안 해.* "해야겠어요. 왜냐하면 엄마가 이게 얼마나 큰 잘못인지 모르니까. 네이선은 좋은 남자가 아니에요. 그리고 둘의 관계는 오래가지도 못해요. 앞으로 일 년도 넘기지 못한다고요."

매들린의 입이 아주 살짝 벌어진다 싶더니 독기가 서린 눈빛이 찾아들었다. 초록색과 황금빛이 섞인 눈동자는 광택을 잃고 흐릿해졌다. 어머니의 풀죽은 모습을 보자 우나는 속이 많이 상했지만 내친김에 마저 털어놓았다. "그래요, 네이선은 엄마 미래의 일부가 아니에요. 그건 에드워드도 마찬가지구요, 엄마의 기분이 조금이라도 나아진다면 말이죠. 결국 엄마 말이 옳아요, 난 결혼 생활을 유지할 수 없어요. 하지만 엄만 네이선과 거기까지도 가지 못할걸요. 차라리 지금 풀어주는 게 나을 거예요."

매들린은 눈을 내리깐 채 꼼짝도 하지 않았다. 다만 숨을 들이쉬고 내쉬느라 어깨가 조금씩 들썩일 뿐이었다.

음식이 나오기도 전에 우나는 의자를 뒤로 밀며 일어나 테이블에 지폐를 몇 장 던져놓고 그곳을 나왔다.

난 옳은 일을 한 거야, 그게 아니면? 그녀는 집으로 걸어가면서 스스로에게 이렇게 말하고는 세 블록쯤 가서 울음을 터뜨렸다. 하지만 되돌아가지는 않았다.

21

몇 주 넘도록 우나는 어머니한테 전화하지 않았다. 그런 식으로 피한다는 건 비겁한 행동임을 그녀도 잘 알았지만 두 달 남짓 남은 1월이면 둘 사이를 만회할 기회가 있었다. 그 사이 후회가 조금씩 밀려들면서 우나가 감정적인 폭발을 정당화하는 데 동원했던 기반을 무너뜨렸다. 입으로는 어머니를 보호한다고 하면서 얼마나 많은 상처를 주었던가? 어쩌면 그녀는 네이선에게 공정한 기회를 주지 않았고, 둘의 관계를 뜯어말리기에는 너무 빨랐을 수도 있었다.

생각들이 마음을 좀먹었지만 우나는 에드워드에게 어머니와 벌인 말다툼을 일절 얘기하지 않았다. 한편으로는 자신의 나쁜 행동을 덮기 위해서였고, 또 한편으로는 우나가 인정하고 싶지 않은 매들린의 불쾌한 비난으로부터 그를 보호하기 위해서였다. 그가 식당에서 지내는 시간이 갈수록 길어졌지만 두 사람의 결혼 생활은 아직 견고했다. 엄마와의 싸움은 오히려 에드워드와의 축복받은 일 년에 더욱 감사한 마음이 들게 하면서 내년의 이혼을 어떻게든 막아야겠다는 결심을 더욱 다지게 했다. 그녀는 일찌감치 2004년의 우나에게 편지를 쓰고 밀봉한 뒤 카운트다운이 끝나면 돌려달라며 남편한테 봉투를 맡겼다.

그런데 다음 달에 있을 수잔 베가의 콘서트는 어떻게 되는 걸까?

매들린이 갈까? 만약 그녀가 온다면 이른 화해를 기대해볼 수도 있었다. 아니면 훨씬 더 심각한 대치 상황으로 치닫거나.

12월 초의 어느 월요일 밤 우나는 지하철 N선을 타고 8번가에서 내려 조즈 펍까지 몇 블록 걸어갔다. 아직 문을 열지 않아 밖에는 열댓 명이 줄을 서서 기다리고 있었다. 그 가운데 매들린은 없었다.

하지만 켄지가 옆으로 비켜서서 담배를 피우고 있었다.

정말 그가 맞단 말인가? 그는 십대 후반 아니면 이십대 초반으로 보였지만 분명히 그가 맞았다.

너무 말랐네. 어디 아픈가?

바싹 마른 몸 위로 검은색과 회색의 표범 무늬 재킷을 걸쳤고, 각진 얼굴은 지난 번에 봤을 때보다 더 뾰족해져 있었다. 두 뺨은 푹 들어갔고 눈밑에는 보라색 반달 그림자가 어른거렸다. 짙은 남색으로 염색해 양옆을 짧게 친 머리는 윤기를 찾아볼 수 없었고 시커먼 지푸라기를 보는 듯했다.

우나는 그에게 말을 걸고 싶었지만 무슨 말을 해야 할지 몰랐다. 흡연가인 척하면서 담배 하나만 달라고 해볼까? 길을 물어볼까?

"저기 죄송한데요." 그녀는 그에게 다가갔다. "혹시 검은 곱슬머리에 체구가 자그마한 50대 중반의 여자 분 못 보셨나요, 아마 나이에 맞지 않는 옷차림일 텐데요?"

그는 한쪽 입가에서 담배 연기를 길게 내뿜으며 지친 표정으로 우나를 쳐다보았다. "듣고 보니 나한테 수잔 베가 티켓을 주고 간 아줌마 같은데요."

그럴 리가 없었다. 2004년에 그녀의 어머니는 켄지를 모른다고 했었다. 그녀가 뭔가를 숨기고 있거나 아니면 말도 안 되는 우연의 일치이거나 둘 중 하나였다.

"전에 그 여자 분을 만난 적 있나요?"

"아뇨. 그냥 여기 서 있는데 그 아줌마가 다가와서 자기 표를 주면 받겠냐고 묻더군요. 내가 잘 모르겠다고 했는데도 어쨌든 나한테 주고 갔어요."

"다른 말은 없었나요?"

짜증스럽다는 듯 그의 한쪽 입가가 실룩였다. "가족 싸움을 피하고 싶은데 표는 썩히고 싶지 않고 뭐 그런 말을 했던 것 같아요."

우나는 목구멍 뒤가 따끔거렸다. 그녀는 어머니가 바람맞힐 줄은 예상했지만 막상 확인하고 나자 충격이 컸다. 매들린은 딸을 무시하면서 그녀의 길에 켄지를 밀어넣었다.

"이놈의 인생은 때로 너무 기이하단 말야." 그녀가 중얼거렸다.

"이놈의 남자들도." 켄지가 담배 불을 끄고 꽁초를 배수구로 획 내던졌다.

둘은 냉소가 섞인 미소를 주고받았다.

"그쪽이 만난 사람은 우리 어머니였을 거예요. 내가 그 가족 싸움의 장본인이거든요. 내 옆에 앉아도 괜찮죠?"

"네, 그렇긴 한데 저……." 그가 뒤통수를 긁적였다. "이래도 되는 건지 잘 모르겠어서."

"이봐요, 우리 엄마가 나에 대해 뭐라고 말했건……."

"아무 말도 못 들었어요. 난 그냥 얼떨떨할 뿐이에요. 사실 오늘밤 내가 왜 나왔는지도 잘 모르겠고."

"그쪽이 어쨌든 나왔고 공짜 콘서트 표까지 얻은 걸 보면 우주가 그쪽한테 수잔 베가를 보라고 말하고 있는 건지도 몰라요." *그리고 나도.*

절박감이 그녀의 목소리 끝자락에 웅크리고 있었다.

그는 한쪽 신발 앞코로 보도를 직직 긁어댔다. "실은 베가 라이브를 늘 보고 싶긴 했어요."

"굉장할 거예요, 후회하지 않을 거예요." 그녀는 너무 밀어붙인다는 인상을 주지 않으려고 어벌쩡 지나가는 투로 얘기하느라 무척 힘들었다.

입장이 허용되면서 줄이 움직이기 시작했다.

그가 양옆으로 고개를 갸우뚱거리더니 마침내 결정을 내렸다. "좋아요, 같이 봐요."

그렇지!

"어쨌든 내 이름은 우나예요." *그대의 미래의 고용인이자 절친한 친구.*

"난 켄지예요."

2백 명 남짓 수용할 수 있는 공연장에는 무대와 화려하게 장식된 기둥들 사이에 조그만 초를 켜둔 테이블과 기다란 벨벳 의자가 놓여 있었다. 우나와 켄지의 자리는 무대에서 2피트 떨어져 있었다.

"와, 여긴 정말 가깝네요." 켄지가 의자에 앉은 채 꼼지락거리며 긴장한 표정으로 말했다.

"그러게요, 굉장하죠?" 그녀는 소스라치게 놀라는 그의 모습을 애써 외면했다. "뉴욕 출신인가요?"

"아뇨. 내가 여기 온 건……." 그는 공연장을 스윽 훑더니 엄지손톱을 잘근잘근 씹어댔다.

"내가 여기 온 건……."

"저기, 어……." 그가 벌떡 일어났다. "잠깐 나갔다 와야겠어요. 공연 시작 전에 담배 한 대만 더 피고요."

"음료 주문해놓을까요?"

"진토닉, 고마워요."

그녀가 또 뭐라고 말하기도 전에 그는 테이블 사이를 이리저리 누비며 순식간에 출구로 나갔다. 그를 따라가지 않고 가만히 있자니 그녀는 힘든 기분이었다.

그녀는 매들린과 함께 공연을 보는 모습을 상상하면서 힘든 밤을 각오했었지만 켄지는? 이번이 아마 첫 만남인 만큼 우나는 즉석에서 친해지길 기대하진 않았지만 그렇다고 해도 그가 저렇게 불안정하고 초췌한 몰골로 나타날 줄은 몰랐다. 어쩔 수 없이 자꾸만 나쁜 생각이 들었다. 약물, 질병, 범죄가 아니면 달리 어떻게 설명할 수 있단 말인가?

우나는 지나가는 칵테일 담당 여종업원에게 진토닉을 주문했다. 주문한 음료는 금세 나왔고, 몇 분 지나자 켄지의 잔에 송골송골 땀방울이 맺히기 시작했다. 무슨 일이 일어났거나 다쳤을지도 모르므로 그를 찾아나서야 할 듯했다.

조명이 어두워지기 시작했다. 켄지를 찾으러 나설 거면 지금이

자리를 뜨기에 가장 좋았다. 그녀가 의자를 뒤로 슬며시 밀고 일어서려는데 누가 고개를 숙인 채 그녀 쪽으로 다가왔다. 회색과 검은색이 섞인 표범 무늬재킷을 걸친 채 켄지가 미끄러지듯 자기 자리에 앉았다. 수잔 베가가 무대에 오르자 다들 박수를 쳐댔다.

우나가 테이블 위로 상체를 기울였다. "안 올지도 모른다고 생각했어요."

"나도요." 그는 물을 들이키듯 칵테일을 벌컥벌컥 들이켰다.

"괜찮아요?"

그가 미처 대답하기 전에 첫 번째 노래가 시작됐다. 우나의 관심이 켄지에게서 공연으로 옮겨갔다. 적어도 그가 돌아왔으므로.

무대 위에는 그 어떤 장식도 없었다. 오로지 가수와 통기타만 있을 뿐이었다. 그녀의 목소리는 감미로운 알토였고, 주로 희미한 갈망과 외로움, 경고성 이야기, 억눌린 욕망을 다루는 가사를 가진 노래를 불렀다. 친구가 돼주고 싶을 만큼 수줍음 많다가도 지혜가 많은 언니같은 모습으로 성장한 베가가 노래 사이사이에 기발하면서도 자조적인 자신의 일화들을 들려주었다.

마치 몸을 반으로 접기라도 하려는 듯 팔꿈치를 끌어안은 채 자기 옆에 앉아 있는 청년보다 그녀가 더 가깝게 느껴지다니 우나는 이루 말할 수 없이 슬펐다. 그도 나머지 관객과 함께 박수를 치긴 했지만 얼굴 표정은 헤아리기가 어려웠다. 눈썹이 서로 맞붙을 만큼 미간을 잔뜩 찌푸린 모습으로 짐작하건대 어디 멀리 있는 뭔가를 바라보는 듯했다. 그는 열두 곡이 나오는 동안 계속 자리를 지켰다.

그가 두 눈을 질끈 감고 사시나무처럼 떨기 시작한 것은 베가가 가질 수 없는 무언가 또는 누군가를 그리워하는 내용의 〈인 리버풀 In Liverpool〉을 부를 때였다. 우나는 고개를 뒤로 젖히고 코로 숨을 쉬었다. 쏟아지려는 눈물을 참을 때 효과가 있다며 신이 가르쳐준 방법이었다. 그가 자기 고통의 뿌리를 드러내 보이려 할까? 그녀가 그 고통을 덜 수 있게 해줄까? 손을 내밀자니 너무 대담한 것 같아 그녀는 노래가 끝날 때까지 두 손을 깍지 낀 채 무릎에 올려두고 있었다.

노래가 끝나자 켄지가 자리에서 일어났다. "가봐야겠어요." 그는 박수 소리 너머로 이렇게 말하더니 구부정하게 돌아섰다.

이번에는 그녀도 그를 따라 밖으로 나왔다.

"켄지, 왜 그래요?" 그녀가 그의 빠른 걸음걸이를 따라잡으려고 두 배로 빨리 걸으며 말했다. "왜 그러는지 나한테 얘기해봐요." 그녀가 재빨리 뛰어가 그의 앞을 가로막자 그는 멈춰 설 수밖에 없었다. 낯선 사람에게 너무 친숙하게 구는 게 아닐까 싶기도 했지만 상관없었다. 그의 고통을 모르는 척하는 건 있을 수 없는 일이었다.

그녀의 대담한 행동을 보고도 켄지는 전혀 내색하지 않았다. 대신 주머니를 더듬어 담배를 찾더니 떨리는 손으로 불을 붙였다. "베가가 그 노래를 부르지 않았다면 괜찮았을 거예요. 그 노래만 들으면 늘 이래요." 연기 구름이 두 사람 사이로 모여들었다. "미안해요, 더는 거기 있을 수가 없었어요. 모든 게 너무 예쁘고 조용하고 진기했어요."

그가 더 이상 발걸음을 재촉하지 않는 것만으로도 진전이었다.

그의 마음을 열어 보이게 하는 방법이 하나 있었다. "어디 시끄럽고 허름한 술집으로 갈래요?" 그녀가 진심으로 물었다.

"거기서 실컷 취할 수만 있다면요."

"그럼 같이 장소를 찾아봐요."

그가 체념한 듯 어깨를 으쓱였다. "좋죠."

우나는 전에 뱀프스(크로스비는 요즘 어디서 일하나?)가 있던 일본 식당을 흘끔거리며 세인트 마크스 플레이스를 지나 어느 칙칙한 술집으로 걸어 내려갔다. 낮은 천장, 나무 재질의 벽과 마루와 가구들, 주크박스 옆에 웅크리고 있는 살찐 주황색 얼룩고양이가 보였다. 월요일이라 그런지 소리를 죽여놓고 풋볼 경기를 보고 있는 플란넬 셔츠 차림에 희끗희끗한 머리의 중년 남자 둘과 다트 게임을 하고 있는 멀대같은 NYU 학생 몇몇을 빼고 술집은 적막하기만 했다. 켄지는 끊어진 전구 옆의 조용한 코너 테이블을 골랐다.

"맥주 괜찮아요?"

"위스키 더블샷도 같이요. 하지만 그건 내가 내요." 그러면서 그는 20달러 지폐를 한 장 내밀었다. 고집스럽게 내민 턱이 양보는 없다고 말하고 있었다.

음료가 나오길 기다리며 그녀는 그가 또 나가버리기라도 할까 봐 동태를 살폈다. 그는 테이블에 팔꿈치를 올려놓고 두 손으로 턱을 괴더니 꿈쩍도 하지 않았다. 바텐더가 피처를 가득 채우자 훅 끼쳐오는 시큼한 맥주 냄새가 그녀에게 잘 자라고 키스하는 아버지의 모습을 떠올리게 했다. 그녀에겐 안정감을 느끼게 해주는 냄새였다.

그녀는 피처 하나, 머그잔 두 개, 더블위스키 한 잔을 들고 돌아왔고, 켄지는 위스키를 단숨에 비웠다. 그의 가운뎃손가락에서 무언가가 반짝였다.

"반지 멋지네요." 우나가 몸짓으로 길쭉한 두 날개 모양이 달린 은반지를 가리키며 말했다.

"이거요? 내가 개같은 시간을 보내고 있을 때 누가 줬어요. 지난달은 훨씬 더 개같지만." 그는 맥주를 따라 첫 잔을 그녀에게 건네더니 그녀가 미처 홀짝이기도 전에 벌써 반을 비웠다.

"뭐든 하고 싶은 얘기 없어요?"

"모르겠어요."

그녀의 윗입술에 땀방울이 맺혔다. 단어를 고르는 게 마치 폭탄을 해체할 전선을 고르는 것 같았다. 제대로 된 전선을 골랐으면 상황은 무사히 종료될 테지만 그렇지 않을 경우 모든 게 날아가 버릴 수도 있었다. "때로는 낯선 사람과 얘기하는 게 더 편해요."

"때론 아무 얘기도 하지 않는 게 더 편해요." 단조롭고 피곤한 말투였다.

억지로 밀어붙이지 말자. "그럼 여기 앉아서 술이나 마셔요."

켄지가 뒤로 기대며 어깨를 으쓱였다. "젠장." 그는 맥주를 벌컥벌컥 들이켜고 나서 말하기 시작했다. "몇 주 전 내 엄마들이 차 사고로 죽었어요."

"어머나 세상에, 켄지." 그녀는 그를 안아주고 싶은 마음이 굴뚝같았지만 움찔거리는 그의 동작과 그를 에워싸고 있는 보이지 않는 가시철사가 *다가오지 말라*고 말했다. "정말 안됐네요." 우나는 맥주잔을 입으로 가져갔지만 마시지는 않았다. "어린 나이에 부모를 잃는다는 게 얼마나 끔찍한 일인지 나도 잘 알아요. 아빠가 열한 살 때 돌아가셨거든요. 배에서 떨어지는 아빠를 보고도 난 웃고 있었어요. 아빠 얼굴이 너무 바보 같아 보였거든요. 아빠는 수영을 잘해서 물에 빠져 죽을 줄은 정말 몰랐어요." 그녀는 잔을 한쪽으로 밀었다. "그때 웃은 걸 생각하면 지금도 자책감이 들어요."

그날 밤 처음으로 그는 시선을 피하지 않고 그녀를 똑바로 쳐다보았다. "난 매일 그래요. 엄마들이 죽을 때 난 완전히 맛이 간 상태로 비디오 게임을 하고 있었거든요."

"그게 자책할 일은 아니죠."

"그쪽은 날 몰라요."

아니, 알아요. 그럴 거예요. "내가 보기엔 착한 애 같은데요."

그의 얼굴이 일그러졌지만 눈물을 흘리지는 않았다. 대신 테이블 모서리를 붙잡고 마음을 가라앉혔다. "난 착하지 않아요. 학교도 중퇴하고 낙오자에 불과하죠. 엄마들 집을 팔려고 내놓았고, 지금은 이렇게 방황하고 있잖아요."

"잠깐 멍하니 지내는 건 괜찮아요."

"먹지도 못하고, 잠도 못 자요. 하지만 늘 배가 고프고 피곤해요."

"음, 들어봐요. 내 남편은 요리사고 우리 집엔 남는 방도 있어요. 그리고 뭔가 할 일을 찾고 있다면 나의 개인 비서가 돼줄래요?" *아주 잘났어, 보나마나 이제 너한테 질려서 도망갈걸.*

하지만 그는 무서워하지도 당황스러워하지도 않았다. 대신 눈썹을 치켜뜨며 눈을 빛냈다. 마치 그 제안이 괴로우면서도 기쁘다는 듯. "친구랑 같이 지내고 있지만, 어쨌든 고마워요." 그가 일어났다. "담배 한 대 피워야겠어요."

"그 사이에 또 시켜놓을까요?"

"아뇨, 난 됐어요."

쩌릿쩌릿한 실망감이 그녀의 몸 구석구석으로 퍼져나갔다. 그녀는 외투와 핸드백을 챙겨들고 그를 따라 밖으로 나왔다. "택시 탈 건가요?"

"지하철 타려고요."

두 사람은 서쪽 브로드웨이 방향으로 길을 잡았고, 켄지는 천천히 신중하게 걸음을 옮겼다.

"내가 짜증나는 건 난 늘 화가 나 있다는 거예요. 그 이유는 엄마들이 죽어서가 아니라 바보 같은 짓 때문이란 거죠." 그가 스타벅스 점포 앞에 멈춰 서더니 그곳을 가리키며 말했다. "예를 들어, 빌어먹을 길 하나를 사이에 놓고 애스터 플레이스에 스타벅스가 두 개나 있어야 하는 이유가 대체 뭐냐고요?"

"더 화나게 하려는 게 아니라 저쪽 가게에서 길을 건너면 반스앤 노블 건물에 또 스타벅스가 있어요." 그러면서 그녀는 고갯짓으로 라파예트 쪽을 가리켰다. "짜증나는 뉴욕의 광경 중 하나죠."

"그래서 소화전을 망가뜨리고 싶다니까요. 매일 뭔가가 생겨나요. 그리고……." 그의 얼굴이 실룩인다 싶더니 완전히 일그러졌다. "몇 년 전 한 엄마와 심하게 싸웠어요. 그런데 그 엄마 때문에 내가 얼마나 상처받았는지 말할 기회가 없었어요. 엄마를 용서하고 묵은 감정을 툭툭 털어야 한다는 건 알지만 그럴 수가 없어요. 엄마가 그립고 슬프지만 아직도 난 엄마한테 화낼 시간이 더 필요해요." 켄지가 커피숍 밖에 있는 테이블들과 인도를 구분 짓는 역할을 하는 연철 울타리를 땅에서 뽑아내기라도 할 기세로 난간을 움켜잡았다.

"그럼 엄마한테 화를 내요." 그녀의 어머니 또한 그와 비슷한 종류의 분노를 쏟아내고 있을지도 몰랐다. 아마도 매들린은 싸운 기억을 잊으려고 시내에 왔을 테지만 생각해보니 여전히 화가 가시지 않았을 것이다. 콘서트 티켓을 남한테 줘버린 건 우나를 보호하려는 의도에서였지 벌주려는 의도는 아니었다. "필요하다면 시간을 더 가져요."

"네. 그리고 거리도요. 뉴욕은 그런 감정을 털어버리기에 좋은 곳일 줄 알았어요. 혼란 속에서 길을 잃게 만드니까. 아니면 적어도 나처럼 불행해하는 사람을 만날 수 있으니까요. 여기 사람들은 다들 상복을 차려입고 어디 딴 곳에 있길 바라는 것처럼 보이거든요."

"그야 뉴욕에 아직 충분한 기회를 주지 않았는지도 모르죠." *아니면 나한테.* 그가 그녀의 슬픔을 달래줬듯이 그녀가 그의 슬픔을 달래줄 기회는 무궁무진했다.

"어쩌면 어디 딴 데 있어야 할지도 모르죠. 어디 멀리 떠나 있어야 할지도." 울타리를 꽉 움켜잡고 있던 그의 손이 느슨해졌다. "난 늘 아시아에 가고 싶었어요. 타이가 미소의 나라로 불린다는 거 아세요?"

아니나 달랐다. "몰랐어요." 숨이 가빠지면서 그녀의 눈이 빠르게 깜빡였다. "사진으로만 봤지만 아름다운 곳 같던데요."

켄지는 신중한 표정으로 고개를 끄덕인 뒤 난간을 놓고 다시 걷기 시작했다. "자세히 읽어봤는데 굉장히 멋있는 곳 같아요. 밀림도 있고 사원도 있고 섬도 많아요. 새해를 하루 앞두고는 물싸움을 크게 하고, 보름엔 또 떠들썩하게 다들……."

타이의 경이로움에 대해 이야기하면 할수록 그의 목소리는 점점 밝아졌고, 우나는 점점 풀이 죽었다. 그를 여기 붙잡아 두는 생각을 한다는 것 자체가 이기적이었다.

8번가 N/R 역에 이르러 켄지는 지하철을 타러 내려가고 있었고, 우나는 뒤에 남았다. "난 택시 타고 갈래요." 그녀는 그의 여행 계획에 찬물을 끼얹고 싶지 않았고, 잘 다녀오라는 응원의 미소가 썩 오래갈 것 같지도 않았다.

22

매들린과의 한바탕과 켄지와의 가슴 아픈 저녁은 우나를 우울하게 했다. 몇 주 동안 그녀는 자신의 소굴을 가정 영화관으로 개조하며 일부러 바쁘게 지냈다. 그녀는 엄청나게 큰 스크린과 서라운드 사운드 스피커를 설치하고 가죽 리클라이닝체어와 마이크로파이버 러브시트를 사들여 위아래 두 줄로 좌석을 배치했다. 거기다 스크린 양쪽의 빨간색 벨벳 휘장과 옛날 팝콘 기계가 화룡점정의 효과를 냈다.

그녀는 며칠마다 어머니한테 전화를 걸어 자동 응답기에 녹음된 목소리를 들었다. 하지만 따로 메시지를 남기지는 않았다.

크리스마스에 영화관이 그럴싸하게 완성되자 에드워드와 우나는 재치 있는 농담과 만화 같은 폭력이 특징인 쿠엔틴 타란티노의 영화를 몰아보며 휴일을 보냈다.

결혼 이후로 두 사람은 우나의 '기억력'에 대해 일절 언급하지 않았지만 리프가 일주일 앞으로 다가온 데다 에드워드의 관심이 온통 식당에만 쏠려 있어 그녀는 그에게 상기시켜줘야 했다.

"늘 새해 자정에 일어나는데, 처음엔 받아들이기 힘들 거예요. 난 당신이 누군지 못 알아볼 테니까요. 내가 당신한테 맡긴 편지가 도움이 될 거예요. 내가 바로 편지를 읽게 해줘요." 지하철에서 시작되는 2004년의 리프를 떠올리며 그녀는 또 이렇게 덧붙였다. "그리고 카운트다운 전후로 꼭 붙어 있어요. 나 혼자 돌아다니게 놔두지 말아요."

외장 공사가 완전히 끝난 건 아니었지만 에드워드는 클레어리의 펍에서 송년회를 크게 열기로 결정했고, 그 이틀 전 식당과 관계된 사람들을 불러 저녁을 대접했다. 공사 업체 직원들과 주방 식구들을 부른 그날 우나와 프란체스카도 그 자리에 있었다. 가구와 조명이 아직 미완성이라 널빤지와 톱 모탕이 그 역할을 대신했다. 식탁보와 은식기는 다행히 며칠 전에 도착했고, 센터피스 대용으로 동네 식품 잡화점에서 구입한 하얀 초들을 키 큰 유리 실린더에 꽂아 미니멀한 분위기를 살렸다.

우나 주변의 사람들은 너나 할 것 없이 일 얘기만 했다. 식당 현황, 메뉴와 컨셉, 지역 요식업계 동향 등을 살피느라 여념이 없었다. 그녀가 딱히 기여할 게 없었기에 뭐든 해야 할 것 같아 천천히 음식을 음미하며 와인을 곁들인다는 게 그만 과음하고 말았다. 프랑스 요리 학교를 놓고 한창 뜨거운 논쟁이 벌어지는 와중에 우나는 포크를 떨어뜨렸다. 포크를 주우려고 테이블 아래로 몸을 구부렸는데 주인 없이 서 있는 프란체스카의 노란색 하이힐이 눈에 들어왔다. 스타킹을 신은 그녀의 다리 선을 따라 발까지 내려가자 에드워드의 무릎이 보였다. 우나는 역겨움에 치를 떨며 얼른 일어났다.

"프랑스 음식은 앙증맞은 검은색 드레스 같아요. 하지만 요즈음은 캘리포니아 음식이 슬슬 치고 올라오는 것 같네요." 프란체스카가 두 눈을 반짝이며 말했다.

"나도 그렇게 생각해요." 에드워드의 입가가 실룩였다. "앨리스 워터스의 선례를 따라 메뉴에 지역 특산물과 유기농 식재료를 더 추가할 생각이오."

주변의 활기찬 잡담 소리가 점점 커지는 가운데 우나는 접시를 물끄러미 응시했다. 그녀는 포크를 바닥에 그냥 내버려두었다. 중요한 건 그게 아니었다. 그녀는 이제 더는 맛을 느낄 수 없었다.

그녀가 할 수 있는 거라고는 가만히 앉아 있는 게 전부였다. 디저트가 나오자 그녀는 편두통을 핑계로 그 자리에서 나왔고, 에드워드가 택시를 불러주며 너무 늦지 않게 집에 가겠다고 약속하는 말을 들었다. 그리고 택시에서 내리자마자 배수구에 게워내고 말았다.

우나는 에드워드에게 말하지 않았다, 적어도 그날 밤에는. 보나마나 그는 그 일을 털어내거나 부인할 방법을 찾으려 들 터였다. 어림없지, 그녀는 자기가 목격한 장면이 더 큰 배신을 가리키는 건 아닌지의 여부를 가릴 좀더 확실한 증거가 필요했다. 두 사람의 결혼 생활은 내년에도 계속될 텐데, 어떻게 그게 가능하단 말인가? 그녀의 또 다른 자아는 과연 그것 말고 달리 뾰족한 수가 있을까 싶은 생각이 들었다. 어느 쪽이든 그녀는 에드워드와 맞닥뜨리기 전에, 그래서 새로운 편지로 2004년의 우나에게 경고하기 전에 확실히 알아야 했다. 요전에도 섣불리 판단했다가 어머니의 애정 생활을 파국으로 내몰지 않았던가. 자신의 결혼 생활에 철퇴를 가하기 전에 그 사건을 거울삼아 신중하게 대처할 작정이었다. 그렇다고 증거를 손에 넣기 전까지 에드워드를 눈감아주는 암울한 현실을 받아들일 생각도 없었다.

그래서 그녀는 의심에 빠진 수많은 배우자들이 그녀보다 먼저 해온 일을 택했다. 바로 염탐에 나섰던 것이다. 그 첫 번째 대상은 그의 옷 서랍장과 주머니였는데, 아무 증거도 나오지 않았다.

다음은 그의 전자 장치들이었다. 이튿날 밤 그녀는 그가 잠들 때까지 기다렸다가 침대 밖으로 몰래 기어 나와 그의 휴대폰과 블랙베리를 가지고 서재로 들어갔다. 휴대폰은 확인하는 데 오래 걸리지 않았다. 에드워드는 문자를 저장하지 않는 터라 볼 게 많지 않았다. 결론적으로 프란체스카의 흔적은 하나도 없었다.

블랙베리를 다 살펴보는 데는 몇 시간이 걸렸다. 수백 개에 이르는 이메일 제목과 그 내용을 훑어보느라 그녀는 속이 다 메스꺼울 지경이었다. 혹여 프란체스카가 보낸 메일이 나오면 추파를 던지거나 애정을 표현하는 내용은 없는지 두 눈 부릅뜨고 샅샅이 찾아보았지만 범죄를 입증할 만한 증거는 전혀 없었다.

에드워드의 노트북은 더 까다로웠다. 식당 사무실의 잠긴 서랍 안에 있었기 때문이다. 그는 집에 여분의 열쇠를 두고 다녔지만 이제 곧 일어나 하루 종일 식당에서 지내며 송년회를 준비할 터였다. 아, 그녀도 그날 밤 파티에 참석할 예정이었다. 아슬아슬하긴 해도 몰래 사무실로 들어가 그의 컴퓨터를 꺼낼 방법이 있을 터였다.

그날 저녁 우나는 에드워드가 두고 다니는 여분의 열쇠를 집어 들고 아홉 시까지 식당에 도착할 생각으로 택시를 불렀다. 하지만 휴일이라 택시가 늦게 잡히면서 9시 30분이 돼서야 도착했다.

아직도 시간은 많아. 가만, 이건 뭐지?

그녀는 식당 입구에서 멈춰 섰다. 입구를 돌아가며 흰색 크리스마스 전구가 주렁주렁 매달려 있었다.

"마음에 드세요?" 프란체스카가 신이 나서 함박웃음을 지으며 그녀를 반겼다. "축제 분위기에 맞게 이곳을 꾸미느라 에드워드가 막판에 고생 좀 했어요. 전구는 내 생각이었구요. 에드워드한테 사모님이 이런 전구로 치장한 파티장을 극구 칭찬했다는 소릴 전해 듣고 여기에 딱이겠다 싶었죠. 어쨌든 좋은 영감을 떠오르게 해줘서 감사드려요." 베이지색 실크 드레스의 가느다란 끈이 어깨 밑으로 흘러내렸지만 그녀는 굳이 올리려 않았다.

우나는 난폭한 충동을 애써 누르며 억지로 미소를 지었다. "천만에요. 외투는 어디야 둬야 하나요?"

"복도 지나서 창고에요."

프란체스카는 파티 여주인 행세를 하고 우나는 단순한 손님 역할을 하다니 기가 찰 노릇이었다.

창고에 들어서는 순간 그녀는 그 자리에 얼어붙었다. 그녀의 피부가 발갛게 상기돼 만지면 뜨거울 게 틀림없었지만 그녀는 어둠 속에서 덜덜 떨고 있었다.

딸랑거리는 전자음이 어디 있냐고 묻는 에드워드의 문자 메시지 도착을 알렸다.

제발 나의 오해이기를.

이제 파티에 참석할 시간이었다.

"여보, 여기." 에드워드가 손님들 너머로 그녀를 손짓해 불렀다.

"제 아내를 소개할까 합니다." 그가 손님들에게 말했다.

일련의 이름과 내민 손들이 뒤따랐고, 그녀는 그 손들을 잡고 흔들었다. 하지만 이름을 기억하려고 애쓰지는 않았다. 어쨌든 몇 시간 뒤면 깡그리 잊어버릴 테니까.

"어떻게, 마음에 드오?" 에드워드가 몸짓으로 크리스마스 전구를 가리키며 물었다. 장식은 오마주라기보다 절도에 가까웠지만 그녀는 마음에도 없는 칭찬을 늘어놓았다.

"스카치 에그 좀 들어봐요." 에드워드가 재촉했다. "새 레시피인데, 오늘 반응이 좋으면 메뉴에 추가할까 생각 중이오."

그녀는 여기저기 돌아다니며 정중하게 잡담을 나누었다. 그러고 있자니 마치 밀려든 안개가 그녀를 에워싸며 주변의 목소리를 잠재우고 한없이 고개를 끄덕이며 미소짓도록 몰아넣는 것 같은 느낌이 들었다.

하나둘 손님들이 도착하자 에드워드가 그들을 맞이하러 나갔다. 이보다 더 좋은 기회도 없었다. 그녀는 양해를 구하고 그 자리를 빠져나와 휴대폰으로 시간을 확인했다. 10시 5분이었다. 보는 사람이 아무도 없다는 걸 확인한 우나는 걸음을 재촉했다.

위층으로 올라온 그녀는 에드워드의 사무실 문을 열고 마지막으로 주변을 둘러본 뒤 미끄러지듯 안으로 들어섰다. 곧장 휴대폰을 내려놓고 그의 책상에 앉았다. 그녀의 손은 어려운 곡을 연주하기에 앞서 호흡을 가다듬는 피아노 연주자처럼 책상 위를 맴돌았다. 그녀가 자신의 결혼 생활이 사기라는 걸 확인하려고 그토록 많은 노력을 기울이는 이유는 뭘까? 일이 돌아가는 대로 놔두면 이런 고생을 하지 않아도 될 텐데. 어쨌든 시계가 자정을 알리면 지금의 우나는 다시 리프할 테고, 2004년의 우나는 이전 몇 달 동안의 일을 까맣게 모를 것이다. 진실이 대체 무엇을 해결해줄 수 있을까?

아무것도 없었다. 진실은 그 자체로 보상이거나 아니면 벌일 터였다. 한 해의 마지막 날, 에드워드와의 결혼 생활에 대한 진실을 알지 못하면 그녀는 영원히 아무것도 모를 터였다. 반드시 알아야 했다.

우나는 맨 아래 책상 서랍을 열고 노트북을 꺼냈다. 뚜껑을 열기 전 어떤 생각이 성마른 아이처럼 그녀의 마음 뒤편을 잡아당겼다.

대체 여기 뭐가 들어 있기에? 서랍에 넣어두고 잠글 만큼 중요한 게 뭘까?

노트북은 음료 로고가 찍힌 티셔츠 더미 위에 놓여 있었다. 서랍에는 각종 청구서와 계약서로 그득한 파일 폴더들도 있었다. 그런데 나머지 파일에는 뭔가 다른 게 들어 있었다. 한 움큼이 되는 폴라로이드 사진에는 프란체스카가 알몸을 드러내고 있었다. 다만 마지막 사진은 예외였다. 프란체스카 옆으로 웃통을 벗은 에드워드가 있었다.

우나의 안에서 농도 짙은 혐오감이 끓어올랐지만 머리가 몸에 떨어져 나와 붕 떠다니기라도 하듯 가볍기도 했다. 묘한 안도감이 그녀를 감쌌다. 그녀는 파고드는 성격이 아니었다. 쉽게 말해 편집증과는 거리가 멀었다. 어떤 만족감은 대개 자신의 생각이 맞았을 때 딸려오지만 다소 빗나갔을 때도 딸려온다.

뭐가 더 있나?

티셔츠 더미를 살피다 그녀는 맨 밑에서 직사각형 보석 상자를 발견했다. 목걸이를 넣기에는 길이가 너무 짧았고, 팔찌에 맞을 듯한 크기였다. 그녀는 상자를 열었다. 안에는 은시계가 들어 있었다. 다이얼 검은색 별들이 점점이 박힌 채 세 시에서 멈춰 선.

우나는 숨이 멎는 것 같았다.

그럴 리가 없었다. 그녀의 시계가 여기 있을 줄이야.

그녀는 한 손으로는 시계를 움켜잡고 다른 손으로는 입을 틀어막은 채 사무실 옆 화장실로 달려갔다. 그리고 세면대 위로 상체를 수그려 소나무 향이 나는 싸한 표백제 냄새를 맡으며 흐느껴 울었다. 정당성을 입증받았다는 데 따른 만족감은 온데간데없이 사라졌다. 그녀는 다리 힘이 풀리기 시작했지만 흰색 타일 바닥이 손짓해 부르기라도 하듯 중력과 싸우며 계속 서 있었다. 지금 당장 바닥에 웅크려 잘 수 있다면 며칠 아니 일 년을 아니 몇 년을 내리 자고 싶다고 생각했다.

미안해요, 엄마. 귀담아들을 걸 그랬어요. 난 지금 엄마 도움이 절실히 필요해요.

우나는 엉엉 울고 싶었고, 어머니의 따스한 품에 안기고 싶었다. 보나마나 매들린은 상처받은 자신의 감정은 한쪽으로 치워놓고 딸을 토닥여줄 터였다. 고소해하지도 쩨쩨하게 굴지도 에드워드가 썩어빠진 줄은 진작에 알고 있었다고 말하지도 않을 터였다. 하지만 매들린은 썩어빠진 로미오와 크루즈 여행을 하고 있어 연락이 닿지 않았다. 게다가 남편과 맞닥뜨리고 자신에게 새로 편지를 쓰기까지 우나에게는 두 시간도 채 남아 있지 않았다.

"우나?"

책상 옆에 에드워드가 서 있었다. 그의 두 눈이 샅샅이 뒤진 서랍과 흩어진 사진들을 훑어 내리다가 그녀에게 가서 멈췄다. "내 얘기 좀 들어봐요, 당신이 이걸 어떻게 생각하든……."

"닥쳐요!" 그녀의 입에서 터져 나온 말에 둘 다 깜짝 놀랐다. "이게 뭘 의미하는지 알아요. 요전날 밤 프란체스카가 당신과 농탕질하는 거 봤어요. 다만 당신이 날 편집증에 질투심 많은 아내로 몰아갈 방법을 찾기 전에 증거를 잡고 싶었을 뿐이에요."

"편집증에 질투심 많은 아내는 절대 하지 않을 행동이지, 물론." 그가 재미있다는 듯 미간을 찌푸렸다. "그래, 몇 년 전에 찍은 사진들 중에서 '증거'를 찾았소?"

그의 심드렁한 반응에 우나는 자신의 척추뼈에 강철이 박혀 있는 상상을 하며 더욱 꼿꼿이 섰다. "둘러댈 생각 말아요. 당신이 양다리나 걸치는 얼간이라는 거 다 아니까. 하지만 그 얘기는 나중에 하기로 하고. 먼저, 내 시계를 대체 어떻게 한 거죠?" 그녀가 시계를 들어올렸다.

그가 두 눈을 빠르게 깜빡이며 얼굴 가득 곤혹스런 표정을 지었다. "나도 모르는 일이오."

"데일이 나한테 준 시계가 확실한데, 헛소리 집어치워요."

에드워드가 손가락으로 머리를 쥐어뜯으며 말했다. "앉아서 이성적으로 얘기합시다."

"앉고 싶으면 앉아요, 하지만 난 서 있는 게 더 좋아요."

그녀의 날 선 목소리에 그는 잠시 비틀대다가 자세를 바로잡았다.

둘은 책상을 사이에 두고 서로 마주봤다.

"이거 내 시계 맞죠?"

"우나, 정말 미안하오. 그래요, 당신 시계 맞아요."

"어떻게 이걸?"

"내가 친구들하고 포커를 친다는 건 당신도 잘 알잖소." 그가 이야기를 시작했다. "친구 한 놈이 판돈이 많이 걸린 포커 게임에 날 끌어들이기 시작했소." 에드워드는 아랫입술을 잘근잘근 씹어대며 자기 신발을 노려보았다. "처음엔 곧잘 땄지. 그러다 왕창 잃고는 많은 돈을 빚지는 지경까지 가고 말았지 뭐요."

"왜 나한테 오지 않았어요?" 그녀는 입술을 단단한 매듭을 채우듯 오므렸다.

"당신이 곧 결혼할 남자가 빚이 20만 달러나 있는 낙오자라고 말하란 말이오?"

"그러느니 차라리 내 소중한 재산을 훔쳐가는 낙오자가 되지 그랬어요." 우나는 목구멍이 간질거리면서 입이 시큼했다. "그래서 그 절도 사건을 꾸민 거였군요."

그가 뒷덜미를 긁적이며 겸연쩍은 듯 얼굴을 찡그렸다. "비열한 짓이었소. 정말 미안하오. 시계까지 가져갈 줄은 몰랐소."

"하지만 날 위해 이렇게 되찾아왔잖아요." 우나는 은시계의 다이얼을 내려다보았다. "다정도 하지." 말에 독이 있었다.

"당신에게 돌려줄 적절한 때를 찾지 못한 것뿐이오."

"이제 다시는 그 시계를 차지 못할 거 같아요. 그걸 볼 때마다 당신이 한 짓이 생각날 테니까. 당신은 내게 아주 특별한 추억을 망쳐놨어요. 이제 서로 물건들을 돌려줘야 할 텐데 우선 이것들부터 돌려줄게요." 그녀는 약혼반지와 결혼반지를 빼서 책상 위에 떨어뜨렸다. "프란체스카와 잔 지는 얼마나 됐어요?" 그녀는 도저히 용납할 수 없는 질문을 내뱉어놓고 온몸을 사시나무 떨 듯 떨어댔다.

에드워드는 부인하려고 하다가 그녀의 단호한 눈빛에 경로를 수정했다. "3년. 가끔씩. 하지만 당신을 만난 뒤론 관계를 끊었소."

"거짓말."

"그래요, 늦은 밤까지 일하고 한 번 실수한 적이 있소. 한 번. 하지만 그게 다였소. 그 여자가 자꾸만 다가오려고 해도 난 번번이 거절해왔소. 오래 전부터 그 여자와 정리하고 싶었지만 워낙 자기 일을 잘하는 데다 식당을 성공적으로 이끄려면 그 여자만큼 내게 좋은 기회는 없었소."

"그 여자가 당신의 가장 좋은 기회군요."

"그 여자의 전문 지식이 그렇다는 거요. 그리고 물론 당신도." 그가 더듬거리며 말했다.

"음, 당신의 귀중한 꿈을 실현하는 데 우리 둘을 잘 이용해줘서 고마워요."

그녀의 비꼬는 어조에 그는 움찔 놀랐다. "난 당신을 이용한 적 없소. 믿지 않을지도 모르지만 난 당신을 진심으로 사랑해요."

뜨거운 눈물이 두 눈 가득 넘쳐나는데도 우나는 웃었다. "더 이상 거짓말로 날 모욕하지 말아요. 속이고 도둑질한 걸로도 충분하니까."

"알아요. 하지만 우나, 이렇게 생각해봐요. 당신이 이미 최악을 알게 된 이상 내가 거짓말할 이유가 없잖소. 내가 한 짓은 용서받을 수 없지만 난 당신을 진심으로 좋아해요. 이집트 여행 이후로 당신에게 완전히 넘어가고 말았어요. 당신도 우리가 만들어 낸 뜨거운 교감이 진짜라는 걸 부인하진 못할 거요. 그런 관계는 억지로 되는 게 아니잖소."

그녀는 혹여나 동의하는 대답을 할까 싶어 자신의 혀를 깨물어야 했다. 하지만 그녀의 분노에 감상주의가 들어설 여지는 없었다. "그건 그냥 섹스일 뿐이었어요."

"그건 절대 그냥 섹스가 아니었소. 그 이상이었다는 건 당신도 잘 알 거요." 그의 두 눈 가득 아쉬워하는 빛이 어른거렸다. "당신의 신뢰를 다시 얻을 수만 있다면 무슨 짓이든 하련만……."

화를 주체하지 못해 길길이 날뛰며 고막이 찢어져라 고래고래 소리 질러도 하나도 이상할 게 없는 순간이었다. 하지만 그녀는 패잔병처럼 거기 오도카니 서서 간신히 중얼거렸을 뿐이다. "진짜라고 생각했어요."

"그래요. 그리고 여전히 그럴 수 있고. 자정이 되면 당신의 뇌가 그 뭐냐…… 다시 맞춰지거나 비슷해지지 않소?"

"어떤 면에서는."

"음…… 당신 스스로 그걸 잊으면 어떻겠소? 그 공백을 이용해 우리 처음부터 다시 시작합시다."

"지금 제정신이에요? 나보고 당신이 날 배신하지 않은 척하라는 거잖아요." 우나는 콧방귀를 뀌었다. "어쨌든 내가 나한테 쓴

2004년 편지 어딨어요? 돌려줘요."

"집에 있소. 들어봐요, 우나, 우린 여전히 함께 멋진 인생을 살 수 있소. 프란체스카는 내 인생에서 영원히 잘라버리겠소, 약속해요. 난 당신을 행복하게 해줄 자신이 있어요."

"천만에요. 내가 진짜 고려해볼 거라고 생각하다니 당신 미쳤군요."

"해마다 자정만 되면 기억을 잃어버리는 당신보다 내가 더 미쳤을까?"

그녀는 잇새로 길게 숨을 들이쉬었다.

"당신에게 상처주려고 한 말은 아니었소." 에드워드가 책상 모서리를 돌아 그녀 옆으로 다가오려고 하자 그녀는 그를 피해 반대쪽으로 돌았다. "난 당신을 그저 있는 그대로 받아들일 뿐이오. 물론 우리 관계에는 미친 게 많다고도 할 수 있겠지. 난 1월이면 당신이 날 까맣게 잊을 거라는 걸 알면서도 당신과 결혼했소. 그래도 난 감당할 수 있소, 당신을 사랑하니까. 그리고 우리가 이렇게 새로 시작하고 나면 당신은……."

"난 못 그래요. 안 해요." 그녀는 마치 머리에는 헬륨이 주입되고 있는데 나머지 몸은 돌로 변해버린 느낌이 들었다. "몇 시죠?"

"11시 조금 넘었소."

"빌어먹을." 집에 가서 그 편지를 찢어버려야 했다. 제시간에 그렇게 하지 못할 경우에 대비해 그녀는 가는 도중에 새로 편지를 쓰려고 책상 위에 있던 빈 주문판과 펜을 움켜잡았다. 에드워드가 따라오려고 하자 그녀가 죽일 듯이 그를 노려보며 말했다. "따라오지 말아요. 그랬다가는 문도 열어보기 전에 이곳을 홀라당 태워버릴 테니까."

그의 얼굴이 끔찍하게 일그러지면서 두려움과 비통함과 괴로움의 표정이 번갈아 나타나는 걸 보고 있자니 우나는 꽤나 통쾌하기도 했다.

우나는 아래층으로 뛰어내려갔다. 아래층에선 파티가 한창인 가운데 아웃캐스트의 〈헤이 야Hey Ya〉가 쾅쾅 울려대고 있었다. 털어버리라는 가사 내용이 폴라로이드 사진처럼 그녀를 비웃는 것 같았다. 그녀는 외투를 챙겨들고 손님들을 밀치며 입구에 이르렀다. 계단 두 개만 내려서면 밖이었다.

"에드워드 못 보셨어요?"

"위층에 있어요." 그녀는 악의 어린 눈초리로 프란체스카를 돌아보았다. "같잖지도 않은 년이 잘난 척하기는."

그길로 우나는 밖으로 튀어나갔다.

행복하고 완벽한 일 년. 그녀가 원했던 건 그게 전부였을 뿐인데 그 대가가 너무 컸다.

대신 피터를 찾을걸. 때를 기다렸다가 그를 잡을걸.

바람이 불어 추웠지만, 우나는 상쾌한 공기에 정신이 들라고 외투 섶을 풀어헤치고 다녔다. 불어오는 바람마다 얼마나 잘 속아 넘어가냐고, 얼마나 어리석냐고 속삭이는 듯했다. 하지만 그녀는 피해자가 될 생각이 없었다. 자기 연민을 삼가고 책임감을 발휘해 행동에 나설 참이었다.

핸드폰을 찾아 주머니에 손을 집어넣는 순간, "젠장!" 그녀의 핸드폰은 여전히 에드워드의 책상 위에 있었다. 핸드폰이 없으면 택시를 부르지도, 시간을 확인하지도 못할 터였다. 그리고 도보로는 자정 전에 집에 도착할 수 없었다. 다행히 메트로카드는 있었다.

그래서 내가 F선을 타고 있었던 거군. 가만, 생각 좀 해보자. 애는 잘 늦잖아.

아니나 다를까, 지하철은 금세 왔지만 '아픈 승객' 때문에 다음 역에 못 가서 멈춰 섰다.

우나의 좌석 근처에서 스키니 진 차림의 술 취한 이십대 몇몇이 격자무늬 스카프를 흔들어대며 불분명한 발음으로 무언가를 시끄럽게 불평해대고 있었다. 새발 격자무늬 외투 차림의 그 여자는 한참 떨어진 곳에 앉아 책을 읽고 있었다.

빈 종이를 마주보며 그녀는 '우나에게'까지 쓰고 나서 잠시 멈췄다. 편지를 어떻게 시작해야 할까?

억눌려 있던 독설이 백지 위로 마구 쏟아져 나왔다. 그녀는 종이에 홈이 팰 정도로 온 힘을 다해 꾹꾹 눌러썼다. 다 쓰고 나서 새 편지를 읽어보는 사이 그녀의 분은 어느새 시들해졌다. 편지는 험악하고 신랄했다. 그녀는 2004년의 우나에게 경고하려고 했던 거지 움츠러들게 하려는 게 아니었다.

우나는 다음 장으로 넘겨 다시 쓰기 시작했다. 제목은 그대로 사용하는 게 좋을 듯했다. 날건달 남편과 이혼하고 기타 강사 뒤를 좇는 시간 여행자.

고쳐 쓴 편지는 좀더 직접적이면서 덜 짜증스러웠다. 만족스럽게 고개를 끄덕이며 펜을 받침판에 꽂아 넣는 찰나 멈춰 있던 열차가 갑자기 덜컹 움직이면서 술 취한 힙스터 중 한 명이 균형을 잃고 우나한테로 나자빠졌다. 그 바람에 그녀는 받침판과 펜을 손에서 놓치고 말았다.

그의 무신경한 사과를 무시하고 우나는 열차 출입문 옆에 떨어진 메모지를 구하러 몸을 날렸지만 그의 친구들이 그녀를 가로막았다.

"좀 지나갈게요, 내가 지금 좀……."

휘청하며 열차가 갑자기 멈춰 섰다. 우나가 미처 몸을 숙여 집어올리기 전에 문이 열리면서 힙스터 중 한 명이 발을 질질 끌며 메모지와 펜을 열차와 플랫폼 사이의 틈새에 밀어넣고 말았다.

"제기랄!" 그녀가 소리쳤다.

힙스터 패거리는 영문을 몰라 당혹스러운 표정으로 그녀를 쳐다보며 열차에서 내렸다.

그녀는 목구멍을 주먹으로 세게 얻어맞기라도 한 것처럼 숨을 쉴 수가 없었다. 자신의 폐를 닦달한 끝에 그녀는 겨우 숨을 내쉴 수 있었다.

지하철의 우르릉 소리와 불운의 쓰라림이 그녀를 하염없이 눈물짓게 했다.

우나는 새발 격자무늬 외투 차림의 그 여자에게 달려갔다.

"펜이 필요해요, 제발요." 히스테리로 그녀의 목소리는 한껏 고조돼 있었다. "에드워드와 이혼하고 피터를 찾으라고 나한테 알려줘야 해요. 내가 알기로 맥은 분명히 펜이 있어요. 빨리요, 시간이 별로 없어요."

여자가 책에서 눈을 떼고 올려다보며 말했다. "죄송해요, 뭐라고 얘기하는지 반밖에 못 들었어요. 펜을 빌리고 싶다구요?"

"네, 빨리……."

열차가 또다시 휘청대면서 우나는 나동그라지고 말았다.

그녀는 결국 문장을 완성하지 못했다.

6장

어느 멀리 떨어진 바닷가에서

1995 : 31/23

On Some Faraway Beach - Brian Eno

0:31   3:39

23

시간이 툭하고 부러질 때까지 그녀를 뒤로, 뒤로, 뒤로 잡아당기는 고무줄이었다면, 극심한 공포는 그녀를 사정없이 앞으로 내동댕이쳤다. 누가 절벽에서 떠밀기라도 한 듯 그녀는 외마디 비명을 지르며 벌떡 일어났다.

"개자식!" 그녀는 얼굴을 감싸 쥐고 울음을 터뜨렸다.

그녀에게서 꺼이꺼이 태고의 소리가 터져 나왔다. 너무 비통해서 숨이 쉬어지지 않았다. 배신감이 가시철사처럼 그녀를 똘똘 휘감은 채 마구 찔러댔다.

그녀의 흐느낌이 잦아들었다.

그녀는 침대에 있었지만 자기 것은 아니었다. 방도 그녀의 방이 아니었다. 집도 그녀의 집이 아니었다. 그런데 집은 집이라기보다 조난자가 얼기설기 지은 오두막에 가까웠다.

그녀는 모기장을 걷어내고 일어서서 주위를 천천히 둘러보았다. A자 모양의 이엉 천장, 대나무 차양, 최소한의 형태만 갖춘 채 녹인 초콜릿에 피를 섞어 칠한 목재 가구. 방 한쪽 끝에는 겹문이 있었다. 우나는 문을 빼꼼 열고 밖으로 머리를 삐죽 내밀었다. 널찍한 테라스에 이어 종려나무로 둘러싸인 바닷가가 펼쳐져 있었다. 우르르 쾅쾅 포효하던 바다는 언제 그랬냐는 듯 찰랑대는 물결로 뒤덮였고 아늑한 공기는 간간이 곰삭은 비린내를 실어 날랐다. 테라스 한쪽 끝 나무 안락의자에서 누가 자고 있었다.

우나가 비명을 지르자 그 사람도 비명을 지르며 벌떡 일어났다.

"엄마?"

"우나?" 매들린이 눈을 부비며 더욱 꼿꼿이 앉았다. "에이 참. 내가 자정 지나서 잤니? 이놈의 시차증은 도무지 극복이 안 되네."

"대체 여기가 어디에요?"

"이리 와서 앉으렴." 그녀는 자기 옆 공간을 툭툭 치며 쭈뼛거리는 딸을 손짓해 불렀다.

남아 있던 화가 우나를 버릇없게 만들었다. "세 시간을 여행하고 여기서 발이 묶인 거예요? 바보 같은 내 인생에서 그게 유일하게 빠져 있었네요."

"여긴 푸꾸옥이야. 베트남. 네가 내년엔 험한 꼴을 겪게 될 테니 어디 먼 곳으로 사라지는 게 좋겠다고 해서."

아, 그래서 그녀는 켄지의 분노와 슬픔 관리 전략을 따랐던 거였다. "타이가 아니라서 놀랐어요. 켄지도 여기 있나요?"

"누구?"

그렇다면 그는 여기 없을 터였다. "몇 년이에요?"

"1995년."

"그러면 켄지는…… 초등학생이겠네요. 이럴 줄 알았어. 난 왜 이렇게 되는 일이 없지?" 또 눈물이 날 것 같아 우나는 자기 무릎을 찰싹찰싹 때리며 손톱으로 꾹꾹 눌렀다. 갇힌 눈물을 석방하는 데에는 그녀의 등을 쓰다듬는 어머니의 손만 있으면 됐다.

"그 남자가 좋은 사람이라고 생각했어요." 우나는 매들린의 실크 블라우스를 흠뻑 적시며 울고 또 울었다. "영원히 지속되지 않을 거라는 건 알았지만 그러길 바랐어요." 그 말들은 어머니의 어깨에 가로막혀 거의 들리지 않았다. "상황을 바꿀 수 있을 거라고 생각했어요. 하지만 다 거짓말이었어요."

"오, 아가, 짠하기도 하지. 무슨 일인데 그래?"

"난……." 흐느끼느라 목이 멘 그녀는 숨이 잘 안 쉬어져 괴로운지 얼굴이 일그러졌다. 매들린이 할 수 있는 일이라고는 아버지의 사고가 일어난 해에 줄곧 우나가 악몽을 꿨을 때 그랬듯이 딸의 등을 살살 어루만지며 쉬쉬 달래주는 것밖에 없었다. 잠시 뒤 울음은 딸꾹질로 잦아들었다.

"휴, 휴지가 필요해요."

"안으로 들어가자."

모녀는 소파에 앉았고, 곧이어 매들린이 물잔과 휴지를 챙겨 왔다.

우나는 코를 풀고 축축하게 젖은 뺨을 닦았다. "이유를 모르겠어요. 뒤로 리프할 땐 막을 수 없었지만 그 전에 일 년의 시간이 있었단 말이에요. 하지만 그 사람을 만나기 전에 내가 읽은 편지에는 아무런 경고도 없었어요. 나의 그 이전 자아는 왜 나를 말리려고 하지 않았을까요?" 2002년의 우나는 그녀를 왜 그렇게 놔두었을까?

"그녀, 아니 너한테는 나름대로의 이유가 있었겠지. 아마도 넌 그해의 좋은 부분이 나쁜 부분보다 많다고 믿었을 거야."

"아뇨, 아뇨." 그녀는 세차게 고개를 가로저었다.

"이렇게 생각해보렴. 아무리 끔찍한 일이 일어났다 해도 다시는 그 일을 겪지 않아도 된다고 말이야."

"아님 아예 안 겪거나. 지금이 1995년이니까 아직 안 일어난 거 잖아요." 어두운 방에 설치한 폭죽처럼 밝고 위험한 생각이 그녀의 머릿속에 떠올랐다. "나의 이전 자아는 나를 돕지 못할지도 모르지만 엄마는 할 수 있어요. 지금 내가 그 사람 이름을 말하면, 내가 그 사람을 만나게 되는 시기가……." *2003년.* 그해가 그녀의 혀 위에서 대롱거렸지만 그녀는 확신이 서질 않아 도로 감아 들였다. "엄마가 경고해주세요. 엉망진창이 되는 걸 막아주세요. 엄마가 그 사람 이름을 알면, 어쩌면……."

매들린의 얼굴에 씁쓸하고도 무거운 표정이 떠올랐다. "이게 너의 초창기 리프 중 하나지, 그렇지? 네가 지금 속으로 몇 살이니?"

"방금 스물세 살 됐어요. 지금이 1995년이면……." 우나는 머릿속 달력을 획획 넘겼다. "그럼 방금 서른한 살이 됐네요. 이 엿 같은 기분은 도무지 사라질 줄을 모르네." 그녀 옆 협탁에 뭉친 휴지가 더 쌓였다. "엄만 이게 초기 리프 중 하난지 어떻게 알아요?"

"그야 네가 좀더 성숙해지면 나더러 네 미래를 바꿀 수 있게 도와달라고 부탁하는 일은 절대 없을 테니까. 물론 나야 너의 고통을 덜어주고 싶지만 말이다." 그녀는 떨리는 입술을 꾹 다물더니 두 눈을 깜빡이며 물었다. "그 사람이 때리든?"

세찬 부정이 다소 누그러졌다. 눈물이 또다시 뺨을 타고 주르륵 흘러내리자 그녀는 얼른 얼굴을 훔쳤다. "그 사람은 내게서…… 난

다만 모든 걸 원상태로 돌려놓고 싶을 뿐이에요."

매들린이 한 손으로 딸의 팔을 잡았다. 그러는 동작이 마치 이렇게 말하는 듯했다. *서둘지 말고 천천히 잘 생각해보렴.* "물론 난 어떤 식으로든 널 도우려고 여기 있는 거지만 네가 그 사람 이름을 얘기한다 해도 너희 관계를 방해할 생각은 없다."

우나가 어머니의 관계를 방해한 건 옳은 일이었을까? 네이선이 누가 봐도 놈팡이가 확실하고, 그가 편안하게 생활할 수 있도록 매들린이 돈을 대고 있긴 했어도 그의 존재가 그녀의 삶에 활기를 불어넣고 눈을 반짝이게 한 것만은 사실이었다. 둘의 관계가 오래가지 못할 거란 말을 들었을 때 매들린은 실망하는 기색이 역력했었다.

"아가, 이 문제는 좀더 시간을 가져보렴."

우나는 마치 장전된 총을 내려놓기라도 하듯 주먹 쥐고 있던 손을 폈다. "그럴게요. 굳이 지금 결정해야 할 필요는 없으니까요." 그러고는 불만을 줄줄이 늘어놓기 시작했다. "세상에, 작년이 지나가서 신난다고 생각했더니 결국 더럽게 끝났지 뭐예요. 그 사람하고만이 아니라 드디어 켄지와의 우정이 시작되나 싶었는데 말이에요. 엄마는 아직 켄지가 누군지 모르죠? 그나마 우린 긴장되고 기묘한 밤을 보내긴 했어요. 그러고 나서 그는 떠났어요. 그리고 난 엄마와 대판 싸웠죠. 끔찍했어요. 그런데도 엄마에게 미안하다는 말 한마디 안 했어요. 아직 준비가 되지 않은 겁쟁이라서. 내가 먼저 나섰어야 했는데." 그러면서 그녀는 자기 가슴을 움켜잡았다. 가시 돋힌 감정들이 안에서 곪고 있어 터뜨려줘야 했다. "정말 미안해요. 엄마는 이미 날 용서했지만요. 그땐 엄마가 뭘 용서한다는 건지 몰랐지만 이젠 알아요, 내가 무슨 이유 때문에 사과드리는지 차마 말 못하겠어요. 그냥 죄송해요." 우나는 울었다.

두려움의 기미가 서둘러 지은 미소와 함께 사라졌다. "내 딸, 미래의 내가 널 용서한다면 현재의 나도 마찬가지란다." 그녀는 딸의 어깨를 꽉 움켜잡았다.

"다시는 엄마와 그렇게 싸울 일 없을 거예요. 엄마는 내 인생에서 유일하게 그 자리에 그대로 있는 사람이에요." 우나는 쿠션을 집어 들고 배에 갖다 댔다. "그리고 그 사람에 대해서도 엄마가 옳았어요. 뭐든 다 그렇게 옳기만 하면 피곤하지 않으세요?" 그녀가 허탈한 웃음을 지어 보였다.

"그게 왜 피곤해? 그리고 나도 틀린 적 많아. 아까만 해도 틀렸잖니. 좀 졸다가 자정 전엔 눈을 뜨겠거니 생각했는데 글쎄. 낯선 곳에 혼자 있는 줄 알고 얼마나 놀랐을 거야."

"그건 늘 좀 무서워요. 그리고 좀 외롭기도 하고요."

"음, 내가 덜 외롭게 해줄게." 매들린은 이렇게 말하고 나서 일어나 미니 냉장고로 갔다. "샴페인 어때? 샴페인을 마시고 있으면 정말로 슬프단 기분은 들지 않거든."

"안 할래요. 죄송해요." 기분이 좋아진다니 구미가 당기긴 했지만 자칫 술에 취했을 때 일어날 법한 나쁜 측면, 즉 우울한 자기 연민으로 이어질 수도 있었다. 그녀의 두 눈이 오두막을 두리번거리다가 난 화분이 즐비하게 늘어서 있는 창턱에 가 머물렀다. "그래서 우리가 베트남에 있다는 거죠?"

"여기 온 지 며칠밖에 안 됐지만 기가 막히게 좋구나."

식을 줄 모르는 그녀의 화를 가라앉혀줄 만큼 좋을까? 알면서도 속았다는 역겨운 수치감은 말할 것도 없고 사랑하고 사랑받고 싶다는 열망까지도 모조리. 그 문제에 관한 한 그녀는 너무 잘못 알고 있었다. 그녀가 에드워드에 관한 진실을 알고 제때 자기 자신에게 경고했더라면 2004년이 좀더 행복한 한 해가 될 수도 있었다. 잘하면 피터와 함께 보낼 수도 있었을 테고.

놓친 기회는 그녀의 목울대를 묵직하게 만들더니 눈물을 부추겼다.

매들린이 소다수 두 캔과 휴지를 좀더 가져왔다.

"어떻게 해도 이 상황을 바로잡을 수 있을 것 같지 않아요." 소다수 캔의 펑 소리가 우나의 자기 연민에 마침표를 찍었다. "내 삶을 어느 정도 일관성 있게 유지하려고 노력해온 만큼 매번 누군가와 유대감을 맺으려고 시도하는 게 문제라는 거죠. 내가 실패하든 상대방이 떠나든 난 리프 때문에 머물 수 없으니까요. 아무래도 늘 나와 엄마밖에 없다는 생각에 익숙해져야 할 것 같아요."

"매년은 아니고." 매들린이 이를 드러내 보였다. 불쾌해도 꼭 해야 할 말이 있다는 신호였다. "몇 년. 그래, 단기적으로는 그렇게 생각하는 게 도움이 되겠구나. 한 해 한 해가 빈 서판인 셈이고, 일단 끝나면 다시 시작할 수 있으니까."

"원점에서 다시 말이죠."

"꼭 그런 건 아니고."

"그런 느낌이 들어요." 우나는 소다수 캔을 내려놓고 무릎에 있던 두 손을 비틀었다. "내가 나한테 편지를 남겼나요?"

"아니. 이번에는 선물을 남겼단다." 매들린은 딸에게 조그만 진홍색 상자를 건넸다.

우나는 상자 뚜껑을 열고 기다란 날개 두 개가 달린 플래티넘 반지를 꺼냈다. 그녀가 손글씨로 쓴 메모도 있었다. *분노가 에너지가 될 수도 있어. 타버리지 말고 날아올라.* 그녀는 눈을 가늘게 뜨고 다시 반지를 꼼꼼하게 살폈다. 지난 번 리프에서 퀜지가 끼고 있던 반지와 디자인이 똑같았다. "다른 건요? 편지 없어요?"

"그게 다란다. 몇 년 지나면 편지가 필요 없게 될 거야. 리프에 익숙해지면 특히 더 그렇게 되겠지."

우나는 그 반지를 가운뎃손가락에 꼈다. "익숙해질 일은 없을 거예요. 최악인걸요. 그 무력감이라니." 그 말을 내뱉는데 피부 밑이 뜨거웠다. 그녀를 활활 태워버리고 싶어 안달인 분노를 어떻게 하면 동력으로 바꿀 수 있을까? "적어도 난 멀리 떠나 있어요. 아무래도 거리가 도움이 될 테죠." 그녀의 말에는 확신이 거의 없었다. "그러니까 엄만 내가 미래를 바꾸는 데 그 어떤 도움도 주지 못하겠단 거죠?"

"연말에 다시 물어보렴."

이튿날 아침은 뜨거운 열파와 뜻밖의 낙관주의를 가져왔다. 모녀가 묵는 오두막은 어느 외딴 바닐라 해변에 있었는데, 물이 짙은 남색에서 연한 옥색에 이르기까지 마치 사파이어에 무지갯빛을 입혀놓은 듯했다. 야자나무 한 그루에 밧줄 그네가 매달려 있었고, 다른 두 그루 사이에는 해먹이 묶여 있었다. 이토록 사랑스러운 환경에서 계속 화를 내려면 노력이 필요했다. 며칠이 지나고 기온이 올라가면서 태양의 불은 왜곡된 유사성의 법칙으로 기능했다. 다시 말해 무더운 날씨가 그녀 안의 큰 불을 관리 가능한 불꽃으로 진압했다는 뜻이다. 그녀는 여전히 에드워드의 이름을 매들린에게 얘기해주고 싶었지만 입을 꾹 다물었다.

모녀는 나른한 그 섬에서 수영도 하고, 빽빽한 밀림과 아무도 가보지 않은 다우림 가장자리를 하이킹하기도 하고, 싱싱한 과일과 생선을 먹기도 하고, 해먹에 앉아 흔들거리며 우나가 퉁겨대는 기타 반주에 맞춰 노래를 부르기도 하면서 일주일을 지냈다.

그러고 나서 모녀는 하노이로 넘어갔다. 도시는 작고 무척 부산스러웠지만 그런 북새통이 싫지 않았고 길 찾기도 수월했다. 모녀의 숙소는 도시의 부산함 속에서 약간의 평온을 즐길 수 있는 호안끼엠 호숫가에 있었다. 모녀는 수탉들 때문에 이른 아침에 일어나 호수 주변을 걷는 것으로 하루를 시작했다. 가끔은 태극권을 하는 사람들 틈에 끼기도 했다. 모녀는 과일에서 꽃, 파티 장식품에 이르기까지 뭐든지 파는 비좁은 노점을 애용했다. 모녀는 대통령궁과 방부 처리한 호찌민 시신이 있는 기념관을 방문했다. 날마다 모녀는 인도 한가운데에 커다란 은색 솥을 걸어놓고 장사하는 여자에게 녹두 반죽으로 만든 부드럽고 말랑한 푸딩을 사서 야트막한 플라스틱 의자에 앉아 숟가락으로 떠먹었다. 모녀는 '하노이 힐튼'으로 더 잘 알려진 호아로 수용소를 방문하기도 하고, 놀랍도록 정교한 인형극도 관람하면서 외출로 그날의 우울한 분위기를 걷어냈다. 머리를 식힐 거리들과 기쁨이 넘쳐났지만 하루가 끝날 때면 늘 그녀의 입가에서 에드워드 클레어리라는 이름이 맴돌았다. 처음에 그녀는 그런 사실을 비밀에 부쳤지만 침묵은 무엇보다 어려웠고, 결국 오래 버티지 못했다.

문화 충격은 우나에게 일종의 안정제였다. 속사포처럼 빠르게 쏟아져 나오는 베트남어를 듣고 있으면 이상하게도 마음이 진정됐다. 그녀는 알 수도 없고 해독할 수도 없는 그 말을 반갑게 껴안았다. 매들린은 뜻하지 않게 낯선 거리에 들어서면 불안해했지만 우나는 꼬불꼬불한 길을 따라 내려가며 바래고 찢긴 차양들과 읽을 수 없는 간판들, 그녀의 상상 속에서 전 남편의 이름을 품고 있는 간판들을 구경하는 게 좋았다.

때로 우나는 시간상 훨씬 앞으로 여행 온 것처럼 느껴졌다. 풍파에 찌든 얼굴로 원뿔형 모자를 쓰고 양쪽 어깨에 멍에를 둘러멘 채 무거운 짚 바구니의 균형을 아슬아슬하게 맞추며 다니는 원주민들의 모습이 그랬다. 자동차와 버스보다 위험한 건널목을 획획 지나다니는 자전거와 오토바이가 더 많았다. 오래된 페이스트리 반죽처럼 비좁게 다닥다닥 붙은 채 외관이 헐벗겨진 프랑스 식민지 시대의 건물들도 보였다. 우나는 주름장식이 많은 발코니에 기대 연신 담배를 피워대며 옛날 영화의 슬픈 여주인공 행세를 하고 싶었지만, 끝없이 걸어 다니며 정신을 팔게 해줄 낯선 것들을 찾아 나섰다. 게다가 그녀는 담배를 피우지 않았다.

도시에 싫증이 나자 모녀는 기차를 타고 하롱 베이로 내려갔다.

"이제 다시 배를 탈 수 있을 것 같아요." 우나가 말했다.

"정말?" 그녀의 어머니가 물었다.

"꼭 그렇지도 않아요. 하지만 나일 강 크루즈 기회도 놓쳤는데, 이번엔 그 바보 같은 공포증 때문에 이 나라에서 제일 멋진 풍광을 못 보고 가는 일은 없어야죠. 저 섬들은 겁나 근사해 보이네요."

"겁나?"

"매우요. 신경 쓰지 마세요, 그건. 우선 배편부터 알아보자구요."

그래서 모녀는 사흘 일정으로 고물 배를 한 척 빌렸다. 배가 뒤집혀 물에 빠진다 해도 어쩔 수 없었다. 선착장으로 가는 길에 우나는 두 번째 리프 때 미트패킹 디스트릭트에서 생전 처음 보는 거구의 사내에게 말대꾸했다가 목덜미를 움켜잡힌 사건을 떠올렸다. 그때 그녀의 일부는 그 남자 손에 으스러지길 원했었다. 지금 그녀의 일부는 배가 그 일을 대신해주길 원했다. 하지만 그녀의 더 큰 일부는 참아내고 살아남길 원했고, 그러리라 확신했다. 알 수 있는 미래는 그녀의 안전망이었다. 그 안전망이 그녀의 용기를 북돋워 주었다.

용기는 선착장에서 흔들렸다. 한참을 망설인 그녀가 드디어 배에 올라탔다. 배에 타고 처음 몇 시간은 난간을 어찌나 세게 붙잡았던지 손가락이 다 욱신거릴 지경이었다. 그러고 나서 그녀는 구불거리는 수평선과 '겁나 근사한' 풍광의 치유력에 굴복하고 말았다. 모녀를 태운 배는 이끼 긴 이빨처럼 물 밖으로 삐죽삐죽 나와 있는 수백 개의 석회석 섬들을 빙 돌았다. 밤에는 파도가 철썩철썩 뱃전을 때리며 배를 흔들어대자 우나는 스르르 잠이 들었다. 잠이 들면서도 베개에 대고 에드워드의 이름을 속삭였고, 다음 날은 그 이름 때문에 덜 아프기를 기도했다. 그리고 실제로 그랬다.

모녀는 시간을 들여 베트남 구석구석을 누비며 고즈넉한 후에와 그림 같은 호이안까지 관광했다. 그곳에서 모녀는 오토바이를 타고 바닷가에 가기도 하고 숙련된 재봉사가 만든 옷을 사기도 했는데, 그때 산 옷들을 모녀는 뉴욕까지 가져갔다. 그리고 새우와 돼지고기로 속을 채운 크레페, 설탕에 졸여 오지그릇에 담아 내오는 생선, 저민 바나나 꽃과 당근 피클을 곁들인 샐러드, 김이 모락모락 나는 쌀국수도 즐겨 먹었다.

한 달의 여행 동안 우나의 화와 억울함은 어느 정도 가라앉았다. 부러졌다 붙은 뼈가 비 오는 날이면 욱신거리듯 가끔씩만 찌르르했다. 베트남은 황홀하면서도 소박한 곳이었다. 많은 현지인들의 궁핍한 환경은 그녀로 하여금 많은 생각을 하게 했다. 이곳이야말로 어려운 사람들이 있었음에도 그녀는 삶이 자기한테만 부당하다는 생각에 사로잡혀 있었다. 4성급 아니면 5성급 호텔에서 맥이 빠져 지내다니 얼마나 감사할 줄 몰랐던지, 뚱한 표정은 또 얼마나 짜증스러웠던지. 그녀는 베트남을 종횡으로 누비고 다니며 병원, 고아원, 학교에 후하게 기부했다. 더 많이 보고 더 많이 주는 쪽에 우선순위를 두었고, 그 결과 그녀의 머릿속 스포트라이트가 에드워드에게서 멀어졌다. 그녀는 더 많은 국경을 넘나들며 낯선 환경을 경험하고 싶었다. 그리고 배 공포증을 극복하고 나니 새로운 갈망이 생겨났다. 다름 아니라 육지에서 벗어나 물 위에서 더 많은 시간을 보내는 거였다.

매들린은 딸을 격려하면서 동료애를 나누길 원했지만 두 달이 지나자 뉴욕의 편리함을 그리워했다. 베트남이 주는 참신한 매력은 진즉에 사라졌고, 맛좋은 베이글이 너무도 간절했다.

"정말 혼자 계속 여행을 하겠다고?" 매들린이 물었다. "여자 혼자, 그것도 해외에서 돌아다니는 건 위험할 수 있어."

"그렇게 위험했다면 혼자 떠나는 대신 편지에서 경고했을 거예요." 그녀는 플래티넘 반지를 낀 손을 들어 보였다. "아니면 '집에 있어라'처럼 뭔가 다르게 썼겠죠."

우나는 뒤이어 라오스와 캄보디아와 타이를 여행했다. 그중에서 타이가 제일 매혹적이었다. 방랑벽과 새로운 것에 대한 욕구가 커지면서 그녀는 외로움을 덜 두려워하게 됐다. 그리고 모든 것들도.

수많은 콘크리트와 색채와 혼란으로 보는 이를 압도하며, 성스러움과 타락을 오가는 방콕도 그녀를 겁나게 하지는 못했다. 당연히 그녀는 비교적 안전한 관광지부터 들렀다. 수상 시장, 짐 톰슨 하우스의 티크 새장, (옥으로 만들었거나, 금좌에 앉아 있거나, 누워 있는) 부처를 모신 웅장한 사원들. 그녀는 그 나라의 냄새가 전혀 질리지 않았다. 이쪽 길목에서 재스민 냄새가 난다 싶으면 저쪽 길목에선 배기가스 냄새가, 그 다음 길목에선 튀긴 돼지고기 냄새가 났다. 그리고 푸짐하고, 값싸고, 아주 맛있는 음식도 있었다. 고기 꼬치, 국수, 아삭아삭한 파파야 샐러드 같은 거리 음식을 매일 같이 먹어서 그런지 그녀의 혀는 타이 음식의 주된 맛인 단맛, 짠맛, 신맛, 매운맛에 흠뻑 젖어들었다.

우나는 방콕에서 2주를 보낸 뒤 푸켓을 시작으로 섬 여행에 나섰다. 낮이면 팔다리가 사실상 지글거리며 익을 때까지 일광욕을 즐기다 청록색 물에 뛰어들어 열을 식혔다. 때로는 눈을 감고 바닷가에 누워 데일이 옆에 있는 상상을 하기도 했다. 그런가 하면 배낭족 무리에 끼어 발리볼 경기를 하기도 하고, 저녁에 모닥불 주위에 둘러앉아 그들이 너바나, 펄 잼, 스매싱 펌킨스의 노래들을 마구잡이로 불러 젖힐 때면 옆에서 기타 반주를 넣기도 했다(하지만 〈제로 Zero〉에 다들 멍한 반응을 보이자 그 곡이 아직 나오지 않았다는 걸 알아차렸고, 그래서 그 밴드의 이전 히트곡들만 줄기차게 쳐댔다). 그 무렵 그런지 운동이 전 세계에 흔적을 남기고 있었고, 그로 인해 더럽고 지저분한 느낌을 주는 스타일은 젊은 여행객들 사이에서 인기가 있었다. 그들은 찢어진 청바지와 헐렁한 티셔츠를 좋아했고, 저녁이 돼서 기온이 떨어지면 플란넬 셔츠를 껴입었다. 시사 문제에도 관심이 많아 O. J. 심슨 재판, 오클라마 시 폭파 사건, 르완다·보스니아·크로아티아의 유혈 사태를 놓고 열띤 대화를 나누기도 했다. 유혈극이라는 주제는 그들을 둘러싼 지상낙원 같은 환경과 맞지 않았지만, 우나는 자신이 그랬듯이 아름다운 해변이라는 거품 속에 쉽게 안주할 법도 한데 세계 정세에 관심을 가지고 노력하는 그들이 못내 존경스러웠다.

우나는 하루를 마감할 때면 몸에서 모래와 소금을 씻어내며 피부를 한 꺼풀 벗기는 상상을 했다. 햇볕에 팔다리는 시커메지고 머리색은 옅어져서 그녀의 카멜레온 눈은 표면을 깎아낸 유리처럼 더욱 반짝였고, 치아도 진주처럼 눈이 부실 지경이었다. 더위와 고요함이 식욕을 떨어뜨리는 바람에 얼굴은 점점 수척해지고, 턱과 광대뼈가 더 뾰족해 보였다. 또 그녀는 만월 파티가 열리는 코팡안

섬으로 가서 밤새 춤을 추다 바닷가에서 잠을 잤다. 여러 섬으로 옮겨다니며 그곳의 모래와 파도가 그녀의 하루하루에 일정한 리듬을 부여하면 또 다른 매력에 빠져들었다. 그녀는 아주 오랫동안 조난자로 지낸 것 같았다. 실제로 그렇게 살아보는 건 어떨까?

삶의 고장난 시간표 때문에 그렇게나 오래 갇혀 지내다니 너무도 어리석었다. 이집트 여행도 결국은 운명에 내던져지자 운명을 피해 달아나는 도피에서 시작된 거였다. 하지만 올해의 해외여행은 숨거나 뒤집으려는 목적과 거리가 멀었다. 타버릴지 날아오를지, 노라고 말할지 예스라고 말할지를 놓고 그녀에게 선택권을 준 것은 분노였다. 그래서 그녀는 예스를 선택했다. 어느 뱀 농장에서 코브라 대가리에 입을 맞추면 행운이 따른다는 말을 들었을 때 그녀는 하겠다고 말했다. 어느 바닷가 카페에서 열리는 독일 이혼녀들 파티에서 흔쾌히 기타를 연주해줬고, 셰릴 크로의 〈올 아이 워너 두All I Wanna Do〉를 네 번이나 연거푸 연주해달라고 청했을 때도 알았다고 했다. 사격장에서 종이 과녁을 향해 총을 쏘라고 할 때도 그녀는 알겠다고 했다. 또 배꼽에 피어싱을 하라고 해서 그러라고 했고 한 달 뒤 피어싱한 데가 곪아 고리를 빼야 한다는 말을 들었을 때도 그러라고 했다. 어떻게 해도 미래가 달라질 수 없다면 현재에 한계를 둘 이유가 없지 않은가? 그녀는 그래요, 그러죠, 알겠어요, 라는 말을 입버릇처럼 달고 살았다. 더러 그러기 싫을 때도 있었지만 대부분은 기쁜 마음으로 했다.

켄지는 일 년 내내 집을 떠나 있었다. (그런데 그 경비는 어떻게 충당했을까? 특이한 일이라도 했나? 물려받은 돈이 있었나?) 그녀는 길을 잃은 느낌이 좋아서 계속 길을 잃은 채로 지내고 싶었다. 12월이 오자 다음 목적지를 생각했다. *어디로 가지? 인도? 중국?* 문화 충격은 그녀에게 약물과 같은 효과를 발휘했고, 그렇다면 어느 쪽이든 충분한 해결책이 될 터였다.

하지만 인도나 중국으로 가면 그렇지 않아도 몇 달째 떨어져 지내고 있는 어머니와 더 오래 못 보고 지낼 수밖에 없었다. 이제 익숙한 것들로 돌아가야 할 때였다. 집에 가야 할 때였다.

그해에 우나는 매들린에게 정기적으로 전화를 했고, 마을과 밀림과 도시와 해변을 탐험하느라 향수병을 앓을 새도 없었다. 집에 가려고 공항에 도착하는 순간 갑자기 어머니가 사무치게 보고 싶어 JFK까지 꼬박 하루가 걸리는 비행 시간을 견딜 수가 없었다.

매들린이 난꽃으로 만든 커다란 꽃다발을 들고 마중나와 있었다. 꽃다발은 모녀의 포옹에 반쯤 으깨지고 말았다.

"그래, 어땠니?" 그녀의 어머니가 물었다.

"끝내고 싶지 않았지만 돌아와서 기쁘기도 해요."

"아주 재미있게 지낸 것 같구나."

"네, 나쁜 일들도 있긴 했지만요. 소매치기를 당했고 햇볕에 화상을 입었고 배꼽이 공포 영화로 변했고 셜리 크로 노래는 두 번 다시 듣고 싶지 않아요. 그래도 내 인생에서 가장 좋은 일 년이었어요."

"예전의 너를 생각하면 정말 놀랍구나."

에드워드. 그녀의 일부는 여전히 그의 이름을 크게 말하고 싶었고, 그녀 안의 재는 여전히 연기를 피워 올리고 있었다. 하지만 이

제 실수할 수 있는, 기분이 엉망인 채로 지낼 수 있는, 허무의 늪에서 허우적대다가 빠져나올 수 있는 자유가 있었다. 되는 대로 내버려둘 수도 있고, 한쪽으로 치워둘 수도 있고, 계속 나아갈 수도 있는 자유였다.

그녀는 어머니에게 피곤한 듯 웃어 보였다. "걱정 마세요, 다시는 엄마한테 내 미래에 개입해달라고 부탁하는 일은 없을 테니까." *어쨌든 내 미래를 피할 수는 없을 것 같아. 그래도 뭐 괜찮을 거야.*

모녀는 파크 슬로프의 갈색 벽돌집에서 샴페인을 마시며 한 해를 마무리했다. 우나는 더는 상실감이나 배신감을 느끼지 않았다. 그녀는 아무도 그리워하지 않았고 아무것도 후회하지 않았다. 편한 마음으로 낯선 나라들을 탐험할 수 있었다면 낯선 시간표도 다룰 수 있을 터였다. 이제 그녀는 무엇이든 준비가 돼 있었다.

그렇지만 어느 누구도 준비하지 못하는 게 몇 가지 있다.

7장

이보다 더

1999 : 35/24

More Than This - Roxy Music

1:24   3:15

24

"새해 복 많이 받으렴! 그리고 생일도 축하해!"

마치 기분 좋은 낮잠에서 깨기라도 한 듯 우나는 두 눈을 번쩍 떴다. 쇼크도 없었고, 메스꺼움도 없었고, 몸이 받는 충격도 없었다. 그녀는 리프에 적응하고 있었다.

보통 때 같으면 시간병에서 벗어나려고 순서를 되짚어 돌아가려는 열망으로 넘쳐났을 테지만 이제 그녀는 특별히 원하는 해가 없었다.

다음에 뭐가 오든 난 감당할 수 있어.

"엄마도 새해 복 많이 받으세요." 그 어느 때보다 침착한 목소리였다. 무릎 위에 얌전히 올려놓은 깍지 낀 손과 양 어깨에서 느긋한 여유가 뚝뚝 묻어났다. 더는 방향 감각을 잃은 채 어딘가로 끝없이 추락하는 느낌에 시달릴 일은 없을 듯했다. 이제 그녀는 유유히 떠다닐 준비를 하며 차분하게 한 해를 시작했다.

"지금은 1999년이고 넌 방금 서른다섯 살이 됐단다." 소파 끝에 앉아 있는 그녀의 어머니가 말했다.

"그렇군요. 일 년이라는 시간이 뭘 가져왔을지 어서 보고 싶어요."

매들린이 호기심으로 두 눈을 빛내며 고개를 살짝 기울였다. "그러고 보니 뭔가 달라졌는데."

"이거예요." 그녀는 알 듯 말 듯한 미소를 지으며 아래를 내려다보았다. 조명이 플래티넘 반지를 비추자 날개가 알은 체를 하며 반짝였다. 그녀가 손을 뒤집자 왼쪽 손바닥에 글씨가 쓰여 있었다.

"네가 리프할 때마다 뭘 어떻게 준비해야 좋을지……."

어머니가 얘기하는 동안 우나는 손바닥의 메모를 몰래 읽었다.

엄마한테 문신에 대해 물어봐. 엄마 가방을 확인해보면 답이 나올지도 몰라.

"매번 똑같은 네가 맞긴 한데 어찌 보면 얼굴이 달라진 것 같기도 하고……."

"내 문신에 대해 얘기해주실래요? 이제 들을 준비가 된 것 같아요." 그녀는 긴장한 기색을 덮으려고 짐짓 평온한 어조로 말했다.

매들린은 샴페인 잔을 집으려다가 말고 그대로 얼어붙었다. 곧이어 팔을 도로 거둬들이더니 다시 소파에 기대앉았다. "딸, 그런 걸 억지로 알려고 하면 안 되지. 때가 되면 네가 알아야 할 때 자연스럽게 알게 될 거다." 그러고 나서 그녀는 자리에서 일어나 엉덩이에 손을 갖다 대며 말했다. "샴페인하고 케이크 좀 먹을까?"

"샴페인보다 차를 곁들이면 좋을 것 같아요." 온기와 위로를 주는 차 한 잔이 나왔다. 게다가 엄마를 바쁘게 만들어 몇 분 더 벌수 있을 터였다.

"그러렴. 한 잔 만들어다 주마." 매들린이 맞은편을 가리키며 말했다. "그 사이 넌 네 편지나 읽고 있으렴. 벽난로 위 선반에 있다."

"알았어요, 고마워요."

편지는 기다릴 수 있었다. 매들린이 방에서 나가자 우나는 안락의자 위에 놓인 어머니 핸드백으로 다가갔다.

그녀는 안에 있는 내용물을 샅샅이 살폈다. 가죽 장갑, 다이어리, 튜브형 핸드크림, 영수증, 얇은 책 두 권(생텍쥐페리의 《어린 왕자》와 릴케의 《두이노의 비가》), 드림 캐처 모양의 열쇠고리, 휴지가 들어 있었다. 이 중 어떤 게 그녀의 문신이 안고 있는 비밀을 푸는 데 도움이 될까? 그때 옆 주머니에서 생일 카드로 보이는 노란색 종이가 얼핏 그녀의 눈에 띄었다. 우나 것일 리가 없었다. 그녀는 노란색을 무척 싫어했다.

그녀는 노란색 봉투를 슬며시 꺼냈다. 검은색 잉크펜으로 손수 꾹꾹 눌러쓴 대문자 네 개가 적혀 있었다. *M.D.C.R.*

그녀의 시선이 봉투와 문신 사이를, 어머니의 필기체와 손목의 영원한 낙서 사이를 번갈아 오갔다.

"카모마일이 괜찮아야 할 텐데." 매들린이 김이 모락모락 나는 머그잔을 들고 들어왔다. "내가 뭘 더 넣었거……." 그녀는 서둘러 머그잔을 내려놓고는 우나의 손에서 잽싸게 봉투를 낚아챘다.

우나는 여전히 한 손을 올린 채 방금 전까지 노란 직사각형 봉투가 있던 공간을 물끄러미 쳐다보았다. "엄마 물건을 함부로 뒤져서 미안한데…… 봉투 안에 뭐가 들었어요?"

"내가 그러는 게 아니었는데……."

"봉투 안에 뭐가 있는데요, 엄마?" 머릿속에 눈이라도 내리는지 온통 하얘지면서 그녀는 논리적으로 생각하기가 어려웠다.

"축하 카드."

"누구한테요? 무슨 일로요?"

"매켄지한테. 글짓기 대회에서 입상했거든."

"매켄지가 누군데요?"

두려움이 드리워진 눈빛이 어두워지더니 그녀는 마치 비좁은 바위틈을 조금씩 지나고 있기라도 하듯 느릿느릿 말했다. "매켄지 데일 찰스 레이."

그녀의 머릿속 눈보라가 더욱 심해지면서 반쯤 생각해둔 질문들을 하나둘 사정없이 날려버렸다.

"일단 앉자" 그녀가 우나의 팔을 잡더니 앉았다 일어섰다, 찻잔을 내려놓았다 들었다 하면서 어쩔 줄 몰라했다.

그것은 그녀의 유일한 문신이었다. 그녀는 모래시계와 소용돌이치는 은하수를 통해 데일과 연결돼 있었지만 머리글자는 그녀를 요리조리 피해 다니기만 했었다. 서툰 초심자처럼 십자말풀이 빈칸을 늘 엉터리로 채워놓던 시기를 지나 이제 우나는 답을 쥐고 있었다. "매켄지. 데일. 찰스. 레이."

"그래." 그녀 옆에서 매들린이 무릎에 가방을 올려놓고 앉더니 손을 어디다 둬야 할지 난감해하며 말했다.

"매켄지? 켄지?"

"같은 사람이야."

우나가 깜짝 놀라며 물었다. "그 애가 내 동생이라는 거 왜 얘기 안 하셨어요?"

"네 동생이 아니니까." 매들린의 목소리가 떨리면서 미간에 낭패의 주름이 잡혔다.

"그럼 그 앤 누구예요?"

"네 아들." 매들린이 말했다.

그 세 마디에 방 안이 온통 빙글빙글 돌기 시작했다. 우나가 살아온 삶이 진주 목걸이였다면 지금 뚝하고 끊어지면서 사방으로 흩어졌을 것이다. 그녀 손에 들린 머그잔이 달달 떨렸다. "나한테 아들이 있다니 말도 안 돼요. 난 늘 피임을 해왔거든요." 그녀는 소리가 크게 날 정도로 머그잔을 거칠게 테이블에 내려놓았다. 그 바람에 찻물이 철벅거리며 옆으로 튀었다. "도무지 이해가 안 돼요. 어떻게…… 지금 이까짓 찻물이 문제예요?" 그녀는 쏟아진 찻물을 훔치는 어머니의 손을 밀어냈다.

"가구가 얼룩지는 게 싫어서 그래."

"지금 엄마가 제일 신경 써야 할 일은 이게 아닐 텐데." 그녀는 긴장을 풀기라도 하려는 듯 턱을 마사지하듯 어루만졌다. 모든 게 너무 갑갑하게 느껴졌다. 점점 쪼그라드는 벽이 사방에서 두개골을 짓누르고 있는 것 같았다. "어디서…… 어디서부터 시작해야 할지 모르겠어요. 지금까지 엄마가 이걸 나한테 숨겨왔다는 게 믿기지가 않아요. 어떻게 날 그런 식으로 배신할 수가 있어요?"

"난 널 배신한 적 없단다, 우나. 비밀에 부치기로 한 건 바로 너였어. 그 애가 웬만큼 나이 들 때까지. 네가 준비될 때까지. 너의 상태로는 도저히 아이를 기를 수가 없었으니까."

"그쯤은 나도 알아요!" 알 수 없는 분노가 탑 꼭대기에 매달린 종처럼 쟁그랑거리며 우나의 몸 구석구석으로 울려 퍼졌다. "망할 놈의 피임." 쟁그랑 소리가 잦아들자 주문처럼 네 글자를 중얼중얼읊어대는 소리가 들어찼다. *M.D.C.R. D*라면…… "데일. 그가 아버지?"

매들린은 마치 강도를 당한 은행원처럼 고개만 끄덕였다.

"그럼 내가……." 하지만 굳이 물어볼 필요가 없었다. "일부러 임신한 거였네요. 데일이 죽을 걸 알고. 밴드가 그의 유산으로 남아 있지 않을 걸 알고 이렇게라도……."

"그의 일부는 여전히 살아 있었지." 매들린이 아주 작은 소리로 말했다. "그리고 네가 다 큰 아들의 존재를 알면 보나마나 그 애를 너의 젊은 시절로 리프했을 때의 세상으로 데려가고 싶어했을 거야."

내게 아들이 있어. 데일의 아들이.

"켄지는 내가 처음 리프했던 2015년에 있었어요."

안도의 기색과 함께 눈빛이 밝아지면서 매들린이 말했다. "그랬어? 어머나, 세상에. 그 애가 열여덟이 되고 나면 네 삶의 일부가 되게 할 작정이었구나."

"아뇨. 이 얘기가 나오니까 엄마는 표정이 안 좋아 보이는데 왜죠?" 매들린의 얼굴이 일그러졌다. "난 그 애가 내 비서인 줄로만 알았어요! 자기가 내 아들이라는 얘기는 일절 안 하더라구요. 기껏해야 친구로 여기던데요. 엄마도 그 애도 왜 나한테 진실을 말해주지 않은 거죠?"

"그게…… 아직 일어나지 않은 일인데 뭐라고 말할 수가 없으니까."

"그리고 2003년에 내가 그 앨 만났을 때는 어떻게 된 거예요? 그 앤 대체 왜 날 모른 척한 거죠? 그냥 모르는 척한 거예요?"

"딸, 어느 것도 아직 일어난 일이 없잖니. 그래서 실은 나도 몰라." 그녀는 손끝으로 관자놀이를 지그시 눌렀다.

꼬인 시간표를 어찌 해볼 도리가 없었지만 그녀는 멈추지 않았다. "그럼 지금 그 앤 어디 있어요?"

"내 친구 하나가 입양했단다. 성은 그 친구 성이지만 이름은 네가 지어준 그대로 쓰고 있어."

"마음이 넓기도 하시네요. 어떤 친군데요?"

"말해줘도 기억하지 못할 거면서. 네가 아주 어렸을 때 뉴욕 밖으로 이사 간 친구야."

"그 친구란 분 레즈비언이죠, 맞죠?"

매들린이 두 손을 툭 떨구며 말했다. "맞아. 그걸 어떻게 알았니?"

"켄지가 자기는 엄마가 둘이라고 말했거든요." 몇 년 전 동시에 죽었다고 한 그의 말을 떠올렸다. 하지만 우나는 같은 실수를 두 번 다시는 저지르지 않을 생각으로 어머니에게 이 얘기는 하지 않기로 했다. 아직 일어난 일이 아니었으므로.

"둘이 그 앨 아주 잘 돌봐주고 있단다."

"*아주 잘?*" 우나가 빈정대는 투로 그 말을 되풀이했다. "뭐 하는 여자들인데요?" 이제 그녀의 머릿속은 시커먼 구름이 가득 찼다. "어디 사는데요? 내 아들은 지금 어딨어요?"

"말해줄 수가 없구나."

"지금 농담하세요?"

매들린이 몸을 사리며 한 손을 뺨에 갖다 댄 채 말했다. "우리가 합의한 게 있단다. 난 가족 친구라는 핑계로 일 년에 한 번 그 앨 만날 수 있지만 그 애가 열여덟 살이 되기 전까지는 너의 존잴 모른 채로 지내야 해. 약속하는데, 그 앤 잘 지내고 있단다. 건강하고 행복하게 아주 잘 자라고 있단다."

나 없이도, 자길 낳아준 엄마 없이도 아주 잘 자라고 있다니. 지금 엄마들이 자기가 대학을 마치기 전에 죽게 된다는 것도 모른 채.

"그 앤…… 지금 몇 살이에요?" 그녀는 머릿속이 너무 복잡해서 제대로 계산할 수가 없었다.

"열네 살. 5월이면 열다섯이 돼. 데일이 죽고 나서 태어났으니까." 그녀는 딸에게 애원하는 듯한 미소를 지어 보였다. "넌 리프 때문에 엄마 노릇을 할 수가 없었어. 게다가 데일을 잃은 슬픔……."

"기껏 아이를 가졌는데 그 사람이 떠나버렸을 때의 슬픔을 엄마가 아세요?"

"물론 쉽지 않았겠지. 일찍 엄마가 되면서 아이를 우선으로 해야 한다는 힘든 교훈을 배워야 했을 테니까. 아이의 행복에 비하면 네 자신의 행복은 별로 중요하지 않지."

비소가 잔뜩 묻은 달콤한 칭찬이었다. 우나는 고개를 가로저어 그 말에 반박했다. "왜 엄마가 그 앨 맡지 않았어요? 굳이 먼 가족 친구로만 있어야 하는 이유가 있었나요?"

"이런, 아가." 그녀의 목소리가 떨렸다. "그 앨 너한테서 숨길 수 없을 것 같았어. 거기다 너의 리프가 그 애한테 어떤 영향을 미칠

지도 알 수가 없었고. 해마다 달라지는 엄마를 보면서 애가 어떻게 제대로 자랄 수 있었겠니? 넌 그 앨 보호하고 싶어했어."

"그 애가 보고 싶어요. 뉴욕에 있나요?"

"아니. 안됐지만 넌 그 앨 볼 수 없단다. 합의 조건이……."

"내가 지금 그딴 합의에 관심이 있을 것 같으세요? 보여줘요. 당장 찢어버릴 테니까. 위약금이 얼마나……."

"위약금이 문제가 아냐. 넌 감옥에 갈 수도 있어. 그러면 너나 네 아들한테 좋을 게 뭐니?"

"엄마가 뭘 안다고 그러세요? 내 아들을 남한테 줘놓고 몇 년 동안 거짓말이나 했으면서. 거기서 아주 잘 자라고 있다구요?"

"그만해." 그녀가 화난 목소리로 쏘아붙였다. "넌 켄지가 훌륭한 어른으로 자랄 걸 알았잖아. 그 결과를 네 눈으로 직접 확인했으니까. 그리고 그 앨 낳았을 때 아무리 받아들이기 힘들어도 다른 사람들 손에서 자라게 될 거라는 것도 알았고."

우나는 잠시 생각을 멈추고 뒤얽힌 시간표의 어긋난 논리를 따져보았다. M. C. 에셔의 그림 같은 그녀의 삶, 한 칸 한 칸 겹쳐들며 분명히 실재하지만 믿기 어려운 전체를 형성하는 계단 같은 세월들. 그녀는 그 그림을 구겨 한쪽으로 던져놓고 싶었다. 이미 그려진 계단을 무턱대고 오르내리기보다 백지를 가져다 자신만의 계단을 그리고 싶었다.

"그거 아세요?" 그녀가 어머니를 얼음장 같은 눈빛으로 쳐다보며 차갑게 말했다. "이전의 우나가 날 위해 준비해놓은 걸 받아들이는 데 이제 지쳤어요. 전에 내가 한 행동들이 역효과를 낳고 있어요.

현재의 우나가 무엇이 자기한테 최선인지 모르는 것처럼 취급받는 것도 지겨워요. 그리고 지금 이 순간 나에게 최선은 켄지를 보는 거예요. 이제 그 애가 어디 있는지 얘기해주실 거죠?"

"미안하지만 그럴 수가 없구나."

"그럼 미안하지만 내 집에서 나가주세요."

매들린은 천천히 입을 열었지만 아무 말도 하지 못했다. 그 길로 그녀는 자리에서 일어나 자기 물건을 챙겨들고 나갔다.

차는 아직 온기가 남아 있었지만 그러거나 말거나 우나는 벌컥 벌컥 들이켰다. 갈증은 가라앉혔을지 몰라도 아픔은 아니었다. 그녀가 데일을 그리워하며 보낸 그 시간 내내 그의 일부가 어딘가에서 아무도 몰래 살아 있었다. 그녀의 어머니는 그 사실을 알면서도 묵인했다. 그녀는 매들린을 향해 있는 대로 분노를 쏟아냈다. 에드워드의 배신은 그녀의 배신에 비하면 아무것도 아니었다. 이건 핏줄의 문제였으므로. 하지만 그녀는 이전의 우나도 탓했다. 어떻게 켄지를 포기할 수 있었단 말인가? 슈뢰딩거의 고양이의 또 다른 역설처럼 이미 했지만 굳이 할 필요가 없었던 일을 한 자신에게 자괴감이 들었다.

자기 자신에게 불운한 결혼에 대해 한마디 경고도 없었던 건 그렇다 쳐도 자기 아이를 스스로에게 숨기는 건 어떻게 해석해야 할까? 이전의 우나는 사려 깊고 현명한 처사라고 생각했을지 모르지만 지금의 우나는 그녀에게 실컷 욕을 해주고, 피떡이 되도록 개 패듯이 패주고 싶었다.

우나는 벽난로 위 선반을 겨냥해 손에 들고 있던 빈 잔을 던지려고 팔을 뻗었다. 바로 그 순간 그녀의 이름이 적힌 흰색 봉투가 보였다. 그녀의 팔이 축 늘어졌다.

"빌어먹을…… 나……." 그녀가 중얼거렸다.

그래도 현명한 자아인 줄 아는 이전의 자신이 무슨 말을 했는지 보는 게 좋을 듯했다.

우나에게,
분노가 독이라면 용서는 해독제야.

"이건 또 무슨 뜬금없는 소리야?" 그녀가 씩씩댔다.

물론 지금 당장은 저 말이 도움이 안 될 거야. 네가 화내는 건 아주 당연해. 내가 무슨 말을 해도 넌 내가 한 선택을 이해하지 못할 거야. 그동안 내가 배운 것들을 네게 좀 나누어 주면 네가 굳이 힘들게 배우지 않아도 되지 않을까 하는 생각을 계속 하고 있어. 하지만 널 보호하려고 하는 행동들이 오히려 일을 더 복잡하게 만들 때가 많지 뭐야. 그래서 간단히 해둘게.
네 맨 위 책상 서랍에 비행기 표와 주소를 적은 포스트잇이 있을 거야.
켄지는 보스턴에 있어. 더 자세한 정보는 그곳으로 가면 알 수 있을 거야.

25

우나가 보스턴에 가지고 간 거라고는 배낭 하나, 작은 옷가방 하나, 그리고 그녀의 기타가 전부였다. 택시가 양쪽으로 벽돌집이 즐비하게 늘어선 비컨힐의 어느 비좁은 자갈길에 그녀를 내려놓았다. 동네 여기저기의 검은색 덧창마다 눈이 먼지처럼 내려앉아 있었고 구식 가스등이 눈에 띄었다. 그림엽서에서나 볼 법한 완벽한 구도였다.

내 아들이 이곳에 산다고?

그녀가 현관 앞 숫자를 포스트잇의 주소와 맞춰보더니 초인종을 누르려다 말고 멈춰 섰다. 그녀의 손가락과 초인종과의 거리는 반 뼘도 채 되지 않았다.

켄지의 삶이 이 집들처럼 사랑스럽고 완벽하다면? 그녀는 이렇게 조용한 매력의 한복판으로 쿵쿵거리며 들어가도 될까? 혼란을 초래해도 될까?

하지만 안 그러면 그녀는 자기 아이를 어떻게 본단 말인가? 처음이자 *아마도 유일한* 사랑과의 사이에서 얻은 그 아이를. 집이 아무리 좋다고 해도, 양어머니들의 보살핌 아래서 아무리 잘 자라고 있다 해도 생물학적 어머니를 대신할 수는 없었다.

난 지금 잘하고 있는 거야.

스스로를 수없이 달래며 초인종을 눌렀다. 괴로운 몇 초가 지나고 문이 열리면서 통통한 장밋빛 뺨과 성긴 백발에 돋보기 겸용 안경을 낀 여자가 그녀 앞에 모습을 드러냈다.

내 아들을 키우는 여자분들 중 한 분인가? 나이가 그 애 할머니뻘은 되겠다. 실제 할머니보다 더 들어 보이는데.

우나는 보스턴으로 오는 길에 틈틈이 연습한 애절한 말들을 전하려고 입을 열었다. 하지만 나온 것이라고는 허연 입김밖에 없었다.

"우나, 이렇게 보다니 얼마나 좋아 그래. 새해 복 많이 받아요!" 여자가 추위를 피해 숄을 몸에 두르며 말했다. 의심이라고는 찾아볼 수 없는 다정한 얼굴이었다.

"새해 복 많이 받으세요." 우나도 인사했지만 공허하게 들렸다. 복보다 충격을 더 많이 받은 씁쓸한 새해 벽두였다.

"들어와요, 어서 들어와, 날이 추워." 여자가 문을 더 활짝 열며 손짓했다. "열쇠와 서류는 이미 찾아뒀다우."

우나는 발밑을 조심하며 가방과 기타 케이스를 문지방 안으로 들여놓았다.

무슨 열쇠?

"핸드백을 도둑맞다니 얼마나 끔찍해 그래. 그래서 내가 뉴욕에 가면 지하철을 안 탄다니까. 그래도 다친 데가 없어 얼마나 다행이야 글쎄." 그러면서 여자는 현관 사이드 테이블 위의 고리버들 바구니를 뒤적였다. "메시지 받고 바로 자물쇠를 바꿨잖아 글쎄. 열쇠를 여기 둔 줄 알았는데. 이놈의 것들은 대체 어디 있는 거야?" 여자는 부스럭거리며 잡동사니들을 이리저리 뒤적였다.

내가 보스턴에 아파트가 있다고? 우나는 잠자코 있으면서 일이 어떻게 돌아가고 있는 건지 끼워 맞추려고 애썼다. 하지만 조바심이 나서 참을 수가 없었다. "저 혹시……." 우나는 가능한 한 이상한 생각이 들지 않게 질문에 공을 들였다. "혹시 우리 엄마 아세요, 매들린 록하트?" 그럴 것 같지 않았지만 그녀는 이 여자가 켄지를 키우고 있는지 알아야 했다.

"모르겠는데." 여자의 미간이 좁아졌다. "내가 색시 엄마가 아는 사람과 닮았나 보지? 그런 말 많이 듣거든. 내 얼굴이 흔해서 그런가 봐요."

"그런가 보네요." 우나는 이로 아랫입술을 잘근잘근 씹었다.

"아, 이제 생각났네. 임대 계약서 사본이랑 서랍에 넣어뒀지. 여 있어요." 여자가 반으로 접은 종이 한 장과 번쩍거리는 열쇠 두 개를 내밀었다. "깨끗하게 조심해서 잘 써줘요."

"그럴게요. 감사합니다. 자물쇠 교체한 건 얼마 드리면 되죠?"

"일 년치 집세를 미리 다 줬는걸, 그것도 내가 예상하고 있던 액수의 두 배로다가. 그러니 색시한테 땡전 한 푼도 더 받을 생각이 없다우." 여자는 말도 안 된다는 듯 손사래를 치며 고개를 단호하게 가로저었다.

임대 계약서에 적힌 주소는 같은 건물의 일층 아파트였다. 널찍한 침실은 검은과 하양, 빨강으로 꾸며 미니멀하면서도 모던한 느낌을 주었다. 거실은 다른 사람들이 보기에 휑할 수도 있지만 우나는 그 삭막함이 오히려 편했다.

화장실 거울에 또 다른 편지가 테이프로 부착돼 있었다.

우나에게,

켄지와의 상황은 복잡미묘해. 그 애는 배려심 많고 책임감 강한 두 여성 시바니와 페이가 키우고 있단 사실을 존중해야 할 거야. 둘이 얼마나 좋은 부모지 몰라. 그리고 그 사람들과 약속한 법적 합의에 대해서도 알아둬야 할 거야. 금지 명령과 유사한 조항들이 포함돼 있어. 넌 켄지가 열여덟 살이 되기 전에는 그 앨 만날 수 없게 돼 있어. 하지만 그 애가 네 아들이라는 걸 안 이상 넌 무슨 수를 써서라도 만나려 들 게 뻔할 테고, 그래서 내가 방법을 하나 생각해뒀어.

월요일, 수요일, 금요일마다 켄지는 학교가 끝나면 커피도 팔고 레코드도 파는 하이 스트렁이라는 가게에 들러 숙제를 해.

1998년 말에 난 네가 하이 스트렁에 가서 네 아들(며칠 있으면 겨울 방학이 끝나서 돌아올 거야)을 볼 수 있도록 이 아파트를 확보해뒀어. 일주일에 세 번, 그것도 오후 시간뿐이라 많아 보이지 않을지도 모르지만 그게 내가 할 수 있는 최선이었어.

그리고 분명히 못박는데, 그 애한테 네가 생모라고 말하면 절대 안 돼. 보스턴 대학교 대학원생이라고 둘러대. 어쩌면 넌 이름도 다른 이름을 사용하고 심지어 외모까지도 바꾸고 싫어할지도 몰라. 그 애나 그 애 양엄마들 중 하나가 네 정체를 아는 날엔 보나마나 난리가 날 테고 그 앤 상처받게 될 거야. 그 애한테 진실을 말하거나 그 앨 데리고 주 경계선을 넘을 생각을 하기 전에 페이와 시바니 손에서 아주 근사한 남자로 성장할 거라는 걸 기억해. 그리고 그 애가 양엄마들과 함께 지내는 세월은 사실 얼마 안 돼. 나중에 너와 함께 지내는 시간이 훨씬 더 많을 거야. 게다가 그 사람들은 15년 가까이 그 앨 돌본 경험이 있어. 하지만 넌 하나도 없잖아(가혹했다면 미안해). 뭐가 됐든 극단적인 행동은 하지 마.

지금까지 난 내 운명을 바꿀 수 없었지만 난 늘 그게 과연 가능할지 궁금해. 이미 바꿨는데 그 증거를 아직 보지 못한 것일 수도 있잖아. 하지만 내 운명을 가지고 장난치는 건 또 다른 얘기야. 이제 넌 네 아들을 생각해야 해. 그 애 앞날이 네 미래에 달려 있으니까 그 앨 위서라도 살살 밟고 다녀.

P.S. 켄지와 빨리 친해지고 싶다면 케이트 부시를 기억해.

우나는 머리가 지끈거려 편지를 한쪽으로 치우고 아스피린을 찾아 약장을 살폈다. 검은색 머리 염색약 한 상자를 빼고는 텅 비어 있었다.

내 아들을 보기 위해 딴사람인 척해야 한단 말야? 이게 무슨 엿 같은 상황이람?

염색약 상자를 움켜잡은 그녀는 이대로 쓰레기통에 처박아버릴까 생각했다. 대신 그녀는 욕조 가장자리에 털썩 주저앉았다.

그녀는 가운뎃손가락에 끼고 있던 반지를 돌려 뺐다. 그 메시지는 순 거짓말이었다. 분노가 에너지와 똑같을 수는 없었다. 분노는 그녀를 끌어내리는 닻이었다. 우나는 화를 내는 데 지쳐 있었다.

이렇게 각기 다른 역할을 맡아 지내야 하는 것도 피곤했고, 번번이 이전 우나의 처지를 헤아리는 일도 피곤했다. 여자친구, 클럽 죽순이, 투자자, 아내, 세계 여행가…… 그리고 지금의 그녀는 어머니였다. 그보다 더 주눅들게 하는 역할은 없었다. 비록 켄지에게 자신의 진짜 신분을 감춰야 하긴 했지만 그녀는 그 아이 옆에서 올바로 처신해야 한다는 엄청난 책임감을 느꼈다. 여기서 옳은 일이란 무엇일까?

켄지가 잘 지내고 있다는 매들린의 말만으로는 부족했다. 우나는 자기 눈으로 직접 확인해야 했다. 자기가 없는 그 아이의 삶이 어떤지, 지금 그녀가 그 애 삶의 일부가 될 수 있는 방법이 있는지, 그 아이가 두 엄마와 지내다 한 엄마와 살게 됐을 때를 대비해 초석을 놓을 수 있는 방법이 있는지. 관계를 발전시키려면 시간이 필요할 터였다. 그 아이가 십대 남학생이고 그녀가 다 큰 여자 어른이라는 점을 고려할 때 선택 폭은 그리 넓지 않았다. 그녀는 친해지려는 노력이 오싹하거나 섬뜩함을 주지 않도록 조심해야 했다. 1998년의 우나가 미리 알고 막으려고 했던 게 바로 그런 것들이었다.

그녀는 염색약 상자를 내려놓고 한숨을 내쉬었다. *좋아, 작년 우나. 어디 네 방식대로 해보자, 우리.*

월요일 오후 그녀는 하이 스트렁 안으로 걸어 들어가면서 위험 부담이 높은 낯선 변장 파티 장소에 가는 기분이 들었다. 검은색 염색약과 온통 검은색 옷 일색인 옷장 사이에서 그녀는 고스 앙상블이 제격이라고 생각했다. 컴뱃부츠는 물집을 안겼지만 적어도 그녀에게는 은근히 갑옷 분위기를 풍기면서 룩을 완성해줄 전천후 모범생 가죽 재킷이 있었다.

따스하고 상쾌한 커피 냄새가 그녀를 반겼다. 하이 스트렁은 음악 포스터를 덕지덕지 겹쳐 붙여놓은 낮은 천장에 사방이 탁 트인 공간이었다. 오른쪽 벽을 따라 중고 CD를 알파벳순으로 꽂아놓은 선반들이 보였고, 뒤쪽 벽에는 중고 레코드 상자와 그 위쪽으로 취향이 고급스러운 수집가의 물품들이 진열돼 있었다. 왼쪽 벽에는 기다랗고 나지막한 카운터를 들여앉혀 앞쪽에는 커피 머신을, 뒤쪽에는 계산대를 배치해놓고 있었다. 짝이 안 맞는 의자와 나무 테이블은 낙서로 뒤덮여 있었고 스티커가 그 사이의 공간 여기저기에 흩어져 있었다.

계산대 앞에서 마릴린 맨슨 티셔츠 차림에 머리가 기름에 전 웬 남자 대학생이 입술을 까맣게 바르고 체리레드색으로 염색한 머리를 두 갈래로 땋아 둥근 빵 모양으로 말아 올린 스무 살 남짓의 여자와 말다툼을 벌이고 있었다.

"그만 소리 지르고 손님이나 받지 그래?"

"댁이나 점심시간 그만 끝내지 그래?" 여자가 우나를 알아보고 서둘러 앞쪽 카운터로 달려왔다. "죄송해요. 뭐 드릴까요?"

우나가 딱딱한 미소를 지으며 다가왔다. "콩 라테 라지요."

"콩이요?"

"아, 아직 안 나왔나 보네요. 그럼 차이 라지?"

"알겠습니다."

음료 값을 지불한 뒤 우나는 입구와 마주보는 테이블을 골라 교재, 형광펜, 펜, 스프링 노트를 펼쳐놓았다.

대체 내가 뭘 하고 있지? 우나는 공부하는 척하며 옆 테이블에서 숙제를 하고 있는 십대 켄지의 모습을 그려보았다. 어른이 돼서 만났을 때 그는 자신의 초년 삶에 대해 별로 이야기하지 않았다. 성적은 좋을까? 뭘 하고 놀고 운동은 뭘 좋아할까? 친구는 많을까? 양어머니들하고는 잘 지내고 있을까? 지금 모습은 어떨까? 그 앨 알아볼까? 그 애가 마음에 들까?

한 시간 뒤 우나가 카운터에서 두 번째 차이를 주문하고 있을 때 바리스타가 그녀 뒤의 누군가에게 소리쳤다. "이게 누구야! 매켄지 레이 씨잖아. 어떻게 지냈어, 맥? 겨울 방학은 잘 보냈고?"

맥?

우나는 고개를 돌려 자기 아들을 살짝 훔쳐보았다. 눈과 입에서 몇 년 전 그녀가 만난 청년의 흔적이 엿보이긴 했지만 이목구비가 아직은 동글동글했다. 아직 덜 빠진 젖살이 키가 더 자라고 홀쭉해지면서 드러나게 될 광대뼈를 가리고 있었다. 나중에 끊임없이 실험 대상이 될 머리스타일은 턱을 스칠 듯 말 듯 구불거리는 갈색 대걸레처럼 보였다. 가까이 볼 수 있다면 두 눈과 코 주변에서 데일을 떠올렸을 테지만 그녀를 닮은 구석은 한 군데도 없었다.

"네, 엄마들이랑 런던으로 깜짝 여행을 떠났는데, 엄청 좋았어요."

그때보다 몇 음 높은 목소리는 확실히 켄지였지만 모습은 낯설었다. 거리에서 봤다면 자기가 낳은 아이인 줄 까맣게 모른 채 그냥 지나쳤을지도 모른다. 그 생각을 하자 그녀는 쿡쿡 쑤시는 듯한 통증을 느꼈다.

"아, 런던 좋지." 바리스타가 말했다. "우리도 맨체스터에 있는 친가를 방문하러 갈 때마다 며칠씩 지내다 오거든."

켄지가 눈이 휘둥그레지더니 두 손을 들어 올리며 뒤로 물러났다. "우와, 대프니. 영국계였어요? 나 충격 먹었잖아요. 누나가 백번은 얘기한 거랑 달라서."

"알았어, 알았어, 자랑질 좀 그만하셔." 대프니가 우유 찜통 쪽으로 고개를 돌리며 큰 소리로 말했다. "그래서 영국 어디가 제일 좋았어?"

우나는 자기 아들을 얼빠진 듯 바라보지 않으려고 애쓰면서 켄지가 앞으로 걸어 나올 수 있게 몽유병 환자처럼 발을 질질 끌며 옆으로 비켜섰다.

"그야 물론 런던탑이요. 관광 가이드가 셰익스피어 비슷한 복장을 하고 앤 불린이 참수당한 곳을 보여줬어요. 역사는 지루할 수도 있겠다 싶었지만 그 튜더 왕조 사람들…… 결국 망했죠 뭐."

대프니가 빙그레 웃었다. "차이 나왔습니다." 켄지가 가서 잔을 집으려 하자 그녀가 그의 손을 찰싹 때렸다. "네 거 아냐." 그녀가 사과하는 미소를 지으며 종이컵을 우나 쪽으로 슬며시 밀었다. "죄송해요, 저 애가 저것만 마셔서 자기 건 줄 알고."

"네, 죄송해요." 켄지가 우나에게 보일 듯 말 듯 수줍은 미소를 건넸다.

그 애가 날 알아볼까? 닮은 구석을 찾아낼까?

하지만 무표정한 공손함 너머에는 아무것도 없었다. 그녀의 손을 가리키며 그가 말했다. "반지 멋있네요."

입이 바싹바싹 마르는 가운데 우나는 뭔가 재치 있는 말을 하려고 기를 썼지만 혀가 입천장에 딱 달라붙어 머리가 하얘지면서 "고마워요"라고 간신히 중얼거리는 것 말고는 할 말이 없었다. 대프니가 켄지의 차이를 준비하는 동안 두 사람은 계속 정겨운 농담을 나누었고, 우나는 자기 자리로 돌아왔다. 그러고는 진한 마스카라를 엉망으로 만들겠다고 위협하는 눈물을 가까스로 참으며 집게손가락 마디로 짭짤한 패잔병 몇몇을 찍어 눌렀다.

첫 대면이라 놀라서 이러는 것뿐이야. 나중에 켄지에게 말을 걸 방법을 분명히 찾을 수 있을 거야.

하지만 오후가 저물면서 그녀의 투지는 증발하고 말았다. 공부하는 척하면서 눈물을 참고 숨 쉬는 법을 기억하는 데만도 온 에너지와 집중력이 필요했다. 아들에게 말을 거는 것조차도 쉽지 않은 상황이니 관계를 쌓는 일은 너무 숨이 가빠 오르지 못하는 산과도 같았다.

한편 대프니는 캐셔와 다투지 않을 때면 카운터와 (우나가 상상했던 대로) 책들이 널브러진 테이블을 사이에 두고 켄지와 쉴 새 없이 농담을 주고받았다. 둘의 대화 소리는 점점 멀어졌다.

켄지가 소지품을 주섬주섬 챙긴 뒤 외투를 걸치고 대프니에게 손을 흔들 때였다. 그 순간 어떤 사실이 그녀를 꿰뚫었다. 진실이 화살이라면 과녁은 그녀의 심장이었다.

나는 저 애한테 그저 낯선 사람일 뿐이야.

26

그 다음 일주일 동안 우나는 보스턴에서의 새로운 생활에 적응하려고 애쓰며 보냈다. 하이 스트링에 가지 않는 날에는 한참 시내를 걸어 다니거나 책을 읽고, 기타를 치고, 십대 아들과 오래오래 대화를 나누는 상상을 하며 지냈다. 속으로 그녀는 여러 유형의 부모 역할을 그려보았다. 시원시원한 엄마, 엄격한 엄마, 무턱대고 애지중지하는 엄마. 그럴 때마다 아들을 포기하지 않았다면 어떤 엄마가 됐을지 궁금해했다. 그리고 지금은 아들에게 어떤 엄마가 될수 있을지도. 아들과의 상상 속 대화는 매번 우나가 자신의 정체를 드러내면 마침내 켄지가 충격을 극복하고 그녀를 자신의 삶 속에받아들이는 것으로 끝이 났다. 둘의 대화는 그녀가 현실에서 어머니와 나누는 간결한 대화보다 훨씬 더 다정했다.

우나는 공중전화에서 어머니에게 전화를 걸었다. 번호 추적이불가능할 뿐더러 매들린이 어디냐고 물을 때마다 엉뚱한 도시 이름을 댈 수 있었기 때문이다. 전화로 대화를 나눌 때도 아무도 켄지 얘기를 꺼내지 않았다. 그녀의 어머니는 딸이 무엇을 하려는지알고 있을까? 딸을 말리려 들까? 시바니에게 벌써 경고했을까? 바라건대 매들린이 이 일에 관여하지 않으면 좋을 법했다.

하이 스트링에 들르는 시간을 빼면 남아도는 시간이 너무 많아

처치 곤란이었지만, 1월 중순의 어느 날 오후에 말끔히 해결됐다.

우나가 하이 스트렁으로 들어가고 있을 때였다. 대프니가 한 손에는 전단지를, 또 한 손에는 스카치 테이프를 들고 급히 지나가다가 테이프를 떨어뜨리는 바람에 그 둘이 동시에 허리를 숙여 집느라 그만 서로 머리를 쿵 부딪치고 말았다.

"미안해요." 둘이 동시에 말했다.

"오늘은 지옥에서 보내고 있는 것 같아요." 대프니가 말했다. 그녀는 두 눈에 눈물이 그렁그렁한 채 울지 않으려고 들고 있던 전단지로 부채질을 해댔다. 보아하니 도우미를 구하는 전단이었다. "이거부터 얼른 유리창에 붙이고 나서 차이 만들어드릴게요."

"어떤 도우미를 찾고 있나요?" 우나가 물었다.

"캐셔요. 금전 등록기도 제대로 사용하지 못할 만큼 술이 떡이 돼서 일터에 나타나는 사람이 아니면 더 좋구요. 하필이면 교대할 사람이 아무도 없는 날 그만두겠다며 걸어 나가지 않을 사람요. 하지만 지금 이 마당에 뭐, 금전 등록기에 익숙한 사람이면 아무나 상관없어요."

"나 다룰 줄 알아요. 적임자는 아닐지 몰라도 예전에 잠깐 약국에서 일한 적이 있거든요." 그녀는 뭐든 할 일이 필요했다. "난 음악을 좋아하고, 담배를 피우지도 않고, 지금 당장 일을 시작할 수도 있어요."

대프니가 호기심 어린 눈으로 그녀를 위아래로 신중하게 훑어보았다. "이름이 뭐예요?"

"우나 낸시." 가짜 성을 찾느라 머릿속이 분주하게 움직였다. "낸시 존스."

"좋아요, 낸시." 그녀는 아무려면 어떠냐는 듯 어깨를 들썩였다. "큰 사고 없이 오늘 하루 무사히 넘길 수 있게 도와주면 채용할게요."

손님들을 접대하는 사이사이 대프니는 우나에게 약식 연수 기회를 주었다. 나중에 켄지가 들렀을 때 대프니는 너무 바빠 수다 떨 상황이 안 됐지만 그에게 '낸시'를 소개했다(그 애는 아직도 내 진짜 이름을 몰라요). 하루 종일 아들 생각에만 사로잡혀 있던 우나에게 일은 잠시나마 머리를 식힐 수 있게 해주는 반가운 훼방꾼이었다. 그날이 끝날 무렵 그녀는 자신의 가치를 입증했고, 대프니는 그녀를 캐셔 자리에 앉혔다.

그 뒤 몇 주 동안 우나는 손님들을 신경 쓰고, 재고를 일목요연하게 정리하고, 들고 나는 돈을 오차 없이 딱 맞춰놓았다. 그녀는 온종일 서 있는 것과 밤에 혼자 있는 일에 익숙해졌다. 그리고 자신의 새 이름에 익숙해졌다.

하지만 켄지를 보는 데는 익숙해지지 않았다. 그녀가 속으로 중얼거리며 열심히 준비해둔 재치있는 농담은 아들이 하이 스트렁으로 들어서는 순간 흔적도 없이 사라져버렸다. 그동안 그녀가 쌓아 올린 자신감과 조심스런 낙관주의는 쓰나미에 깔린 모래성처럼 허망하게 무너져 내렸다. 손을 흔들거나 인사말을 건네거나 딱딱한 미소를 지어 보이는 것 말고 할 수 있는 거의 없었다.

그녀는 아들을 관찰하고 대화를 엿들으면서 하나둘 정보를 얻었다. 그는 꽤 성실한 학생(평균 B⁺)이었고, 학교 신문에 앨범 리뷰를 쓰고 있었으며 토론 동아리에서 활동했다. 때로 그는 꾀바른 아이와 어벙한 아이, 이도 저도 아닌 아이에 이르기까지 각양각색의 반 친구들을 하이 스트렁으로 데려왔다. 그는 시바니와 페이에 대해 좋게 얘기하면서도 과학 성적을 들먹이며 자길 괴롭히고 과잉보호를 한다며 투덜댔다.

매들린이 해준 얘기가 맞았다. 그는 건강하고 행복하게 잘 자라고 있었다. 처음 보스턴에 올 때만 해도 그녀는 자신의 존재가 켄지의 삶을 더 낫게 해줄 것이라고 믿었지만 그 아이를 보면 볼수록 회의감은 점점 깊어졌다. 그녀의 말이나 행동이 행여 해를 미치기라도 한다면? 그녀는 더없이 좋은 의도를 가지고 날개를 퍼덕이는 나비이지만 그러다 뜻하지 않게 허리케인과 토네이도를 불러온다면?

그래서 그녀는 그 아이에게 말을 거는 것도, 따라다니는 것도, 대프니에게 그 아이에 대해 묻는 것도 삼갔다.

1월이 끝나가면서 켄지를 둘러싼 우나의 불안과 마비 증세는 일상이 되고 말았다. 적어도 어느 수요일 오후 직전까지는.

그녀는 누군가 기증한 중고 CD로 꽉 들어찬 종이 봉지를 살피고 있었다. 그때 봉지가 찢어지면서 CD 하나가 미처 집을 새도 없이 카운터 뒤로 떨어졌다. 우나는 허리를 숙여 CD를 주워 올렸다. CD 커버에는 청바지와 빨간색 부츠 차림을 하고 한쪽 무릎을 가슴에 바짝 붙인 흑갈색 머리의 백인 여성이 있었다. 케이트 부시였다. 그럼 그렇지.

생각할 겨를도 없이 우나는 CD를 들고 스테레오로 다가가 한창 돌아가고 있던 포티스헤드 앨범과 바꿔 끼웠다.

고래 울음소리에 이은 침묵은 동당거리는 피아노 소리와 청아한 고음의 노랫소리, 졸졸졸 흐르는 시냇물처럼 올라갔다 내려갔다 높낮이가 있는 멜로디로 바뀌었다.

켄지가 펜을 내려놓고 고개를 들더니 눈을 가늘게 뜨고 우나를 쳐다보았다. "이 음악 뭐예요? 토리 에이모스 아류 같은데."

"무슨 그런 소리를." 우나가 어림없다는 듯 말했다.

그녀의 열띤 반응에 깜짝 놀란 기색을 보인 그가 말했다. "저기요, 나 토리 좋아해요. 그건 칭찬이에요."

그녀가 천장을 가리키며 말했다. "아니, 아니. 이건 케이트 부시의 첫 번째 앨범이야. 《더 킥 인사인드^{The Kick Inside}》는 《리틀 어스퀘이크스^{Little Earthquakes}》보다 십 년 앞서 나온걸." 우나는 카운터를 뛰어넘기라도 할 것처럼 두 손으로 꽉 움켜잡았다. "케이트 부시는 네가 좋아하는 토리 같은 가수들에게 많은 영향을 주었고 그들을 위해 길을 닦아놓기도 했어. 누가 훌륭하냐는 얘기가 아니니까 내 말 오해하지는 마. 케이트는 그야말로 최고지만 형편없이 과소평가되어 안타까울 뿐이야." 그녀는 속에서 후끈후끈 열이 오르면서 얼굴까지 따끔거리는 듯했다. "네가 아직도 그녀를 사랑하지 않다니 놀라운걸." 그녀는 아들의 음악 취향을 알아맞히려다 말고 잠시 숨을 골랐다. "레코드 가게에서 그렇게 많은 시간을 보내면서 말이지."

어쩌면 저 애한테 줄 수 있는 게 있을지도 몰라. 나 말고는 아무도 줄 수 없는 그 무언가가.

켄지는 뒤로 앉아 눈썹을 있는 대로 치켜뜨고 대프니를 쏘아보았다. "어떻게 케이트 부시 노래를 한 번도 안 틀 수가 있어요?" 그가 물었다.

"난 여자 가수보다 남자 가수가 더 좋으니까." 대프니가 뭘 그까짓 거 갖고 그러냐는 듯 어깨를 들썩였다. "닉 케이브나 톰 웨이츠 같은."

"다시 말해 우리 사장님은 술을 퍼마시다 먼저 죽지 않으면 잠든 사장님을 죽일 것처럼 들리는 가수들을 좋아하는군요." 우나가 이렇게 말하며 웃음을 참고 있는 켄지를 바라보았다.

수세적으로 나올 줄 알았던 그녀를 보고 대프니는 기도에 응답받은 사람처럼 두 손을 들어 올리며 말했다. "드디어."

"네?"

"난 캐셔 언니가 성격을 전혀 안 드러낼 모양이라고 생각하고 있었거든요. 휴." 그러면서 그녀는 손등으로 보란 듯 과장되게 이마를 훔쳐냈다. "차이 한 잔 드려요?"

"네, 좋아요." 우나는 체중을 다른 쪽 발로 바꿔 실으며 한 손을 허리춤에 갖다 댔다. "그 음료가 우리 사장님 보기에 성격을 드러내준다면 말이죠." 켄지가 숨죽여 킥킥대는 소리에 그녀는 하마터면 균형을 잃을 뻔했다. 누구를 웃긴다는 것 자체가 뿌듯한 일이지만 그 대상이 자기 아이라면 세상을 다 가진 기분이 들기에 충분했다. "그리고 거기 미스터." 그녀가 아들에게 말했다. "공부하는 중이긴 하지만 아무래도 음악 교육을 좀더 받아야겠어요. 이 앨범 마음에 드니? 그럼 《하운즈 오브 러브》도 들어봐. 거기 뒤쪽에 수록돼 있는 〈나인스 웨이브〉를 들으면 깜짝 놀랄 테니까."

그녀는 아들에게 눈을 찡긋해 보이고는 바닥을 살폈다. 분명히 붕붕 떠다니고 있지 않았다. 하지만 그녀는 여전히 중력을 거스르고 있는 것 같은 느낌이 들었다.

누가 봐도 부정 행위였다. 왜냐하면 우나는 켄지가 앞으로 좋아하게 될 것들(아니면 좋아하도록 그녀가 입김을 불어넣고 있는 것)을 많이 기억하고 있었기 때문이다. 그녀에게 기억은 아들과의 관계를 잇는 다리였다.

몇 주 동안 일련의 '강의'가 이어졌다. 케이트 부시 개론. 패티 스미스 각론. 콕트 트윈스 입문. P.J. 하비 기초. 그녀는 핑크 플로이드와 록시 뮤직을 시작으로 아들이 나중에 좋아하게 되는 남성 밴드들도 하나씩 소개했다. 스티비 닉스와 수잔 베가, 물론 토리 에모스는 켄지도 이미 웬만큼 알고 있었지만 적어도 음악에 관한 한 그녀가 알려줄 수 있는 것은 훨씬 더 많았다.

음악이 모자의 유일한 공통어가 될 지도 몰랐다. 어떤 날은 그의 친구들이 주변에 있어서, 또 어떤 날은 그가 딴 데 정신을 팔며 숙제를 하느라 둘의 대화가 사적으로 흐르는 일이 없었기 때문이다.

몇 주가 지나자 분위기가 점차 우나가 바라는 쪽으로 이어졌다.

2월의 어느 수요일 켄지 혼자 하이 스트링으로 들어섰다. 처음에 그는 교과서에 코를 박더니 한 시간 뒤 책을 덮고는 의자를 뒤로 밀며 아까부터 내내 보고 있었지만 안 그런 척하고 있는 우나를 흘 끗 쳐다보았다.

"《더 월The Wall》, 맞죠?" 그러면서 손가락으로 스테레오를 가리켰다.

"맞아."

"난《다크 사이드 오브 더 문》이 더 좋던데." 대화가 토론으로 발전하기 전에 켄지가 물었다. "그럼 레코드 가게 같은 데서 일하다가 음악에 빠져들게 된 거예요?"

"음, 저기……그런 건 아냐. 우리 엄마 영향이 컸던 거 같아. 적어도 핑크 플로이드와 벨벳 언더그라운드는." 그녀는 아들에게 자신이 활동했던 밴드 얘기는 하지 않았다.

"우리 엄마들도 그런 멋진 밴드들에 관심을 보이면 좋을 텐데."

"그분들은 어떤 음악을 좋아하시는데?"

"조니 미첼과 닐 영 같은 얌전한 포크송요." 켄지는 입을 틀어막고 킥킥댔다. "다음 주에 가비지 콘서트를 보러 갈 건데 엄마들을 어떻게 설득해야 할지 모르겠어요. 페이는 2교대 근무를 하고 있고 시바니는 사람들 많은 데 가면 거의 정신줄을 놓거든요. 또 페이는 하키 광팬이지만 내가 브루인스 경기를 보러 갈 때마다 함께 가요. 시바니가 플리트 센터에 갔다가 거의 5분 만에 공황 발작을 일으키는 바람에 그렇게 됐어요."

우나는 귀를 쫑긋 세우고 아들의 딜레마를 열심히 들어주었지만 냉큼 달려들지는 않았다. "가비지 콘서트가 플리트 센터에서 열려?"

"네." 그가 눈을 내리깔며 노트에 뭔가를 끼적이더니 우물쭈물 말을 꺼냈다. "처음 발매할 때 허락도 안 받고 표를 두 장 샀거든요.

페이한테 나 좀 데려가 달라고 말하면 될 줄 알았는데, 그 사이 엄마 일정이 바뀌는 바람에 어떻게 해야 할지 모르겠어요." 그는 뿌루퉁 입술을 내밀고 무거운 한숨을 내뿜었다. "빨리 성인이 돼서 하고 싶은 일을 내 맘대로 척척 할 수 있었으면 좋겠어요. 바에도 가고, 콘서트와 클럽에도 마음껏 갈 수 있었으면 좋겠네요."

"굳이 그렇게 바랄 것까지야. 그냥 하는 소리가 아니야. 하지만 간섭받기 싫어하는 건 이해해. 나중에 그런 걸 할 시간은 많아. 그리고 지금은 신경 쓰지 않아도 되는 책임을 지는 일도 많지. 게다가 나이 먹으면 어릴 때로 돌아갔으면 하고 바라게 될걸."

그러자 켄지가 눈알을 굴리며 말했다. "난 우리 학년에서 유일한 게이인 데다가 내가 아는 한 레즈비언 엄마를 둘이나 가진 친구는 본 적 없어요. 이런 내가 다시 그렇게 되길 바란다구요? 성적이 좋아야 한다, 스스로에게 진실해야 한다는 엄마들 잔소리에 시달려야 하고, 어디 있는지 매초 단위로 보고해야 하는데, 다시 그렇게 되길 바란다구요?"

"글쎄, 일부는 아닐지 몰라도 나머지는 그리워하게 되지 않을까? 믿거나 말거나 그럴걸. 나이를 먹으면 보는 눈이 달라지거든. 네 엄마들은 잔소리를 해대는 게 아니라 네가 걱정돼서 그러시는 거야. 얼마나 좋은 엄마들인데." 거기까지 말하고 나서 그녀는 잠시 숨을 골랐다. "지금이야 갑갑하게 느껴지겠지만, 나이가 들면 시야가 넓어지면서 생각도 달라질 거야."

"지금도 충분히 넓게 보고 있는걸요. 십대라는 것 자체가 괴로운 것 같아요. 어떤 때는 속은 이미 늙을 만큼 늙어서 겉모습이 어서 따라와 주기만 기다리고 있는 것 같은 느낌이 들기도 해요."

그녀는 깜짝 놀라 웃음을 터뜨렸다. "난 그 반댄데. 해마다 겉이 너무 늙는 것 같거든. 그런데 또 한편으론 30대는 어떤 기분이 들지 잘 모르겠어. 지금 내 나이가 몇 살이든 순간순간 최선을 다해 살아갈 뿐이야. 선택의 여지가 없지, 그렇지 않니?"

그가 눈살을 찌푸리며 마지못해 고개를 끄덕였다. "아마도요. 가비지 콘서트를 가야 할지 말아야 할지 아직도 답이 안 나와요. 솔직히 정말 가고 싶거든요."

"기가 막힌 음악 취향을 가진 데다 널 데려가줄 책임 있는 어른이 있으면……." 그녀는 물에 발가락만 살짝 담근 채 아들의 반응을 살폈다.

그가 기대에 찬 눈으로 그녀를 쳐다보았다. "그럼 좋죠."

"가비지의 진가를 알아볼 뿐만 전자 악기를 아주 끝내주게 다루는 여성 밴드 커브Curve를 소개해줄 사람, 그리고 직접 그런 활동도 했던 사람."

그가 의자 깊숙이 미끄러지며 낮게 탄성을 질렀다. "정말요? 그럼 지금 또 강의하시게요?"

"그래서 공연에 같이 가줄 어른이 필요하단 거야, 안 필요하단 거야?" 그녀는 아이가 질리지 않도록 음악학에서 다른 데로 화제를 돌렸다.

"내가 원하는 건 엄마들이 날 더는 꼬마 취급 하지 않았으면 하는 거지만 그런 일은 아마 절대 일어나지 않을 거예요."

점점 사적인 대화가 이어지자 우나가 용기를 내서 물어보았다.

"넌 왜 엄마들을 이름으로 부르는데?"

"F 엄마, S 엄마라고도 불러봤지만 너무 똑같이 들려서요. 그치만 그냥 엄마라고도 하는데요." 그러고 나서 그는 기대에 찬 커다란 눈을 그녀 쪽으로 돌렸다. "그럼 이 콘서트는⋯⋯."

"방법이 있을 것도 같아." *내가 왜 그런 말을 했을까? 이제 어떡하지? 하지만 저 앨 실망시킬 순 없어.*

"좋은 방법이길 바랄게요. 거기 못 가면 죽어버릴 거거든요."

"못 가긴 왜 못 가?" 팔다리가 길쭉한 마흔 살 남짓의 웬 금발 여자가 켄지를 향해 성큼성큼 걸어왔다. 삐죽삐죽 짤막하게 깎은 여자의 머리와 초록색 외투가 우아한 선인장 같다는 인상을 주었다.

"웬일이에요, 날 데리러 다 오고?" 켄지가 물었다. "보통은 내가 엄마 끝날 때까지 병원 근처에서 기다리는데."

"스케줄이 엉망으로 꼬이는 바람에 1교대조 근무자를 너무 많이 잡았다며 오늘은 집에 일찍 가라네. 그런데 넌 뭣 때문에 죽어버릴 건데?"

"가비지." 그가 교과서를 책가방에 쑤셔 넣으며 웅얼거렸다.

"뭔 쓰레기?(밴드 이름인 가비지(Garbage)는 영어에서 원래 '쓰레기'라는 뜻_옮긴이) 대체 왜 그러는 건데, 맥? 학교에서 무슨 일 있었니?"

"가비지라는 밴드를 말하는 거예요." 우나가 말했다. 만약을 대비해 그녀는 창고로 달려가 그 둘이 나갈 때까지 숨어 있어야 했지만 최면에 걸리기라도 한 듯 거기 서 있었다.

이 여자가 내 아들을 키워왔군. 나보다 저 애를 더 잘 알겠지.

"댁이 낸시?" 여자가 물었다.

"네." 거의 두 달이 지났는데도 가명에 반응하려니 여전히 이상했다.

"난 페이예요. 맥이 댁 덕분에 아주 훌륭한 음악을 접하고 있다며 입에 침이 마르게 칭찬하던데요." 악수를 하려고 페이가 한쪽 팔을 뻗었는데, 팔 길이가 방 길이의 절반은 될 듯했다. "내 취향이라고 말할 순 없지만 엄마가 좋아하는 음악을 똑같이 좋아하는 십대가 어디 있겠어요?"

난 그랬어요. 켄지도 그러고 있구요.

"음악 취향은 어머님과 다를지 몰라도 내가 만나본 십대 중에 부모님과 사이도 좋고 긍정적으로 얘기하는 십대는 재밖에 없어요." 거짓말을 해서라도 환심을 사야겠다는 계획이 그녀의 머릿속에서 구체적으로 그려지기 시작했다. "댁과 시바니가 왜 그렇게 조심스러워하는지 충분히 이해해요. 티켓을 주기 전에 두 분한테 상의를 했어야 하는 건데." 그녀가 더욱 혼란스럽도록 두 박자쯤 뜸을 들인 뒤 우나는 계속 말을 이었다. "레코드 업계에서 일하는 친구들이 좀 있는데, 가끔씩 제게 콘서트 티켓을 보내줘요. 켄 아니 맥이 가비지를 엄청 좋아한다기에 일부러 부탁해서 다음 주에 플리트 센터에서 있을 가비지 콘서트 티켓을 두 장 구해놨거든요."

한숨을 길게 내쉬긴 했지만 페이는 그 생각을 묵살하진 않았다. "공연이 주중에 있나요?"

켄지가 틈새를 파악하고 내달렸다. "월요일이긴 하지만 그 전에 여기 와서 숙제 다 해놓을게요."

"하지만 너도 알다시피 난……."

"네, 알아요. 엄만 야간 근무조고, 시바니는 플리트에 못 간다는 거. 하지만 낸시가 날 데려가줄 거예요. 집까지도 무사히 데려줄 거고." 애원하는 눈빛이 두 여자 사이를 번갈아 오갔다.

"낸시한테 그렇게 폐를 끼치면 안 되지." 그녀의 입가에 몹시 놀라는 기색이 떠올랐다. "노스 이스트에서 열리는 콘서트에 끌고 갔다가 끝나면 백 베이에 떨어뜨려달라고 하겠다고?"

"절 끌고 가다니요, 무슨 그런 말씀을." 그녀는 최선을 다해 날 믿어도 된다는 듯한 미소를 활짝 지어 보였다. "저도 그 밴드 팬이라 안 그래도 가려던 참이었거든요. 그리고 사는 곳이 비컨힐이라, 저 앨 집에 데려다주는 것쯤은 사실 일도 아닌데요 뭐."

페이는 걱정을 내려놓긴 했지만 아주 조금일 뿐이었다. "그렇게 말씀하시다니 정말 친절하시네요. 맥이 댁을 아주 좋아하고 또 거기 갈 생각에 잔뜩 흥분해 있을 테지만…… 방금 만난 댁에 대해 아는 게 없어서……." 그녀는 켄지를 돌아보았다. "너도 알 거야, 시바니 허락을 받으려면 보통 어려운 일이 아니라는 거. 낸시를 소개해야 할거야." 그러고는 다시 우나를 돌아보았다. "우리가 댁을 좀 더 알았으면 해서 그러는데 저녁 시간에 맞춰 오실 수 있으세요? 그럼 내가 시바니를 설득하기 더 쉬울 거예요. 콘서트 얘기는 굳이 꺼낼 필요 없을 것 같구요. 그냥 맥이 CD를 살 때마다 댁의 직원 할인을 사용할 수 있게 해줘서 감사하는 마음으로 대접하는 저녁 식사 정도로 알고 계세요."

우나는 켄지가 한 푼도 안 내게 하고 싶었지만 어쩔 수 없이 숫자를 날조해 그 차액을 자기 돈으로 메우고 있었다.

"내일 저녁 괜찮으세요?" 페이의 미소에 기대하는 기색이 역력했다.

시바니와 직접 대면하는 건 말도 안 되는 일이었다. 정체를 들키는 일은 없을 거라고 어떻게 확신할 수 있단 말인가? 하지만 이게 켄지와 더 가까워질 수 있는 유일한 기회라면? 게다가 아들의 두 눈에 가득한 애원의 표정을 보자 그녀는 도저히 거절할 수가 없었다.

"내일 저녁 괜찮아요."

대체 내가 무슨 짓을 하고 있는 거야?

27

토요일 밤 우나는 커먼 웰스 애비뉴의 어느 잿빛 연립주택 앞에서 있었다.

아니, 내가 지금 무슨 짓을 하고 있는 거지?

그녀는 저녁 초대를 포기하고, 콘서트를 건너뛰고, 지금까지 그래왔던 것처럼 그해의 남은 기간 동안 아들과 그저 아는 사람 정도로만 지낼 수도 있었다. 그래봐야 그녀가 원하는 관계의 한 조각에 지나지 않을 테지만 아예 없는 것보다는 나았다. 오늘밤 그녀의 정체가 탄로 난다면 아무것도 안 남게 되겠지만.

하지만 적어도 그녀는 아들이 어떻게 사는지는 보게 될 터였다. 그리고 순조롭게 흘러갈 가능성이 컸다. 하지만 초인종을 누르고 나서 브레이크 없는 차를 타고 전속력으로 얼음에 뒤덮인 언덕을 내달리고 있는 듯한 기분을 떨칠 수가 없었다.

켄지가 문을 열어주었다. "안녕, 낸스? 낸스라고 불러도 괜찮죠?"

가짜 이름도 나빴지만 가짜 애칭은 어떻게 된 된 영문인지 더 나빴다. 하지만 그녀는 민망함을 숨겼다. "물론 괜찮지. 디저트 좀 가져왔어. 에클레어." 그녀가 빨간색 끈으로 묶은 제과점 상과를 내밀었다.

"신난다. 내가 제일 좋아하는 거거든요." 그가 손짓으로 그녀를 안으로 들였다.

알고 있어.

"외투는 저기 걸면 되겨⋯⋯. *우와.* 체포라도 당하면 어쩌려구요?" 그의 두 눈이 휘둥그레졌다.

순간적으로 그녀의 등골이 오싹해졌다. "그게 무슨 말이야?"

"분홍색요." 그가 그녀의 카디건을 가리키며 말했다. "고스 경찰이 색깔 있는 옷을 입었다고 체포하지 않을까요?"

"저녁 식사 때 멋있어 보이고 싶어서." 그녀는 아들 너머로 따스하고 아늑한 느낌의 파스텔 톤으로 꾸민 거실을 흘끔거렸다. 얼핏 가족사진과 자그만 벨벳 쿠션, 화분들이 눈에 들어왔다. "내가 네 어머니들한테 좋은 인상 주는 게 싫은가 보지?"

"알았어요, 알았어." 그가 멋쩍은 듯 고개를 끄덕이더니 얼굴이 금세 환해졌다. "5월에 블론디가 오피엄에서 공연한다는 소식 들었어요?"

"재미있네, 안 그래도 내일 《패러렐 라인스Parallel Lines》 틀어주려고 했는데." 한편으로 뜻밖의 음악이 가져다주는 유대감에 그녀는 아들에게 더 가까이 다가간 것만 같았다.

"아, 블론디 건 다 가지고 있어요. 어딘가에서 데보라 해리도 입양됐다는 기사를 읽고 듣기 시작했는데, 나중엔 그 밴드 음악에 푹 빠지게 됐지 뭐예요. 어쨌든 가비지 콘서트를 시작으로 일이 잘 풀리면⋯⋯."

"어머, 안녕하세요?" 동그란 얼굴에 한 갈래로 땋은 머리를 허리까지 내려뜨린 자그마한 체구의 인도 여자가 현관 복도로 들어섰다. "죄송해요, 블렌더를 사용하느라 초인종 소리를 제대로 못 들었나 봐요. 낸시 맞으시죠? 전 시바니예요."

두 여자는 악수를 나눴다. 우나는 속으로 자신의 미소가 더 상냥하고, 덜 두렵게 읽히기를 바랐다.

"우리가 전에 만난 적이 있나요? 어딘지 낯이 익어서……." 시바니가 고개를 갸우뚱거리며 말했다.

이런. "아, 음…… 그게 그러니까……." 우나가 말을 더듬거리자 식은땀 한 방울이 등을 타고 흘러내렸다. "아마 하이 스트링에서 보셨겠죠."

"아뇨, 그럴 리가요. 페이가 늘 그곳에 들러 아이를 데려 왔어요. 직장이 그 근처거든요. 분명히 어디서……." 또다시 탐색하는 듯한 눈초리에 우나는 제대로 숨도 쉬지 못했다. 잠시 뒤 시바니가 어깨를 들썩이며 말했다. "아무래도 제가 누구 딴사람과 착각했나 봐요. 들어오세요." 그녀가 앞장서서 닫힌 문들과 가족사진들로 즐비한 복도를 지나 우나를 안으로 안내했다.

저 애는 어디서나 웃고 있네. 잘 살고 있었군. 내가 더 잘해줄 순 없었을 거 같아. 사진들을 벽에서 확 잡아채 좀더 자세히 들여다보고픈 충동을 억누르며 우나는 억지로 발걸음을 옮겼다. *나한테는 켄지 사진이 단 한 장도 없는데.*

"수프가 이제 다 돼가요. 가스파초(토마토, 후추, 오이 등으로 만들어 차게 먹는 멕시코 수프_옮긴이)가 입에 맞아야 할 텐데요." 시바니가 말했다.

"바깥 기온이 30돈데 누가 차가운 수프를 안 좋아하겠어요?" 켄지가 슬쩍 농담을 던졌다.

시바니가 그의 어깨를 찰싹 때리며 배실배실 웃었다. "이보세요, 아저씨, 지난 번에 보니까 잘만 드시던데요 뭘."

"네, 엄마 말이 맞아요. 난 엄마 수프 좋아해요." 켄지가 우나를 쳐다보며 말했다.

"우리 엄마도 겨울에 차가운 수프 드시는 거 좋아하시는데." 우나의 맞장구는 주방으로 가는 동안 시바니에게서 또다시 뭔가를 캐는 듯한 분위기를 자아냈다. *화제를 바꿔야 해.* "집이 정말 예쁘네요."

"다 페이가 한 거예요. 페이는 장식품 하나, 쿠션 하나도 마음에 안 들면 집에 들이질 않아요." 시바니가 빙그레 웃으며 말했다.

"어서 와요, 낸시. 마음에 드는 자리 아무 데나 앉아요." 페이가 빵 바구니를 내려놓고는 둥그런 참나무 식탁 맞은편에서 손을 흔들며 말했다.

"이렇게 불러주셔서 감사합니다."

"낸시가 디저트로 에클레어 사왔어요." 켄지가 마치 자기가 사오기라도 한 듯 뻐기며 말했다.

시바니가 그에게서 빵 상자를 받아들었다. "내가 만든 당근 케이크는 출근할 때 가지고 나가야 할 것 같네요." 그녀의 두 눈이 장난기로 반짝였다.

"아이, 왜 그러세요, 당근 케이크도 내가 제일 좋아하는 디저트 중 하나라는 거 아시면서." 그가 애원했다.

"나한테 좋은 생각이 있어. 수프와 구운 닭고기는 건너뛰고 바로 디저트로 가는 게 어때?" 그녀가 말했다.

"그럼 정말 행복하겠다." 켄지가 낸시 옆 의자에 털썩 앉으며 말했다.

"자기, 한시도 쉬지 않고 움직이고 있잖아, 좀 앉아." 페이가 시바니에게서 빵 상자를 받아들며 말했다. "가스파초는 내가 가지고 갈게. 앉아서 좀 쉬어."

시바니는 우나 맞은편에 앉았고, 다들 좋은 분위기에서 수많은 이야기를 나눴다. 다정함, 이해심, 사랑이 뒷받침해주는 단단한 관계였다. 하지만 이 모두가 곧 닥칠 비극적인 사고로 흔적도 없이 사라질 터였다.

페이가 자리를 뜨자 시바니가 우나 쪽으로 돌아앉았다. "정신없어 보인다면 죄송해요. 웬만하면 저녁을 다 같이 먹는 편이고, 또 페이 스케줄도 바뀌어서."

"엄마! 겨우 일주일이에요, 일주일. 무슨 일 년 동안 남극으로 떠나기라도 하는 사람 대하듯 그래요." 켄지가 과장되게 눈알을 굴리며 말했다.

"아시다시피 집집마다 나름대로 소소한 일상이 있어놔서." 시바니가 우나에게 사과의 미소를 지어 보였다.

"그럼요, 잘 알죠." *나한테도 그런 일상이 있었으면.* "맥한테서 페이가 병원 원무과에서 근무한다는 소린 들었는데 댁이 무슨 일을 하는지는 못 들었어요."

"그게 제 일이 발과 관련돼서 그래요. 우리 아들은 발을 '제일 더럽게' 생각하거든요. 난 발 전문가예요. 브루클린 족관절 센터에서 일하고 있어요."

내 아들이에요. 우나의 예의바른 표정이 흔들렸다.

무슨 생각이 떠오른 듯 시바니의 눈에서 불꽃이 튀었다. "낸시, 혹시 치료받으러 거기 온 적 없나요? 전에 봤다면 거기서 보지 않았을까요?"

"아뇨, 전 발이나 발목에 무슨 문제가 있던 적이 한 번도 없었어요." *맙소사, 제발 이대로 무사히 넘어가야 할 텐데.*

"웩, 곧 밥 먹을 건데. 발 얘기 그만하면 안 돼요?" 켄지가 롤빵을 찢으며 구역질 소리를 흉내 냈다.

"내 말 맞죠?" 질렸다는 듯 쿡쿡대는 웃음소리가 들렸다. "댁은요, 낸시? 레코드 가게에서 일한 지 얼마나 되는데요?"

"레코드 가게 겸 커피숍요." 켄지가 한입 가득 빵을 문 채 웅얼댔다.

데일도 입에 잔뜩 물고 얘기했는데. 저런 것도 유전인가?

"제발 다 씹고 나서 얘기해." 시바니가 그를 나무랐다.

우나가 미처 대답하기 전에 페이가 자기 수프 그릇을 들고 돌아왔다. "자, 수프가 나왔습니다! 드디어."

켄지와 시바니가 동시에 끄응 하고 신음 소리를 내뱉었다.

"또야, 페이? 또?" 시바니가 짐짓 볼멘소리를 했다.

"그렇게 안 좋아하는 척 굴 것 없잖아." 알 수 없는 미소와 함께 페이가 다가와 그릇에 가스파초를 떠 담기 시작했다.

"있잖아요, 낸시, 플래니드 레코즈에서 이 CD를 샀는데, 말한다는 걸 깜빡했지 뭐예요." 켄지가 자신의 상상 속 보이지 않는 오케

스트라를 지휘라도 하는 듯이 두 손을 호기롭게 휘저으며 말했다. *데일도 저랬는데.* "미안해요, 누나네 경쟁 상대라는 건 알지만 커버가 워낙 멋있고 또 그 가게 형이 드문 거라고 말하기에. 캔디 스트레인저라는 이름 들어본 적 있어요?"

"아니. 그리고 괜찮아. 다른 레코드 가게에서 얼마든지 사도 돼." 우나가 말했다.

"80년대에 유럽에서 활동하며 히트곡을 딱 하나 냈는데, 노래는 영어로 불렀어요. 공연할 때마다 늘 가면을 쓰고 나타나서 아무도 그 여자가 어떻게 생겼는지 모른대요. 괴짜긴 하지만 앨범은 정말 좋아요."

페이가 수프 그릇을 들고 우나에게 다가왔다. "여기요." 그녀가 한 국자 가득 퍼 올리며 말했다.

그녀가 국자를 우나의 그릇 위로 가져가는 사이 켄지가 물잔을 쓰러트리는 바람에 페이가 그릇을 놓치면서 우나의 분홍색 스웨터로 수프가 쏟아져 내렸다.

"어머나, 정말 미안해요."

"괜찮아요. 뜨거운 수프도 아닌데요 뭐." 우나가 리넨 냅킨으로 얼룩을 토닥토닥 두드리며 말했다.

"저기, 얼른 벗으세요, 제가 빨아올게요. 디저트를 다 먹을 때쯤이면 마를 거예요." 시바니가 벌떡 일어나며 말했다.

우나는 스웨터를 벗었다. 수프가 안에 입은 검은색 드레스까지 배어 있어 그녀는 소매를 당겨 올려 축축한 피부를 닦았다.

"멋있어라! *M.D.C.R.*이 무슨 뜻이에요?" 켄지가 우나의 문신을 알아채고 말했다.

누가 우나의 어깨를 톡톡 건드렸다. 올려다보니 시바니가 돌처럼 굳은 얼굴로 그녀를 노려보고 있었다. "다른 방에서 잠시 얘기 좀 했으면 하는데요, *낸시.*"

오, 이런.

"무슨 일인데 그래?" 아직도 가스파초를 들고 있던 페이가 물었다.

"엄마, 그건 그냥 문신일 뿐예요. 낸시가 폭주족일 리 없잖아요." 그가 화난 목소리로 말하며 우나의 손목을 또다시 슬쩍 훔쳐보았다.

"*M.D.C.R.*…… 저건 내 이름 머리글잔데."

수프 그릇이 페이의 손에서 미끄러지며 식탁 너머로 빨간색을 흩뿌렸다. 켄지가 피하려고 일어나다가 의자를 넘어뜨렸다.

"이만 가주세요." 시바니가 떨리는 손으로 엉망이 된 스웨터를 도로 우나에게 내밀며 말했다.

"무슨 일이에요?" 켄지가 물었다.

"맥, 잠깐만 좀 비켜줄래? 우리가 이분과 할 얘기가 있어서 그래." 페이가 그의 양쪽 어깨를 붙잡고 다른 데로 보내려 했지만 어느새 손아귀에서 쏙 빠져나왔다.

지금 나가면 우나는 더 이상의 피해를 막을 수 있었다. 하지만 그녀는 그새 뿌리라도 내린 듯 그 자리에 가만히 서 있었다. "죄송해요. 안 이상 그냥 지나칠 수가 없었어요."

시바니의 눈빛이 딱딱하게 굳으며 입 모양은 어느 때보다 단호해보였지만 번득이는 두려움도 있었다. "여기까지 와서 우릴 바보로 만들다니 참 뻔뻔스럽기도 하군요."

페이가 우나 쪽으로 한 걸음 다가왔다. "미안하지만 이제 가주셔야겠어요. 매들린이 말했을……."

"매들린 이모가 이 일과 무슨 상관이 있는데요?" 켄지가 물었다.

"뭐 *매들린 이모?*" 부당하다는 생각이 그녀를 엄습했다.

"실은 이모가 아니라……."

"네 *할머니*야." 말들이 선로를 벗어나 제멋대로 질주하는 열차처럼 제어가 되지 않았다. 우나는 켄지를 돌아보며 말했다. "매들린은 네 할머니야. 내 엄마이기도 하고. 내 이름은 낸시 존스가 아니라 우나 록하트야. 내가 널 낳았어." 고백이 왜 위로가 돼주지 못했을까? 어째서 상처만 잔뜩 더 안겼을까?

"경찰에 신고할 수도 있어요." 시바니가 말했다.

하지만 우나는 멈추지 않았다. "매켄지는 내가 지은 이름이야. 하지만 난 널 켄지라고 생각해, 맥이 아니라. 네 이름의 *D*는 데일, 네 생부 이름 머리글자야. *C*는 찰스, 나의 아버지를 뜻하고."

켄지의 시선이 마치 팽팽하게 전개되는 막상막하의 테니스 경기를 지켜보기라도 하듯 세 여자 사이를 번갈아 오갔다. "난 뭐가 뭔지 모르겠어요. 내 어머니가 누군지 아무도 모르는 줄 알았는데. 경찰이 날 조그만 식당 화장실에서 발견했거든요."

"그동안 나에 대해 이런 쓰레기 같은 소리를 지껄여왔단 말예요?"

"무슨 얘기든 해줘야 했어요." 시바니가 켄지를 애원하듯 쳐다보며 차갑고 불안정한 목소리로 말했다. "네가 열여덟 살이 되면 진실을 얘기해주려고 했어."

그가 가슴에 대고 팔짱을 긴 채 말했다. "이제 그 빌어먹을 진실을 어떻게 얘기할 건데요?"

"말로." 페이가 말했다.

"농담이 나와요?" 그가 역겹다는 듯 고개를 저으며 페이에 이어 우나를 쳐다보았다. "그래서 낸시가 아니라구요? 이름은 우나고, 내 엄마라구요?"

"그래, 너의 생물학적 엄마. 네 아버지는 내가 널 낳기 전에 죽었고 그래서 할 수 없이…… 거기다 또 말 못할 사정이 있어서…… 기억이 온전하질 않아. 사실 난 널 입양 보낸 기억도 없어. 어차피 키울 수도 없었지만. 그리고 내가 너를 이렇게 빨리 알게 될 줄도 몰랐고."

"매들린이 말해줬나요?" 시바니가 손가락 마디가 하얘지도록 자신의 머릿단을 움켜쥐며 말했다.

"아뇨." 처음엔 어머니를 향해 분노를 쏟아냈지만 이제 우나는 그녀를 보호해야 할 것 같은 뜻밖의 충동을 느꼈다. "엄만 이 일과 아무 상관이 없어요."

뒷걸음질치다가 장식장에 가로막혀 더는 물러날 수 없게 되자 켄지가 휘둥그레진 눈으로 입술을 떨며 말했다. "이게 얼마나 웃기는 상황인지 알기나 해요? 여기서 내가 뭘 믿어야 하죠? 다들 나한테 거짓말만 하고" 한 손으로 페이와 시바니를 가리키며 말했다. "내 생모가 누군지 처음부터 알고 있었으면서 나한테 거짓말이나 하고 숨기기까지 하다니." 그 다음으로 우나에게 비난의 손가락이 향했다. "그리고 당신은 가짜 이름에 온통 고스풍으로 입고 다니면서, 뭐? 날 염탐하니까 어땠어요? 음악을 가르쳐주고 내 친구가 돼주시겠다? 날 가비지 콘서트에 데려갔다가 납치라도 할 계획이었나요?"

"물론 널 콘서트에 데려가려고 했어."

"그럼 그 다음엔요? 앙코르가 나오기 전에 몸을 숙이고 '그런데 있지, 내가 널 낳았단다'라고 말할 생각이었나요?" 눈물이 그의 얼굴에 기다란 자국을 냈다.

켄지가 우는 모습을 보자 우나도 눈물이 봇물처럼 터져 나왔다. "난 그냥 널 알고 싶었을 뿐이야. 네 삶의 일부가 되고 싶었을 뿐이야."

"하필이면 음흉한 방법으로요? 그리고 기억 상태 어쩌고저쩌고는 헛소리 아녜요? 그러니까 내 말은 당신이 미쳤다는 거예요." 그는 지지를 호소하듯 시바니와 페이를 쳐다보았다. "저 여자 제정신 아니죠, 그렇죠? 그래서 날 키울 수 없었던 거잖아요. 그리고 법적이라는 게 금지 명령 같은 거 아녜요? 그럼 두 분 중 한 분이 지금 당장 경찰에 전화해야 하는 거 아닌가요?"

"실은 그래야 한단다." 페이가 말했다. "하지만 당국에 알리기 전에 우린 우나에게 스스로 떠날 기회를 줄 생각이야."

떠난다고 생각하니 우나는 도무지 참을 수가 없었다. "제발요, 굳이……."

"봐줄 만큼 봐줬어요. 그만 가주세요." 페이가 떨리는 목소리로 으르렁거렸다.

시바니와 페이가 그녀와 켄지 사이를 가로막았다. 그 셋은 우나가 마치 자신들을 볼모로 붙잡아놓고 무시무시한 무기를 휘두르고 있기라도 한 듯 겁에 질린 채 입을 떡 벌리고 쳐다보았다. 괴로움에 온몸이 갈기갈기 찢기는 듯했지만 우나는 애원했다. "단 몇 분만이라도 우리 앉아서……."

"당장 여기서 꺼져요!" 켄지의 쩌렁쩌렁한 고함 소리에 우나는 움찔 놀라며 뒤로 물러났다. "그리고 나한테서 떨어져 지옥에서나 사세요. 나에겐 두 어머니가 있어요. 세 번째 어머니는 필요 없어요. 당신은 모르는 사람이에요. 아무도 아니라구요."

우나는 한 걸음, 또 한 걸음 뒤로 물러났다. 돌아서서 아들의 독설을, 그 두 눈에 가득 서린 증오를 피할 수 있을 때까지.

우나는 에드워드가 준 굴욕보다 더한 굴욕은 없을 거라고 생각했지만 자신의 아들 앞에서 당한 수모는 훨씬 더 초라한 기분이 들게 하면서 수치와 절망의 나락으로 떨어뜨렸다. 그런데 놀랍게도 아무리 아래로 떨어져도 늘 더 낮은 곳이 있기 마련이었다.

낯선 거리가 나올 때까지 그녀는 대체 얼마나 걸었을까? 그러고 보니 얼룩 묻은 스웨터를 두고 왔다. 그렇다고 그 집으로 돌아갈 것도 아니었지만. 이제 하이 스트릿도. 비컨힐 아파트도 끝이었다.

우나는 손을 흔들어 택시를 불러 세웠다. "로건 공항요."

보스턴은 끝났다.

우나가 브루클린에 도착한 것은 자정에 가까워서였다. 매들린이 그녀의 집 현관 입구 층층대에서 기다리고 있었다.

"내일 이야기하면 안 될까요, 네?" 우나가 어떻게 눈물을 한 방울이라도 남겨둘 수 있었겠는가? 그녀는 속이 바짝 마른 채 텅 비어 있는 것만 같았다. 그런데도 또다시 눈앞이 뿌예지면서 흐느낌이 그녀의 목울대를 위협했다. "지금은 도저히 못하겠어요."

"넌 아무것도 할 것 없어, 내 강아지, 이리 오렴." 매들린이 두 팔로 딸을 감싸 안으며 말했다. "쉬, 쉬." 우나의 흐느낌을 달래려고 애쓰며 그녀가 말했다. "열쇠 다오, 안으로 들어가자."

그들은 부엌까지 느리고 무거운 발걸음을 내디뎠다. 매들린이 주전자를 올려놓는 동안 그녀는 의자에 털썩 내려앉았다.

"시바니가 전화하지 않았던가요?"

"그래. 고소할 생각은 없지만 해마다 하는 방문은 말아달라고 부탁하더구나."

조리대를 찬찬히 살피며 우나가 물었다. "내가 원하는 방향으로 고칠 방법은 없나요?"

"그 둘이 죽기 전에는 없어."

그녀가 괴로움에 못 이겨 머리를 마구 흔들어댔다. "알고 계셨어요?"

매들린이 숟가락으로 천장을 가리키며 아랫입술을 잘근잘근 씹어댔다. "넌 어쩌다 그렇게 되는지 또 정확히 언제인지 한마디도 하지 않았지만 그 애가 대학생일 때 그 둘이 죽는다는 소린 했어. 그때 가면 켄지한텐 네가 필요해. 그 애는 너에게로 돌아올 거야."

"하지만 당장은 안 그럴 거잖아요. 그리고 그 앤 지금 내가 필요하지도 않아요. 다른 엄마가 둘이나 있어서요. 그것도 어떻게 하면 좋은 부모가 되는지 잘 아는. 난 모르는데." 우나는 최면에 걸린 사람이 말하는 것처럼 말에 감정이 실리지 않았다.

"위로가 될지 모르겠지만 자기가 지금 뭘 하고 있는지 제대로 아는 부모는 없단다. 우리 모두 어느 정도는 그런 척할 뿐이지." 그녀의 어머니가 다정한 미소를 보냈다. "하지만 딸, 그 애가 널 자기 삶 속에 받아들일 준비가 되면 넌 틀림없이 그 애한테 아주 좋은 엄마가 될 거야."

"그 애가 다 자라면요? 그때까지 어떻게……."

"그때까지 너한테 화내게 가만 놔두렴. 그리고 극복하게 놔둬. 지금은 자기 혈육처럼 사랑하는 두 여자와 함께 지내게 두자꾸나. 지금 그 애에게 가장 필요한 건 바로 그거니까." 주전자가 삐 하며 울어대자 매들린이 차를 준비하려고 돌아섰다, 보일 듯 말 듯 어깨를 떨면서.

너한테 화내게 그 앨 가만 놔둬.

그래서 2003년 우나가 켄지를 만났을 때 그토록 예민하게 굴었던 거였다. 친어머니를 향한 그의 억눌린 분노는 페이나 시바니를 향하지 않았다. 우나에게 왔지. 지금으로부터 몇 년 뒤, 그를 키워준 두 여자가 죽고 나면 그는 자신의 생모와 불편한 몇 시간을 보내다가 아시아로 도망칠 터였다.

"상황을 더 좋게 바꾸려고 애쓸 때마다 오히려 망치고 말아요." 우나가 힘없는 소리로 말했다. "분명히 나한테 경고하는 거 그만뒀는데. 관심을 기울이는 것과는 다른 문제예요. 어쨌든 내가 원하는 건 꼭 하고 말거든요. 하지만 오늘밤 켄지에게 상처준 걸 생각하면 두 번 다시는 그렇게 상처주고 싶지 않아요. 그게 내 아들이라면 더." 그녀는 또다시 고통의 파도가 찾아올 것에 대비해 단단히 마음먹었다가 오지 않자 밭은 숨을 내쉬었다. 아무 감각 없이 이렇게 멍한 상태로 계속 있을 수만 있다면 좋을 것 같았다. "난 잘 듣질 않아요. 이제부턴 엄마 말 들을게요. 그리고 내 아들이 원하는 거라면, 지금 당장 내가 그 애한테 줄 수 있는 게…… 나의 부재뿐이라면…… 그러죠 뭐." 그녀 안에 있던 귀중한 뭔가가 찢겨 나가 바람에 흩날렸다. 2003년의 그 밤이 끝없이 확장되는 느낌이었다. "떠날게요. 엄마 말 들을게요."

매들린은 딸에게 차를 대체 몇 잔이나 만들어줬고, 몇 번이나 위로해줬을까? 언제가 됐든, 우나가 무슨 짓을 하든 그녀의 어머니는 늘 그 자리를 지키면서 그녀를 용서하고 달래주었다. 우나는 그저 가끔 자신의 지혜에 주의를 기울이기만 하면 됐다.

그해의 나머지는 아무 약속도 없이, 이렇다 할 일도 없이 흐릿하게 펼쳤다. 시간은 그녀의 고행일 터였고, 그녀는 기꺼이 받아들이고 매진할 작정이었다.

우나는 아들과 연락하지 않겠다는 약속을 지켰다, 딱 한 번만 빼고. 그해 5월 그의 생일이 다가오자 그녀는 기다란 날개가 있는 그 플래티넘 반지를 우편으로 부쳤다. 2003년에 그가 끼고 있을 그 반지를. 그녀는 자신에게 남겼던 짤막한 메모도 동봉했다. 그녀의 분노는 화상을 남겼지만 그의 분노는 그렇게 되서는 안 됐다. 그는 날아올라야 할 테니까.

마지막 날이 되자 우나는 처음으로 자신의 시간표에서 미래로 리프하게 해달라고, 켄지와 다시 만나게 해달라고 빌었다. 그리고 그녀가 원하던 대로 됐다.

음, 어쩌면 꼭 *그대로*는 아닐지도.

8장
네가 여기 있었으면

2017 : 53/25

Wish You Were Here - Pink Floyd

2:40   5:34

어스름한 조명 아래 주변이 조용했다. 우나는 풀로 붙이기라도 한 듯 팔걸이 사이에 팔꿈치를 끼워 넣은 채 푹신한 의자에 앉아 있었다. 그녀는 눈을 깜박거리며 주위를 살폈다. 그녀의 집 안으로 보이는 손님 방 중 한 곳에 있었다.

서른 남짓해 보이는 웬 남자가 그녀 위로 몸을 숙이고 있었다. 검은색 터틀넥 위로 초록색 모피 조끼를 겹쳐 입고, 머리는 흰 새 둥지 같았다. 커다란 갈색 눈엔 걱정이 가득했다.

"켄지!" 그녀는 그를 꽉 끌어안았다.

감사합니다.

"휴, 난 또 갈비뼈에 금 가는 줄 알았네. 오랜만이에요, 그렇죠?"

"그렇기도 하고 아니기도 하고." 그녀는 포옹을 풀고 아들을 좀 더 자세히 들여다봤다. 말랐지만 두 뺨엔 건강한 혈색이 돌았고, 사춘기의 불안이나 분노로 구부정했던 어깨도 반듯하게 펴져 있었다. 거기다 전에 비해 몇 도 올라간 턱에서도 오만함과는 다른 자신감이 엿보였다. "세상에, 얼마나 보고 싶었는데. 다시 할머니가 된대도 상관없어. 네가 여기 이렇게 있는 것만으로도 난 행복한걸." 무엇보다 좋은 건 그의 눈에 어린 따스함과 사랑이었다.

"무슨, 이제 겨우 쉰세 살인데요 뭐. 생일 축하해요, 엄마."

전에는 한 번도 느껴본 적이 없는 경외감과 애정이 밀려들었다. "와. 네가 날 엄마라고 부르다니 그 소리 처음 듣는구나." 우나가 감개무량해하며 속삭였다.

"이제 많이 듣게 될 거예요. 질릴 만큼요."

그녀의 웃음은 기쁨으로 가득 넘쳐났다. 아들을 한 번 더 안으려다가 그의 일그러진 표정에 그만 동작을 멈췄다. "알아. 백만 번 사과로도 모자란다는 거."

"우나." 방 맞은편에서 어떤 목소리가 들렸다.

그녀가 침대로 눈길을 옮기자 그녀의 어머니가 베개들 사이에 폭 파묻힌 채 누워 있었다.

"엄마?"

매들린은 머리가 쪼그라든 듯 보였고, 크림빛이 도는 복숭아색 이불을 덮고 있어 그런지 몸은 꼭 뽁뽁이로 둘둘 감아놓은 깨지기 쉬운 조각상처럼 작아 보였다. 그녀의 구불거리는 머리는 여전히 숱이 많고 검었지만 윤기는 가짜였다. 뺨 위에 칠한 분홍색 동그라미 두 개와 부풀린 입술에 바른 같은 색의 립글로스를 빼면 그녀의 얼굴은 잿빛에 가까웠다. 아이라이너 말고도 인조 속눈썹까지 투입했지만 핏발이 선 채 희끄무레해진 눈을 미처 다 가려주진 못했다. 컨실러로 다크서클을 가리려고 했지만 그림자가 드리워져 있었다.

우나는 침대로 달려가 앉았다. 그 바람에 매트리스가 출렁거려 그녀의 어머니가 움찔 놀랐다.

"새해 복 많이 받거라, 내 딸. 그리고 생일도 축하한다." 목소리에도 생기가 없었다. 게다가 말을 하는 데에도 방금 아주 먼 거리를 달려오기라도 한 듯 엄청난 노력이 필요했다. "네가 이제 속으로 몇 살이니?"

"스물다섯요." 뼈만 앙상하게 남은 어머니의 손을 잡은 순간 그녀는 깜짝 놀랐다. 유난히 핏줄이 울룩불룩 도드라져 보이는 손은 살이라곤 하나도 찾아볼 수 없었고 그 무게가 너무 가벼웠다. "엄마, 왜 이런 거예요?" 매들린의 얼굴은 누가 봐도 초췌하고 수척했다. 아무리 화장을 많이 했어도 급격한 체중 감소를 감출 수는 없었다.

우나는 어머니의 머리칼을 만져보았다. "왜 가발을 쓰고 계세요?" 하지만 굳이 들을 필요가 없었다. 매들린의 초라한 몰골이나 미소를 지을 수 없는 지금의 상황을 굳이 들을 필요도 없었다. 병명이 뭔지는 부차적인 문제였다. 더 끔찍한 의문이 어렴풋이 떠올랐기 때문이다. 그녀의 어머니에게는 시간이 얼마나 남았을까?

"나중에 다 설명해드릴게요." 켄지가 우나의 어깨에 손을 얹으며 말했다. 그의 손은 그 순간에서 벗어나고 싶은 그녀를 붙잡아주는 닻이었다. "계속 샴페인을 달라고 떼쓰시는데 딸 엄두가 나야 말이죠." 그러면서 그는 고갯짓으로 침대 옆 은빛 버킷을 가리켰다.

"그래, 축하해야지, 응?" 매들린의 눈꺼풀이 무거워졌다. 고개를 끄덕이는 모양새가 마치 목이 머리의 무게에 저항하는 것처럼 보였다.

죽어가는 사람의 소원을 그 누가 안 들어줄 수 있단 말인가? 우나는 얼음에 뒤덮인 욕조에서 땀을 뻘뻘 흘리고 있는 병을 집어 들었다. 그녀는 손가락으로 포일과 금속 잠금장치를 더듬으며 유리병이, 거품이 보글거리는 눈물을 머금고 있는 코르크가 되는 상상을 했다. 그녀는 샴페인 두 잔을 가득 채운 뒤 세 번째 잔에도 따랐다.

"난 한 모금이면 된다. 좋은 건데 낭비할 필요 없지." 매들린이 말했다.

셋은 각자의 잔을 높이 들어올렸다. 켄지의 손만 여전히 침착했다.

"이런 내 모습을 보고 놀랐다면 미안하구나, 내 아가." 매들린이 입을 떼기 시작했다. "켄지가 도와줘서 꾸민다고는 했지만 귀신처럼 보일 게야. 실제로는 안 그런데 예뻐 보인다고 입에 발린 소릴 할 너도 아니고. 그래서 내가 널 좋아하는 거기도 하지만." 그녀는 말을 멈추고 한동안 숨을 골랐다. "우리가 함께했던 멋진 순간들을 축하하고 싶구나, 그리고 떠나는 순간도. 처음 임신하고 팬암을 떠나야 했을 때 난 엄마가 되면 내 인생이 망가지는 줄 알았단다. 그런데 웬걸, 엄마가 되고서 비로소 인생이 완성됐지 뭐니." 그녀는 우나를 향해 눈부신 미소를 지어 보였다. 비록 잠시였지만 그 순간만은 피로의 기색도 씻은 듯 사라지고 없었다. "넌 매력적인 아이였고 그보다 훨씬 더 매력적인 여성으로 자라줬다. 넌 내게…… 놀라운 삶을 주었지. 네 덕분에 세상을 알게 됐단다. 처음 엄마가 됐을 때가 그립구나."

샴페인 잔을 잡은 손이 흔들렸지만 그녀는 애써 꽉 움켜잡았다. "자라면서 넌 점차 독립심을 키웠지만 내가 너에게 더는 필요 없는 존재라는 느낌을 준 적이 한 번도 없었다. 그 점 정말 고맙게 생각하고 있단다. 네 아이가 혼자서도 척척 잘 해내는 모습을 보자니 좋으면서도 씁쓸해. 자칫 무관심해지기 쉽지만 우린 한 번도 그런 적이 없었다. 네가 겉으로 나보다 더 늙고 속으로 더 현명할 때도 이제 난 너한테 필요 없어지겠구나 하는 생각을 해본 적이 없었다. 너 또한 나한테 필요 없는 존재였던 적이 한 번도 없었고. 이 생에서 난 내가 원하는 걸 거의 다 이뤘고, 대부분은 다 네 덕분이란다. 나의 특별한 딸. 나의 가장 친한 친구."

"우나를 위해." 켄지가 말했다.

그들은 한 자리에 모여 쨍그랑거리며 잔을 부딪쳤다.

"그리고 켄지를 위해." 매들린은 계속 말을 이었다. "내 믿음직스러운 손자. 복잡한 가정환경 속에서도 매번 어찌나 적응을 잘하던지. 오늘날 이렇게 어엿한 남자로 커줘서 얼마나 대견한지. 내 보기에 넌 우리 모두―우나, 시바니, 페이, 그리고 나까지―의 제일 좋은 모습만 닮은 것 같구나. 그런 가운데서도 남다른 배려심과 힘과 다정함을 지닌 너만의 모습이 있고." 그녀는 또 말을 멈추고 숨을 골랐다. "우리한테 돌아와줘서, 우리의 말도 안 되는 이야기를 믿어주고 용서해줘서 고맙다. 우리 가족을 완성해주고 너의 아름다운 자아를 나눠준 것도 고맙고. 바라는 게 있다면 딱 하나……." 하지만 의지가 부족했던 건지 힘이 부족했던 건지 그녀는 거기서 멈췄다.

"켄지를 위해." 우나의 목소리가 흔들렸다.

또다시 유리잔들이 서로 맞닿았다.

"우나, 너한테 용서를 구해야겠구나." 그녀의 목소리는 아까보다 더 작고 약해져 있었다. "내 나름대로 너한테 최선을 다했다만……
그 많은 고통으로부터 널 지켜주지 못할 때도 있었어."

"그런 건 이제 하나도 중요하지 않아요." 실제로도 중요하지 않
았다. 지금 중요한 건 매들린이 얼마나 많은 사랑을 받았는지 확실
히 깨닫게 해주는 거였다.

"그리고 켄지, 너한테도 미안하구나." 매들린의 목소리는 이제 거
의 속삭임에 가까웠다. "네가 어렸을 때 내가 누군지를 속여서, 페이
와 시바니를 구하지 못해서. 우나가 언제 사고가 나는지 알고 있어
서…… 내 딴에는 막아보려고 애썼지만……."

"그만하세요, 엄마, 엄마한테 그런 부담을 지우는 게 아니었
는데."

"두 분 다 그만하세요, 제발." 켄지가 둘 사이에 끼어들었다. "할
머니, 할머니가 미안해할 게 뭐 있다고 그러세요. 그런 일은 아무도
책임질 수 없어요. 난 이미 그 일을 포함해 모든 것과 화해했어요."
거기까지 말하고 나서 그는 도와달라고 애원하는 눈빛으로 우나를
돌아봤다.

하지만 그녀가 무슨 말을 할 수 있었겠는가? 누구나 다 그런 별
난 어머니를 둘 수 있는 것은 아니었다. 매들린이 그녀에게 얼마
나 큰 의미인지를 말로 전달하기엔 너무도 얄팍하고 덧없고 부족
했다. 우나는 목이 메거나 눈물이 나올 줄 알았지만 아니었다. 대신
누가 내부 장기들을 전부 들어내고 그 자리에 드라이아이스를 채
워 넣기라도 한 듯 몸이 텅 빈 것처럼 느껴졌다.

낮게 속삭이는 "엄마" 소리가 그녀가 할 수 있는 전부였다. 뜨겁

고 단단한 매들린의 눈빛은 더는 아무 말도 필요치 않다고 말하고 있었다.

"너희와 헤어지긴 싫지만 난 좀 쉬어야겠다." 매들린이 침대 옆 탁자에 잔을 내려놓으며 말했다. "내가 없어도 너흰 남은 샴페인 들면서 축하하렴. 그래, 축하해야지. 내가 여전히 숨을 쉬고 있으니 너희가 아직은 슬퍼하지 않아도 되는 걸. 오늘밤은 좀 즐겨봐."

"*오늘밤은 좀 즐겨봐? 정말요?*" 그녀의 목구멍에서 기다란 실크 스카프가 미끄러져 나오는 듯한 목소리였다.

"전 여기 치우고 나서 엄마 서재로 갈게요." 켄지가 우나에게 말했다.

그녀는 복도로 나와 벽에 몸을 기대고 충격에 대비했다. 하지만 여전히 눈물은 나오지 않았다. 그동안 별로 중요하지 않은 수많은 일에도 흐느껴 울던 그녀였다. 그런데 지금은 어떻게 눈물이 안 나올 수 있단 말인가? 그녀는 허리를 꺾고 흐느껴 우느라 앞이 안 보여야 했다. 벌어진 상처가 있기라도 하듯 하염없이 몸부림치며 목놓아 울어야 했다. 준 것보다 받은 게 더 많았기에, 그녀는 죽었다 깨도 매들린 같은 어머니가 될 수 없었기에. 우나는 자기 혐오를 떠내려 보낼 눈물이 필요했다. 그렇지 않으면 어떻게 될까?

서재에 들어선 그녀는 음료 카트로 다가가 위스키를 한 잔 따라 마셨다. 위스키가 식도를 타고 내려가면서 목구멍이 화끈거리자 그녀는 진저리를 쳤다.

켄지가 문틈으로 고개를 빼죽 내밀었다. "어떻게 견디고 계세요?"

"그야…… 늘 놀랍지 뭐."

"네……." 그의 얼굴에 갈등 어린 미소가 스쳤다. 그는 방으로 들어와 문을 닫았다.

"무슨 일인데 그래? 왜 날 그런 눈으로 쳐다보는데?" 그녀는 아들을 보고 뛸 듯이 기뻤던 이전 순간으로 되돌아가고 싶었다. 하지만 지금 그녀 앞에는 자신의 약한 모습과 임박한 죽음을 감추기 위해 화장을 하고 누워 있는 어머니가 있었다. 그 생각을 하는 것 말고 그녀가 할 수 있는 일은 없었다.

"1월 1일에 뭘 기대해야 할지 정말 모르겠어요."

"그건 나도 그래." 그녀의 끄덕임이 느려졌다. "다 자란 널 다시 보다니 꿈만 같구나. 지난 번에 봤을 때는…… 복잡했지."

"복잡했죠. 거짓말이 아니라 가끔 내 이름 머리글자에 C가 있어서 그런 게 아닌가 싶기도 해요."('복잡하다'가 영어로 'complicated'이고, 켄지의 이름 머리글자가 M.D.C.R이라는 언어유희_옮긴이)

그가 반쯤 지친 기색이 섞인 미소를 지어 보였다.

"새 머리 모양 좋은데." 그녀가 탈색한 머리를 가리키며 말했다. "음악 블로그들은 잘돼가니? 여전히 프리랜서로 일하고 있는 거야?"

"조금. 매들린이 아프고 나서부터 계속 일을 줄여왔어요."

"그렇군." 그녀는 디캔터 마개를 열고 잔을 다시 채웠다. "위스키 좀 줄까? 오늘밤은 샴페인을 마실 기분이 아니라서."

"그렇긴 한데, 전 둘 다 안 마실래요. 너무 슬퍼서 취하지도 않을 것 같아요. 엄마도 한시름 놓고 싶을 거예요. 멍해질 때까지 마시고 싶을……."

"아, 바로 그거야. 난 지금 멍해. 뭘 좀 느끼려고 마시는 중이야. 지금쯤 울고불고 난리를 치고 있어야 하는데……." 그녀는 한 손으로 얼굴에 부채질을 하며 눈을 빠르게 깜박였다. "멀쩡해. 종이에 베인 상처에는 울지언정 죽어가는 엄마를 봐도 눈물이 안 나와. 도대체 난 어떻게 된 인간이지?"

"이리 오세요." 켄지가 잔을 받아들며 그녀를 안아주었다. 그녀는 푹신한 털이 자신을 달래주길 바라며 그의 조끼에 얼굴을 파묻었다. "엄마의 반응을 옳다 그르다의 기준으로 판단할 수는 없어요. 울지 않는다고 해서 후레자식은 아니에요. 엄마는 그냥 충격에 빠진 거예요. 눈물은 조만간 나올 거예요. 내가 엄마를 아니까요." 이렇게 말하고 나서 그는 장난스럽게 그녀를 쿡 찔렀다.

우나는 머리를 까딱이며 멍한 눈으로 아들의 품에서 벗어나 깊게 한숨을 내쉬었다.

알고 싶지 않아.

하지만 그녀는 알아야 했다. "암이니?"

켄지가 고개를 끄덕였다. "림프종요."

"얼마나 남았는데? 몇 달? 몇 주?"

"몇 주요, 잘하면."

그 두 마디는 피아노를 쾅 내리치는 주먹처럼 어울리지 않았다. 겨우 몇 주 살 수 있을 뿐인데 뭘 잘할 수 있을까?

"지금 우리가 할 수 있는 최선은 할머니가 고통을 다스릴 수 있도록 도와드리는 거예요." 그가 말했다.

"많이 고통스러워하시니?" 나도 고통스러워해야 하는데. 우나는 자기 뺨을 때리고, 할퀴고, 꼬집어서라도 더 가까이 연결돼 있다고 느낄 수만 있다면 뭐든 하고 싶었다.

"할머니는 강한 분이지만 이 병이 워낙 지랄 같아 놔서요. 할머니를 점점 지치게 하고 있어요. 앞으로 그 고통을 최소한으로 줄여 드려야 할지도 몰라요."

"그게 무슨 소리야? 고통이 너무 심해지면 모르핀 밀크셰이크라도 먹여야 한다는 거니?"

켄지가 어둡고 단호한 눈으로 그녀를 내려다보며 말했다. "필요하다면 그렇게라도 해야죠. 몇몇 사람들이 마지막 며칠을 지내는 페루의 바닷가 휴양지로 할머니를 모실까도 생각했는데, 집 가까이 있는 게 더 좋다고 하셨어요. 호스피스 간호사가 매일 오고 있긴 하지만 완화치료가 우리 몫으로 닥칠지도 몰라요."

"아……." 알코올이 시야를 흐릿하게 만들어 마치 눈물이 차오르는 효과를 발휘하기 시작했지만 그와 동시에 팔다리가 무지근하게 느껴졌다. "음……어쨌든 네가 곁에 있어서 좋구나."

"네, 저도 여기 있는 게 좋아요. 걱정 마세요, 엄마 프라이버시를 침해하는 일은 없을 테니까. 엄마가 혼자 있고 싶을 땐 언제든 나 가드릴게요."

"아니, 혼자 있고 싶지 않아." 그녀의 어머니는 이제 곧 눈을 감게 될 터였다. 그 생각은 그녀를 깊은 낭떠러지로 내몰았다. "내가 남긴 편지 없었니?"

켄지가 시선을 아래로 떨구며 말했다. "여러 번 쓰려고 애쓰긴 했지만 적당한 말을 찾지 못하시더라구요. 그래서 말을 아끼고 남은 시간을 최대한 활용하기로 결정하셨어요."

"그랬군." 그녀는 위스키 병을 집어 들었다가 도로 내려놓았다. "내가 뭘 할 수 있지?"

"너는 힘들 것 같아서 나 혼자 해결하려고 하려던 일들이 좀 있어. 하지만 이젠…… 나도 점점 힘에 부쳐. 앞으로 네 도움이 필요한 일들이 있을 거 같아."

"얼마든지요."

시커먼 파도가 그녀를 집어삼켰다. *내가 내 아들한테 좋은 엄마인 적이 있긴 할까?* "유언장은 제대로 확인했니?"

"그럼요."

"그리고…… 장례식 준비도?"

"네. 하지만 그런 얘긴 굳이 지금 안 해도 돼요."

"그래." 그녀는 목소리의 떨림을 애써 누르며 침착하고 단호하게 말했다. "뭐든 필요하면 말해, 내가 도울 테니까." 작년에 그녀는 켄지에게 너무 많은 짐을 지웠다. 다른 때는 말할 것도 없고. "작년엔 정말 힘들었지?"

그는 뭘 생각하는 듯 고개를 갸우뚱거렸다. "마지막 두어 달은 썩 좋진 않았죠. 할머니 병색이 점점 깊어지는 걸 보는 게 끔찍했어요. 그리고 대통령 선거가 있었고, 그 웃기는 쇼에 대해선 나중에 자세히 얘기해드릴게요. 또 다른 면에서 2016년은 우울한 한 해였어요. 보위와 프린스가 떠났고, 레너드 코헨까지……."

"잠깐, 그 사람들이 다 죽었단 말이야?" 그녀의 눈썹이 치켜 올라갔다.

"네. 잔인한 '3의 법칙'이었죠. 하지만 개인적으로 작년은 꽤 다사다난했어요. 그건 엄마도 잘 알잖아요." 그가 동의를 구하듯 고개를 끄덕이며 그녀를 쳐다보았다, 눅눅한 어둠 속에서 그녀를 감싸 안아주는 빛과 온기를 번득이며.

"내가 뭘 어쨌는데?"

"나중에요. 하지만 엄만 좋은 일을 하셨어요. 정말 좋은 일. 자 이제 아래층으로 내려가서 케이크와 에클레어 좀 드세요." 그가 그녀의 팔을 잡아당겼지만 그녀는 꼼짝도 않고 그 자리에 서서 텅 빈 벽난로를 응시했다.

"행복한 재회이길 바랐는데." 뼛속까지 시리게 하는 추위를 달래주지는 못할 테지만 지글거리며 타닥타닥 타오르는 불이 있었으면 얼마나 좋을까. "끔찍한 한 해가 안 되길 바랐는데."

29

끔찍한 한 해였다.

그리고 그 뒤에는 그런 일이 없었다.

매들린의 죽음으로 이어지는 몇 주는 칙칙하고 답답하고 무거웠다. 병마가 고삐를 조여오면서 그녀는 날마다 조금씩 작아졌다. 배는 불룩 부풀어 올랐고, 피부는 누래졌으며, 간이 망가져 먹지도 못했다. 독한 진정제 없이는 잠을 이루지 못했고, 잠이 들어도 식은땀에 흥건히 젖은 채 멍한 상태로 깨기 일쑤였다. 우나는 어머니를 살리려고 필사적으로 매달렸지만 그건 사는 게 아니라 두려움의 연장일 뿐이었다. 그녀는 24시간 대기하며 매들린이 고통스러워할 때마다 이제 마지막인가 싶어 매순간 두려움에 떨었다.

"이렇게 생각해보렴, 내 딸." 어느 날 저녁 매들린이 바싹 마른 입술로 말했다. "다음 리프 때도 넌 아마 날 보게 될 거야. 우린 함께 더 많은 시간을 보낼 테고, 넌 내 죽음을 다시 겪지 않아도 될 거야. 액땜한다고 생각해."

"엄마 없이 살아야 하는 시간들은 어떡하구요?" 그녀가 잔뜩 쉰 목소리로 중얼거렸다.

"그야 나와 함께했던 시간들을 떠올리면 되지. 어떤 면에서 더 쉬울 거야. 네가 보통 사람의 시간표대로 살고 있다면 난 네 삶에서 영원히 나가야 할 테니까. 적어도 너는 날 다시 보리라는 기대를 할 수 있잖니. 그리고 내가 여기 없어도 네 곁에는 켄지가 있고."

하지만 그 둘이 함께 있을 때는 거의 없었다. 얼마나 부당한지. 우나는 고개를 좌우로 휙휙 젖히며 눈물을 털어내보려고 했지만 그녀의 두 눈은 여전히 바짝 말라 있었다.

그녀의 골치 아픈 생각을 알아채기라도 한 듯 매들린이 덧붙였다. "우리 셋 다 굉장한 시간들을 보냈지. 특히 작년엔." 심하게 터져 나오는 기침은 말을 잠시 멈추기에 최적의 기회였다. 서둘러 물을 마신 그녀는 계속 말을 이었다. "영광스러웠다고 해도 지나치지 않을 만큼. 많은 사람들이 평생에 걸쳐 보고 겪는 것보다 더 많은 걸 우린 몇 달 만에 보고 겪었으니 말이다." 고통이 온몸 구석구석을 휘젓는지 그녀가 손가락을 들어올렸다.

"모르핀 더 드려요?"

우나의 얼굴에도 고통이 묻어났다.

"지금은 됐다." 잠시 뒤 그녀의 몸이 편안해졌다. "작년에 이미 넌 내 상태를 알고 있었을 거야, 단 한순간도 허투루 보낼 수 없다고 우겨댔던 걸 보면. 실제로 우린 단 한순간도 허투루 보내지 않았지. 스포일러는 사양이지만……." 그녀의 꺼져가는 눈빛에서 아직도 장난기가 번득였다. "이렇게만 말하자꾸나, 내 버킷 리스트에 남아 있는 건 비유적 버킷밖에 없다고." 그녀의 윙크에 우나는 주저앉고 싶었다.

"벌써 그렇게 정리할 것까진 없잖아요. 난 아직 할 말이 남아 있단 말예요." 그녀는 헌사를 꿰어 맞추느라 며칠을 고심했고, 그녀의 어머니에게는 절대 합당하지 않겠지만 시간이 얼마 남아 있지 않았다. 아무 말도 못하는 것보다 불완전한 게 그래도 나았다.

"데일이 엄마를 늘 자연의 힘이라고 불렀던 거 아세요? 음, 내가 볼 땐 혼란의 힘에 더 가까웠지만요. 엄만 날 키우면서 장난들을 많이 쳤죠. 예를 들어 내가 기껏 공들여 머릴 빗어놓으면 와서 헝클어뜨린다든지. 아니면 나는 분명히 하얀색 운동화를 사달라고 했는데 주황색 테니스화를 사온다든지. 데일이 죽고 더 이상의 혼란을 피하고 싶었을 때도 엄만 여전히 날 가만히 안 내버려뒀죠. 수업을 빼먹고 롤러코스터를 타러 가게 하고, 콘서트에 데리고 가고…… 하지만 이제 알겠어요. 엄만 내 삶에 혼란을 더하는 게 아니었어요. 색깔을 더했던 거죠." 매들린이 없는 세상은 과연 어떨까? 우나는 온통 잿빛으로 얼룩진 캔버스 말고는 아무것도 떠올릴 수가 없었다. 차가운 피로의 물결이 엄습했지만 그녀는 계속 말을 이었다.

"바로 그게 엄마의 놀라운 점이에요, 엄마의 지혜는 얼마나 교활하고 엉큼한지. 또 엄마의 희생은 어찌나 조용한지. 엄만 늘 날 우선으로 두었어요. 그걸 너무 당연하게 여긴 거 정말 죄송해요. 가끔 엄마를 밀어내고 엄마한테서 아무것도 배울 게 없는 것처럼 행동했던 것도 죄송해요. 사실 난 많이 배웠어요. 엄만 내게 용기와 호기심을 가지라고, 실수하라고, 스스로에게 당당하고 참되라고, 복잡하게 뒤얽힌 내 삶을 헤쳐 나갈 길을 찾으라고 가르치셨어요…… 감사해요. 모든 게 다." 우나는 그만 멈춰야 했다. 진심이 뚝뚝 묻어나긴 했어도 말이 이제 곧 그녀가 써야 할 추도사를 점점 닮아가고 있었기 때문이다. 우울하기 그지없는, 그러나 피할 수 없는 숙제가 그녀를 기다리고 있었다.

매들린이 잠들자 우나는 어머니가 여전히 숨을 쉬고 있는지 확인한 뒤(약하긴 했지만 숨은 쉬고 있었다) 켄지에게 서재에서 좀 보자고 청했다.

"좀 앉을까?" 그녀가 몸짓으로 벽난로 맞은편의 자두 빛깔 안락의자를 가리키며 말했다. "여기 의자들은 어떻게 된 게 해마다 다르다니까."

"네, 엄마가 많이 갈아치우니까요. 어딘지 반듯해 보이지 않는다고 말씀하시면서."

"그냥 그 의자들이었으면 좋았을걸."

그녀가 착잡한 미소를 지으며 말을 이었다.

"하지만 내가 이런단 말이지." 그리고 안락한 의자에 자릴 잡고 앉았다. "자 들어봐……."

"어어. 그 얼굴은 '켄지에 대해 할 말이 있어'라는 표정인데요." 팔꿈치를 무릎에 갖다 대며 그가 몸을 앞으로 내밀었다.

"그 비슷해, 나의 형편없는 엄마 기술에 대해 이야기할 참이니까. 지난 번 리프는 1999년이었어."

"프린스가 시키는 대로 진탕 먹고 마시며 놀았나요? Y2K를 보기 좋게 비웃고. 아, 1999년." 그의 헛웃음이 사라졌다. "네, 힘든 한 해였어요."

"그 리프 전에는 나한테 아이가 있다는 걸 몰랐었다." 그녀는 기도를 올리기라도 하듯 두 손을 꽉 맞잡았다. "보스턴에서 있었던 일은…… 정말 미친 짓이었지만 난 네가 너무 보고 싶었단다. 분란을 일으키지 않고 널 볼 수 있는 더 좋은 방법을 생각해낼 수가 없었어."

"성가신 가스파초만 없었어도 잘 넘어갔을 텐데 말이죠." 그가 만화 영화에 나오는 노인 같은 목소리로 말했다.

"전에 내가 이런 얘기 했나 보구나." 그녀가 뒤로 기대앉으며 사뭇 진지하게 말했다.

"네, 그리고 우린 쿨하잖아요." 그가 한 손을 경쾌하게 흔들었다.

"아니, 난 안 쿨해. 너한테 거짓말해서, 너랑 시바니와 페이의 관계를 흔들어놔서 정말 미안하다."

"타격을 입긴 했지만 잘 넘겼어요. 엄마와 나도 결국엔 그랬듯이. 하지만 엄마가 한 *언더커버 보스* 짓이 얼마나 엉망진창이었는지는 인정해야 할 거예요. 그래도 지금은 그걸 가지고 웃을 수 있는 지점에 이르렀잖아요."

그때만 해도 우나는 웃을 수 있으리라고는 도저히 상상할 수 없었다.

"엄만 형편없는 엄마 아니에요. 마지막 결전이 벌어졌을 땐…… 이해하는 데 시간이 꽤 걸렸지만요. 쿨한 음악 취향을 지닌 이 고스 병아리가 나를 낳았다는 게 영 믿기질 않았어요." 그가 말했다.

"그리고 아직도…….."

"그리고 아직도."

그녀의 시간표에서는 아직 임신하지도 않았을 때였다. 겉나이가 그녀의 속나이보다 더 많은 젊은 남자에게서 자신의 헛웃음을 보게 되다니 그녀는 기분이 정말 묘했다.

"내가 사회 낙오자거나 정신병자라고 생각했겠구나."

"그랬죠 뭐, 시간 여행에 대해 알게 되기 전이니까. 나중에 매들린이 자세히 얘기해줬어요."

그녀의 이마가 일그러졌다 다시 펴졌다.

"2003년에?"

"네."

켄지의 얼굴이 어두워졌다.

"난 수잔 베가 공연이 있던 날 밤이 늘 궁금해요. 시간상으로 그때 엄만 날 처음으로 만나는 거였을 테고, 그래서 내가 엄말 모른 척했던 거잖아요. 그런데 내가 누군지 이미 알고 있었다면 어째서 내 행동을 두고만 보셨던 거예요?" 그녀의 두 손이 그에게 빈칸을 채우라고 재촉하기라도 하듯 서로 궤도를 그리며 돌았다.

그가 한숨을 내쉬고는 대답했다. "페이하고 시바니가 죽었을 때 난 제정신이 아니었어요. 매들린이 한동안 나와 함께 지내면서 상황을 정리할 수 있게 도와줬고, 그러고 나선 날 설득해 브루클린으로 데려왔어요." 그는 잠시 말을 멈추고 자세를 고쳐 앉더니 한쪽 다리에 이어 반대쪽 다리도 무릎 위로 걸쳐놓았다. "할머닌 내가 엄마를 이해할 수 있게 엄마의 리프를 설명해주려고 애쓰셨지만 그때 난 다른 건 고사하고 받아들일 준비가 안 돼 있었어요. 그래서 할머닌 전술을 바꿔 나더러 당신 콘서트 티켓을 갖고 나가서 엄말 모르는 척해보라고 제안하셨어요. 상황을 봐서 정 불편하다 싶으면 나와도 된다면서."

"와."

안개가 옅어지고 그녀의 삶에서 이해하기 힘들었던 또 다른 구석이 비로소 명료해졌다.

"그래서 보스턴 사건 이후로 그때 처음 날 본 거였구나. 어쩐지 제대로 쳐다보지 못하더라니." 충격이 그녀의 얼굴을 스치고 지나갔다. "방금 중요한 걸 깨달았지 뭐니."

"네에?"

"내가 널 처음 만났을 때가 2015년이었는데, 넌 내 아들이 아닌 척 굴었어. 두 번째는 2003년이었는데, 우리 둘 다 서로 모른 척했지. 세 번째는 내가 네 엄마가 아닌 척했고. 이게 너도 나도 서로 모르는 척하지 않는 첫 리프야."

둘은 약속이라도 한 듯 동시에 고개를 절레절레 저었다. 당혹감과 애정의 그물망이 모자 사이를 길게 이었다.

이튿날 아침 매들린이 세상을 떠났다. 켄지가 침대에 누운 채 눈을 감은 그녀를 발견했다. 그는 우나가 시신을 보는 걸 원치 않았지만 그녀가 봐야한다고 우기는 통에 물러섰다. "엄만 아빠를 묻기 전에 일부러 나한테 아빠 시신을 보여주셨어. 끝맺음을 확실히 하려면 그래야 한다면서, 그래야 내 뇌가 아빠는 이제 가고 없다고 기록한다면서. 좀 괴상한 방법이긴 했지만 도움이 됐어."

우나는 어머니를 보고 겉으로는 아무 반응도 하지 않았다. 매들린은 바싹 여위고 창백했지만 감은 두 눈은 금방이라도 뜰 수 있을 것처럼, 여전히 삶의 흔적으로 빛나 보였다. 그래봤자 아무것도 도움이 안 되고 해결되지도 않았다. 줄곧 우나는 수술 도중에 마취제 효과가 사라졌는데도 아무렇지 않게 수술받는 외과 환자처럼 고통의 긴장 상태에 놓여 있었다.

모자는 장례 준비를 했다.

매들린 록하트는 목요일에 퀸스의 한 공동묘지에 묻힐 예정이었고, 장례식 장소는 코니 아일랜드로 잡혀 있었다. 그날 아침 장례식장에서 전화가 왔다. 전화기를 집어 드는 순간 우나는 착오가 있었던 게 틀림없다는, 매들린이 아직 살아 있는 게 틀림없다는 생각에 심장이 벌렁거리며 두방망이질 치는 듯했다. 하지만 알고 보니 우나가 함께 매장할 어머니의 신발을 깜빡했다며 보내달라고 걸려온 전화였다.

"준비되셨어요?"

거울 속 그녀의 눈은 그 운명의 12월 31일 데일네 지하실을 헤매고 있었다. 실컷 향수에 젖고 싶었지만 어김없이 드는 생각(*네가 누릴 수 있는 기쁨이 얼마나 많은지 잘 봐*)에 빠져있었다. 오늘은 잠식해 들어오는 우울을 막을 수만 있다면 그 어떤 방벽도 상관없었다.

"십 분 안에 우버가 올 거예요…… 엄마?" 켄지가 그녀의 방 문틈 사이로 물었다.

그녀의 시선이 문지방에 서 있는 아들에게로 옮겨갔다. "들어오렴, 준비는 거의 끝나가."

"그 색깔 정말 잘 어울리세요."

"고맙구나."

매들린의 마지막 바람 중 하나는 자기 장례식에선 아무도 검은색 옷을 입으면 안 된다는 것이었다. 흰색은 괜찮았지만 더 밝은

색을 적극 권했고, 그래서 우나는 밖에 나가 보라색 양모 드레스를 사왔다. (켄지의 푸크시아빛 정장에 비하면) 그녀의 어머니가 좋아할 만큼 막 생동감이 넘치진 않았지만 그녀가 할 수 있는 최선이었다.

"이거 좀 도와줄래?" 그녀는 매들린이 준 태엽 부품으로 만든 금 목걸이를 내밀었다.

아들의 도움을 받아 목걸이를 채운 뒤 우나는 두 눈을 꼭 감고 한숨을 깊이 내쉬었다. "난 못하겠어."

"힘들긴 하겠지만 그렇다고 할머니의 장례식을 놓칠 순 없잖아요."

"장례식이 아니라 추도사."

그녀는 핸드백으로 다가가 반으로 접은 종이를 꺼냈다. "열두 번은 쓰고 또 고쳐 썼지만 거기 서서 큰 소리로 이걸 읽을 생각을 하면……." 그녀의 눈은 여전히 말라 있었지만 호흡이 빨라지면서 들쭉날쭉해졌다.

"쉬, 괜찮아요. 진정하세요. 추도사는 엄마 대신 내가 할게요." 그가 한 손으로 어머니 등을 토닥이며 말했다.

"물어볼 게 너무 많아." 그렇게 말하면서도 그녀의 눈은 그가 내심 반박해주기를 바라고 있었다.

"너무 많진 않아요. 이건 내가 챙겨요." 그는 종이를 주머니에 집어넣었다.

아들의 자비에 그녀는 죄책감이 들면서도 숨 쉬기가 편해졌다. "넌 정말 놀라운 아이야. 나보다 더 강하다니까."

"천만에요, 다만 올해는 내가 엄마보다 좀더 성숙할 뿐이에요. 나중에 있을 리프에서 엄마가 얼마나 멋져질지 모르고 하는 소리죠. 자, 어서요, 엄마. 이제 가야 해요."

죽기 전 매들린은 최근에 서로 왕래하며 지낸 친척들과 지인들 명단을 넘겨줬다. 낯선 사람들이 퀴퀴한 라벤더 냄새가 나는 장례식장으로 줄줄이 입장하기 시작하자 우나는 단 한 명의 이름도 기억해낼 수 없었다. 조문객들은 그녀의 멍한 침묵을 슬픔 때문인 줄로 알고 쭈뼛거리며 안아주거나 어깨를 토닥이며 위로의 말을 건넸다. *애석합니다*와 *깊은 유감입니다*와 *제가 도울 수 있는 일이 있으면 뭐든 말씀하세요*를 도대체 몇 번이나 들었는지 몰랐다. 그녀는 이를 앙다물고 뻔한 친절이 잠잠해지기를 기다렸다.

추도사를 직접 낭독하는 건 피했지만 우나는 연단에 선 켄지를 보면 눈물의 가뭄이 끝나고 엉망인 감정 상태가 드러날까 봐 여전히 걱정이 앞섰다. 하지만 그녀가 쓴 글은 그녀를 울리지 못했다. 다른 조문객들이 흐느끼는 모습도, 심지어 그녀의 아들도 그녀를 울리진 못했다. 그녀는 그날 전혀 울지 않았다. 슬픔은 왜 그녀를 이기려 들지 않았을까? 슬픈 게 더 익숙하고 쉬웠을 텐데. 마치 매우 건조하고 공기도 안 통하는 방에서 미라가 돼가고 있는 것과 비슷했다. 그녀가 들은 거라고는 귓속에서 희미하게 울리는 소리가 전부였고, 그녀가 느낀 거라고는 손가락 끝이 얼얼하다는 느낌뿐이었다.

며칠 뒤 우나는 먹다 남은 중국 음식을 유리 접시에 옮겨 담아 전자레인지에 데우고 있었다. 접시를 꺼내다가 그만 바닥에 떨어트리는 바람에 접시가 산산조각 나면서 로메인 국수와 참깨 치킨도 산산이 흩어졌다. 그녀는 무릎을 꿇고 엉엉 울었다.

앙상한 팔이 그녀를 감싸 안았다. 켄지가 앞뒤로 흔들리는 그녀를 쉬쉬 달랬다.

"엎질러진 로메인을 두고 울어봐야 아무 소용이 없어요."

그녀는 울음을 뚝 그쳤다.

"끔찍한 농담이네."

"네, 맞아요. 우린 그걸 '페이표 우스갯소리'라고 부르곤 했죠."

"우리? 아." 그녀는 눈살을 찌푸렸다. "그러니까 너랑 시바니 말이구나……." 더 조용하고 생각에 잠긴 슬픔이 그녀를 집어삼켰다.

"죄송해요, 작년에 엄마가 괜찮을 때 얘기할……."

"아니, 언제든 얘기해도 상관없어." 그녀는 손등으로 코를 훔쳤다. "난 그냥 생각을 좀 하고 있었어…… 아빠를 잃었지만 내 옆엔 늘 엄마가 있었거든. 둘 다 동시에 잃으면 어떨지 상상이 안 돼."

"많이 힘들었죠." 그는 웬지 모르게 스산해보였지만 말을 이었다. "하지만 매들린이 있었잖아요. 그리고 엄마도 있었고, 비록 여기저기 많이 돌아다니긴 했지만요. 그 고비를 넘기는 데 두 분 다 도움이 됐어요. 그리고 이번엔 내가 엄마가 이 고비를 잘 넘길 수 있게 도와드릴게요."

"하지만 너는? 넌 할머니를 잃었잖아. 나야 다시 볼 때까지 몇 번이나 더 리프해야 하는지 궁금해하며 중국 음식에 코를 빠뜨린다 쳐도 넌……."

그가 시선을 돌리며 목청을 가다듬었다. "난 괜찮을 거예요. 나한테는 여전히 엄마가 있잖아요, 맞는 거죠?"

"맞다 그래." 둘은 일어났다. "이제 이 난장판을 치워볼까나. 가서 종이 타월 좀 가져오렴, 난 스펀지를 가져올 테니."

바닥을 정리하며 켄지가 말했다.

"좀 섬뜩한 얘긴데 해도 돼요?"

"언제든."

"엄마가 처한 시간 여행이라는 상황이 엄마 인생을 엉망진창으로 만들었다는 거 알아. 하지만 난 가끔 그게 부러워요. 그래서 가끔 엄마한테 조금이라도 물려받았으면 좋겠다는 생각을 해요."

우나는 젖은 스펀지를 손에 든 채 잠시 동작을 멈췄다. "정말이니? 그럼 넌…… 시바니와 페이를 다시 볼 수 있을 테니까?"

"물론 그런 이유도 있긴 해요. 그리고……잘은 모르겠지만 사람들이 시간을 순서대로 경험할 때는 아주 많은 걸 당연하게 생각하는 것 같아요. 해마다 뒤죽박죽인 시간대를 살게 된다면 분명히 세상을 다른 눈으로 볼 수 있지 않을까요? 더 많이 의식하고. 더 많이 감사하고."

"그래, 그렇게 생각할 수도 있겠지만 때로 지독한 고통을 처리하느라 정신없이 바쁘기도 하지." *더 많이 의식하고 더 많이 감사한다고? 세상에, 내가 어쩌다 저런 지혜로운 아이를 낳았을까?* 공치사를 하려는 게 아니었다. 다만 그가 태어나고 그녀가 선택해야 했던 너무나 고통스러운 결정이 다시금 떠올랐을 뿐이다.

"당연히 고통스럽겠죠. 하지만 그와 동시에 앞을 내다보기도 하잖아요. 아니 뒤를 돌아보는 건가? 평범한 사람에게는 지나가고 없는 삶의 각기 다른 순간들을 오가면서요." 그가 동경하는 미소를 지어 보였다. "그리고 가끔 다시 젊어지기도 하고. 엄마한테는 젊음이 덧없지 않잖아요."

"아, 내게도 젊음이 덧없긴 마찬가지야. 그리고 기운 내, 넌 아직 30대일 뿐이잖아. 그런 늙은이 같은 소리를 하기엔 너무 젊다구. 그런데 난 아직 20대야. 엄밀히 따지면 네가 나보다 나이가 많긴 하지. 이런, 엄마 말이 맞았네, 이거 정말 헷갈린다." 그녀는 수도꼭지를 틀고 스펀지를 헹궜다. "날 믿어, 네가 부러워할 거 하나도 없어."

"그럼 80년대에 유럽에서 펼쳐지는 모험은 아직 못 겪어봤겠네요."

"80년대는 아직 거의. 잠깐만." 물을 잠그고 그녀는 갑자기 뒤돌아섰다. "80년대에 유럽에서 펼쳐지는 모험이라면 어떤 걸 말하는 거지? 데일과 함께했던 시간?"

"빌어먹을." 그가 자기 아랫입술을 물어뜯으며 고개를 저었다. "말하면 안 되는데. 제발 더 이상 묻지 마세요."

"알았어, 묻지 않을게." 그가 이미 충분히 말해주었기 때문이기도 하지만 그녀는 이제 더는 비극을 피해 다니고 싶지 않았다. 그 말은 끔찍한 감정의 홍수가 그녀를 기다리고 있다는 걸 의미했다. 슬픔, 죄의식, 회한이라는. 하지만 그와 동시에 켄지를 향한 사랑으로 들뜨도록 기분 좋게 해준다는 뜻이기도 했다. 무엇보다 올해는 그를 위해 존재하고 있었다. 다가올 세월들에 희망을 품고 있다는 뜻이기도 했다.

몇 달이 흐르고 우나와 켄지는 그럭저럭 지냈다. 슬픔은 늘 있었지만 그 강도가 점차 약해졌다.

일상과 소일거리에도 불구하고 모자는 매들린의 부재를 종종 느꼈다. 마치 세상의 색과 부피가 한 단계 낮아지기라도 한 것만 같았다. *매들린이 좋아했을 텐데*, 라고 우울한 미소를 지으며 말하는 서로를 돌아볼 때마다 그녀를 그리워하며 애석해했다. 우연히 인도와 티베트산 직물과 값싼 장신구를 파는 이스트 빌리지의 조그만 가게에 들를 때도 그랬다. 비행기 승무원의 역사에 관한 TV 다큐멘터리를 볼 때도, 새로 문을 연 주류 판매점 옆을 지나가다가 길이가 6피트나 되는 공기 주입식 샴페인 병을 봤을 때도 그랬다. 매들린이 좋아했을 법한 것들이 너무 많았다.

어머니를 잃은 그녀의 상실감은 쓸쓸하면서도 달콤한 켄지와의 재회로 어느 정도 채워졌다. 그녀는 다음 리프가 자신을 몇 년도로 데려가느냐에 따라 자신의 삶에서 그가 사라질 수도 있을 가능성에 대비해 마음을 다잡으며 지금 이 시간을 즐겼다.

10월 말의 어느 날 아침 둘이 공원 통나무 위에 걸터앉아 오리와 거위들에게 먹이를 줄 때였다. 우나가 켄지를 돌아보며 말했다.

"난 아직 널 임신하지도 낳지도 않았어, 그래서 말인데…… 내가 널 입양 보내지 않았으면 하고 바란 적은 없니?"

"그건 공정한 질문이 아닌데요."

그가 빵 덩어리를 잘게 찢어 발치에 흩뿌리며 말했다.

"엄마한테도 페이와 시바니한테도 공정하지 못해요. 내 삶 속의 엄마를 사랑하듯이 내 삶 속의 그 분들 또한 사랑하니까요."

"하지만 그렇게 어린 나이에 그 둘을 잃고…… 내가 너의 고통을 덜어줄 수 있다면?"

미심쩍어하는 그의 눈초리를 의식하고 그녀는 서둘러 이렇게 덧붙였다.

"널 그 둘에게서 떼어놓겠다는 게 아니라 세 식구가 하도 행복해 보여서. 난 지금 사고 얘길 하는 거야. 그 동안 미래의 어떤 부분들을 바꾸려고 해봤지만 한 번도 못 그랬어. 어쩌면 내 노력이 부족했을 수도 있지. 엄마는 그 사고를 막지 못했지만 다른 방법이 분명히 있을……."

"아뇨."

"하지만 네가 페이와 시바니와 있을 시간이 좀더 주어진다면?" *그래서 나와 함께 있을 시간이 줄어든다 해도.* "그게 너한테 더 나은 삶을 의미한다면?"

"엄마, 그만하세요." 그가 고집스럽게 턱을 내밀며 그녀를 마주보았다. "물론 사고가 일어나지 않았으면 더 바랄 게 없죠. 두 분이 죽고 나서 단 하루만 더 지낼 수 있다면 죽어도 상관없다고 생각한 적이 한두 번이 아니었어요." 우나가 입을 열어 대꾸했다. "잠깐만, 하던 말은 끝내게 해줘야지. 이런 대화를 할 때마다 넌 내 입을 막으려고 하더라." 그녀는 잘못을 깨닫고 입술을 잘근잘근 씹으며 사과의 뜻으로 고개를 끄덕였다. "이런 얘기를 할 때마다 이번엔 미래를 바꿀 수 있지 않을까, 나를 좀더 행복한 평행 시간대로 보낼 수 있지 않을까 하는 생각에 머릿속이 얼마나 복잡해지는지 넌 몰라."

그는 손바닥으로 하늘을 가리켰다. "하지만 그 대가가 얼마가 될지 모르잖아요. 더 행복한 삶을 보장받는다고 쳐요. 하지만 그 대신 다른 사람들이 죽는다면요? 어쩌면 내가 끔찍한 결과를 낳는 영화를 너무 많이 봤거나 무슨 일이든 있는 그대로 받아들여서 이런 반응을 보이는 건지도 모르겠어요. 난 엄마도 그랬으면 좋겠어요. 엄마, 엄마 운명을 어찌해보려는 짓은 이제 그만두세요. 아니면 적어도 내 운명만이라도. 나쁜 일, 까짓 그냥 일어나게 두세요, 없던 일로 돌리려고 더는 애쓰지 말구요. 보스턴에서 엄마와 나한테 닥쳤던 일, 페이와 시바니의 사고, 다 그대로 두란 말예요."

"진심이니?" 그녀의 삶에 미로 같은 삶 속에서 선택을 잘못해 잘못된 길로 갔다고 늘 징징대던 회한이 물어났다.

"네." 그러면서 그는 그녀의 팔에 손을 얹고 목소리를 누그러뜨렸다. "나는 아주 멋진 삶을 살고 있어요. 물론 그 사이 좋은 사람들도 잃었고 약간 멍하기도 해요. 서른셋에 혼자고 어머니와 함께 살면서 아직도 어른이 되면 뭐가 되고 싶은지 생각하고 있어요. 그래도 난 괜찮아요. 혹여 안 괜찮아도 그걸 바꾸는 건 내 몫이에요."

"그래." 그녀는 천천히 고개를 끄덕였다. "목적 없이 멍한 상태가 내 잘못이 아니길 바랄게. 데일은 삶에 대한 목표 의식이 아주 뚜렷했거든. 경탄스러웠지. 난 내가 갈 길을 그런 식으로 미리 그려본 적이 없었으니까. 하지만 그해에 난 해외 장학생으로 선발됐고 내 앞에 갑자기 두 갈래 길이 놓여 하나를 선택해야 했는데, 갑자기 두 길 다……." 그녀는 오리 두 마리가 물가 한쪽 끄트머리에서 빵 껍질을 놓고 싸우는 모습을 지켜보았다. "네가 아버지를 모르고 크게 해서 미안하구나."

"엄마가 어떻게 할 수 있는 일은 아니었잖아요." 그러고 나서 그는 무겁게 어깨를 들썩였다. "그런데 내가 게이인 게 그분이랑 무슨 상관이 있나요?"

"아니, 전혀. 하지만 네가 핑크 플로이드 팬인 건 분명히 네 아버지와 상관이 있을걸."

켄지는 웃었고 우나도 따라 웃었다.

"저기…… 음…… 요즘 괜찮으신 거죠?" 그가 물었다.

"좋아. 왜 갑자기?"

"실은…… 여행을 좀 갈까 해서요."

"뭐, 어디로?"

"뉴질랜드요."

"뉴질랜드에 뭐가 있는데?" 그의 눈에서 희미한 빛을 읽은 그녀가 질문을 바꿨다. "뉴질랜드에 누가 있는데?"

"몇 달 전부터 온라인으로 채팅하는 친구가 있어요."

"양치기? 반지의 제왕 관광 가이드?"

"엄마!" 그는 그녀를 나무라면서도 얼굴에 웃음기를 머금었다. "기술자예요. 웹 애널리스트."

"그 친구에 대해 다 말해보렴."

"이름은 데이비드고……."

디지털 연애담을 얘기하며 얼굴 가득 기쁨이 묻어나는 켄지의 모습에 우나는 가슴이 조금씩 먹먹해왔다. 예전에 매들린에게 데일이나 크로스비나 에드워드를 얘기할 때 그녀도 저랬을까? 그녀의 어머니도 두려움이 섞인 기쁨의 파도를 경험했을까? 기쁨은, 아이의 심장이 높이 날아오르는 모습을 보고 있노라면 어찌나 아름다운지 기쁠 수밖에 없었다. 슬픔은, 그 비행이 얼마나 까다롭고 또 추락하기 쉬운지를 생각하면 슬펐다.

"내 생각에 좋은 친구인 것 같아요. 그리고 뉴질랜드도 꼭 한 번은 가보고 싶었구요."

"음, 너 하고 싶은 하렴." 그의 미소가 불안정해지자 그녀가 말했다. "정말이야, 갔다 와. 난 여기서 잘 지내고 있을 테니까." 우나는 억지로 밝은 목소리를 냈다. "실은 나도 여행을 갈까 생각하고 있었는데." 아니었다. "크루즈로 그리스 섬들이나 돌아볼까 싶기도 하고." 그럴 생각 없었다.

"뉴질랜드 함께 가실 생각은 없구요?" 으레 하는 초대일 뿐이었다.

"지금은 말고 다른 때."

"몇 주밖에 안 걸릴 거예요."

"혹시 모르니까 편도 티켓만 끊어. 데이비드와 일이 잘돼서 더 오래 있고 싶어질 수도 있잖니." 그녀는 에드워드와 함께 이집트의 무덤과 시장들을 탐험하며 낯선 나라에 푹 빠졌던 기억을 떠올렸다. 바라건대 켄지의 연애 운은 그녀를 능가하기를. 더 이상 시큼한 결말이나 곧 닥칠 외로움은 생각하지 않는 게 좋을 듯했다.

켄지는 결국 뉴질랜드에 예상보다 오래 머물렀다. 그가 떠난 두 달 동안 우나는 일상을 계속 이어나갔다. 어떤 때는 시간이 멈춘 것 같기도 하고 어떤 때는 또 너무 빨리 지나가는 것 같기도 했다.

허기가 그렇듯이 잠도 그녀를 피해갈 때가 많았다. 그녀는 첫 번째 리프 때보다 날씬한 몸으로 그해를 시작했고 계속 몸무게가 줄고 있었는데, 살을 빼려는 게 아니라 슬픔 때문에 그랬다. 매들린에 이어 켄지까지 없자 식욕이 뚝 떨어졌다.

두 사람의 부재를 잊기 위해 그녀는 바인더를 펼쳐들고 페이지마다 통째로 암기했다(다음 번 리프 때는 몇 년 전으로 거슬러 갔으면 좋겠다는 실용적이고도 희망적인 생각을 품고서). 그녀는 또 동물 보호소와 도서관에서 자원 봉사를 시작했다. 개와 책은 고독과 절망을 막아주는 뛰어난 방벽이었다.

12월 초 그녀는 뉴질랜드에서 보낸 꾸러미를 하나 받았다. 파란색 몸통에 부리가 빨간 조그만 도자기 새였다. 거기에는 다음과 같은 메모도 함께 들어 있었다.

> 뉴질랜드 토착 새 중 하나인 푸케코예요. 잘 안 날아다니려고 하고 놀라면 달아나 숨는 경향이 있어요. 하지만 일단 날아오르면 아주 멀리까지 날 수 있어요. 많이 듣던 소리 같다구요? 엄마의 작은 동물원에 추가하면 좋을 것 같아서요.
>
> XO 켄지

그녀는 도자기 새를 자기 방 장식장에 진열했다. 장식장에는 파베르제의 달걀, 베니스산 가면, 유리 이글루 등 저마다의 사연을 품고 있는 소품들이 많았다. 언제쯤이면 그녀의 수집품이 완전한 모습을 드러낼지, 다시 말해 언제쯤이면 수집이 끝날지는 알 수 없었지만 해마다 빈 페이지가 한 장씩 채워지고 있었다.

마침내 그녀의 아들이 크리스마스 전에 뉴욕으로 돌아오겠다는 전갈을 보내왔다. 그의 비행기는 토요일 오후에 도착할 예정이었고, 그날 아침 그녀는 도서관에서 마지막 자원 봉사 일을 끝냈다. 밖으로 나오는데 복도에서 기타 소리가 들려 따라가보니 문이 약간 열린 방이 하나 나왔다. 열린 문틈으로 핑크 플로이드의 〈위시 유 워 히어〉 도입부를 연주하는 중년의 아시아 남자 주변에 아이들이 빙 둘러앉아 있는 모습이 보였다. 관자놀이는 허옇게 셌고 지쳐 보였지만 문 앞의 우나를 본 순간 남자의 얼굴에는 따스한 미소가 가득 피어올랐다.

피터 한. 마지막 기타 레슨 이후로 두 사람은 한 번도 마주친 적이 없었다.

안 좋을 때 나를 붙잡았다, 고 말했었다. 그럼 지금은?

그는 노래를 처음부터 끝까지 부를 동안 그녀를 쳐다보았다. 어항에서 헤엄쳐 다니는 길 잃은 영혼들에 대한 가사에 이르자 그녀는 활짝 웃으며 교활한 눈물을 몇 방울 떨구기까지 했다. 비록 한 순간이었지만 덜 외롭게 느껴져 좋았기 때문이다. 물론 연말에는 또다시 길을 잃고 외로워할지언정.

그가 노래를 마치자 아이들에게 양해를 구하고 우나에게 다가왔다.

"어, 라디오헤드는 없나요?" 그녀가 물었다.

"아, 늦게 와서 〈노 서프라이즈No Surprises〉를 놓쳤군요." 머리카락이 약간 얇아져 있었지만 예전과 똑같이 그의 두 눈을 찔러댔고, 그는 여전히 예전처럼 머리카락을 털어냈다.

"어린아이들한테 자살에 대한 노래를 들려줘요?"

"아, 아이들은 일산화탄소보다 예쁜 집과 마당에 더 주목하니까요."

"이젠 무대 공포증을 극복한 것 같네요." 그녀가 말했다.

"여덟 살짜리들 앞에서 연주하는 건 다른 얘기죠." 그의 입가에 장난기가 서렸다. "다시 만나니 좋네요, 우나. 정말요. 그러니까 얼마나 된……."

"얼마나 됐는지는 중요하지 않아요. 바보 같은 시간일 뿐이니까."

"바보 같은 시간." 그가 비아냥거리듯 말하더니 숨죽여 웃었다.

그녀가 너무 활짝 미소 짓고 있나? 그렇다면 그도 그랬다.

"점심 같이 하실래요?" 달콤한 수줍음이 담긴 질문이었다.

"좋아요." 그 말이 입 밖으로 튀어나오고 나서야 그녀는 그의 뒤쪽에 있는 벽시계를 흘끔 쳐다보았다. "잠깐만요, 안 되겠어요. 30분 안에 공항으로 출발해야 해요. 커피는 한 잔 할 수 있겠네요."

"기타만 챙겨서 나올게요."

두 사람은 뼈대를 그대로 드러낸 인테리어와 손님들의 팁을 모두 여성 쉼터에 기부한다고 선언하는 초록색 칠판이 인상적인 모퉁이의 한 카페로 들어갔다. 커피 값은 피터가 냈지만 우나는 그가 보지 않을 때 팁 항아리에 100달러짜리 지폐 한 장을 슬쩍 밀어넣었다.

둘은 코너 테이블에 자리를 잡고 앉아 앞에 놓인 뜨거운 음료는 손도 대지 않은 채 서로 멀뚱멀뚱 쳐다보기만 했다. 거미줄처럼 가늘고 고운 기대감이 크리스마스 전구처럼 두 사람 사이에 길게 이어졌다. 손님들의 소음과 경쾌한 크리스마스 음악이 공연 시작을 앞두고 어둡게 조명을 낮춘 극장 안이 갑자기 조용해지는 것처럼 배경 속으로 물러났다. 둘은 고개를 갸웃거리며 망설이다가 동시에 말했다.

"아이들 앞에서 연주한 지는 얼마나 돼요?"

"비행기 시간이 몇 시에요?"

둘은 웃었다. 그리고 아무도 대답할 기미를 보이지 않자 또 동시에 대답했다.

"실은 친구 대신 때워주고 있었던 거예요."

"누굴 좀 마중 나갈 일이 있어서요."

더 많은 웃음이 피었다. 상관없었다. 두 사람이 제대로 리듬을 타려면 시간이 걸릴 터였다.

"난 선생님도 자원 봉사잔 줄 알았어요. 같은 건물에서 일해도 마지막 날까지 서로 한 번도 부딪치지 않을 수 있거든요." 그녀가 말했다.

"에이, 운명을 그렇게 얕보지 말아요. 난 오늘 처음 도서관에 발을 들여놓았어요. 그보다 몇 년 전에 당신을 본 적 있어요, 프로스펙트 파크에서." 피터는 놀라운 순간을 되새기기라도 하듯 눈썹을 치켜뜬 채 커피를 한 모금 길게 홀짝였다. "인사하려고 했지만 어떤 남자와 진지하게 대화를 나누고 있던데요."

"젊고 잘생기지 않았던가요, 틸다 스윈튼 머리를 하고?" 그녀는 꿈꾸는 듯 신비로운 미소를 지었다.

"그랬던 거 같아요."

"그럼, 켄지예요, 내 아들. 지금 공항에 가서 태워 올 사람이 바로 그 애예요." 그럼 첫 리프 때 피터가 그녀를 봤단 말인가? 그녀는 누군지도 모르는데 그가 다가와 아는 체를 했다면 얼마나 어색했을까?

"아이가 있는 줄 몰랐어요."

나도 몰랐어요.

"얘기하려면 길고 복잡해요."

"이제야." 그의 두 눈이 장난기로 번득이며 도전을 받아들일 준비를 했다. 그의 손가락들이 테이블을 따라 느릿느릿 움직이다가 복판에서 멈춰 섰다.

"재밌군요, 당신을 조금이라도 복잡하다고 생각해본 적이 없는데."

"그건 선생님도 마찬가지예요."

그녀는 한쪽 손을 그의 손 바로 앞까지 슬쩍 밀었다. 둘 사이엔 늘 보이지 않는 벽이 있었지만 그가 손바닥을 뒤집으면서 이제 열린 문으로 바뀌었다. 그들은 문으로 걸어 들어갈 일만 남았다. 우나는 문턱을 지나 자신의 손을 그의 손에 살포시 포갰다. 그는 손아귀에 살짝 힘을 주면서 인사를 건넸다. *잘 왔어요.*

"이제 와서 하는 말이지만 당신이 레슨을 그만두고 좀 힘들었어요. 오해하지 말아요. 그 이유는 내가 잘 아니까."

"내가 계속 갔다면 얼마나 어색했겠어요? 그때 일은 생각만 해도 화끈거려요."

"당신을 볼 수 있다면 어색해도 난 참았을 거예요. 언제든지."

"선생님 여자친구와의 관계가 이상해졌어도요?"

"아, 결국 나랑 결혼해서 아이 셋을 낳은 그 여자 말인가요?" 우나가 미처 손을 빼기 전에 그가 싱긋이 웃으며 말했다. "농담이에요. 우린 몇 달 뒤에 헤어졌어요. 당신한테 전화하고 싶었는데…… 그런 남자가 되고 싶지 않았어요. 그리고 또 잘은 모르겠지만 기다려야 할 것 같았어요. 일이 어떤 식으로 풀리는지 두고 봐야 할 것 같았어요."

"무슨 일이든 다 때가 있다." 그녀가 그의 문신을 인용했다.

"바로 그거예요. 지금 이 순간 우리가 여기 이렇게 앉아 있다니 그저 감개가 무량할 뿐이에요."

"나두요." 그녀는 서로 꽉 움켜쥔 손에 시선을 고정했다. 아무리 소원이 이루어진다 해도 전에 품고 있던 기대에 부응하거나 그 기대를 능가하는 경우는 드물다. "무척 유감스럽지만 이제 가봐야겠어요."

"언제 저녁 같이 해요."

"좋아요." 그녀는 그를 올려다보았다. "하지만 새해 지나고 나서요."

그는 이해한다는 듯 고개를 끄덕이며 실망을 누그러뜨렸다. "알겠어요. 연말에 갈 데도 많고 할 일도 많을 거예요. 아들도 있고."

"그렇기도 하지만…… 2018년의 우나에게 뭔가 기대할 걸 주고 싶어서요."

그는 손가락으로 턱을 톡톡 두드리며 그 말을 곱씹었다. "그럼 2018년의 피터한테도 뭔가 기대할 걸 줘야겠군요."

그해가 끝나면 그녀가 준비되지 않았다고 해도 시간은 그녀를 인정사정 두지 않을 터였다. 늘 그렇듯이 다음 번 리프도 그녀를 홱 채가길 기다리며 지평선 위에서 서성이고 있을 터였다.

몇몇의 경우 오래 전의 소원을 들어주길 기다리며.

All Tomorrow's Parties - Velvet Underground

2:28   5:57

30

"새해 복 많이 받아."

방 안 가득 축하의 비명이 빽빽대며 시끄럽게 터져나오는 가운데 따스한 입술이 우나의 입술을 누르며 단단한 두 팔이 우나를 감싸 안았다. 눈을 감은 채 그녀는 입맞춤을 되돌려주며 늘 푸근한 집 같은 느낌을 주는 남자를 끌어안았다. 진짜가 아닐 경우를 대비해 그녀는 눈을 감고 있었다.

확실히 알아야겠어.

우나가 눈을 떴다.

그녀는 각양각색의 친구들에게 둘러싸인 채 데일네 지하실의 사방에 거울이 달린 방에 있었다. 방 맞은편의 조그만 텔레비전은 1983년을 맞이하는 타임스 스퀘어의 모습을 보여주었다. 그녀 주변의 사람들은 색 테이프를 뻥뻥 뽑아대며 삑삑이를 불거나 제 목소리로 고함을 내지르며 불협화음을 만들어냈다.

꿈이 아니었으면 좋겠다.

꿈이 아니었다.

방향 감각을 잃고 낯선 곳을 헤매인 지 7년. 방랑과 의심의 7년. 다시 돌아오기까지 7년이라는 긴 세월이 흘렀다.

우나가 뒤로 물러서자 거기에 데일이 있었다. 그는 두 눈 가득

온 세상 사랑을 넘치도록 담고서 환한 미소를 지었다. 그녀는 스팽글이 달린 자신의 드레스와 가죽 재킷을 내려다본 뒤 다시 그를 올려다봤다.

"진짜잖아." 기쁨이 홍수처럼 급격히 밀려들었다. "진짜 돌아왔어. 그리고 너도." 그녀는 그의 얼굴을 만지려다 그가 자기 눈앞에서 사라질까 봐 동작을 멈췄다.

"왜 그래?" 데일이 고개를 갸웃거렸다.

신기루가 아니었다. 그녀의 뺨에 와 닿는 그의 손이 사라지지 않을 거라고 말하는 것만 같았다. 적어도 오늘밤은. 갈팡질팡 흔들리는 감정에 푹 잠겨 더는 머리를 지탱하기 어려워진 그녀는 그를 와락 껴안으며 그의 목에 얼굴을 파묻었다. "너구나. 너야."

그가 뒤로 물러나 눈을 가늘고 뜨고 그녀를 쳐다보며 말했다. "괜찮아? 샴페인을 너무 많이 마신 거 아냐?"

우나가 요란하게 웃었다. "아니, 난 괜찮아. 널 보니까 너무 흥분돼서, 넌 모를 거야."

"난 줄곧 여기 있었는데. 넌 마치 몇 년 만에 본 것처럼 말한다."

7년. 7년 만이야.

"눈꼴시게 달콤한 순간을 방해해서 미안하지만 이 남자 일 분만 빌릴게." 웨인이 데일의 소매를 잡아당기며 턱짓으로 위층을 가리켰다. 우나는 친구의 뽀글거리는 머리와 빨간색 가죽으로 쭉 빼입은 옷차림, 손가락 없는 장갑을 빨아들일 듯 들여다보고는 다시 웃음을 터뜨렸다.

"뭣 땜에 그렇게 실실 웃는 건데, 아가씨?"

"그냥…… 80년대 패션이 최고야."

"어쩌다 이렇게 된 건지 너 뭐 아는 거 있어?" 웨인이 데일에게 물었다.

"나도 알아보려고 노력하는 중이야."

"분명히 술을 많이 마시지는 않았는데." 웨인이 그녀의 옆구리를 쿡쿡 찌르는 손길과 찡긋거리는 눈짓을 보냈다. "우린 위층에서 볼 일 좀 보고 올 테니까 기다리는 동안 한 잔 더 마시고 있어."

우나는 목이 너무 메어 말을 할 수가 없어 그저 고개만 끄덕였다. 하지만 그의 충고는 받아들이지 않을 생각이었다. 이 밤을 비교적 말짱한 정신으로 기억하고 싶었기 때문이다.

파티객들은 야주의 신시사이저 미드템포 곡에 몸을 맡긴 채 흔들거렸고, 팸조차 음악에 맞춰 조심스럽게 투스텝을 밟았다. 누가 자기를 지켜보고 있다는 걸 눈치챈 그녀가 돌아보자 우나는 슬픈 미소를 지어 보였다. *런던으로 널 꼭 보러 갈게.*

잠시 뒤 음악이 멈추고 조명이 어두워지면서 데일과 웨인이 촛불을 켠 아이스크림 케이크를 가지고 아래층으로 내려왔다. 케이크에는 스무 개의 초가 꽂혀 있었다. 지금까지의 열아홉 해와 앞으로 펼쳐질 한 해를 합한 만큼이었다.

〈해피 버스데이〉 노래가 울려 퍼졌다. 케이크는 음표로 장식돼 있었고, 그 밑에 그녀의 이름이 파란색 아이싱으로 쓰여 있었다. 우나는 더는 참을 수 없었다. 눈물이 잇따라 콸콸 쏟아지는 바람에 촛불 두 개가 꺼졌다. 그녀가 나머지 촛불을 불어 끄는 사이 주변의 모두가 환호했고 곧이어 조명도 다시 밝아졌다.

"소원 빌었어?" 데일이 한쪽 팔을 그녀의 허리에 두르며 말했다.

"어." 하지만 그 소원이 이루어지는 일은 절대 없을 거야.

웨인이 다 같이 한쪽씩 나눠 먹으려고 케이크를 가져갔다.

"깜짝 선물이 하나 더 있어." 눈썹을 실룩거리며 데일이 은박지로 싼 조그만 상자 하나를 내밀었다.

안에는 모래시계 모양의 펜던트를 매단 금목걸이가 들어 있었다.

"그 안에 든 모래 진짜야." 그가 말했다.

"은하수를 준다 해도 안 바꿀래. 예쁘다." 우나가 나직이 말했다.

"지난 여름은 정말 최고였어." 그녀가 고리를 채우는 걸 도와주며 그가 말했다.

"이번 여름은 훨씬 더 좋을 거야." 이렇게 말하면서 그녀는 손목 안쪽을 힐끔 훔쳐보았지만 당연히 문신은 없었다.

앞으로 목걸이에 무슨 일이 생기는 걸까? 훗날 그녀는 왜 이 목걸이를 가지고 있지 않았을까? 그건 나중에 알아봐도 상관없었다.

"와봐." 그녀는 그를 가까이 끌어당기며 자신의 새 가죽 재킷 냄새와 섞인 그의 향수와 헤어 젤 냄새를 들이마셨다.

데일이 죽으면 지금 이 재킷은 어떻게 될까? 입은 채로 묻힐까? 큰 덩어리가 또다시 목구멍을 막았지만 그녀는 애써 꿀꺽 삼켰다. 이런 식으로 생각하는 건 좋지 않았다. 그녀는 미래의 확실한 일들을 멀리 치워둬야 했다. 가을에 임신하고, 데일이 가고 없을 그다음해 여름에 아들을 낳게 된다는 일련의 일들을 떨쳐야 했다. 그녀는 내년에 어떤 일이 일어날지 모르는 척해야 했다. 그것만이 지금 이 순간을 즐길 수 있는 유일한 방법이었다.

우나는 눈물과 한숨과 미래의 지혜를 억누르며 데일의 목을 감싸 안은 채 주변의 휘파람 소리와 고함 소리에도 아랑곳하지 않고 뜨겁게 입을 맞췄다. 그 순간 그녀의 내부는 밝은 빛으로 가득 차올랐다. 지난 7년 동안 그녀가 키스한 남자들은 몇 명인지도 모를 만큼 많았지만 그 누구도 데일 다미코와는 비교가 되지 않았다. 이토록 초연한 열정으로 그녀의 키스에 보답한 남자는 그 누구도 없었다. (피터 한은 그럴 수도 있었지만 그건 미래의 우나가 결정할 문제였다.)

슬픔이 수평선 위의 해일처럼 여전히 넘나들고 있었다. 그녀는 어떻게 해야 슬픔에 잠식당하지 않을 수 있을까?

코리가 다가왔다. "어이들, 이제 올라가봐야 하지 않아?"

방 한쪽 구석에 나무 발판이 임시 무대로 설치돼 있었다. 무대 위에는 코리의 드럼과 우나의 야마하 키보드, 앰프 두 개가 있었고, 그 옆으로 데일의 기타와 웨인의 베이스가 기대 세워져 있었다.

"빌어먹을." 그녀가 중얼거렸다. 그녀가 연주한다는 건 불가능했다. 키보드를 마지막으로 만져본 지가 언제인지 기억조차 가물가물했다. 우나는 입이 바짝바짝 말랐다. "모두에게 할 말이 있어. 잠깐만 밖으로 나갈까?"

코리와 웨인과 데일은 호기심 어린 표정을 주고받았지만 어쨌든 그녀를 따라 뒷마당으로 나왔다.

공기가 너무 차가워서 콧속이 다 얼얼했다. "내가 할 얘기는 두 가지야. 먼저 가능한 한 밴드와 많은 시간을 보내려고 학교를 그만두기로 했어. 그리고 너." 그녀가 데일을 가리키자 그가 가까이 다가오는 바람에 떨쳐내며 말을 이었다. "잠깐, 넌 이 두 번째 얘기는 좋아하지 않을지도 몰라." 그녀가 크게 한숨을 들이쉬었다. "난 키보드 연주하기 싫어. 그동안 죽 기타 레슨을 받아서 곧잘 쳐. 무슨 일이 있어도 난 계속 기탈 칠 거고 밴드에 남을 거지만 야마하는 두 번 다시 만지고 싶지 않아."

코리와 웨인은 동시에 눈을 휘둥그렇게 뜨고 한 걸음씩 뒤로 물러났다.

"아무도 몰래 기타 레슨을 받고 있었다고?" 데일이 선 채로 팔짱을 끼고 눈썹을 치켜뜨며 묻더니 이내 입을 굳게 다물었다.

"그땐 말을 할 수가 없었어. 내가 잘할 수 있을지도 몰랐고. 그리고 넌 내가 키보드를 연주해야 한다는 생각이 확고한 데다……."

"내가 그랬던 건 밴드에 키보드 주자가 필요했기 때문이야. 세컨드 기타리스트가 아니라." 데일의 눈에 어린 혼란은 눈앞의 여자가 겨우 몇 분 전 자기가 알던 여자로 돌아가주길 바라는 애원의 빛으로 바뀌었다.

"훌륭한 밴드 가운덴 기타리스트가 두 명인 밴드도 많아. 토킹 헤즈. 롤링 스톤스. 벨벳 언더그라운드. 라디오헤드는 기타리스트가 세 명이나 돼."

"라디오헤드가 대체 누군데?" 데일이 다른 두 남자를 쳐다보자 둘 다 어깨를 들썩이며 더 뒤로 물러났다.

"그냥 몇 년…… 넌 모를 거야…… 그건 중요하지 않아." 우나는 말을 더듬었다. "중요한 건 우리도 기타를 하나 더 늘릴 수 있다는 거야. 필요하다면 키보드 주자는 새로 구하면 돼."

"말도 안 돼." 그는 마당 주변을 뱅글뱅글 돌았다. "나와 함께 있으려고, 밴드와 함께 있으려고 학교를 그만두겠다고 말하면서 나 모르게 기타를 배워놓고는…… 나한테 또 뭘 숨기고 있지?"

많아. 그녀는 말하고 싶었지만 그저 어깨를 으쓱이기만 했다. "난 계속 밴드에 있고 싶어. 물론 나머지 두 친구 생각은 어떤지 물어봐야겠지. 하지만 적어도 내 연주를 들어는 봐줘. 나 기타 잘 쳐." *너보다 잘 쳐. 너보다 몇 년 더 연습했거든.*

"팩토리 트웰브가 자기들과 투어하자고 제안해왔어. 우리 사운드를 웬만하면 그대로 살리는 조건으로. 우리 사운드는 원래 키보드가 있는데, 없어도 그쪽에서 괜찮다고 할지 모르겠어." 데일이 서성이는 걸 멈추고 그녀의 얼굴을 자세히 들여다봤다. "딱 꼬집어낼 순 없지만 넌 달라졌어."

"성인기 초반은 개인의 삶에서 아주 중요한 시기니까."

"이거 봐. 지금 말투도 너 같지가 않아."

"나 맞아. 진짜 나라니까."

코리가 원 안으로 다시 들어왔다. "그렇게 이것저것 막 바꿀 거면 이름도 바꿀 수 있지 않나?"

"얼리 도닝이 어디가 어때서?" 데일이 격분하여 두 손을 치켜 올리며 말했다.

웨인이 마지못해 발을 질질 끌며 몇 걸음 앞으로 나왔다. "이런 말 하긴 싫지만…… 전부 다."

이맛살을 찌푸리고 턱을 세우며 데일이 언쟁에 뛰어들 채비를 했다. 하지만 우나의 눈과 마주친 순간 그는 얼굴을 폈다.

"벨벳 언더그라운드를 좋아하는 만큼 나도 밴드 이름으로 얼리 도닝이 썩 내키진 않아. 그래서 말인데, 벨벳에 대한 존경을 담은 이름은 어떨까. 가령……캔디 세이즈 같은?" 그녀가 말했다.

"잘 모르겠어, 우리 색깔을 꼭 그렇게까지 분명히 못 박을 필요가 있을까?" 웨인이 담배에 불을 붙이고는 친구들 머리 위로 연기를 불어 날리며 말했다. "거기다 뭘 좀 섞는 건 어때? 예를 들면…… 스트레인저스 위드 캔디는? 아니면 그냥 스트레인저 캔디나."

분위기가 새롭게 활기를 띠면서 넷 다 서 있는 자세가 아까보다 꼿꼿해졌다.

우나의 귀가 웅웅거리면서 켄지가 1999년에 했던 말이, 80년대에 유럽에서 활동하며 히트곡을 딱 하나 냈다던 가수에 대한 얘기가 되울리는 듯했다. 그 여자 가수 이름이 캔디 스트레인저 아니었던가?

"스트레인저 캔디." 데일이 열정과 장난기가 가득한 얼굴로 중얼거렸다.

"벌써 결정했구나, 맞지?" 우나가 한쪽 어깨로 그의 어깨를 툭 치며 말했다.

"우리 모두 그런 것 같은데." 코리가 엄지손톱을 물어뜯으며 고개를 끄덕였다. "그런데 네가 학교 그만두는 거 매들린이 알면 가만있겠어?"

엄마. 엄마가 살아 계신다.

또다시 꿀꺽 마른 침을 삼키고 그녀가 말했다. "괜찮을 거야. 잘하면 우리 투어 매니저를 자청할지도 몰라."

웨인이 구두 뒤축으로 담배를 비벼 끄며 말했다. "이제 안으로 들어가면 안 될까? 여기 있다간 얼어 죽겠어."

우나가 뒤처지며 데일의 소매를 잡고 뒤로 끌어당겼다. "우리도 곧 들어갈게."

마당에 둘만 남게 되자 그가 초조한 눈빛으로 그녀를 쳐다보며 말했다. "폭탄선언 뭐 더 남았어?"

"나쁜 건 하나도 없어. 투어 끝나고 이번 여름에 우리 유럽 가기로 했잖아?"

"그 계획도 마음을 바꿨다는 말은 하지 마."

"아냐, 갈 거야. 하지만 더 오래 있고 싶어. 올해 남은 기간 내내. 필요하다면 임시로 일할 데도 알아보고……." *하지만 그럴 필요 없을 거야. 크뢰소가 플로리다 더비에서 85대 1의 승률로 우승하거든.*

"그럼 밴드는 어쩌고? 팩토리 트웰브 투어가 잘되면 그 돈으로 더 나은 데모를 만들어서 우리만의 투어에 나서야 하는데."

"밴드 어디 안 가."

"유럽도 어디 안 가." 데일이 그녀의 논리를 따라 말했다.

넌 곧 없어져. 그녀는 그를 설득할 수 있게 그에게 말해주고 싶은 마음이 굴뚝같았다. 이름과 상관없이 밴드는 아무 성과도 못 낼 거라고, 그에게 남은 시간은 고작 14개월밖에 안 되기 때문에 마지막 나날을 실컷 즐겨야 한다고.

"지금 아니면 우리가 또 유럽에 갈 일은 없을 거야." 우나가 계속 우겼다. "이상하게 들릴지도 모르지만…… 지금이 우리한테 한 번뿐인 기회란 말이야." 그녀는 그의 두 손을 잡고 눈으로, 피부로, 그의 입맞춤으로 그에게 애원했다. 데일의 키스는 많은 질문을 던졌지만 그녀의 키스는 어떤 대답도 해주지 않았다. 자신을 믿어야 한다는 말 말고는.

헤어지면서 그는 반쯤 미소 지은 채 마음의 결정이 선 듯 길게 한숨을 내쉬었다. "유럽에 가는 방향으로 알아보자." 우나가 다가가 또 키스하려고 했지만 그가 한쪽 팔로 밀어내며 말했다. "지금도 난 이 밴드가 키보드 없이 기타리스트 두 명으로 어떻게 소리를 내게 될지 고심 중이야. 만약 잘 안 되면 새로 키보드 주자를 구해야 해. 그럼 멤버가 다섯이 되는 거지. 그래서 말인데, 여름 지나고 유럽에 간다는 약속 못 해. 일단 투어가 어떻게 되는지 지켜보자."

"그래, 그러자." 그녀도 동의했다.

비록 밴드는 음악 세계에 이렇다 할 흔적을 전혀 남기지 못한다 해도 그녀는 노래를 만들고 연주하는 데서 오는 최고의 기쁨을 만끽하며 그 일 년을 보내게 될 터였다. 그리고 데일이 젊어서 죽는다 해도 올해는 아닐 것이며, 그녀는 그와 함께 매 순간을 소중히 여기며 다가올 외로운 날들에 두고두고 음미할 추억을 쌓아갈 터였다.

그것 말고 그녀는 그해의 남은 기간에 어떤 일들이 일어나는지 알지 못했다. 그 뒤의 일들은 더 말할 것도 없었다. 미래는 그녀에게 앞으로 일어날 일을 미리 보여주었지만, 스포일러와 함께 늘 의외의 사건이 끼어들었다. 눈에 슬쩍 스치기만 할 뿐 사진 전체가 다 드러나는 적은 없었다. 그리고 속나이가 스물여섯이든 겉나이가 열아홉이든 그녀는 여전히 젊었고, 비록 뒤죽박죽이라 하더라도 살아갈 날이 몇십 년이나 남아 있었다.

우나는 살아가면서 어쩔 수 없이 연속성과 의미를 추구할 테지만 지금처럼 행복한 순간들을 포착해 즐기기도 할 터였다. 세월이 어느 쪽으로 흘러가든 아예 흘러가지 못하게 막을 수는 없었다. 시간도 안전을 보장해주는 못한다. 아무리 좋은 일도 끝나기 마련이었다. 다만 주어진 시간을 마음껏 즐길 뿐이었다. 우나는 여전히 배우고 있었다.

리프할 때마다 그게 몇 년이든 중요한 누군가가 그녀의 삶에서 사라지게 될 터였다. 데일이든 매들린이든 켄지든. 매년 씁쓸하면서 달콤했다. 하지만 상관없었다.

분명히 나쁜 날들도 있을 터였다, 그것도 늘. 하지만 그녀는 저마다 반짝반짝 빛나는 이 좋은 날들을 하나씩 모아 한데 엮을 터였다. 사방에 거울이 달린 방의 크리스마스 전구처럼 환하게 빛나도록.

"다시 안에 들어가서 네 기타 솜씨 좀 보여주지 그래? 보나마나 잘하겠지만." 데일이 눈을 찡긋거리며 그녀를 위해 문을 열어주었다.

어쩌면 젊음은 젊은이들에게 소용없는 게 아닐지도 모른다. 어쩌면 젊은이들은 젊음을 제대로 쓰는 법을 알고 있을지도.

그해는 영광스러운 한 해가 될 터였다.

감사의 글

필리퍼 시터스 : 산더미같이 쌓인 원고 더미에서 하필이면 내 원고를 콕 집어 함께 이 믿을 수 없는 여정에 오를 수 있게 해주셔서 감사합니다. 리셋 버하겐과 커스티 맥러클런, 두 분은 작가가 되겠다는 나의 큰 꿈을 어느 정도 이루는 데 많은 힘이 돼주셨어요. DGA의 세 분이 주신 도움에 깊이 감사드려요.

제임스 멜리아 : 넓은 마음과 날카로운 편집자의 눈으로 내 이야기를 읽고 작가에게 그보다 더 좋을 수 없는 자극을 주셨어요. 지혜롭게 배려하며 믿을 수 없는 얘기에 좀더 신빙성을 불어넣어 주셔서 감사해요. 이 책이 독자들 앞에 모습을 드러내기까지 물심양면으로 애써주신 플래티런의 모든 분께도 고마움을 전합니다.

레이첼 윈터바텀 : 편집자로서의 통찰력이 대단하세요. 그 덕분에 등장인물 사이의 대화와 관계를 좀더 깊이 파고들 수 있었어요. 우나를 그토록 따스하게 맞아주시고 바다 건너에 집을 마련해주셔서 감사해요.

에린 포스터 하틀리 : 늘 그 자리를 지키며 초고 상태의 원고를 읽어주고, 번득이는 생각을 내놓고, 격려의 말을 해주고, 좋은 영화나 팟캐스트를 추천해주는 친구 겸 CP가 있어서 얼마나 감사한지.

516

어디 갈 생각 말고 늘 내 곁에 꼭 붙어 있어요.

켈리 뉴비 : 건설적인 비판과 따뜻한 격려 감사합니다. 그리고 잊지 않고 지켜봐주는 그 관심도. 정말 대단한 분이세요.

로런 스코블 : 편집자로서 로런의 까다로운 기준 덕분에 결국 그 기준에 부합하는 좋은 감각을 기를 수 있었어요. 그런 자극이 없었다면 이 책은 지금처럼 되지 못했을 거예요.

일부러 시간을 들여 아직 미완성 상태의 이 책을 전부 또는 일부 읽어봐주신 다음 분들께도 심심한 사의를 전합니다. 에밀리 콜린, 브리짓 맥그로, 제니퍼 호킨스, 레이첼 린 솔로몬, 섀넌 모나핸, 새러 브릭, 니나 로런, 에이미 커러더스, 트레이시 마틴, 켈리 캘러브리스.

트레이시 카피엘로 : 원고를 고쳐 쓰느라 낑낑댈 때마다 트레이시의 응원과 환대는 내게 정말 큰 힘이 돼줬어요. 감사의 마음을 전하기엔 이 세상 파인애플을 전부 끌어모아도 부족할 거예요.

미셸 헤이즌과 조제 스테이지 : 열린 마음과 통찰력, 솔직함으로 출판계를 무사히 헤쳐 나갈 수 있게 도와주셔서 감사해요.

출판계 얘기가 나왔으니…… 작가로 성공하기 위해 애써온 그 숱한 세월 동안 난 수많은(몇 백 번!) 거절을 경험했다. 거절당했어도 조금이라도 좋은 피드백이 돌아오면 쾌재를 불렀고, 또 어떤 때는 그저 무관심한 상태로 지낼 때도 있었다. 그런가 하면 깊은 절망 속으로 곤두박질친 적도 한두 번이 아니었다. 하지만 퇴짜를 맞으면서 오기가 생겼고 내가 이 꿈을 얼마나 절실하게 원하는지도 알 수 있었다. 빨리, 쉽게 오지 않았기에 이 순간은 더욱더 달콤했다. 그래서 나를 거절한 모든 에이전트와 편집자에게 감사한다. 그리고 지금 이 순간에도 어딘가에서 자기만의 이야기를 풀어나가느라 정신이 없을 작가 여러분, 힘내시길.

엄마 : 살아 있어주셔서, 믿어주셔서, 조건 없이 사랑해주셔서 고마워요.

마지막으로 테리 몬티모어, 정말 고마워요. 나에 대한 그대의 끊임없는 믿음이 없었다면 이 책은 세상에 나오지 못했을 거예요. 그대가 이 모든 걸 가능하게 만들었어요. 나의 마음과 나의 나머지에 집을 마련해주셔서 감사해요("거기 살지 않아 얼마나 다행인지!") P.S. 그 멍청한 가게에서 전화 왔는데 그대 이름은 들어본 적이 없대요.

우나의 고장난 시간

초판 1쇄 인쇄 2021년 6월 7일
초판 1쇄 발행 2021년 6월 15일

지은이 마가리타 몬티모어
옮긴이 강미경
펴낸이 이범상
펴낸곳 (주)비전비엔피·이덴슬리벨

기획 편집 이경원 현민경 차재호 김승희 김연희 고연경 최유진 황서연 김태은 박승연
디자인 최원영 이상재 한우리
마케팅 이성호 최은석 전상미
전자책 김성화 김희정 이병준
관리 이다정

주소 우)04034 서울특별시 마포구 잔다리로7길 12 (서교동)
전화 02) 338-2411 | 팩스 02) 338-2413
홈페이지 www.visionbp.co.kr
이메일 visioncorea@naver.com
원고투고 editor@visionbp.co.kr

등록번호 제2009-000096호

INBN 979-11-88053-84-1 03840

도서에 대한 소식과 콘텐츠를
받아보고 싶으신가요?